D1620217

José Donoso

Das Landhaus

Roman

Aus dem Spanischen
von Heidrun Adler

Hoffmann und Campe

CIP-Kurztitelaufnahme der Deutschen Bibliothek:

Donoso, José:
Das Landhaus / José Donoso. Aus d. Span. von Heidrun Adler.
1. Aufl. – Hamburg : Hoffmann und Campe, 1986.
ISBN 3-455-01561-3
Einheitssacht.: Casa de campo ⟨dt.⟩

Die spanische Originalausgabe
erschien 1978 unter dem Titel »Casa de campo«
im Verlag Seix Barral S. A., Barcelona.
»Casa de campo« Copyright © 1978 by José Donoso
Copyright der deutschen Ausgabe © 1986 by
Hoffmann und Campe Verlag, Hamburg
Schutzumschlaggestaltung: Hannes Jähn
Gesetzt aus der Palatino
Satz: Fotosatz Otto Gutfreund, Darmstadt
Druck und Bindung: Clausen & Bosse, Leck
Printed in Germany

Für
Maria Pilar

ERSTER TEIL

Die Abfahrt

KAPITEL EINS

Der Ausflug

1

Die Erwachsenen hatten ausgiebig darüber gesprochen, daß sie unbedingt sehr früh am Morgen, ja schon im Morgengrauen aufbrechen müßten, wenn sie ihr Ziel zu einer Zeit erreichen wollten, die die ganze Reise sinnvoll erscheinen ließ. Aber die Kinder, als sie das hörten, zwinkerten sich zu, lächelten, ohne von ihren Bésigue- oder Schachpartien aufzublicken, die den ganzen Sommer zu dauern schienen.

In der Nacht vor jenem Ausflug, den ich als die Achse dieses Romans benutzen möchte, stahl sich Wenceslao, während seine Mutter der Opiumtinktur wegen schnarchte, die sie eingenommen hatte, um nach dem Trubel all der Vorbereitungen schlafen zu können, heimlich aus dem Bett und kauerte sich zu Melania. Sehr leise, damit die Lakaien sie nicht dabei erwischten, daß sie nach dem Zapfenstreich noch sprachen, wettete er mit ihr um eine Krone, daß die Eltern, da sie alles immer sehr kompliziert machten, wenn sie überhaupt abfahren würden, nicht in der Lage wären, vor 11 Uhr vormittags aufzubrechen, und alle Aufregung und Umständlichkeit in der unerträglichen Rhetorik enden würde, mit der sie ihr Versagen stets zu bemänteln pflegten. Melania zauste ihm die Locken, um ihn für diese respektlosen Prophezeiungen zu strafen; in der Vertraulichkeit unter den Laken hätte sie ihn gern zum Weinen gebracht, um ihm dann die Tränen von seinen blauen Augen wegzuküssen und seine Wangen, denen einer Porzellanpuppe gleich, mit ihrem schwarzen Zopf zu trocknen.

Da Wenceslao aber nicht mit der Wimper zuckte und schon gar nicht weinte, zahlte Melania ihm am nächsten Morgen keine halbe Unze der Wette, als sich die Voraussage des Jungen als richtig erwies: es schlug 12 Uhr, ehe die Erwachsenen das schmiedeeiserne Tor des Parkgitters verschlossen und auch die Luken im Markthof, durch die Casilda, Colomba und Onkel Hermógenes die nackten Eingeborenen abfertigten, die Körbe mit Obst auf den Köpfen balancierten, Schnüre mit Perlhühnern schwangen, Bündel von Blattgold auf dem Rücken schleppten oder einen Hirsch oder ein Wildschwein, in der Ebene erlegt, an einer Stange auf den Schultern zweier Männer zum Verkauf in den Hof brachten.

In dem vom Gitter umschlossenen Park zurückgeblieben, beobachteten die Kinder, wie Onkel Hermógenes, nachdem er sich vergewissert hatte, daß alles wohl verschlossen war, die Schlüssel in seine Taschen verteilte. Und nachdem sie zum letzten Mal ihre Kinder mit erhobenem Zeigefinger gewarnt hatten, brav zu sein und auf die Kleinen aufzupassen, rafften die Mütter die herrlichen Falten ihrer Reiseröcke, ließen die Herren den Lack ihrer Stiefel glänzen, und alle stiegen in die Kutschen, die eine nach der anderen abfuhren, gefolgt von den Gefährten mit dem lärmenden Heer der Dienerschaft, die sich um Kissen und Teppiche, auf denen man unter den Bäumen ruhen wollte, und um allen Kram zu kümmern hatten, mit dem die Herrschaft sich die Zeit vertreiben wollte, und um das *cocaví* (Reiseproviant aus Coca und besonderen Zutaten), das die Köche in wochenlanger Arbeit zubereitet hatten, schwitzend über den Töpfen, denen ein Duft von Trüffeln und Gewürzen entstieg.

Die dreiunddreißig Vettern und Basen blieben eingeschlossen im Park zurück. Sie winkten mit Taschentüchern von Bäumen und Balkonen herunter, während die Kleinsten ihre weinenden Gesichter zwischen den eisernen Palisaden zeigten und der Kavalkade nachsahen, wie sie nach einer Weile in den hohen Gräsern verschwand, die in der flachen Landschaft bis zum Horizont hin wogten.

»Endlich!« rief Wenceslao mit einem Seufzer und sprang von Melanias Schoß, als die Wagen in der Ferne verschwanden.

»Zum Glück haben sie versprochen, noch vor Dunkelwerden zurückzukommen«, meinte diese und versuchte, sich selbst einzureden, daß an diesem Versprechen nicht im geringsten zu zweifeln sei, und stieg aus der Hängematte auf dem Balkon, von wo aus sie der Abfahrt zugesehen hatte.

Sofort machte Mauro sich in der Hängematte breit und beobachtete, wie seine Cousine Wenceslao hochhob, ihn auf das Bambustischchen setzte, genau in die angemessene Höhe, um die Korkenzieherlöckchen *à l'anglaise* zu kämmen, wie es ihr Tante Balbina aufgetragen hatte. Den Zeigefinger erhoben, genau wie die Mütter, mahnte Melania den Jungen: »Bleib schön sitzen...« und ging ins Haus, um die Brennschere für die Löckchen zu erhitzen. Um Mauro den Gleichmut zu nehmen, mit dem dieser die Akne zwischen seinen ersten Barthaaren kratzte, fragte Wenceslao ihn: »Findest du nicht, daß diese ganze Verabschiederei etwas verdächtig Unechtes an sich hatte, wie die Schlußszene einer Oper?«

»In unserem Leben hier sieht alles nach Oper aus. Worüber wunderst du dich?«

»Ich bin sicher, sie sind weggefahren, um nie wiederzukommen.«

»Was du dir so denkst, du bist doch bloß die *poupée diabolique*!«

»Frag doch die *Unsterblich Geliebte,* was ich bin«, gab Wenceslao zurück, damit sein Vetter, der erregt war, obwohl er sich bemühte, gelassen auszusehen, die Fassung verliere. »Die weiß genau Bescheid, was mein Geschlecht angeht.«

»Du lügst, Wenceslao. Und niemand glaubt mehr deinen Lügen. Deine dumme Mutter zieht dich wie ein Mädchen an, und so sollen wir dich auch behandeln.«

»Willst du sehen, was ich bin? Hier...« er hob den Rock, zog sich die Spitzenhöschen runter und zeigte eine für einen neunjährigen Jungen beachtliche Männlichkeit. »Gefällt es dir?«

»Widerling! Zieh dich an!« schrie Melania, die zurückkam und die heiße Schere an einem Stück Papier erprobte, das sich qualmend aufrollte. »Wir sind Venturas, Wenceslao: wir dürfen niemals vergessen, daß der Schein das einzige ist, was nicht trügt.«

Und da Wenceslao ihrem Befehl nicht gehorchte, zog sie selbst ihm die Höschen wieder hoch und zwickte ihn so in den Popo, daß er reglos auf dem Tischchen sitzen blieb und sie mit dem Frisieren beginnen konnte. Belehrend fuhr sie fort: »Du mußt nicht so dumm sein, Wenceslao. Wie kannst du glauben, sie könnten ihre Elternpflichten vergessen und uns hier mit der Nacht und den Menschenfressern allein lassen.«

»Liebste Melania«, antwortete Wenceslao, während sie ihm die Locken richtete, »ob ich wirklich dumm bin, ist gar nicht so sicher. Außer Zweifel steht dagegen, daß du naiv bist oder jedenfalls so tust. Du gehörst zu den wenigen in Marulanda, die *Die Marquise ging um fünf Uhr aus* mit der Realität verwechseln. Selbst mein lieber Stellvertreter Amadeo, der Kleinste von uns allen, weiß, daß es nur in diesem Spiel, nur wenn du die *Unsterblich Geliebte* bist und Mauro der *Junge Graf* ist, liebevolle und selbstlose Eltern gibt.«

»Ich halte nichts von deinen Theorien«, antwortete Mauro, hielt aber seinen Blick fest auf die eisernen Palisaden gerichtet, die den Park umgaben. Seine Miene verfinsterte sich, während der Kleine es über sich ergehen ließ, daß seine Cousine ihn kämmte. Dabei fuhr er weissagend fort:

»Nein. Sie kommen nicht zurück. Wenn der Platz, zu dem sie fahren, so wundervoll ist, wie sie es erwarten, kommen sie weder heute noch morgen noch sonst wann zurück. Wozu sollen sie zurückkommen, sie haben doch, um sich zu vergnügen, Kartenspiele und Mandolinen mitgenommen und Schmetterlingsnetze und Angelruten. Und Stoffdrachen mit Troddeln, die sie steigen lassen, wenn der richtige Wind weht. Haben sie nicht alle Waffen, alle Fahrzeuge und alle Pferde des Hauses mitgenommen? Und alle Diener, damit diese um sie herum eine Mauer aus Bequemlichkeit errichten, auf die sie nicht verzichten können, nicht einmal für die Zeit eines Nachmittagsausfluges, wie sie uns weismachen wollen. Nein, liebe Vettern: sie kommen nicht zurück. Die Wahrheit ist, ich muß es wiederholen, sie sind geflohen, weil sie fürchten, die Menschenfresser überfallen dieses Haus.«

Als sie das hörte, fluchte Melania, weil die Schere ihr in der Hand kalt geworden war: denn nun konnte sie ihn nicht zur Strafe, weil er so ungezogen war und Lügen über Menschenfresser und alles erdenkliche Unheil verbreitete, am Kopf verbrennen, wie sie es oft rachsüchtig beim Kämmen tat, wenn er nachts manchmal nicht zu ihr, sondern zu einer anderen Cousine ins Bett kroch. Wenceslao gehörte ihr, und er durfte nur sagen und tun, was ihr gefiel; und Mauro, der *Junge Graf,* der die *Unsterblich Geliebte* heiraten sollte, gehörte ihr auch, wenn auch auf andere Weise; und auch Juvenal gehörte ihr, die *Boshafte Marquise* der Geschichte, die immer bereitwillig auf ihre mit artiger Kinderstimme und den Grübchen ihres unbeugsamen Willens vorgebrachten Launen einzugehen hatte. Heute, da die Erwachsenen nicht zugegen und ihr behilflich waren, jenen dichten Schleier vorzuziehen, um all das zu verbergen, was man eleganterweise lieber nicht sah, fürchtete sie, Wenceslao würde Mauro erzählen – und da an diesem ungewöhnlichen Tag der Schleier fehlte, könnte es dem zum ersten Mal einfallen, ihm zu glauben –, daß sie ihn zu sich ins Bett holte, um Dinge zu treiben, die keineswegs unanständig waren, nein, nein, wie sollten sie, mit Mauro wären sie es, Wenceslao war doch nur ein Spielzeug, eine entzückende dekorative Puppe, die, einer Laune Tante Balbinas wegen in ihren Mädchenkleidern gefangen, zu nichts anderem da war als zum Spiel. Melania band mit einem himmelblauen Band eine Handvoll Locken an der linken Seite des Kopfes ihres Vetters zusammen, während der fortfuhr, Prophezeiungen von sich zu geben:

»... und weil sie nicht wiederkommen, wird es uns an Lebensmitteln fehlen, und die Kerzen werden uns ausgehen, und wir werden nicht wissen, was wir tun sollen ... und dann werden die Menschenfresser mit Strickleitern, die sie aus den Gräsern flechten, über das Gitter des Parkes klettern und mit Geheul in dieses Haus stürzen und uns auffressen ...«

Vor dem Ausflug hatte das Gerücht von den Menschenfressern, die sich angeblich um das Landhaus herumtrieben – eine Tatsache, die die Erwachsenen während des Sommeraufenthaltes in Marulanda kaum erwähnten –, dank der Prophezeiungen Wenceslaos neue Nahrung erhalten und sich in ein Feuer verwandelt, das alles mit unheimlichem Flackern erhellte. Die Kleinsten der Vettern – sie jagten unten im Park die Pfauen über die Treppen – glaubten ihm jedes Wort, und jetzt, nach der Abfahrt der Erwachsenen, jagten sie diese ungenießbaren Vögel sicherlich in der naiven Absicht, sich mit Fleisch zu versorgen für die von Wenceslao vorausgesagte Katastrophe.

In der Nacht löste der Zapfenstreich, der unerbittlich alle Stimmen und Lichter auslöschte, jedesmal Terror aus: um diese Zeit entstand in der unendlichen Ebene jenseits des Lanzengitters aus dem Wogen der sich aneinander reibenden hohen Gräser ein Geflüster, das in seiner Gleichförmigkeit tagsüber kaum wahrzunehmen war, indessen nachts den Schlaf der Venturas umstrich, wie das gewaltige Rauschen des Ozeans Seereisende umgibt. Diese pflanzliche Monotonie ließ unerkennbare Stimmen in der Stille der Zimmer vernehmen, in denen die Kinder mit weit aufgerissenen Augen unter den ihren Schlaf bewachenden seidenen Betthimmeln das Geflüster nachsprachen, um herauszufinden, ob es Drohungen der Menschenfresser der Gegenwart oder der Vergangenheit, der echten oder der eingebildeten Menschenfresser enthalte.

Wenceslao schloß seine hochtrabende Rede:

»Und dich, Melania, dich fressen sie zuerst! Dieser Busen, dieser prächtige Hintern . . . die Menschenfresser werden dich vergewaltigen und dich dann, wenn du deinen größten Reiz verloren hast, lebendig auffressen . . .«

Und Wenceslao machte eine fürchterliche Geste, als wolle er sie beißen.

»Schlag ihn, Mauro!« befahl Melania.

Dieser, besessen von seiner Rolle als *Junger Graf*, der die *Unsterblich Geliebte* beschützt, legte ihn übers Knie – während der Kleine zappelte und schrie und weinend versprach, es nie wieder zu tun – und hob ihm mit Melanias Hilfe den Rock, zog ihm die Höschen runter und schlug ihm das unverschämte Hinterteil, bis es ihm brannte.

Der Ausflug der Venturas fand in der zweiten Hälfte des Sommers statt, jener Zeit, in der die gute Stimmung der in dem großen Haus und dem Park eingeschlossenen dreiunddreißig Cousins und Cousinen und ihrer Eltern in der Monotonie von Croquet und Hängematten-Geschaukele von großartigen Sonnenuntergängen und üppigen Mahlzeiten zu verfliegen begann, da es nichts Neues mehr zu tun oder zu sagen gab. Es war die Zeit, in der plötzlich krankhafte Gerüchte entstanden, so wie Leben aus stehendem, faulenden Wasser hervorbricht;

14

einige Jahre zuvor entstand, zum Beispiel, jenes geschmacklose Gerücht, die Eingeborenen, die in den Minen der blauen Berge am Saum des Horizonts arbeiteten, seien Opfer einer Seuche, die die gesamte Bevölkerung befallen habe. Als Folge davon würde die Goldproduktion, die Grundlage des Wohlstandes unserer Venturas, zurückgehen, wenn nicht gar völlig aufhören. Aber das war nur eine Lügengeschichte; ein halbes Dutzend Eingeborener waren an Schwarzwasserfieber gestorben in einem Dorf, weit von jenen Bergen entfernt, in denen die Eingeborenen das Gold hämmerten, um es in jene hauchdünnen Blätter zu verwandeln, die die Familie zum Schmuck der prächtigsten Logen und Altäre der Welt exportierte. Adriano Gomara, der Vater unseres Freundes Wenceslao, besuchte diese Eingeborenen, denn er war Arzt. Er untersuchte sie, heilte, wen er heilen konnte und kehrte ins Landhaus zurück, um der beginnenden Panik seinen gelassenen Bericht entgegenzustellen. Es war nur eines der typischen Gerüchte des Sommers, wenn die Abgeschlossenheit unerträglich zu werden schien, alle Unterhaltung abgenutzt, jede Beziehung bis zur Ermüdung versucht worden war, ohne daß irgendwem noch etwas Interessantes einfiele, mit dem man sich vergnügen könnte, außer die Tage zu zählen, die es noch dauern würde, bis die Gräser voll gereift wären. Und wenn diese schließlich ihre stolzen, silbrigen Federbüsche erhoben, bevor sie trockneten, aufsprangen und ihre Samenbüschel abstießen, gab die Ebene selbst ihnen das Zeichen, daß der Augenblick gekommen war, die Koffer zu packen und die Wagen mit Kindern, Dienerschaft und Gold für die Heimfahrt in die Stadt fertig zu machen: solche Vorbereitungen waren wohl oder übel eine untadelige Art und Weise, die Zeit totzuschlagen.

In jenem Sommer – den wir uns als Ausgangspunkt für diese Geschichte vorgestellt haben – spürten die Erwachsenen, während die Familie sich in Marulanda einrichtete, daß ihre geliebten Kinder etwas aussheckten. Es war recht merkwürdig, daß die Kinder nicht nur sehr wenig Lärm machten, sondern überhaupt viel weniger als sonst die Ruhe der Erwachsenen störten. War es möglich, daß sie endlich gelernt hatten, auf das Bedürfnis ihrer Eltern nach Bequemlichkeit Rücksicht zu nehmen? Nein. Es war etwas anderes. Sie gehorchten einer Art Losung. Ihre Spiele schienen nicht nur geräuschloser, sondern auch ferner, unverständlicher als in anderen Sommerferien: die Erwachsenen, die auf der Südterrasse saßen, merkten plötzlich, daß sie sie den ganzen Nachmittag weder gesehen noch gehört hatten, und nachdem sie ihrer Überraschung Herr geworden waren, lauschten sie aufmerksam, um die Geräusche zu erhaschen, die aus den Dachstuben zu ihnen drangen oder vom anderen Ende des Parkes, wo sie eine Gruppe Kinder entdeckten, die zwischen den Ulmen verschwand. Die Erwachsenen tranken weiter ihren Tee, stickten, rauchten, legten Patiencen, blätterten in Zeitschriften. Hin und wieder wagte es einer, sein Kind zu rufen, das sofort erschien, vielleicht zu unmittelbar, wie eine mechanische Puppe, die aus dem Kasten springt. Diese in jeder Hinsicht aufrührerische Situation wurde unerträglich. Aber was daran war so unerträglich? Allein das Schweigen der Kinder? Oder dieses kleine Lächeln, mit dem sie alles hinnahmen? Oder der nachlassende Eifer, in den Genuß der Privilegien zu gelangen, die den Größeren gewährt wurden, wie, zum Beispiel, nach dem Abendessen ins Mohrenkabinett hinuntergehen zu dürfen und Zigarrenkisten und Tabletts mit Mokkatäßchen und Süßigkeiten herumzureichen? Ja, Kleinigkeiten dieser Art machten die Atmosphäre schwül und hielten die Venturas an der Grenze des Terrors. Aber was eigentlich terrorisierte sie? Das fragten sich die Erwachsenen, wenn sie nachts einen Schluck Wasser tranken, wenn sie mit von imaginären Samenbüscheln getrockneter Kehle aufwachten, Opfer eines Alptraums von Enthauptungen und Messerstechereien. Nein. Unsinn. Alpträume, das weiß jeder, sind Folgen eines zu reichlichen Mahles: besser, man achtete ein wenig auf sich und gab den Einflüsterungen der Naschhaftigkeit nicht zu sehr nach. Natürlich hatte man von wohlerzogenen Kindern, die einen verehrten, nichts zu befürchten. Aber . . . wenn sie einen im Grunde gar nicht verehrten? Wenn ihre Sprößlinge es als Haß auslegten, daß man über sie wachte, als Versuch, sie auszulöschen, wenn man an ihre Krankheiten nicht glaubte, als Absicht, ihnen ihre Individualität zu rauben, wenn man sie Regeln, die für alle galten, unterwarf? Nein,

nein. Das war eine allzu absurde Vorstellung! Ihre Kinder hatten, wie es sich gehörte, Vertrauen zu ihren Eltern, und man brauchte deshalb den Kleinen gegenüber weder Furcht noch Haß zu empfinden. Im Gegenteil, man zeigte ihnen bei jeder Gelegenheit, daß sie die großen Schätze seien. Man brauchte doch nur zu sehen, wie man sich um sie kümmerte: Teodora, Schätzchen, sei vorsichtig mit der Kerze, du wirst sonst wie eine Fackel verbrennen; Avelino, mein Engel, du wirst noch von der Balustrade fallen, auf der du herumbalancierst, und dir den Kopf auf den Steinen zerschlagen; Zoé, mein Töchterchen, dein Knie wird sich noch entzünden, wenn du nicht jemanden bittest, es dir zu säubern, und wenn du erst den Wundbrand hast, müssen wir dir das ganze Bein abschneiden; ... aber die Kinder waren so bösartig, so dickköpfig, daß sie immer wieder diesen Unfug trieben, obgleich sie wußten, daß sie mit Strafen rechnen mußten, in denen sich die ganze Liebe ihrer Eltern zeigte.

Als die Unruhe zu jenem Punkt gelangt war, daß sie die Venturas verstummen ließ, da stieg die Idee, einen Ausflug, von dem ich hier erzählen will, zu einem lieblichen und sehr weit entfernten Platz zu machen, wie eine regenbogenfarbene Blase wer weiß von woher auf, und verführte sie, ihr zu folgen.

»L'Embarquement pour Cythère...« meinte Celeste und zeigte auf jenes Bild, das an einer mit gelber Seide bespannten Wand hing. Es gab keine bessere Lösung, um dem, was die Kinder vorhaben mochten, zu entgehen. Erst als sie das Datum festgelegt hatten, konnten sie sich entspannen, denn, um die Einzelheiten dieses unerhörten Zeitvertreibs auszuarbeiten, mußten sie davon sprechen, und Gespräche, die ihre Angst umschreiben, allem seinen Rang zuweisen sollten, waren nicht mehr zwingend. Diese genüßliche Nachlässigkeit erlaubte, daß das Bestehende, vor allem die Autorität in ihrer verehrungswürdigsten Form, unangetastet blieb. Es ist überflüssig zu sagen, daß niemand fragte, woher die Idee zu dem Ausflug kam. Verlegenheit paßte nicht zu Personen vom Format unserer Venturas. Aber es ist möglich, daß jemand auf irgendeine Frage geantwortet hatte, er erinnere sich, als Kind einen Großvater mit langem Bart von der Existenz – oder war es nur der Wunsch,

17

es möge ihn geben? – eines bestimmten, wunderschönen in irgendeinem Winkel seiner ausgedehnten Ländereien versteckten Platzes habe sprechen hören. Andere bestätigten diese Erinnerungen mit Anekdoten aus ihrer Kindheit, die sie seit damals in einem Keller ihres Gedächtnisses verwahrt hatten, und gaben so dieser Vorstellung von einem Garten Eden eine Gestalt, die nach und nach eine verführerische Konsistenz erhielt. Sie begannen, Arabelas Zurückgezogenheit in der Bibliothek zu stören. Die suchte Schlüssel aus dem Bund, der ihr schwer am Gürtel hing, und öffnete Truhen und Schränke aus duftendem Holz. Unter Spinnweben und dem Staub des Holzbocks erschienen Landkarten, Pläne, Chroniken, Briefe, die vergilbt und fleckig und verwischt wer weiß wie lange schon vergessen herumgelegen hatten. Und Arabela entzifferte mit ihrer winzigen Brille die Schriftzeichen der geheimen Sprachen, lieferte Daten, die man als unwiderlegbare Beweise für die Existenz des Garten Eden auslegen durfte, von der sie nun besessen waren.

Die Männer der Familie wiegten sich in den Hängematten unter den Linden und ließen alle Eingeborenen, die irgend etwas darüber wissen könnten, vor sich erscheinen. Alte Männer, den Kopf aus Unterwürfigkeit und Furcht gesenkt, den Rücken gebeugt, bestätigten mit Hilfe unbeholfener Lautmalereien die Existenz des Ortes, von dem jetzt alle wünschten, es möge ihn wirklich geben. Die Beschreibungen blieben nicht weit hinter dem zurück, was sich die Phantasie in der sommerlichen Trägheit zusammenbraute. Warum sollten sie nicht, um diese das reine Vergnügen verheißende Expedition zu unternehmen, jene Kavalkade von Wagen und Pferden nehmen, mit der sie nach Marulanda gekommen waren? In ihrem Hang zur Bequemlichkeit weigerten sich die Frauen anfänglich, daran teilzunehmen. Sie wollten sich nicht, so erklärten sie, in etwas verstrickt sehen, das sie den Menschenfressern aussetzte, ob es sie nun tatsächlich gab oder nicht.

Trotz dieses Zögerns schickten die Männer Schwärme von Eingeborenen aus, um Erkundigungen einzuholen. Die Kundschafter kehrten zurück mit einer kristallisierten Blume, mit einem Vogel, dessen Kopf aus Edelsteinen bestand, mit Kübeln voller Silbersand, mit purpurroten Zangen unbekannter Schalentiere. Langsam fanden die Frauen Geschmack daran und behaupteten, sie trügen schließlich die größte Bürde des Sommers, da sie sich um die Kinder kümmern müßten; darum hätten sie diesen Tag der Zerstreuungen verdient. Am Ende waren sie die eifrigsten Befürworter des Vorhabens.

Der Rhythmus des ganzen Hauses veränderte sich. Erregt und fröhlich verhinderte er, daß man weiter an unangenehme Dinge dachte, denn es war viel wichtiger, den Ausflug vorzubereiten. Je näher das Datum der Abfahrt rückte, desto schwerer wurde es für die Kinder, nachts in den Schlaf zu finden. Sie waren überzeugt davon, daß die Kannibalen Appetit auf Menschenfleisch hatten. Sobald die Erwachsenen sie verlassen hätten, um die eigene Haut zu retten, würden sie sie überfallen. Je eifriger die Vorbereitungen getroffen wurden, desto größer wurde die Gewißheit bei den Kindern, daß für sie alles auf ein totales und unvermeindliches Ende hinauslief, da nur die Erwachsenen das Privileg genossen, sich vor dem Holocaust zu retten. Sie gehörten der Klasse an, die die Mittel besaß, sich in Sicherheit zu bringen. Den Frauen kam es natürlich nicht in den Sinn, sich mit spitzfindigen Grübeleien zu befassen. Sie schlugen statt dessen in Modezeitschriften nach und entwarfen auf Holzköpfen ohne Gesichter Hüte, die ihre alabasterweißen Stirnen vor der Sonne schützen sollten, und schmückten ihre Kreationen mit den Federn der erstaunlichsten Vögel des Südens. Das Heer der Dienerschaft vernachlässigte seine gemeinen Aufgaben als dekorative Spione, um sich dem Trubel anzuschließen. Die Männer des Hauses ließen die Pferde bewegen, die Wagen überholen, das Geschirr, die Sättel und die Polster der Wagen putzen, die Achsen aller Wagen schmieren, sogar die der kleinen Kutschen und Kremser, in denen Hunderte von Küchenjungen und Gärtnergehilfen reisen sollten. Während vom Turm her, wo ihn seine böswillige Verwandtschaft eingeschlossen hielt, Adriano Gomara schrie, man möge ihn retten, ihn töten, ihn nicht länger leiden lassen, als wolle er auch an all dem Eifer teilnehmen. Bis es Froilán und Beltrán, seinen Wächtern, gelang, ihn wieder in die Zwangsjacke zu stecken und zu knebeln, damit er mit seinem Wahnsinnsgeheul den Zeitvertreib der Venturas nicht weiter störe.

Aber Adriano schrie schon so viele Jahre von seinem Turm herunter, daß die Venturas gelernt hatten zu leben, ohne sich um seine Beschimpfungen und Drohungen zu kümmern. Kurz nachdem die Kavalkade abgefahren war, bemerkte Wenceslao, daß das Geschrei seines Vaters, das den ganzen Morgen über unvermindert angehalten hatte, verstummt war.

»Kanaillen!« murmelte er, als er ihn nicht mehr hörte, während er sein mißhandeltes Hinterteil im rosafarbenen Porzellanbidet seiner Mutter badete. »Sie haben ihn mit Laudanum betäubt.« Er zog sich die Höschen hoch, raffte die Volants seines Rockes, stieg auf den Schemel vor der Frisierkommode, auf die Balbina ihn stets setzte, um ihm das Gesicht mit Schminke zu bedecken, die aus ihm ein süßes Püppchen machte. Wegen der Eile vor der Abfahrt hatte seine Mutter heute keine Zeit dazu gehabt.

Wenceslao besah sich im Spiegel. Er zog ein kokettes Frätzchen, neigte den Kopf zur linken Schulter: ein richtiges Kitschfoto! Sofort setzte er sich gerade, runzelte die Stirn. Zwischen den Flaschen und Puderquasten, zwischen umgekippten Döschen und Schminktöpfen suchte und fand er schließlich die Schere. Er ließ seine goldenen Locken nach vorn gleiten, schnitt sie eine nach der anderen dicht über dem Schädel ab und ließ sie auf die Kommode fallen, wo sie sich in Lotionpfützen verschmierten und in Salben verklebten. Er hob den Kopf und schaute wieder in den Spiegel. Aus dem Glas heraus beobachtete ihn ein Knabe, dessen Augen nicht aus Porzellan waren. Befreit vom Rahmen der Löckchen, traten seine Kieferknochen noch zart, doch bestimmt hervor. Und als die morbiden Engelszüge verschwunden waren, sah man den strahlenden Mund mit einem verwegenen Schnitt, der spöttisch lächelte, als er sich erkannte. Er streckte eine Hand zum Spiegel aus, um die andere, die ihm entgegenkam zu ergreifen.

»Hallo!« rief er. »Ich bin Wenceslao Gomara y Ventura.«

Um keine Zeit zu verschwenden, verzichtete er auf alle weiteren Zeremonien der Vorstellung. Er hatte es eilig. Obwohl die

Erwachsenen wahrscheinlich nie wiederkamen, sollte man doch die Möglichkeit ihrer baldigen Rückkehr nicht außer acht lassen. Mit gerafftem Rock stürzte er sich in die Flure, durch Schlafzimmer und Wohnräume, Arbeitszimmerchen und Stuben, Näh- und Spielzimmer, rannte durch die Korridore und Gemächer des riesigen verlassenen Hauses, wich herumirrenden Vettern aus, die versuchten, ihn mit Fragen aufzuhalten, warum er so unmöglich aussähe, bis er oben an der prunkvollen Treppe ankam, die sich von der Wand des ovalen Vestibüls entfaltete und wie eine Schlange aus Bronze und Marmor herabglitt. Dies war die nach der großen Kompaßrose in der Mitte des Fußbodens dort unten benannte Halle der Windrose. Eine halbe Minute lang zögerte Wenceslao neben dem Leuchter, an dem die Rutschbahn des bronzenen Handlaufs begann, den sonst vier Lakaien in amarant- und goldfarbenen Uniformen unter dem Vorwand, ihn unermüdlich zu polieren, ständig bewachten, damit keins der Kinder sich den sehnlichen Wunsch erfüllen konnte, dort hinunterzurutschen.

Da er sah, daß ein Schwarm von Vettern bereits lachend, kreischend und sich drängelnd die blanke Oberfläche hinunterrutschte, zog er es vor, die Treppe hinab zu rennen, immer zwei Stufen auf einmal. Unten überquerte er in höchster Eile die Windrose in den Fliesen des Vestibüls, lief durch das Mohrenkabinett und die kleine Halle, wo Onkel Anselmo auf dem Beauvais-Teppich immer den Boxring improvisierte, und durch die Galerie der Malachittischchen, bis er keuchend vor der Tür der Bibliothek ankam, wo er innehielt.

Er klopfte, um sich anzukündigen und trat ein, bevor man ihm von innen öffnete.

»Arabela?« fragte er.

»Ich komme runter«, antwortete seine Cousine von der obersten der vier Büchergalerien. »Sind sie weg?«

»Sie sind weg. Aber Froilán und Beltrán haben mich betrogen. Ich werde ihn erst sehen können, wenn...«

»Man muß nur ein wenig warten.«

»Ich warte seit fünf Jahren.«

Während Arabela herunterkam, und um das Schamgefühl seiner Cousine nicht zu verletzen – er hätte auch das Schamgefühl der anderen geachtet, wenn er in ihrer Ziererei etwas mehr als nur Getue hätte erkennen können –, versteckte er sich hinter einer spanischen Wand und tauschte seine Mädchenkleider gegen eine blaue Hose, ein weißes Hemd und bequeme Schuhe. Dann sagte er:

»Ich bin fertig.«

Arabela gab weder einen Kommentar ab, noch zeigte sie sich überrascht, als sie Wenceslao in Männerkleidung und mit kurzem Haar sah: aber sie schaute ihn an durch ihre Brille, die ihr die kleine Nase herunterrutschte und sie zwang, ihren Kopf nach hinten zu lehnen, um richtig hindurchsehen und ihren Augen die vierfache Sehstärke geben zu können. Man konnte damit rechnen, daß Arabela kein großes Aufheben machte. Mit dreizehn Jahren wußte sie bereits alles, was man wissen kann, ohne daß sie jemals die Bibliothek verließ. Wenceslao hatte das schon als ganz kleines Kind bemerkt, als er sich die erste Hose gekauft hatte und eine Mütze, um die Löckchen darunter zu verstecken, und er sich an Arabela wandte, weil sie ihm als Bundesgenosse nützlich war, denn er konnte in der Bibliothek, in die niemals jemand von der Familie kam, die Verkleidung dessen verstecken, der zu sein er niemals bezweifelt hatte.

Wenn er nachts aus dem Bett schlich, der Aufsicht der Lakaien entschlüpfte, ging er hinunter in die Bibliothek und blieb dort ganz still sitzen, ohne etwas zu tun oder zu sagen. Stundenlang saß er in Männerkleidung da, um die durch seine Mädchenaufmachung verfälschte Zeit zurückzugewinnen. Und Arabela setzte sich ihm gegenüber, lächelte freundlich, die Hände im Schoß gefaltet. Ohne den entnervenden Drang, sich beschäftigen oder ihr Dasein rechtfertigen zu müssen, saß sie in ihrem Konzertstühlchen am Fenster, versunken in die meditative Betrachtung des eigenen Grolls.

Als sie ihn jetzt sah, sagte sie:

»Gehst du in den Turm?«

»Komm mit mir.«

»Nein.«

»Warum nicht?«

»Weil deine Stimme zittert.«

»Ich finde, ich habe Grund genug dazu.«

22

»Wegen dieser Sache, die man Hoffnung nennt?«

»Bestimmt.«

»Ich glaube, ich möchte keine Hoffnung empfinden, wenn sie mich so verletzlich macht wie dich.«

»Wenn man keine Hoffnung hat, bleibt man kalt, Arabela, und das ganze Leben allein, und wenn man das Alter erreicht, in dem man sich jemandem oder irgendeiner Sache hingeben will, kann man es nicht.«

»Ich habe mich der Aufgabe hingegeben, sie von hier fernzuhalten, trotzdem kenne ich das Gefühl nicht, das dich jetzt beherrscht.«

»Ich frage mich, ob ein Groll wie deiner, ein an sich beachtlicher Antrieb, weil er wohl begründet ist, nicht eine Grundlage für Hoffnung sein könnte.«

Arabela brauchte über die Antwort nicht nachzudenken:

»Nein. Aber dadurch, daß ich sie aus Groll dazu gebracht habe, den Ausflug zu machen und sich in dieser Illusion zu verlieren, gehöre ich mit zu deiner Hoffnung, ohne an ihrem Programm teilzunehmen.«

»Ich bin noch zu klein, um ein anderes Programm zu haben als das meines Vaters.«

»Was ziemlich gefährlich sein kann.«

Zu den vielen Ritualen von Marulanda gehörte auch die »Schmusestunde«, in der die Mütter ihre Kinder um sich versammelten, um vor allen anderen ihre Zärtlichkeit zur Schau zu stellen, sie zu küssen und leidenschaftlich zu herzen und zu versichern, sie würden sterben, wenn ihnen etwas Böses geschähe. Bei einem dieser Zärtlichkeitswettbewerbe fiel Arabela in Ohnmacht, sie war damals noch ganz klein. Von unbeschreiblichem Schmerz ergriffen versuchte Ludmila, ihre Mutter, sich mit einem Seidenstrumpf zu erhängen und so das gewaltige Ausmaß ihrer Verzweiflung darzustellen. Dadurch zog sie die Aufmerksamkeit der Ärzte und der Familie auf sich. Trotz der Gefahren, in die sich die eine wie die andere gestürzt hatten, erholten sich Mutter und Tochter rasch, und Ludmila, die Siegerin im Zärtlichkeitsturnier, wurde von Terencio, ihrem Mann, und von allen Verwandten als vollkommenes Vorbild, als bewunderungswürdiges Monument der Mutterliebe geweiht. Arabela wuchs seitdem nur noch wenig und wurde Meisterin in der Kunst, sich so zu bewegen, als wäre sie gar nicht da. Ihr Körper trug dazu bei, daß ihre Eltern sie vergaßen, so als wollte er sich vor ihnen schützen. Er war ohne jeden Saft, leicht wie eine in einem Buch getrocknete Blume, wie ein Insekt, das, wenn es stirbt, zerfällt statt zu verwesen. Sie log jedoch, wenn sie ihren Groll als einzigen Beweggrund angab. Vielmehr war alles in ihr geschrumpft, nicht wegen des schweren Schlüsselbundes, der ihr am Gürtel hing, sondern aus Schmerz darüber, daß sie sich außerstande sah, ihren Eltern, dem bewunderungswürdigen Paar, Terencio und Ludmila, ein Quell der Freude zu sein. Ihr Schicksal glich in dieser Hinsicht durchaus dem Schicksal der anderen Vettern. Aber sie, die es nicht ertrug, wurde davon erdrückt, bis als sichtbarer Teil ihres Leids nur noch der Groll blieb. Dessentwegen, was die Erwachsenen für sie empfanden – oder nicht empfanden – wünschte sie, sie würden aufhören zu existieren. Natürlich nicht, indem sie sie tötete, sondern indem sie sie dazu brachte, diesen Ausflug zu machen, um sie zu eliminieren.

Es käme mir sehr gelegen, wenn ich meinen Lesern mitteilen könnte, die Idee, diesen Ausflug zu unternehmen, stamme von diesem einzigartigen, ernsten und zurückhaltenden Mädchen. So war es jedoch nicht. Weder sie noch Wenceslao oder irgendeiner der Bewohner des Hauses, auch nicht Adriano Gomara, wußten genau, woher die Idee zu dem Ausflug gekommen war. Arabela war es jedoch, die die überzeugendsten Daten beibrachte, um ihre Eltern zu dem Ort zu lenken, von dem ihre banale Phantasie träumte. Sie brachte die Lakaien dazu, riesige Truhen voller Papierkram vom Dachboden in die Bibliothek hinunterzutragen. Sie erfand tausend Tricks, um sie fortzuschicken und aus der Tiefe der Truhen staubige Folianten hervorzuholen, und mit Wenceslaos Hilfe mühte sie sich, aus Schimmelflecken auf einigen Landkarten Kordilleren zu machen und aus Termitenlöchern in bestimmten Plänen vielversprechende Zeichen, die man als sichere Wege auslegen könnte. Die Erwachsenen waren verblüfft über die Sachkenntnis, mit der Arabela alte Sprachen zu übersetzen schien, die in Buchstaben unverständlicher Alphabete geschrieben waren.

Aber sobald sie die Bibliothek verließen, verschwand Arabela aus ihren Gedanken, um darin flüchtig wieder Gestalt anzunehmen, wenn sie irgendeiner Erklärung bedurften. Genau das war es aber, was sie nicht ertrug. Sie sollten sie nicht länger belästigen! Sie sollten endlich abfahren, wie sie schließlich auch abfuhren. Und gleich, sobald auch Wenceslao sie in Ruhe lassen würde, könnte sie ihr wahres Leben beginnen, nämlich immerwährend in ihrem Stühlchen am Fenster sitzen, ohne eine andere Aufgabe, als von morgens bis abends in ihrem Geist die Bewegungen des Lichts im trügerischen Park ihrer Eltern aufzunehmen. Sie küßte Wenceslao zum Abschied auf die Stirn, er solle sie in Frieden lassen.

»Grüß deinen Vater von mir«, sagte sie.

»Ich bringe ihn her.«

»Ich bitte dich, tu das nicht.«

»Du wirst ihn mögen, und er wird dich mögen.«

»Das wäre mir zu lästig.«

»Wir brauchen dich, Arabela.«

»Es ist uns gelungen, sie wegzuschicken. Damit ist meine Mitarbeit an der gemeinsamen Aktion beendet. Bitte, laß mich jetzt in Ruhe.«

Wenceslao hielt beim Abschied die temperaturlose, beinahe pflanzliche Hand seiner Cousine in der seinen. Er wandte sich zur Tür, wollte hinausgehen. Er war überzeugt davon, sein Vater würde den Schmerz seiner Cousine bewältigen, dessen Stärke in etwas umwandeln können, das sicher roher war, aber auch zugänglicher, aus dem die Ironie vielleicht nicht ganz verbannt sein würde. Wie würde Arabela sein, wenn der Schmerz nur eine, nicht die einzige ihrer Möglichkeiten wäre? Verwirrt stolperte die Kleine, als sie die Wendeltreppe zu den Bücherregalen hinaufstieg, denn ihre Brille beschlug von dem leichten Schweiß, den die Angst aus ihrem Gesicht steigen ließ. Ein ganz zarter Stoß würde ausreichen, und sie käme aus dem Gefängnis ihres Grolls und ihrer Bücher heraus.

»Was hast du davon, daß du so viele Bücher gelesen hast, Arabela, wenn . . .«

Er sah, wie sie sich über das Geländer der obersten Galerie beugte. Ihr Gesicht war plötzlich reifer durch den Spott, mit dem sie ihn ansah. Später, dachte Wenceslao, wenn die dichten Schleier der Familie fielen, würde aus diesem Spott die Ironie, daß sie selbst es war, die sie einen nach dem anderen fortriß und den anderen nichts übrigblieb, als dieses Fortreißen zu akzeptieren. Er hörte wie Arabela ihn von oben herab fragte: »Von welchen Büchern sprichst du?«

»Von denen hier um dich herum«, antwortete er mit dem Stolz eines Ventura. »Die berühmte Bibliothek vom Urgroßvater. Ich habe gehört, sie enthält einige Inkunabeln.«

Arabela lachte ihn gutmütig aus:

»Willst du die Inkunabeln sehen, lieber Vetter?«

An diesem Vorschlag merkte Wenceslao, daß Arabela vollkommen der Sinn für Prioritäten fehlte. Das war freilich nicht verwunderlich, so lange zwischen Büchern eingeschlossen...

»Ich nehme an«, entgegnete er, »du begreifst, daß ich jetzt keine Zeit habe.«

»Warum? Dein Vater steht unter Drogen. Er wird vor dem Abend nicht aufwachen. Du kannst den ganzen Tag angenehm mit mir verbringen und Inkunabeln besehen.«

»Verstehst du nicht, wenn ich ihn auch nur ansehen kann...?« murmelte er und öffnete die Tür.

Bevor er hinausging, konnte er jedoch noch sehen, wie Arabela auf ein Stück des Schnitzwerks der Bibliothek drückte und Täfelungen aus sehr eng auf den Borden aufgereihten Buchrücken wie Deckel aufsprangen und enthüllten, daß es dahinter keine einzige Seite, keinen einzigen gedruckten Buchstaben gab.

2

Wenceslao kannte dies Geheimnis nicht, wie er viele der Geheimnisse der Erwachsenen nicht kannte, weil diese warteten, bis die Kinder in die höhere Klasse, der sie selbst angehörten, die Klasse der Erwachsenen aufstiegen, um ihnen die Geheimnisse zu enthüllen. Doch möchte der Erfinder dieser Geschichte – der auswählt, was er erzählt oder nicht erzählt, welche

Zusammenhänge er erklärt oder nicht erklärt und in welchem Augenblick er es tut – hier über dieses Geheimnis sprechen, das Wenceslao, auf dem Weg zum Turm seines Vaters darüber zu grübeln gezwungen, völlig überrascht hatte. Woher, wenn das die »Bibliothek« ist, bezieht Arabela so viel Wissen? Woher weiß sie so viel? Die Antworten nahmen in seinem Kopf die Form einer Menge anderer unmittelbarer Fragen an: Weiß sie denn wirklich so viel? Oder glaube ich das nur, weil ich so wenig weiß? Und glauben es die Erwachsenen, wenn sie nach etwas fragen, weil es ihnen angenehm ist, daß sie es weiß?

Die Bibliothek der Venturas konnte niemandes Wißbegier befriedigen, noch sollte sie das, wenn man die Aussprüche der Erwachsenen, was Bücher anging, bedenkt: »Lesen schadet den Augen«; »Bücher sind eine Angelegenheit von Revolutionären und ehrgeizigen Schulmeistern«; »durch Bücher kann niemand jene Kultur erlangen, die unsere erlesene Herkunft uns verleiht.«

Aus diesen Gründen verboten sie den Kindern den Zugang zu dem weiten Saal, dessen vier Etagen mit Geländern und Friesen aus Palisander geschmückt waren. Dieses Verbot war jedoch nur eins der vielen rhetorischen Verbote, deren man sich bediente, um die Kinder zu zähmen. Sie wußten, daß es hinter den tausend Buchrücken aus feinstem Leder nicht einen einzigen gedruckten Buchstaben gab. Der Urgroßvater hatte sie einrichten lassen, nachdem in einer Senatsdebatte ein hochtrabender Liberalinsky ihn einen »Ignoranten, wie alle seiner Kaste« genannt hatte. Als Revanche hatte der Großvater eine Gruppe Gelehrter aus der Hauptstadt angestellt, viele von ihnen waren Liberale, ihm eine Liste all der Bücher und Autoren zusammenzustellen, die das gesamte menschliche Wissen ausmachen sollten. Man verbreitete das lächerliche Gerücht, der Großvater wolle sich bilden. Aber, weit davon entfernt, etwas von dem zu lesen, was die Gelehrten vorschlugen, ließ er, erhabene französische, italienische und spanische Vorbilder kopierend, aus Leder der feinsten Qualität Täfelungen herstellen, die so aussahen wie die Rücken dieser Bücher, in die mit dem Gold seiner Minen die Namen der Werke und der Autoren geprägt waren, und ließ sie in den Saal einbauen, den er zu diesem Zweck in Marulanda einrichtete. Freundschaft und Verbundenheit vortäuschend, lud er den vorwitzigen Liberalinsky auf seine Ländereien ein, und der schritt geschmeichelt von dieser Einladung und lüstern vor schmieriger Bewunderung mit lyrischen, seine eigene angebliche Verbundenheit mit der Kultur unterstreichen sollenden Zitaten durch die Bibliothek. Aber, so erzählt die Legende, als er aus einer der obersten Galerien ein Buch herausziehen wollte und nicht begriff, warum es sich nicht aus seinem Platz löste, zog er mit solcher Kraft, daß er zurückstolperte, dabei das Geländer zerbrach und auf eine Weltkugel stürzte, deren bronzene Achse ihm ins Gehirn drang. Er war der letzte nicht zur Familie gehörende Besucher, der mit dem Privileg ausgezeichnet worden war, in das Landhaus der Venturas eingeladen zu werden. Und das Geländer blieb zerbrochen, als Beweis dafür, daß dieses Ereignis keins der vielen Gerüchte von Marulanda war, wie zum Beispiel das von den Menschenfressern. Wenceslao zweifelte keinen Augenblick daran, daß diese nur eine Erfindung der Erwachsenen waren, um mit Hilfe der Angst Repressionen ausüben zu können; eine Erfindung, an die sie schließlich selbst glaubten, obwohl dieser Selbstbetrug sie zwang, die kostspieligsten Schutzmaßnahmen gegen die hypothetischen Wilden zu treffen.

Tatsächlich festigte sich in der Familie von Generation zu Generation eine ganze Geschichte, die von uralten Überlieferungen ausging und ohne die die Familie wahrscheinlich ihren Zusammenhalt und damit ihre Macht verlieren würde. Man erzählte sich, daß die zivilisatorische Tat der Vorfahren, die als erste nach Marulanda gekommen waren, der Kampf gegen die Menschenfresser gewesen sei, bestimmt von der Notwendigkeit, die Gegend von dem größten aller kollektiven Verbrechen, der scheußlichsten Verkörperung der Barbarei zu säubern, die wie eine Art Mythos alles andere hintansetzte. Indem sie ganze Stämme erschlugen und Dörfer niederbrannten, gingen die ersten Helden siegreich aus diesem Kreuzzug hervor, der den Venturas nicht nur den Stolz auf ihr vortreffliches Werk eintrug, sondern sie auch in den Besitz der Ländereien und Minen brachte, die sie den Eingeborenen abgewonnen hatten. Nach einigen Generationen waren jene zu Vegetariern geworden und hatten die blutigen Einzelheiten ihrer Geschichte vergessen. Selbst die Erinnerung an ihre Waffen, die man ihnen abgenommen hatte, war verloren. Allerdings waren sie immer noch hervorragende Jäger. Aber sie jagten nur noch mit Fallen. Mit Stampfen und Geschrei durchkämmten sie die Wollgrasebene, die sich von Horizont zu Horizont ausdehnte, umringten die großen Beutetiere, trieben sie in die Fallen und erlegten sie. Natürlich nicht als Nahrung für sich selbst, sie hatten seit wer weiß wie langer Zeit kein Fleisch mehr gegessen, sondern für den Tisch der Herrschaft, denn die Venturas verbrachten jedes Jahr drei Monate des Sommers in Marulanda, und zu den wenigen Vergnügungen, die sie während ihres Aufenthalts in einer so entlegenen Gegend erwarten konnten, gehörte ein reichlich und köstlich gedeckter Tisch.

Sicher, wenn man die Eingeborenen heute sah, fiel es schwer zu glauben, daß sie in früheren Zeiten eine edle und, wozu es verschweigen, wilde Rasse gewesen waren. Man wußte, daß andere, glücklichere Großgrundbesitzer die Eingeborenen ihrer Güter, da sie weniger primitiven Stämmen angehörten, als Dienstboten in ihren Sommerresidenzen beschäftigten. Aber die Venturas hatten nicht solches Glück und mußten ihre gesamte Dienerschaft Jahr für Jahr in der Stadt rekrutieren. Diese unbequeme Prozedur hatte jedoch auch ihre Vorteile. Vor allem führte sie dazu, daß niemand im Landhaus jemals die Eingeborenen sah. Aber man wußte, daß sie für sie in den Minen arbeiteten, mit gesenkten Köpfen, zusammengewachsenen Augenbrauen, von aschgrauer Hautfarbe, mit zu großen Köpfen und vom vielen Hämmern des Goldes mit ihren hölzernen Keulen zu dicken Armen. Ihre schmutzigen Kinder und ihre Tiere zogen sie mit gleicher Unlust in dem elenden Haufen aus trockenen Grashalmen geflochtener Hütten auf, die man, wenn man auf die höchsten Türme des Hauses stieg, weit in der Ferne wie Pilze in der Ebene zusammenstehen sah.

In der Nacht vor dem Ausflug flüsterten die kleinsten der Vettern nach dem Zapfenstreich fiebrig in ihren Schlafräumen Rezepte der wohlschmeckendsten Gerichte, die die Wilden, wenn sie das Haus überfielen, aus den verschiedenen Körperteilen von Cipriano zubereiten würden, der als *bocato di cardinale* galt, weil er der dickste, der weißeste und zarteste war. Cipriano, viel zu entsetzt, um über die Folgen nachzudenken, floh deshalb zu seinem Vater. Denn allein ihn zu hören würde genügen, das kindliche Geflüster in die strenge, aber von Gespenstern freie Realität der Erwachsenen zu verwandeln. Barfuß, auf Zehenspitzen lief er durch die ausgehöhlte Dunkelheit der Treppen und der verlassenen Prachtgemächer und gelangte zur Tür des Kabinetts, in dem die Herren der Familie vor dem Schlafengehen ihre letzten Zigarren rauchten. Die Stimme seines Vaters, des bewunderungswürdigen Terencio, versicherte, daß bis vor einigen Jahren, trotz der jahrhundertelangen Unterdrückung, noch menschenfresserische Praktiken zu beobachten gewesen wären: Tänze von offensichtlicher Symbolik, Festmahle, bei denen sie Teigwaren verschlangen, denen sie menschliche Formen gaben, Musikinstrumente aus Knochen von höchst verdächtiger Herkunft... nein, das sei keine Ideologie, versicherte Terencio, wie etwa die Lebensweise der Venturas eine Ideologie darstelle. Die der Eingeborenen sei allein das Gift des Hasses, das sie im Blut hätten, ein Instinkt für Grausamkeit, der trotz der Unterdrückung hartnäckig fortbestand; Unmenschlichkeit, in der der beharrliche Zusammenhalt ihrer Rasse überlebte wie eine Forderung auf das Recht, das zu sein, was sie waren. Der Kreuzzug, der eigentlich ein Verteidigungskampf sei, müsse also weitergehen. Als Cipriano das hörte, ließ er sein untröstliches Köpfchen in Tränen aufgelöst gegen die geschnitzten Girlanden der Sandelholztür sinken: es stimmte also, es gab die Menschenfresser, denn seine Eltern trafen Vorbereitungen, sich morgen auf dem Ausflug gegen sie zu verteidigen... wenn diese nicht statt der Kavalkade lieber das Landhaus angriffen, wo sie alle Kinder auffressen würden, angefangen bei ihm, dem Dicksten von allen.

Eine brutale Hand in weißem Handschuh stieß plötzlich aus der Dunkelheit und packte Cipriano am Ohr:

»Kanaille! Was machst du hier um diese Zeit? Weißt du nicht, welche Strafe darauf steht, den Zapfenstreich zu mißachten?«

Es war der Majordomus. Seine Silhouette von gewaltiger Höhe

leuchtete mit allen Rangabzeichen und goldenen Kordeln, die seine Livree schmückten, während sein Gesicht hoch oben von der Dunkelheit verhüllt blieb.

»Weißt du das nicht?« drängte er und schüttelte Cipriano mitleidlos.

»Weißt du das nicht, du Strolch?«

Es war sinnlos, auf diese überraschende Sprachgewalt, die der Gewalttätigkeit vorausging, zu antworten. Nach dem Zapfenstreich bestimmten der Majordomus und seine Lakaientruppe, was ein Vergehen war und welche Strafe es verdiente. In seinen Händen war die Rechtsprechung – wenn meine Leser mir erlauben, es so zu nennen – unberechenbar, da weder der Majordomus noch seine Spitzel den Venturas über Einzelheiten dessen, was nach dem dritten Gongschlag geschah, Rechenschaft ablegen mußten. Man bezahlte sie ausgezeichnet dafür, daß sie die Ordnung aufrechterhielten. Und diese Ordnung konnte natürlich nicht bestehen, wenn man nicht in den kindlichen Herzen das Bild freundlicher und gelassener Eltern wachhielt. Wenn, zum Beispiel, die Nachtschicht der Lakaien meinte, es sei ein Vergehen, beim Einschlafen die Hände unter der Decke zu haben, weil Kinder sich nicht »berühren« sollen – ein schmutziges Laster, ganz sicher menschenfresserischen Ursprungs –, wurde der Schuldige in die Kellerräume geschleppt und geschlagen, während man ihn über seine Beziehung zu den Wilden verhörte. Aber die Züchtigungen durften keine Spuren hinterlassen, die die Kinder den Eltern zeigen könnten, um Gerechtigkeit zu fordern. Jede neue Lakaientruppe perfektionierte erstaunliche Disziplinierungstechniken, furchtbare Schläge mit Stöcken, deren Spitzen heuchlerisch mit Filz umwickelt waren, Fesseln aus glatter Seide, mit denen die Handgelenke hinter dem Rücken an die Fersen gebunden wurden und den Angeklagten zu einem schmerzhaften Bogen krümmten, während er verhört wurde. Manchmal versuchte ein Kind, einen Diener zu verpetzen. Die Antwort der Eltern war indessen stets etwa die gleiche: »Wenn die Folter, wie du deine Phantasiegespinste nennen willst, so schrecklich war, muß sie Spuren hinterlassen haben. Wo sind sie? Komm, zeig sie mir. Ich sehe nichts, und wenn ich dir glauben soll, muß ich

Beweise sehen. Ich schließe daraus, du sagst nicht die Wahrheit. Und du sollst doch nicht lügen, mein Liebling, das ist eine sehr häßliche Angewohnheit, die nur zu den Eingeborenen paßt, deren Seelen, wie jeder weiß, von Lastern zerfressen sind. Die Dienerschaft hat die hohe Aufgabe, darüber zu wachen, daß niemand von unserem Geschlecht von den Eingeborenen verdorben wird.«

Als Frau von Hermógenes, dem Ältesten der Venturas, führte Lidia das Kommando über das Heer der Diener, Köche, Lakaien, Wäscher, Stallknechte, Weinkellerer, Tischler, Schneider, Gärtner und Bügler. Die Familie hielt dies für eine so monumentale Aufgabe, der niemand außer Lidia gewachsen wäre. In den Sommermonaten mußte aus dieser Legion ein Maximum an Leistung herausgeholt werden. Man mußte über Eifersüchteleien, Diebstahl, Zank, Faulheit, mangelndes Pflichtbewußtsein oder totale Hingabe an die mystische Ausmerzung jeder Spur der Menschenfresser wachen. Neben diesem ersten Gebot, das die Dienerschaft auf die Stufe von Kreuzrittern erhob, gab es das zweite Gebot, nämlich die strengen Hierarchien einzuhalten, auf daß auch nicht der geringste Widerhall ihrer eigenen unzulänglichen Persönlichkeiten bis in die Salons vordringe, in denen sich der friedliche Sommeraufenthalt der Venturas abspielte. Alles war nur eine Frage von Tenue, von untadeliger Haltung, die sich in untadeligem Benehmen widerspiegelte. Wenn die Tenue perfekt war, genügte es, die Diener an ihrer Kleidung – und des in ihr symbolisierten Ranges – zu identifizieren, um sich von minderwertigen Personen umgeben zu sehen, deren Wesentlichkeit darin bestand, austauschbar zu sein. Ihr Leben außerhalb dieser drei Monate im Haus der Venturas existierte nicht, so daß Lidias Aufgabe sich darauf beschränkte, eine Strategie zu entwerfen, die nur für diesen Zeitraum galt. Sobald sie in die Stadt zurückgekehrt waren, entließ Lidia jedes Jahr – und mit einem Seufzer der Erleichterung – das ganze Kontingent, nachdem die Ausrüstung abgegeben worden war. Keiner der Diener wünschte jemals, die Erfahrungen eines Sommers in Marulanda zu wiederholen. Man bezahlte sie gut: einen Gesamtbetrag nach Rückkehr in die Stadt, von dem die Strafen für begangene

Fehler und die entsprechenden Beträge für die winzigste Kleinigkeit, die über das Angebotene hinaus konsumiert worden war, von Lidia erbarmungslos abgezogen wurde. Aber die Forderungen an die Disziplin waren zu bitter, diese Demütigung, sich ganz und gar mit der Lakaienuniform, mit dem blauen Overall des Gärtners, dem braunen Hemd des Stallknechts, der weißen Schürze des Kochs zu identifizieren. Es blieb ihnen jedoch für ihr ganzes Leben eine gewisse Steifheit des Ganges, eine gewisse Neigung zur Unterwürfigkeit, so daß sie sich noch nach vielen Jahren untereinander erkennen konnten. Sie bildeten eine Kaste, die natürlich ohne Bedeutung, aber leicht zu identifizieren war. Jedes Jahr, bevor man nach Marulanda abreiste, erklärte Lidia, wenn die Unterweisung beendet war, von ihrer Tribüne herab, vor der das neue Kontingent Aufstellung genommen hatte, wie die Beziehungen zu den Kindern beschaffen sein sollten. Diese, so versicherte sie wortreich, seien ihre Feinde, nur darauf bedacht, sie zu vernichten, wie sie alles Bestehende dadurch zu vernichten suchten, daß sie die Regeln in Frage stellten. Die Diener hätten über die Brutalität von Wesen zu wachen, die, da sie Kinder seien, noch nicht zur aufgeklärten Klasse der Erwachsenen gehörten und darum zu allem fähig seien, nämlich sie auszunutzen, ungehorsam zu sein, Schmutz zu machen, zu petzen, zu zerstören, aggressiv zu sein, den Frieden und die Ordnung durch Kritik und Zweifel zu unterminieren und sie, die Dienerschaft, zu vernichten, weil sie die Hüter gerade dieser zivilisierten, verehrungswürdigen Ordnung seien, die jeder Kritik mißtraue. Die Gefährlichkeit der Kinder werde nur übertroffen von der der Menschenfresser, und es sei durchaus möglich, daß sie aus Dummheit und wahrscheinlich ohne böse Absicht, ja sogar ohne es selbst zu wissen, deren Agenten seien. Keine Art der Strenge sei übertrieben, obwohl das Personal die Formen des absoluten Gehorsams gegenüber den Kindern zu wahren habe. Trotz ihrer Aufgabe dürfe keiner von ihnen vergessen, daß er ein Diener sei. Im Namen aller übrigen Venturas übergab Lidia der Dienerschaft die Vollmacht, Überwachungsnetze und Bestrafungssysteme zu organisieren, damit die Gesetze eingehalten würden, deren schriftliche Details sie sofort dem Chef aller

Diener, dem Majordomus, übergeben werde. In seine Hände legte sie die Organisation der ständigen Wachablösung, Tag und Nacht, die vor allem nach dem Zapfenstreich unerbittlich sei, wenn sie die einzige und totale, blinde, taube und stumme Autorität besäßen, eine Störung der Erwachsenen durch die Kinder zu verhindern. Zu den vielen wichtigen Rollen, die die Dienerschaft während des Sommers zu erfüllen hatte – nur hinter der zurückstehend, sie mit der Waffe gegen hypothetische Menschenfresser zu verteidigen, wenn sie mit dem Gold der Minen beladen in die Stadt zurückfuhren –, gehörte die, als Filter gegen das Betragen der Kinder zu wirken, damit deren Schandtaten nicht die wohlverdiente Ruhe ihrer liebenden Eltern störten. Sie sollten bedenken, daß die armen Kinder noch alles glaubten. Ihre Gemüter seien weich, für jedes Geschwätz empfänglich, ganz anders als die gefestigten Gemüter der Erwachsenen, so daß die armen Engelchen oft Opfer hartnäckiger Gerüchte seien, alle natürlich negativer Art, da sie nicht aus der Familie stammten, sondern wer weiß woher kämen, ganz sicher aus schändlicher Quelle, die sie, Lidia, lieber nicht noch einmal nennen wolle.

Zum Schluß, sagte sie, nur noch zwei Worte: die Dienerschaft der Venturas sei deren ganzer Stolz. So sei es immer gewesen. Wenn sie traditionsgemäß durch die Stadt zum Zug marschierten, mit dem sie das erste Stück der Reise nach Marulanda fuhren, liefen die Leute an die Fenster und auf die Balkone, um die in der Tenue ihres Personals symbolisierte Macht der Familie zu bewundern. Dieser öffentlichen Aufmerksamkeit sollten sie sich würdig erweisen. Und mit der Feststellung, manchmal sei es notwendig, als erster anzugreifen, wenn man sich verteidigen wolle, beendete Lidia ihren Vortrag.

Das größte Problem sah Lidia jedes Jahr darin, einen Ersatz für den Majordomus des Vorjahres zu finden. Der beste Ort, ihn zu suchen, war in den Häusern anderer, ihnen ähnlicher Familien. Es erübrigt sich zu erwähnen, daß sie solche bevorzugte, die ihrer Dienerschaft die strengste Disziplin auferlegten. An Kandidaten fehlte es nie. Die Ausbildung in den komplexen Organismen jedes der großen Häuser schränkte stets ihre sklavischen Wünsche ein, löschte ihre Phantasie und versah sie

34

mit Haßgefühlen, die durch die Disziplin all der Jahre, in denen sie nichts anderes kennenlernten, so gut ausgerichtet waren, daß unter dem Namen Treue oder Mut die Grausamkeit zur höchsten Blüte gelangte, wenn man in den Dienst der Venturas trat, und der durch die lange Dressur, die schon in der Kindheit zu beginnen pflegte, eingetrichterte Gehorsam im Landhaus mit dem Namen Erfahrung belegt wurde.

Die Venturas hatten viele Majordomus gehabt; alle waren sie gleich gewesen. Niemand erinnerte sich weder ihrer Namen noch ihrer persönlichen Eigenheiten, denn ihre Pflichten waren so reglementiert, daß man nach einer bestimmten Zeit von Dienstjahren automatisch ein perfekter Majordomus war. Was jedoch niemand vergaß, was nie aus den Albträumen der Kinder wich und nie aus den Zwangsvorstellungen der Erwachsenen, war die pompöse Livree des Majordomus, das traditionelle Prachtgewand aus amarantfarbenem Samt mit goldenen Litzen, beladen mit Tressen und Würdenzeichen, hart und schwer und steif von Kordeln, Brustschnüren und Sternen, die in der Phantasie aller als Symbol der Ordnung funkelte. Sie war mit einem furchterregenden Eigenleben ausgestattet, das sehr viel weniger vergänglich war als das der gesichtslosen Majordomus, die nacheinander in ihr steckten. Diese Livree war so gewaltig, daß die Schwierigkeit hauptsächlich darin lag, einen Kandidaten zu finden, der groß genug war, damit sie nicht locker an ihm hing. Sobald diese Aufgabe gelöst war, konnte man damit rechnen, daß jeder Majordomus ohne jeden Ehrgeiz war, die Rituale zu ändern, und daß er auf keinen anderen Lohn aus war als auf die Ehre, das sein zu dürfen, was er war, und auf das Häuschen in der Stadt, das die Venturas jedem als Lohn schenkten. Es stand in einem Viertel, das dem glich, in dem die Herrschaft wohnte, auf plebejische Weise freilich, mit gewöhnlichen Fassaden, die die edlen, in den breiten Palmenalleen aufgereihten Fassaden, hinter denen Menschen wie die Venturas wohnten, nachäfften.

Die Kinder lernten die Lakaien sehr gut kennen, deren Tricks letztlich so begrenzt waren wie ihre Phantasie. Sie merkten, daß man sie schon mit wenig bestechen konnte, mit einem Lob oder mit einem Lächeln. Weit davon entfernt, eine geschlossene Gemeinschaft zu bilden, stritten sie sich bis aufs Blut und fürchteten vor allem jeden, der einen höheren Rang innehatte. Die Kinder wußten, daß sie dumm, daß sie schwach waren, weil sie sich zu sehr von der Macht beeindrucken ließen, die sie nachts über diejenigen besaßen, denen sie am Tage zu dienen und schweigend zu gehorchen hatten. So unsicher waren sie bei jedem Schlag, den sie führten, daß sie ihn zu einer allzu emphatischen Angelegenheit machten, wie zum Beispiel jene Schläge, die der Majordomus in der Nacht, die ich als Erzähler weiter oben erwähnen wollte und die ich jetzt zum Anlaß nehme, um meine Leser wieder in die Gegenwart meiner Erzählung zurückzuholen, Cipriano verpaßte. Trotz seines von der Ohrfeige schmerzenden Auges und trotz seines beinahe zerfledderten Ohres konnte Cipriano den Redeschwall des Majordomus dazu nutzen, in der Dunkelheit einen Stuhl umzustürzen und zwischen Sekretären und Rüstungen hindurch die Treppe hinauf zu fliehen, bevor noch der oberste Lakai die Identität des Missetäters hätte feststellen können. Während er sich wieder in die trügerische Stille der Schlafräume einfügte, verlor Cipriano keine Zeit, die Geheimnisse auszustreuen, die seinen Vettern den Schlaf raubten; nämlich die Sätze, die er durch die Sandelholztür aufgeschnappt hatte. Und mit diesen gerade gehörten Details bekräftigte er die Befürchtungen, deren Hauptopfer er vorher gewesen war, die er jetzt jedoch beherrschte. Zoé und Olimpia, die Jüngsten, zitterten in einem Bett eng aneinander geschmiegt und sahen in ihrer Phantasie Gardinen, die wie Erscheinungen atmeten, und hörten Stöhnen, Quietschen und Geflüster. Und wenn der Wind rachsüchtig über die Ebene strich und das Wogen der pflanzlichen Stimmen hereinflutete, weckte das Husten der armen Cordelia – der es tagsüber verboten war, diesen absurden Husten einer schwindsüchtigen Heroine nachzuahmen – mit seinem Gekrächze jeden, der vielleicht in Schlaf gesunken war, und die betrunkenen Schritte von Juvenal hallten durch die mit Teppichen ausgelegten Korridore des Hauses und suchten einen Gefährten, der ihm helfen möge, die Angst zu besänftigen, bis der Morgen die Ebene zum Schweigen brächte.

Juvenal weigerte sich, an dem Ausflug teilzunehmen. Als ältester der Vettern, den man als einzigen frei von Lastern wähnte, weil er der Klasse der »Großen« angehörte, da er gerade siebzehn Jahre alt geworden war, genoß er dieses Privileg. Aber er zog es vor zu bleiben. Ohne die Beschränkung durch seine Eltern und die Dienerschaft würde *Die Marquise ging um 5 Uhr aus* im Landhaus alles verändern können. Es würde Park, Haus, Statuen, Vettern, Cousinen, Kleidung, Spiele und Speisen zu etwas ganz anderem, Höheren machen, und neue Regeln würden entstehen, die er bestimmen würde. Es war besser, nicht weiter darüber nachzudenken, was geschehen könnte, wenn einige der Gerüchte, die unter den Kindern umgingen, wahr wären. Aber Gerüchte, selbst die wahrscheinlichsten, hatten doch noch den Vorteil, daß man sie ignorieren konnte. Das wäre ganz unmöglich in der konkreten Situation des Ausflugs, auf dem er nur als ungeschickter Reiter und halbherziger Jäger ausgelacht würde.

Niemand bestand mehr, als es die gute Erziehung forderte, darauf, daß Juvenal an dem Ausflug teilnähme. Für die Erwachsenen war es von Vorteil, einen Repräsentanten ihrer Vorstellungen und Privilegien zurückzulassen. Schließlich war Juvenal bereits »ein ganzer Mann« und würde die elterliche Autorität verkörpern, während sie fort waren.

Anfangs hatten die Venturas die Absicht gehabt, einen Teil der Dienerschaft zurückzulassen, der sich während ihrer Abwesenheit um die Kinder kümmern sollte. So hatte es Lidia jedenfalls vorgesehen. Aber ebenfalls von Anfang an, und gleichzeitig mit den Gerüchten, die die Angst erfand, gingen Beschreibungen des Ortes um, den sie besuchen wollten: der zarte Wasserfall, der sich von einem Regenbogen gekrönt in die Lagune ergoß; die Blätter der riesigen Seerosen, die sich wie gelackte Inseln auf dem Wasser ausbreiteten und auf denen man sich herrlich niederlassen und Karten spielen oder angeln könnte: die mit blaublättrigen Schlingpflanzen geschmückten Bäume; die unbeschreiblichen Schmetterlinge; die Vögel mit opalfarbenen Brustfedern; die harmlosen Insekten; die Früchte, der Duft, der Honig. Und als Lidia entschied, welche Diener nicht mitfahren sollten, begannen die Komplikationen. In den stinkigen Untergeschossen, von denen das

Haus unterkellert war, in denen die Dienerschaft von niederem Rang ihr Leben fristete, brodelten Zänkereien und Intrigen, Racheakte, Petzereien und Drohungen, man werde peinliche Vertraulichkeiten verraten oder Schulden kassieren, die nicht nur in Geld bestanden. Es begannen Kauf und Verkauf, Wetten und Gegenwetten auf ein As dieses wunderbaren Glücks, am Zeitvertreib der Herren und der Welt der Privilegierten teilnehmen zu dürfen, sei es auch nur in Livree und die Herren bedienend. Um das Vernünftigste zu tun und die Lage endlich zu klären, berief Lidia einen Familienrat ein, auf dem beschlossen wurde, daß alle Diener auf den Ausflug mitkommen sollten. Die Kinder sollten unter der stellvertretenden Aufsicht von Juvenal zurückbleiben, durch das unüberwindliche Gitter aus eisernen Lanzen, das den Park umgab, vor jeder Gefahr geschützt.

Die Dienstboten, die sich auf diese Weise in eine in gewissem Sinne den Kindern übergeordnete Klasse erhoben fühlten, trafen nun ihrerseits Vorbereitungen. Sie putzten fröhlich ihre vergoldeten Knöpfe und bügelten ihre Spitzenjabots, kochten Hunderte von Paaren weißer Handschuhe, die dazu bestimmt waren, die dienenden Hände zu bekleiden. Sie stärkten Häubchen und paßten die Schürzen den ständig zunehmenden Umfängen der Küchenjungen und Köche an, während die Gärtner und Stallmeister, um sich eine gewisse Bedeutung zu geben, an der es ihnen nach Ansicht der Lakaien und Köche mangelte, immer wieder zu den Herren liefen, um nach ganz unwichtigen Dingen zu fragen.

Den Kindern, von denen einige protestierten, als sie sich von dem Ausflug ausgeschlossen sahen, versprach man, sie im nächsten Jahr mitzunehmen, wenn man den Ort kenne, von dem es hieß, er sei traumhaft, der jedoch auch gefährlich sein könne oder unbequem oder ganz einfach eine so ermüdende Expedition nicht wert.

»Aber sie werden uns nicht mitnehmen«, sagte Wenceslao jedem, der es hören wollte. »Selbst wenn sie von dem Ausflug zurückkommen sollten. Und das ist sehr unwahrscheinlich.«

Nachdem er, wie wir oben gesehen haben, Arabela in der Bibliothek zurückgelassen hatte, dachte Wenceslao, seine Cousine habe eigentlich recht: warum sollte er sich beeilen? Das Laudanum, daß seinen Vater im Turm eingeschläfert hatte, war sicher nicht knapp bemessen worden, damit es ihn für den einen Tag ausschalte, den, wie seine naiven Wächter glaubten, der Ausflug dauern würde. Aber es gab noch ein Morgen und ein Übermorgen und vielleicht ein Immer, dachte Wenceslao leidenschaftlich, während er durch die Galerie der Malachittische wanderte und die Hose seiner Männlichkeit genoß, die nun endlich offenkundig geworden war. Er beobachtete durch die Reihen der Fenster dieses Volk von emotionalen Krüppeln, die seine Vettern waren und die sich jetzt nach und nach auf der Südterrasse versammelten. Alle Krüppel? Nicht alle. Der eine oder andere könnte sich erholen. Sie gehören jedoch, dachte er, in diese künstliche Landschaft, zu den Treppen und Vasen, den glatten Rasenflächen und Pavillons und den in festgelegten Mustern der Rabatten gefangenen Blumen. Ihr Schicksal ähnelte dem des Pfaus, der sich auf den Kopf der jagenden Diana geflüchtet hatte und dessen Schwanz die böse Zoé – die ziemlich beschränkt war – zu fassen versuchte, um ihn ihm auszureißen, ohne daß das Grinsen ihres pausbäckigen mongoloiden Gesichts die Überlegenheit des Vogels geschmälert hätte. Cordelia, die traurige, schöne, blasse Cordelia kämmte ihren langen blonden Zopf, der einer mittelalterlichen Heldin würdig war, und schien auf irgend etwas zu warten, das sie aus dem Gefängnis dieser Krankheit befreie, an die niemand glauben wollte. Mauro folgte Melania, die nichts tat, da sie, wie die Mehrzahl der Sprößlinge der Venturas, nichts konnte. Vielleicht dachte sie daran, während der Abwesenheit der Eltern Mauro endlich ihren Körper hinzugeben, wie jemand einem hungrigen Hund ein Stück Fleisch reicht, damit er es vernasche und nicht, damit er seine Freude daran habe und sie dies ihrerseits genieße. Juvenal räkelte sich, hob die Arme, um sich durch die Haare zu fahren, und gähnte. Für einen Augenblick war er durch die weiten Ärmel des Morgenmantels – sein Vater hatte ihm verboten, ihn außerhalb seiner privaten Gemächer zu tragen – zu einem granatfarbenen Seidenkokon geworden. Und auf der Haupttreppe, die zum Rosengarten hinunterführte, war die Welt noch in Ordnung. Wie für ein Photo posierend saßen dort die Schachspieler, Cosme, Rasamunda und Avelino, und lenkten das Geschick der Figuren auf dem Schachbrett. Sollte er sich ihnen anschließen, um sich die Zeit zu vertreiben und so zu tun, wie sie es zu tun schienen: als wäre dies ein Sommermittag wie jeder andere, voller kleiner Zerstreuungen, die niemanden befriedigten? Keiner war in der Lage, sich aus der Geschichte zu lösen, die ihn gefangenhielt. Nur er erriet Veränderungen, sehnte sich nach neuen Einflüssen. Auch wenn sein Vater betäubt worden war, wollte er hinaufgehen, um ihn zu sehen. Heute gab es keine herumschnüffelnden Lakaien zu fürchten, wenn er die hinteren Treppen zu den oberen Stockwerken hinaufstieg, höher und höher hinauf als die Mansarden, bis zu den Dachterrassen und Dachstuben, von wo aus die Türme wie verdrehte, mit Keramikschuppen bedeckte Finger in die Wolken stießen, so hoch, daß sie sich im schwindelerregenden Himmel zu wiegen schienen. Gestern nacht war ihm das Haus freilich vorgekommen, als sei es drohend gesträubt, wachsam von verräterischen Augen, metallisch funkelnd von den Livreen, die aus der Dunkelheit heraustraten, bedrohlich von weißbehandschuhten Händen, die bereit waren zuzupacken. Mit seinem prallgefüllten Geldbeutel war es notwendig gewesen, sich mehr als sonst in acht zu nehmen, damit ihn die Spitzel des Majordomus nicht erwischten, als er aus Melanias Bett kam, und seinen ganzen Plan verdarben. Es war ihm gelungen, fast ohne zu atmen auf allen vieren zwischen den Möbeln hindurchzukriechen und durch die Öffnung einer zerbrochenen Scheibe auf die Südterrasse hinauszuschlüpfen. Er schlich hinunter in den Rosengarten, durch das Buchsbaumlabyrinth, verbarg sich hinter den wunderlichen Pflanzenskulpturen und lief zu den Ställen, wo, für den Ausflug am nächsten Tag bereit, die Pferde scharrten und die Wagen und Geschirre funkelten. Er vergewisserte sich, daß sie das an einer Seite mit Balken versehene Gefährt, in dem sie seinen Vater von der Stadt hierher und in die Stadt zurück transportierten, nicht vorbereitet hatten. Sie würden ihn also, wie sie es versprochen hatten, nicht mitnehmen auf den Ausflug. Ja, ja, die Räder des Karrens waren rostig, nicht geölt, das bedeutete, sein Vater würde im Landhaus bleiben, und sie konnten gemeinsam seine Pläne ausführen. Wieder ging er durch den Park, dieses Mal in entgegengesetzter Richtung und in vollem Lauf. Zuversichtlich betrat er jetzt das Haus und stieg zum Turm seines Vaters hinauf, unbesorgt darum, ob irgendein Spion in der unwegsamen Dunkelheit versteckt war. Als er an die Tür von Adrianos Mansarde kam, klopfte er:

»Froilán?«

»Ja.«

»Beltrán?«

»Ja. Wenceslao?«

»Ja. Schläft mein Vater?«

»Nein.«

»Ich bringe das Geld. Macht auf.«

»Nein. Du weißt doch, daß wir dich nicht mit Don Adriano sprechen lassen, bevor alle weg sind.«

»Wenn ihr mir nicht aufmacht, kann ich euch das Geld nicht geben, und ihr könnt nicht mit auf den Ausflug.«

Bei dieser Drohung rasselten die Schlüssel, und in die Stille hinein hallten die Geräusche der Schlösser und Ketten. Die beiden Riesen versperrten den Eingang: Froilán vierschrötig, mit langen, behaarten Armen und schweißbedeckter Stirn, die kühn von seiner Hakennase zurückwich, und Beltrán, dessen schwerer, akromegalischer Kiefer auf seine nackte, schweinsborstige Brust fiel. Beide hatten das sanfte, beinahe sehnsüchtige Lächeln derer, die am Rande der großen Tragödien leben, sie aber weder begreifen noch mitempfinden können. Wenceslao gab ihnen sein Geld. Er fragte die Wächter:

»Alles klar?«

»Ja. Es gibt so viele Diener im Haus, daß niemand unsere Anwesenheit in den Wagen am Ende der Kavalkade bemerken wird. Mit dem Geld bezahlen wir Juan Pérez, der hat versprochen, dafür zu sorgen, daß wir einen Platz bekommen.«

»Juan Pérez?« fragte Wenceslao. »Als ich klein war, habe ich den Namen von meinem Vater gehört.«

»Aber das ist nicht derselbe Juan Pérez«, erwiderte Froilán.

»Jedes Jahr gibt es einen Juan Pérez. Aber jedes Jahr ist es ein anderer Juan Pérez. Das ist ein häufiger Name, nicht wie Froilán...«

»Gebt ihr mir die Schlüssel?« fragte Wenceslao, als er ihnen seinen mit Kronen gefüllten Beutel aushändigte.

»Nicht jetzt. Wir verstecken ihn hier, wenn wir gehen, hinter dem Sockel der Madonna, in dieser Nische.«

Am nächsten Tag, nachdem er sich, wie wir gesehen haben, von Arabela in der Bibliothek verabschiedet hatte, suchte Wenceslao, sich auf die Zehenspitzen hochreckend, die Schlüssel in der Nische. Er keuchte noch, denn er war die Treppen in den Turm hinaufgerannt. Eine Sekunde lang fürchtete er, die beiden einfältigen und verschreckten Wesen, die es wagten, ihre Pflicht zu vernachlässigen, um einen Tag lang am Prunk der Herrschaft teilhaben zu können, hätten ihn betrogen, indem sie nicht nur seinen Vater betäubt, sondern auch die Schlüssel mitgenommen hatten. Aber nein. Da waren sie. Und der Junge öffnete die Schlösser und Riegel als kenne er sie auswendig.

Das Zimmer seines Vaters war groß. Es hatte niedrige Deckenbalken, die oben eine hohe parabolische Kuppel frei ließen, wo die Tauben nisteten. Die Wächter mußten sich bücken, wenn sie dort herumgehen wollten. Zuerst glaubte Wenceslao, es sei nichts und niemand in dem Raum, sie hätten ihn mitgenommen aus Angst, ihn allein ohne Aufsicht zu lassen. Er fürchtete, er, ein Kind, müsse sich allein einer Zukunft der Trostlosigkeit stellen, ohne einen Führer, der das Leben im Landhaus während der Abwesenheit der Erwachsenen und der Diener lenkte. Für einen Augenblick sehnte er sogar diese verfluchte Strenge herbei. Aber plötzlich merkte er, daß er, geblendet von den Höhlen der beiden Luken in Fußbodenhöhe, die allein den Raum erhellten, ein Bett aus so starken und schwarzen Eisenstangen wie die eines Gefängnisses nicht bemerkt hatte, das zwischen den Fenstern stand. Sein armer Vater mußte sich also wie ein Tier, gedemütigt, erniedrigt, auf alle viere niederbükken, wenn er ihm durch die Luke die als Wahnsinnsäußerungen getarnten Botschaften zubrüllte, die die übrige Familie zu überhören gelernt hatte. Auf dem Bett lag ein Körper. Er rief ihn an, bekam aber keine Antwort. Trotzdem sagte er:

»Ich bin es, Wenceslao.«

Einen Augenblick hatte er die Hoffnung, sein Vater würde bei seinem Namen aufstehen und ihn nach vier Jahren Trennung in die Arme nehmen. Als er aber auf das Bett zuging, sah er ihn dort liegen, in eine Zwangsjacke gewickelt wie in einen grausamen Kokon. Er war geknebelt und trug eine Binde über den Augen. Ein menschliches Wesen, sein Vater, lag auf Decken, die von Blut und Speichel beschmutzt waren und nach Erbrochenem stanken. Wenceslao beugte sich über den feuchten Knebel:

»Laudanum«, knirschte er. »Damit er sich nicht mit mir verständigen kann, bis sie von ihrem Ausflug zurück sind. Aber sie werden nicht zurückkommen. Und mein Vater wird erwachen, und sein Zorn wird fürchterlich sein.«

Wenceslao zögerte nicht. Mit einem Messer öffnete er durch einen Schnitt vom Kinn bis zu den Füßen die Zwangsjacke, die wie eine Scheide in zwei Teile auseinanderbrach und einen nackten Körper enthüllte, der bleich wie ein Kadaver in seinem Leichentuch dalag. Dann zerschnitt er den Knebel, löste die Augenbinde und deckte das schöne Antlitz seines Vaters auf, an das er sich kaum noch erinnerte. Aber die Bewegung, die in ihm aufbrach, fand ihn in diesem von Magerkeit eingefallenen Mund, in dem Rücken der durchscheinenden Nase und in den vom Opiumschlaf bläulichen Lidern wieder. Der blonde Bart reichte ihm bis auf die Brust, das Haar bis auf die Schultern.

»Vater«, flüsterte Wenceslao und strich ihm über die schmutzige Mähne, ohne Hoffnung, daß er ihm jetzt antworten würde. Er wußte, der Schlaf des Laudanums ist lang. Er setzte sich am Kopfende auf den Boden und sah abwechselnd zum Vater und durch die Luken, durch die er aus dieser Höhe einige Zwerge erkennen konnte, die auf dem Rasen des Parks spielten, der wie ein von der Ebene eingefaßter Smaragd aussah. Das machten die Erwachsenen also mit denen, die sie nicht in ihr System aufsaugen konnten; was sie mit allen tun würden, die nicht so waren wie sie selbst. Auch mit ihm, Wenceslao, würden sie das tun, wenn er so alt war wie sein Vater. Sie machten es mit ihren Kindern durch Mißtrauen, die strenge Überwachung durch die Dienerschaft, durch Liebesentzug und willkürliche Gesetze,

43

die sie selbst erfanden und einsetzten, aber die Stirn hatten, Naturgesetze zu nennen. Darüber mit Arabela zu sprechen, hätte seine Verzweiflung gelindert. Aber Arabela hatte sich am Rand des Problems gehalten, indem sie sich in die leere Bibliothek einschloß. Er hätte darauf bestehen sollen, daß sie mit ihm ging, damit er nicht der einzige war, der dem Atem seines Vaters lauschte, der sich zu erschöpfen schien. Er war allein mit ihm. Im Augenblick. Er mußte Geduld haben, abwarten.

Und Wenceslao wartete lange. Hin und wieder stieg er hinunter, wie wir noch sehen werden, und mischte sich unter die Vettern, um die Stimmung zu sondieren und sie vorzubereiten. Aber immer wieder stieg er hinauf, um bei Adriano zu wachen, ihm über die zerzauste Mähne zu streichen, ihm mit einem Taschentuch das beschmutzte Gesicht zu säubern und die trockenen Lippen mit etwas Wasser zu erfrischen, bis, sehr viel später, in die abwesenden Augen von Adriano Gomara genügend Bewußtsein zurückkam, und er begriff, daß nicht Froilán, nicht Beltrán an seinem Kopfende wachten, sondern Wenceslao.

Da streckte Adriano Gomara schwach seine Hand aus, um ihn zu berühren, und seine Lippen versuchten die vier Silben seines Namens auszusprechen. Er hatte jedoch nur die Kraft, zwei Silben hervorzubringen: »Mein Sohn.«

Adriano brauchte lange, bis er ausreichend Kraft gewonnen hatte, um zu lächeln. Inzwischen ereignete sich ein großer Teil dessen, von dem ich mir vorgenommen habe, es im ersten Teil dieses Romans zu erzählen.

KAPITEL ZWEI

Die Eingeborenen

1

An dieser Stelle meiner Erzählung werden meine Leser vielleicht meinen, es sei von schlechtem literarischen Geschmack, daß der Autor immer wieder den am Ärmel zupft, der gerade liest, um die Aufmerksamkeit auf sich zu lenken und den Text mit Kommentaren zu übersäen, die lediglich Auskunft über den Ablauf der Zeit oder den Wechsel der Szenerie geben. Ich möchte sogleich erklären, daß ich das in der bescheidenen Absicht tue, dem Leser zu raten, was ich schreibe, als etwas Künstliches aufzunehmen. Wenn ich mich hin und wieder in die Erzählung einschalte, will ich den Leser nur an seine Distanz zum Material dieses Romans erinnern, das ich als mein Eigentum behalten möchte, das ich herzeige, das ich ausstelle, aber auf keinen Fall dazu hergebe, daß der Leser seine eigenen Erfahrungen damit verwechsle. Wenn ich erreiche, daß der Leser die Manipulationen des Autors akzeptiert, wird er nicht nur diese Distanz anerkennen, sondern auch, daß die alten erzählerischen Mittel, die heute in Mißkredit geraten sind, vielleicht ebenso wesentliche Resultate erreichen können wie die vom »guten Geschmack« verdeckten Konventionen mit ihrem verborgenen Trickarsenal. Die Synthese, die beim Lesen dieses Romans erreicht werden soll – ich spiele auf den Bereich an, in dem ich die Vereinigung der Phantasie des Lesers mit der des Autors zulasse –, soll nicht das Trugbild eines realen Bereiches darstellen, sie soll sich vielmehr dort abspielen, wo die »Erscheinung« des Realen ständig als Erscheinung akzeptiert wird, mit einer eigenen Autorität, die vollkommen verschieden ist von der des Romans, der mit Hilfe der Wahrheitstreue eine andere, homologe, aber immer als Realität zugängliche Realität zu schaffen anstrebt. In der heuchlerischen Non-Fiktion der Fiktion, in der der Autor sich auszuschalten versucht, indem er von anderen Romanen vorgefertigten Regeln folgt oder indem er neumodische Erzählformen sucht, die aus der Konvention der Sprache etwas machen sollen, das nicht als konventionell, sondern als »real« aufgenommen wird, sehe ich einen verwerflichen Fundus an Puritanismus, den meine Leser in meinem Werk ganz sicher nicht finden werden.

Ich möchte, daß dieses Kapitel zeitlich zurückgreift, damit ich die Verhaltensweisen dieser Familie, die ich erfinde, erklären kann – und sie mir nebenbei selbst erklären kann, während ich sie konstruiere –, was sowohl auf das, was an dem Tag der Abreise der Venturas geschah, Licht werfen wird als auch auf die Greuel, die nachher passierten. Meine Hand zittert, während ich »Greuel« schreibe, denn den Regeln entsprechend würde ich damit der Wirkung vorgreifen, die ich hervorrufen will. Aber lassen wir das Wort stehen, denn dieser Ton ist mir bereits so selbstverständlich geworden wie eine Maske, unter deren Künstlichkeit ich mich freier bewegen kann, als wenn ich meine nackte Prosa darböte.

Ich kann damit beginnen, daß niemand aus der Familie Ventura danach fragte, ob es angenehm sei oder nicht, die drei Sommermonate in Marulanda zu verbringen. Die Großeltern hatten es so gehalten und die Urgroßeltern, und das Ritual vollzog sich jedes Jahr unwidersprochen, monoton und pünktlich. Isoliert durch die Wogen der seidigen Grannen der Gräser der Ebene, in der es weder Städte noch erreichbare Dörfer gab, sehnten sie sich nach der Nachbarschaft anderer Großgrundbesitzer, um sich gegenseitig besuchen zu können. Es gab ein praktisches Motiv dafür, daß man diese lange Periode alljährlicher Langeweile auf sich nahm: es war die einzige Art und Weise, mit der sie die Goldproduktion ihrer Minen in den blauen Bergen, die ein schmales Segment des Horizonts säumten, kontrollieren konnten. Die Arbeit der Herrschaft war freilich mit einigen rasch durchgeführten Kontrollbesuchen getan, mit einem beklemmenden Abstieg in die Minen und unangemeldeten Inspektionen in den Bergdörfern, wo die breitschultrigen Eingeborenen das Gold mit hölzernen Keulen

46

hämmerten, eine Goldschicht über die andere und noch eine und noch eine, bis es Büchlein hauchzarter, Schmetterlingsflügeln gleicher Goldblätter waren, die sie mit tausendjähriger Erfahrung in Ballen zusammenpreßten, deren innere Spannung den Zusammenhalt und die Form jedes Blattes, jedes Büchleins, jedes Ballens ausmachte.

Nur die Venturas konnten die Dokumente unterschreiben, die Hermógenes ihnen hin und wieder vorlegte. Sie sahen sie durch, ohne daß sie sich dafür aus ihren Schaukelstühlen erheben mußten, die neben den Korbtischchen voller Erfrischungen unter den Linden oder auf der Südterrasse standen. Danach war nichts mehr zu tun, als die Ballen am Ende des Sommers in die Wagen zu laden und das Gold in die Stadt zu schaffen – gegen hypothetische Angriffe von Menschenfressern, die sich ihres Schatzes bemächtigen wollten, von dem Heer der bis an die Zähne bewaffneten Dienerschaft beschützt, das auch zu diesem Zweck angeheuert und ausgebildet wurde –, wo ausländische Kaufleute mit rotblonden Bärten und wäßrigen Augen es zu den Verbrauchern auf allen Kontinenten exportierten. Die Venturas waren die einzigen, die noch von Hand gehämmertes Blattgold von so hoher Qualität produzierten, und sie konnten stolz sein auf dieses herausragende Monopol. Menschen, die sich nur mit den edelsten Dingen zufriedengeben, würde es immer geben, und das Gold der Venturas war vor allem dazu bestimmt, die Wünsche von ihresgleichen zu befriedigen.

Jahr für Jahr – schon als die Erwachsenen und die Eltern der Erwachsenen Kinder waren –, wenn in der Stadt die Saison der Oper und der Bälle zu Ende ging und die Wagen der Menschen wie sie in der Palmenallee am Strand seltener wurden, kaum daß das leiseste Summen einer Mücke durch ein Fenster hereindrang oder die Kakerlaken mit haarigen Beinen und blanken Panzern im Staub der Winkel geboren wurden, charterten die Männer der Familie einen Zug mit unzähligen Waggons, in dem sie die Reise in die Sommerfrische nach Marulanda begannen. Sie fuhren mit ihren Frauen und ihren Kindern, mit dem Heer ihrer Diener, mit schwangeren Gattinnen und mit Säuglingen, mit Kisten und Kasten und Vorräten und all den unzähligen Dingen, die notwendig waren, um drei Monate Abgeschiedenheit erträglich zu gestalten.

Die Eisenbahnlinie endete in einer Gegend, wo das Flachland aufhörte und man das Meer nicht mehr riechen konnte. Sie übernachteten in Zelten, die rund um die Bahnstation aufgebaut wurden, wo sie ein Park von Wagen aller Art erwartete. Sogar Planwagen waren dabei, die von langsamen Ochsen gezogen wurden, deren baumelnde Schwänze nicht in der Lage waren, die schwarzen Fliegenmassen zu verscheuchen. Am nächsten Tag richteten sie sich in ihren Wagen ein und begannen den Aufstieg in mildere Klimazonen. Die Wege stiegen anfangs unmerklich bergan, dann wurden sie steiler und überquerten die ersten Züge der Kordilleren. Sie führten um ausgehöhlte Berge herum, denen die Spitzhacken der Bergarbeiter einst die Eingeweide herausgeschlagen hatten. Sie zogen durch Flußbetten, in Täler hinunter, durchquerten Wüsten und Weideland, und nach Tagen und noch mehr Tagen der Reise übernachtete man zum letzten Mal in einem in der fruchtbaren Ebene gelegenen Flecken und verbrachte noch eine Nacht mitten in der entmutigenden, von Gräsern überwucherten Ebene im Schatten einer Kapelle mit einem überladenen Glockenturm. Das war bereits auf ihrem eigenen Boden, der sich weiter als der Blick reichte, nach allen Seiten erstreckte. Ein Vorfahr hatte diesen Platz ausgesucht, den nichts als sein angenehmes Klima auszeichnete, um dort sein Landhaus zu errichten.

Viel war gegen den Platz zu sagen, an dem es gebaut worden war. Aber man mußte zugeben, daß sein Bau und seine Ausstattung perfekt waren. Sein Park mit Linden, Kastanien und Ulmen, seine weiten Rasenflächen, über die Pfauen stolzierten, die winzige *rocaille*-Insel in dem *laghetto*, dessen Wasser von Papyrus und Seerosen erstickt wurde, das Buchsbaumlabyrinth, der Rosengarten, das mit Figuren aus Bergamo bevölkerte Pflanzentheater, die Freitreppen, die Marmornymphen, die Amphoren, alles erinnerte an hervorragende Vorbilder und verbannte jedes Detail, das es mit Autochtonem in Verbindung bringen könnte. Inmitten dieser Ebene, deren Weite nicht ein einziger Baum störte, war der Park wie ein Smaragd. Seine

Tiefe war mittels phantastischer Gärten verdichtet, deren Materie härter war als die der Landschaft ringsum. Aber er war ein Juwel, das man kaum in der Ebene wahrnahm, in der der Wind mit dem fliehenden Wild dahinlief, dessen stolze Geweihe die Kinder durch das Gitter erkennen konnten. Diese Tiere brauchten das gewaltige Juwel nur zu umgehen, um weiter den Raum zu beherrschen, der unverändert war seit Anbeginn der Zeit, jener Zeit, die schon vor dem Bau des Landhauses existierte und die auch nach seiner hypothetischen Zerstörung weiterbestehen wird.

Hier muß ich meinen Lesern gestehen, daß die Ebene nicht immer so ausgesehen hat, auch wenn es den Anschein hatte. Die Venturas zählten zu ihren Triumphen den, die Natur verändert zu haben und demonstrierten damit ihre Macht über sie. Bis vor einigen Generationen war Marulanda eine fruchtbare Ebene gewesen, voller herrlicher Bäume, mit Rindern, Weiden und bebautem Land um die Dörfer von eingeborenen Bauern herum. Aber einer der Urgroßväter hatte auf einer Reise einen gewissen Ausländer kennengelernt und ihn auf seine Ländereien mitgenommen. Dieser Mann setzte ihm in den Kopf, die Ebene von Marulanda würde viel mehr als die dort heimische Landwirtschaft – sogar mehr als die Goldminen – einbringen, wenn dort Samen ausgesät würden, die er ihm dann in einigen Dutzend federleichten Säcken als Geschenk schickte. Diese Grasart, so versicherte der Fremde, würde nicht nur wenig Pflege und kaum Arbeitskraft erfordern, sondern würde auch außerordentlich ertragreich sein, da ihre Produkte zu allem zu gebrauchen wären: die Samen zur Ölfabrikation, die Halme als Viehfutter und zur Korbflechterei und zur Herstellung von Tauen . . . nun ja. Als man die Säcke öffnete, fegte ein Windstoß die Samenfäden überallhin. Und nach wenigen Jahren hatten sich die Gräser der ganzen Ebene bemächtigt, von Horizont zu Horizont. So einfach war tatsächlich ihr Anbau, oder nahm ihre Verbreitung in dieser Gegend eine so ungewöhnliche Form an? Sie wuchsen so gierig, reiften und säten sich aus, daß sie in weniger als zehn Jahren das Unterholz und die Pflanzungen überwucherten, jahrhundertealte Bäume und nützliche Kräuter vernichteten, die gesamte Vegetation verschlangen und die Landschaft und das Leben von Tieren und Menschen vollkommen veränderten. Die Eingeborenen flohen entsetzt vor der unaufhaltsamen Gier dieser Pflanze, die sich als völlig unbrauchbar erwies. Sie sahen sich gezwungen, in die blauen Berge abzuwandern, wo sie, die Reihen der Metallarbeiter auffüllend, die Produktion von Blattgold förderten und auf diese Weise um ein Vielfaches ausglichen, was man verloren hatte, als die bösartige Pflanzenart die Ländereien verschlang und sie in eine unüberwindliche Barriere verwandelte.

Jedes Jahr, wenn die Venturas ankamen, standen die Halme in jungem Grün und neigten graziös ihre schmalen Köpfe. Aber wenn sie am Ende des Sommers wieder fortfuhren, bildeten die Gräser einen sehr hohen, silberfarbenen Urwald und wiegten ihre unbrauchbaren Büschel in unaufhörlichem Tanz. Nachdem die Familie abgereist war, lösten die Herbstwinde alljährlich von den Köpfen der Halme erstickende Wolken von Samenfäden, die das Leben für Menschen und Tiere in dieser Gegend unerträglich machten. Das dauerte so lange, bis die Fröste des Winters die Halme verbrannten und die Erde wie vor Beginn allen Lebens erstarren ließen.

Es waren freilich nicht allein die wirtschaftlichen Interessen, die die Venturas dazu trieben, Jahr für Jahr die anstrengende Reise zu ihren Ländereien zu unternehmen. Es bewegte sie noch ein höheres Motiv, nämlich der Wunsch, die Kinder in der Gewißheit aufzuziehen, daß die Familie Grundlage alles Guten sei, was Moral, Politik, Institutionen betraf. So bildete sich in den drei Monaten, in denen sie in dem von Lanzen umschlossenen Park, in den nach Edelholz duftenden Räumen, in der unendlichen Kette von Salons, in dem Labyrinth von Kellern, das noch niemand erforscht hatte, eingeschlossen waren, unter den Vettern eine Homogenität, die sie untereinander mit den Banden der heimlichen Liebe und des heimlichen Hasses, der gemeinsam erlebten Schuld, Lust und Rache verstrickte. Im Erwachsenwerden würden die Wunden vernarben und die Vettern im Schweigen derer zusammenhalten, die alles voneinander wußten, und darum keine andere Form der Kommunikation mehr notwendig war als die, die

Dogmen zu wiederholen. Unangefochtene Gesetze sollten aus dem Grab der Kindheitsgeheimnisse erwachsen, aus der Erinnerung jeder Generation von Komplizen, die an den jährlichen Ritualen teilnahm. Sobald diese Rituale gebrochen würden, könnte nichts das Auseinanderfallen verhindern. Dann würden die mit kindlichen Masken in der Verschwörung des Vergessens begrabenen Geheimnisse mit den erschreckenden Zügen von Erwachsenen an die Oberfläche kommen und für diejenigen, die nicht wußten, daß das Schweigen für die in die Stammessprache Eingeweihten ein Zeichen von Eloquenz sein kann, Formen der Ungeheuerlichkeit oder Schande annehmen.

Vielleicht war auch eins der uneingestandenen Motive, die sie in jenem Sommer, von dem ich hier erzähle, dazu trieb, sich mit dem Gedanken anzufreunden, einen Ausflug zu einem sorgenfreien Ort zu machen, die Tatsache, daß es in Zukunft mit Sicherheit unmöglich sein werde, mit der Hilfe Adriano Gomaras zu rechnen, dessen Irrsinn Irrsinn war – was immer auch Adelaida, die als Älteste das Recht hatte, die offiziellen Versionen aller Dinge, die die Familie angingen, zu formulieren, sagen mochte – und nicht nur ein Leiden, das irgendwann, ganz unerwartet wieder vergehen würde. Jedes Jahr kamen sie mit weniger Freude nach Marulanda, da sie den Tag auf sich zukommen sahen, an dem sie das Ritual brechen und niemals mehr hinfahren würden. Sie hatten sich so an die Bequemlichkeit gewöhnt, mit einem Arzt aus der Familie in die Sommerferien zu fahren. Er war ihnen unentbehrlich geworden. Die wachsende Furcht, auf ihn nicht mehr zählen zu können, brachte sie dem Zerfall immer näher. Kurz vor dem Ausflug meinten Ludmila, Celeste und Eulalia, die unter ihren Sonnenschirmen im Rosengarten spazierengingen, dessen Blumen im Abendlicht riesenhaft, duftend und von so extravaganten Farben zu leuchten schienen, als wären sie künstlich: »Sein Umgang mit den Eingeborenen hat ihn ins Verderben getrieben, wie jeden, der sich mit Wesen einläßt, die es, sei es auch lange her und vielleicht auch nur in symbolischer Form geschehen, überhaupt für möglich gehalten haben, menschliches Fleisch zu essen.«

»Warum versucht Adriano nicht, sich mit etwas Positivem zu beschäftigen, wie die arme Balbina es mit Wenceslao tut?«

»Dieses Kind ist zum Fressen süß!«

»Alle Kinder sind dank ihrer kindlichen Natur exquisit, man könnte sie mit Küssen verschlingen...«

»Warum liest er nicht und schweigt?«

»Die Bücher würden ihm das Gehirn ganz und gar zersetzen.«

»Auf jeden Fall ist es die Höhe, daß er den ganzen Tag nichts anderes tut, als von seinem Turm herunterzuklagen, wo er wahrscheinlich mit allen Bequemlichkeiten ausgestattet ist. Und uns überläßt er auf Gedeih und Verderb den scheußlichsten Krankheiten.«

»Es wäre wirklich unerträglich, irgendeinen Quacksalber aus der Stadt mitzubringen, der sich in unsere Familienangelegenheiten einmischen und verlangen würde, wir sollten ihn wie unseresgleichen behandeln.«

»Und wir brauchen ihn.«

»Das heißt nicht, daß er unseresgleichen ist.«

»Um Gotteswillen, nein!«

»Es ist Adrianos Pflicht, gesund zu werden, damit er sich um uns kümmern kann.«

»Jawohl. Es ist seine Pflicht, daran zu denken, daß wir schließlich auch nicht mehr die jüngsten sind.«

»Wir haben Rheumatismus.«

»Und Atemnot, das ist noch viel schlimmer.«

»Und diese mißratenen Kinder fallen von den Bäumen, reißen sich Splitter in die Finger und bekommen Diphterie... Sie könnten uns anstecken...«

»Und die Dienstboten auch, die stecken sich doch mit jeder schmutzigen Krankheit an, gegen die wir zum Glück immun sind. Sie könnten krank werden...«

»Ach, Gott! Wer soll dann auf der Rückfahrt in die Stadt das Gold bewachen?«

»Ich weiß nicht. Ich weiß nicht. Laßt uns einen dichten Schleier über diese Angelegenheit ziehen.«

Sie seufzten. Arm in Arm spazierten sie um die auf einem Postament stehende Vase herum und kehrten auf dem gleichen Weg zur Südterrasse zurück. Nun ja, letzte Nacht hatte Adriano nur zweimal geschrien. Nein, dreimal. Jedenfalls war es jetzt Zeit für den Tee.

Wenn sie auf der Herfahrt zur Endstation der Eisenbahn kamen, erwartete sie jetzt außer den bekannten Wagen ein seltsames Gefährt, das einem großen Kasten glich, der mit den ausgeblichenen Buchstaben eines Zirkus mit wilden Tieren bemalt war. Die offene Seite war mit Balken verriegelt. Dahinein verfrachteten sie Adriano. In diesem Käfig auf vier Rädern, der mit roten Sternen und Clownsfiguren geschmückt war, machte er die Reise am Ende der Karawane, um nicht jene zu belästigen, die sich für eine gewisse Zeit dazu herabgelassen hatten, ihn als ihresgleichen anzusehen. Der Käfig erwartete sie jedes Jahr am Ende der Eisenbahnlinie, denn die Zeit heilte Adriano Gomara nicht. Wie alle Wesen, die nicht zur Kaste der Venturas gehörten, war er nicht nur ohne jede Kontrolle über seine Gefühle aufgewachsen, er war auch noch von einem Egoismus, der ihn daran hinderte, sich zusammenzureißen und sich in die Gesellschaft wieder einzugliedern.

Ja, in vieler Hinsicht wäre Adriano schuld an einem möglichen Zerfall der Familie. Immer schon hatte man von seiner Schuld gesprochen. Aber Balbina, die Jüngste der Venturas, wollte von all dem, was man über ihn redete, nichts hören, und nicht ohne Grund, denn niemand konnte sein fabelhaftes Aussehen bestreiten. Niemandem, weder ihren Eltern noch ihren Geschwistern, war es entgangen, daß Balbina stockdumm war, und gerade deswegen behüteten sie sie so sehr. Balbina unterhielt sich einzig und allein damit, ihre winzigen, weißen Schoßhündchen zu pflegen, und kannte keine andere Beschäftigung, als sie zu bürsten, damit sie weich wie Wolle würden. Überdies litt sie, was ihre Kleidung anging, unter einem wirklich phantastisch schlechten Geschmack, einer unkontrollierbaren Neigung, sich mit Schleifen, Spitzen, Tüll und Kettchen zu behängen, die die blendende Redundanz ihres wohlgeformten, milchweißen Körpers und ihr lockiges blondes Haar schmückten. Ihre Mutter pflegte zu sagen:

»Aber Kind, willst du so ausgehen? Du siehst aus wie ein Schaufenster.«

»Ich weiß, ich bin kitschig. Aber es gefällt mir.«

Unberührt von Kritik und Ratschlägen, versunken in ihrer offenen Kutsche, die sie in der Palmenallee spazierenfuhr, wo sich am späten Vormittag alle Welt traf, sah sie kaum die jungen Männer, die sich ihr in lackglänzenden Kaleschen näherten, und nicht die eleganten Reiter, die sie aus den Sätteln ihrer Füchse grüßten. Es war, als wäre ihre Aufnahmefähigkeit für das, was sie sah, nur eine winzige Flamme. Und wenn ihre neugierigen Brüder sie über diese Kavaliere ausfragten, erinnerte sich Balbina nicht einmal ihrer Namen. Die Familie begann, sich um Balbinas Zukunft Sorgen zu machen, denn trotz ihres kindlichen Gemütes war sie eine ausgewachsene Frau. Die Mutter beruhigte die Brüder:

»Laßt sie doch machen, was sie will. Sie ist kalt wie ein Fisch. Das kommt mir eigentlich gelegen. Sie wird ledig bleiben und mir Gesellschaft leisten. Wenn sie auch vielleicht eine gute Mutter werden würde, wie so viele Frauen, die sich nicht verlieben können.«

Als jedoch Adriano Gomara auf der Bildfläche erschien, älter als sie und aus einer in gewissem Sinne marginalen Welt, denn er war nur Arzt, verwandelte sich das Flämmchen, das ohne Wärme in Balbinas statuenhaftem Körper geflackert hatte, in ein Feuer. Unermüdlich tanzte, lachte und weinte sie. Sie milderte den barocken Geschmack ihrer Kleidung, da sie ahnte, es sei vorteilhafter, ihren Körper die Hauptrolle spielen zu lassen und nicht das, was ihn bedeckte. Den Chor der Familie überhörte sie, der sie anflehte, vorsichtig zu sein, da er – obwohl einer der distinguiertesten Ärzte der Stadt – schließlich keiner von ihnen sei, kein Verwandter wie sie alle, durch das Blut, die Erziehung und durch die Gesetze, die unausgesprochen befolgt wurden. Man könne nicht voraussagen, wie er sich in der Rolle des Ehemannes entfalten würde. Adriano gehöre zu einer den Venturas unbekannten Spezies. Er sei ein fremdes Wesen, das die seltsame Angewohnheit habe, bevor es sich entschied, beide Seiten eines Problems abzuwägen; das unmerklich lächelte, nur mit den Augen, wenn es sich den Ritualen anpaßte, die sie selbst ausmachten; das zuließ, daß man von ihm sagte, er sei liberal, obwohl es keine Beweise für ein so gräßliches Verbrechen gab; das Menschen aus für sie unbegreiflichen Beweggründen ablehnte oder anerkannte... Und solche Fauxpas eines Dahergelaufenen könnten natürlich Unglück über die ganze Familie bringen, wiederholten ihre Brüder unermüdlich. Balbina antwortete:

»Das wird dann nicht seine Schuld sein.«

Nachgiebig, vor allem aus Gleichgültigkeit gegenüber den Einflüssen, die sie bisher gekannt hatte, taub gegenüber wohlgemeinten Warnungen, ließ sie sich bis zum Letzten hinreißen, denn man hatte sie gelehrt, daß ein Mädchen wie sie das Vorrecht besaß, es für unvernünftig zu halten, sich Genußvolles zu versagen. So heiratete Balbina schließlich ihren Arzt mit dem blonden Schnurrbart in der Kathedrale am Meer. Denn da half nichts mehr, und Adriano Gomara, der nicht nur ein ausgezeichneter Reiter war, sondern auch seinen Kopf auf dem rechten Fleck sitzen hatte, war durchaus nicht so, daß man ihn hätte fortekeln müssen, nur weil er nicht wie sie Besitzer einer ganzen Provinz war. Die Venturas warfen bei dieser Hochzeit, der aufsehenerregendsten, die es je in der Stadt gegeben hat, das Geld mit vollen Händen zum Fenster hinaus, um all denen das Maul zu stopfen, die sich erdreisten wollten, die unvergleichliche Distinktion eines Arztes wie Adriano Gomara in Zweifel zu ziehen.

2

Adriano war so anders, daß er es verstand, sich oberflächlich sofort den Venturas anzupassen. Es dauerte nicht lange, und er hatte die gleiche Außenhaut wie diese einfältigen, opulenten und amoralischen Menschen, indem er bestimmte Formalitäten und Details beachtete, die ihn mit einem Mantel umhüllten, unter dem er frei blieb, er selbst zu sein. Sicher, alle Familienbrauen runzelten sich, als er während des ersten Sommers nach seiner Heirat sagte, es sei einem Arzt unmöglich, die Eingeborenen in dem Dorf nahe dem Landhaus nicht zu behandeln. Aber er war so klug, die Warnungen dieser Brauen nicht zu mißachten. Im Gegenteil, damit niemand bemerke, was er tat, stand er zwei Stunden vor Morgengrauen auf, um die Hütten zu besuchen, ohne bei seiner Rückkehr zu berichten, was er dort gesehen hatte. Er war auch so vorsichtig, zurück zu sein, bevor die Verwandten ihn vermissen konnten, und gesellte sich frischgewaschen zu ihnen, die Berufskleidung gegen die des Herrn ausgetauscht, und rieb sich die Hände in der Vorfreude auf eine listige Partie Croquet.

Aber Balbina vermißte ihn. Sie hätte sich so gern mit ihm während der langen Morgenstunden im Bett geräkelt. Jedes Jahr erschien es ihr schwieriger, ihn zu begreifen. Wenn sie es sich auch nicht so klarmachte, wurde es immer schwieriger herauszufinden, wie sie ihn zwingen könnte, ihr zu Willen zu sein. Sie kam zu dem Schluß, daß alles auf den teuflischen Einfluß der Eingeborenen zurückzuführen sei. Aber sie sagte nichts, weil sie nicht wußte wie. Eines Nachmittags jedoch, als sie unter den Kastanien spazierengingen und der kleinen Mignon das Diabolo-Spiel beizubringen versuchten, kamen sie bis zum Lanzengitter. Balbina blieb stehen und blickte starr zu der Gruppe von Hütten, die sich in der Ebene erhob.

»Sie sollen höllisch stinken«, murmelte sie.

»Wie könnt ihr das wissen, keiner aus der Familie hat sich je einem Eingeborenen genähert.«

»Was fällt dir ein? Sollten wir etwa zu ihnen gehen? Sie kommen doch auch nie in den Park. Du weißt genau, daß sie mit meinem Bruder Hermógenes durch das Fenster im Markthof verhandeln, wenn sie kommen und uns Sachen verkaufen.«

»Bist du nicht neugierig auf sie?«

»Nein! Pfui Teufel! Sie laufen nackt herum!«

»Aber der nackte menschliche Körper ist keineswegs ekelhaft, das habe ich dir doch gezeigt, mein Liebes.«

»Ihre Nacktheit ist für uns eine Beleidigung.«

»Sie ist keine Beleidigung, Balbina, eher ein Protest.«

»Wogegen protestieren sie denn? Geben wir ihnen etwa nichts für ihre Sachen, die sie uns bringen? Wenn wir ihnen nichts gäben, wären sie noch ärmer, als sie sind. Dieser fleischige Schwanz, der den Männern vorn herumhängt, diese Wülste, mit denen sich die Frauen brüsten, sind weder schamlos noch unmoralisch. Ihre Beleidigung trifft uns überhaupt nicht. Das wäre so, als wollte man die Nacktheit einer Kuh oder eines Hundes beleidigend finden. Du kannst aber nicht abstreiten, daß sie dreckig sind . . .«

»Die Eingeborenen sind die saubersten Menschen, die ich kenne.«

Balbina war sprachlos über diesen Widerspruch gegen eines der Dogmen der Familie. Adriano erzählte ihr, daß die Eingeborenen in der Tat schmutzig waren, als er nach Marulanda kam, und zusammen mit ihren Tieren und ihren Kindern in pestilenzartig stinkenden Hütten lebten. Eine Kruste aus Schmutz bedeckte damals ihre Körper und verklebte ihnen das Haar, und die Fliegen mästeten sich in den triefenden Augen und in ihrem Speichel. Es war, als hätte Mutlosigkeit sie vor langer Zeit zerstört und als sei die Ergebenheit, mit der sie Krankheiten hinnahmen, dafür der treffendste Ausdruck.

»Wie kannst du dann sagen, sie seien sauber?«

»Die Dinge haben sich geändert. Hör zu.«

Adriano erzählte ihr nun, wie in seinem ersten Sommer in Marulanda Hermógenes darüber klagte, daß die Eingeborenen immer weniger Waren zum Landhaus brächten, und wie er durch Nachforschungen erfuhr, daß die Dorfbewohner von einer unbekannten Seuche dahingerafft wurden. Der Arzt besprach sich darauf heimlich mit dem Schwager, der, obwohl er seinen Bedenken gegen Adrianos Kontakt mit den Nachkommen der Menschenfresser Ausdruck gab, versprach, niemandem etwas über dessen geplanten Ausflug zu den Hütten zu erzählen, damit sich im Landhaus nicht Panik verbreite. Und eines Morgens galoppierte Adriano auf seinem Fuchs zu den Hütten:

»War das, als du mich das erste Mal allein gelassen hast?« fragte Balbina.

»Ja.«

»Wie soll ich sie da nicht hassen?«

»Hör zu . . .«

Als sie den Reiter kommen sahen, flohen die Eingeborenen wie vor einem Gott, der wenig Nahrung und reichlich Übel mit sich bringt. Ein übelkeiterregender Gestank lag über den Hütten.

Die aufgeblähten Bäuche der von Dreck grauen Kinder, ihre violetten Augenlider, die fleischlosen Gesichter der Sterbenden sagten Adriano sofort, welcher Art die Seuche war. Er bat sie, ihm das Wasser zu zeigen. Zwischen den Hütten hindurch führten sie ihn an den Bach, der von menschlichen Fäkalien verschmutzt war. Stinkende Abfälle brodelten von mörderischen Mikroorganismen.

Er fragte:

»Woher kommt dieses Wasser?«

Sie wiesen zum Landhaus. Dort gab es ein kürzlich eingebautes Abwassersystem, das die Abfälle der Venturas in den Bach leitete. Niemand hatte daran gedacht, daß flußabwärts die Eingeborenen lebten, deren Pflanzungen und deren Gesundheit durch solche Verbesserung des herrschaftlichen Lebens Schaden nehmen würden. Adriano versorgte die Kranken, zwang die Eingeborenen aber vor allem, die Hütten woanders neu aufzubauen. In zwei Tagen baute sich jede Familie aus den trockenen Halmen der Gräser eine neue pilzförmige Hütte am Fluß, aber jetzt dort, wo sein Wasser noch nicht die Abfälle aus der Kloake des Landhauses aufgenommen hatte.

»Als ich im nächsten Jahr wiederkam«, fuhr Adriano fort, »hörte ich in der ersten Nacht hier, als ich meine Sachen zurechtlegte, um noch vor Morgengrauen auszureiten und zu sehen, wie es bei den Hütten aussähe, meinen Namen von Hunderten von Stimmen geflüstert, die wie das Rascheln der Halme klangen. Als ich endlich auf dem Fuchs, den mir Juan Pérez gesattelt hatte, aufbrach, warteten die Männer des Stammes vor dem Gitter auf mich und flüsterten meinen Namen mit jenem inbrünstigen Getuschel, das sie dem Rascheln der Gräser abgelauscht haben. Sie führten mich zu einem Strand von weißem Sand am klaren Wasser, wo sie ihre Hütten gebaut hatten. Alle Bewohner waren im Wasser und wuschen sich, Männer, Frauen und Kinder wuschen sich gegenseitig in einem Zeremoniell der Liebe, sie halfen sich gegenseitig, kämmten sich das Haar ... das Ritual des gemeinsamen Bades war mit dem sauberen Wasser und mit der Gesundheit wiedererstanden. Und während sie sich wuschen, sangen sie ...«

»Waren es hübsche Lieder?«

»Hübsch wie die aus Mignon, zum Beispiel?«

»Ja, hübsch wie *Connais-tu le pays où fleurit l'orange*... Weißt du was? Ich habe beschlossen, das Mädchen, das ich erwarte, Aida zu nennen, das ist meine Lieblingsoper.«

Adriano merkte, daß Balbina vom Thema der Unterhaltung abgekommen war, da es sie nicht interessierte. Er fragte sie: »Und wenn es gar kein Mädchen wird?«

»Einen Jungen will ich nicht.«

»Warum nicht?«

»Männer sind merkwürdig, so wie du, der sich Lügen über die Eingeborenen ausdenkt. Ich will eine Tochter, Töchter, die mir Gesellschaft leisten, mit denen ich Spaß habe, wenn wir zusammen einkaufen oder zur Schneiderin gehen.«

Nach einigen Jahren kaufte sich Balbina, im Hinblick auf die morgendliche Abwesenheit ihres Mannes, vier winzige weiße Schoßhündchen, bösartige und wütende Tierchen mit rosa Näschen und hohem Gekläff, die von allen Vettern gehaßt wurden, nicht nur, weil sie lächerlich waren, sondern weil sie bissen und kratzten und ihnen mit ihren spitzen Zähnchen die Puppen, die Bilderbücher und die Strümpfe zerrissen. Mignon und Aida verteidigten sie jedoch, vielleicht, weil sie selbst so verhaßt waren wie die Schoßhündchen, obwohl sie stets herausgeputzt waren wie Bonbonschachteln, aber sie waren häßlich und petzten. Casimiro und Ruperto brachten die Hunde dazu, sich an dem nackten Bein zu erregen, das Teodora ihnen entgegenstreckte. Hysterisch und wie in Trance umklammerten sie es zitternd, und Casimiro rannte dann, um Onkel Anselmo zu holen, der Seminarist gewesen war, damit er der Schandtat ein Ende setze.

»Was machen die da, Onkel?«

»Und das Rote, das da aus ihrem Bauch herauskommt, was ist das, Onkel?«

»Und warum ist es so feucht?«

Anselmo bekreuzigte sich und schickte die Kinder, Rosenkränze zu beten. Er versicherte ihnen, die Hunde seien so krank, daß man sie schnellstens loswerden müsse. Diese Szene wiederholte sich täglich mit Teodora, die unter den Vettern schließlich den Ruf genoß, einen gewissen Duft auszuströmen, der die Sexualität aufreize, und vielleicht würde sie, wenn sie erwachsen war, die Männer so verrückt machen wie Eulalia, ihre Mutter. Anselmo nahm sich einen der älteren Vettern, denen er das Boxen beibrachte, vor und, nachdem er ihm peinliche Wahrheiten über das Leben angedeutet hatte – vor Lachen fast erstickend hörten hinter einem Vorhang ein Dutzend Vettern zu, und Teodora meinte, keiner der Erwachsenen wisse irgend etwas über Sex; »arme Mama«, seufzte sie, »sie hat allen Grund die Ehe zu brechen« –, befahl er ihm, die Hunde wegzuschaffen. Von einem Peloton der Vettern wurden sie eingefangen und durch die Zwischenräume im Lanzengitter aus dem Park geworfen. In der Ebene würden auf ehrbarere Weise gierige Tiere sich ihrer winzigen, dekorativen Existenz annehmen. Als Aida und Mignon nach ihnen fragten, sagte man ihnen, die Menschenfresser hätten sie verschlungen, als Hors d'œuvre, bevor sie sie auffressen würden, sollten sie ihrer Mutter petzen, was vorgefallen war.

Ihre dritte Niederkunft ließ Balbina die Schoßhündchen vergessen. Die Frucht ihrer unbefriedigten Liebe zu Adriano, der ihren Körper benutzte und dann verschwand, war ein Junge, den sie weder sehen noch ihm einen Namen geben wollte. Aus Furcht, seine Frau könnte ihn nach der Oper, die mit großem Erfolg im letzten Winter in der Stadt gespielt worden war, Rigoletto nennen, beeilte sich Adriano, ihm den Namen seines eigenen Vaters, Wenceslao, zu geben. Nach einem Monat, in dem sie die Tatsache ihrer neuerlichen Mutterschaft vergessen zu haben schien, sah Balbina eines Nachmittags Wenceslao in den Armen seiner ältesten Schwester lachen. Er war blond und blauäugig wie ein guter Ventura, und wurde in einer Woge von Spitzen gewiegt. Sie zeigte ihn Aida und Mignon, die sich aus Angst vor den Menschenfressern nie von ihrem Rockzipfel entfernten, und sagte:

»Seht ihn euch an. Er ist hübscher als ihr beide.«

Mignon und Aida senkten die Köpfe. Zornig befahl ihnen Balbina, diese häßliche Geste zu unterlassen, die sie den Eingeborenen so ähnlich mache. Schließlich seien sie schon groß, sechs und drei Jahre alt, und müßten wissen, wie man sich benimmt. Beide Mädchen wußten nur zu gut, daß es ihnen unmöglich war, die Zuneigung ihrer Eltern zu gewinnen, denn aus einer unerklärlichen Laune der Gene heraus waren beide dunkel und häßlich geboren, obwohl sie die Töchter so blendender Erscheinungen wie Balbina und Adriano waren. Niemand konnte es sich erklären. Obwohl die Frauen, natürlich nur hinter ihren Sonnenschirmen, wenn sie durch die Alleen des Parks wandelten, immer wieder meinten, man könne ja nicht wissen, wer der Großvater und wer der Urgroßvater von Adriano gewesen sei, und man stelle sich am besten gar nicht erst vor, woher die Frauen in seiner Familie gekommen sind, schließlich sei da alles möglich. Als Balbina ihre Töchter an das Sterbebett ihrer Großmutter brachte, damit diese sie segne, bevor sie starb, wurde die Alte für einen Augenblick wieder munter, um diesen letzten Kommentar abzugeben: »Wie kann man von Balbina erwarten, diesen beiden Mißgeburten eine gute Mutter zu sein? Arme Frau. So dumm wie sie ist. Was für ein trauriges Schicksal, die Mutter von Kindern zu sein, die man nicht lieben kann.«

Und mit einem gewaltigen Rülpser verschied sie.

Diese Worte, die die Mädchen aufmerksam angehört hatten, und das Fehlen jeder Verstellung seitens Balbina bestätigten, was die beiden Schwestern bereits hinter dem mitleidigen Benehmen ihrer Verwandten vermutet hatten: sie waren Wesen, die außerhalb der Liebe leben mußten, sogar ohne die Liebe ihrer Eltern, deren Bemühungen, sie zu verhätscheln, von diesen beiden bitteren Wesen als Lüge zurückgewiesen wurde. Da sie eine gewisse Schwäche der Mutter für den Bruder spürten, bemühten sie sich um ihn und spielten mit ihm, wenn sie jemand beobachtete. Aber sobald man sie allein ließ, zwickten sie ihn, ließen ihn von seinem Stühlchen fallen, winkten ihm, damit er zum Kamin krabbele und versuche, mit seinen Händen die Glut zu fassen.

Ich hoffe, meine Leser sind mit mir der gleichen Ansicht – und haben vielleicht schon einmal den Schmerz gespürt, der aus diesem Gefühl herrührt –, daß Schönheit die Macht hat, alle Grenzen zu überschreiten, und die Phantasie freisetzt, um über die Realität zu herrschen. Wenn das so ist, können sie mir glauben, daß Balbina vergaß, daß Wenceslao ein Junge war.

Damit er ihren Vorstellungen entspräche, zog sie ihn wie ein Mädchen an und erinnerte sich nicht mehr ihrer beiden Töchter, so hingerissen war sie von der rosigen Stirn und den strahlenden Augen ihres Sohnes.

Wenceslao wuchs heran, und Aida entfernte sich immer mehr von Mignon und wandte sich Wenceslao zu, denn sie entdeckte, daß er, als er mit erstaunlicher Geschwindigkeit sprechen lernte, witzig und amüsant war. Wie sollte sie nicht seine rosigen Beinchen den mageren Knien von Mignon vorziehen, die ihre Beine in die Zange nahmen und sie zwangen, Dinge zu versprechen und zu tun, die sie weder versprechen noch tun wollte? Mignon verhörte sie und drohte, menschenfresserische Zähne würden sich in die zartesten Stellen ihres Körpers stoßen, und während sie auf sie einsprach, preßte sie sie, bis ihr die Knochen knirschten.

»Stimmt es, daß du die Bonbons verloren hast, die du ihm wegnehmen solltest?«

»Ja.«

»Wo sind sie?«

»Ich weiß nicht.«

»Bist du so blöde, daß du es nicht mehr weißt?«

»Ich habe sie aufgegessen.«

Mignon zündete den Leuchter auf dem Nachttisch an. Sie hob ihn über den Kopf ihrer Schwester, der auf dem Kissen lag, und sagte:

»Sag die Wahrheit. Hörst du, wie die Menschenfresser draußen deinen Namen rufen? Sie sagen, daß sie kommen und dich auffressen.«

Das Flüstern der Halme umwogte das Haus. Mignon näherte den Leuchter der Schwester, drang in sie, alles zu gestehen, sie würde sie umbringen, wenn sie nicht alles zugäbe, bis Aida entsetzt über die Hitze der Flamme so nah an ihrem Gesicht zu weinen begann und zugab, daß sie sie gemeinsam aufgegessen hatten. Dabei hatte Wenceslao ihren Mädchenkörper untersucht, um die Unterschiede zu dem eigenen Körper zu bestätigen, die trotz ihrer gleichen, weiblichen Aufmachung vorhanden waren. Wütend packte Mignon eine Strähne von Aidas Haar – ihr ganzer Stolz, weil es so dicht war, im Gegensatz zu dem spärlichen, stumpfen Haar ihrer Schwester, die es ihr oft kämmte und versicherte, es sei das schönste Haar der Welt – und verbrannte sie in der Flamme des Leuchters. Das ganze Haar fing Feuer, das Nachthemd, die Laken, während Mignon ihre Schwester an der Gurgel gepackt hielt, damit sie nicht schreie, und ihr immer wieder sagte, sie habe nur den einen Wunsch, sie gebraten zu sehen. Als Aida endlich einen Schrei ausstoßen konnte, erschienen Balbina und Adriano und dann Wenceslao, der schimpfte:

»Was soll dieser Lärm? Wißt ihr nicht, daß vierjährige Kinder mindestens zwölf Stunden Schlaf brauchen?«

Sie löschten die Laken, in denen Aida und Mignon, unfähig, auf die Fragen ihrer Eltern zu antworten, schluchzten. Balbina setzte Aida vor den Spiegel ihrer Frisierkommode.

»So ein Pech!« rief sie. »Eine echte Tragödie! Übermorgen ist Adrianos Geburtstag, und wir wollen den Tag mit einem Fest begehen, auf dem die Familie mich wenigstens wegen deines schönen Haares beglückwünschen sollte. Sieh es dir jetzt an. Eine Katastrophe! Ich werde dich kahlscheren.«

3

An dieser Stelle meiner Geschichte kann ich es nicht lassen, meine Leser schon etwas vorauszuschicken und zu sagen, daß erst in der Dämmerung des Ausflugstages, fünf Jahre nach dem, was ich gerade erzähle, nämlich in dem Augenblick, in dem Wenceslao wahrnahm, daß der Park eine Kohorte herrlich herausgeputzter Figuren verbarg, in seinem Gehirn die Gewißheit aufblitzte, daß die Ereignisse von vor fünf Jahren, die ich jetzt berichten will, ein Teil der aus Gehorsam gegenüber einem Befehl seines Vaters verdrängten Realität waren und nicht unzusammenhängende Fetzen eines Traums.

Ich will, um mit dem Anfang zu beginnen, erzählen, daß Adriano in der Morgendämmerung seines Geburtstages wie gewöhnlich seine Sachen zurechtlegte, um fortzureiten, bevor es hell wurde. Balbina versuchte, ihn zurückzuhalten: Bitte, heute solle er bleiben, da sie ihn mit ihrem Körper und später die ganze Familie mit Geschenken feiern wollten. Außerdem könne er, dürfe er sie nicht verlassen, weil sie immer noch außer sich sei über die Tragödie mit Aidas Haar. Sie wand sich wundervoll schamlos, nackt in den Laken, um ihn zu erregen. Ihr milchweißes Fleisch war vielleicht etwas zu üppig für manchen Geschmack, nicht für seinen... wenn er ihre kaum wahrnehmbar feuchte Haut berührte, würden seine schönen Hände nicht von ihr lassen können, um neue Überraschungen im durch und durch Bekannten zu suchen. Aber nein, sagte sich Adriano. Wozu? Balbina war unfähig, Wesen in ihrer Gesamtheit zu akzeptieren, weder eine Tochter mit versengtem Haar noch einen Ehemann, dessen Horizont jenseits dieser armseligen Phantasie verlief. Nach sieben Ehejahren bewahrte nur noch Balbinas Körper seinen Reiz, denn Adriano sah in den Windungen ihres Egoismus, der letztlich nichts als eine erstaunliche Kälte war, auch wenn ihr Körper das zu widerlegen schien, keinerlei Reiz mehr. Als er sich anzog, spürte Adriano jedoch, wie der ganz feine Schweißgeruch seiner Frau das Schlafzimmer erfüllte. Er konnte es nicht lassen, die letzte Karte zu setzen, und schlug vor:

»Schön. Ich bleibe. Aber nur unter einer Bedingung.«

»Welcher?«

»Daß wir, du und ich und die Kinder, den Morgen meines Geburtstags nicht mit deinen Geschwistern und der ganzen Familie hier im Haus zubringen. Heute kommst du mit mir. Morgen bleibe ich bei dir.«

Balbina zögerte. Adriano sagte, und machte dabei Anstalten, sie zu verlassen:

»Schön, wenn du nicht willst...«

Sie hielt ihn zurück:

»Versprich mir, daß du nie wieder morgens wegreitest.«

»Ja.«

Adriano begriff nicht mehr das Ausmaß seines Versprechens, denn er hatte sich über den Körper seiner Frau geworfen und kämpfte mit den Kleidern, die er schon angezogen hatte, und seiner Eile, sich in dem, was sich zwischen diesen prächtigen Schenkeln verbarg, zu erschöpfen. Und in dem klebrigen Dämmern der Ruhe nach der Liebe, eine Zigarre im Mund, von der Balbina hin und wieder einen Zug nahm, erklärte ihr Adriano, was sie wissen wollte. Balbina dachte über das Angebot ihres Mannes nach und kam zu dem Ergebnis, daß Adrianos Vorschlag, seinen Geburtstag außerhalb des Hauses zu verbringen, das Risiko wert war, diesen einen Morgen unangenehm zu finden, wenn es ihr einbrachte, daß sie alle Morgenstunden des Sommers gemeinsam im Bett verbringen würden.

Sie zogen den Kindern ihre weißen Matrosenkleider an und stiegen vor Sonnenaufgang in die Keller hinunter. Das Haus lag auf einer leichten Geländeerhebung, die kaum deutlicher wahrnehmbar war als ein Seufzer im ruhenden Körper der Ebene. Es war auf unendlich verzweigte Waben aus Gewölben und Galerien in unzähligen verschiedenen Etagen gebaut. Fast zu ebener Erde, und wegen des notwendigen Kommens und Gehens direkt mit dieser Ebene verbunden, breiteten sich die Gewölbe aus, in denen die Kellermeister sich mit der Umsicht von Fachleuten um die Weine kümmerten und die Vorratskammern und Küchen, die man nutzte, und die, die nicht mehr genutzt wurden. In den angrenzenden Etagen begann das Labyrinth der Gänge, aus denen Öffnungen, Höhlen, Zellen, Räume, Kammern sich verzweigten, von mehreren Schichten Spinnweben verhängt und bewohnt von harmlosen, schleimigen Tierchen, die sich kaum rührten. Hier waren die Kasernen der Diener ohne Rang, der durch nichts voneinander zu unterscheidenden Soldateska, die ihrem schlichten, armseligen Leben zwischen den Strohsäcken, ihren vorübergehenden Wohnungen, irgendeinen individuellen Zug zu verleihen suchte. Ein sehr junger Pferdeknecht, fast noch ein Kind, hütete eine verhätschelte Eule in einem Käfig, den er aus dem Drahtgestell eines alten Rockes von Celeste gebastelt hatte. Im Licht einer Öllampe flickte ein Küchenjunge eine Socke mit grellen Streifen, um sie, wer weiß bei welcher Gelegenheit, zu tragen. Eine lärmende Gruppe spielte Karten um eine imaginäre Nacht in Eulalias Armen, um den prächtigen Schimmel von Silvestre, um ein Dutzend silberner Tellerchen aus dem Prachtservice. In einer Nische klimperte ein melancholischer Bursche aus dem Süden das vergebliche Feuer der Melodien seiner Heimat auf einer zerborstenen Mandoline, die er in einer Bodenkammer gefunden hatte. In dieser Nachbarschaft befanden sich auch die Kulturen bleicher Pilze, dick wie Froschbäuche, deren Pfleger nach kurzer Zeit des unter der Erde Eingeschlossenseins genauso kalt, so still und so blind wurden wie die delikaten Kryptogamen, die der Herrschaft so sehr mundeten. Man brauchte sich nur mit dem Leuchter in der Hand ein wenig weiter vorzuwagen, über den Bereich hinaus, in dem die Strohsäcke vom vergangenen Jahr faulten, um ein neues System von Zellen dieser Wabe zu entdecken, wo die neuen Diener, nachdem sie ihre glänzenden Livreen oder ihre Stiefel oder ihre Schürzen abgelegt hatten, nach der täglichen Arbeit die Trugbilder eines individuellen Lebens schufen, bevor sie von Müdigkeit oder Hoffnungslosigkeit abgetrieben wurden. Es dauerte nicht lange, und man merkte, daß man, wenn man nach der Seite weiterging, woher die Kälte durch die Tunnel kam, auf einem Weg durch Flechten und Pflanzen, durch verlassene Pilzgärten, die abartige, wuchernde Sorten wie Krebsgeschwüre produzierten, zu Höhlen und Gängen gelangte, die aus uralten Steinen gebaut oder aus dem natürlichen Boden gehöhlt waren, wo Kristalle blitzten und man erstaunliche Dinge finden konnte. Aber keiner der Venturas stieg jemals in die Keller hinab. Außer Lidia, um Küchen und Speisekammern zu beaufsichtigen; und einmal im Jahr, wenn das neue Kontingent ankam, um den Leuten mit einem Finger den Platz zuzuweisen, an dem sie ihre Strohsäcke lagern sollten.

Durch diese Irrgänge der Unterwelt ging Adriano an jenem Morgen seines Geburtstages, an dem so viele Dinge geschehen sollten, die den Ablauf dieses Romans bestimmen. Er hielt eine Lampe in der einen Hand und Wenceslao an der anderen. Balbina folgte ihm, an der einen Hand Mignon und an der anderen Aida. Jede menschliche Spur ließen sie hinter sich, jedes Zeichen dafür, daß es hier, in diesen Tiefen, jemals Leben gegeben hatte. Dann stiegen sie über eine Wendeltreppe, die sich senkrecht in die Erde hinunter bohrte, bis sie in einer bestimmten Tiefe zum horizontalen Faden eines Ganges wurde, dem sie folgten. Die trockene, stehende Luft dieses klimalosen Bereiches war so alt, daß sie in einer anderen geologischen Epoche festgehalten schien. Nichts konnte in dieser Atmosphäre sprießen, entstehen oder vergehen; es konnte nur gleich bleiben. Sie durchquerten eine Grotte mit sehr hohem Gewölbe, deren Kristalle aufleuchteten wie ein Gestirn, das im Licht der Lampe enthüllt wird, und von einem Becken, dessen Wasser sich niemals bewegt haben, widergespiegelt wurden; Adriano blieb an einer Tür stehen. Er sagte zu seiner Familie: »Vergeßt, was ihr hier sehen werdet. Faßt nichts an.«

Wie ich oben bereits sagte, vergaß Wenceslao, der seinem Vater blind gehorchte, tatsächlich. Mit einem Fuß stieß Adriano die Tür auf. Als sie drinnen waren, hielt er die Lampe hoch, um Formen, Farben und so reiche und prächtige Stoffe zu zeigen, daß Balbina ausrief:

»Warum darf ich diese hübschen Kostüme nicht anfassen?«

»Weil sie nicht dir gehören.«

»Liegen sie vielleicht nicht im Keller meines Hauses?«

»Ja. Aber sie gehören dir nicht.«

Nur die Angst, Adriano könne mit der Lampe weitergehen und sie allein in diesem Labyrinth zurücklassen, hinderte Balbina, sich daranzumachen, in den barbarischen Kleidern zu wühlen, die an den Wänden hingen, und in den Fellen gefleckter Tiere, die es heute nicht mehr gibt. Die leuchtenden Farben der Decken und Teppiche und Wandbehänge wollte sie berühren und die der in den Borden aufgereihten Perlmutterschalen. Sie wollte sich der federgeschmückten Kopfputze, des Gerätes aus geflochtenem, geschmiedeten, getriebenen Gold, des leuchtenden Brustschmuckes, der Masken, Armbänder, Ketten, der großen figurativen Gehänge bemächtigen.

Sie verließen den Raum. Draußen, in einem anderen Gang, erwarteten sie zwei nackte Eingeborene mit brennenden Fakkeln. Adriano verschloß die Tür und damit Wenceslaos Erinnerung. Daß es den Schmuck und die Decken, die er Jahre vorher nur kurz gesehen hatte, wirklich gab, begriff er erst, als er die Eingeborenen, die sie trugen, aus dem Schatten der Bäume auftauchen sah.

Der Weg durch die Unterwelt schien kurz, weil die Gedanken an den Schatz Balbinas Zunge gelöste hatten:

»Hast du ihnen nichts davon erzählt?« fragte sie Adriano.

»Wem?«

»Meinen Brüdern?«

»Nein. Warum?«

»Sie werden mir die Sachen wegnehmen wollen.«

»Ich habe dir doch gesagt, sie gehören dir nicht. Aber es besteht gar keine Gefahr, daß sie sie anfassen, sie wissen gar nicht, daß es sie gibt. Sie sind in keinem Inventar des Hauses aufgeführt. Deine Familie weiß nichts von diesen Schätzen, weil sie hier schon so lange versteckt liegen, daß schon in der Zeit deines Großvaters jede Erinnerung daran verlorengegangen war.«

»Woher weißt du so viele Dinge, du gehörst doch eigentlich gar nicht zur Familie?«

»Genau deshalb, weil ich kein Ventura bin.«

»Laß den Blödsinn. Ich bin sicher, die Eingeborenen, die dich für eine Art Gott halten, wickeln dich mit ihren Lügengeschichten ein. Das gefällt dir, und du tust so, als glaubtest du alles, um sie zu beherrschen. Die Sachen gehören mir. Wenn du Gott bist, bin ich seine Frau und habe ein Recht darauf.«

Adriano dachte darüber nach, daß der Ausruf der Bewunderung, den Balbina ausgestoßen hatte, als sie die vergrabene Pracht erblickte, lediglich Täuschung gewesen sei, um die Habgier zu verbergen. Die Familie Ventura konnte etwas nur bewundern, wenn sie die Möglichkeit hatte, es zu bekommen. Ihre Ausrufe der Lust in seinen Armen waren dann auch nur fiktiv, berechnend, ein Mittel, um ihn zu besitzen? Jedenfalls waren die rituellen Symbole der verachteten Rasse für sie nicht Zeichen der Erhabenheit einer zwar besiegten, aber kohärenten Welt, sondern lediglich die bunte Kleiderkammer eines Theaters. Mignon, Aida. Ja, ja! Wie leicht war es, sie zu hassen! Wesen wie sie hatten ihnen das Reitzeug ihrer Krieger und den Schmuck ihrer Priester entrissen, um sie auf dem Grund dieser uralten Salzmine zu vergraben und zu vergessen, als darüber ein Landhaus gebaut und ein Park angelegt wurden, deren eigentlicher Zweck vielleicht darin bestand, dies alles zu verbergen. Seit man ihnen ihre Gewänder genommen hatte, gingen die Eingeborenen aus Protest unbekleidet. Vorfahren der Venturas hatten ihnen befohlen, ihre Blöße zu bedecken. Aber die Eingeborenen weigerten sich, es sei denn, man gäbe ihnen ihre Gewänder zurück. Und sie drohten fortzuziehen, wenn man sie mit Gewalt dazu zwingen würde, sich zu bekleiden. Sowohl die Produktion in den Goldminen in den blauen Bergen wie die Lieferung von Lebensmitteln im Sommer würden aufhören und dann das Landhaus unbewohnbar werden. Es würde von den Gräsern verschlungen und der Ebene zurückgegeben. Da es durchaus möglich war, daß die Eingeborenen, sobald man ihnen ihre Symbole zurückgab, nicht nur versuchen würden, mit ihnen über ihre Jahrhunderte während Unterdrückung zu rechten, sondern auch in den Kanibalismus zurückfallen könnten, mit dem der Schmuck in irgendeinem Zusammenhang stehen könnte, verbargen frühere Venturas das Geforderte in dem geheimsten Versteck und sprachen nie wieder, weder im Guten noch im Bösen, über die Nacktheit der Eingeborenen. Der Anblick ihrer schwitzenden Muskeln wurde schließlich für sie so natürlich, daß das hartnäckige Schweigen vieler Generationen der Herrschaft die Schätze tatsächlich in Vergessenheit geraten ließ. Wir können annehmen, daß Adriano diese Information, die ich als Erzähler gebe, als Antwort auf die dümmlichen Fragen Balbinas gab, denn die Erinnerung an diese Erklärungen seines Vaters mußte plötzlich, fünf Jahre später, mit der Gewalt eines Kataraktes in Wenceslaos Bewußtsein aufbrechen, als er, lange bevor die anderen Vettern es bemerkten, sah, daß die geschmückten Eingeborenen sie umstellt hatten.

Niemals jedoch hatte Wenceslao die geringste Einzelheit dessen vergessen, was danach an jenem Tag geschah, nämlich von dem Augenblick an, da er, nachdem sie die unterirdischen Gänge verlassen hatten, alles von einem Felsen am Ufer des Flusses aus beobachtete, von dem Platz an dem weißen Strand aus, wohin sich sein Vater, seine Mutter, seine Schwestern und er gesetzt hatten. In einem Halbkreis standen aus Gräsern geflochtene Hütten am Ufer. Nackte Eingeborene kamen aus dem Wasser und stellten sich zu sichelartig geschwungenen Formationen auf: Männer, Frauen und Kinder, die Arme wie einen schwingenden Saum über den Kopf erhoben, ahmten mit ihren Stimmen zuerst das Rascheln der Gräser nach, tauchten darin unter und erhoben sich dann, um es zu übertönen. Jetzt waren die Eingeborenen eine starke, saubere Rasse, von einer Gesundheit, die sie bis zu einem gewissen Grad Adrianos Wissenschaft verdankten. Sie zeigten sich zu seinem Geburtstag in dieser Zeremonie, um ihm mit jener Unmittelbarkeit zu danken, mit der sie alljährlich der Kälte dankten, die dem erstickenden Nebel aus Samenfäden ein Ende setzte.

Die Reihen lösten sich auf, und nur noch eine Sichel aus sich mit erhobenen Armen wiegenden Männern tanzte. Alte Frauen nährten das Feuer eines Lehmofens, der die Form einer Kuppel hatte, während junge Mädchen einen Tisch aus gehobeltem Holz reinigten. Die Männer, die sich im Morgenrot wie vom Wind bewegt wiegten, schlossen langsam den Halbkreis aus nackten Körpern um den Ofen, den Tisch, den Felsen, auf dem Adriano und seine Familie thronten. Plötzlich teilte sich die Reihe der Körper und ließ ein gewaltiges weißes Schwein hindurch, das in vollem Galopp über den Sand rannte; ein zahmes und verwirrtes Tier, das in der Runde stehenblieb, auf dem Boden herumschnüffelte und sich den Rücken an einem Tischbein kratzte. Bevor ihn jemand daran hindern konnte, sprang Wenceslao von dem Felsen auf den Sand.

»Mein Kind!« schrie Balbina.

»Laß ihn«, riet ihr Adriano. »Es wird ihm nichts geschehen.«

»Passiert uns nichts?« fragten Aida und Mignon einstimmig.

»Nein«, erwiderte Adriano und überhörte Balbinas Einwände.

»Los«, riefen beide.

»Sie machen sich schmutzig«, klagte Balbina. »Ich hätte ihnen ihre blauen Matrosenkleider anziehen sollen, die sind nicht so empfindlich; allerdings sind sie auch wärmer.«

Die Kinder, die aussahen wie drei weißgekleidete Mädchen, das eine mit goldenen, *à l'anglaise* gekämmten Locken, das zweite mit kahlem, blankem Schädel und das dritte mit aschfarbenem, spärlichen, vom Wind zersausten Haar, spielten mit dem Schwein. Wenceslao ritt auf ihm wie auf einem Reittier.

»Sie bringen dich um!« drohte er ihm. »Sie bringen dich um!«

Aida versuchte ihm das Schwänzchen zu entrollen, und unter quietschendem Gelächter zerrte Mignon es an den Ohren. Sie riefen: »Deine Minuten sind gezählt!«

»Wir sind Menschenfresser und werden dich auffressen!«
In dem Bogen der Sichel aus Tänzern, nahe dem brennenden
Ofen, stellte sich ein riesiger, mit einem Spieß bewaffneter
Eingeborener hinter den Tisch. Mit der flachen Hand schlug
der Riese auf den Tisch. Ihm gehorchend wurde es still, und
alle Bewegungen hielten inne. Der Riese hob den Spieß. Das
war das Zeichen. Aus den vier Himmelsrichtungen erschienen
heulend vier Eingeborene, die das Schwein in einem Tanz
einkreisten, der eine Jagd darstellen sollte. In die Enge getrieben, ergab sich das Tier nahe dem Tisch, hinter dem der Riese
mit dem erhobenen Spieß stand. Die vier Eingeborenen hoben
das Schwein hoch, jeder an einem Bein, und ließen es mit dem
Rücken auf den Tisch fallen. Dann, ihre vorübergehende
Hauptrolle war beendet, tauchten die vier Männer wieder in
dem Halbkreis unter. Einen Augenblick blitzte die Sonne in
dem erhobenen Spieß auf, der nun herabfiel und sich in die
Aorta des Schweines bohrte, das ein abnehmendes Quieken
des Nichtbegreifens und des Schmerzes ausstieß, das von dem
wiederanhebenden Singsang der Eingeborenen aufgenommen
wurde, mit dem das ganze Dorf das Todesröcheln des Tieres
nachahmte. Ein dunkler Strahl, der ihm aus dem Hals strömte,
wurde von nackten Frauen in Tonkrügen aufgefangen; das Blut
spritzte und befleckte ihnen dabei die Brust. So gingen sie, die
Körper rot gesprenkelt, mit den dampfenden Gefäßen über
den Sand fort. Als das Schwein aufgehört hatte zu röcheln,
sengten ihm alte Männer mit brennenden Zweigen das Fell ab,
das der Riese dann schabte und kratzte, bis das Tier sauber
dalag, rosa, fett und mit obszön geöffneten Schenkeln. Andere
Eingeborene mit Messern und Sägen öffneten den warmen
Leib, schoben die Hände hinein, um ihn auszuweiden, hoben
die nassen Gedärme heraus, blutige Eingeweide, die so glit-
schig waren, daß sie ein Eigenleben zu haben schienen. Wenn
sie gezeigt wurden, jubelte das Volk, und die Frauen nahmen
sie in sauberen Krügen auf. Die Hochrufe verstummten. Die
Körper beruhigten sich. Wieder hob der Riese seine Hand, in
der er eine Axt hielt, die er mit einem einzigen sauberen Schlag
fallen ließ, der den Kopf des Schweines abtrennte. Die Frauen
legten ihn auf eine Platte, öffneten ihm das Maul und stopften

einen Apfel hinein, begossen ihn mit Brühe, streuten Kräuter und Salz darüber und schoben ihn in den Ofen. Jede Spur des zerlegten Tieres verschwand von dem Tisch, der sofort abgewaschen, getrocknet und fortgetragen wurde. Ist dort wirklich ein Tisch gewesen, ein erhobener Spieß, ein von Opferblut triefendes Tier? Ist es nicht nur ein Trugbild gewesen?

Um den Ofen herum, aus dem bald appetitanregende Düfte stiegen, sangen die Eingeborenen.

»Ich will gehen«, klagte Balbina.

»Warte noch etwas«, antwortete Adriano, »Juan Pérez wird schon mit den Pferden da sein, aber warte noch. Du glaubst nicht, wie dankbar sie über deine Teilnahme an dieser Zeremonie sind! Hast du deinen Namen nicht in den Gesängen gehört? Sie werden Schinken und Würste zubereiten und sie dir später als Geschenk ins Haus bringen. Jetzt essen wir nur den Kopf, das ist der edelste Teil aller Lebewesen. Uns zu Ehren werden sie, die nie Fleisch irgendeiner Art essen, davon nehmen.«

»O nein! Kopf esse ich nicht!« rief Balbina. »Ekelhaft! Wie kannst du nur einwilligen, ihren Schweinkram zu essen, nur damit sie dich als Gott anerkennen? Mir machst du nichts vor, mein lieber Adriano. Selbst wenn du wüßtest, daß sie dir Menschenfleisch zu essen geben, was gar nicht so unwahrscheinlich ist, würdest du es essen, nur um deine Macht nicht zu gefährden.«

Adriano preßte seine Gerte in der Faust, unterdrückte aber seinen Zorn auf diese böswillige und oberflächliche Frau, die, ohne zu merken, was sie tat – ohne es zu merken? –, mit ihren Worten seinen verborgenen Hochmut freigelegt hatte. Wie jemand den Bauch eines Schweines öffnet, hatte sie die Eingeweide seiner messianischen Ambitionen bloßgelegt, so daß er selbst nicht umhin konnte, sie zu erkennen. Aber Balbina kannte den Begriff Hybris nicht, der er, wie er wohl wußte, zu verfallen drohte, dachte Adriano, um sich zu beherrschen. Das beste war, ihr mit wohlabgemessenen Worten jeden Zutritt zur Macht zu verweigern:

»Es hat dich niemand gebeten, weiter an irgend etwas teilzunehmen. Nur Wenceslao und ich, wir Männer, werden essen.«

»Ich lasse nicht zu, daß mein Püppchen Schweinkram ißt.«

»Das werden wir, er und ich, entscheiden. Du hast damit nichts zu tun. Wenceslao, willst du mit deinem Vater Schweinskopf essen?«

»Sag unserem Sohn, daß es vielleicht kein Schweinefleisch ist...«

»Das macht nichts, Mama. Wenn mein Vater ißt, esse ich auch.«

»Wir wollen auch essen, Papa, auch wenn wir nur Mädchen sind...« winselten Aida und Mignon.

Balbina stieg von dem Felsen. Sie habe genug, sagte sie.

Es werde heiß, und sie zöge es vor, nicht dabeizusein, wenn Adriano die Kinder mit seinen kannibalischen Sitten verdarb. Und von den Frauen der Priester begleitet ging sie zu dem Wagen, der sie außerhalb des Dorfes erwartete.

Adriano und seine drei Sprößlinge gingen unterdessen auf den Ofen zu.

Jemand öffnete die kleine Tür. Umgeben von Glut und einen außerordentlichen Duft ausströmend erschien auf der Platte, den Apfel im Maul und mit Kräutern gekrönt, das Lächeln des Schweines. Mignon stieß einen Schrei aus, als sie das sah, und floh so schnell sie konnte zu dem offenen Wagen, um sich in die Arme ihrer Mutter zu verkriechen. Sie schluchzte und grub ihre Zähnchen in Balbinas Hals, als wolle sie sie fressen, und schrie laut nach Aida, die sofort zu ihr gelaufen kam. Als sie die Aufregung ihrer beiden Töchter sah, schlug Balbina mit der Spitze ihres Sonnenschirms Juan Pérez, der auf dem Bock lehnte und wartete, auf den Rücken. Sofort trieb er die Pferde an, die sich in Marsch setzten und im Trab das kurze Stück Weges durch die Ebene liefen, das die Hütten vom Landhaus trennte.

Der Morgen war schon weit fortgeschritten, als Adriano und Wenceslao zu Pferde zum Landhaus zurückkehrten. Als sie gerade zu ihren Gemächern hinaufgehen wollten, trat Mignon ihnen entgegen, als hätte sie ihnen aufgelauert. Sie hielt ihren Zeigefinger über ihre Lippen, sie sollten schweigen:

»Komm, Papa...« flüsterte sie.

»Wohin?«

»Ich habe ein Geschenk für dich.«

»Wohin willst du mit mir?«

»Schschsch . . .!«

Wenceslao ergriff die Hand seines Vaters. Er war entschlossen, ihn nicht loszulassen. Mignon, grau, mit hängenden Schultern, die Hände über der Brust gefaltet wie eine kleine Novizin, führte sie in einen Teil der Keller, den Adriano nicht kannte, in eine weitläufige niedrige Küche, deren steinerne Gewölbe und Bögen über hundert Jahre alt waren, heute aber nur noch zur Aufbewahrung von Feuerholz dienten. Ein köstlicher Duft, schwer von aromatischen Kräutern, erfüllte den weiten Raum wie Weihrauch, der sich in Kirchenschiffen ausbreitet. Adriano lächelte zufrieden, ließ aber Wenceslaos Hand nicht los. Mit der Spitze seiner Reitgerte streichelte er die Wange dieser borstigen Tochter, da nichts ihn trieb, sie mit der Hand zu berühren, und fragte:

»Hast du ein besonderes Gericht für deinen Vater zubereitet, um seinen Geburtstag zu feiern?«

Mignon zuckte zurück, als die Gerte sie berührte, und wich ein wenig aus. Dann lächelte sie. Ganz hinten in diesem Raum mit dickstämmigen Säulen, fast in der Mitte, an dem Platz, der in einer Kirche für den Hochaltar bestimmt ist, sahen sie den gewaltigen schwarzen Backofen, dem Hitze entströmte. Sie gingen darauf zu, und Mignons Lächeln wurde immer geheimnisvoller, als umschlössen ihre kleinen über dem Latz ihres Matrosenkleides gefalteten Hände den Schlüssel aller Dinge. Ihr zerzaustes Haar widersprach freilich dieser verschlossenen, nonnenhaften Gebärde. Sie sah Adriano in die Augen und fragte:

»Möchtest du essen, Papa? Da du und die Eingeborenen mich nicht von dem habt essen lassen, was für euch Männer reserviert war, habe ich ein Festmahl nur für dich und für mich zubereitet.«

Mignon glühte in diesem Augenblick in einer an ihr, die einem als sommerlicher Matrose verkleideten Nagetier glich, so unerklärlichen Weise, daß Adriano sie beinahe lieben konnte. Er sagte:

74

»Ja, mein Kind. Ich möchte kosten, was du für mich zubereitet hast.«

Als sie den sakralen Raum der Gewölbe durchschritten hatten, gelangten sie an den Herd. Mignon sah ihren Vater noch einmal fest an:

»Wirklich Papa? Ich bin dir nicht böse, wenn du nicht essen willst, es ist nur ein Spiel.«

Sie wartete, daß er sie dränge, damit die Schuld an allem, was geschehen würde, auf ihn falle. Sein Schicksal lag ganz in seiner eigenen Hand. Lachend antwortete Adriano:

»Mir läuft das Wasser im Mund zusammen.«

Mit einem Ruck öffnete Mignon die Backofentür. Drinnen, in jener Hölle, lachte Aidas Gesicht das scheußliche Gelächter des in ihren Mund gezwängten Apfels, die Stirn mit Petersilie und Lorbeerblättern bekränzt und mit Scheiben von Wurzeln und Zitronen wie für den Karnevalstag geschmückt, appetitlich für den Bruchteil einer Sekunde, entsetzlich im nächsten Augenblick, entsetzlich die ganze Welt, ja, die Hölle... Mit einen wilden Fußtritt schloß Adriano die Ofentür, und seine Reitgerte schnitt in Mignons Gesicht. Sein Schmerzensschrei glich dem seiner Tochter, die, gejagt von Adriano, der laut aufheulte, jaulend auf den Haufen Brennholz floh, weil ihre von Entsetzen geblendeten Augen sie nicht zum Ausgang leiten konnten. Wenceslao versuchte den Vater zurückzuhalten, während im Ofen Aidas Kopf saftig bräunte und den ganzen Raum mit seinem festlichen und bösartigen Duft erfüllte. Adriano trieb Mignon in die Enge und schlug mit dem goldenen Knauf seiner Gerte auf sie ein. Aber das geblendete Mädchen entkam dem geblendeten Vater auf den Holzhaufen hinauf, ihr Gesicht blutete, ein Funken Bewußtsein, das schiere Entsetzen, trieb ihren Körper zur Flucht, die Knie, die Hände verletzt, von den Stiefeln des Vaters getreten, kreischend, die weiße Matrosenverkleidung zerrissen, Adriano hinter ihr her, um die Mörderin zu erschlagen. Er packte ein Holzscheit und schlug bis zum Schluß auf die sich verteidigenden Hände ein, die sich sinnlos in einem letzten Versuch, sich zu schützen, erhoben. Wenceslao zerrte an Adrianos Kleidern, um ihn an einem weiteren Schlag mit dem blutigen Scheit zu hindern, doch er schlug immer und immer wieder zu, das knotige Holz fiel immer und immer wieder, bis der Körper der verbrecherischen und unschuldigen Tochter sich nicht mehr regte, ein Brei war, eine Masse aus Blut und schmutziger Stärke und Haaren und Knochen. Diejenigen, die in den Keller gelaufen kamen, als sie das fürchterliche Geschrei vernahmen, packten Adriano, der nun fliehen wollte. Seine Augen waren aus den Höhlen getreten, sein Gesicht war von Schweiß und Tränen überströmt und sein Mund von Schreien und Schluchzen verzerrt. Aber immer noch teilte er Schläge aus, gegen jeden, gegen Lakaien, Schwager, Kinder. Vorsicht, er ist verrückt geworden, gefährlich, rasend! Packt ihn an den Beinen, damit er fällt! Männer, mehr Männer her, zur Hilfe! Doch Adriano stand mächtig zwischen dem stürzenden Brennholz, fast nackt, seine zerrissenen Kleider entblößten die Kraft seines mit dem eigenen Blut und dem Blut seiner Tochter beschmierten Brustkorbs. Die geschundenen Hände schwangen blind das Holz gegen jene Fremden, die seine Verwandten und seine Diener waren. Endlich gelang es ihnen, ihn umzuwerfen. Ein Bataillon Diener fesselte und knebelte ihn, damit er endlich aufhöre zu schreien. Sie sperrten ihn in einen der unzähligen Türme des Hauses, wo er viele Tage und viele Nächte bewußtlos lag, die Augen weit aufgerissen, als schmerzten sie ihn zu sehr, um sie schließen zu können.

Die Frauen kamen auf der Südterrasse zusammen, um zu sticken oder zu nähen, Bésigue zu spielen oder nur wie Musen dazusitzen, das Kinn auf die Hand und den Ellenbogen auf die Balustrade gestützt, und den Pfauen zuzusehen, die auf dem Rasen herumpickten, oder um die Kinder bei ihren Spielen zu beaufsichtigen – bei den Spielen zumindest, bei denen sie sich beaufsichtigen ließen. Adelaida, Celeste und Balbina, gebürtige Venturas, hielten den Faden der Konversation in der Hand, während Lidia, Berenice, Eulalia und Ludmila, nur angeheiratete Venturas, ihnen folgten. Wenn Balbina nicht dabei war, und das geschah oft, weil sie es vorzog, auf ihrer Chaiselongue in ihrem Schlafzimmer zu liegen, war nach den Ereignissen, von denen ich oben berichtet habe, das Pflichtthema jeder Unterhaltung, den Tod von Aida und Mignon mit eigenen Interpretationen nachzuvollziehen, die rein rhetorischer Natur waren, da es eine offizielle Version gab. War er oder war er nicht das Ergebnis des schädlichen Einflusses der Menschenfresser. Ja, ja, das war er, das war die offizielle Version, die mit diesem unwiderlegbaren Beweis für die Heimtücke ihrer Infiltrationsmethoden die Furcht vor den Wilden neu aufflammen ließ. Wie sollte man sich sonst die Sache mit dem »Braten« aus dem Kopf der armen Aida erklären? Es war zwar richtig, daß nicht Adriano ihn in den Ofen geschoben hatte. Aber jedem, der nur einigermaßen denken konnte, mußte es doch offensichtlich erscheinen – ja, ja offensichtlich, wie die offizielle Version aller Dinge »offensichtlich« war, egal wie scheußlich sie waren –, daß die arme Mignon das nur getan hatte, weil sie an jenem unglückseligen Morgen dem Beispiel der Kannibalen ausgesetzt worden war. Was würde geschehen, mein Gott, wenn dieser Einfluß auf die übrigen Sprößlinge übergriff? Reichten die getroffenen Maßnahmen aus, vor allem die, Adriano in den Turm gesperrt zu haben, um eine Ansteckung zu verhindern? Das ewig aufregende Thema behielt trotz des dichten Schleiers, den sie am Ende jeden Gesprächs über das Unbegreifliche zu ziehen beschlossen, seine volle Frische.

»Man darf nicht vergessen, daß Wenceslao, der sich übrigens wie ein Held aufgeführt und versucht hat, ihn zu entwaffnen, obwohl er doch noch so klein ist, von Adriano in seinen schlimmsten Momenten hätte verletzt werden können. Er hat ihm aber nichts getan, das beweist, daß seine Instinkte eines liebenden Vaters keinen Augenblick völlig verdunkelt waren.«

»Da irrst du dich«, predigte Adelaida. »Wenceslao wurde gerettet, denn Gott ist groß.«

»Nein, Adelaida, nicht weil Gott groß ist, was hier niemand bezweifeln will, du hast also gar keinen Grund, ihn zu verteidigen«, argumentierte Celeste und nahm einen Schluck Tee. »Im tiefsten Abgrund seiner Krankheit wußte Adriano nämlich, daß die arme Balbina eine Stütze im Leben brauchen würde. Schließlich ist von ihren drei Kindern Wenceslao der einzige richtige Ventura, mit seinem guten Aussehen und seinen Führungseigenschaften. Man braucht doch nur daran zu denken, wie Aida war. Und von Mignon ganz zu schweigen. Im Himmel wird ihre Karriere als Engel ernsthaft gefährdet sein wegen ihrer mit nichts entschuldbaren Häßlichkeit.«

»Aber man kann nicht abstreiten, daß die arme Balbina alles für sie tat, was man nur tun konnte, indem sie sie so herausputzte. Eine großartige Mutter!« rief die bewundernswerte Ludmila aus. Und während sie eine Karte des Patiencespiels legte, das auf dem Tisch ausgebreitet lag, um den die Frauen herum saßen, murmelte sie:

»Herz auf Herz ... meine arme Balbina!«

»Mein Mann, Anselmo, hat den blutigen Körper gefunden, als ihm nach ein paar Tagen einfiel, daß ja auch die arme Aida begraben werden müsse, und man nach ihr suchte«, fuhr Eulalia fort. »Und die Axt und die Säge und die Messer, sie waren unter dem Brennholz vergraben. Schade, daß man den Kopf nie gefunden hat.«

»Den haben die Menschenfresser gestohlen oder ihre Agenten, was uns wieder zeigt, daß wir immer auf der Hut sein müssen«, sagte Adelaida. »Jedenfalls finde ich es traurig, schlimmer noch, ich halte es für ungerecht, wenn es sich um einen von uns handelt, einer Leiche den Kopf vorzuenthalten. Ich ziehe es vor, wieder einen dichten Schleier über diese Angelegenheit zu ziehen ...«

Balbina schien die Tragödie vergessen zu haben. Als man ihr ohne Angaben von Einzelheiten, nach denen sie auch gar nicht fragte, den Tod ihrer beiden Töchter mitteilte, weinte sie ein wenig, aber nicht zu viel, und kurze Zeit später vergaß sie sie vollkommen. Niemand wagte es, sie in ihrer Gegenwart zu erwähnen, und auch nicht Adriano, den man besser eingeschlossen hielt, damit er sie am Ende nicht alle auffraß. Wenceslao war ausreichend Trost für seine Mutter. Er wuchs heran. Aber Balbina war unfähig, die Tatsache seines Heranwachsens zur Kenntnis zu nehmen, wie sie unfähig war, zur Kenntnis zu nehmen, daß er ein Junge war und kein Mädchen. Sie zog ihm immer noch gestickte und geraffte Röckchen an voller Schleifchen und Kränzchen von Pitiminí-Rosen und frisierte ihn mit Korkenzieherlocken *à l'anglaise*. Ihr Leben bestand jetzt, fröhlich und unschuldig, frei von Verpflichtungen und einer verlängerten Kindheit zurückgegeben, aus der Adriano sie hatte reißen wollen, lediglich darin, Wenceslao zu kämmen und anzuziehen, so wie jemand mit einer lebendigen Puppe spielt. Er hatte, parfümiert und das Gesicht voller Schminke, den Spott seiner Vettern zu ertragen, damit nicht der kleine Rest von Verstand, der seiner Mutter noch geblieben war, auch noch zerstört würde. Balbina erlaubte ihm nicht, sie allein zu lassen. Nicht, weil sie fürchtete, es könne ihm etwas zustoßen – das Gefühl der Gefahr verschwand aus ihrem Hirn, so daß man sie beaufsichtigen mußte, ohne daß sie es merkte, damit sie nichts Unvernünftiges tue –, nein, weil sie so verliebt in dieses Püppchen war, ohne welches sie nicht wußte, was sie tun sollte. Manchmal, wenn sie ihn auf ihren Frisiertisch gesetzt hatte, um ihn mit Schminke einzureiben, die seine Schönheit hervorheben sollte, hörte sie vom Turm her Adrianos Geschrei. Balbina ließ dann den Puderquast sinken und lauschte:

»Wer mag das sein?« sagte sie, als frage sie sich selbst.

»Wer, Mama?«

»Dieser Mann, der da schreit.«

»Es schreit niemand, Mama!«

»Nein?«

»Ich höre nichts.«

»Wahrscheinlich sind es die Kinder, die im Park spielen.«

»Oder die Pfauen.«

»Bestimmt.«

Balbina begann zu weinen:

»Was hast du, Mama?«

»Sie wollen nicht, daß ich dich mitnehme auf den Ausflug.«

»Warum?«

»Sie sind widerlich.«

»Aber versuch doch, mir zu erklären, warum sie nicht wollen, daß du mich mitnimmst.«

»Weil keine von uns ein Vorrecht haben soll. Gesetze, sagen sie, sind nicht hart, wenn sie für alle gelten. Wenn ich dich mitnehmen würde, hätte Adelaida das Recht, Cirilo mitzunehmen, Lidia Amadeo, Berenice Clemente, Celeste Avelino, Ludmila Olimpia und Eulalia die Zoé, und sie sagen, dann wird alles kompliziert. Alle fünfunddreißig Vettern und Cousinen bleiben im Haus...«

»Wievieldreißig, Mama?«

»Fünfunddreißig. Wieso?«

»Ich hab mich vertan. Ich bin noch zu klein und kann nicht zählen.«

»Leihst du mir dein Schmetterlingsnetz?«

»Ich hab keins.«

»Warum hast du keins?«

»Ich mag Schmetterlinge nicht fangen.«

»Du bist merkwürdig... merkwürdig wie...«

»Wie wer, Mama?«

»Was sagst du?«

Wenceslao zögerte einen Augenblick, um eine Antwort zu suchen:

»Daß ich kein Netz habe.«

»Schade. Ich hätte die hübschesten Schmetterlinge gefangen, die mit den schillernden Flügeln, um sie in Kästen mit Glasdeckeln zu trocknen. Und später, wenn wir deinen Geburtstag feiern, würde ich sie dir in die Locken stecken. Und wenn sie mir erlaubt hätten, dich mitzunehmen, hätten wir sie zusammen gefangen, und ich würde sie dir lebendig ins Haar stecken und zusehen, wie sie flattern, bis sie sterben. Aber sie sind widerlich und erlauben mir nicht, dich mitzunehmen.«

Wenceslaos Augen blitzten. Er hatte gefürchtet, daß man im letzten Augenblick, eingedenk der »Tragödie« der armen Balbina, in diesem Fall eine Ausnahme machen würde. Aber sie gaben nicht nach. Die unflexiblen Gesetze sind es, die nicht jeden Einzelfall bedenken, sondern nur das reine Prinzip, so sagen sie, sie sind es, die die Institutionen festigen.

Adriano schrie in seinem Turm. Aus den Kissen der Chaiselongue, in die ihn seine Mutter gesetzt hatte, wie eine jener dekorativen Puppen, die gerade in Mode waren, wagte es Wenceslao endlich, sie zu fragen, was er schon seit Tagen herauszufinden versuchte und was Amadeo und seine Spione, obwohl sie die Gespräche der Erwachsenen hinter Büschen oder unter den Röcken der Tischdecken belauschten, nicht herauszubringen vermocht hatten:

»Und wird man ihn mitnehmen, Mama?«
»Wen, mein Kind?«
Wie sollte er sie fragen? Wie jenen Namen vor ihr aussprechen?
Er bereute es:
»Amadeo«, antwortete er.
»Der ist zum Fressen süß, der Kleine ... entzückend, wirklich,
ein Schatz ...«
Aber alle Frauen sagten das gleiche von allen Kleinen, mit der
gleichen Begeisterung. In diesem Augenblick jaulte Adriano
von seinem Turm, aber Wenceslao konnte seine Worte nicht
richtig verstehen. Er ließ einen Augenblick des Schweigens
verstreichen, während seine Mutter sich puderte, für den Fall,
daß sein Vater den Satz wiederholte, der irgendeine Anwei-
sung für die Verwirklichung seiner Pläne morgen enthalten
konnte. Aber er tat es nicht. Dann fragte Wenceslao Balbina:
»Wer hat da geschrien, Mama?«
»Warum fragst du immer dasselbe, mein Kind?«
»Es kam mir so vor ...«
»Niemand schreit. Das hab ich dir schon gesagt. Das sind die
Pfauen.«
»Ah.«

KAPITEL DREI

Die Lanzen

1

Als sich die Kinder nach der Abfahrt der Erwachsenen allein
sahen, ohne jeden anderen Schutz als die Wache der Atlasfigu-
ren, die in Abständen die Balustrade der Terrasse hielten,
spürten sie, daß sie die durch die Gewohnheit bestimmten
Grenzen nicht überschreiten konnten, ohne das Unglück her-
aufzubeschwören. Der vertraute Park zeigte sich fremd und
feindlich, und das heute fast leere Haus war riesengroß, ein
selbständiges Wesen, ein Drache, dessen Eingeweide aus Fluren und vergoldeten, mit Teppichen ausgelegten Salons bestanden, die jeden verdauen konnten; und dessen Tentakel,
die Türme, versuchten, die immer fliehenden Wolken einzufangen. Um dieses Gefühl der Gefahr zu neutralisieren, das die
Nervenspitzen der Vettern reizte, dehnten sie die lustvollen
Reste der morgendlichen Trägheit aus, obgleich sich die Zeit
für das Mittagessen näherte. Und wie jemand in der Nacht
pfeift, um seine Angst zu vertreiben, versammelten sie sich auf
der Südterrasse ohne irgendeinen anderen Grund als dem
unausgesprochenen Wunsch, zusammenzubleiben und sich
gegen das noch nicht Genannte zu wehren.
Gewiß, einige der Vettern versuchten, ihren gewohnten Beschäftigungen nachzugehen, und taten so, als wäre dies ein
Morgen wie jeder andere. Aber die Heftigkeit, mit der Cosme
mit Avelino über die Position seines Läufers auf dem Schachbrett stritt, als sie die gestrige Partie weiterspielen wollten, war
höchst ungewöhnlich. Colomba versuchte einige Cousinen zu
versammeln – von denen sie wußte, daß sie begierig waren,
ihre hausfraulichen Fähigkeiten nachzuahmen –, um den Spei-
seplan des Tages zusammenzustellen. Aber die Mädchen ver-

strickten sich in Spiele ohne Sinn und Verstand, die es ihnen erlaubten, noch eine Weile bei den anderen auf der Terrasse zu bleiben. Und Cordelia lag in einem Schaukelstuhl und hustete jetzt nach Herzenslust, da kein Erwachsener da war, es ihr zu verbieten. »Laß die Dummheiten, Cordelia, huste nicht immer wie die tuberkulösen Heldinnen der Schundromane, die du liest.« Zwischen den Anfällen, die ihr die Brust zu sprengen schienen, versuchte sie, auf der Gitarre zu spielen. Aber es gelang ihr lediglich, die eine oder andere ungestimmte Saite anzuschlagen. Die Jungen wollten mit irgendeinem ihrer Kraft würdigen Sport beginnen. Sie nahmen Bälle, Schläger, Ruder in die Hand, ohne sich entschließen zu können, auf den Rasen oder zum *laghetto* hinunterzugehen.

An jenem Morgen, von dem ich erzähle, bildete den Kern dessen, was ich aus Mangel an einem besseren Wort »Aktivität« nennen werde, die kleine Elite auf der Südterrasse, die ständig die Blicke auf sich zog, die Gruppe, die sich beneidet wußte und diesen Neid als Waffe benutzte, um abzulenken, auszuschließen, zu belohnen, zu strafen, zu verachten: Melania, umringt von ihrem Hofstaat aus Pagen und Hofdamen und Kavalieren; Juvenal, in seine Tunika aus purpurner Seide gehüllt; Cordelia, Justiniano und Teodora und vor allem Mauro, der *Junge Graf*. Dieser Kern, die Herren der Geschichte, lenkte die Phantasie der Kinder, indem er aufeinanderfolgende Episoden von *Die Marquise ging um 5 Uhr aus* erfand, um einen Teil des Lebens in Marulanda zu organisieren, den die Kinder zwischen sich und die elterlichen Gesetze schoben, um sie auf diese Weise nicht als autoritär zu empfinden und sich nicht gegen sie auflehnen zu müssen. Damit schuf die Elite nicht nur den Hauptfiguren, sondern auch denen, die als Komparsen mitspielten, eine Fluchtmöglichkeit in eine andere Ebene, wo sie in Ruhe und ohne die Dogmen der Familie in Frage zu stellen den Augenblick abwarten konnten, in dem auch sie »erwachsen« waren und zu dieser Oberklasse aufsteigend nicht mehr von Zweifeln bedrängt wurden, die sie verwundbar machten, weil sie Kinder waren. Auch sie würden dann zu Manipulierern und Erfindern von Dogmen.

Melania, in den nebelfarbenen Frisierumhang gehüllt, den

Juvenal für sie aus Celestes Kleiderschrank stibitzt hatte, ließ sich von Olimpia den langen schwarzen Zopf bürsten, während Clelia, Meisterin in dieser Kunst, sie nach Juvenals Anweisungen frisierte. Die ganze Familie war der Meinung, Melania sei die hübscheste der Cousinen, die als erste heiraten würde. Und da es die erste Pflicht der Frauen war – wenn nicht die einzige –, hübsch zu sein, genoß sie alle nur erdenklichen Vorteile. Cordelia besaß mit ihrem goldenen Zopf, ihrer schlanken Figur, der Intensität ihrer fiebrigen, hellen Augen und den hohen Backenknochen vielleicht mehr Schönheit als Melania. Aber meine Leser werden zugeben, daß reine Schönheit schrecklich ist, wegen der Geheimnisse, die sie einschließt; eine abstrakte, schwierige Sache, die auch die Intelligenz dessen fordert, der sie betrachtet. Darum wurde sie von den Venturas dem sofort erkennbaren Charme eines bezaubernden Mädchens als unterlegen befunden. Cordelia gesellte sich zu dem Kreis von Melanias Bewunderern mit der Sehnsucht, die Urigkeit ihrer Cousine möge auf sie ausstrahlen. Ihren Husten bezwingend zupfte sie die Gitarre und summte:

> *»Plaisirs d'amour*
> *ne durent qu'un instant;*
> *chagrins d' amour*
> *durent toute la vie ...«*

»Sei still!« schrie Mauro, der mit den Händen in den Hosentaschen herumgegangen war. Er blieb vor ihr stehen:
»Wie lange willst du noch über etwas klagen, das weder du noch ich kennen, das keiner von uns kennt, wahrscheinlich nicht einmal unsere Eltern.«
»Was du für einen Unsinn daherredest«, sagte Melania mit gespielter Überraschung.
»Und mein Liebeskummer deinetwegen, was ist das?«
»Du liebst mich, und ich liebe dich nur, wenn wir *Die Marquise ging um 5 Uhr aus* spielen«, antwortete Mauro. »Wir sind unfähig, irgend etwas zu empfinden, wenn wir nicht den Regeln irgendeines Spiels folgen.«
»Das ist die einzige Art und Weise zu lieben«, seufzte Melania.
»Wie kann man ohne Konventionen lieben?«

Melania begeisterte diese Wendung der Unterhaltung. Sie hatte einen unwiderstehlichen Hang zum intimen Geplauder über eigene und fremde Gefühle, war zum Klatschen und Intrigieren geboren, womit sie das Gleichgewicht der Gefühle der anderen zu zerstören oder aufzurichten verstand. Neben ihr kniend malte ihr Juvenal breite ägyptische Augen, während Teodora sie mit Stiefmütterchen krönte, die von einem fast so tiefen Violett waren wie Melanias Zopf.

»Ich würde dich gern lieben, Melania«, flüsterte Mauro. »Aber es gibt keine Verständigung zwischen uns, solange unsere gewohnten Worte nicht ihre Bedeutung ändern, indem wir den Kontext ändern, in dem sie gesprochen werden. Heute ist alles anders, die Konventionen der *Marquise* genügen mir nicht mehr.«

»Heute! Heute!« kreischte Juvenal und sprang auf, dabei warf er das Schminkzeug über den Boden. »Schluß jetzt! Warum erklärt man diesen Tag für anders als alle anderen? Ich bin hier der Hüter der Ordnung. Ich repräsentiere die Erwachsenen. So wie sie entscheide ich, was ist und was nicht ist. Heute ist *nicht* anders als alle anderen Tage. Jeder Versuch, die Ereignisse dieses Tages zu etwas anderem zu machen, wird als Aufruhr angesehen und entsprechend bestraft, wenn unsere liebevollen Eltern zurück sind. Mauro, willst du etwa wie Wenceslao Ideen verbreiten, die das Chaos heraufbeschwören? Das erlaube ich nicht. Wir werden jetzt alle, habt ihr gehört, alle, *Die Marquise ging um 5 Uhr aus* spielen. Ich rufe euch auf, damit keiner fehlt. Wer bei dieser gemeinsamen Aktion, die unsere Gedanken von allen gefährlichen Zweifeln abhalten soll, nicht teilnimmt, wird mit den entsprechenden Strafen rechnen müssen. Du, Melania, bist die *Unsterblich Geliebte,* und du, Mauro, versuche nicht wegzulaufen, du bist der *Junge Graf,* und ich bin die *Boshafte Marquise . . .*«

»Ich spiele nicht«, trotzte ihm Mauro. »Es muß etwas anderes passieren.«

»Hier passiert nichts und wird auch nichts passieren«, insistierte Juvenal. Mit schwacher Stimme ließ sich Cordelia vernehmen:

»Warum nicht, heute ist doch ein Tag ohne Gesetze?«

Wütend wandte sich Juvenal zu ihr um:
»Du auch, du alberne schwindsüchtige Gans? Du willst auch Gerüchte verbreiten? Was weißt du denn, wo nicht einmal die Menschenfresser deinen wurmstichigen Körper fressen würden.«

Indessen hatte Mauro zu Melania geblickt und sagte mit einer Zärtlichkeit, deren Direktheit sie als aufdringlich empfand: »Ich habe Angst vor dir, Melania. Die Liebe erschreckt mich, weil ich kaum ihre Form wahrnehme. Heute aber spüre ich, daß mir diese stilisierte Art, in der wir sie bisher erlebt haben, nicht genügt.«

Melania erhob sich in ihrem nebelfarbenen Tüllumhang, schritt auf Mauro zu, trat ganz dicht an ihn heran, um seinen Willen zu beugen. Vor den Augen der Vettern , die ihre Spiele ruhen ließen, um diese bewegende Szene mitzuerleben, war Melanias Erscheinung im zitternden Schatten der Glyzinie, der sie vor der Mittagshitze schützte, von einer nebelhaften Körperlosigkeit. Ihr selbstsicheres Lächeln, ihr Kopf mit den schwarzen Zöpfen, die wie die Schlangen einer Medusa aufgesteckt waren, gewannen dagegen eine allegorische Intensität, vor der Mauro erschauerte. Wenn er jetzt auf seiner Haut Melanias lauen Atem spürte, wenn ihr Lächeln jetzt nicht verginge, ja, dann, dann würde er augenblicklich seine Gewißheit vergessen, daß sich heute alles ändern mußte, und er würde sich von dem smaragdgrünen Universum von *Die Marquise ging um 5 Uhr aus* einhüllen lassen.

Da sah Mauro, wie sich Melanias Lächeln plötzlich zu einer Schreckensgrimasse verzog und sich die Gesichter der anderen, auf ihren Plätzen versteinernden Vettern verfärbten, weil sie etwas sahen, was er nicht sah. Er drehte sich um. »*La poupée diabolique!*« rief er aus, als er die goldgelockte Puppe mit den Spitzenröckchen in dieser neuen Inkarnation eines Jungen in blauer Hose und mit gestutztem Haar erkannte.

Schreiend scharten sich alle um Wenceslao und versuchten, ihn zu packen, ihn zu schlagen, ihn auszufragen, wie, wann und warum, was er sich dabei gedacht habe, er würde seine Mutter mit diesem Schock umbringen, was würden die Erwachsenen sagen, wenn sie ihn so sähen? Veränderung, Veränderung, sagte sich

Mauro. Dieselben, die dies gerade bestritten hatten, sprachen nun das Wort aus und erkannten, so wie er erkannt hatte, daß Wenceslao den ersten Schritt getan hatte. Wie beneidete er ihn! Mauro schrie nicht. Er kämpfte sich auch nicht in die Mitte der über die neuartige Erscheinung Wenceslaos erregten Gruppe, die sich um den Jungen drängte und ihn bestürmte. Auf die Balustrade gestützt, um seinen Vetter, aus dem so viel Erkenntnis zu strömen schien, von weitem bewundern zu können, gewann er die Gewißheit, daß er und Wenceslao – trotz der brutalen Schläge, die er ihm vor etwa einer Stunde auf das Hinterteil verpaßt hatte – vom heutigen Tag das gleiche erwarteten, wenn auch auf unterschiedliche Weise. Er hielt sich für unfähig, Panik verbreiten zu können, wie es sein Vetter tat, der mit seiner veränderten Erscheinung so brennende wie eindeutige Überzeugungen und Absichten kundtat. Zerstören, um sich zu verändern, um alles zu verändern. Er für seinen Teil mußte warten, wissen, nachdenken, bis er endlich eine Antwort fände, in deren Dienst er seine gesamte Begeisterung, und die war groß, stellen wollte. Im Augenblick konnte er nur die Rätsel hin und her wenden; reine Verwunderung, Fragen, die ihn nicht mehr erschreckten, denn heute – oder in der Projektion des Heute auf eine Zukunft ohne die traditionellen Autoritäten – schien es möglich zu sein, Antworten zu finden. Er begriff nicht, warum nicht alle seine Vettern seine eigene Begeisterung für diese neue Epoche teilten, die von Wenceslaos blauer Hose und seinem Stoppelschnitt angekündigt wurde.

Warum zerrte Melania Juvenal aus der Gruppe und wandte sich wimmernd, gefolgt von ihrem Hofstaat ins Innere des Hauses? Sie hielt sich die Augen zu, um den kleinen Kerl nicht zu sehen, die Ohren, um die Worte nicht zu hören, die möglicherweise dem sicheren Reich ihrer Exklusivität ein Ende bereiteten. Nach kurzer Zeit sah Mauro oben über dem Hauptbalkon Juvenals blasses Gesicht, als der die Fenster des chinesischen Kabinetts schloß, wo sie sich verschanzten, wer weiß gegen wen, gegen was, jedenfalls gegen einen Feind, das begriff Mauro in diesem Augenblick, den sie sich selbst durch ihre Verneinung, durch ihre Angst schufen.

Mauro sah sich um, er suchte seine Brüder, Valerio, Alamiro

und Clemente. Mit Gewalt mußte er sie aus der Gruppe herauszerren, die sich um Wenceslao drängte, denn, fasziniert von der Angst, wollten sie sich von dem Ort, von dem sie ausging, nicht entfernen. Jetzt brauchte er sie. Es mußte unbedingt etwas getan werden, damit seine Pläne sich klärten, bis sie so strahlend dastehen würden wie die von Wenceslao. Während die Panik der einen darüber, daß die heutige Geschichte in der Tat ganz anders verlief als die der anderen Tage, und die Ungläubigkeit der anderen die Gruppe auflöste, nachdem Wenceslao geflohen war, sprang Mauro, gefolgt von seinen Brüdern, über die Balustrade auf den Rasen und stürzte durch den Garten bis in den verborgensten Winkel des Parks.

Als er das Zeichen seines älteren Bruders sah, ließ Valerio sein Ruder fallen und folgte ihm, Alamiro ud Clemente liefen ebenfalls die Treppe hinunter und traten sich einen Ball aus weißem und orangefarbenem Leder zu, damit niemand bemerke, daß sie sich von der Gruppe entfernten. Valerio gesellte sich schnell zu den Spielenden, und sie näherten sich dem *laghetto*, hinter dessen Papyruspflanzen Mauro verschwunden war. Als sie ihn erreichten, wunderten sie sich über die Erregung in seinem Gesicht. Trotzdem spielten sie weiter mit dem Ball.
»Gebt ihn her«, rief Mauro ihnen zu.
»Ich will nicht«, antwortete Clemente, der Jüngste. »Er gehört mir.«
»Mauro nahm ihm den Ball fort und warf ihn ins Wasser, wo ein Schwan um ihn herumschwamm, und sie sahen, wie er in der moosigen *rocaille*-Grotte verschwand.
»Mein Ball!« stöhnte Clemente. Und dann: »Ich stelle die Autorität in Frage, die du dir angemaßt hast, um mir mein Spielzeug wegzunehmen.«
Mauro nahm den Kleinen in den Arm und versicherte ihm, er werde ihn nachher wiederbekommen, wenn sie genug Zeit hätten und er seine Autorität, wenn er sie überhaupt hatte, begriffen habe.
»Und warum nicht jetzt gleich?« bestand Clemente darauf.
»Weil wir es eilig haben.«
»Warum haben wir es eilig?« fragte Valerio. »Wenn es stimmt,

was sie sagen, nämlich, daß die Erwachsenen nicht zurück-
kommen, haben wir alle Zeit der Welt.«
»Ich weiß nicht, ob sie zurückkommen oder nicht«, antwortete
Mauro. »Jedenfalls wird es so oder so anders sein, als wir es
bisher gekannt haben. Gehen wir?«
Er wollte seinen Lauf in den hintersten Winkel des Parks
fortsetzen, aber Valerio hielt ihn zurück:
»Warte«, sagte er.
»Was willst du?« fragte Mauro.
»Erkläre uns, warum du es so eilig hast. Der Kern unseres Ge-
heimnisses ist doch, daß es ohne jeden Sinn und ohne jeden
Nutzen ist. Womit willst du diese plötzliche Hast begründen?«
Sie standen am *laghetto* zusammen in der Sonne. Während sie
sprachen, entledigte sich Mauro wie jemand, der sich zur Arbeit
fertig macht, seiner Jacke, seines steifen Kragens, seiner schwar-
zen Fliege, seines gestärkten Hemdes und ließ alles auf den Rasen
fallen. Er war muskulös, ganz und gar bernsteinfarben, selbst die
Durchsichtigkeit seiner tiefliegenden Augen, die von dem
Rahmen seiner Brauen beschattet wurden, die ihrerseits die
Farbe von schwarzem Bernstein seiner Wimpern und seines
Haarschopfes wiederaufnahmen. Hinter ihm, zwischen den
Seerosen, setzten die Schwäne die befriedigende Wiederholung
ihrer Seepartien fort. Valerio forderte von ihm eine sofortige
Antwort. Wie konnte er ihm so antworten, daß er ihn nicht
verlor? Wie sich selbst antworten? Er selbst hatte noch gar nicht
begonnen, die neuen Probleme zu analysieren. Er mußte an dem
arbeiten, was er für sein unverwechselbar Eigenes hielt, damit
aus dessen Zentrum die Antworten hervorkämen, die Valerio so
spontan von ihm forderte. Er konnte nur sagen:
»Kommt.«
Valerio widersetzte sich:
»Ich gehe nicht, wenn du es mir nicht erklärst.«
»Du weißt, daß unsere Arbeit keine Erklärung hat.«
»Ich schließe daraus, daß es keine Eile hat. Ich werde ins Haus
zurückgehen, um an der gemeinsamen Aktion teilzunehmen.«
»Und uns verraten?«
Valerio dachte einen Augenblick nach. Dann sagte er:
»Wenn die gemeinsame Aktion es erfordert, warum nicht?«

Valerio, der Begeisterte, der keine Furcht und keinen Zweifel kannte, hielt Verrat für eine Möglichkeit? Es war, als fiele die Einigkeit der vier Brüder, die Aufgabe, die sie Jahre hindurch zusammengehalten hatte, unter den Forderungen des Tages auseinander. Mauro fühlte, wie die Tränen ihm in die Augen stachen, aber seine Willenskraft trocknete sie wieder. Er konnte nur fragen:

»Also, unsere Sache bedeutet dir gar nichts?«

»Hör zu Mauro«, sagte Valerio ungeduldig. »Die Verwandlung von Wenceslao zeigt, daß wichtige Dinge unmittelbar bevorstehen, die uns keine Zeit lassen, über unser Geheimnis nachzudenken. Sie fordern, daß wir uns nach draußen, dem Geschehen zuwenden; ich will an diesem nicht subjektiven Geschehen teilhaben. Unsere Arbeit ist nichts weiter als ein kindlicher Zeitvertreib, der nur eine lyrische Bedeutung hat, nur eine Form ist, ein Spiel. Du selbst hast gesagt, daß heute kein Tag für Spiele sei.«

Wie konnte er es wagen, dieses oder irgend etwas anderes zu vertreten, fragte sich Mauro, wenn sein ganzes Wesen ein einziges Zögern war? Wenn nicht einmal die geheime Arbeit all dieser Jahre ihm Sicherheit gegeben hatte? Wie kam es, daß seine zu sehnsuchtsvolle Phantasie ihm das, was man nur in der Luft spürte, als real hinstellte?

»Wir wissen nicht, ob es ein Spiel ist oder nicht«, stotterte er.

»Siehst du! Das ist neu. Wieso, wenn sich nichts verändert hat, hat sich deine These verändert? Unsere Absicht war es, etwas Verbotenes zu tun, das dem Willen unserer Eltern fern ist, etwas, das wirklich uns gehört, nicht dem Stamm, das geheim ist, aber ohne jede Folgen. Jetzt gibt es, wie Cordelia sagt, keine Gesetze, also gibt es keine Autorität. Deshalb ist der Sinn unseres ganzen Tuns dahin, genau wie deine Autorität, Clemente den Ball wegzunehmen. Wenn du auf unserem Tun bestehst, bist du ein Feigling.«

»Warum muß alles ein so unerbittlich bestimmtes Ziel haben? Kann nicht etwas, was unnütz scheint, weil wir im Augenblick seine Bedeutung noch nicht kennen, sich am Ende in das Ganze einreihen, nur auf eine andere Weise?

»Nicht an einem Tag wie diesem«, antwortete Valerio.

»Du bist viel zu sicher.«

»Du bist ein Schwächling.«

»Dir fehlt es an Phantasie. Du wirst noch eine andere Orthodoxie erfinden, die so unflexibel ist wie die unserer Eltern. Nein, ich bin kein Schwächling. Aber ich versichere dir, mir fehlt das Zeug zum Märtyrer oder zum Helden. Vielleicht lernst du die Schattierungen zu unterscheiden.«

»Es geht hier nicht um Schattierungen.«

»Das kann man nicht mit Sicherheit sagen«, meinten Alamiro und Clemente.

»Also gut«, schloß Valerio. »Während ihr noch zögert, gehe ich.«

Und sie sahen, wie er zum Haus fortlief.

2

Meine Leser werden jetzt fragen, was das für ein Geheimnis war, das zu dem Bruch zwischen den Brüdern führte, und den Autor beschuldigen, den übel beleumdeten Kunstgriff anzuwenden, Informationen zurückzuhalten, um die Neugier des Lesers anzustacheln. Meine Absicht war es jedoch, ihn bis zu diesem Punkt des Berichtes zu bringen, um jetzt das zu enthüllen, was ich als Symbol ins Zentrum meiner Geschichte setzen möchte, um der Sache ihre volle Größe zu geben.

Um die Neugier zu befriedigen, muß ich einige Jahre vor den Tag des Ausflugs zurückgehen und den Ursprung der Kabbala enthüllen, auf die die Brüder in ihrem Streit am *laghetto* anspielten. Einige Jahre hindurch hielt das Geheimnis die vier Söhne von Silvestre und Berenice im verborgenen zusammen, ohne daß es die Oberfläche des Lebens in der Familie gestört hätte, denn für diese waren die Abläufe unabänderlich. Jeder erfüllte treu seine ihm zugewiesene Rolle. Es war eine unumstrittene Tatsache, daß Silvestre und Berenice und ihre vier Söhne, Mauro, Valerio, Alamiro und der kleine Clemente, das Ideal verkörperten, da sie ernsthaft, modern und von untadeligem Benehmen waren, nicht nur in der Gesellschaft, sondern auch während der Sommeraufenthalte in dem von einem Lanzengitter, das den Park eingrenzte, umgebenen Landhaus. Dieses Gitter war eines der bemerkenswertesten Dinge jenes Ortes. Mauro verbrachte den Sommer, in dem er zehn Jahre alt war, damit, sie zu zählen: achtzehntausendsechshundertunddreiunddreißig sehr hohe, schwarze Stangen aus schlankem Eisen, die unmöglich zu biegen waren, so gut geschmiedet waren sie, die in der Höhe in gelben Metallspitzen endeten und unter der Erde in einer Mörtelmasse gehalten waren, die so fest und alt war wie der Granit, der unter dem Humus ruht. Nach diesem Sommer in die Stadt zurückgekehrt, wollten Mauros Eltern – sie hatten nicht bemerkt, daß ihr ältester Sohn sich von dem Spiel seiner Altersgenossen entfernt hatte, um die Lanzen zu zählen – ihn an seinem Geburtstag für sein ausgezeichnetes Benehmen belohnen, das ein Vorbild für seine jüngeren Brüder und seine Vettern gewesen war. Sie fragten ihn, was er sich zum Geschenk wünsche. Er überraschte sie, denn sie waren bereit, ihm sogar ein Pony zu schenken, als er um eine eiserne Lanze bat. Und absichtlich, um zu sehen, was sie tun würden, gab er keinerlei Einzelheiten zu diesem Wunsch an. Silvestre und Berenice ließen daraufhin bei dem berühmtesten Schmied der Stadt eine Lanze machen und nahmen als Modell eine Lanze aus dem Gitter von Marulanda. Aber sie bestellten sie in kleinerer Ausführung und mit einer Spitze, die nicht so scharf war, damit sie keine Gefahr darstelle: also ein Spielzeug. Mauro enttäuschte seine Eltern, da er von diesem Geschenk wenig Notiz nahm, das bald hinten in dem eleganten Garten des neuen Hauses, das das Paar sich in der Hauptstadt im Viertel der Ausländer hatte bauen lassen, rostete. Auf ihre Fragen antwortete der Junge: »Das ist keine von den Lanzen aus Marulanda.«

»Das konntest du doch auch nicht erwarten, geliebter Sohn«, flötete Berenice. »Die Lanzen von Marulanda gehören in den Familienbesitz, an die können wir nicht heran.«

»Sollte ich nicht sagen, was ich mir wünsche?«

»Nun ja, innerhalb vernünftiger Grenzen.«

»Dieses Detail war in dem Geschenkangebot nicht enthalten. Außerdem habt ihr selbst mir beigebracht, daß es für uns, die Venturas, keine Grenzen gibt, weil wir selbst es sind, die sie bestimmen.«

»Aber du wirst doch zugeben, daß die Vernunft Grenzen setzt«, fügte Silvestre hinzu. »Dazu existiert sie ja.«

»Was hat eine Lanze, die, im Fall daß man sie benutzt, zu gar nichts taugt, mit Vernunft zu tun? Diese Lanze ist anders...«

»Sie mußte anders sein.«

»Warum mußte sie anders sein?«

»Nun, die Techniken, das Material sind heute nicht die gleichen, die man hatte, als jene Lanzen gemacht wurden.«

»Wenn wir an den Fortschritt glauben sollen und wenn die Technik von heute perfekter sein soll, muß man doch daraus schließen, daß es möglich sein muß, etwas zu reproduzieren, was mit primitiverer Technik hergestellt worden ist; im anderen Fall wäre der Fortschritt nichts als Vergessen und Verlust. Die Spitze dieser Lanze ist grob, aus Bronze, Mama!«

»Woraus sollte sie denn sein?«

»Aus Gold.«

»Was fällt dir ein!«

»Die Spitzen der Lanzen von Marulanda sind aus Gold.«

»Was für ausgefallene Ideen hat dieser Junge!«

»Doch. Darum rosten sie nicht. Damit die Spitzen so leuchten, wie sie leuchten, brauchen die Lakaien nicht hinaufzukriechen, um sie zu polieren. Sie sind ja auch aus edlem Metall. Ihr habt mir versprochen, mir zu schenken, was ich mir wünsche, und habt dieses Versprechen nicht gehalten.«

»Du hast keine Einzelheiten angegeben.«

»Wenn ihr so darauf bedacht wart, mir eine Freude zu machen, und nicht nur darauf, eure Pflicht zu erfüllen, hättet ihr mich danach fragen sollen.«

Silvestre und Berenice sahen sich an. Der Vater sagte: »Du bist impertinent, also verdienst du gar kein Geschenk. Außerdem träumst du, was vielleicht noch schwerwiegender ist. Du bist schon groß. Du solltest das Maß dessen kennen, was erlaubt ist. Wiederhole nicht noch einmal, daß die Spitzen der Lanzen aus Gold sind, das könnte gefährlich sein.«

»Warum?«

»Vergiß die Lanzen, Mauro. Wenn ich von den Dienern höre, denen ich auftragen werde, dich von jetzt ab besonders zu überwachen, daß du dich mit verbotenen Träumen beschäftigst, werde ich dich damit strafen, daß ich dich noch vor dem nächsten Sommer zum Studium ins Ausland schicke. Und du wirst erst nach Marulanda zurückkehren, wenn dein Kopf den gesunden Menschenverstand jener überlegenen Rasse unserer Klienten, der Goldexporteure, angenommen hat.«

Mauro war wie alle Venturas ein Experte darin, die Oberfläche seines untadeligen Benehmens zu wahren. Und da seine Eltern ihrerseits Experten darin waren, einen dichten Schleier über alles zu ziehen, was sie störte, hinterließ dieses Gespräch bei Silvestre und Berenice keinerlei Spuren, weil von diesem Augenblick an jede Ahndung in den Händen der Dienerschaft lag. Es schien auch bei Mauro keine Spuren zu hinterlassen, der vor den Augen der Familie als Beispiel an Perfektion aufwuchs. Aber der Schein trog. Das Verbot seiner Eltern weckte in ihm die unerschöpfliche Sehnsucht, in ein Geheimnis einzudringen, das nur ihm gehörte, obgleich er es nicht begriff, das für ihn aber den großen Vorzug hatte, verboten zu sein. So pflegte er in genau berechneten Augenblicken, wenn niemand ihn brauchte oder ihn vermissen konnte, die Aufsicht der Lakaien wie der Gärtner abzuschütteln und zum Gitter zu gehen, um es zu untersuchen. Seine Finger betasteten jede einzelne der Stangen, die für weniger scharfe Augen als die seinen völlig identisch waren. Es gelang im schließlich, leichte Unterschiede an den durch seine Phantasie verzauberten Lanzen festzustellen. Und diese Unterschiede riefen in ihm verschiedene Gefühle hervor: die mit den zu glatten oder unterschiedlich dicken Stämmen, die weniger geraden, verdienten seine Verachtung. Aber die schlankeren liebte er, deren Oberfläche schwärzer und texturierter war. Und nach langen Vergleichen und Meditationen wählte er eine aus, die er liebte, eine perfekte Lanze, die ihre goldene Spitze gegen den ungestümen Himmel von Marulanda erhob. Diese Lanze nannte er Melania.

Cousine Melania reifte inzwischen schneller als er. Sie wurde eine junge Frau. Ihre Umrisse und Ausbuchtungen füllten sich mit Weichheit, während ihre Blicke Bedeutungen enthielten, die Mauro nur aus Kindererzählungen kannte. Sie unterschied sich bald von allen anderen, weil ihre Gebärden sie mit einer Geschmeidigkeit auszeichneten, mit der sie, scheinbar ohne es zu wollen, den Willen der Familie beugte. Mauro, der so alt war wie sie, blieb dagegen in der ununterscheidbaren Reihe der gleichaltrigen Vettern verborgen. Melania beachtete Mauro natürlich nicht, denn sie war zu sehr davon geschmeichelt, ihr eigenes Bild im Spiegel der Bewunderung sich entwickeln zu sehen. Die Erwachsenen würden sie in wenigen Jahren, sobald sie siebzehn war, in ihre Reihen aufnehmen. Er hätte ihr gern den Eintritt dort verwehrt, aber ihr Lächeln, mit dem sie jede seiner Anspielungen aufnahm, war immer gleich: nur lieblich, es sei denn, es handelte sich um eine neue Episode aus *Die Marquise ging um fünf Uhr aus,* ein Spiel, das den Vorzug hatte, sie dazu zu bringen, aus sich herauszugehen, denn nichts, was darin geschah, war Wirklichkeit. Um diese Sicherheit zu brechen, kam Mauro eines Sommers auf die Idee, den Fuß der Lanze, die er Melania genannt hatte, freizulegen, um sie zu besitzen. Während er grub, fragte er sich, welche Bedeutung er dem Wort »besitzen« geben könne. Was bedeutete es für einen Jungen wie ihn, Melania zu »besitzen«. Was würde er mit ihr tun, sobald er sie besaß? Lanze Melania war die vierte, von der Lehmmauer der Pferdeställe hinten im Park gezählt, wo ein ganzer Abschnitt des Gitters von einer in Zinnenform geschnittenen Myrten-Hecke verdeckt war. Es war unwahrscheinlich, daß man ihn dort bei seiner heterodoxen Beschäftigung überraschte. Zu Anfang grub er ängstlich, nur in der Absicht, sein Geheimnis tiefer, verwirrender zu machen. Er riß die Pflanzen, die um ihren Fuß wuchsen, vorsichtig aus, um sie wieder zurücklegen zu können, damit kein kahler Fleck ihn den Gärtnern, die selbst in jenem entlegenen Teil jeden Zentimeter des Parkes überwachten, verraten könnte. Dann, mutiger geworden, beschaffte er sich Hammer und Meißel, mit denen er bis tief in den Mörtel hinein arbeiten konnte. Einen ganzen Sommer lang grub und meißelte er, um Melania zu »besitzen«. Er schlich sogar nachts hinaus, dabei riskierend, daß man das Kissen entdecke, das er in sein Bett gelegt hatte, um seinen Körper vorzutäuschen. Er erfand wenig überzeugende Erklärungen, um die Verletzungen an den Knöcheln seiner Hände zu rechtfertigen, wenn Berenice ihre vier Söhne morgens kontrollierte, um noch irgend etwas Fehlerhaftes an ihnen zu entdecken, bevor sie sie in der Öffentlichkeit erscheinen ließ. Es war die Lust der jugendlichen Lüge, die notwendig ist, um die Individualität auszuprägen, der Schwindel des Geheimnisses, des Verstohlenen, was ihn unter seinen Vettern auszeichnete, obwohl niemand von ihnen seine Überlegenheit bemerkte. Bis es ihm endlich eines Abends gelang, Lanze Melania zu bewegen. Er spürte, wie sie sich dank der starken Zärtlichkeit seiner Hände fast tierhaft belebte, spürte, wie sie auf das antwortete, was in ihm Wahrheit war, bis er sie endlich hob, frei, individualisiert, unabhängig von der Serie, und beide erschöpft und glücklich nebeneinander im Gras lagen. Als er sie aus der Reihe ihresgleichen herauszog, unterbrach er mit ihrer Abwesenheit die Regelmäßigkeit der Intervalle, indem er ein andersartiges Intervall einfügte. Als hätte er ein Fenster in die Unendlichkeit geöffnet, spürte Mauro, wie von Horizont zu Horizont sich die ganze Ebene durch die Bresche, die das Regelmaß der Lanzen unterbrach, in den Besitz hereinstürzte. Seidem ging er jeden Tag zu seinem Versteck hinter der Hecke, um die Lanze, die er Melania nannte, herauszuziehen und, während er mit ihr in den Armen dalag, zu beobachten, wie die Unendlichkeit durch die kleine Bresche von Melania hereindrang.

»Wo bist du den ganzen Nachmittag gewesen, ich habe dich nicht gesehen?« fragte ihn Cousine Melania, als sie ihn zurückkommen sah.

»Ich habe gelernt«, antwortete Mauro. »Wenn ich erwachsen bin, will ich Ingenieur werden.«

Melania lachte, als sie ihm antwortete:

»Du brauchst nichts weiter zu sein, als was du bist. Ich habe deinen Vater gestern sagen hören, daß er dich, wenn du auf deiner Berufswahl bestehst, zum Studium zu seinen Freunden schickt, zu den rotbärtigen und triefäugigen Ausländern, die unser Gold kaufen. Denn ein Studium dieser Art und von der Qualität, die jemand aus unserer Familie beansprucht, gibt es hier nicht. Gefällt dir die Vorstellung?«

»Nein. Ich hasse sie.«

»Warum?«

Mauro fühlte sich überrascht und antwortete lachend, um sie zu täuschen:

»Ich fürchte, mich in eine Rothaarige zu verlieben und niemals mehr nach Marulanda zu kommen.«

»In der Stadt begann Mauro, öfter das Haus von Tante Adelaida zu besuchen, um bei Cousine Melania zu sein, ohne zu wissen, ob er es tat, um Lanze Melania wiederzubeleben oder andersherum, ob er bei Lanze Melania lag, um eine Beziehung aufzunehmen, die seine offizielle Beziehung zu Cousine Melania festigte. In Tante Adelaidas Haus in der Stadt beobachtete er die Kurve des schweren, schwarzen Zopfes, der über die Lehne des Stuhls fiel, wenn Cousine Melania unter der Lampe ihren Kopf über ein Postkartenalbum neigte oder wenn er unter dem Tisch, an dem sie Karten spielten, die Nähe ihres Knies an dem seinen spürte. Das war eine Art, sich der schwindelerregenden Ungleichmäßigkeit zu nähern, die er in dem unerbittlichen Rhythmus des Gitters der Venturas geöffnet hatte. Als er heranwuchs, wurde er Melanias ständiger Begleiter in Marulanda. Und dieses offizielle Zusammensein, das von der Familie akzeptiert wurde und bestimmte Blicke, bestimmte Geschenke nicht ausschloß, schien allen natürlich, da es die normale Art und Weise war, ein Paar junger Leute zu bilden, die vielleicht eines Tages heirateten. Nur Onkel Olegario, der sie in vertraulichem Gespräch in der Geißblatt-Laube überraschte, wurde zornig, denn er und Celeste, Pate und Patin des Mädchens und die Diktatoren des guten Tons, nicht nur innerhalb der Familie, sondern innerhalb der Crème der Gesellschaft in der Hauptstadt, meinten, das wäre eine Überschreitung der Grenzen des guten Betragens. Aber was konnte man anderes erwarten, da der arme Cesareón, Melanias Vater, auf so tragische Weise gestorben war, und Adelaida sich unter der Last ihres Witwenschmerzes nicht um die Schranken kümmerte, die unbedingt eingehalten werden sollten? Also befahl Olegario, der groß und kräftig war, einen gewaltigen Schnurrbart und wie der Lack seiner Stiefel glänzende schwarze Augenbrauen und die Stimme eines Orkans hatte, seinem Sohn Juvenal, das Paar zu bewachen. In seinen Händen lag es, die Reinheit der Cousine zu schützen; die Spielereien von *Die Marquise ging um 5 Uhr aus* zählten nicht. Aber, aufgepaßt! Darüber hinaus nichts. Als wichtigste Folge dieses Auftrags entstand eine Vertraulichkeit zwischen den dreien, denn Mauro war sehr darauf bedacht, die Restriktionen von Onkel Olegario zu beachten. Er wuchs beispielhaft unterwürfig auf und pflegte die schicklichen Formen seiner »Verlobungszeit« mit Cousine Melania.

Wenn sie die perfekte Oberfläche Mauros betrachteten, konnten die Venturas nicht umhin, das Glück zu preisen, das Silvestre und Berenice mit ihm hatten, wie freilich auch mit dem Betragen ihrer anderen Kinder. Aber sie zügelten ihre Lobeshymnen und fügten hinzu: da sie wären, wer sie sind, handle es sich nicht um persönliche Vorzüge, sondern um die ihres Geschlechts, die Kinder seien lediglich so, wie sie sein sollten.

Silvestre und Berenice waren die einzigen Venturas, die mit den Ausländern mit den roten Backenbärten, den pickeligen Nasen und wässerigen Augen, die ihr Gold kauften, um es auf den Weltmarkt zu werfen, gesellschaftlichen Umgang pflegten. Jene trugen zu protzige Uhrketten über ihren grellgemusterten Westen und schrien ihre Befehle, wenn sie sich mit Schnaps betrunken hatten, unter den Arkaden des Café de la Parroquia, wo sie auf der Suche nach den Gütern des Landes zusammenkamen, die sie in den Schiffen exportierten, die an der Mole vor dem Café lagen, die Masten wiegten und die Möwen anlockten. Die Familie Ventura hielt diese Hausierer für vulgär, für unwürdig, sich an ihre Tische zu setzen, obwohl sie von deren Zahlungsfähigkeit – das wußten sie nur zu genau, auch wenn sie lieber starben, als dies zuzugeben – genauso abhängig waren wie von der Arbeit der Eingeborenen, die das Metall hämmerten.

In den »guten alten Zeiten« der Vergangenheit verließen die Ausländer nie das Café de la Parroquia, oder sie machten sich außerhalb so wenig bemerkbar, daß sie leicht als ein ausschließlich wirtschaftliches Element angesehen werden konnten. Nun hatten sie jedoch angefangen, sich als Säule der Zivilisation aufzuspielen, als die feurigsten Prediger der Gefahr von den Menschenfressern, als Kreuzritter, auf deren Hilfe man nicht verzichten könne, wenn die Dinge so bleiben sollten, wie sie waren; ein Eifer, der in der letzten Zeit aus Gründen, die Silvestre vorzog nicht zu begreifen, immer heftiger geworden war. Jedenfalls beschränkten sich die Vertragsabschlüsse nicht mehr darauf, daß die Ausländer in das frostige Büro von Hermógenes hinaufstiegen, um schweigend zu unterschreiben und zu zahlen. Sie schienen jetzt zu erwarten, daß die ruhmreiche Familie Ventura, deren Blut die politische, gesellschaftliche und wirtschaftliche Geschichte des Landes geschrieben hatte, sich mit ihnen identifiziere, nicht nur mit ihren wirtschaftlichen Interessen, sondern auch mit ihren Familien. Fern von ihrer Heimat wollten diese simplen Ausländer eigentlich nichts weiter, als sich ein bißchen unterhalten, und ursprünglich, nur um sich nicht zu langweilen, in der Gesellschaft akzeptiert werden.

Silvestre war von allen Venturas am wenigsten zugeknöpft. Dick und kahl, genießerisch und leutselig, gefiel ihm die Rolle, die die Familie ihm zugewiesen hatte. Er mußte sich um die Ausländer kümmern und wie eine Art Bollwerk verhindern, daß sie in das Leben der anderen eindrangen. Er sollte sie mit seiner Heiterkeit erfreuen, seine gute Laune berufsmäßig so einsetzen, daß der Angelhaken, dazu bestimmt, jene Unbedachten einzufangen, dahinter verborgen blieb. Silvestre gehörte nicht zu denen, die bei einem provozierenden Witz verstummen, die vor einigen Flaschen zuviel oder vor einem Besuch in dem neuen Bordell mit Frauen aus Transsilvanien haltmachen, wenn das gleichbedeutend war mit Verträgen, die er so zu formulieren pflegte, daß sie für beide Seiten befriedigend zu sein schienen. Für ihn hieß das nicht nur eine beträchtliche Kommission, die Hermógenes ihm in die Tasche gleiten ließ, sondern Einladungen und Versprechungen – und mehr als eine heimliche Kommission in bar – seitens der Ausländer, die ihn mit ihren Komplimenten und Geschenken importierter Waren eroberten, auf die Silvestre nach einer gewissen Zeit nicht mehr verzichten konnte. Er war schließlich davon überzeugt, daß alles, was aus den Ländern der Rothaarigen kam, übernatürliche Eigenschaften besaß, die den einheimischen Artikeln fehlten. Er kleidete sich wie sie und nahm ihre Gebräuche an, außerdem machte er sich die Mühe, ihre verteu-

felte Sprache mit den achtzehn Deklinationen zu lernen, die
ihm als einzige würdig schien, gesprochen zu werden.

Aber die Ausländer hatten Gattinnen, die sich langweilten, da
sie sich aus der Gesellschaft ausgeschlossen fühlten, die ihren
Männern einen zwar marginalen, aber doch festen Platz zu-
wies. Die Runde an der Bar aus poliertem Metall im Café de la
Parroquia, auf die die Trinker ihre Stiefel legten, war ausschließlich männlich. Silvestre begann einen Druck zu spüren,
dem er kaum ausweichen konnte. Zum Beispiel fiel das Gold
um einen halben Punkt, da Adelaida ohne jedes Fingerspit-
zengefühl sagen ließ, sie sei nicht zu Hause, als sie den
Wagen einer von der falschen Einschätzung ihrer Bedeutung
aufgeblähten Ausländerin vor ihrem Haus halten sah. Der
Ehemann der abgewiesenen Dame ließ daraufhin im Café de
la Parroquia das Gerücht umgehen, in Marulanda habe es
einen Aufstand der Menschenfresser gegeben, es sei daher
sehr gefährlich, Geld bei den Venturas zu investieren. Weit
davon entfernt, die Wilden unterworfen zu haben, so tuschelte er, könnten sie sogar deren Agenten sein. Weder Hermógenes noch Silvestre waren in der Lage, das absurde Gerücht
niederzuhalten, das, obgleich so absurd, geschäftsschädigend
war. Silvestre stellte daraufhin Adelaida zur Rede und erklärte
ihr die Abhängigkeit der Familie von diesen Ausländern. Aber
die älteste Schwester weigerte sich, diese Tatsache anzuerkennen: die Venturas, erklärte sie, seien von niemandem abhängig. Und Silvestre solle nicht so vulgär sein, die Redensart
»die Zeiten ändern sich« zu benutzen, um seine eigene Servi-
lität zu rechtfertigen. Er solle nicht vor diesen Hausierern wie
ein Schoßhündchen kläffen. Selbst seine Kinder hätten sich
schon mit dieser ausländisierenden Manier angesteckt! Sein
Erstgeborener, Mauro, wage sogar zu sagen, er wolle studieren und Ingenieur werden. Wer hatte ihm diesen Unfug in
den Kopf gesetzt, daß ein Ventura studieren müsse, um etwas
zu werden, was er sein will? Sie hielt dies, um die Wahrheit
zu sagen, für sehr gefährlich. Und um ihre Mißbilligung zu
demonstrieren, schloß sie die Tür ihres Hauses einige Zeit für
Mauro, wenn er Melania besuchen wollte, so daß die beiden,
abgesehen von gelegentlichen Worten über den Balkon, die

Rückkehr nach Marulanda abwarten mußten, um ihre Gespräche wiederaufzunehmen.

Silvestre wußte, daß es notwendig sei, die Gerüchte, die den Namen der Familie mit der Menschenfresserei in Verbindung brachten, sofort zu unterbinden. Er mußte Adelaidas Beleidigung der Ausländerin gegenüber wiedergutmachen. Deshalb beschwor er Berenice, die Initiative zu ergreifen und sie zur belebtesten Stunde des Tages zu einer Spazierfahrt in ihrem Landauer durch die Palmenallee einzuladen, so daß die ganze Gesellschaft sie beide in vertrautem Gespräch zusammen sähe. Das Ergebnis dieser kleinen Intervention von Berenice war, daß aus den Gerüchten über die Menschenfresserei, die die Venturas in ihren Ländereien deckten, Witze wurden und das Gold wieder im Preis stieg, nicht einen halben, sondern einen ganzen Punkt. Hermógenes zahlte Silvestre eine interessante Kommission und schenkte Berenice eine *chepka* und einen Muff aus sibirischen Zobeln, den die Ausländer selbst ihm besorgt hatten dank ihrer exzellenten Beziehungen zu jenem exotischen Land.

In der Stadt klatschte man viel über Berenice: daß sie als hübsche Frau zu sehr kokettiere; wenn sie die Sprache der Fremden spräche, täte sie das nur, um die Rothaarigen mit der Zweideutigkeit, zu der ihre allzu offensichtlichen Fehler führten, zum Lachen zu bringen. Das Getuschel wurde zum Sturm, als sie die Kinder von der Schule nahm, damit sie mit den pickeligen Kindern, die in anderen Klimazonen geboren waren, zur Schule gingen. Mauro, Valerio, Alamiro und sogar der kleine Clemente entwickelten rasch einen bestimmten Stil, der ihnen den Ruf einbrachte, »sehr moderne« Gewohnheiten zu haben, ein Begriff, der sie wie mit einer Art Pfingstkrone schmückte. Man fing an, diese Kinder zu beneiden, und drückte diesen Neid darin aus, daß man ihre Kleidung und ihre Umgangsformen nachahmte. In der Meinung, »modern sein« bedeute, perfekter zu sein, nahmen die Mütter vieler Kinder aus den besseren Häusern ihre Söhne aus den dunklen traditionellen Klosterschulen und brachten sie in die Schule, in der die Söhne von Silvestre und Berenice erzogen wurden, die, das mußte man zugeben, wirklich bezaubernde Umgangsformen angenommen hatten. Die wohlhabenden Leute der Hauptstadt entdeckten also durch jene Familie, daß die Ausländer nicht vulgär, sondern »modern« waren. Und da dieser Unterschied sie überlegen und daher auch großzügiger machte, fingen sie an, sie in ihre Häuser einzuladen, wo sie viele ihrer Gewohnheiten, die sie vorher als barbarisch angesehen hatten, übernahmen. Es war jedoch unmöglich, Mauro dazu zu bringen, sich mehr als nur oberflächlich mit den Söhnen der Ausländer anzufreunden. Ernst und steif wuchs er heran, wie fast alle Venturas, und verbarg hinter seiner Schüchternheit den heftigen Wunsch, nach Marulanda zurückzukehren. Silvestre und Berenice regten ihn an, einen seiner ausländischen Klassenkameraden einzuladen, mit ihm den Sommer auf dem Land zu verbringen, damit er sich in der Sprache übe und sich auf diese Weise eine Freundschaft festige, die sie morgen zu Kameraden machen könne. Aber Mauro entzog sich durch seine Schüchternheit, die freilich nur seinen Haß jeder Person und jeder Verpflichtung gegenüber verbarg, die ihn von dem abbringen könnte, was er im Landhaus begonnen hatte. Als seine Eltern merkten, daß es unmöglich war, ihren ältesten Sohn zu überreden, versuchten sie, den zweiten Sohn, den fröhlichen, begeisterungsfähigen Valerio zu bewegen, diese Aufgabe zu übernehmen, die Söhne der Rothaarigen nach Marulanda zu ziehen. Wie bei jedem anderen Projekt zeigte sich Valerio zu Anfang positiv. Aber Mauro versprach ihm heimlich, wenn er dem Druck der Eltern widerstehe, ihn als Preis dafür im Sommer in eine wirklich exklusive Kabbala einzuführen.

»Einverstanden«, willigte Valerio ein.

Drei Sommer waren es jetzt, in denen Mauro sich in den hintersten Winkel des Parks schlich, nicht nur, um mit Lanze Melania zu spielen, sondern auch, um sie aus ihrem Platz zu nehmen und durch die Bresche in die Unendlichkeit hinauszusehen. Als er Valerio mitnahm, begnügte der sich nicht mit der Betrachtung, er wollte in die Ebene hinaus. Da das Loch, das Melania freiließ, jedoch zu eng war, beschlossen die Brüder, am Fuß der nächsten Lanze zu graben, um die Bresche zu verbreitern. Als sie die zweite Lanze herausgenommen hatten, machten sie einen kurzen Ausflug in die Ebene, der Mauro nicht befriedigte, obgleich es ihn beglückte, daß die Bresche größer geworden war. Und wenn sie noch eine Lanze herausnähmen? Der Vorschlag belustigte Valerio, und sie machten sich ans Werk. Und warum, fragte sich Mauro, war es wichtig, die Bresche zu vergrößern, wenn man nicht wußte, warum man es tat, es sei denn, man wollte aus der Einfriedung entfliehen?

In jenem Sommer gelang es ihnen, neun Lanzen herauszureißen. Sobald sie eine gelöst hatten, setzten sie sie wieder zurück an ihren Platz und richteten sorgfältig den Rasen an ihrem Fuß, damit niemand bemerke, daß sie dort gegraben hatten, daß die neun Lanzen gelockert waren. Für Mauro ging es nicht mehr darum, die Bresche zu *sehen*, die mit seiner Kraft und der Kraft seines Bruders immer größer wurde. Es ging ihm nur noch darum zu wissen, daß es sie gab. Seine Arbeit war blind. Er folgte allein dem Instinkt, ein Geheimnis zu pflegen, dem Bedürfnis, das ihn und Valerio beherrschte, die Palisaden der Familie niederzureißen, auch wenn sie an ihrem Platz stehen blieben. Es waren viele Lanzen, gewiß. Sie sahen das Ende ihrer Arbeit nicht ab. Aber gerade das und die brennende Unwissenheit, die sich Sommer für Sommer in der Schönheit des reinen, unerklärlichen Tuns erschöpfte, trieb die Brüder trotz der Gefahr, entdeckt zu werden.

Es war in dem Jahr vor dem Ausflug, als Mauro und Valerio, von dem Ausmaß ihres Vorhabens entmutigt – achtzehntausendsechshundertdreiunddreißig Lanzen sind zu viele für zwei Jungen –, die Hilfe ihrer beiden jüngeren Brüder anwarben. Jeder der vier war auf seine Weise von den Problemen, die diese Grenze ihnen stellte, verzaubert und vor allem davon, einer Verschwörung anzugehören, die alle anderen ausschloß. Die vier bildeten innerhalb der Familie eine Elite, eine Gruppe, die etwas tat, das von den Interessen des Stammes unabhängig und ihnen wahrscheinlich sogar entgegengesetzt war.

In einigen, sehr wenigen Nächten gelang es ihnen, sich aus ihren Betten zu ihrem Arbeitsplatz hinter den Myrten-Zinnen zu schleichen. Allein unter der silbernen Amphore des nächtlichen Himmels, die Schläge ihrer Hämmer von dem betäubenden Rascheln der Gräser geschützt, die auf diese Weise zu ihren Komplizen wurden, wandelte sich ihre Tätigkeit und wurde zur erleuchtetsten Form, den Vorhang des Traums zu heben, der alle gefangenhielt. Indem sie die Lanzen lösten und sofort wieder auf ihren Platz setzten, wußten sie, daß die Befreiung rein intellektueller, theoretischer Art war, aber sie genügte, oder sie würde genügen, wenn sie vervollkommnet würde. Sie waren nicht darauf aus, die Lanzen zu besitzen. Auch wollten sie sie nicht dazu benutzen, im Mondlicht über die Ebene zu rennen und sie in die Weichen eines Wildschweins zu stoßen. Sie waren auch gar nicht mehr daran interessiert hinauszugehen, auch wenn die Bresche immer größer und größer wurde. Sie dachten auch nicht nach über die Herkunft der Lanzen und nicht über das Warum und das Wann dieser seltsamen Umzäunung. Es war allein ihre Existenz – die mühsame Aufgabe, sie zu lösen, herauszuzerren und zurückzusetzen –, was ihre Phantasie entflammte. Ihre Schönheit, ihre Zahl, ihre Merkmale waren unsichtbar für andere Augen als die ihren, die allein eine von der anderen unterscheiden konnten. Wenn sie alle aus dem Mörtel befreit haben würden – wie? wann? – und jede für sich wieder eine Einheit war, ein unverwechselbares Element, aber gruppierbar, auf tausend verschiedene Weisen und zu tausend verschiedenen Zwecken wieder und wieder gruppierbar, nicht in dieser allegorischen Funktion versklavt, die sie jetzt in der Form des Gitters gefangenhielt, vielleicht würde dann die Metapher beginnen, ihnen unendlich viele Bedeutungen zu enthüllen, die jetzt auf diese leidenschaftliche Arbeit konzentriert waren.

Aus dem Geflecht von Bedeutungen, die Mauro erahnte, gelang es ihm nur, mit Gewißheit zu erkennen, daß das, was er für Cousine Melania empfand, sich klären und beide mit seiner Schlichtheit beherrschen würde, wenn er ans Ende seiner Arbeit gekommen sei und die Palisaden fielen. Wann würden sie gezwungen sein, ihre Arbeit offen auszuführen? Was würde geschehen, wenn sie mit der Zeit so viele Lanzen gelockert hatten, daß es unmöglich war, im Schutz der Myrten zu arbeiten und sie im Blickfeld derer graben müßten, die sie zur Rede stellen könnten? Sie würden nicht wissen, wie sie sich verteidigen sollten. Das wahrscheinlichste war, daß man sie bestrafte, ihnen alles verbot. Dann wäre alles hin. Freilich war es nicht notwendig, sich schon jetzt mit diesem Problem zu befassen, das noch so weit in der Zukunft lag.

3

Mauro zählte mit beklommenem Herzen: bis zum Ausflugstag waren erst dreiunddreißig Lanzen gelockert. Dreiunddreißig, aber aufgerichtet an ihrem Platz, obgleich sie frei waren. Mauro war sechzehn Jahre alt. Kinder sind nicht für immer Kinder. Ihm fehlte verzweifelt wenig, um es nicht mehr zu sein. Wenn er siebzehn Jahre alt wäre, würde er zu den »Erwachsenen« gehören und heute mit auf den Ausflug gehen. Er schwor sich, auch wenn er erwachsen sei, niemals von seiner Aufgabe abzulassen. Er besah seine blutenden Hände, und es war sein Herz, das er bluten sah, als er fühlte, daß er im nächsten Sommer keinen Zugang mehr zu den schrecklichen Unternehmungen der Kinder hätte. Die Arbeit am Gitter mußte in diesem Sommer beendet werden. Wie sollte er es schaffen, jetzt, wo Valerio fehlte? Sollte er sein Geheimnis allen Vettern eröffnen, sogar den kleinsten, auch denen, die sich am hartnäckigsten weigerten, einem elterlichen Befehl zuwiderzuhandeln, damit sie ihm halfen? Oder Wenceslao fragen, der heute alle Kräfte zu befehlen schien? Nein, noch nicht. Seine Mission war einsam, sein Problem individuell. Sollte er also weitermachen, den ganzen heutigen Tag und dessen hypothetische Verlängerung durch die ewige Abwesenheit seiner Eltern? Daran glaubte er nur halb. Unglücklicherweise erschien es ihm wahrscheinlicher, daß er im nächsten Jahr, wenn er offiziell zum »Mann« geworden sei, seine Brüder verraten würde, die immer noch mit dem kindlichen und vielleicht ruchlosen Zeitvertreib beschäftigt wären. Er würde seine eigene Mittäterschaft abstreiten. Ungerührt würde er zusehen, wie seine Arbeit von Jahren und Jahren unter der Fuchtel der Erwachsenen vernichtet würde, die den Lakaien befehlen würden, Schläge auszuteilen, und mit seiner Gleichgültigkeit würde er

den Wert des Ganzen löschen, um die eigene Sehnsucht abzu-
töten. Aber nein. Das würde er nie tun. Mauro kühlte seine
Hände und sein Gesicht im Wasser eines nahen Grabens,
während Clemente murmelte:

»Wir sind dreiunddreißig...«

Mauro hielt mit dem Waschen inne. Clemente fuhr fort:

»...dreiunddreißig: wie die Lanzen...«

Die Brüder sahen sich an. Ihre Schultern schwitzten, nachdem
sie die Lanze Nummer dreiunddreißig herausgerissen hatten.
Ihre Hemden, die kostbare Knöpfe in den gestärkten Manschetten trugen, lagen auf einem Haufen. Es war heiß, und es
war angenehm, die Füße in die Strömung des Wassergrabens
zu halten. Warum hatte Clemente den Zufall betont, daß heute,
gerade heute am Tag des Ausflugs, gerade an diesem Tag ohne
Gesetze, dreiunddreißig Lanzen frei waren, und sie in dem von
den Lanzen eingeschlossenen Raum dreiunddreißig Kinder
waren? Mauro mußte sich selbst daran erinnern, daß er ein
rationaler Mensch war: er wollte Ingenieur werden. Er verach-
tete Magie, Astrologie, Zahlenzauberei, mit denen die ungebil-
deten Diener und die Dummen, wie Tante Balbina, ihr Leben
einrichteten. Aber das Zusammentreffen, auf das sein kleiner
Bruder aufmerksam gemacht hatte, zeigte eine neue Serie noch
nicht entzifferter Gesetze, die im Landhaus verblieben waren
und die die seiner abwesenden Eltern ersetzten. Alle Voraussagen, alle Zufälle murmelten in dem vom Bewässerungsgraben
umspülten Schweigen Zustimmung. Was machte Valerio in
diesem Augenblick im Haus? Was geschah dort nach dem
Schock, den Wenceslaos Verwandlung bewirkt hatte? Wenceslao, dachte Mauro jetzt, war nicht der einzige, der den Schritt
getan hatte: er auch. Dreiunddreißig Kinder, dreiunddreißig
Lanzen am Tag des Ausflugs... man mußte zugeben, daß es
sich dabei um etwas Überraschendes, Verwirrendes, Außeror-
dentliches handelte. Und warum hatte er vor ein paar Minuten
auf der Terrasse so viel Respekt vor Wenceslao, so viel Bewunderung für ihn empfunden? Nein. Wenceslao war nichts als die
poupée diabolique. In der vergangenen Saison hatte Tante Balbina
den Einfall gehabt, eine japanische Wand und ein goldenes
Nachtgeschirr zu kaufen. Jeden Morgen ging sie, gefolgt von

einem Lakaien, der den Wandschirm und das Nachtgeschirr trug, mit Wenceslao, der immer noch als Mädchen verkleidet war, obwohl er lange das Alter für Hosen erreicht hatte, auf ihren Spaziergang. Hin und wieder blieb Tante Balbina unter den eleganten Menschen stehen und befahl dem Lakaien, den Wandschirm und das Nachtgeschirr aufzustellen und auf diese Weise ein stilles Örtchen zu improvisieren. Wenceslao zwang sie dann hineinzugehen und seine Notdurft zu verrichten, während sie ihre Bekannten begrüßte oder eine Freundin anhielt, um mit ihr einen Augenblick zu plaudern. Diese Idee hielt man für sehr chic, und verschiedene liebevolle Mütter übernahmen sie sofort. Wie sollte man Respekt vor einem Jungen haben, der sich so demütigen ließ?

»Jetzt Lanze Nummer vierunddreißig«, drängte Alamiro, nachdem er seinen Oberkörper im Bewässerungsgraben gekühlt hatte.

Im Gras liegend sah Mauro ihn mit seinen von schwarzen Brauen umrahmten Augen fest an.

»Mir machst du nichts vor«, sagte er.

»Was willst du damit sagen?«

»Ich weiß, warum du es so eilig hast, eine neue Lanze auszugraben.«

»Mich würde interessieren, was für eine Hypothese du anbietest.«

»Du hast Angst.«

»Angst wovor?«

»Davor, daß heute, ausgerechnet ein paar Stunden, nachdem uns die Erwachsenen verlassen haben, dreiunddreißig Lanzen gelockert sind und wir dreiunddreißig Vettern sind. Du willst den Zauber lösen, wenn es einen gibt, indem du dich beeilst, eine weitere Lanze auszugraben, damit es vierunddreißig sind. Du witterst Geheimnisse, obgleich du dich deiner Rationalität brüstest.«

Auch Alamiro sah ihm fest in die Augen:

»Willst du behaupten, du wittertest nicht die gleichen Geheimnisse?«

Als er antwortete, ließ Mauro seine Brust einfallen:

»Ja.«

»Und du, Clemente?«

»Ich bin erst sechs Jahre alt. Für mich ist noch alles geheimnisvoll.«

Bevor Clemente ausgesprochen hatte, knieten die beiden älteren Brüder schon am Fuß der Lanze Nummer vierunddreißig, und der Kleine stellte sich auf, den Weg zu bewachen. In der Hand hielt er einen Kieselstein. Wenn sich jemand nähern würde, wollte er ihn zur Warnung werfen. Sie schlossen ihre Fäuste um den Stamm der Lanze Nummer vierunddreißig, Mauro oben, Alamiro unten, um die erste Operation zu vollziehen, nämlich die Beweglichkeit abzuschätzen und an ihrem Knirschen zu erkennen, wieviel Arbeit es sie kosten würde, sie herauszureißen. Mauro befahl:

»Hoch!«

Gleichzeitig rissen beide Brüder an der Lanze. Ohne jeden Widerstand gab sie nach. Sie steckte nicht wie alle die anderen fest im Mörtel. Sie war bereits gelockert. Die Erde an ihrem Fuß wurde kaum aufgewühlt. Langsam ließen die Brüder sie fallen und neigten sie über die Büsche. Mauro flüsterte:

»Hier muß ein Irrtum vorliegen.«

Sie lauschten dem Kommentar des vorüberfließenden Wassers im Graben.

»Bestimmt haben wir falsch gezählt«, sagte Alamiro.

»Zählen wir noch einmal.«

Sie zählten von Anfang an, von der ersten Lanze an der Wand des Pferdestalles bis zur Lanze Nummer vierunddreißig, die sie dort fanden, wo sie sie hingelegt hatten. Alamiro meinte:

»Das ist ganz einfach.«

»Niemand hat dich um Erklärungen gebeten«, schrie Mauro ihn an. »Wenn man versucht, etwas zu erklären, beginnen die Zweifel und damit die Angst.«

»Vielleicht gibt es gar keinen Grund, sich zu beunruhigen«, versuchte Alamiro ihn zu besänftigen. »Wir haben von Anfang an falsch gezählt, ohne es zu bemerken; in unserem Eifer weiterzukommen, haben wir mehr gearbeitet, als wir geglaubt haben. Besser so. So bleiben nur noch achtzehntausendfünfhundertundneunundneunzig Lanzen, und dabei ist überhaupt keine Zauberei.«

»Fangen wir jetzt mit Nummer fünfunddreißig an.«

Sie wechselten ihre Stellung, knieten neben der nächsten Lanze nieder. Aber als sie diese wie die vorherige packten und nach oben zogen, gab auch diese nach. Sie fiel über die andere Lanze. Auch Mauros und Alamiros Hände fielen herunter, langsam, denn ein anderes Geheimnis schob sich über das, was sie zu beherrschen glaubten. Das Unerklärbare begann in tyrannischer Weise die ihm gebührende Ehrerbietung von ihnen zu fordern.

»Wer...?« wollte Alamiro fragen.

Mauro hieß ihn schweigen:

»Frag nichts.«

»Du kannst mir nicht den Mund verbieten, das ist viel schlimmer.«

Nach einem Augenblick der absoluten Stille, in dem selbst der Bewässerungsgraben zu schweigen schien, schloß Mauro:

»Man kann nur eins tun. Nachprüfen, ob die nächste auch gelockert ist.«

Alamiro wollte nicht. Er hielt Mauro zurück:

»Nein, nein. Es ist besser, erst darüber zu sprechen.«

Was würde Valerio sagen? Aber Valerio hatte es heute vorgezogen, sich um andere Dinge zu kümmern. Sie riefen Clemente, damit wenigstens er an ihrer Beratung teilnähme. Nach einem Augenblick des Nachdenkens fuhr Mauro fort:

»Ich glaube, wenn man die Wahrscheinlichkeit bedenkt... ist es ganz natürlich... daß bei der gewaltigen Anzahl der Lanzen eine oder zwei lose sind... aber ich sehe, daß meine Erklärung niemanden befriedigt.«

»Nein...« sagten die anderen.

Clemente sah ihn an:

»Das schlimmste ist, daß sie dich selbst auch nicht befriedigt.«

»Nein.«

Er war von Fragen bedrängt, alle waren bedrohlich, alle unerbittlich. Wer? Wie viele? Wie? Wann? Warum? Wie weit...? Jetzt oder seit Jahrhunderten? Welche Hände, welche Gesichter, welche Werkzeuge...? Hilft es ihren Anstrengungen, oder nimmt es ihnen die Möglichkeit eines Ziels, einer Antwort?

Und wenn die andere Lanze, die nächste, auch gelockert ist? Haben sich die Erwachsenen über Generationen, als sie Kinder waren, genau wie sie damit beschäftigt, Lanzen im Gitter des Parkes zu lockern, und gab es darum so viele von Mörtel befreite Lanzen? Wie trivial wäre in diesem Fall ihre leidenschaftliche Aktivität, dachte Mauro. Wie enttäuschend ihre Mühe, wie weit wäre er davon entfernt, sich auf der Suche nach einer einzigartigen Sprache für seine Auflehnung als Individium auszuzeichnen. Er wäre genau wie die vorangegangenen Generationen und täte nur, was zu tun bereits vorbestimmt war. Die Beine im Gras gekreuzt, verbarg Mauro sein Gesicht zwischen den Händen. Nur die heftigen Bewegungen seiner Schultern verrieten sein Weinen, während Clemente den Helm seiner schwarzen Haare streichelte. Unter Schluchzen sagte er: »Die gleiche Arbeit, von anderen angefangen, nimmt unserer die Bedeutung. Wieviel Zeit haben wir verloren, während wir hier hofften, ein Geheimnis zu entschlüsseln, um schließlich zu entdecken, daß unsere Arbeit nicht einmal ein Spiel war!«

Mauro trocknete seine Tränen und stand auf. Er wandte sich zu Lanze Nummer sechsunddreißig. Er riß sie mit Leichtigkeit aus dem Boden und ließ sie in das Gras fallen. Er riß noch eine heraus und noch eine und noch eine. Er legte sie auf den Boden und über die Büsche, schritt weiter und vergrößerte die Bresche, durch die der Strom der Ebene hereinbrach. Er riß immer mehr Lanzen aus, mit der gleichen Leichtigkeit, immer schneller und immer sicherer, als wüßte er, warum und wozu er das tat. Immer mehr Lanzen fielen, und die Brüder sahen sprachlos zu. Ja, ja, alle waren sie gelockert, alle gaben sie mit Leichtigkeit nach, weil andere sich der gleichen Arbeit gewidmet hatten wie sie. Sie fielen, die Lanzen fielen aus dem gewaltigen Gürtel aus Eisen und Gold, der sie der Form nach gegen die Ebene schützte.

Zunächst über das ruchlose Vorgehen, das Sakrileg des Älteren erschrocken, ließen sie sich von seiner Begeisterung anstecken und taten es ihm gleich. Auch sie fingen an, Lanzen auszureißen, mehr und mehr Lanzen, ohne ihre Schönheit zu beachten. Sie rissen sie aus, nur um sie auszureißen. Unter Begeisterungsrufen beseitigten sie die Begrenzung, ohne die herausgezogenen Lanzen zu zählen, denn heute ging es nur darum, so weit wie möglich bis zu einem Ziel zu gelangen. Denn das Unmögliche schien möglich zu werden. Mitten in dieser Begeisterung konnten sie jedoch nicht umhin, mit einem Gefühl von unendlich vielen widersprüchlichen Schattierungen wahrzunehmen, daß die Gräser durch die jetzt gewaltige Bresche in den Park eindrangen, um dieses Territorium für sich zu beanspruchen. Aber jetzt ging es nicht um Fühlen oder um Denken. Nur die Tat trieb sie an, die Aufgabe, immer mehr Lanzen auszureißen, schwitzend der Begrenzung des Parks zu folgen, die sie, sich anrempelnd, laut rufend immer weiter zerstörten, bis die Söhne von Silvestre und Berenice, nicht mehr von der Myrtenhecke geschützt, den Kiesweg entlang, der einen Abschnitt des Gitters und der Ebene freigab, zum Hauptrasen gelangten, der, umgeben von der Lindenallee, bis zur Südterrasse und zum Rosengarten hinaufstieg. Die Brüder waren nun ohne Deckung. Auf einer Bank zwischen den Klivien, die den Weg säumten, allem Geschehen entrückt, das nicht zu ihrem Spiel gehörte, hoben Rosamunda, Avelino und Cosme in einem Augenblick intensiven Schweigens ihrer möglicherweise tausendsten Schachpartie kaum den Blick, murmelten, als sie die Vettern eben nur wahrnahmen:

»Hallo . . .«

Aber dann, als sie erkannten, warum diese so schrien, warfen sie das Schachbrett mit den Figuren um und, ohne zu fragen warum, wozu, wieso schrien sie voller Erstaunen, genau wie die drei Brüder, die jetzt alle Vorsicht außer acht ließen, und begannen wie sie in einem irrationalen Taumel, der alle ergriffen hatte, Lanzen auszureißen, um die Begrenzung zu zerstören, den Park zu öffnen und jenen verzauberten Smaragd, in dem sie lebten, in der Weite der Ebene aufzulösen. Je mehr ihr Rausch von dem Gitter fraß, desto näher kamen die sechs Kinder dem Hauptteil des Parks, und die anderen unter den Ulmen und den Kastanien, auf der Südterrasse und am *laghetto* und im Buchsbaumlabyrinth sahen sie. Laut schreiend riefen sie sich gegenseitig und kamen von überallher gerannt, um an dem Lanzenspiel teilzuhaben. Ihre Puppen, Bilderbücher und anderen Spiele ließen sie liegen, und Colomba, Morgana, Aglaée und Abelardo, Olimpia, Zoé und Valerio schubsten sich, um bei diesem Irrsinn mitmachen zu können, voll lauten Fragens, um ihren eigenen Platz im Ablauf dieser unerwarteten Entwicklung des Spiels bestimmen zu können. Und Cordelia . . . und fast alle rannten die Treppe hinunter, riefen sich zu, scheuchten die Pfauen auf, schrien nach den anderen, sie sollten kommen und sehen, was da geschah. Sie riefen nicht: »los, macht mit« bei dem, was sie dort taten, denn sie hielten es für ein natürliches Phänomen, das viel mächtigere Ausmaße besaß als ihre individuelle Willenskraft. Gegenseitig halfen sie sich, schneller voranzukommen: komm Amadeo, wo ist Casilda, Fabio soll kommen, Juvenal und Melania und Justiniano sollen aus dem chinesischen Kabinett herauskommen. Sie rempelten sich, die Älteren brüsteten sich damit, schneller und geschickter mehr Lanzen ausreißen zu können, ohne jede Vorsicht, die Locken zerzaust, die Matrosenkragen und die gestreiften Strümpfe beschmutzt, ließen sie ihre Hütchen und Schirme fallen, mit denen sie sich gegen die Sonne geschützt hatten, und fragten sich nicht, was geschehen würde, wenn das, was gerade geschah, zu Ende sein würde. Mehr und mehr Lanzen als Cousinen und Cousins. Schon erschöpft rissen sie sie weiter aus, in der reinen Lust, die Lanzen auf den Rasen zu legen. Dieses Lanzenausreißen, darin waren sich alle einig, war das faszinierendste Kapitel von *Die Marquise ging um 5 Uhr aus*. Wettbewerbe begannen, wer die größte Anzahl Lanzen in der kürzesten Zeit ausreißen könne, wer eine größere Anzahl tragen könne, wer sie am weitesten werfen könne. Das von Colomba und ihren Helfern bereitete Mittagessen wurde kalt, während die Kinder das gesamte von der Vorderfront her sichtbare Gitter demontierten. Der Rasen dehnte sich nun unendlich weit aus und vereinigte sich mit der Ewigkeit des in einem Dunststrich vergehenden Horizonts.

Bald jedoch waren einige der Kinder ermüdet oder gelangweilt. Sie nahmen ihre Puppen und ihre Bälle wieder auf, andere untersuchten im Gras sitzend die Lanzen oder bedrohten sich damit, als wären sie Soldaten oder Räuber. Die ältesten Cousinen, Cordelia, Colomba, Aglaée, Esmeralda, halfen sich,

noch keuchend, gegenseitig ihre zerzausten Halstücher und un-
ordentlichen Locken zu richten, als sie ein Stimmchen an ihren
Röcken hörten: »Wer wird die Lanzen wieder aufstellen?«
Ohne ihre Tätigkeit zu unterbrechen, sahen sie hin: Amadeo
heulte. Aber Amadeo heulte immer, um nichts und wieder
nichts. Sein Zwilling war bei der Geburt gestorben und hatte
ihn unvollständig zurückgelassen, mit zu hellen Wimpern,
immer hungrig, obwohl er seine Hosentaschen stets voll hatte
mit von seinem Sabber feuchtem Brot. Er suchte immer eine
Hand – obwohl ihm ein einziger Finger genügte –, an der er
sich festhalten konnte. Er hatte lange gebraucht, um Laufen zu
lernen und selbst jetzt, mit sechs Jahren, sprach er noch
fehlerhaft. Er war ein Schatz, ein Goldstück, zum Fressen süß,
meinten die Frauen der Familie. Aber in diesem Moment, von
dem ich jetzt berichte, meinten die Cousinen, die ihn hörten, er
sei ganz einfach ein Dummkopf.
»Das machen die Eingeborenen«, versicherte Arabela, die ihre
Bibliothek verlassen hatte, um auch ein wenig mit den Lanzen
zu spielen. Aber da es ihr nicht gelang, sich mit dem Spiel
abzulenken, war sie zu der Gruppe der Cousinen gegangen.
»Wenn wir sie darum bitten.«
Die Mädchen sahen sie an. Wer war dieses staubige und
unscheinbare Wesen? Und wenn sie jemand war, welches
Recht hatte sie, etwas zu erklären? Sie gerade jetzt an die
Eingeborenen zu erinnern, war die reine Gemeinheit, hieß den
Keil treiben, der diese Situation auseinanderbrechen lassen
würde, die eine reine Unterhaltung sein sollte. Aglaée begann
zu weinen und rief nach Melania, ihrer älteren Schwester.
»Wenn du heulst«, warnte Arabela, »wird Panik ausbrechen,
und du nimmst uns jede Möglichkeit, positiv zu handeln.«
Die Gruppe der Mädchen blieb zusammen, um sich zu verteidigen gegen das, wogegen sie sich vielleicht verteidigen müßten, und suchte mit dem Blick die Kleinsten, deren Wohlerge-
hen ihre Mütter ihnen anvertraut hatten. Sie sahen sie in der
Ferne, jeder eine Lanze auf dem Rücken, hintereinander die
Linie überschreitend, an der sich vorher die Begrenzung aufgerichtet hatte. Sie wagten nicht, hinunterzulaufen, um sie zu
holen. Es war besser, man blieb bei Aglaée, deren anschwellen-

des Geplärre andere Jungen und Mädchen heranlockte, die fragten und blaß wurden, die bald fordern würden, die wissen wollten, wo Wenceslao, Melania, Juvenal waren, die Antworten verlangten, die mit den Ellenbogen stießen, um in die Mitte der Gruppe zu gelangen, wo einige ältere Cousinen um Arabela herumstanden, die versuchte, sie zu beruhigen. Sie forschten den Horizont ab, der von einem Vließ von Wolken geschmückt war, die der Wind zauste, bis er sie vertrieb.

Amadeo kroch zu Wenceslao unter den strategischen Zwillingsbusch, in dessen Zweigen er sich zu verstecken pflegte, um die Ereignisse auf der Südterrasse auszuspionieren. Schluchzend kaute er an einem Brocken, der ihm keine Erleichterung verschaffte.

»Was hast du?« fragte ihn Wenceslao. »Hast du auch Angst?«

»Nein . . . nur vor Esmeralda, der dummen Gans. Sie hat mich abgeküßt und gesagt, sie würde mich auffressen. Sie ist ein Menschenfresser, Wenceslao, glaub mir, sie, nicht die Eingeborenen sind wirkliche Menschenfresser . . .«

Wenn er allein mit seinem Vetter war, wurde Amadeos Sprechweise präzise und erwachsen. Wenceslao hatte ihn so abgerichtet, daß er von klein auf Zurückgebliebenheit in Gang und Sprache vortäuschte und ihm so als Spion und Bote dienen konnte. Aber es war ihm nie gelungen, ihm beizubringen, die Zärtlichkeitsausbrüche seiner Tanten und Cousinen nicht mit echter Gefräßigkeit zu verwechseln. Er gab ihm eine Lanze und befahl ihm zu folgen.

»Und die andern?« fragte er.

Amadeo zeigte ihm einen nach dem anderen seine kleinen Cousins. Mit Pfiffen rief Wenceslao sie zu sich. Er bewaffnete sie mit Lanzen, während das Melodrama, das von Aglaée auf der Südterrasse veranstaltet wurde, wie eine Flut anwuchs und sich die Stufen hinab ergoß. Gefolgt von seinem Trupp überquerte Wenceslao den Rasen und drang in die Ebene der Gräser ein, die sich über ihren Köpfen wiegten und gerade noch die goldenen Spitzen des Lanzenzuges erkennen ließen. Nachdem er sie eine Weile Soldat spielend hatte marschieren lassen, hieß Wenceslao sie, sich in einem Kreis um ihn herum niederzusetzen.

»Habt keine Angst«, sagte er. »Die Menschenfresser gibt es gar nicht, also haben wir auch keinen Grund, Angst zu haben. Das sind Erfindungen, mit denen die Erwachsenen uns beherrschen wollen, indem sie in uns diese Furcht großziehen, die sie selbst Ordnung nennen. Die Eingeborenen sind gut. Sie sind meine Freunde und die meines Vaters und auch eure.«

Wenceslao begann, ihnen die Geschichte des Lanzengitters zu erzählen, der seine Jünger lauschten wie den Wundern der Legenden. Vor Jahren hatten die Eingeborenen die Lanzen gelockert und dreiunddreißig an ihrem Platz gelassen, eine für jeden der Vettern als Zeichen ihres Bundes. Sie hatten ihren Teil der Arbeit zu tun, mußten sich der gemeinsamen Anstrengung eingliedern, um ihre Freunde sein zu können. Diese Arbeit hatten ihre Vettern Mauro, Valerio, Alamiro und Clemente für sie getan. Vor vielen, vielen Generationen, fuhr Wenceslao fort, hatten die Vorfahren der Eingeborenen die Lanzen geschmiedet. Es waren die Waffen ihrer Krieger, die über den ganzen Kontinent hin berühmt waren. Aber als die Vorfahren der Venturas sie besiegten, entrissen sie ihnen ihre Waffen und bauten daraus das Gitter, das sie schützte und sie isolierte.

Plötzlich schwieg Wenceslao. Versteckt zwischen den Gräsern hatten die älteren Vettern die Spannung, mit der die Kleinen seinen Erklärungen lauschten, genutzt und sie umstellt. Er schrie:

»Zu mir Leute! Jetzt herrscht echte Gefahr, die großen Vettern sind die Abgesandten unserer Eltern und versuchen uns zu unterwerfen! Auf die Knie im Kreis um mich herum, die Lanzen horizontal auf den Feind gerichtet!«

Da sie entdeckt waren, richteten die großen Vettern sich auf. Und da sie nicht darauf gekommen waren, sich mit Lanzen zu bewaffnen, näherten sie sich vorsichtig, der Waffe ihrer Autorität vertrauend.

»Avelino!« rief Juvenal seinen jüngeren Bruder. Er hatte der Versuchung nicht widerstehen können, aus seiner Abgeschiedenheit herauszukommen, um bei dem Melodrama mitzuwirken.

»Olimpia!« rief Rosamunda.

»Clemente!« befahl Mauro. »Komm sofort hierher!«

Clemente lief in die Arme seines älteren Bruders. Die anderen ließen die Lanzen fallen, als sie von ihren älteren Geschwistern gerufen wurden, sie achteten nicht auf Wenceslao, der sie anschrie: Feiglinge! Verräter!, und drohte, seine Lanze dem in den Leib zu stoßen, der noch einen Schritt näher käme. Er habe keine Angst, er sei bereit, Blut fließen zu lassen. Seine blauen Augen blitzten in dem von der Sonne gebräunten schweißnassen Jungengesicht. Die Großen, nun mit den Lanzen bewaffnet, die die Kleinen hatten fallen lassen, überwältigten Wenceslao. Abelardo drehte ihm einen Arm auf den Rücken. Valerio warf ihn auf den Boden und hielt ihn dort fest, während er strampelte und schrie, was sie eigentlich von ihm wollten.

»Erst einmal«, sagte Juvenal, »möchte ich wissen, wer dir erlaubt hat, dir die Haare zu schneiden. Du siehst aus wie eine Vogelscheuche.«

»Und diese Hose?« forschte Morgana.

Mauro war etwas abseits geblieben und betrachtete schweigend die Szene. Ja, die Erklärung, die Wenceslao über die Herkunft der Lanzen abgegeben hatte, war befriedigend und hatte mehr als nur einen Anflug von Wahrheit, vielmehr trug sie ihren deutlichen Stempel. Woher wußte Wenceslao das alles? Mauros jetzt gemilderter Stolz wandelte sich in den glühenden Wunsch, das Geheimnis der Lanzen, das jetzt kein Geheimnis mehr war, weiterzutragen, es in den Dienst irgendeiner Sache oder irgendeines Menschen zu stellen, der ihm seine ganze Bedeutung gäbe. Wie war es aber möglich, daß Valerio seinen Fuß Wenceslao auf die Gurgel setzte und ihm eine Lanze auf die Brust hielt, damit er sich nicht mehr bewege?

Arabela, die wie Mauro abseits geblieben war, meinte, es sei am klügsten, ihn loszulassen. Sie wies darauf hin, daß die Eltern, wenn sie am Abend heimkämen, über den, der solche fürchterlichen Lügen verbreite, richten würden.

»Nein, Arabela«, sagte Wenceslao, der fast erstickend am Boden lag. »Du weißt ganz genau, daß sie nicht zurückkommen. Seit zu vielen Jahren haben sie diesen Ausflug vorbereitet, als daß er nur einen einzigen Nachmittag dauern könnte.«

»Komm mir nicht mit solchen Geschichten«, widersprach Juvenal, »daß der Ausflug schon seit Jahren vorbereitet worden ist. Meine Mutter, die mir alles erzählt, denn ich bin ihr Vertrauter, hat erst diesen Sommer angefangen, mir von dem Ausflug zu berichten.«

»Diesen Sommer«, entgegnete Wenceslao, »hat mein Vater endlich beschlossen, ihnen die Idee von dem Ausflug in den Kopf zu setzen.«

Ein Murmeln wie ein Windstoß schüttelte die Kinder und schwächte sie derart, daß sie sich auf den Boden setzten. Als auch Valerio beruhigt Fuß und Lanze von seinem Vetter nahm, richtete der sich langsam auf, und alle setzten sich schweigend um ihn herum. Einer wagte zu fragen:

»Onkel Adriano?«

»Ja. Durch mich. Wenn die Wächter schlafen, die ihm Laudanum stehlen, um sich zu berauschen, spreche ich lange Stunden mit meinem Vater durch die Tür. Vor einigen Jahren hat er mir Anweisungen gegeben, mit meiner Mutter über einen bestimmten wunderschönen Ort zu sprechen, als wäre er eine von allen gekannte und akzeptierte Realität. Im Rosengarten, im Mohrenkabinett, fing sie an, auf dieses Paradies anzuspielen, von dem ich ihr zu erzählen pflegte, als hätten sie und ihresgleichen immer schon von dessen Existenz gewußt. Die von meiner Mutter wiederholten Anspielungen auf diesen Ort wurden als »offensichtlich« von der Familie akzeptiert, da es die unausgesprochene Regel ist, sich über nichts zu wundern, nichts als unmöglich zu akzeptieren. Und so, durch Gespräche und Wiederholungen von Onkeln und Tanten, die es »offensichtlich« fanden, nahm dieses Paradies Formen an, bis es außer Zweifel stand. Und ihr habt eurerseits, ohne es zu merken, tausend Einzelheiten dazu beigetragen, indem ihr nach Dingen fragtet, die sie zwangen, Antworten zu erfinden, um nicht überrascht dazustehen. Es fehlte ihnen der Mut zuzugeben, daß alles eine Erfindung ist. Und so sahen sie sich gezwungen zu agieren, als wäre es eine »Realität«, dieses für sie so ruhmreiche und eindeutige Wort. Und so begaben sie sich, ohne es zu merken, in die Welt der Einbildung, die ihre auf nichts gegründete Sicherheit erfand, um in die andere Seite des Spiegels einzuziehen, die sie selbst schufen und wo sie nun gefangen sind. Mit Fakten, die mein Vater durch mich und meine Mutter ihnen lieferte, mit Landkarten und Manuskripten, die Arabela und ich unter seiner Anleitung in der Bibliothek herstellten...«

Der Kreis der Vettern schwieg. Nur Mauro wagte von hinten zu fragen, seine Stimme war vor Überraschung, nicht mehr vor Verwunderung schwach:

»Aber es existiert...?«

»Ich weiß nicht«, erwiderte Wenceslao, die Brauen jetzt wieder von kindlicher Angst gerunzelt.

Sie ließen die Lanzen und rannten.

Die pathetische Bedeutungslosigkeit der Minuten vorher von Wenceslao enthüllten Wahrheit wurde offensichtlich. Von Aglaées Geplärr aufgewühlt kamen die Kinder um sie herum wimmernd heran und suchten Melania, als könne die alles lösen. Clarisa zerriß Aglaées Reifrock, weil sie ihn nicht loslassen wollte, und mit aufgelösten Haaren und weit aufgerissenen Augen zerrte sie Olimpia mit sich und diese Cirilo und Clemente, ein verrückt gewordener Kern, der sich aufblähte, indem er immer mehr Kinder in einer Wolke von Irrationalität aufsog und auf ein noch nicht bestimmtes, aber zweifellos grausames Ende zustrebte.

Wie würde dieses Ende sein? Weder Mauro noch Valerio, weder Abelardo noch Justiniano, weder Arabela noch Colomba, die Größeren, konnten es sich vorstellen, während sie vergeblich versuchten, die Kleinen zu beruhigen. Sie sollten sich besinnen, ermunterten sie sie, selbst Wenceslao habe versichert – wo zum Teufel steckte der faszinierende Urheber dieses ganzen Durcheinanders? –, daß die Menschenfresser reine Erfindung seien, daß gar keine Gefahr bestehe. Gereizt, weil sie merkten, daß kein Argument sie beruhigte, schlugen sie sie, damit sie mit dem Weinen aufhörten, und fachten das Geschrei damit erst richtig an. Es sei Essenszeit, schrien sie ihnen zu, sie sollten sich das Gesicht und die schmutzigen Hände waschen, die zerrissenen Sachen ausziehen und sich in genau zwanzig Minuten anständig bei Tisch versammeln, damit ihre armen Eltern sie nicht wie Bettler aussehend vorfänden, wenn sie in wenigen Stunden zurückkämen, jawohl, in wenigen Stunden, wenigen Stunden ... Aber die Herde zerlumpter Kinder, die sich um Aglaée drängte, hörte nicht zu. Sie floh zwischen Gräsern, deren Blätter ihre Gesichter und ihre Beine ritzten, sie fiel, stand auf, erreichte den Park, stürmte die leichte Neigung des Hauptrasens hinauf, aufgeregt, heulend, die Augen von Tränen, Sonne und Staub gerötet, rannte durch den Rosengarten, scheuchte die Pfauen auf, die ihr Herannahen von der Balustrade aus beobachtet hatten, lief die Stufen zur Südterrasse hinauf, wo Aglaée und die wimmernden Kleinen und auch einige Große, die ihre Haltung verloren hatten und nun weder sich noch die Kleinen beherrschten, laut nach Melania riefen ... Melania ... Melania.

Sie hatte die Fenster des kleinen chinesischen Salons geschlossen und sich dort gegen die Bösewichter verschanzt, die Lanzen ausrissen und Locken mit Scheren abschnitten. Sie lehnte jeden Kontakt zu den unverantwortlichen Gesetzesbrechern, ja, zu Kriminellen, ab, die die Ordnung der Dinge in Gefahr brachten, indem sie die Gesetze der Eltern mißachteten. Melania fehlte das Gefühl für die gemeinsame Aktion. Sie kannte nur die persönliche Befriedigung, die Lust, von der sie glaubte, sie enthalte die Gesamtheit aller Erfahrung. Als sie aber unter ihrem Balkon die Stimmen hörte, die nach ihr riefen – warum nach mir, fragte sie sich, weil sie wissen, daß ich die Hauptrolle in *Die Marquise ging um 5 Uhr aus* spiele? –, bemerkte sie, daß die Geschichte, um es einmal so zu nennen, sie mit sich riß, damit sie darin, nicht nur in der Phantasie, eine Starrolle spiele, die sie zwang, die genußvolle Trägheit aufzugeben, die ihr so lieb war, und sich die Mühe zu machen, die Geschichte durch die Phantasie zu ersetzen, so daß deren Platz für immer festgelegt sei. Juvenal würde ihr in jedem Fall helfen. Bevor die Besprechung in der Ebene beendet war, hatte er sich aus der Gruppe davongemacht und war zu Melania zurückgekehrt, um mit ihr eine geheime Beratung abzuhalten, damit sie die Wirkung der Versammlung um Wenceslao neutralisieren könnten. Beide hörten sie im chinesischen Salon, wie sich das Geschrei näherte. Nur die härteste Autorität, schloß Juvenal, die überzeugende Verkörperung der elterlichen Macht in ihnen, könne das Unglück abwenden, dieses Produkt aus Onkel Adrianos Irrsinn – bestimmt war es menschenfresserischen Ursprungs –, dem Urheber der von Wenceslao verbreiteten Theorien. Diese Theorien, nicht dieses Wesen, das man besser nicht vor Melania erwähnte, damit die Ärmste nicht in Panik verfiel, galt es zu bekämpfen, damit die Ordnung aufrechterhalten bliebe, bis die Erwachsenen zurückkämen. Das allerwichtigste war, die Gefährlichkeit der Menschenfresser, die Wenceslao abzuwerten versuchte, wieder aufzuwerten. Solange sie von Menschenfressern bedroht waren, bestand auch die Notwendigkeit, sich unter ihrer beider Befehl, Schutz suchend, zusammenzufinden. Wenn aber die Menschenfresser gar nicht existierten, wenn alles nur ein Hirngespinst war, dann würden widersprüchliche Meinungen und Standpunkte aufkommen, eine Vielzahl von Möglichkeiten, den Geschehnissen zu begegnen, immer wieder andere Anführer würden ihnen die Macht entreißen wollen, Ketzerei und unkontrollierbares Abweichlertum würden herrschen. Sie waren sich darin einig, daß sie im Augenblick nicht genug Zeit hatten, um einen Plan auszuarbeiten. Der Strom der Angst unter dem von der Glyzinie geschmückten Balkon schwoll an. Es war nicht unmöglich – obwohl es trotz der Notwendigkeit, eine gewisse Sicherheit an den Tag zu legen, schwer war, daran zu glauben –, daß die Eltern noch an diesem Abend nach Hause kämen und alles mit dem Austeilen von Prügel enden würde, die die nur zu bekannte kindliche Anarchie bestraften.

Um Zeit zum richtigen Handeln zu gewinnen, war es nötig, die Kinder abzulenken; sie sollten antichambrieren, um es einmal so zu nennen, bevor sie in die Geschichte wieder eintreten könnten, die sie beide nun wieder erfinden wollten, damit sie wieder würde, wie sie gewesen war. Sie mußten die Kinder ködern, indem sie sie warten ließen. Da Juvenal und Melania meistens die Annehmlichkeiten austeilten, hatten sie Macht über die Kinder. Und welche List wäre jetzt besser geeignet als eine Episode von *Die Marquise ging um 5 Uhr aus*, die als Höhepunkt angekündigt wird und in der sie und Juvenal und Mauro wie gewöhnlich die Hauptrollen spielen würden?

Die Brandung des kindlichen Sturms näherte sich dem kleinen chinesischen Salon. Es mußte gehandelt werden. Obwohl sie nicht genug Zeit hatten, einen ausgetüftelten Plan abzustimmen, hatten Juvenal und Melania genug Vertrauen in die Improvisationskünste des anderen, daß sie ohne zu zögern ans Fenster traten. Es war mit Läden verschlossen. Aber in einem Lichtstrahl, der durch einen halbgeöffneten Flügel hereindrang, spielten auf dem zartblauen, zartgelben Teppich Cosme, Rosamunda und Avelino ungerührt mit dem chinesischen Schachspiel aus Elfenbein, das in einer Vitrine der prächtigste Schmuck des kleinen Kabinetts gewesen war. Als Juvenal und Melania, die fast schon vergessen hatten, daß die Schachspieler, gelangweilt von der Sache mit den Lanzen, sich mit ihnen eingeschlossen hatten, dies sahen, blieben sie stehen:

»Wer hat euch erlaubt...!« fragte Melania.

»Es ist verboten, das anzufassen. Es ist ein Museumsstück«, warnte Juvenal.

»Wir haben die Vitrine eingeschlagen und es herausgenommen...«

Wütend trat Melania gegen das Schachbrett und zerrte Rosamunda an den Haaren. Juvenal und Cosme packten sie beide, um sie zu beruhigen. Eingezwängt in die Arme der Jungen schrie Melania:

»Seid ihr wahnsinnig! Die Vitrine zu zerschlagen, das ist etwas nie Wiedergutzumachendes... ihr wäret an das Schachspiel auch auf andere, nicht so irreparable Weise gelangt. So etwas leitet das Chaos ein. Wie wollt ihr das Glas wieder richten, bevor unsere Eltern nach Hause kommen? Und die Sache mit den Lanzen? Kretins!«

Juvenal schlug ihr ins Gesicht, damit sie sich beruhige. Überrascht, denn nie hatte jemand sie angerührt, außer um sie zu streicheln, schwieg Melania.

»Hör zu«, sagte Juvenal und nahm den weißen König und andere über den Teppich verstreute Figuren auf. »Es ist sicher, daß wir alle heute Irreparables begehen. Aber es ist sehr wichtig, daß die anderen von dem nicht Wiedergutzumachenden, das wir beide und ihr Schachspieler bewirken, da ihr schon einmal in das Geheimnis eingeweiht seid, nichts erfahren. Melania, sei ruhig! Wir müssen uns jetzt den Dingen stellen, und obwohl wir sie beruhigen müssen, können wir doch ihre Angst schüren, damit wir sie wieder in die Hand bekommen. Zeig, daß du eine richtige Frau bist, Cousine. Jetzt mußt du etwas tun. Vorwärts.«

Und Juvenal öffnete das Fenster weit.

KAPITEL VIER

Die Marquise

1

In der letzten Nacht, nach dem Abendessen, in dem die Erwachsenen ihren Tagesablauf gipfeln ließen, während auf der anderen Seite der Eßzimmertür das Geklapper des Silberzeugs, das von den Lakaien vom Tisch geräumt wurde, langsam verstummte, lehnten sich die Venturas in ihren Sesseln im Mohrenkabinett zurück und beglückwünschten sich gegenseitig, da nun alle Vorbereitungen für den Ausflug getroffen waren. Heute hatten sie mehr als genug, um beim Kaffee darüber zu plaudern. Jemand versicherte, sie würden zwischen den Ruinen, die sich in dem See mit den riesigen Seerosen widerspiegelten, schamhafte Blumen finden, deren Farbe und Konsistenz dem Fleisch junger Mädchen ähnlich seien, deren Blütenblätter erröteten, wenn man darüber streiche, und die eine süße Substanz absonderten. Einer bezweifelte, während andere ganz sicher waren, daß die Kisten mit dem *Millésimé*-Champagner durch die Erschütterungen während der Reise zerbrechen würden. Man pries die Pferde, die Wagen, die Meute. Olegario untersuchte mit Terencio den ziselierten Lauf einer Flinte, der ihm verzogen erschien, und beide ließen im Geiste alle Waffen des Hauses Revue passieren. Wie richtig ist die Entscheidung, sagten sie, daß wir alle mitnehmen! Natürlich, nickten die Frauen. Die Kinder sind so unvorsichtig, sie könnten sich damit Schaden zufügen, denn in ihren Händen lädt der Teufel die Waffen.

Wie an jedem Abend gingen die Größeren zwischen ihren Eltern hin und her und boten auf silbernen Tabletts Konfekt und Kaffee an. Gekämmt, parfümiert, die Schleifen der Zöpfe der Mädchen und die Kragen der Buben gestärkt, mühten sich die jungen Venturas mit der perfekten Tenue, die der ganze Stolz ihrer Mütter war. Zu dieser späten Stunde, dachte Lidia, war es nutzlos, sich zu fragen, warum Fabio und Casilda zu lange miteinander tuschelten, wenn sie zufällig beide zur Konsole kamen, von der sie die herumzureichenden Tabletts nahmen. Und warum, dachte Silvestre, war Juvenal, der normalerweise seiner Mutter nicht von der Seite wich, zweimal aufgestanden, um in den angrenzenden Raum zu gehen und auf die Uhr zu sehen, die zwei Sphinxe aus Chalzedon über dem Kamin hielten. Und Wenceslao, der trotz seines geringen Alters aus Rücksicht auf Balbinas Schmerz das Recht hatte, an dieser Zusammenkunft teilzunehmen, verabschiedete sich mit allzu zärtlichen Gesten, die zweifellos darüber hinwegtäuschen sollten, daß er sich heute zu früh verabschiedete. Olegario erinnerte sich, daß er im vorigen Jahr die Zahl der Kinder, die man für alt genug hielt, um an dieser bewegenden Familienszene teilzuhaben, als zu groß befunden hatte. In diesem Jahr – seine Augen, die den Glanz, aber auch die fehlende Durchsichtigkeit des schwarzen Bernsteins hatten, zählten – konnte er jedoch selten mehr als die sieben heute nacht erschienenen Kinder vorfinden. Warum fehlte, zum Beispiel, Melania ausgerechnet heute? Wäre es nicht verständlicher gewesen, wenn sie die letzten Stunden dieser letzten Nacht bei ihrer armen verwitweten Mutter und bei ihm und Celeste, ihren Paten, verbracht hätte? Laut fragte er:

»Und Morgana?« Und während er den Namen aussprach, statt den Melanias, öffnete er nicht ohne unnötige Gewalt die Flinte, die er untersuchte. »Aber die Flinte ist wie neu, mein lieber Terencio!«

Olegario schloß sie wieder. Er legte den Kolben an seine Schulter und, das Auge an der Kimme, zielte er zuerst auf Celeste, dann auf den Mohren in den goldenen Kleidern, der steif auf seinem Podest stand, dann auf den Leuchter, den dessen Gegenüber hielt und schließlich genau auf Juvenals Herz. Er drückte ab. Juvenal zuckte bei dem »Schreckschuß« seines Vaters zusammen, aber, neben Celeste sitzend, aus deren Handarbeitskorb er Seidenfäden zog, damit sie ihr Petit point beenden könne, sah er sich nur um, als habe er die Abwesenheit Morganas gar nicht bemerkt. »Tatsächlich, heute

ist meine kleine schwarzäugige Zigeunerin gar nicht heruntergekommen!« erklärte Celeste, und wie um sie zu suchen,
drehte sie ihren zierlichen Kopf auf ihrem Hals, der mit der
Natürlichkeit eines Halms aus dem Halbkreis ihres Ausschnitts
hervorbrach.

Olegario betrachtete den Hals seiner Frau. Juvenal fing den
Blick auf und fragte sich, wie weit die Zustimmung seiner
Mutter, morgen mit ihrem Mann aufzubrechen und niemals
mehr wiederzukommen, bewies, daß die Vertraulichkeiten Celestes ihm gegenüber nur halbe Vertraulichkeiten gewesen
waren und demnach das Element des Verrats enthüllten, das
latent in jeder Komplizenschaft enthalten ist. Wurde darin
nicht deutlich, daß das Einvernehmen darüber, daß er größere
Rechte auf seine Mutter habe als Olegario, ein Betrug war, den
beide gemeinsam ausgeheckt hatten? In dem Fall wäre sie die
Urheberin aller Schandtaten und nicht, wie er, das Opfer.
Welchen Teil hatte Celeste an der Farce gehabt, ihn in die
orthodoxen Weisen der Liebe einzuführen, zu der sein Vater
ihn einer erfahrenen Freundin anvertraute, die er aber, gedemütigt durch Olegarios Versuch, das luxuriöse Frauenzimmer
als Instrument gegen ihn zu benutzen, verprügelt hatte. Wie
könnte er es beweisen, wie könnte er die irritierende Einigkeit
dieses Paares beweisen, wenn sie niemals mehr vom Ausflug
zurückkommen würden? Wie sollte er wissen, ob die bunten
Seidenfäden, wenn sie aus seiner Hand in die alabasterfarbene
Hand seiner Mutter glitten, von Spott gefärbt waren oder
nicht?

»Herzenssohn!« flötete Celeste nach dem letzten Schluck Kaffee. »Meinst du nicht, die Lauheit dieser von Nardenduft
erfüllten Nacht, die durch die auf den zitternden Garten geöffneten Fenster hereindringt, würde auf wunderbare Weise vollkommen durch Liszts Transzendentale Etüden?«

»Ja, Juvenal«, baten die anderen, »spiel etwas...«

Juvenal folgte, aber nur unter der Bedingung, daß seine Mutter
ihre Handarbeit weglegte, da es ihn irritierte, wenn er sie mit
der Nadel beschäftigt wußte. Die Stickereien in dem Stück Taft
einwickelnd, damit niemand ihre Seidenkritzeleien auf der Jute
sähe – ich muß meine Leser darauf aufmerksam machen, daß

Morgana nachts die Stiche wieder aufmachte und die Stickerei vollendete, damit am nächsten Morgen die Familie das Raffinement der Nadel ihrer Mutter bewundern konnte –, faltete Celeste ihre Hände über ihrem Rock und schloß die Augen, damit nichts sie von der Musik ablenke.

Die peinlich genaue Verschwörung, die Celeste zu jeder Zeit und bei allem, was sie tat, umgab – die Familie funktionierte wie verschiedene Prothesen, um die verschiedenen Aspekte ihres Gebrechens zu ersetzen und sich so nicht gezwungen zu sehen, dieses anzuerkennen –, war darauf gerichtet, ihre Blindheit zu ignorieren. Olegario war ihr Vetter, zwei Jahre älter als sie. Er hatte den Sommer von jeher im Landhaus verbracht, wo die weiten Räume und der flimmernde Park zu schuldhaften Vertraulichkeiten führten, so daß zwischen ihnen das System des Betrugs schon so alt war, daß die Lüge keine Lüge mehr war, weil es sie gab, bevor das Wort die Konturen von Gut und Böse bezeichnete. Nichts in Marulanda, weder eine Vase noch ein Leuchter noch die Choreographie der familiären Zeremonien änderte jemals seinen Platz oder seine Form, damit Celestes Gedächtnis die Farce jener Welt, die sie nicht sah, tatsächlich erstehen lassen konnte. Ihre Spaziergänge durch den Rosengarten – man pflanzte immer die gleichen Rosen auf dieselbe Stelle, damit Celeste sich daran erfreue, ihre Farben zu »erkennen« – pflegte sie allein zu machen. Die Sicherheit, mit der sie die Wege entlangging, war Erinnerung aus ihrer Kindheit, nicht von Lebenslust in ihr Gedächtnis gedrückt, sondern vom Grauen, das ihre Retina verbrannte, zerfraß und unbrauchbar machte, als sie das wütende Glied ihres vierzehnjährigen Vetters erblickte, das im Schutz eines blühenden Beetes in sie dringen wollte. Es prägte dort seine obszöne Inkarnation ein, die das Bild aller Dinge der Welt verbarg, indem es sich davor stellte. Aber das geizige Gedächtnis der Blinden konnte die Daten aus der Zeit vor diesem Ereignis bewahren und mit ihnen ein Universum zusammenstellen, aus dem keine Schattierung des Lila fehlte noch der Widerschein der Sonne auf einem bestimmten Aquarell, das sie zu einer bestimmten Stunde an einem bestimmten Tag traf, so daß Celeste jedes Jahr, wenn sie daran vorbeiging meinte, es sei notwendig, dieses wertvolle Kunstwerk woanders hinzuhängen. Die Venturas änderten natürlich den Platz jenes Aquarells nicht, damit Celeste auf diese Weise jedes Jahr um eine bestimmte Zeit, an einem bestimmten Tag dieses unbedeutende Phänomen »sähe«, das sowohl die Wahrheit wie den Trug enthielt.

Als Adriano Gomara das Geheimnis von Celestes Blindheit entdeckte, kam er sich ein wenig lächerlich vor. Es war Celeste, die Autorität der Familie, an die er sich zu wenden pflegte, um ihr Urteil über ein bestimmtes Bild oder einen Putto von Clodion zu erbitten, die er gerade erworben hatte. Celeste nahm den Arm, den Adriano ihr galant geboten hatte, um sie vor das Kunstwerk zu führen, und einige Sekunden in ihre »Betrachtung« versunken, äußerte sie eine negative Meinung. Als gute Ventura wußte sie, daß alle Autorität aus der Verneinung kommt; daß nur der überlegen ist, der für den anderen unerreichbare Referenzen besitzt. Dann ließ sie Adriano, der unsicher geworden war, was die kleine Bronze anging, sie beschreiben, ohne daß er merkte, daß er es, bei dem Versuch, sie zu rechtfertigen, tat. Gestützt auf die Daten, die die Verteidigung ihres Gesprächspartners ihr vermittelt hatte, entwickelte Celeste dann Details, kritische Anmerkungen, genaueste Beurteilungen. Bis sich Adriano eines Tages plötzlich Celestes Blindheit enthüllte, als sie von einer perlfarbenen Seidentapete behauptete, sie sei apfelfarben. So groß war das Erstaunen Adrianos über einen solchen Irrtum, daß er nicht wagte, darüber zu sprechen. Aber gerade die Tatsache, daß er nichts sagte, war es, die ihn einfing, ihn in die Familienverschwörung einbezog, die die Farce von Celestes gutem Geschmack aufrechterhielt. Adriano begriff bei diesem Ereignis, daß die neue Einrichtung seines Stadthauses – die mit Celestes Unterstützung vorgenommen worden war, da Balbina zu faul dazu war – das Werk einer Blinden war, theoretische, abstrakte Harmonie, Frucht der Einbildungskraft, des verzweifelten Gedächtnisses an Formen und Farben, die von anderen Fähigkeiten ausgewählt waren – vielleicht von der reinen Intelligenz –, aber ohne jede Beziehung zur Freude der Sinne. Das Erstaunen Adrianos ließ ihn eine Art tiefe Verehrung oder Angst vor der Kohärenz empfinden, mit der Celeste die Lüge in eine mit Erfolg konventionalisierte Welt einpaßte.

»Erklär mir dann, wie sie sich anzieht«, fragte Adriano seine Frau auf die in der Stadt sprichwörtliche Eleganz Celestes anspielend.
»Olegario.«
»Olegario?«
»Sicher.«
»Aber Olegario ist ein Dummkopf, der von nichts eine Ahnung hat, außer von leichtfertigen Frauen und Pferden!«
»Was hat das damit zu tun?«
»... Olegario wählt Tüll aus, stellt Seidentücher und Schleifen zusammen, erkundigt sich, was gerade in Mode ist?«
»Dafür hat er diese schamlosen Frauen, mit denen er sich überall zeigt, sogar auf der Palmenallee, und das Herz meiner armen Schwester bricht: alle sind Schneiderinnen, Hutmacherinnen, Spitzeneinkäuferinnen ... ich sehe darin nichts Merkwürdiges ...«
»Ich weiß nicht ... genau der Winkel, mit dem Celeste ihren Hut neigt, ist es, der ihren Chic ausmacht, und der unnachahmliche Stil, mit dem sie einen Gazeschal um ihren Hals schlingt, und der leicht künstliche Schatten, der dem, was wir ihren »Blick« nennen könnten, jene Tiefe gibt ... das sind sehr intelligente Feinheiten, Balbina ...«
Adriano überlegte, den Blick an die Decke gerichtet, die Hände im Kissen unter dem Kopf gefaltet, und spürte wie die außergewöhnliche Lauheit der Nacht von Marulanda über seinen nackten Körper strich. Ein Lächeln zeichnete sich auf seinen muskulösen Lippen ab, die ein kleines Lachen hervorzubringen begannen, das schließlich zum Gelächter wurde und Balbina weckte, die ebenfalls nackt neben ihm eingeschlafen war.
»Worüber lachst du, Dummkopf?«
Als Adriano sich wieder gefaßt hatte, erklärte er:
»Ich finde es unerträglich komisch, mir vorzustellen, daß Olegario mit seinen maurischen Augenbrauen und seinen riesi-

gen, behaarten, mit Ringen überladenen Händen Tüll und Blumen aussucht... und dann auf dem Spazierritt seine Lackstiefel zusammenpreßt, seinen aufbäumenden Hengst zu halten, wenn er sich wie ein Schwengel vor den vulgärsten Weibern der Stadt großtut... ja... es ist komisch. Und es ist schrecklich. Irgendwann wird er verrückt werden.«
Aber er war es, nicht Olegario, der verrückt wurde.

Olegario und Celeste hatten in der Langeweile der Sommer in Marulanda Adelaida und Cesareón um die Ehre gebeten, Paten der neugeborenen Melania sein zu dürfen. Das Kind folgte ihrer Patin überallhin, oder, besser, es führte sie, als es, noch sehr klein, das niemals benannte Gebrechen entdeckte, unter dem Celeste litt. Viele Stunden verbrachte Melania in Celestes Boudoir und spielte auf ihren Knien, öfter noch auf den Knien ihres Paten. Die eitle Kleine bat dann um die Erlaubnis, sich mit den wundervollen Sachen ihrer Tante als »Große« zu verkleiden. Und niemand verstand es, so mit ihr zu spielen wie Olegario, niemand konnte sie an den putzigsten Stellen ihres Körpers lustiger kitzeln, niemand streichelte sie sanfter und zarter... auch nicht ihr Vater, der auf so ungewöhnliche Weise starb, als Melania acht Jahre alt war; dessen Tod jedoch, ohne Spuren zu hinterlassen, an ihr abglitt, da sie die tröstenden Hände, die lustvollen Hände und die tröstenden Küsse, die lustvollen Küsse ihres Paten hatte und Celeste ihnen lächelnd »zusah«. Aber Melania war noch nicht reif genug, obgleich sie aussah, als fülle sich einem, küßte man sie, der Mund mit süßem Duft, wie wenn man in eine Frucht beißt. Celeste gelang es nicht, ihr begreiflich zu machen, daß sich Verwundbarkeit in der Liebe nur in Stärke wandelt, wenn diese sich an sich selbst erfreut; nur dann fesselt sie den anderen. Aber sie lehrte sie, sich der Willens- und Einbildungskraft ihrer Vettern zu bemächtigen, sich zum Mittelpunkt einer exklusiven Gruppe zu machen, in der sich Juvenal als ihr Vertrauter, ihr *Cavalier servant* auszeichnete, mit dem sie *Die Marquise ging um 5 Uhr aus* organisierte, jene Maske, die die Maskerade verhüllte. Celeste, für die das Leben ihres Sohnes keine Geheimnisse enthielt, schlug die Liebe der *Unsterblich Geliebten* zu dem *Jungen Grafen* vor, weil sie Mauro kannte und bewunderte, wie sie jede Person oder jedes Ding von Wert bewunderte. Er war zu gut, um sich bei Melania gehenzulassen, wenn sie ihn nicht liebte. Und Melania liebte Olegario, für den sie, Celeste, sie rein erhalten wollte. Aber da Olegario diese List durchschaute, lieh er Mauro seine Anzüge, seine tadellosen Sommerwesten aus weißem Piqué mit Perlmuttknöpfen, seine taubengrauen Zylinder, seine Stöcke, seine Gamaschen, damit er, als Olegario verkleidet, seine Schüchternheit überwinde und Melania erobere. Dann würde das Mädchen ihn endlich in Ruhe lassen, und er könnte sich allein mit Celeste beschäftigen. Verkleidet als Olegario pflegte Mauro sich dann in einem peinlichen Liebesspiel einer der Episoden von *Die Marquise ging um 5 Uhr aus* über Melanias Körper zu werfen. Unter dem Bett kam darauf kreischend eine Bande nackter Kleiner hervor und nahm an der Parodie einer vielköpfigen Geburt teil.

Ja, dachte Juvenal, die Transzendentalen Etüden unter dem Applaus der vier oder fünf Personen beendend, die noch im Mohrenkabinett geblieben waren, ich bin aber noch schlauer als meine Mutter, die nicht weiß, daß ich wie ein Wurm, der das Herz der Frucht verfaulen macht, ohne daß man es von außen erkennen kann, Wenceslao in das Bett meiner Cousine geführt und ihr versichert habe, daß nichts Böses dabei sein könne, da er ja nur die *poupée diabolique* sei. Jetzt aber sehnte er sich nach der Abwesenheit seiner Eltern, damit im Landhaus nur noch die fiktiven Knoten von *Die Marquise ging um 5 Uhr aus* verblieben statt der realen, mit denen sie aus ihm einen Mann machen wollten, obwohl er noch nicht dazu bereit war. Juvenal drehte den Klavierschemel um; ohne sich zu erheben, dankte er für den Applaus, indem er immer wieder den Kopf neigte. Er gab Celeste einen Kuß, und Olegario küßte ihn, rätselhaft verletzend, aber mit allen Zeichen der Wertschätzung und des Stolzes. Leichte Kopfschmerzen vorschiebend – nichts weiter, versicherte er denen, die sich liebenswürdig um seine Gesundheit sorgten –, um ein »Gute Nacht« und »Bis morgen vor der Abfahrt« zu murmeln. Celeste erinnerte ihn daran, wie empfindlich er sei – er zittert genau wie ich, wie ein Rohr im leichtesten Wind, erklärte sie den anderen –, und bat ihn, nicht zu vergessen, sich gut zuzudecken, da der Nachtwind den Himmel freizuwehen schien, allein zu dem Zweck, ihn für den Ausflug morgen vollkommen klar zu machen.

2

Genau in dem Augenblick, in dem Juvenal die Tür des Mohrenkabinetts aufstoßen wollte, um ins Vestibül zu treten, öffnete sie eine weißbehandschuhte Hand von außen. Er zögerte nicht im Weitergehen, denn er wußte, es war der Majordomus, der ihm genau in diesem Augenblick den Weg öffnete, als kenne er den exakten zeitlichen Ablauf seiner Absichten. Auf das »Gute Nacht«, das Juvenal, Schläfrigkeit vortäuschend, im Vorübergehen murmelte, antwortete der Majordomus – riesengroß, unterwürfig, dekorativ – mit einer leichten, aber langen Verbeugung, wie es die Etikette des Hauses vorschrieb. Dann tauchte er wieder, eingehüllt in seine goldbehangene Livree, in der Unzahl luxuriöser Objekte unter, deren Geglitzer Juvenal unten in dem Raum verlöschend hinter sich ließ, aus dem die Spirale der Treppe hinaufstieg.

Juvenal ging langsam hinauf, er war entschlossen, seine Mutter nicht fortfahren zu lassen, ohne ihr vorher die Wahrheit über das ganze Ausmaß ihres Verrats an ihm herausgepreßt zu haben. Aber, wenn sie dort blieben, wohin sie morgen fuhren, vielleicht für immer, und alle zusammen schallend über die groteske Geschichte seines unglücklichen Erlebnisses mit jenem Weibsbild lachten? Besser wäre es, sie gar nicht fahren zu lassen. Heute Nacht würden weder der Majordomus, obwohl er so eindrucksvoll aussah, noch die Lakaien, die dort unten in dem eisigen See des Vestibüls unwichtige Dinge richteten, bevor sie, in ihrer Spionageposition gefroren, ihn hindern. Wenn sie die Herrschaft auch offensichtlich begleiteten, um ihr zu dienen und die Brosamen ihrer Vergnügungen aufzulesen, fuhren sie doch eigentlich nur mit, um sie zu beschützen, ja, mit allen Waffen des Hauses, die sie versteckt hatten, zu schützen. Die Lakaien langweilten sich in ihrer monotonen, dekorativen Funktion, waren trotz ihrer prächtigen Livree vom Bewußtsein der eigenen Bedeutungslosigkeit gedemütigt. Diese statische, dekorative Funktion der Lakaien war jedoch Methode. Indem man sie zur Langeweile, zur Nutzlosigkeit, zur Wiederholung verdammte, reizte man ihre Träume von Heldentaten, von Situationen, in denen die Gefahr ihnen Gelegenheit gäbe zu beweisen, daß ihre farblosen Existenzen mehr waren als Schatten der Bedürfnisse anderer, die mächtiger waren als sie. Natürlich, sagte sich Juvenal, als er die Treppe hinaufstieg, dieser Ausflug ist organisiert worden, um die Dienerschaft zu befriedigen, da Unzufriedenheit in ihren Reihen aufkeimen konnte. Vielleicht haben unsere Eltern Angst vor ihnen, weil sie ihnen zu viel Macht gegeben haben. Das stand demnach hinter allem familiären Prunk. Jetzt träumten sie wahrscheinlich, dachte er, oder in wenigen Minuten, wenn der Zapfenstreich sie in der Dunkelheit versteinern ließ, von den Flinten, den Patronen, die endlich jedem von ihnen zugewiesen werden würden. Sie dachten an die von Olegario während der lärmenden Übungen des Sommers ausgegebenen Weisungen, stellten sich Überfälle der Menschenfresser vor, die endlich, nach so vielen Jahren, in denen man den Lakaien, Gruppe für Gruppe, das Heldentum versprochen hatte, ohne daß irgend etwas sich ereignete, über sie hereinbrechen würden. Aus Booten würden sie steigen, in denen sie über den Fluß kamen, der in den Teich mit den riesigen Seerosen mündete.

Noch ertönte der Zapfenstreich nicht. Und selbst wenn er ertönen würde, Juvenal war nach den Gesetzen der Familie bereits ein »Mann«, er brauchte sich nicht an die Regeln zu halten, die allein für die »Kinder« galten. Ohne den Schutz seines Führers ging er straflos in die Hölle der Nacht hinein. Im Hinaufsteigen schien ihm heute die Treppe aus endlos aufeinanderfolgenden Kreisen zu bestehen. Oben ging er zu seinem Zimmer, das im höchsten der gekachelten Türme lag. Bevor er verschwand, konnte er nicht umhin, aus dem Augenwinkel die rachsüchtigen Schatten der mit goldenen Abzeichen beladenen Lakaien unten in dem gefrorenen See des Treppenhauses zu bemerken, die seinen Aufstieg mit ihren bösartigen Blicken verfolgten. Juvenal atmete schwer, stockend summte er:

Malvagio traditor; ch'alla tua onta
io porterò di te vere novelle.

Als er endlich zur Tür seines Zimmers kam, ging er auf Zehenspitzen, damit der Boden nicht knarre. Abrupt öffnete er die Tür. Sie keuchten in der Dunkelheit. Mit einem Ruck riß er die Vorhänge auf. Die vom Widerschein des Mondlichts im Ozean der Ähren weiße Nacht fiel mit einem Schlag in den Raum und entblößte sie am Bettrand sitzend. Ihr Atem ging viel zu rasch, als daß sie unschuldig wären. Außerdem verrieten sie ihre Bewegungen. Wozu die rasche Geste beim Zuknöpfen eines schuldhaften Knopfes mit der ungewöhnlich herzlichen anderen Geste abfälschen, die »Hallo« bedeuten sollte? Wozu sich so starr aufrichten, wozu auseinanderrücken? Er fragte sie: »Habt ihr euch Küßchen gegeben?«

»Gar nichts haben wir gemacht«, antwortete Higinio.

»Ich glaube euch nicht«, murmelte Juvenal, ging auf sie zu und faßte beiden gleichzeitig zwischen die Beine. »Die Hosen platzen ja gleich.«

Sie wiesen ihn nicht zurück, wenn Justiniano auch meinte: »Du hast so lange gebraucht, da haben wir uns erregt...«

Sich arrogant aufrichtend sagte Juvenal:

»Ich will nicht, daß ihr euch anfaßt. Ihr seid keine Homos. Habt ihr das verstanden? Der einzige Homo hier bin ich.«

Higinio versuchte Justinianos Verteidigungsrede fortzusetzen: »Diese Ehre wollen wir dir auch gar nicht streitig machen. Aber wer von den Vettern verpaßt sich nicht bei Gelegenheit mit einem anderen eine Masturbation?«

»Ihr seid dafür schon zu alt«, erklärte Juvenal. »Dir, Higinio, fehlen nur noch zwei Jahre, und du bist ein Mann. Also, Vorsicht! Von dem, was ihr da gerade gemacht habt, bis zum Homo, der sich wie ich als Marquise verkleidet und beim Klavierspielen die Augen verdreht, ist es nur noch ein kleiner Schritt.«

»Spiel dich nicht als Moralist auf«, warf Justiniano ein.

»Ich spreche nicht von Moral«, erwiderte Juvenal. »Das ist

etwas ganz anderes. Ich will, daß ihr das nur mit mir macht. Ich gebe euch, was ihr wollt, unter der Bedingung, daß ihr mich allein das sein laßt, was ich bin, daß ihr etwas ganz anderes seid. Wenn ihr homosexuell werdet, suche ich mir andere, das ist nicht zu schwer. Und jetzt will ich einen Platz auf dem Bett zwischen euch beiden.«

Die Vettern rückten auseinander, damit Juvenal sich zwischen sie setzen und ihnen das jetzt nackte Glied streicheln konnte. Justiniano forderte:

»In Ordnung, aber gib uns was zu trinken.«

Juvenal stand auf und zündete eine Lampe an. Von der Wand beherrschte hoheitsvoll, verständnisvoll, privilegiert das gewaltige Porträt Kardinal Richelieus von Philippe de Champaigne die Szene. Mit bewundernswert mitleidloser Selbsterkenntnis hatte Juvenal in dessen Gesicht seine eigenen spitzen und grünlichen Züge eines Pfaus hineingemalt. Juvenal goß die Gläser voll, setzte sich wieder zwischen die Vettern und spielte aufs neue mit ihren Geschlechtsteilen, die sofort anschwollen:

»Du bist unersättlich, Justiniano«, begann Juvenal. »Aber nur, wenn es um Alkohol geht. Du bist nicht wie Higinio, der immer bereit ist. Sieh dir das an, wie aus Eisen . . . Idioten! Glaubt ihr, ich habe euch deswegen heute nacht herbestellt?«

Juvenals Nägel gruben sich in Higinios hartes Glied. Aufjaulend schlug der nach Juvenal. Der jetzt tote Stamm blutete. Justiniano half ihm, ihn abzuwischen und zu kühlen, während Juvenal die Gläser wieder füllte, die die beiden sofort austranken. Higinio stöhnte noch. In seinem banalen Gesicht eines blonden Engels verweigerte sein verkniffener Mund das strahlende Lächeln, das er gewöhnlich bei jeder Gelegenheit und ohne Unterschied verschwendete, außer wenn es darum ging, vor der bösartigen, dicken, mongoloiden, winzigen Zoé zu fliehen, die ihm nachrannte und die anderen kleinen Vettern anstiftete, ihm im Chor die schreckliche Anschuldigung nachzuschreien: »Higinio hat kein Pathos . . . Higinio hat kein Pathos . . .« Er war gereizt durch diese schmerzhafte Beleidigung seines Körpers, die nur Juvenal in ihrem ganzen Ausmaß einzuschätzen wußte. Melancholisch tranken sie weiter, die Geschlechtsteile lasch über den halb geöffneten Hosen hängend, das Verlangen von Sorgen besiegt. Justiniano, der wegen des Alkohols, der ihm rasch zu Kopf stieg, unter Schwierigkeiten artikulierte, fragte:

»Hast du uns dazu heute nacht gerufen?«

»Nein.«

»Wozu dann?« wollte Higinio wissen.

Juvenal zog einen Schlüssel aus der Tasche.

»Im Tanzsaal«, erklärte er, »wo uns Tante Eulalia beibringt, die Gavotte zu tanzen, sind alle Decken – und Wandflächen mit einem Trompe-l'œil-Fresko bemalt. Nicht wahr? Dort sind Türen, durch die Personen und Windhunde hereintreten...«

Sie nickten. Juvenal fragte:

»Sind alle gemalten Türen offen?«

»Nein... viele sind geschlossen.«

»Genau«, schloß Juvenal. »Aber, da gibt es etwas, das uns entgangen ist: nicht *alle* geschlossenen Türen und Fenster sind Trompe-l'œil. Viele sind echt. Sie lassen sich öffnen, sie lassen sich schließen.«

»Mit diesem Schlüssel?«

»Genau. Dieser Schlüssel öffnet eine der vielen Trompe-l'œil-Türen, die keine Trompe-l'œil sind.«

»Und warum willst du sie öffnen?«

»Sie gehen doch morgen, nicht wahr, und nehmen alle Waffen des Hauses mit und lassen uns ohne jede Verteidigungsmöglichkeit zurück. Habt ihr denn keine Angst?«

»Nein, sie kommen doch am Abend zurück«, meinte Higinio.

»Du glaubst alles, was unsere Eltern sagen. Aber das, was Wenceslao verbreitet, könnte auch nicht gelogen sein.«

»Du versuchst, uns Angst zu machen, damit wir tun, was du willst«, sagte Higinio, in dem der Kratzer auf seinem Glied ein Fünkchen Widerspruchsgeist, jedoch noch keine Auflehnung geweckt hatte. »Sag uns, wie du an den Schlüssel gekommen bist.«

»Sehr einfach: ein Lakaienliebchen, das ich betrunken gemacht habe und das mir alles erzählt hat. Die Waffen für den Ausflug sind hinter der echten Tür im Tanzsaal versteckt. Ich habe ihm noch mehr zu trinken gegeben. Er wurde noch blöder, als Justiniano jetzt ist. Und dann habe ich ihm den Schlüssel weggenommen.«

»Was willst du damit?«

Bei dieser Frage von Higinio brach Juvenal zusammen:

»Ich habe Angst... Angst davor, daß sie für immer gehen... Angst davor, daß sie bleiben... davor, daß sie meine Angst sehen... daß Melania und die anderen sie sehen... und Angst, weil ich etwas tun muß, um zu verhindern, daß meine Mutter mit meinem Vater davongeht...« Betrunken und mit geschlossenen Augen schlug Justiniano vor:

»Bring sie doch um...«

»Warum nicht?« erwiderte Juvenal. »Heute nacht bring ich sie um. Und vielleicht auch meinen Vater. Dafür will ich mir eine Waffe stehlen, nicht, um uns während ihrer Abwesenheit vor den hypothetischen Menschenfressern zu schützen.«

»Ich gehe...« rief Higinio und stand auf.

»Armer Teufel!«

»Es ist etwas anderes, verbotene Spielchen zu treiben... als das, was du gerade denkst, das ist kein Spiel mehr... ich gehe.«

Um ihn zurückzuhalten, packte Juvenal sein verletztes Glied und fuhr noch einmal mit den Nägeln kräftig hinein. Higinio schrie auf und rannte aus dem Zimmer.

In Tränen aufgelöst goß Juvenal Justiniano Wein ins Gesicht, um ihn zu wecken. Der erste Schlag des gewaltigen Bronzegongs erscholl vom Vestibül der Windrose durch das ganze Haus. Noch zehn Minuten, dachte Juvenal, dann sind es zwei Schläge und weitere zehn Minuten drei, das letzte Signal, und nur noch die Großen wie er durften dann durch das Haus gehen. Es wäre besser, Justiniano dort, wo er jetzt war, versteckt zu lassen. Aber sich allein vor Gewehren und Pistolen, Flinten und Musketen zu stellen, in seinem Rausch, eine zu besitzen, vielleicht, um sich zu verteidigen, vielleicht, um damit anzugreifen, war ihm ein unerträglicher Gedanke. Er zwang Justiniano aufzustehen, nahm ihn an die Hand und zerrte ihn stolpernd die Treppe hinunter, ehe der zweite Gongschlag ertönte. Er konnte jedoch nicht verhindern, daß Justiniano eine Flasche am Hals packte und, während sie hinunterstiegen, einen Schluck nach dem andren daraus trank.

An einem Ende des langen Saales – der Seite gegenüber, an der das Podest für das Orchester war – öffnete sich das einzige wirkliche Fenster zum Park. Die Klarheit der abgründigen Nacht verwandelte die Goldverzierungen der an den Wänden aufgereihten Stühle, der Harfen und des Klavichords in Silbergefunkel. Um diese Zeit schienen die falschen Schatten der Umhänge und Halskrausen, die falschen Windhunde, die die in die Füllung der falschen Türen gemalten Personen begleiteten, genügend Kraft zu besitzen, sich aus der zweidimensionalen Täuschung des Trompe-l'œil zu lösen und in den realen Raum einzutreten. Selbst das Rascheln der Seide und die aufgeklärten Renaissance-Stimmen schienen nur darauf zu warten, daß das vegetative Getuschel der Gräser verstumme, um ihre luxuriöse Autorität vernehmen zu lassen.

Oder schienen die Stimmen vielmehr genau in dem Augenblick verstummt zu sein, als die beiden Vettern in den Tanzsaal eintraten? Justiniano setzte sich auf das Klavierbänkchen in der verrückten Absicht, auf die Tasten zu schlagen und den Türkischen Marsch zu spielen, was zweifellos die wütenden Lakaien herbeigerufen hätte. Um ihn daran zu hindern, gab ihm Juvenal jedoch einen solchen Stoß, daß er bewußtlos unter das Instrument rutschte. Betrunken schnarchend blieb er dort liegen.

»Vollidiot!« dachte Juvenal. »Du läßt mich ganz allein, damit ich eine Heldentat vollbringe, die gar nicht zu mir paßt...«

Auch Juvenal war betrunken. Sein langer Schatten fiel über die ganze schachbrettgemusterte Fläche des Bodens, reichte bis unter die Bögen im Hintergrund der gemalten Perspektiven, so daß sein Körper nur das Samenkorn zu sein schien, aus dem die gewaltige Realität seines Schattens hervorbrach. Er mußte sich beeilen. Wenn er noch eine Sekunde länger zögerte, würde ihn die Angst vollständig lähmen. Von so vielen vorgetäuschten Türen verwirrt, suchte Juvenal mit den Fingerspitzen – über die falschen Profile der Türen gleitend, über mit so viel Wirklichkeitstreue gemalte Gesichter, daß der Stuck die Wärme und die Textur von Fleisch zu haben schien – ein echtes Schlüsselloch, um den Schlüssel hineinzustecken. Er erkannte nur die Oberfläche des Samtes, eine behandschuhte Hand, die

137

Kälte eines Ringes, der im Mondlicht überzeugender aufblitzte, als es ein Trompe-l'œil erlaubte, die Glätte einer im Fallen gehaltenen Tulpe auf der von einem Blumenregen, den die Göttinnen aus den Wolken der falschen Kuppeln herniedergossen, geschmückten Wand.

Endlich nahm ein Schloß Juvenals Schlüssel auf. Die Mechanismen funktionierten. Jetzt kam es nur noch darauf an, den Griff zu drehen, die Tür zu öffnen und ein Gewehr zu nehmen. Weiter nichts. Er war weder ein Verbrecher noch ein Aufrührer. Er wollte seine Mutter nicht umbringen und auch nicht die Macht an sich reißen. Er wollte nur ein Gewehr, um seine arme Haut zu retten. Die Menschenfresser kannten keine Feuerwaffen und würden beim Anblick des Zauberstrahls fliehen. Juvenal drehte den Griff der Tür. Mit einem Ruck öffnete sie sich unter dem Druck eines Kataraktes von Waffen, die lärmend niederstürzend ihn mit zu Boden rissen.

»Jetzt bin ich verloren!« rief er aus.

Zusammengerollt zwischen Flinten, Musketen, großen und kleinen Büchsen, Karabinern auf dem Boden liegend, wartete Juvenal, bis endlich alle Waffen über ihn gestürzt waren. Er war zu verwirrt, um sich eine zu nehmen und damit fortzulaufen, bevor ihn jemand daran hindern könnte. Als er sich aufzurichten versuchte, bemerkte er, daß sich die Figuren des Trompe-l'œil-Fresko aus den Wänden lösten, sich ihm näherten und ihn umstellten. Als er sah, wie die Schatten sich bewegten, glaubte er zuerst, dies sei eine Täuschung seiner vom Alkohol fiebrigen Phantasie. Als er aber merkte, daß der Kreis sich immer enger um ihn schloß – das Aufblitzen eines Dolches, das Schwanken einer Hutfeder, der Reif eines sich bewegenden Umhangs, der Schimmer einer Perle in einem männlichen Ohr, der silberne Speichel in den Lefzen der schwarzen Windhunde –, war er sicher, die Strafe würde jetzt, sofort, noch vor dem dritten Gongschlag über ihn hereinbrechen. Eine behandschuhte Hand packte ihn brutal am Arm.

»Laß mich los!« kreischte Juvenal.

Noch eine Hand packte ihn mit der gleichen Roheit am anderen Arm; eine dritte am Hals.

»Laßt mich los!« schrie Juvenal wieder, als er sah, wie die

Figuren, bereit, ihre Hunde auf ihn zu hetzen, den Kreis um
ihn schlossen und Peitschen, Stöcke, Florette hervorzogen.
»Ihr seid keine herrschaftlichen Figuren. Ihr seid bösartige,
verkleidete Lakaien, gemeine Diener... wagt es nicht, mich
anzurühren. Ich bin siebzehn Jahre alt. Ich bin kein Kind mehr.
Ich bin ein Herr...«
Niederträchtiges Gelächter nahm diese letzte Bemerkung auf.
Es kam ihm sogar vor, als wäre es haßerfülltes Frauenlachen,
das Gelächter der Damen – tatsächlich waren es nur die jüng-
sten als Frauen verkleideten Lakaien –, die sich neben Obstkör-
ben und Tauben auf die oberste Balustrade stützten.
»Dame, meinst du wohl...« kam es spitz.
»Schwuler Bock.«
»Prügeln wir ihn durch.«
»Ja«, rief Juvenal. »Schwul, weil ich es mag, und nicht wie ihr,
weil man mich dafür bezahlt.«
»Dann wollen wir dir den Gefallen tun.«
Das Gelächter schallte durch den Tanzsaal. Zwischen den
Schatten der aristokratischen Verkleidungen näherten sich die
harten, von Rachsucht und Niedertracht verzerrten Züge der
Lakaien wie die geschrumpften Masken der letzten Stunden
des Karnevals dem Gesicht des Herrn, der sie beschimpfte.
Rachsüchtige, plebejische Hände rissen Juvenal die Kleider
herunter, während er ihnen Schimpfworte entgegenschrie...
Schweine... Schurken... käufliche Subjekte... Hemd und
Hose fielen zerrissen auf den Boden. Inmitten der luxuriösen
Gruppe, die ihn mißhandelte, stand Juvenal nackt, angstvoll
und frohlockend, weiß im Licht des Mondes, der sich bewölk-
te, als die schwarzen Figuren mit ihren erigierten Gliedern ihn
zwangen, sich wie ein Tier auf allen vieren auf den Boden zu
hocken. Die größte, schwärzeste, unheimlichste Figur, die den
gewaltigsten Penis besaß, der in der Vorfreude auf die Rache
tropfte, wollte Juvenal gerade besteigen. Da erscholl der dritte
Gongschlag.
Die echte Tür öffnete sich. Die in seine Livree gehüllte Figur
des Majordomus trat langsam und feierlich in den Tanzsaal.
Die Lakaien richteten ihre Kleidung und gefroren zweidimen-
sional, als hätte man die Figuren aus dem Trompe-l'œil heraus-

geschnitten und in den realen Raum gestellt. Der verhaßte Majordomus näherte sich Juvenal, der als weinendes Häufchen auf dem Boden lag. Juvenal sah ihn: als eine kolossale, vom Mond versilberte Konstruktion, vor deren Helligkeit sich die anderen Diener zurückzogen, um sich wieder in das Fresko einzufügen. Der Majordomus würde jetzt seinen Penis herausziehen, dachte Juvenal, den gewaltigsten von allen, den schrecklichsten, um ihn zu strafen, indem er ihn vergewaltigte. Statt dessen verbeugte sich der Majordomus jedoch leicht, aber lange, wie es die Etikette der Familie vorschrieb, und sagte:

»Herr . . .«

Juvenal wimmerte. Der Majordomus fuhr fort:

»Was tun Euer Gnaden hier in diesem Zustand und um diese Zeit?«

Juvenals Gewimmer verstummte, aber er war unfähig zu antworten. Der Majordomus machte seinen Spitzeln ein Zeichen. Sie verstanden den Befehl, und im Nu stellten sie mit abgemessenen militärischen Bewegungen, die sich stark von denen der obszönen Horde einen Augenblick vorher unterschieden, alle Waffen wieder an ihren Platz hinter die fälschlich vorgetäuschte Tür, die sie mit dem Schlüssel abschlossen, den sie dem Majordomus übergaben. Der steckte ihn in eine der im weiten gestickten Garten seiner Livree verborgenen Taschen und neigte sich vor, um Juvenal aufzuhelfen. Er sagte:

»Euer Gnaden werden frieren«, und half ihm, seine in Fetzen gerissenen Kleider anzuziehen. Er fuhr fort, mit einer bösartigen Note von Herzlichkeit, die verletzender war als jede Beleidigung: »Euer Gnaden sind erwachsen und haben daher die Erlaubnis, hierher zu kommen und auf dem Klavichord zu spielen, wann immer und zu welcher Stunde Sie wollen und wie Sie es auch so oft in Mondnächten tun. Aber diese Nacht ist anders.«

»Warum ist sie anders?«

»Weil morgen ein anderer Tag ist. Jedenfalls hat Ihre Frau Mutter Sie gebeten, sich gut zuzudecken. Meinen Sie nicht, es wäre ratsam, ihr zu gehorchen, auch wenn Sie schon erwachsen sind und alle Regeln neu erfinden können? Wenn ich nicht rechtzeitig erschienen wäre«, log der Majordomus, dessen

Erscheinen, davon war Juvenal überzeugt, Teil eines Programms gewesen war, »hätten diese Rohlinge, die an nichts anderes denken können... Was wollten sie mit Ihnen machen?«

Wenn Juvenal den Majordomus haßte – wie er jeden Majordomus haßte, der ihn seit seiner Kindheit wegen seiner Neigungen mit Einsperren und Schlägen bestraft hatte –, so haßte er ihn nun noch mehr, wenn das überhaupt möglich war, da er ihn frustrierte, indem er ihm die Strafe vorenthielt, deren Opfer er hatte werden sollen. *Traditore.* Er repräsentierte jedoch die Ordnung des Hauses. Und da Juvenal wußte, daß ein Formfehler schlimmer war als irgendein anderer Fehler, antwortete er bestimmt:

»Sie haben mich geduzt.«

Mit einer Art Gebrüll, zu dem er sich aufblähte, richtete der Majordomus sich zu einer Höhe weit über seiner eigenen Größe auf, und seine Stimme, bis jetzt reine Seide, dröhnte in den Saal:

»Sie haben Sie geduzt?«

»Sie haben mich geduzt.«

»Sie werden schärfstens bestraft werden«, versicherte der Majordomus untröstlich über die Disziplinlosigkeit seiner Untergebenen. »Hier ist nichts geschehen. Ich bitte Euer Gnaden, ziehen wir einen dichten Schleier über die Schmach dieser Ereignisse. Es handelt sich lediglich um eine Übertretung des Zapfenstreichs durch den jungen Herrn Justiniano, der noch nicht siebzehn Jahre alt ist. Er muß in sein Bett gebracht werden, ohne daß jemand seinen Zustand bemerkt und seine Eltern, die ihn so sehr lieben, sich nicht aufregen müssen. Ihr beide..., der mit der roten Feder und der mit den Spangenschuhen, tragt ihn fort, damit nichts diese letzte Nacht im Landhaus störe und die Herrschaft morgen ohne Sorgen zu ihrem wohlverdienten Tag der Entspannung aufbrechen kann. Wenn wir morgen Abend zurück sind, wird der junge Herr Justiniano gebührend bestraft werden, wie jedes Kind, das den Zapfenstreich übertritt.«

Der mit der roten Feder und der mit den Spangenschuhen zogen Justiniano unter dem Klavichord hervor und trugen ihn fort. Die anderen Lakaien warteten auf Befehle. Mit vor Angst dünner Stimme fragte Juvenal:

»Wer wird zurückkehren?«

»Ihre Eltern, selbstverständlich, wie können Sie daran zweifeln, Herr? Wir begleiten sie, um sicherzustellen, daß dem so ist. Jetzt wäre es ratsam, Sie zögen sich in Ihre Gemächer zurück und ruhten aus. Und vergessen Sie nicht, sich gut zuzudecken, wie es Ihre Frau Mutter Ihnen riet.«

In der Helligkeit des Fensters, durch das der Himmel und der Park und die Ebene in den Tanzsaal mit den vorgetäuschten Tiefen drangen, formierte sich eine doppelte Reihe aus Lakaien – wann, fragte sich Juvenal, haben sie ihre herrschaftlichen Masken abgelegt und wieder ihre Livree angezogen? –, die lange Schatten über den schachbrettgemusterten Boden warfen. Indem sie sich vertikal statt horizontal über die fingierten Perspektiven, die unter den ebenfalls fingierten Bögen zu sehen waren, ausdehnten, stellten sie ein für allemal den Unterschied zwischen dem realen und dem künstlichen Raum wieder her. Jetzt waren die Blicke der Figuren in den Türen des Bildes wieder starr und konnten Juvenal nicht mehr folgen, als er im Schutz des Majordomus stolz durch die Allee der Lakaien, die sich leicht verbeugten, als er vorüberging, auf die richtige Tür zuschritt. Wie könnte er nur auf dieses Privileg verzichten, nämlich daß Schuld keine Schuld war, weil es diesen Schutz gab? Zum Glück gab es keinen Grund, auf irgend etwas zu verzichten, wenn erst der morgige Tag vorüber war. Er würde seine Mutter wieder umarmen.

Die Hauptdarsteller gingen hinaus. Und nach ihnen, einer nach dem anderen, die Lakaien und stellten, als sie die Tür hinter sich schlossen, die notwendige Zweidimensionalität wieder her für das Gelächter, das Augenzwinkern und für den Spott der Figuren, die die Fresken bevölkerten.

KAPITEL FÜNF

Das Gold

1

Bisher habe ich von den Kindern von Hermógenes und Lidia, dem wichtigsten Paar dieser Geschichte, nur Amadeo vorgestellt. Und nur ganz am Rande erwähnte ich Colomba, Idealvorstellung aller Frauen und lebendiges Abbild der hausfraulichen Vollkommenheiten ihrer Mutter. Wir müssen nun unsere Aufmerksamkeit einem anderen Teil des Landhauses zuwenden, wo, während sich die in den vorherigen Kapiteln berichteten Ereignisse entwickelten, Casilda, Colombas Zwillingsschwester, die Maschinerie ihrer eigenen Rettung errichtete, die fast so ausgefallen war wie das Ausreißen der Lanzen des Parkgitters.

Als das durch das Niederreißen der Grenzen hervorgerufene Durcheinander begann, befand sich Casilda mit Fabio im Büro ihres Vaters, das zum Markthof ging. Man stelle sich einen weiten Trichter festgetretenen Bodens vor, begrenzt von zwei hohen Mauern, die die Ebene und den Horizont auf die beiden Fenster zulaufen ließen, durch die Hermógenes und seine Töchter die Eingeborenen abfertigten. Wenn auch von sehr weit her, drang der Widerhall des Geschreis der Kinder doch bis in das Büro, und Casilda, verwirrt von der Möglichkeit einer plötzlichen, unerwarteten Rückkehr der Eltern, wollte gehen, um nachzusehen, was dort los war.

Fabio meinte:

»Es kann sich nur um Dinge handeln, die uns aufhalten. Geh du, wenn du willst, aber komm schnell zurück. Ich bleibe hier und arbeite weiter.«

Und Casilda lief und mischte sich unter ihre Vettern. Die Zerstörung des Gitters, in der sie nur die Illusion von Freiheit sah, kam ihr gelegen, da sie die Aufmerksamkeit der Kinder ablenkte und so ihre eigenen Aktivitäten verbarg. Die Thesen, die Wenceslao verkündete, erschienen ihr außerdem typisch für die Naivität ihrer Vettern. Sie *wußte,* daß die Erwachsenen noch vor Sonnenuntergang zurückkehren mußten. Wie konnte man nur etwas anderes annehmen, sie hatten doch das Gold in Marulanda gelassen! Gewölbe für Gewölbe voll jener grauen Bündel, die den gelben Glanz der Blätter abfälschten und selbst die chromatische Erfahrung ihrer Augen täuschten. Casildas Verachtung für ihre Vettern, die unfähig waren, den Zauber des mystischen Metalls zu spüren, ließ sie die Sache mit den Lanzen als eine Episode ohne Bedeutung beiseite schieben. Wie konnte man glauben, die Erwachsenen hielten, da sie sie allein ließen, ihre Vergnügungen für transzendentaler als das Gold? Ihr Vater hatte ihr von klein auf eingeschärft, daß es undenkbar sei, sich so etwas auch nur vorzustellen; denn die Venturas würden niemals etwas unternehmen, was ihr Gold hintansetzte. Das zu tun hieße von den essentiellen Grundsätzen der Familie ablassen. Nein, sie würden in einigen Stunden zurückkommen. Darum ihre und Fabios Eile. Die Nachricht, daß Onkel Adriano sich bereit mache, herunterzukommen, bedeutete jedoch eine reale Gefahr. Nicht weil Casilda sich vor einem Verrückten fürchtete, sondern weil ein Erwachsener, so verrückt er auch sein mochte, zuerst in Hermógenes Büro hinuntersteigen würde, um sich des Goldes zu bemächtigen. Das angekündigte Erscheinen von Onkel Adriano beeinflußte ihre Tätigkeit freilich nur insoweit, als sie sie beschleunigte. Mit einer Geste forderte sie Higinio auf, ihr zu folgen. Der weigerte sich, da er sich gerade vorbereitete, den großen Bruder der *Unsterblich Geliebten* zu verkörpern. Darum flüsterte Casilda der kleinen Zoé etwas ins Ohr, die, ohne den Mund zu öffnen, denn sie hatte ihn voller Süßigkeiten, nickte und zu Higinio schlich. Der beriet sich mit Juvenal: ein Pelzmantel und eine *chepka,* der Bruder lebt doch in Sibirien? Zoé zupfte ihn am Jackett. Higinio sah zu ihr hinunter: das mongoloide Monster, das Orakel des Ostens, die schlitzäugige, fette, unerbittliche Grausamkeit lachte ihn lauthals aus. Im nächsten Moment würde sie ihn aufspießen, er könne doch gar nicht den Bruder

der *Unsterblich Geliebten* spielen, einen Sibirier, ein exotisches und geheimnisvolles Wesen, er habe doch gar kein . . . Er wollte sie nicht hören! Higinio wich zurück, gefolgt von dem plattfüßigen Monster, das ihm nachschrie, was er nicht hören wollte, was Zoé ihm schon so oft nachgeschrien hatte, daß niemand außer ihm noch darauf hörte.

»Komm«, rief Casilda.

Und beide liefen zu den Ställen.

Als sie dort ankamen, dachte Casilda: Natürlich, nichts ist mehr in den noch nach den Tieren stinkenden Ställen. Der Staub der Abfahrt setzte sich schon auf den Geräten und auf dem von Kot weichen, durchfurchten und zertrampelten Boden. Alle Wagen und alle Pferde, Maulesel und Ochsen hatten sie mitgenommen, außer denjenigen, die nichts taugten – die Alten, die Lahmen, die Kranken, die Schwachen –, die sie, bevor sie abfuhren, erschossen hatten. In den im Schmutz herumliegenden Kadavern kochte es in den Löchern, die ihre Körper durchsiebt hatten, in dem blutigen Speichel, der aus ihren Lefzen quoll, in dem Schmadder, der aus ihren Augen tropfte, von sprudelnden Knäueln aufdringlicher Fliegen. Ja, dachte Casilda, wir sind Verlorene inmitten der Ebene, die niemand, nur der mutigste Eingeborene zu Fuß zu durchqueren wagt. Nur den Karren von Onkel Adriano haben sie hiergelassen, diesen phantastischen, klapperigen Käfig, den sie, weil unbrauchbar, in einem Winkel der Ställe abgestellt hatten.

»Verflucht!« rief Casilda. »Uns ist nicht einmal ein lahmer Maulesel geblieben!« Durch den Schmutz und den Kot stapfend, über die Pferde und Rinderkadaver steigend, gingen sie zu dem Gefährt. Es war wirklich riesenhaft, unheimlich schwer. Wahrscheinlich hat es früher eine Herde wilder Tiere beherbergt. Sie packten die Deichsel und zogen daran. Er bewegte sich nicht, nur seine alten Räder knirschten etwas. Casildas Gesicht verzerrte sich. Sie hatten nicht einmal die Achsen geölt. Sie setzte sich auf die Deichsel. Higinio setzte sich zu ihr und versuchte, sie zu küssen. Sie wies ihn ab, wie man eine Fliege abwehrt. Melania im chinesischen Kabinett eingeschlossen, Wenceslao mit seinen gewagten Geschichten,

Mauro als Anführer bei der scheinbaren, kollektiven Befreiung und Juvenal, der die Schwankungen der Herzen aller manipulierte, sie waren doch alle nur Kinder. Aber die Tatsache, daß Higinio auch nur ein Kind war, war für sie von Vorteil. Niemand hatte von ihrem Zusammentreffen mit Higinio in der letzten Nacht erfahren. Er hatte sich auch Juvenal nicht anvertraut – wie Casilda zuerst fürchtete. Wenn der etwas wüßte, hätte Juvenal sie bestimmt aufgefordert, ihn in extenso über diese überraschende Schwankung ihres Herzens zu informieren, das, wie alle Vettern wußten, in einer so ehelichen Beziehung zu Fabio versteift war, daß es niemanden mehr interessierte.

Casilda aber brüstete sich damit, ihr Herz niemals zu benutzen. Gestern abend, auf dem Weg zum Büro ihres Vaters, wo sie sehen wollte, wie Fabios Arbeit voranging, während die Erwachsenen im Mohrenkabinett die Bilder der rosigsten Zukunft betrachteten, die genauso war wie die Gegenwart, nur noch besser, mußte sie, die Aufsicht der Spitzel des Majordomus täuschend, durch den Park, um in den anderen Flügel des Hauses zu gelangen. Sie überraschte Higinio, der sich die Hose ausgezogen hatte und im Mondlicht sein Glied betrachtete, das, wie wir im vorherigen Kapitel gesehen haben, von Juvenals Nägeln zerkratzt worden war, während ihn aus der Graphitmuschel, die einen Mäander des Buchsbaumpfades schmückte, eine Marmornymphe beobachtete. Casilda begriff sofort die Beziehung zwischen dem Knaben und der Statue so, als wolle er ihr in einer Art Opfer sein Geschlechtsteil darbringen. Es war allerdings nicht das, was Casildas Aufmerksamkeit erregte. Es war die Kraft der nackten Schenkel ihres Vetters, die Macht seiner Schultern und seiner Arme. Ihre Einbildungskraft machte ihn, indem sie ihm Jackett und Hemd auszog, ebenfalls zur Statue, zum Partner der Nymphe.

»Er ist schön und stark«, sagte sich Casilda. »Mir ist es lieber, daß er kein Pathos hat; so werde ich ihn nach meinem Gefallen benutzen, ohne mich unnötig zu verstricken.«

Higinios Kraft zu spüren, wenn er sie hier auf dem Rasen besäße, bedeutete außerdem, die Schönheit der Marmornymphe mit ihrer eigenen Häßlichkeit zu vertauschen und sich des unschuldigen Sportlers zu bemächtigen – dem Stolz von Onkel Anselmo im Boxring, wo er ein gefürchteter Gegner von Mauro war –, um ihn zu benutzen und ihn später abzuschütteln, wenn seine Abhängigkeit ihr lästig würde. Aber Higinio zeigte sich ihren Avancen gegenüber verschreckt, weinerlich und widerspenstig. Mit blanken Tränen in den Augen gestand er ihr nicht nur, daß er wolle und nicht wüßte wie und daß es das erste Mal sei, daß eine Cousine sich bereit zeige, sich mit ihm zu vergnügen, so uninteressant sei seine Person, sondern auch, daß ihm heute jeder Kontakt unmöglich sei, weil er verletzt sei.

»Ich weiß sehr gut«, flüsterte ihm Casilda ins Ohr, »daß während der Invasionen im Schmutz und im Schnee der Niederlage die Soldaten, die während des Unglücks am schwersten verletzt worden waren, trotz ihrer Schmerzen diejenigen waren, die sich am feurigsten mit den Prostituierten aufführten, die den Bataillonen folgten. Mir macht es nichts, daß es für dich das erste Mal ist. Ich werde es dir zeigen.«

Higinio schützte seine Geschlechtsteile mit den Händen. Vor ihm niedergehockt nahm Casilda sie fort und untersuchte aufmerksam die Wunden ihres Vetters, aber sie fragte ihn nicht, was mit ihm geschehen war, denn sie wußte wohl, daß man, wollte man die Menschen für sich gewinnen, respektieren mußte, was sie beschämte. Sie fragte statt dessen:

»Willst du morgen, wenn du heute nicht kannst?«

»Wird es dann besser sein?«

»Das sind leichte Verletzungen. Kratzer. Du wirst in Ordnung sein.«

Als Higinio auf der Südterrasse sah, wie sie ihm Zeichen machte, ihr zu folgen, hüpfte sein leichtes Herz bei der Erinnerung an Casildas nächtliches Versprechen. Sie war keine Schönheit, sicher nicht, aber sie hatte eine Autorität, die nicht weniger erregend war als die, mit der Juvenal ihn zu unterwerfen pflegte. Im Stall, auf der Deichsel des Zirkuswagens sitzend, berührte Higinio Casilda und versuchte, sie zu unterwerfen, wie er wußte, daß ein Mann eine Frau unterwerfen sollte. Seine Zunge suchte in dem kalten Mund seiner Cousine, die dachte: Ja, jetzt bist du in meinen Händen, und sagte:

»Warte.«

»Jetzt kannst du nicht?«

»Bestimmt hat dieses Gefährt irgendeine Beziehung zu den Geschichten, in die Wenceslao verstrickt ist, und es wird nicht lange dauern, bis er hier auftaucht. Wir gehen am besten woanders hin.«

Finster blickend, fast blind vor Konzentration, lenkte sie ein verborgenes Ruder aus ihrem Inneren heraus durch die gewundenen Gänge des unteren Teils des Hauses nach hinten, weit ab vom Lärm der Vettern. Sie schleifte Higinio jenseits der verlassenen Speisesäle der Dienerschaft, die nach kaltem Fett und Zwiebeln stanken, durch unendliche Speisekammern, wo man jeden Augenblick auf Colomba stoßen konnte, und verlor sich durch Gänge, bis sie vor eine Tür kamen, wo sie stehenblieb. Sie küßte Higinio leicht auf die Lippen, um seinen Willen zu besiegen, und öffnete die Tür des Büros ihres Vaters.

Higinios Herz schlug heftig, als er begriff, was seine Augen sahen. Der prosaische Raum, die Waage, die beiden Schreibtische und davor das Paar hoher Hocker, war beherrscht von der schwarzen Eisentür, die zu den Gewölben führte und vom Boden bis zur Decke fast über die ganze Wand ging. Das war also das Tabernakel des Reichtums der Familie, der Ort, in den wenige die Erlaubnis oder die Lust hatten einzutreten, der einzige im ganzen Haus, der über den Markthof, auf den sich diese Fenster mit Gittern und Riegeln öffneten, direkt mit der Ebene verbunden war.

Hermógenes öffnete das Gitter, die Eingeborenen reichten ihm von außen die Goldballen herein, damit er sie auf der Waage abwiegen und bewerten konnte und nach einer Weile des Feilschens Gutscheine dafür ausgab, die in dem von Colomba verwalteten Kramladen im Nebenraum und durch ein ebensolches Fenster gegen Zucker, Kerzen, Tabak, Decken und andere Luxusgegenstände, die sie aus der Stadt mitbrachten, getauscht werden konnten. An den beiden Pulten, auf den hohen Hockern sitzend, die hellen Augen mit Schirmen und die herrschaftlichen Kleider mit Kitteln geschützt, führten Colomba und Casilda, seit ihrer Kindheit von Hermógenes dazu angeleitet, die Bücher, über gewaltige Bände gebeugt, in die sie alles mit Federn eintrugen, die einstimmig die Stille des Büros zerkratzten. Es war Lidias Stolz – die als Gattin des ältesten Bruders und nach einer alten Übereinkunft in der Familie damit beauftragt war, den Haushalt zu führen –, daß es dank der Arbeit ihrer beiden Töchter nicht eine einzige Nadel im Landhaus gab, die nicht in jenen Bänden verzeichnet war. Jeder, wiederholte sie öffentlich, zu Beginn des Sommers die familiäre Trägheit herausfordernd, hatte ihre Erlaubnis, sie zu überprüfen. Aber alles war gut, so wie es war, und es bestand kein Grund, etwas zu überprüfen, denn Lidia und ihre Töchter waren »wahre Schätze«.

Der Eindruck der düsteren Eisentür auf Higinio war so mächtig, daß er einen Augenblick brauchte, um Fabio zu bemerken, der mit gekreuzten Beinen in der Haltung eines Kunsthandwerkers auf dem Boden saß und alle Aufmerksamkeit darauf verwandte, mit einer Feile den Bart eines Schlüssels zu glätten. Ein Akt, dessen Sinn ihm unbekannt, der aber, das begriff Higinio sofort, bestimmt ruchlos war. Sein Vetter war weder durch seine noch durch Casildas Anwesenheit noch durch den Trubel des Spiels mit den Lanzen aus seiner Konzentration gerissen worden. Fabio, der niemals *Die Marquise ging um 5 Uhr aus* spielte, war hart, fremd, auf einen Punkt totaler Präzision ausgerichtet. Higinio fühlte sich gedrängt, den fürchterlichen, unbekannten Plan von Fabio und Casilda aufzuhalten, dessentwegen und nicht für die Liebe er von ihr verführt und hierher gebracht worden war. Aber als er seinen Vetter ansah, spürte er, daß die Furcht eines Anfängers wie er im Liebesakt nur der Widerschein der versprochenen Lust ist, sie zu überwinden, und, um sie zu überwinden, um seinen eigenen Mittelpunkt zu finden, um zu sein wie Fabio, mußte man sich der Furcht hingeben, sich entschließen hindurchzuwaten, mit der Hellsichtigkeit, die er jetzt empfand, zu akzeptieren, zu spüren, daß der Reiz des kalten Körpers seiner Cousine in ihm das gleiche Verlangen hervorrief wie die Wärme des Körpers seiner Schwester Melania.

»Fabio«, rief Casilda beim Eintreten.

Mitten in einer Pfütze von Schlüsseln sitzend hob er den Kopf von seiner Arbeit. Die Feile hatte seine von Eisenstaub schmutzigen Finger verletzt. Das Licht fiel in Streifen über seine schmale Brust, die so sparsam mit Muskeln ausgestattet war, daß es aussah, als glänze der Schweiß nicht auf seiner Haut, sondern auf dem Skelett, das freigelegt würde, wenn man ihn häutete.

»Ich habe Higinio mitgebracht«, sagte Casilda.

»Gut«, entgegnete Fabio ohne ein Lächeln. »Da. Dieser kann es sein.«

Als Fabio sich Casilda zuwandte, um ihr den Schlüssel zu reichen, bemerkte Higinio, daß die Augen in seinem Schädel, den das Gegenlicht in die scharfen Züge seines Vetters schnitt, nicht in Casildas Augen blickten. War das die ganze Liebe, die Casildas »Mann« geben konnte, unfähig, sie anzusehen, nur den Schlüssel? Wo war in ihrer Beziehung, die Higinio als reine Komplizenschaft empfand, die Lust geblieben? Er war ganz sicher, daß es das Fest für diese beiden Wesen nicht gab, daß ihr Verlangen ihr Verhalten nicht änderte, daß sie trocken waren, reine Struktur, reine Zeichnung. Higinio, meinen Lesern, die diese Figur schon kennen, muß dies nicht extra gesagt werden, begriff die Liebe, die ihm vor allem von den Richtlinien bestimmt worden war, die seine Mutter, Adelaida, anbot, wenn sie sich des unvergleichlichen Ergötzens der Zärtlichkeit erinnerte, die sie mit Cesareón in glücklicheren Zeiten vereinte, nicht so. Aber mit der Melancholie derer, die nur am Rande der Größe weilen, sah Higinio, daß Adelaidas Sprachschatz äußerst begrenzt war, da er nicht über Worte verfügte, die den Atem beschreiben, der den gewaltigen Schlüssel, der für eine Sekunde, als er aus der einen in die andere Hand glitt, die Hände von Fabio und Casilda verband, mit einer Spannung auflud, die in ihrem Vokabular nicht vorkam.

Fabio erhob sich. Casilda ging zu der Eisentür. Sie schob an Scheiben und Stangen, drückte auf numerierte Knöpfe und drehte an Schrauben, bis eine Klappe aufsprang und ein Schlüsselloch freigab. Higinio preßte bei dieser ruchlosen Tat seine Fäuste zusammen, und wieder wurde ihm die Schwelle bewußt, die man überschreiten muß, will man irgend etwas entdecken. Fabio drängte Casilda, den Schlüssel zu probieren. Sie schob ihn in das Schlüsselloch, drehte ihn, zuerst vorsichtig, dann immer heftiger. Sie lief rot an vor Wut, als sie merkte, daß die verborgenen Mechanismen starr blieben, warf Higinio den Schlüssel vor die Füße und schrie:

»Scheiße! Der Schlüssel ist große Scheiße! Weder du noch er sind zu irgend etwas zu gebrauchen! Die Erwachsenen kommen heute abend zurück, und wir haben es nicht bekommen!«

Während Casilda Fabio beschimpfte, das Gesicht vor Zorn gespannt wie eine Faust, hob dieser ungerührt den Schlüssel auf, steckte ihn ins Schloß, drehte ihn, legte sein Ohr an die Tür, um zu horchen, und zog ihn wieder heraus, um ihn zu betrachten. Er versuchte ihn noch einmal und sagte:

»Warte, es fehlt ganz wenig.«

»Ich kann nicht länger warten. Onkel Adriano kommt herunter, und ich bin verloren.«

»Geh doch, wenn du nicht warten kannst«, antwortete Fabio und setzte sich auf den Boden, um in seiner Arbeit fortzufahren. »Geh doch auf die Südterrasse und spiel *Die Marquise ging um 5 Uhr aus.*«

Wie war es möglich, daß ein Junge, der wie er, Higinio, durch dieselben von den Erwachsenen aufgestellten Regeln geformt worden war, eine solche Selbstsicherheit besitzen konnte, daß Casildas Wutausbruch die geschickten Bewegungen seiner Finger nicht störte? Der war in der Lage, mit allen Widersprüchlichkeiten fertig zu werden. Higinio erkannte, daß ihm in diesem Augenblick weder seine beschämenden Beziehungen zu Juvenal noch das Versprechen, Casilda besitzen zu dürfen, irgend etwas bedeuteten, am liebsten würde er sich bis in den Tod mit Fabio verbünden. Er folgte aber Casilda ans Fenster, wo beide sich auf die Ellenbogen stützten und nach draußen sahen. Fabio wandten sie den Rücken zu, der ihre Ohren mit dem schrillen Gekreisch der Feile quälte.

Der Markthof, den die untergehende Sonne vergoldete, sah aus wie eine ummauerte Wüste. Heute war keiner dieser Tage, an denen der Hof voller nackter Männer und Frauen und Kinder war, die Waren herantrugen und in schweigenden Gruppen ohne Gruß, ohne Abschied, ohne Lieder zusammensaßen, bis sie an der Reihe waren, von Hermógenes abgefertigt zu werden, klägliche Häufchen Glut schürten, wo man unter aus Grashalmen improvisierten Dächern einen roten Karpfen oder *guarecidos* briet und lustlos, aber – das hatte Casilda in diesem Sommer bemerkt – mit einer irritierenden Intensität miteinander sprach. Verstört über die regungslose Kontemplation, in die Casildas Hast sich brüsk verwandelt hatte, fragte sich Higinio, welche Alternative sie ihm bieten würde. Lange Zeit hörten sie dem Gekreisch der Feile zu und sahen in die Weite, die durch den Trichter des Hofes auf sie zulief. Das Gekreisch brach ab. Mit einer so plötzlichen Eile wandte sich Casilda zu Fabio um, daß die vorangegangene Regungslosigkeit für sie eine Art Prozeß des Energiesammelns gewesen sein mußte. Sie sagte:

»Gib her.«

Sie schob den Schlüssel in das Schloß. Die Mechanismen gaben nach.

»Jetzt du, Higinio, hilf uns«, rief sie.

Blaß blieb Higinio einige Schritte hinter ihnen stehen.

»Wobei?« konnte er gerade fragen.

Casildas Wut, die unter der dünnen Haut, die sie zusammenhielt, kochte, brach hervor:

»Idiot! Was glaubst du, wozu ich dich in unseren Plan eingeweiht habe? Wegen deines hübschen Gesichts, das durch jedes andere hübsche Gesicht bestens ersetzbar ist? Wegen deiner blonden Locken, deiner Himmelfahrtsnase? Nein, du Idiot, begreife doch endlich! Damit du uns hilfst. Damit deine Stierkraft einen Sinn bekommt. Hilf uns, die Tür zu öffnen.«

Die drei zerrten an der gewaltigen Eisentür, die sich langsam, aber schwerfällig wie ein Dickhäuter drehte und innen Gewölbe freigab, die sich in der Dunkelheit verloren. Die drei blieben zusammengedrückt im Eingang stehen, als wollten sie sich gegen dieses hungrige Maul schützen. Casilda zündete einen Leuchter an.

»Kommt mit«, flüsterte sie.

Drinnen herrschte der Geruch der Halme der trockenen Gräser, mit denen die Eingeborenen die Goldballen umwickelten. Langsam schritten die drei Kinder zwischen den Ballen hindurch, so wie man in einer Kirche zwischen den Heiligenbildern hindurchschreitet. Aufgereiht, mit violetter Tinte numeriert, füllten sie die Höhlen, die sich eine nach der anderen vor ihnen öffneten.

Casilda strich mit den Fingerspitzen der freien Hand über die rauhe Oberfläche der Bündel. Niemand, der es nicht wußte, hätte erraten, daß sie Tausende, vielleicht Millionen Blätter feinsten Goldes enthielten, genau die Materie nämlich, die die Großen groß machte. Denn sie, nicht die Kinder, waren die Besitzer des Goldes. Casilda mußte sich eingestehen, daß sie, obgleich sie genau wußte, was ihre Augen sehen würden, eine gewisse Enttäuschung verspürte, als sie keine Truhen fanden, aus denen die Juwelen der Prinzessin Baldroulbadour hervorquollen. Doch sie ging zielstrebig, der unerbittlichen Numerierung folgend, weiter, bis zu dem hintersten Winkel einer der Höhlen. Dort fand sie das Bündel Nummer 48779/TA64. Der Eingeborene, der es vor Jahren gebracht hatte, war niemals wiedergekommen. Vielleicht, weil ihm der Zorn des Herrn zu Ohren gekommen war, als der feststellte, daß das Gold dieses Bündels nichts taugte, daß die Blätter rissen und auseinanderfielen und sein Wert sich somit in Nichts auflöste. Für diesen Abfall hatte man ihm Essig, Mehl und Decken ausgehändigt. Dieser Eingeborene war ein Dieb. Casilda blieb stehen. Sie hielt den Leuchter tiefer, um die Nummer zu prüfen und reichte ihn dann Fabio. Wie vor einem Heiligenbild fiel sie vor dem Bündel auf die Knie, die Volants ihres Kleides knüllten sich im Staub auf dem Boden. Im Verlauf von zwei, vielleicht drei Sommern hatten sich die pflanzlichen Schnüre des Ballen Nr. 48779/TA64 gelöst, waren von dem Druck seines Inhalts gesprengt worden, hielten jedoch die Form des Parallelepipeds. Voller Gier gruben sich Casildas Nägel in die Oberfläche des Bündels, als wollten sie ihm das Blut herauskratzen. Ihre gierige Hand zerriß die Hüllen und tauchte in die Goldader. Casilda wühlte in dem pulverisierten Gold, das ihren Arm wie gelbes Blut färbte. Ihre Hände, ihre Gelenke, ihre Nägel glänzten, das Gesicht leuchtete metallisch, das Haar war wie goldener Schaum. Die Partikelchen des von ihren blutdürstigen Händen gemahlenen Metalls flogen auf und verwandelten die Wimpern zu Gold, die Brauen zu Gold, die Grimasse ihres kindlichen Lächelns zur ewigen Maske des Grolls. Das pulverisierte Gold flog auf und bedeckte mit einem leichten Film Fabios Brust und Higinios kräftige Unterarme. Auch sie wollten sich bücken und in der mystischen Materie graben und sich baden. Aber Casilda hielt sie zurück.

Sie erhob sich. Endlich hatte sie es berührt. Sie hatte es gesehen. Endlich hatte sie diese essentielle Materie gespürt, die die Venturas funktionieren ließ, sie noch mehr als alle anderen, außer ihrem Vater, der alle Dimensionen des Goldes kannte, denn er war sein tatsächlicher Herr und Meister, ja, aber nur bis zu dem Augenblick, da sie ihren Groll einsetzte, der sie zu einer gleich großen, ihm symmetrischen Figur aufrichtete; freilich nur, wenn sie sich den Verführungen des Augenblicks unerbittlich entzog.

»Genug«, sagte sie und stand auf. »Gehen wir.«

»Warum?« protestierte Higinio. »Öffnen wir doch die anderen Ballen und spielen mit dem Gold. Wenceslao hat gesagt, sie kommen nicht zurück.«

»Gehorche, Higinio«, sagte Fabio.

»Wir gehen und schließen dich hier ein«, drohte Casilda.

»Warum darf ich nicht mit dem Gold spielen?«

»Es ist jetzt nicht der Augenblick dazu, Higinio«, erklärte Fabio geduldig. »Wir müssen unsere Abfahrt vorbereiten.«

Higinio runzelte die vergoldeten Brauen:

»Abfahrt?«

»Ja«, sagte Casilda herausfordernd. »Flucht.«

Vor diesem Wort verlor Higinio die Fassung:

»Aus dem Landhaus fliehen? Was redet ihr da?«

Casilda ließ einen Augenblick schweigend verstreichen, damit die herumschwebenden Partikelchen und auch sie selbst sich im Schein des Leuchters beruhigten. Dann sagte sie sehr langsam:

»Das Gold, Higinio. Wir fliehen mit dem Gold. Wir drei.«

Higinio wollte nicht mehr wissen und wollte doch alles wissen. Reglos, aber mit zunehmender Erregung hörte er dem, was Casilda und Fabio ihm erklärten, zu: Niemals würde er sich aus dieser düsteren Kabbala lösen können, aus der er sich auch nicht lösen wollte. Das war keine Kinderei mehr, mit der man im Spiel der Unterdrückung durch die Erwachsenen widerstand, sondern ein wirkliches Delikt. Was würde aus Fabio, aus Casilda und aus ihm werden? Flüchtlinge, Diebe. Ihre Eltern würden sie über Stadt und Land mit Heeren und Meuten verfolgen. Sie mußten jemand anderes werden, in eine andere gesellschaftliche Schicht auf- oder absteigen; Adelaida, seine Mutter, müßte er in jedem Fall verlassen und die Geschmeidigkeit seiner Schwester Melania, die Winter in dem gemütlichen Haus, das sie wie einen Heiligenschrein zum Gedächtnis seines so tragisch wie vorzeitig verstorbenen Vaters in der Stadt bewohnten. Das alles bedeutete, in eine andere Welt einzutreten, sich verbergen, seine Spuren verwischen, seine Identität durch eine andere ersetzen. Ja, ja, durch eine andere, die nicht den Nachstellungen von Zoé ausgeliefert wäre, weil sie nämlich Pathos hätte. Auf dem Weg zum Ausgang erklärte Casilda:

»Das Gold gehört mir. Ich habe gearbeitet, habe gelernt, habe spioniert, um es zu gewinnen. Niemals durfte ich es sehen. Aber ich habe mir die Mengen, das Gewicht, den Wert aller Bündel ganz genau eingeprägt; ich kannte das Gold, das die Erwachsenen reich macht, theoretisch, war aber aus der unmittelbaren Erfahrung ausgeschlossen. Aus reiner Sehnsucht und reinem Neid habe ich überlebt... Hilf uns jetzt, die Tür zu schließen, Higinio.«

Sie waren draußen, schlossen ab, schoben Riegel vor. Nur in Casildas Augen stand innerhalb der absoluten Präzision ihrer Person etwas Entrücktes, ein wenig Feuchtigkeit. Unter anderen Umständen hätte Higinio dies für Emotion gehalten. Jetzt war es nur ein Ansporn für ihn, endlich zu wagen, über seinen eigenen Schatten zu springen. Ohne zu wissen, warum, rief er:

»Der Karren von Onkel Adriano!«

Sofort war die Feuchtigkeit in Casildas Augen getrocknet, die Spannung, die Fabios Körper gefangenhielt, löste sich, und beide Gesichter entspannten sich zu einem Lächeln. Sie riefen:

»Du hast es begriffen, Higinio, du hast es begriffen, ohne daß man es dir erklären mußte!«

Sie umarmten und küßten ihn, und plötzlich fühlte sich Higinio als ein Teil dieser Körper, die ihn an sich drückten. Es machte sie glücklich, daß die Berührung endlich möglich war und ihre Grenzen auflöste. Aber die Umarmung dauerte nur einen Augenblick. Casilda war die erste, die sich daraus löste. Wieder Herr ihrer selbst, hörte sie Higinios Worte hochmütig, abschätzig an:

»Jetzt müssen wir Pferde besorgen.«

Sie entgegnete:

»Du weißt, daß es keine gibt. Du hast die Kadaver gesehen.«

»Was tun wir dann?«

»Was glaubst du, warum ich dich hier einbezogen habe? Glaubst du, deine Aufgabe ist damit beendet, daß du uns geholfen hast, die Tür zu öffnen? Glaubst du, ich hätte nicht selbst, wenn sie auch nur einen schlechten, lahmen, einäugigen und kranken Maulesel hiergelassen hätten, zur Peitsche gegriffen und das Tier bis aufs Blut geschlagen, um allein die Ebene zu durchqueren? Wenn du einen Teil des Goldes willst, mußt du uns helfen, den Karren zu ziehen.«

»Du bist verrückt.«

»Vielleicht.«

»Wir kommen keine Meile weit.«

»Gefangen«, flüsterte Casilda und zeigte zum ersten Mal einen gewissen Grad von Verzweiflung. »Sie haben uns als Gefangene mitten in der Ebene zurückgelassen, damit uns unsere unerfüllten Möglichkeiten verschlingen. Das ist die größte aller Grausamkeiten. Wie herrlich wäre es, wenn ich mich an ihnen rächen könnte, damit ich aufhören könnte, sie zu hassen.«

Es dauerte jedoch nicht lange, und sie beruhigte sich:

»Geht und seht zu, ob ihr den Karren ziehen könnt«, sagte sie. »Aber Vorsicht. Bevor ihr in den Park geht, wascht euch das Gold in dem Becken ab, das auf dem Tisch im Flur steht, damit sie uns nicht entdecken.«

2

Casilda und Colomba waren Zwillingsschwestern. Von gleicher Größe und gleicher Statur, mit seidigem schwarzen Haar, mit von dunklen Wimpern gesäumten aquamarinfarbenen

Augen und leicht rauhen Stimmen. Die Elemente waren bei Colomba harmonisch aufeinander abgestimmt und machten aus ihr ein apartes junges Mädchen, während bei Casilda die gleichen Proportionen und Farben sich auf plumpe Weise zusammenfügten, so daß sie, obwohl ihrer Zwillingsschwester völlig gleich und von einem unaufmerksamen Gegenüber oft mit ihr verwechselt, ein häßliches Mädchen war. Fabio verliebte sich als Kind natürlich in Colomba und nicht in Casilda. Er teilte mit ihr die Süßigkeiten, die Spiele und die Geheimnisse der Kindheit und bildete mit ihr von sehr klein auf eines jener Paare, die zwischen den Vettern entstanden. Bis die Pubertät kam. Da entdeckten sie im Zentrum ihrer Körper verborgen den Zauber der Geschlechtlichkeit, der sie dazu hinriß, nicht nur jene begrenzte Inbrunst, sondern auch ihre Seelen einzusetzen. Sie begriffen, daß die Liebe in jenem momentanen Aufblitzen gipfelt, in dem Körper und Seele, vorher und nachher getrennt voneinander, sich vorübergehend, aber gewaltig in einem einzigen verschmolzen.

Aber mit der Pubertät kam für die schöne Colomba auch die monatliche Blutung. Fabio erfuhr eine große Enttäuschung, denn darauf war er nicht vorbereitet worden, so etwas zu verstehen. Und sein präzises Temperament bedurfte vor allen Dingen des Verstehens. Wen sollte er fragen? Seine Eltern, Terencio und Ludmila, waren so perfekt, daß für sie der Körper an erster und beinahe ausschließlicher Stelle der Spiegel der Seele war, ohne jede Funktion, die diese edle Prämisse, aus der das ganze Leben quoll, in Frage stellte. Erst an zweiter Stelle und vielleicht als Beigabe zur ersten war der Körper, wie ein Altar, Objekt zur Ausschmückung und Pflege; zwei notwendige Funktionen, die den Wert der Familie erhöhten. Fabio war klein, mager, reiner Nerv, reines Kalkül. Seine Züge waren so perfekt, daß es seit seiner Kindheit klar war, daß die Jahre vom Kind zum Mann, vom Mann zum Greis dieses Gesicht, in dem der Schädel die Zufälligkeiten von Sehnen, Haut und Muskeln, die seine Züge spannten, beherrschte, niemals verändern würden. Von sehr klein auf funktionierten seine Mechanismen in bewundernswerter Weise, sowohl was seine kleinen Geheimnisse anging als auch seinen Umgang mit den anderen. Er brauchte nicht lange, um zu begreifen, daß das erste Gebot der Venturas hieß, niemand dürfe sich jemals mit irgend etwas auseinandersetzen. Das Leben war reine Anspielung, war Ritual und Symbol, was auch alle Grübeleien und Erklärungen unter den Vettern ausschloß. Man konnte alles tun, alles fühlen, alles wünschen, alles akzeptieren, solange es nicht benannt wurde. Und niemand hatte jemals das geheimnisvolle Blut Colombas benannt noch den seltsamen Geruch, fast nur eine Verdickung der Luft, der sie in diesen Umständen umgab. Einmal geschah es, daß Colomba sich, die sich unwohl fühlte, in Fabios Gegenwart ihrer Mutter näherte und stumm um Trost bat. Lidia erriet sofort, worum es ging. Sie wies jeden Kontakt mit ihrer Tochter zurück und sagte mit verkniffenem Mund:

»Geh weg. Komm mir nie zu nahe, betritt nie ein Zimmer, in dem ich bin, wenn du unrein bist. Es ekelt mich vor dir.«

Die Person, die von dieser Ablehnung am meisten berührt war, war Fabio. Er fing an, seine Cousine zu meiden, denn jedes Geheimnis rief bei ihm einen Ekel hervor, der dem glich, den er auf Tante Lidias Lippen geschrieben sah. Untröstlich über sein Verhalten, vertraute sich Colomba ihrer Zwillingsschwester Casilda an. Niemals war die Vertrautheit zwischen den beiden süßer als während jener ersten Periode, in der Colombas Blut Fabio verscheuchte, niemals erregender das Rätsel, Zwillinge zu sein, nie verwickelter das Knäuel der Gleichheiten ihrer sich im Bett umarmenden Körper, wo sie sich nicht mehr voneinander unterschieden, denn alle anderen Körper blieben organisch und heftig aus diesem Ei ausgeschlossen. Und selbst wenn sie in ihren grauen Kitteln und mit den grünen Schirmen, die ihre zu hellen Augen schützten, auf den sehr hohen Hockern vor ihren Rechnungsbüchern in Hermógenes Büro saßen, klang das Kratzen ihrer einstimmigen Federn auf den Seiten, die in SOLL und HABEN eingeteilt waren, in einer Art zeremoniellen Harmonie.

Um dieses verhexte Wesen, dessen Ausfluß das Unerträgliche des Geheimnisvollen verkörperte, für immer loszuwerden, sagte Fabio eines Tages zu Colomba, sie müsse diese Nacht die Aufmerksamkeit der Spitzel des Majordomus überlisten und sich mit ihm in einer bestimmten Kammer, in der eine Matratze lag, treffen, und wenn sie nicht vollkommen und absolut rein zu diesem Treffen käme, würde er sie nie mehr lieben, da andere, nicht von Blut beschmutzte Cousinen bereit wären, sich ihm hinzugeben. Sie waren damals dreizehn Jahre alt. Colomba lief zu Casilda, die sie, damit niemand ihre Schwester weinen sähe, denn es war verboten, aus nicht unmittelbar gerechtfertigten Gründen zu weinen, und die Lakaien sie nicht verraten könnten, zu dem Zimmer zog, in dem in einer Reihe von Schränken, deren Verwaltung Lidia bereits Colomba anvertraut hatte, die frische Bettwäsche aufbewahrt wurde. Zwischen den Laken von Tante Ludmila Lavendel; zwischen denen von Tante Celeste Limonen; zwischen den Laken von Tante Adelaida Quittenblüten; zwischen denen von Tante Eulalia aromatische und vielleicht magische Kräuter, die die Eingeborenen in kleinen Bündeln brachten und in dem Kramladen bei Colomba in einem Dutzend je Bündel für eine Wachskerze tauschten, die sie Eulalia genauestens in Rechnung stellte. Auf dem Flur draußen ging irgendein Vetter vorbei, hin und wieder irgendein Diener, aber jeder wußte, daß der Zutritt zu diesem mit großen Margeriten tapezierten Raum verboten war. Nur der Schlüssel, der schwer in der Vordertasche von Colombas Schürze wog, konnte ihn öffnen. Als sie ihre Schwester umarmte, spürte Casilda die Härte des Metalls auf ihrem Leib.

»Warum weinst du?«

»Weil Fabio mich nicht liebt.«

»Warum?«

»Weil ich blute.«

»Idiot!«

»Er hat gesagt, er mag die anderen lieber, die nicht unrein sind.«

Casilda dachte einen Augenblick nach:

»Um wieviel Uhr hast du dich mit ihm verabredet?«

»Kurz vor Mitternacht.«

»Ich werde gehen.«

Colomba zögerte, bevor sie fragte:

»Glaubst du, du kannst ihn täuschen?«

Casilda wurde blaß bei der unbedachten Demütigung dieser

Frage, mit der ihre Zwillingsschwester sie verbannte, sie von sich unterschied und trennte. Sofort verdrängte der Trieb nach Rache die Liebe des Augenblicks zuvor. Sie wollte es nicht zeigen und sagte deshalb:

»Mach dir keine Sorgen, liebste Schwester, im Dunkeln wird Fabio den Unterschied nicht bemerken. Schließlich habe ich genauso feine Haut wie du und genauso seidiges Haar. Es genügt, das Licht auszumachen, und deine Schönheit ist dahin. Sie existiert nur, bis es Nacht wird, bis sich ein Fenster schließt, bis eine Flamme verlöscht, dann wird ihre Fragwürdigkeit offenbar. Geh zu Fabio und sag ihm, daß du die Einladung annimmst, wenn er dich im Dunkeln empfängt.«

Colomba schwieg. Stimmte, was Casilda sagte, oder war es nur verständlicher Neid? Denn obwohl Casilda die rechte Hand ihres Vaters im Büro war, war sie es, Colomba, die Hermógenes manchmal auf den Schoß nahm und der er Lieder aus dem Krieg, aus seiner Husarenzeit vorsang. Dieser Neid war jetzt wirklich nicht wichtig. Sehr wichtig dagegen war, daß alles so bliebe, wie es immer zwischen ihr und Fabio gewesen war, damit sie, wenn sie erwachsen waren, heiraten und, wenn sie Kinder hätten, vergessen würden, daß diese sich später so aufführen würden, wie sie sich jetzt aufführten, indem sie ihre Eltern als Mittelpunkt des Bildes der idyllischen, vom zirkulären Übereinkommen des Vergessens geschützten Beziehungen ablösten. Fabio drohte, sie nicht mehr zu lieben. Die Dinge laufen zu lassen, hieße die Zukunft, die auch die Vergangenheit war, in Gefahr bringen. Nein, heute nacht war es nicht wichtig, daß Casildas arrogante Häßlichkeit in der Dunkelheit ihr eine Portion ihrer Schönheit entriß. Als gute Ventura wußte sie, daß schließlich jedes Ding seinen Preis hat. Es gab nur ein Problem, sozusagen technischer Art, dies möglich zu machen.

»Du hast vollkommen recht, liebe Schwester«, flüsterte Colomba. »Es gibt nur eine kleine Schwierigkeit.«

»Welche?«

»Ich bin nicht mehr Jungfrau. Du ja. Fabio wird den Unterschied bemerken.«

Casilda lächelte langsam und sah Colomba bis auf den Grund ihrer Augen, als wollte sie mit ihrem Blick alle Häute zerstören,

die sein Eindringen hinderten. Colomba wich bis zu dem Schrank zurück, der die nach Limonen duftenden Laken enthielt. Die Augen schließend lehnte sie ihren Nacken dagegen. Voller Zuneigung umarmte Casilda ihre Zwillingsschwester, belustigt über ihre Naivität, die die möglichen Dimensionen des Betrugs so klein machte. Dieses ihr vollkommen gleiche Wesen war tatsächlich so verschieden von ihr, daß es glaubte, eine zarte Haut wie die, die ihr Kummer bereitete, könnte sie daran hindern, ihre Schönheit in Fabios Armen zu personifizieren? Fabio bedeutete nichts; ihre Schönheit alles. Sie ließ Colombas Taille los, hob ihren eigenen Rock und zog das Höschen herunter. Sie nahm die Hand ihrer Schwester und ließ sie ihr junges Schamhaar streicheln. Colomba riß die Augen auf, als wären Funken hinter ihren Lidern explodiert. Casilda flüsterte: »Keine Angst. Gib mir ein kleines weißes Taschentuch, aber ohne Stickerei, die mir weh tun könnte...«
Colomba wählte ein Taschentuch. Sie gab es Casilda, die damit ihren eigenen Ringfinger umwickelte. Während ihre Zwillingsschwester sie beobachtete, ohne zu begreifen, was sie tat, drückte Casilda sich unsicher und zu Anfang nur schwach nach und nach den umwickelten Finger in die Vulva, die Augen geschlossen, die Züge verzerrt, den Ringfinger immer kräftiger einführend. Colomba, anfangs erstaunt, hockte sich auf den Boden, hielt sie um die Taille gefaßt und sah ihr zu. Casilda stöhnte: »Hilf mir...«
Colomba stand auf, hielt den schmerzverzerrten Kopf ihrer Schwester, der ihr auf die Schultern sank, und half ihr zu drücken, damit der Finger ihr hartnäckiges Siegel bräche. Sie streichelte sie dabei und flüsterte ihr so sanft ins Ohr, daß es schien, als wolle sie sie mehr mit der Modulation ihres Armes als mit ihrer Stimme einlullen:
»Meine Liebste... es tut weh, meine Liebste...«
Die Entladung des Orgasmus spannte Casildas Züge heftig. Für einen Augenblick machte die Harmonie der Lust sie ihrer Zwillingsschwester gleich, und sie schrie, preßte die Beine heftig zusammen:
»Ja, ja, jetzt, nimm die Hand nicht weg, laß sie mir bis zum Schluß...«

Dann, als erwachten sie aus einem Traum, der sie vereinigte, zogen sie vorsichtig Casildas Finger mit dem rot gewordenen Taschentüchlein heraus. Sie schwitzte, aber ihr Gesicht hatte die Aureole dessen, der gerade geliebt hatte. Die Erschöpfung schmückte ihre Augen, und der Honig der Lust streichelte herabgleitend ihre schlaffen Glieder. Colomba brachte warmes Wasser in einem Becken, und während ihre Zwillingsschwester, den Rock gerafft, sich darüber hockte, wusch sie liebevoll deren Geschlecht, das bereit war, das ihre zu verkörpern. Casilda sah, wie die schöne Maske der Erregung von ihrem im rosa Wasser des Beckens widergespiegelten Gesicht wich und beim Zurückweichen, wie die Flut, die Rauheit ihrer eigenen Züge enthüllte. Colomba trocknete und parfümierte sie. Sie streichelte den geneigten Kopf ihrer Schwester und sang mit seidiger Stimme das exotische Lied, das alle in diesem Jahr bei den Festen in der Stadt sangen:

> ... trátala con cariño
> que es mi persona
> Cuéntale mis amores
> bien de mi vida,
> corónala de flores
> que es cosa mía ...

Niemals mehr in ihrem Leben würde Casilda so gerührt sein wie in diesem Augenblick, als sie den schönen geneigten Nacken betrachtete, den Schatten der Wimpern, die direkt auf die weichen Linien der Wangen fielen, denn sie wußte, daß dieser Schmuck, diese Nacht in der Dunkelheit von Fabio gestreichelt, ihr gehören würde.

Aber unmittelbar nachdem sie mit Fabio geschlafen hatte, stand Casilda vom Lager auf und zündete das Licht an, um ihm stolz ihre Identität zu enthüllen. Sie war Casilda, nicht Colomba. Sie wollte niemanden in diesem Punkt täuschen, denn wenn sie es täte, hieße dies, sich Colomba gegenüber als unterlegen zu erklären. Sie hatte sich nur vorgenommen, Fabio zu demonstrieren, wieviel befriedigender ein Körper war, der zu jeder Art Nachforschungen anregte, als ein lediglich voll-

kommener Körper. Und, um es ihm und sich selbst in vollende-
ter Form zu beweisen, ließ sie ihren Vetter einen breiten Spiegel
mit goldenem Rahmen aus dem Winkel, in den man ihn
verbannt hatte, heranbringen, und im vollen Licht, zwischen
Staub und Spinnweben und den getrockneten Tropfen, die
seine Oberfläche verschleierten, sahen Casilda und Fabio, als
sie sich wieder vereinigten, die doppelte Lüge der abwesenden
Schönheit und der siegreichen Realität der mit Bedacht gesuch-
ten Lust. Fabio verfiel allerdings Casildas heimlicher Verachtung, weil er sich wie ein Kind nur an der Lust erfreuen
konnte, statt Sehnsucht nach der magischen Größe der Schönheit zu empfinden, die Colomba personifizierte, die ihrerseits
nicht verdiente, sie zu besitzen; das war Casilda bald bewußt.
Sie war verstrickt in das stolze Phänomen ihrer Menstruation,
denn jetzt war sie sicher, daß es sie in die Kategorie »Frau«
erhob, und begriff auch, daß die unter Personen ihrer Kategorie herrschenden Traditionen völlig richtig waren: der Mann ist
nur ein Instrument, ein Adjektiv, sowohl was das Phänomen
der Schwangerschaft als auch das Funktionieren eines Haus-
halts angeht. Ja, ja, wichtig ist die Vollkommenheit des Tisch-
zeugs und der Weißwäsche, der Inhalt der Speisekammern, die
wundervoll polierten Bronzegeschirre. Fabio begriff davon
nichts. An diesem schon im Keim weiblichen Universum hatte
er keinen Teil. Seine wie eine Faust harte und in sich geschlossene, starke Energie war wie etwas, das auch in Casilda war,
und Casilda, jetzt aus dem Ei gelöst, das sie bisher mit ihrer
Zwillingsschwester vereinigte, war wie eine zweite Faust, mit
dem gleichen Bedürfnis wie Fabio, etwas außer sich selbst zu
realisieren, was die Untätigkeit der von den Erwachsenen als
»stärkende Erholung« geschätzten Sommeraufenthalte nicht
bot.
»Lidia und Colomba sind vollkommen«, flötete Eulalia, ihre boshaften Zähnchen in ein getrüffeltes Fasanenbein stoßend.
»Lidia und Colomba sind vollkommen«, rief Silvestre aus,
wenn er sah, daß seine Sommerwesten aus weißem Piqué
gewaschen, gebügelt und so untadelig gestärkt waren, daß
nicht einmal seine Freunde, die Ausländer mit den roten Bak-
kenbärten und den wäßrigen Augen, sie hätten kritisieren

können, wie sie es mit fast allem taten, indem sie behaupteten, in ihrem Land mache man diese Dinge besser.

»Lidia und Colomba sind vollkommen«, verkündete Adelaida, während sie mit Ludmila über irgendeine Geschicklichkeit ihrer Schwägerin sprach. »Cesareón, mein verstorbener Mann, Gott hab ihn selig, sagte immer, er zöge es vor, sich gar nicht erst auszumalen, was ohne die Sorgfalt dieses großartigen Teils unserer Familie aus uns, den Venturas, würde.«

3

So wie Lidia ihre Sorgfalt ganz der Dienerschaft und dem Haushalt zukommen ließ, verwandte Hermógenes seine Kraft, und die war beachtlich, auf die Verwaltung des Familienvermögens, auf daß keiner seiner Verwandten damit belästigt würde. In Marulanda widmete er sich, wie ich es bereits erzählt habe, dem Empfang, dem Wägen und genauen Verbuchen des Goldes. Bis zu dem Augenblick, da sie die risikoreiche Rückfahrt in die Stadt antraten, lagerte er es in den von der Eisentür, die so schwer war, daß nur er imstande war, sie zu bewegen, verschlossenen Gewölben. In der Stadt fertigte er die Händler mit den geröteten Gesichtern ab, die ihn so sehr fürchteten, weil er in der Tat der einzige war, der die Versorgung mit von Hand zu Blättern gehämmertem Gold kontrollierte; die Produktion war gewaltig, das ist wahr, aber doch begrenzt, wenn man die täglich wachsende Nachfrage bedachte, und die Venturas waren die letzten in der Welt, die es noch produzierten. Diese Ausländer, die Silvestre in den lärmenden Arkaden des Café de la Parroquia, wo er ihnen Adressen von gemeinen Frauenzimmern zukommen ließ, mit Schnaps abfüllte, stolperten betrunken durch das von Teergestank und vom Geruch im Salzwasser faulender Taue und Netze getränkte Hafenviertel, zwischen Scharen bettelnder Kinder mit aufgeschwemmten Bäuchen und anklagenden Blicken hindurch, zwischen schreienden Frauen, die gebratenen Fisch und saftige Früchte feilboten, und an finsteren Matrosen vorbei, die, Vögel unbekannter Herkunft auf den Schultern, in den Eingängen der Kneipen lungerten und sie beschimpften, bis zum Büro des ältesten Bruders. Dort, in einem düsteren Reich, zu dem der Lärm des Hafens nicht vordrang, fertigte Hermógenes sie ab. Von Silvestre über den Preis, der zu zahlen war, und über alles, was sie ohne lange Diskussionen zu tun hätten, wenn sie bekommen wollten, was sie wünschten, unterrichtet, eingeschüchtert von der gewaltigen Faust und der absoluten Gleichgültigkeit des Goldmagnaten, legten sie die internationalen Währungen, die Hermógenes für die Familie verwaltete, auf seinen Schreibtisch. Alle Venturas waren sich darin einig, daß es am besten war, diese Angelegenheiten in seinen geschickten Händen zu belassen. Der älteste Bruder überreichte ihnen feierlich nüchtern ihre gleichmäßig verteilten halbjährlichen Anteile, auf daß jeder nach seinem Gutdünken damit verfahren möge, nachdem Lidia den Betrag für die sommerlichen Extravaganzen, die ihr so viel Arbeit bereiteten, abgezogen hatte. Das alles war zweifellos ziemlich lästig, eine Verpflichtung, die die Nerven eines jeden zerrüttet hätten, nur nicht die von Hermógenes Ventura, der das Glück hatte, gar keine zu besitzen.

Die Last der unendlich vielen Probleme, die zu dieser Aufgabe gehörten, war weniger schwer geworden, seit er mit Casildas Hilfe rechnen konnte. Lidias Stolz war es, nur Zwillinge zu gebären: zuerst Casilda und Colomba, dann Cosme und Justiniano, danach Clarisa und Casimiro und zum Schluß Amadeo und seinen Zwillingsbruder, der bei der Geburt starb. Alle wurden in der konventionellsten Art erzogen. Aber Casilda schickte man nicht wie die anderen Mädchen zu den Nonnen, wo jene lernten, sittsame und unterhaltsame junge Damen zu werden. Hermógenes behielt sie bei sich und bildete sie mit zwölf Jahren zur perfekten Buchhalterin und Schreibgehilfin aus. Auf ihrem hohen Hocker sitzend, das offene Rechnungsbuch auf dem Pult, führte sie die Feder, die so oft ihre Finger mit Tinte beschmutzte, und verbrachte die Tage damit, die Belege der Goldtransaktionen mit den Eingeborenen zu überschreiben, die ihr Vater ihr vorlegte, damit sie sie in die Bücher eintrüge. Neben ihr schrieb Colomba, der es Casilda in ihrer Freizeit beigebracht hatte, alles, was im Landhaus verbraucht wurde, in ein anderes Buch, dessen Handhabung vielleicht komplizierter, aber ohne Zweifel weniger wichtig war als das ihre. Aber Colomba wußte nichts von dem Gold. Casilda war die einzige, außer Hermógenes, den sie, bevor sie ihn als Feind ansah, als Verbündeten bewunderte, die ganz genau die Mengen, das Gewicht, den Wert, die Produktion und Verfügbarkeit des Metalls kannte, das die Familie reich machte.

Casilda entging es nicht, daß Hermógenes, wenn er überhaupt jemanden liebte, was sehr unwahrscheinlich und jedenfalls in seinem Betragen nicht erkennbar war, die hübsche und trügerische Colomba liebte, mit der er den einen oder anderen sehr seltenen Abend vertraulich seine nüchterne Schale brach und der er hinter Lidias Rücken schamlose Soldatenlieder beibrachte, über die beide sich totlachten. Casilda machte es nichts aus, daß die spärlichen Zeichen ihres Vaters von Zärtlichkeit Colomba galten, da er statt dessen mit ihr, der Häßlichen, das Vertraulichste aller Dinge teilte: er zeigte ihr ein geheimnisvolles, listiges Rechnungsbuch, das er in seinem Schlafzimmer verwahrte, in dem die Beträge verzeichnet waren, die er sich Tag für Tag vom Gold der Venturas abzweigte. Dieses Buch, so meinte er, umfasse die wirkliche Größe seiner Person, seine Überlegenheit den anderen gegenüber, so sehr sie sich oberflächlich gesehen alle glichen. Es war der durch die Gewohnheit abgesegnete und in die Kategorie der Kunst erhobene Betrug, der Diebstahl als Mission, als priesterlicher Akt, als Beweis dafür, daß alle Betrogenen Unterlegene sind. Diebstahl als Stolz, als Habitus, als Arbeit, solange man ihn nicht bei seinem richtigen Namen nannte. Das Geheimnis, mit dem Lidia glaubte, über alles andere hinaus die Verbindung zu ihrem Mann zu besiegeln – obwohl er seinerseits nichts von dem außerordentlich geheimen Konto auf der Bank wußte, auf das sie, ich habe keinen Grund, dieses meinen Lesern zu verheimlichen, die Früchte ihrer kleinen Betrügereien mit den Dienstboten und den Kindern des Landhauses einzahlte –, brach Hermógenes, indem er Casilda zu seiner Komplizin machte. Trotz dieser einzigartigen Zuwendung ihres Vaters wuchs in ihr der Groll. Sie war nicht zufrieden mit seinen Erklärungen, das Gold sei nur eine in den Rechnungsbüchern und Transaktionen existierende Idee, es gewänne nur verkauft, gehandelt, exportiert, gespart, in Gutschriften und Aktien, in Pfandbriefen und Hypotheken verwandelt einen Wert, den es in sich selbst, als geheiligte Substanz, die zu sehen er ihr nicht gestattete, gar nicht besäße. Sein Wert hinge davon ab, so versicherte ihr Hermógenes, ob die Ausländer mit den geflickten Zähnen es brauchten oder nicht. Casilda glaubte seinen Versicherungen nicht, die ohne Zweifel sein größter Betrug waren, der nämlich das Vertrauen beschnitt, das er ihr bewies, indem er sie nur in einen Teil des gesamten Betruges einweihte. Casilda lebte in der ständigen Angst, sie könne sterben, bevor sie die göttliche Materie gesehen und berührt habe. Während sie ihre Rechnungen auf dem Pult machte, beobachtete sie aus dem Augenwinkel die nackten Eingeborenen, wie sie ihrem Vater die mit trockenen Gräsern umwickelten Ballen durch das Fenster reichten. Sie sah, wie Hermógenes sie mit einem in violette Tinte getauchten Pinsel numerierte und dann, indem er mit Ziffern markierte Knöpfe drückte und Stangen schob, eine Klappe öffnete, in die er einen Schlüssel steckte, der niemals seine Tasche verließ. Er stieß die geheimnisvolle Eisentür, die allein seiner Kraft zu gehorchen schien, auf und ließ sie sich in den Angeln drehen. Mit dem Ballen ging er dann in das Gewölbe. Dort blieb er eine Weile, um den Ballen seinem Gewicht und seiner Nummer entsprechend einzuordnen. Dann kam er wieder heraus und verschloß die Tür. Casilda, deren Pult so ausgerichtet war, daß sie dieser Operation den Rücken kehrte, gelang es mit den Jahren und der Gewohnheit, ihr Gehör so sehr zu verfeinern, daß sie, die Geräusche und Intervalle der numerierten Scheiben skandierend, die Kombination erraten konnte, eine magische Ziffer, die Chiffre, die ihr Gedächtnis wie einen Schatz hütete. Trotz der wichtigen Dinge, die ihr der Vater enthüllte, forderte er sie doch niemals auf, in das Gewölbe zu treten, noch erlaubte er ihr jemals, mehr als nur die graue, pflanzliche Hülle des Goldes kennenzulernen. Nun stellte sich Casilda die Aufgabe, jeden Augenblick bereit zu sein, sich ein Duplikat des Schlüssels zu beschaffen. So nutzte sie den unvorhersehbaren Augenblick, in dem Hermógenes ihn auf einem leeren Blatt Papier liegen ließ, als er mit einem Ballen beladen in das Gewölbe ging, um seine Umrisse rasch mit einem Bleistift nachzuzeichnen; oder sie hob ihn auf, als er Hermógenes hinfiel, um ihn ihm zu reichen, und drückte dabei seine Form in einen Klumpen weichen Wachses, den sie für eine solche Gelegenheit bereitgehalten hatte.

Eines Tages ließ Hermógenes Casilda in das Gewölbe treten. Das war an einem jener Morgen, an denen Colomba dringend im Kramladen gebraucht wurde und nicht herauskommen konnte. Ein Glockenschlag bedeutete, man brachte Fleisch; zwei, Gemüse und Obst; drei kündigten irgendeine außerordentliche Delikatesse an. Die Eingeborenen, die die Goldbündel brachten, kamen dagegen in vollem Lauf in den Markthof, und schon von weitem heulten sie auf eine unverwechselbare Weise. Wenn Hermógenes dieses Geheul, das sich aus der Tiefe der Ebene erhob, vernahm, setzte er sich in seinem Sessel am Fenster vor dem Schreibtisch bequem zurecht, als wolle er dort essen, putzte seine Brille und bereitete sich darauf vor, den Eingeborenen abzufertigen.

An dem Tag, von dem ich sprechen will, hatte Hermógenes einen Goldbringer auf zufriedenstellende Weise abgefertigt, das heißt, er hatte ihm für den Ballen die Hälfte dessen gegeben, was er wert war und nur ein Bruchteil seines Wertes in den offiziellen Büchern der Venturas verzeichnet. Er wog den Ballen, bezahlte und verschwand mit ihm auf den Schultern im Inneren des Gewölbes. Nach einigen Minuten hörte Casilda, wie ihr Vater laut aus dem Innern nach ihr rief, seine Stimme war vor Zorn gebrochen und zwang sie, sofort zu gehorchen, obwohl sie zögerte, bevor sie sich entschließen konnte einzutreten.

»Was ist passiert, Vater?«

Mit der Fußspitze wies Hermógenes auf einen der Ballen; seine Gestalt war in der Dunkelheit des Gewölbes verschwunden, aber seine Stiefel glänzten in allen Einzelheiten neben dem auf dem Boden stehenden Leuchter.

»Was ist damit, Vater?«

»Menschenfresser!«

»Wieso Menschenfresser?«

»Schamloser Dieb! Menschenfresser! Jedes Verbrechen gegen uns kann nur von ihnen kommen. Siehst du nicht, daß dieser Ballen schlecht gepreßt ist?«

»Ist es der, den sie gerade gebracht haben?«

»Sei nicht blöde! Glaubst du, ich würde einen offensichtlich wertlosen Ballen entgegennehmen? Nein. Dieser hat sich nach und nach aufgelöst. Die innere Spannung der Goldblätter, die vollkommen ausgewogen sein muß, hat die feuchten oder verfaulten, locker gewordenen Schnüre gesprengt. Ohne den notwendigen Druck können die zerbrechlichen Blätter nicht erhalten bleiben. Der ist hin! Wir werden ihn nach Gewicht verkaufen müssen! Es ist Ballen Nr. 48779/TA 64. Sieh in deinem Buch nach, welcher der Eingeborenen ihn gebracht hat und wann und welche Waren man ihm dafür gegeben hat. Bestimmt nicht viel, und dieser eine verdorbene Ballen wird uns nicht ruinieren, aber er ist der Anfang vom Ende, von Veränderung, von Gefahr, der aufrührerische Akt, uns betrügen zu wollen, der erklärt, daß die Menschenfresser hinter dieser Tat stecken. Wenn dieser Dieb hier wieder auftaucht, werden wir weder sein Gold noch das seiner Familie annehmen. Leider können wir nicht, wie ich es gern täte, radikalere Maßnahmen gegen sie anwenden, denn die anderen Eingeborenen könnten sich mit ihnen solidarisieren und aufhören, uns das Gold zu bringen. Ich trauere den guten alten Zeiten nach, als der andauernde Kriegszustand sie mit Pulver und Schwert niederhielt! Seit Generationen tun diese Kerle nichts anderes, als diese Bänder herzustellen, das Gold mit Keulen zu hämmern und die Ballen zu pressen. Und trotzdem machen sie Fehler. Nein, das sind keine Fehler! Jeder Fehler ist Absicht, nicht Zufall!«

Hermógenes berührte den Ballen mit seiner Stiefelspitze: die Befestigungen gaben nach und lösten sich. Casilda sah, wie sich der breite Rücken ihres Vaters über den unbrauchbar gewordenen Ballen beugte und sie so daran hinderte, die Bücher aus Goldblättern zu sehen. Der Schatten ihres Vaters erlaubte ihr nicht, ihre hungrigen Augen mit dem Anblick jener Substanz zu beschenken, die sie nur theoretisch kennen durfte. Und weiterhin mußte sie sich mit der Kraft ihres Vorstellungsvermögens, der Frucht ihrer Sehnsucht begnügen.

»Sie allein verstehen es, die Blätter mit Pinzetten zu handhaben, die sie aus bestimmten, zusammenhaftenden Halmen fabrizieren, deren Geheimnis nur sie kennen. Unsere Finger, so viel feiner als ihre – denk an Juvenal, wenn er Scarlatti spielt, zum Beispiel –, machen sie leider kaputt, und darum sind wir, ob wir wollen oder nicht, von ihnen abhängig. Irgendein Rebell, wahrscheinlich von der anderen Seite der blauen Berge – dem unbekannten Einflüssen aus dem Innern des Kontinents offenen Hang, den wir nicht kontrollieren –, muß diese Ideen infiltrieren, die irgendeine Veränderung einleiten. Und alle Veränderungen sind gefährlich, weil sie dem Aufstand der Menschenfresser vorausgehen.«

Hermógenes löschte das Licht. Verstört von seinem Zorn verließ er gefolgt von seiner Tochter das Gewölbe. Heftiger als gewöhnlich schnaubend schloß er die Eisentür. Casilda kletterte auf ihren Hocker, schob sich die Blende zurecht, nahm die Feder in die Hand und beugte sich über die Seite, auf der sie Tag für Tag die Struktur des Vermögens der Familie umriß, das, so schien es ihr heute mehr denn je, nichts mit der hochheiligen Essenz des Goldes zu tun hatte. Aber sie schrieb nicht. Ihr Herz war von Gier gemartert. Eines Tages würde sie sie befriedigen. Warten spielte keine Rolle. Mit einem Schritt vorwärts, den ihr Herz mit Übermut und Jubel vollzog, entschied sie, sie brauche nun nicht mehr darüber nachzudenken, und sie ließ die Feder wieder über das Papier kreischen.

Als Hermógenes ihren Namen, Casilda, murmelte, wie er es manchmal tat, nicht um mit ihr, sondern um mit sich selbst zu sprechen, hielt sie inne. In den Gläsern seiner Brille das ganze Licht des Hofes wie in zwei kleinen Brunnen einfangend, schloß er die Augen, nachdem er sie sich gerieben hatte, und lehnte sich in seinem Sessel zurück:

»Ein zerstörter Ballen. Ich frage mich, ob wir dieses Jahr genügend Gold zusammenbekommen, um unsere Verträge einhalten zu können. Die Eingeborenen sind faul gewesen. Leider werde ich dem Export nicht den Vorrang geben können, wie ich es gern täte, sondern dem Herrn Erzbischof, der, als er in der Stadt bei uns zum Abendessen war, sagte, er habe die Absicht, alle Altäre seiner Diözese in diesem Winter neu zu vergolden und auch die Chöre, um den Glauben auf diese Weise wieder zu festigen, den die Liberalen ins Wanken bringen wollen. Wenn ich keinen Spezialpreis mache, wird er sagen, wir seien Ketzer. Wir, die Venturas!«

Draußen verschwand langsam der Schatten, den die Mauer des Markthofes warf. Man konnte die nackten Rücken einiger Eingeborener sehen, der letzten, die, auf sehr hohe Stöcke gestützt, an deren Spitzen Kalebassen für das Trinkwasser baumelten, in die Ebene zurückgingen. Im Büro begann es dunkel zu werden, nur nicht in den aquamarinfarbenen Augen Casildas, die fest auf ihren Vater gerichtet waren, und in der Brille von Hermógenes, die auf seiner Stirn die Landschaft verkleinert widerspiegelte wie zwei riesige Augen aus funkelndem Gold. Dies war die Stunde, in der Casilda, bevor sie ihre tägliche Arbeit beendete, manchmal wünschte, sie sei nicht für diese harte Priesterschaft ausgebildet worden. Aber nicht heute. Das hier war ihr Platz. Sie lauschte:

»Die Dinge sind nicht mehr so wie früher. Dieser Eingeborene wollte mich mit seinem wertlosen Ballen betrügen. Wie hast du gesagt, heißt der Eingeborene, der ihn gebracht hat? Pedro Crisólogo? Ist das nicht der Sohn von Juan Nepomuceno und der alten Rita de Casia? Der ältere Bruder von Juan Bosco? Sie alle werden für dieses Verbrechen bestraft werden. Gesindel! Ihre alten, blutrünstigen, bis jetzt niedergehaltenen Instinkte erwachen wieder, und sie bereiten sich darauf vor, über uns herzufallen.«

»Das ist doch nicht möglich, Vater.«

Hermógenes öffnete die Augen, setzte sich brüsk die Brille wieder auf und sah Casilda an, die unter dem Beschuß durch diesen Blick ihre grüne Blende herunterzog, sich umdrehte und wieder über ihr großes Buch beugte. Als die gläsernen Augen des Vaters und die aquamarinfarbenen der Tochter gelöscht waren, gab es kein Licht mehr im Büro.

»Warum sagst du, das sei nicht möglich?«

Casilda wandte sich nicht um und zögerte mit der Antwort:

»Sie sind so . . . so unterwürfig.«

Hermógenes, der jetzt im Raum auf und ab ging, blieb hinter seiner Tochter, die aufhörte zu schreiben, stehen und rief:
»Du sagst unterwürfig? Es gibt keine unterwürfigen Menschen. Du, zum Beispiel...«
»Ich?«
»Du. Du bist nicht...«
»Nicht was, Vater?«
Casilda erstickte fast unter der Kraft, die sie aus dem gewaltigen Leib strömen spürte, der ihren gebeugten Rücken beinahe berührte. Wie eine Zange fiel plötzlich Hermógenes Hand auf Casildas Hals, als wolle sie ihn zerbrechen. Der Druck war so kurz, daß Casilda, obwohl er brutal war, keinen wirklichen Schmerz fühlte. Sie spürte nur, wie sich ihr Herz zusammenzog und sich dann in einer Diastole aufblähte, die sie mit Feuer erfüllte, als die Pranke ihres Vaters sie losließ, ohne die offenkundig kriminelle Absicht auszuführen. Es blieb nur die Geste als eine so deutliche Sprache, daß man nichts hinzufügen mußte. Jeder Zusatz hätte sie sogar abgeschwächt. Casilda sagte, noch immer ohne sich umzudrehen, und, um nicht vor Angst wegzulaufen, ihre gesamte Selbstkontrolle aufbringend:
»Wieviel Kraft du hast, Vater!«
»Nicht so viel wie sie.«
Hermógenes brauchte seiner Tochter nicht zu erklären, wer *sie* waren, noch erwartete sie es, denn *ihre* Gegenwart erfüllte das Büro und bestimmte Handlungen und Antworten von Vater und Tochter. Und beide wußten alles, was der andere wußte, denn die überstürzte Gewalttätigkeit *ihretwegen* bewirkte einen momentanen Bruch, über den beide sich verständigen konnten.
»Nein«, fuhr Hermógenes fort. »Nicht unterwürfig. Mir ist der Haß in ihren Augen unvergeßlich, als wir in diesem Sommer die Minen in den blauen Bergen besuchten. Sie feierten unsere Ankunft nicht. Sie fragten nur nach Adriano Gomara, das ist ein sehr schlechtes Zeichen. Die Frauen tun so gut wie nichts. Die Kinder sind Faulpelze, die sich weigern, das Handwerk ihrer Väter zu erlernen. Man sagt, die jungen Leute wandern in die Städte an der Küste ab und kommen nur zurück, um ihre Verwandten nachzuholen. Sie lernen Laster kennen und, das

schlimmste, Ansprüche zu stellen, auf die sie keinerlei Recht haben.«

»Vater«, stotterte Casilda und sah Hermógenes, der vor ihr stand, direkt in die kurzsichtigen Augen.

Er erriet, worum ihn zu bitten seine Tochter nicht wagte: Handlung und Gespräch dieses Nachmittags waren direkt auf diese Bitte zugelaufen. Erschrocken über das Gewicht von Casildas Sehnsucht, über diesen Hunger, der ihn verschlingen konnte wie der Hunger eines Menschenfressers, wich Hermógenes einen Schritt zurück und preßte den Schlüssel der schwarzen Tür in seiner Tasche:

»Nein«, antwortete er, ohne daß Casilda irgendeine Bitte hätte formulieren können, es sei denn mit dem Ausdruck ihrer feuchten Augen, die plötzlich sehr scharf blickten.

»Warum nicht, Vater?«

»Niemals.«

»Nur sehen...«

»Nein.«

»Nur ein Blick auf den wertlosen Ballen.«

»Nein: es gehört uns.«

»Wem?«

»Mir und meinen Geschwistern. Ihr seid nur Kinder. Ihr versteht nichts von diesen Dingen und macht immer irgendeine Dummheit, die alles kompliziert. Ihr seid unverständig, unordentlich, unbesonnen, undiszipliniert wie die Dienerschaft, faul wie die Eingeborenen und in der Lage alles zu zerstören, wenn ihr das Gold kennenlernt, bevor ihr erwachsen seid. Nein. Niemals. Bitte mich nie wieder darum, sonst werde ich dich strafen.«

»Ich habe dich um nichts gebeten, Vater.«

»Nein?«

»Ich? Nein. Worum?«

»Um so besser.«

»Ich will dir nur gehorchen und dir nützlich sein.«

»Vielleicht habe ich mich geirrt. Auf jeden Fall freut es mich, meine Tochter, daß dich die Habgier nicht dazu verleitet hat, mich um etwas Ungehöriges zu bitten. Gehen wir.«

Hermógenes löschte die Kerze, die er eine Minute vorher

angezündet hatte, um im Gesicht seiner Tochter zu forschen. Aber, dachte Casilda, dort drinnen, in den Gewölben, in der absoluten Dunkelheit, eingeschlossen hinter der schwarzen, mit Platten und schützenden Rädchen gespickten Tür, in von trockenen Gräsern bedeckten Ballen versteckt, umwickelt und gepreßt, glänzte das Gold der Venturas. Stimmte es, daß es in der Finsternis leuchtete, ohne daß es irgendwelcher Augen bedurfte, die es betrachteten? Oder war sein Glanz so magisch, daß nur ein Blick wie der ihre ihn erstrahlen ließ?

KAPITEL SECHS

Die Flucht

1

Fabio und Higinio verschwanden aus Hermógenes' Büro. Aber Casilda spürte, daß sie doch nicht allein war. Sie spitzte die Ohren und versuchte irgendein Geräusch wahrzunehmen, das dieses Gefühl bestätige. Ohne sich vom Fenster zu rühren, durchforschte sie zuerst und mit großer Vorsicht alle Winkel des Büros und dann den ganzen Markthof. Sie kam zu keinem Ergebnis. Vom Goldstaub, der sie vollkommen bedeckte, verwandelt, blieb sie aufrecht stehen wie eine luxuriöse Staffierung; Gesicht und Kleid steif vom leuchtenden Metall, weder Wimpern noch Lippen bewegend, aus Angst, es könnten sich einige der gelben Schuppen lösen, die einen Teil ihrer Person ausmachten und ihr Wert gaben.

Sie mußte die Rückkehr ihrer Vettern mit Geduld abwarten – eine Tugend, die, wie meine Leser bemerkt haben werden, nicht ihre Stärke war – und mit Vertrauen. Aber es wurde ihr schwer, Haltung zu bewahren, denn sie bezweifelte, daß mit ihnen auch die Lösung ihres Transportproblems für die Ballen kommen würde. Andererseits rechnete sie auch nicht mit einem Wunder, durch das plötzlich eine Lösung aus dem Nichts hervorbräche. Sicher, die Erwachsenen hatten von Anfang an gesagt, sie würden »alle« Tiere mitnehmen. Aber sowohl sie wie auch Fabio rechneten fest damit, daß dieses »alle« wie gewöhnlich das Wählerische der Venturas umschreibe, daß sie in dieses Wort eben nur jenes faßten, was von höchster Qualität war. So würden sie eine gewisse Anzahl von Tieren im Landhaus zurücklassen, die nicht ihren Vorstellungen von Vollkommenheit entsprächen. Dieses Mal war jedoch das »alle« der Erwachsenen wörtlich gemeint gewesen, wie sie heute morgen mit Higinio in den Ställen hatte feststellen müssen. Es war also die Absicht der Erwachsenen gewesen, sie vollkommen isoliert zurückzulassen, brutal eingeschlossen nicht nur durch Schlösser und Riegel des Gitters, deren Macht gerade unter dem Ansturm ihrer Vettern gefallen war, sondern auch durch die gewaltige Grasebene, indem sie ihnen alle Mittel nahmen, diese zu durchqueren. Das siegreich vergoldete, trügerische Äußere Casildas umschloß nichts als Verzweiflung, während sie auf die Rückkehr ihrer Vettern wartete, denn sie wußte, daß Fabio und Higinio den Karren nicht würden bewegen können. Wenn sie gleich kommen und sagen, das widerspenstige Gefährt weigere sich, sich von der Stelle zu rühren, ist das das Ende: die drei müßten in die Hölle von *Die Marquise ging um 5 Uhr aus* auf die Südterrasse zurück und sich in dem faden Wasser der Homogenität auflösen. Denn das stand fest – Casilda mußte es sich jetzt, da sie allein war, eingestehen –, sosehr sie ihre Vettern auch Tag und Nacht peitschen würde, sie wären doch nicht imstande, den mit Gold beladenen Karren dahin zu ziehen, wo es möglich wäre, Verstärkung zu bekommen.

Am besten blieb sie nicht länger in dem Büro, wo sie vor Hilflosigkeit verrückt wurde. Sie ging lieber zu Fabio und Higinio und versuchte, ihnen mit der unbedeutenden Kraft ihrer Mädchenarme zu helfen. Wieder sah sie durch die Gitterstäbe des Fensters in den Markthof. Der Tag ging zu Ende. Der Schatten der großen Mauer teilte den Hof in zwei Hälften, die eine weiß, die andere schwarz. Die helle Hälfte reflektierte noch genug Licht, um das Innere des Büros ein wenig zu erhellen. Draußen, in der Tiefe der dunklen Hälfte, bemerkte Casilda, daß sich etwas, ein Teil dieser Dichte, bewegte.

»Was«, fragte sie sich, »macht dieser Eingeborene hier um diese Zeit? Er weiß doch, daß mein Vater heute nicht da ist und darum auch nicht Markttag ist.«

Der dichtere Schatten löste sich aus dem Schatten der Mauer und wechselte entschlossen aus der Dunkelheit ins Licht und blieb dort stehen, um sich zu zeigen. Es war ein nackter, starker junger Eingeborener, der sich in einer, wie Casilda fand, gewollt anmaßenden Haltung auf eine sehr hohe Lanze stützte, deren Spitze in der Entfernung wie ein gelber Stern funkelte. Casilda wich in das Dunkel des Büros zurück, um sich zu verbergen.

»Pedro Crisólogo!« sagte sie zu sich.

Und ohne noch einmal in den Hof zu blicken, floh sie in den dunklen Flur; die goldene Lanzenspitze steckte noch in ihrem Fleisch, und gekrümmt von diesem Schmerz, die Streichhölzer gegen die Stelle ihrer Brust gedrückt, wo Pedro Crisólogos Waffe eingedrungen war, lief sie bis in den Raum, wo die Frisierkommode und die Schüssel mit dem Waschwasser, den Leuchtern, dem Spiegel und den Bürsten standen. Ihr Vater, Colomba und sie pflegten sich dort nach der täglichen Arbeit, die sie mit den Eingeborenen in Kontakt brachte, zu reinigen. Und erst, wenn sie ihre Kittel auf die dafür vorgesehenen Bügel gehängt hatten, stiegen sie zum *piano nobile* hinauf.

In dem Spiegel wuchs ein Etwas von lebendigem Stoff, je näher Casilda auf ihn zukam. Sie riß ein Streichholz an, um sich weiterzuhelfen. Die Flamme schnitt ein goldenes Götzenbild in die Finsternis, das, als es in den Rahmen trat, die Kerzen anzündete, die ihn flankierten. Casilda betrachtete sich in der Tiefe, die sich dort aufgetan hatte: ja, ja, dies war ihr wahres Bild, so, wie sie sich jetzt sah, mit Gold bedeckt. Niemals würde sie den Staub abwaschen und auch ihre Kleider niemals wechseln. Das mit Binsen, Weiden und Reihern geschmückte Waschbecken war voll Wasser: so, stilisiert, künstlich war die Wasserlandschaft, in der die Erwachsenen den Tag verbrachten. Bald würden sie zurückkommen, um sie vor dem Eingeborenen zu retten, der Pedro Crisólogo hieß und von dem ihr Vater gesagt hatte, er sei ein Verbrecher. Doch sie kämpfte gegen diesen kindlichen Wunsch an, der ihre Härte in ihrem Schutzbedürfnis aufweichte, indem sie energisch ihre Arme verschränkte, damit das Spiegelbild ihr versichere, sie sei trotz allem entschlossener Taten fähig. Und wenn sie die Dinge bis zur äußersten Konsequenz trieb und, statt sich mit Wasser und Seife zu waschen und ihre Kleider mit einer prosaischen Bürste auszuklopfen, in Gold getaucht unter ihren Vettern erschiene, um über sie zu herrschen? Aber Casilda sehnte sich nicht danach zu herrschen. Ihre Vettern interessierten sie zu wenig, denn sie waren nur Schatten der Wünsche ihrer Erzeuger. Sie wollte nur die Welt ihres Vaters auseinandernehmen, abbauen, damit ihr Haß sein Objekt verliere und sie, da es sinnlos geworden war, nicht mehr verletzen könne. Nur so könnte sie sie selbst sein, an einem anderen Ort, mit einer Identität, die sie noch nicht kannte. Sie drückte die Hände gegen die Brust und senkte den Kopf. »Mach nicht diese häßliche Gebärde«, sagte ihre Mutter zu oft, um es überhören zu können. »Senk nicht den Kopf wie eine alte Frau, und zieh den Mund nicht ein, und laß die Wangen nicht einfallen, du siehst scheußlich aus, mein Kind.« Jetzt machte Casilda bewußt diese verbotene Geste, um jede Autorität niederzureißen, die nicht aus dem goldenen Götzenbild kam, das sie im Spiegel sah: eine Göttin mit einer Lanze in der Brust. Was wollte Pedro Crisólogo, der Verbrecher? Hatte er sie gesehen? Warum hatte er sie angesehen? Oder besser, warum trat er ins Licht, wenn er sicher war, daß sie ihn vom Büro aus sehen konnte? Damit sie ihn erkenne und ihre Angst einen Namen bekäme? Von ihren Grübeleien übermannt ließ Casilda die Arme sinken. Nein. Sie war kein Götzenbild, keine Göttin, nur ein vom Ausmaß des eigenen Vorhabens eingeschüchtertes Mädchen. Sie nahm das täglich saubere Handtuch, das an der Kommode hing, und die Seife aus ihrer Schale und beugte sich über das Wasser, um sich das Gesicht zu waschen.

»Tu das nicht...«

Casilda drehte sich um und starrte in die Dunkelheit, voller Furcht, dort den Eingeborenen zu finden, der sie ansprach. Aber es war keine Eingeborenenstimme. Auch nicht das, was einige Erwachsenen die *Stimme des Gewissens* nannten, von der sie wußte, daß es sie gar nicht gab. Die Stimme sprach ihre Bitte nun ganz aus:

»Wasch dir das Gold nicht ab.«

Es war nicht die Stimme des Eingeborenen, es war die samtene Stimme eines Mädchens aus der Familie. Casilda erkannte sie sofort. Sie fragte:

»Was machst du hier, Malvina?«

Malvina trat aus der Dunkelheit hervor. In dem strahlenden Kreis des Kerzenlichts standen sie sich gegenüber. Malvina betastete sehr zart, als wolle sie die Lage keiner einzigen der goldenen Schuppen verändern, Casildas Braue mit ihrem kleinen Finger. Angstvoll, Malvina könne alles wissen und sie verraten, packte Casilda ihr Handgelenk und schrie:

»Sag sofort, warum du mir auflauerst.«

Sie drehte ihr den Arm um, bis sie auf die Knie ging, und als Malvina vor ihr auf dem Boden lag, drückte sie ihr die Fingernägel in den Arm, um sie zum Weinen zu bringen. Das war freilich nicht schwer, denn die schweigsame, dunkle Malvina war immer nah am Weinen, denn sie war davon überzeugt – keine Demonstration des Gegenteils konnte sie davon abbringen –, daß niemand sie liebte. Malvina schrieb diese eingebildete Verachtung der Tatsache zu, daß sie die einzige Arme unter den Vettern war; da der allgemeine Ton der Herzlichkeit unter den Kindern in Marulanda sie nicht vermuten ließ, es wäre, weil sie *die Frucht der Sünde* war, nämlich die im Ehebruch gezeugte Tochter aus Eulalias Liebesaffäre mit diesem liberalen Kerl, der sich ihretwegen umgebracht hat, ein Umstand, den die Kinder neidisch zu Malvinas Gunsten aufrechneten.

»Nimm mich mit«, flehte Malvina am Boden liegend.

Casilda ließ sie los. Malvina blieb jedoch auf den Knien, die Falten von Casildas Kittel gefaßt. Was wußte sie? Aus Angst, sie könne ihre schon recht gebeutelten Pläne völlig zunichte machen, hieß Casilda sie aufstehen und sah ihr im Licht der Leuchter scharf ins Gesicht. Malvina war dunkel, gedämpft, mit riesigen sanften, umschatteten, feuchten Augen, einem weichen Blick und weicher Haut. Celeste behauptete, sie sei ganz und gar, sowohl ihre unvergleichliche Figur wie ihre Persönlichkeit, *veloutée*, aber auch verschwiegen, verschlagen, verlogen und sicherlich verräterisch. Was tat Malvina hier? Bedeutete es nicht, sie wußte alles, wenn sie darum bat, mitgenommen zu werden? Erschöpft wünschte sich Casilda voller Inbrunst, Uhren und Kalender, Wasseruhren und Quadranten zurückstellen zu können, um wieder zu sein, was sie gewesen war: allein mit Colomba in ihrem einzigen Ei, identisch in dem ewig kindlichen Geheimnis ihrer Einheit. Aber wie Tante Celeste sagte, war Malvina *veloutée*, streichelbar. Und Casilda spürte, wie ihr Arm unwillkürlich die ihr so nahe, geneigte Taille umfaßte. Malvina hängte sich nun mit solchem Gewicht an sie, daß Casilda sie fortstoßen mußte, damit sie sie nicht ersticke.

»Nimm mich mit«, flüsterte Malvina ihr ins Ohr.

»Wohin?«

»Dahin, wohin du mit Fabio und Higinio gehen willst.«

Casilda ließ sie los. Sie rieb sich das Gesicht mit dem Handtuch.

»Ich bin ihnen nachgegangen«, fuhr Malvina fort. »Ich habe sie hier und im Garten gesehen. Ich habe mich versteckt, damit ich hören konnte, was sie sprechen. Nimm mich mit, Casilda, sei nicht böse. Ich ertrage das Leben mit meinen fünf dämlichen Schwestern, mit Anselmo, mit meiner Mutter, mit meinen Cousinen, die mich alle nicht lieben, nicht mehr.«

»Du irrst dich. Alle lieben wir dich, unseren Fähigkeiten entsprechend, die gelegentlich recht begrenzt sind.«

Sie sah, daß Malvina ihr nicht glaubte. Als stünde er vor einem Abgrund, weigerte sich ihr Geist, in diese gefährliche Richtung weiterzugehen. Casilda hielt es nicht für den besten Augenblick, sie von der Wahrheit ihrer Behauptung zu überzeugen. Sie hatten wenig Zeit. Sie sagte:

»Gut, komm mit.«

Da sie schon alles wußte, war es besser, sie einzubeziehen. Wie Fabio und Higinio würde sie sie mitleidlos peitschen, damit sie den Karren zöge. Malvina drückte ihr die Hände, bedeckte sie mit Küssen, während sie überstürzt sprach, als wolle sie sich ihr sofort und ohne etwas für sich zurückbehalten hingeben:

»Mach dir keine Sorgen, liebe Casilda, ich weiß alles, aber ich werde nichts und niemandem etwas sagen, und ich werde dir helfen, du wirst es sehen, denn du bist meine Rettung, und ich liebe dich. Wen, wenn nicht dich, könnte mein Schicksal interessieren?«

»Wenigstens deine fünf Schwestern.«

»Diese Schweine richten das Wort nur in der Öffentlichkeit an mich. Wenn wir allein sind, wenn uns niemand hört, siezen sie mich. Ja, ja, alle sind gleich, angefangen bei der schmachtenden Cordelia, der Ältesten, bis zu Zóe, dem kleinen mongoloiden Monster, alle, mit gesenkten Augen, die Hände gefaltet, mit grauen Kleidern, wie eine von Anselmo gezogene Formation von Spielzeugenten. Obwohl Zóe zurückgeblieben ist, versteht sie sich darauf, Lügen zu erfinden, die sie Anselmo erzählt, und der hinterbringt sie den Lakaien, damit sie mich bestrafen. Und Tante Lidia, deine Mutter, versäumt es nie, wenn sie jedes Jahr das neue Dienerkontingent einweist, zu erwähnen, daß sie, da ich die einzige Arme bin, auf mich keine Rücksicht zu nehmen brauchen. Man weiß mit aller Gewißheit, daß ich in die Hölle komme, weil ich arm bin.«

Während der Sommeraufenthalte in Marulanda war die Existenz der Hölle sowohl aus dem Bewußtsein der Kinder wie aus dem der Erwachsenen gestrichen – in der Stadt lebten sie unter der Androhung dieser Strafe –: sie bewohnten eine Art religiösen Interregnums, ohne fromme Verpflichtung, ohne Priester oder belehrende Nonnen, ohne erpresserische Beichtväter, ohne Kirchen, die auch nur im entferntesten erreichbar gewesen wären, und also auch ohne Verpflichtung, dorthin zu gehen, von Gott und damit logischerweise auch von der Hölle gelöst. Nur Anselmo und Eulalia – immer in diesem Sinne auf ironische Weise geneigt, sich bei Angelegenheiten größerer Bedeutung Freiheiten herauszunehmen – sammelten um sechs Uhr abends die Herde ihrer Töchter, als wären sie Ringeltauben, und führten sie zu den Gemächern von Anselmo, um den Rosenkranz zu beten und ihre sündigen Gedanken ihrem Vater, der vor irgendeinem beispielhaft geheimnisvollen Heiligenbild kniete, ins Ohr zu flüstern. Anselmo, dessen kehlige Stimme keineswegs das einzige Souvenir aus seiner Seminaristenzeit war, lebte in etwas, was die übrige Familie für eine absurde Neigung zur Nüchternheit hielt. Er schlief in einem großen, weißgekalkten Schlafzimmer und in einem schmalen und harten Bett, aber mit seidenen Laken unter dem aus Gold gearbeiteten Kruzifix als einzigem Schmuck. Das Seminar war eine Art exklusiver Männerclub gewesen, der keinerlei Kontakte bot als mit der Göttlichkeit, die unbezweifelbar männlich war und unbezweifelbar der eigenen Klasse angehörte. Aber Gott fuhr fort, ihn zu enttäuschen, indem er ihm die Gnade verweigerte, daß Eulalia – beinah wissentlich, als hätte sie die Absicht, ihn zu frustrieren – ihm einen Sohn schenkte, nicht einmal mit Hilfe ihrer Liebschaften. Um sich auf diese Weise zu verwirklichen, sagte sich Anselmo, sei es nötig, auf einen Enkel zu warten, was nicht lange dauern würde, denn seine Töchter waren hübsch und wohlerzogen, heiratsfähig in frühem Alter, da sie außer den persönlichen Vorzügen noch große Teile des Vermögens der Venturas besaßen. Alle, außer Malvina. Als das Testament der Großmutter eröffnet wurde, der Matriarchin, die ein halbes Jahrhundert lang das gesellschaftliche Leben der Aristokratie des Landes beherrscht hatte, war die Verwunderung groß, als man erfuhr, daß sie ihren Besitz in sieben gleiche Teile für ihre sieben Nachkommen geteilt hatte, aber, seltsamerweise den für Anselmo bestimmten Teil nur zum Nießbrauch gab. Das Recht auf das Vermögen an sich, damit zu schalten und zu walten, stand danach ihren Enkelinnen aus der Ehe zwischen Anselmo und Eulalia zu. Hinzu kam ein düsterer Nachsatz: dieser Teil ihres Vermögens dürfe, wenn er unterteilt würde, nicht in sechs gleiche Teile geteilt werden, wie es natürlich gewesen wäre, sondern in fünf, da Malvina ausdrücklich und endgültig ausgeschlossen sei.

»Warum mag sie das getan haben?« fragte Balbina ohne jedes Taktgefühl.

Eulalia lächelte schwach unter der Feder ihres Dreispitzes, die ihr die Augen beschattete, während ihre Schwägerinnen versuchten, nicht zu erroten und Adelaida, die Älteste, die Witwe, wie eine Pythia folgende Erklärung abgab:

»Dieses Geheimnis ist mit ihr ins Grab gesunken.«

Und mit diesen Worten verschloß Adelaida nicht das Geheimnis dieser großen Ungerechtigkeit – das für niemanden ein Geheimnis war –, sondern das Recht, darüber zu reden, und das war viel schlimmer.

Nach dem Tod ihrer Mutter lebten die Venturas selbstverständlich in strengster Trauer. Adelaida pflegte ihr Coupé zu einer Stunde anspannen zu lassen, um auszufahren und sich zu unterhalten, zu der »niemand« in der Allee der von einem üblen Sturm zerzausten Palmen war. Sie fuhr nicht gern allein, denn nicht nur die Gedanken an ihre Mutter machten sie traurig, auch die Erinnerungen an ihren Mann, den viel beweinten Cesareón, dessen Bild sie in einem Schmuckstück eingefaßt trug – einem bescheidenen jetzt, da die aufeinanderfolgenden Trauerfälle sie zu einem Armutsgelöbnis bewegt hatten –, das ihr Kleid am Hals schloß. Es quälte sie die Frage, was ihre Mutter dazu gebracht haben konnte, mit einem so unheilvollen Finger aus dem Grabe auf Malvina zu deuten. Sie hatte nicht vor, Einzelheiten aus Eulalias Leben herauszubringen. Es genügte ihr, aus dem Mund ihrer Schwestern zu hören, daß jene es wage, sich in einem frivolen, offenen Victoria mit Isabela Tramontana zu zeigen, denn damit war alles gesagt. Solche Begleitung erregte in ihr ein Schwindelgefühl, das sich keineswegs durch den Kontakt der Falten ihres gestärkten Kleides mit denen der Sünderin beruhigte.

Eulalia kannte alle Regeln, hatte aber nicht die Absicht, auch nur eine zu befolgen: die Spitzen, die sie trug, auch nicht die glänzenden Seidenschleifen, waren nicht von Trauer. Sie waren schwarz, ja, aber nicht von Trauer, das ist etwas ganz anderes. Adelaida bereitete dies alles ein großes Unbehagen, denn ihre eigene Erfahrung dessen, was Eingeweihte »das Leben« nannten, war minimal, und bisher war sie auf dieses elegante Vakuum in ihrer Erziehung stolz gewesen. Eulalia hingegen, obwohl sie eine geborene Valle y Galaz war, also mehr oder weniger eine Cousine aller, legte eine unerträgliche metabolische Schönheit an den Tag, die der Ältesten der Venturas ein Gefühl des Widerwillens und der Angst bereitete, gleichzeitig aber auch von Bewunderung, was gar kein so großer Unterschied war. Wäre ihre Stimme so *veloutée*, der matte Glanz ihrer Haut so zart, wären ihre Bewegungen so sanft, wenn Eulalia nicht das wäre, was die Mönche, gehörte sie einer anderen sozialen Schicht an, eine »Verlorene« nennen würden? Die Schönheit war gegenüber den Frauen der Familie verschwenderisch. Nur bei Adelaida zeigte sie sich geizig: ihre kleinen erloschenen Augen waren wie Knöpfe in die Oberfläche eines Gesichts genäht, dessen rauhe Haut in einer Ebene hinter den Sporn ihrer Nase gehängt war; aber sie sahen alles, was sie beschlossen zu sehen, und, eingeschlossen in den rollenden Beichtstuhl ihres Coupés im Regen, sah Adelaida sofort, daß Eulalia die Schlacht gegen Malvinas Bestrafung frontal begann.

Genau darum, daß dies nicht geschehen möge, betete sie, da sie keine andere Waffe besaß, als die Umschweife, in denen sie versiert war, um sich gegen ihre Schwägerin zu verteidigen. Eulalia erwiderte:

»Weißt du denn nicht, daß Malvina nicht die Tochter deines Bruders Anselmo ist, sondern die von Juan Abarzúa?«

Adelaida bereitete sich vor, noch eine andere Version zu hören:

»Ja. Du wußtest es trotz des dichten Schleiers. Es heißt, Malvina sei genau wie ich, denn sie ist *veloutée*, wie ich. Aber auch Juan war es. Ich bin selbstsüchtig und habe mich in Juan verliebt, weil er mir ähnlich war. Ich habe mehrere Liebhaber gehabt – nicht so viele, wie man erzählt, wenn dich das tröstet –, aber keinen habe ich so sehr geliebt wie Juan. Er war genau wie Malvina. Deine Mutter hat ihn gehaßt. Willkürlich, wie alles, was sie tat und fühlte. Sie haßte ihn aus den einzigen Gründen, aus denen deine Mutter hassen oder lieben konnte, aus historischen, politischen, dynastischen, auf keinen Fall menschlichen Gründen: die Großeltern von Juan sind »Blaue« gewesen, während unsere »Schwarze« waren, eingeschworene Feinde, obwohl heute der Unterschied eher zu einer akademischen Frage geworden ist. Und deiner Mutter zufolge hat Juans Großvater deinem Großvater eine Werft gestohlen, wodurch ihr den politischen Einfluß über die Ländereien verloren habt, die von dem Fluß bewässert werden, der Tausende von Kilometern kontinenteinwärts fließt, auf der anderen Seite der blauen Berge, die den Horizont säumen. Das waren die Dinge, die für deine Mutter zählten. Und weil sie Juan und seine Vorfahren haßte, enterbte sie Malvina: eher eine historische als eine menschliche Rache. Darum bin ich ihr überhaupt nicht böse.«

In der ganzen Familie gab es niemanden, der nicht von dem dunklen Nachsatz des Testaments der Großmutter wußte – vielleicht gab es in der ganzen Stadt »niemanden«, der ihn nicht kannte – und sich nicht mit der entsprechenden heimtückischen Verachtung verhielt: nur die Kinder der Familie, die ihn auch kannten, setzten zugunsten Malvinas die Tatsache ein, ein uneheliches Kind zu sein, die Frucht der Sünde, nicht nur, weil sie von anderem Blut war als sie. Sie neideten ihr auch, daß sie die Option hatte, ihre Identität zu wählen, denn

184

sie war frei, und sie dagegen waren durch vollkommen vorhersagbare Väter und Mütter festgelegt, ohne die finstere doppelte Krone, aber schließlich und endlich doch mit einer Krone, der Armut und der Sünde.

2

Sobald die Trauer vorbei war, die vorübergehend die Aufmerksamkeit der Venturas auf das Verhalten Eulalias gelenkt hatte, blieb diese ohne jeden beschämenden Makel: eine Cousine, die wie alle ihre »Angelegenheiten« hatte, eine Tante, die hübscheste, die lieblichste, die sich am meisten bemühte, mit den Kindern nicht autoritär umzugehen, die zweimal nachdachte, bevor sie sie strafen ließ. Sie war außerdem ein unersetzbares Stück innerhalb der Riten von Adelaidas Leben: niemand konnte wie Eulalia Bésigue spielen. Und die fröhlichen, außerordentlich hitzigen Spiele der beiden, bei denen sie kleine Schmuckstücke einsetzten, waren das Vergnügen der ältesten Schwester, so daß Eulalias abstrakter Rang als Sünderin unter den praktischen Erfordernissen des Sommeraufenthalts begraben wurde.
Malvina wuchs unterdessen düster auf, aus eigenem Willen in die Winkel verbannt, sich mit Absagen, Geheimnissen, Tricks, Entschuldigungen umgebend. Zwei Vettern bemerkten, wenn sie darüber sprachen, daß jeder von ihnen glaubte, Malvina habe den gleichen Teil des Tages mit dem anderen verbracht, während sie tatsächlich mit keinem zusammen gewesen war. Mit welcher Absicht ließ sie sie das Gegenteil glauben? Wo und bei wem war sie gewesen? Wozu soviel Verstellung? Sie entdeckten außerdem, daß Malvina stahl, eine Unsitte, die unter den Vettern als ein Charakteristikum akzeptiert wurde, das zu ihr gehörte, und sie wurde nicht dafür bestraft, weil sie es als eine Form der Rebellion gegen die ihr von der Familie aufgedrückte Armut begriffen. Die Kinder bemühten sich nur, ihre kleinen Besitztümer nicht in Reichweite ihrer Hand zu lassen. Sie stahl keine Sachen. Nur Geld, Münzen. Manchmal ver-

schwanden einige Unzen oder Kronen von einem Tablett, oder Anselmo bemerkte, daß eine bestimmte Summe aus einem Beutel fehlte, der für die Wohltätigkeit bestimmt war. Wozu stahl Malvina? Bekam sie nicht reichlich Kleider und Geschenke und Süßigkeiten, genau wie die anderen? Tatsächlich hatte sie beschlossen, da sie kein legales Recht auf Geld habe, es sich illegal zu besorgen, da die Legalität nichts weiter als eine für die Bequemlichkeit derer, die das Privileg hatten, an sie zu glauben, erfundene Konvention sei. Sie besaß etwas, das ist wahr, was ihre anderen Schwestern nur dem Wort nach besaßen: die Liebe Eulalias. Aber die lehnte sie hochmütig ab, da sie wußte, daß sie sich nicht auf sie bezog, sondern auf Juan Abarzúa, auf seine matte Hauttönung, seine schönen in den ihren verkörperten Hände. Sie lehnte sie außerdem ab, weil es die grausamste Form war, sie auszuschließen: Liebe, die aus dem Gefühl gegeben wurde, nicht wegen der verehrungswürdigen Regeln, die schon vor den Individuen bestanden. Die stumme Legalität einer Erbschaft, die sie nicht hätte zeichnen können, weder zum Guten noch zum Bösen, auf deren Prinzipien sich die Gesellschaft aufbaute, zu der ihre Großmutter ihr den Zugang mit Hilfe des berühmten Testament-Nachsatzes verweigerte, war für sie unerreichbar.

Für Malvina gab es keine andere Zukunft, als sich ein Leben am Rande zu schaffen. Es gelang ihr, eine Meisterin im Täuschen und Spionieren zu werden, zu gehen, fast ohne den Boden zu berühren, um keine Spuren zu hinterlassen, ohne daß das Parkett knirschte, dahinzugleiten, ohne die Luft zu bewegen, sich in Türen und Gebüschen zu verlieren, um zu belauschen, was andere sagten. Meine Leser werden erraten, daß es ihr auf diese Weise gelang zu erfahren, welche Botschaften Wenceslao von den Eingeborenen zu seinem Vater und von seinem Vater zu den Eingeborenen brachte. Sie sah, wie der Plan für den Ausflug, von dem ich gesprochen habe, sich aufblähte, und akzeptierte ihn in der ganzen Zweideutigkeit seines Ursprungs, seiner Motive und seiner Ziele, ohne daß dies sie verwirrte. Sie kannte die Aktivitäten von Mauro und seinen Brüdern am Gitter genau, wie sie auch von den entsprechenden Aktivitäten der Eingeborenen wußte. So beobachtete

sie das Hin und Her der verschiedenen Pläne, die sich parallel zueinander im Landhaus entwickelten, bis sie den einen, den rettenden, wählte, um sich ihm anzuschließen, den von Casilda. Was sie ihr bieten konnte, würde ihre eigene Rolle darin bestimmen. Casilda war häßlich, aber ihre Erscheinung strahlte eine niederdrückende Autorität aus, so daß Zärtlichkeiten von ihr, wie jetzt vor dem Spiegel im Flur, keineswegs unangenehm waren. Sie dachte, während sich das illegale, ihre Cousine färbende Gold bei der Umarmung, da es auf sie abfärbte, in reines Recht verwandelte, daß weder Wenceslao noch Onkel Adriano Casilda das bieten könnten, was sie ihr geben konnte. Sie waren mit den Eingeborenen in Verbindung, die das Schicksal und das Recht ihrer Rasse kannten und eine frontale Auseinandersetzung wünschten, um dieses Recht zurückzugewinnen: sie wußten, daß ihre Vorfahren niemals Kannibalen gewesen waren. Malvinas Freunde dagegen waren Randexistenzen, Unzufriedene, Ausgeschlossene, die, sich für Nachkommen der mythologischen Menschenfresser haltend, überzeugt davon waren, daß sie keine andere Wahl hätten als das Verbrechen. Malvina löste sich aus Casildas Arm und fragte:
»Hast du jemanden gesehen?«
Casilda wußte, wen sie meinte. Malvina hielt sie zurück, legte ihr die Hände auf die Schultern und betrachtete die Flammen der Kerzen, die sich in ihren aquamarinfarbenen Augen spiegelten. Casilda wußte, daß Malvina ihr die Führung ihres Plans entreißen würde, wenn sie nicht sofort etwas unternahm, weil sie nicht nur mehr Haß empfand, sondern auch mehr Mittel dazu besaß als sie. Sie grub ihre Fingernägel in Malvinas Hände, riß sie von ihren Schultern und schlug ihr ins Gesicht. Malvina stöhnte auf und konnte nur noch flüstern:
»Ich sag dir alles...«
»Los, sag es mir! Sag es mir!«
»Wenn du mir schwörst, daß du mich mitnimmst.«
»Sag mir, wer er ist.«
»Du weißt es doch.«
»Sag es.«
»Pedro Crisólogo.«
Und Malvina sah sie an, bevor sie weitersprach:

»Erinnerst du dich nicht an seinen Namen?«

Casilda blieb nichts weiter übrig, als die Wahrheit zu sagen: »Ja. Er hat den wertlosen Ballen gebracht, den Goldstaub, der uns beide jetzt bedeckt.«

Malvina erzählte ihrer Freundin nun, daß sie von klein auf nachts wie ein eingeschlossenes Tier am Gitter entlang gewandert sei und über ihr Entkommen nachgedacht habe. Einmal habe sie zwei Männer gesehen, die um eine der Lanzen herum gruben. Das sei viele Jahre her, als sie kaum größer war als Clemente oder Amadeo, aber schon ihren Ausschluß aus dem Testament der Großmutter kannte und schon ein paar Münzen gestohlen hatte und nicht wußte, wo sie sie für den Augenblick ihrer Flucht, die sie seitdem plante, aufbewahren sollte. Da die Eingeborenen mit Hacken und Schaufeln gruben, kam sie auf die Idee, sie zu bitten, auch für sie ein Loch zu graben, wo sie ihren Schatz verstecken könnte. Sie, die außerhalb des Gitters gruben, hoben ein paar Lanzen heraus, kamen in den Park und machten das Loch, wo Malvina es ihnen zeigte. Es war leicht, sich mit ihnen mit Hilfe kindlicher Zeichen zu verständigen, da es Eingeborene waren, die kaum älter waren als sie, biegsam und beeinflußbar wie, das wußte Malvina, außer ihr alle Kinder. Sie wurden sofort Freunde. Diese Eingeborenen und andere kamen sie oft besuchen und halfen ihr, das ganze Geld, das sie stahl, an demselben Platz zu vergraben. Sie verstanden den Begriff des Diebstahls nicht, denn bei den Leuten ihrer Rasse gehörte alles allen. Aber als sie größer wurden und sich immer besser verstanden, während sie spielten, konnte sie ihnen erklären, daß die Ausgeschlossenen das Recht auf Diebstahl hatten, da es die Erwachsenen waren, die die Grenzen bestimmten, die das, was Verbrechen ist, von dem schieden, was keines ist. Später stiftete sie Pedro Crisólogo an, einen Ballen schlechten Goldes als Gutes zu verkaufen und auf diese Weise den bitteren Geschmack des Ausgeschlossenseins zu genießen. Nicht nur, weil Hermógenes dann nicht mehr bereit war, sein Gold und das der Seinen zu kaufen, sondern weil die Leute seiner Rasse, wenn sie bemerkten, daß das, was er getan hatte, die Wirtschaft der Gemeinschaft, gegen die die Venturas leicht Repressalien unternehmen konnten, in Gefahr brachte, ihn ebenfalls aus ihrer Mitte verbannten. Dann führte Malvina Judas Tadeo, Juan Bosco, Francisco de Paula in den bitteren, aber härteren Geschmack des Verbrechens ein, indem sie ihnen nebenbei die Macht und die Bedeutung des Geldes beibrachte. Das Gras der Ebene war hell, wenn Malvina, nachdem ihre Freunde einige Lanzen gehoben hatten, um sie hinauszulassen, ihre nächtlichen Streifzüge unternahm. Die Ebene war so weit, so anders, daß es ihr manchmal vorkam, ein Mutant zu sein, Herrin dieses nächtlichen Reiches, durch das sie mit ihren Gefolgsleuten wie über die bewachsene Oberfläche des Mondes lief. Ihre Freunde mit ihren nackten Körpern und Muskeln, die so blank waren wie die von Rüstungen, gehorchten ihr, weil sie, ebenfalls wegen kleiner Vergehen ausgestoßen, jetzt wußten, was Marginalität ist. Aber diese Verbrechen gegen die Venturas dienten allen Eingeborenen, nicht nur dieser Gruppe Ausgestoßener: die ganze Rasse begriff den Wert des Geldes und seine Funktion und gewann eine Vorstellung von der Minderwertigkeit dessen, was die Herrschaft ihnen für das, was sie so viel Arbeit kostete, eintauschte. Malvina begann, in der Stadt den normalen Preis der Dinge zu erkunden, die man im Markthof für die Goldballen eintauschte, und für wieviel sie das Metall an die Exporteure hätten verkaufen können. Es begann eine Zeit großer Vertraulichkeit zwischen Malvina und Colomba, in der Malvina sich über alle kleinen Listen und Tricks informierte und den genauen Betrag herausbekam, den Colomba ihrerseits bis jetzt unterschlagen hatte.

»Colomba?« fragte Casilda überrascht.

Ja. Colomba stahl auch. Wie Hermógenes und Lidia stahlen, jeder auf seine Weise. Warum sollte sie, Malvina, dann nicht stehlen? Warum sollten sie beide nicht stehlen?

Fabio und Higinio merkten sofort, daß sie nichts ausrichten konnten: der Karren rührte sich nicht. Im Dreck begannen die Kadaver der hingerichteten Tiere sich aufzulösen, schwarze Sterne von Fliegen versammelten sich in ihren Wunden. Im Halbdunkel der Abenddämmerung schienen die Schatten der Dinge so viel lebendiger zu sein als die Dinge selbst, daß die

Gerüche, der Kot, das verfaulende Heu, das alte Leder des abgelegten Reitzeugs, das Holz und der Schlamm die Luft verdrängten, ihren Platz einnahmen und so den Raum eroberten. Der Widerstand des Karrens, den Anstrengungen von Fabio und Higinio zu gehorchen, war wie eine endgültige Absage, die unerträgliche Bestätigung, daß niemals auch nur die geringste Aussicht bestanden hatte, ihr Plan könne gelingen.

Von der Südterrasse schallte der Lärm der Vettern herüber, die weiter spielen konnten, weil sie sich nicht in Pläne verstricken ließen, die den Gesetzen, die ihre Möglichkeiten umschrieben, fremd waren. Higinio sah jedoch, daß Fabio, der mit gekreuzten Beinen im Heu saß, als wolle er einen neuen Schlüssel feilen, sich seiner selbst noch genauso sicher war wie vorher, bevor die Realität ihnen zeigte, daß alles vergebens war. Higinio hätte ihn anschreien mögen, ihn beschimpfen, aber Fabios beneidenswerte Bestimmtheit hinderte ihn daran.

»Es wird besser sein, ich gehe auf die Südterrasse«, murmelte er statt dessen. Er drehte sich halb um und wollte das Stalltor öffnen und hinausgehen, blieb aber im Eingang stehen. Er sagte:

»Schau mal...!«

Mit einem Sprung war Fabio an seiner Seite.

»Mit wem kommt sie da?« fragte Higinio.

»Verstecken wir uns«, drängte Fabio. »Jeder, der in diesem Augenblick Casilda begleitet, kann nur Verrat bedeuten.«

Durch eine Ritze in der Stalltür beobachteten sie die beiden Cousinen, die ohne alle Vorsichtsmaßnahmen herankamen, wenn auch die Schatten des nahenden Abends sie so weit deckten, daß die Jungen das zweite Mädchen nicht erkennen konnten. Higinio bemerkte sofort, daß jetzt nicht Casilda, sondern die andere die Situation beherrschte. Tuschelnd blieben sie im Hof stehen. Plötzlich steckte die Unbekannte, von der meine Leser wohl wissen, wer sie ist, zwei Finger in den Mund und pfiff zehnmal auf immer andere Weise. Nach dem letzten Pfiff hob sie den Kopf, so daß ihr das Licht ins Gesicht fiel, und sah sich im Hof um.

»Malvina«, flüsterten die beiden Vettern.

»Sie wird uns in Schwierigkeiten bringen«, sagte Fabio. Aber weiter sprach er nicht: aus den Winkeln des Hofes, aus den Türen der Ställe, der Schuppen und Speicher, die Fabio und Higinio abgesucht zu haben glaubten, erschienen zehn nackte Figuren, die langsam, jede bewaffnet mit einer Lanze, deren Spitze über ihren Köpfen im Licht der untergehenden Sonne funkelte, auf Malvina und Casilda zugingen. Malvina legte, nachdem sie jeden der Eingeborenen auf die Wange geküßt hatte, den Arm um Casilda, als wolle sie sie ausliefern, dachte Fabio erschrocken; ja, sie ausliefern, damit die Menschenfresser sie mit ihren Lanzen, die der Familie, den Venturas, gehörten und die die schmutzigen Eingeborenen im Durcheinander des Nachmittags gestohlen hatten, durchbohrten. Wie konnten sie Casilda nur retten? Mit Lauten, denen die Eingeborenen aufmerksam lauschten, erklärte Malvina irgend etwas. Dann flüsterte sie Casilda etwas ins Ohr, und die begann, noch furchtsam, zu den Eingeborenen zu sprechen, während ihnen Malvina ihre Worte in ihrer Sprache wiederholte. Sie nickten mit den Köpfen. Während sie sprachen und die Eingeborenen nickten, schien Casilda ihre Angst zu verlieren und ihre Kraft wiederzugewinnen, bis sie schließlich ihren Arm ausstreckte und zu dem Karren von Onkel Adriano zeigte, der am Ende des Hofes abgestellt war. Alle sahen dorthin. Dann übernahm Malvina wieder die Führung, legte Casilda ihren Arm um die Taille und führte sie zu dem Gefährt. Eine Doppelformation bewaffneter Eingeborener, fünf auf jeder Seite, folgte ihnen.

»Sie werden Casilda in den Karren sperren und sie töten«, flüsterte Higinio, aber Fabio zuckte kaum mit den Wimpern, er beobachtete gespannt.

Die Doppelreihe der Eingeborenen marschierte zu dem Karren, stellte sich zu beiden Seiten der langen Deichsel auf und begann, ihn ohne sichtbare Anstrengung herauszuziehen, sobald Casilda und Malvina hinaufgestiegen waren. Erst jetzt begreifend, sprangen Fabio und Higinio, im selben Augenblick erschrocken darüber, man würde den Plan ausführen und sie hier vergessen und zurücklassen, rufend aus ihrem Versteck:

»Casilda ... Casilda ...!« Sie rannten hinter dem Karren her, der langsam auf das Gitter zurollte. Als sie ihn erreichten, versuchten sie, die kleine Balkentür zu öffnen, durch die sie so oft auf ihren Reisen den blonden Kopf und den weißen Bart von Onkel Adriano gesehen hatten und wo sie jetzt die vom Sieg verschönten Gesichter von Casilda und Malvina erblickten.

»Bleibt unten«, befahl Casilda.

»Warum?« fragten sie.

»Lauft voraus«, befahl ihnen Malvina, »und nehmt die Lanzen heraus, die diesen Teil des Stallhofes begrenzen, damit der Karren hindurch kann.«

Die Vettern gehorchten. In einem Augenblick, während der Karren auf sie zufuhr, zogen sie dreißig Lanzen heraus, und die Eingeborenen überquerten die Grenze und hielten auf der anderen Seite. Fabio und Higinio versuchten wieder aufzuspringen, aber Malvina befahl ihnen:

»Nehmt vier Lanzen, eine für jeden von uns, damit wir uns im Falle einer Gefahr während der Reise verteidigen können.«

Wir gehen also wirklich fort, dachten beide, während sie die Lanzen aufnahmen. Es war doch nicht alles verloren, im Gegenteil, was ihnen noch vor einem Augenblick unmöglich erschienen war, begann jetzt, sich in die Tat umzusetzen. Die Cousinen öffneten ihnen von innen die kleine Tür, und sie stiegen in den Karren. Die Eingeborenen liefen nach und nach immer schneller, immer schneller, bis nach wenigen Minuten das schwere Gefährt durch das hohe Gras sauste. Schneller, schneller, riefen die vier Kinder begeistert, als sie auf der einen nur von Balken geschlossenen Seite die geneigten, im letzten Glanz der Sonne vergoldeten Gräser, die Glorie der Ebene, die sie wie ein Federkissen aufnahm, vorbeifliegen sahen.

Als sie sich dem Markthof näherten, war das einzige, was sie anfangs gegen das schon dunkle Haus sahen, ein goldener Stern, der mitten über dem Platz funkelte. Pedro Crisólogos Lanze, er hatte sich nicht vom Fleck gerührt, nur halb umgewandt und aus dem Hof hinausgesehen. Er lächelte ihnen entgegen. Malvina rief den Eingeborenen zu, das Gefährt bis dicht an das Fenster des Büros zu ziehen. Dort angekommen, legten sie die Deichsel vorsichtig nieder, damit die Reisenden im Wagen nicht hinfielen. Pedro Crisólogo öffnete die Gittertür. Zuerst sprangen Higinio und Fabio auf den Boden, dann half Pedro Crisólogo galant, als hätte er die Umgangsformen der Venturas ausspioniert, um sie zu parodieren, zuerst Malvina hinunter, damit sich die Krinoline ihres breiten Rockes nicht verfing, und dann Casilda. Als sie seine Hand berührte, sich dem glänzenden, braunen Körper so nah fühlte, sah sie forschend in das Gesicht dessen, der ihr ihre erste Erfahrung mit dem Gold verschafft hatte, mit jenem Gold, das sie noch bedeckte. Sie verglich ihr Gefühl mit der Furcht vor einem ersehnten sexuellen Übergriff seitens dieses Wesens anderer Rasse, dieses Angehörigen eines niedrigeren Stadiums der Entwicklung des Menschen, eines Menschenfressers, eines Kannibalen, eines Wilden, für den die Zügellosigkeit demnach keine Grenzen kannte, nicht einmal die, die Partnerin nicht aus Liebe zu verschlingen.

Es war kaum noch hell. Im Markthof bewegten sich die Figuren in der Stille der hereinbrechenden Dunkelheit, und ihre Stimmen waren verhalten, fast reiner Raum. Mit einem zu einem Haken gebogenen Draht öffnete Pedro Crisólogo ohne Schwierigkeiten das Schloß des Büros. Also, die ganze Zeit...? Während sie durch das enge Fenster hineinstieg, hatte Casilda keine Zeit, diese erschreckende Frage zu Ende zu denken. Drinnen zündete sie den Leuchter an. Fabio und Higinio öffneten die Eisentür mit dem Schlüssel. Sie setzte sich an den Schreibtisch ihres Vaters und öffnete das Rechnungsbuch. Sie schob sich die Blende zurecht, tauchte die Feder in die Tinte, gab ein Zeichen, und einer nach dem anderen kamen Malvinas Leute durch das Fenster herein. Sie verschwanden in dem Gewölbe und kamen mit Ballen beladen, vielleicht den gleichen, die sie gebracht hatten, wieder heraus. Bevor sie das Büro verließen, blieben sie neben Casildas Schreibtisch stehen. Die suchte die Nummer des Ballens in ihrem Buch, strich sie aus, und der Eingeborene stieg mit seiner Last durch das Fenster hinaus und trug den Ballen zu dem Karren, wo Malvina und Pedro Crisólogo ihn stapelten. Die Operation dauerte mehrere Stunden geordneter und wortloser Arbeit, bis der Himmel schwarz war. Erst dann, als in Casildas Buch alle

Nummern, die den Ballen entsprachen, die die Eingeborenen herausgetragen hatten, gestrichen und die Gewölbe leer waren und der Karren vollbeladen, schloß Casilda das Buch und nahm sich die Blende von der Stirn.

»Fertig?« rief Malvina ihr vom Karren her zu.

Casilda antwortete nicht. Etwas fehlte noch. Sie öffnete das Rechnungsbuch noch einmal und stellte fest, daß Ballen Nummer 48779/TA 64 nicht ausgestrichen war. Während sich draußen die Eingeborenen je fünf auf jede Seite der Deichsel stellten, rief sie Malvina zu, sie möge noch einen Augenblick warten, und befahl mit erhobenem Leuchter einem der Eingeborenen und Fabio, sie sollten ihr in das Gewölbe folgen. Sie mußte nicht lange suchen, um den fast zerstörten, aber noch in seiner Form befangenen Ballen zu finden. Als sie ihn berührte, zitterte der Leuchter in ihrer anderen Hand. Sie befahl dem Eingeborenen, ihn vorsichtig herauszuholen und vor dem Karren, nicht auf ihm, abzulegen, und nach Higinio und Fabio verließ auch sie das Büro durch das Fenster. Draußen fiel das Licht der Lampe auf den am Boden liegenden Ballen. Sein Schein holte das eine und andere Gesicht aus der Dunkelheit. Malvina und Pedro Crisólogo hielten von innen die Stangen des Käfigs und beobachteten Casilda stumm. Diese gab dem Ballen einen heftigen Fußtritt. Die goldenen Moleküle erhellten die Luft wie ein Funkenstoß. Higinio brach in ein Gelächter kindlichen Triumpfes aus, warf sich auf den Ballen und tauchte die Hände, sein Gesicht, seine Kleider in das Gold, Fabio und Casilda folgten ihm, wie verrückte Hunde, die sich in ihren goldenen Exkrementen wälzen, sie lachten, wühlten immer wilder darin herum und beschmierten sich damit, bis es nichts mehr von den drei Kindern gab, kein Fleckchen ihres Gesichts, kein Zipfelchen ihrer Kleidung, das nicht von Gold funkelte. Selbst die Luft war dicht von goldenem Nebel, der über sie herniederfiel und sie wie Götzenbilder rundherum vergoldete. Endlich befriedigt, schienen sie sich zu beruhigen. Aus dem Innern des Karrens half ihnen Pedro Crisólogo hinaufzukommen, zuerst Higinio, dann Fabio und zum Schluß Casilda. Dann sprang Pedro Crisólogo hinunter, und, zusammengedrückt in dem winzigen Raum, den die Ballen frei ließen, setzten sich die vier Vettern wie Zigeuner schweigend um die Lampe auf den Boden. Ohne daß es die anderen bemerkten, berührte Malvina ihre Kleider, um ein wenig von dem Gold zu nehmen und ihr eigenes Gesicht und ihre Hände damit zu bemalen. Dann löschten sie das Licht. Pedro Crisólogo gab den Befehl zur Abfahrt. Anfangs zogen die Eingeborenen den Karren sehr langsam. Aber bald kam der Wagen in Schwung, wenn auch nicht so schnell wie vorher, denn jetzt war er schwer beladen, und er rollte durch die Ebene, geschwind durch die hohen Gräser, ließ das Landhaus hinter sich, das nur noch ein schwarzer Fleck war, der von dem kleinen Licht, das im Büro brannte, markiert war und rasch immer kleiner wurde, bis es ganz und gar verschwand.

KAPITEL SIEBEN

Der Onkel

1

»Geben wir vor, Monumente zu sein, während der orkanartige
Lärm der Grausamkeit im Ofen widerhallt, der die Amphoren
brennt, die runde Zärtlichkeit, die grollenden Glieder in vertikale und widersprüchliche Flüsse verwandelnd, die, sich gegenseitig auslöschend, alles auslöschen wie übereinander ge-
legte Dreiecke: dieses alles von vergifteten Dornen gespickt wie
die unantastbare Agave, die unsere Augen wie verlorene
Planeten in einem unendlichen Kosmos kreisen läßt, während
die Fasmiden delirieren und jedwedes Schwingen oder das
Gekritzel eines Niesens am Himmel wie ein Schrei ist, der sich
vorbereitet im Mund zu zerschellen wie ein Sack Blut, wenn er
zerbissen wird . . .«

Woher nahm Melania diese Paraphrasen, dieses Musterkind,
das kaum mit niedergeschlagenen Augen ja und nein zu sagen
verstanden und die Grübchen ihres Lächelns ihre ganze Beredsamkeit sein ließ? Juvenal staunte aufs neue über ihren familiären Umgang mit den Worten, wenn sie *Die Marquise ging um
5 Uhr aus* spielten. Jetzt lauschte er ihr von unten her, gebannt
wie alle anderen Vettern, die die sublime Rhetorik und die
feenhafte Erscheinung Melanias endlich hatte beruhigen können. Für den Augenblick. Ja, für den Augenblick, erinnerte
sich Juvenal, der wohl wußte, was geschehen würde, wenn
dieser Quell versiegte.

Zwischen den Gruppen verzückter Kinder hindurch drängte
sich Juvenal zu Mauro: mit offenem Mund, ziemlich schwer
atmend, sich die Akne und die ambrafarbene Haut seiner
nackten von der Sonne geröteten Schultern kratzend, hörte
und sah er nichts als Melania, und alles andere, Lanzen,

Ausflug, Gefahr, Eltern, Strafen, Onkel Adriano, war aus seinem Bewußtsein verschwunden. Juvenal packte ihn am Arm und drängte, den Verblüfften zwischen den anderen Vettern hindurchziehend, zu dem hundertjährigen Stamm der Glyzinie, deren beinahe tierhafte Gefräßigkeit den Balkon verschlang.

»Rauf«, befahl er.

Mit Muskeln, die sich auf seinem Rücken in der Art akademischer Malerei abzeichneten, kletterte Mauro hinauf: der kühne Graf, der verzauberte Prinz, der wollüstige Verführer... Wer war er, was tat er, fragten sich seine Vettern. Melania, deren Stimme immer schwächer wurde, zögerte, bis ihre Worte sich im Schweigen aufzulösen drohten. Die Zuschauer – und das symmetrisch, als wollte es als Rahmen der Szene fungieren, auf der Balustrade aufgestellte Pfauenpaar – rührten sich nicht, ihre Aufmerksamkeit hatte sich der Kühnheit zugewandt, mit der der *Junge Graf* über den Stamm zum Balkon hinaufkletterte. Seine Haut wurde von den zitternden, lilafarbenen Blumenbüscheln gestreichelt, die ihn mit Blütenstaub besprenkelten. Und auch der Heldin wandte man sich zu, die ihn mit aufgelöstem Zopf, den nebelfarbenen Gazeumhang zerknüllt, zu viel Brust, zu viel Rücken zeigend, sehnsüchtig auf dem Balkon erwartete. Mauro erreichte den Balkon. Der lärmende Beifall und das Geschrei zeigten ihm die allgemeine Begeisterung der Kinder. Würde heute, fragte sich Mauro, Melania theatralisch umarmend, an diesem Tag, an dem sich alles ändert, endlich in Melania-Cousine die hinreißende Fleischlichkeit von Melania-Lanze erwachen und sie mit ihm neben dem Wassergraben hinter den in Form von Zinnen geschnittenen Myrten im Gras liegen?

Mauro, der sein Gesicht an Melanias Hals preßte, sah, wie aus den Wurzeln ihres Nackenhaares ein Schweißtropfen über ihre Haut glitt wie über ein warmes Blütenblatt, über ihren Hals, ihren Nacken, und schon, in einer Sekunde, würde er sich in der Wärme zwischen dem Umhang und ihrem Rücken verlieren. Ihn trinken, jetzt sofort, diesen Tropfen, keinen anderen. Schweiß, Träne, Lymphe, Tau, was es auch sei, alles trinken, sich selbst trinken und sich mit ihm in der endgültigen Dunkelheit Melanias verlieren. Er hörte die Stimme seiner Cousine, die ihm ins Ohr zischte:

»Sag etwas, du Dummkopf, sie langweilen sich sonst!«

»... um dich mit mir zu nehmen, habe ich den Tücken der von entzündetem Sperma verzauberten Glyzinie getrotzt und dir in meinem Munde die allmächtige *vincapervinca* meines offenen Kusses gebracht, wie eine von ihm gepflückte Blüte...«

Pas mal, dachte Juvenal. Jedenfalls besser als gewöhnlich; denn Mauros Prestige im Spiel resultierte nicht so sehr aus seiner Wortgewandtheit als vielmehr aus der Kühnheit seiner Heldentaten, in denen er Meister war. Aber das war nicht wichtig. Wichtig war vielmehr, daß die Vettern unten anfingen unruhig zu werden, denn es fehlte ihnen das Talent zum Zuschauen. Alle wollten das Recht haben, Mitspieler zu sein, sei es auch nur als Komparse, wenn sich keine, wenn auch nur kleine Rolle ergattern ließ. Jedenfalls gefiel Juvenal die Wendung nicht, die die Geschichte mit Mauros Worten auf dem Balkon nahm – Fabel, Legende, Erzählung statt Roman, mit deren Figuren man sich leicht identifizieren konnte, denn sie waren Venturas, und als solche gefiel es ihnen, wenn die Kunst wahrheitsgetreu und sklavisch ihre eigenen Vergnügungen widerspiegelte –, und offenbar gefiel es niemandem, als Mauro mit seinem Geschwätz ohne jede Inspiration fortfuhr. Es mußte etwas geschehen, damit sie nicht wieder in die Realität zurückfielen, nachdem sie durch die brillante Episode aus ihr herausgehoben worden waren. Um sie abzulenken, begann er sofort, Rollen zu verteilen: du bist der Gute, du die Böse, du bist der lüsterne Notar, der das handschriftliche Testament versteckt hat, und du die treue Freundin, die den Bastard der *Unsterblich Geliebten* als ihr eigenes Kind ausgibt... bis Arabela ihre helle Stimme hob:

»Das muß aufhören... wenn Onkel Adriano herunterkommt, wird er mit diesem Unfug aufräumen...«

Die Vettern waren wie gelähmt. Vielleicht hatten sie absichtlich vergessen, denn sie waren nicht in der Lage, sich mit Tatsachen auseinanderzusetzen, daß es Onkel Adriano war – bisher nur ein schrecklicher Sommermythos –, nicht Wenceslao, der sie demnächst unterwerfen würde. Melanias zögernde Stimme fragte vom Balkon herunter:

»Ist es wahr, daß...«

»Es ist seit langem geplant«, versicherte Arabela.

Melania stieß einen Schrei des Begreifens aus. Wie ein Raubtier versetzte sie Mauro einen Prankenhieb auf die Brust, zerkratzte ihm die Arme, das Gesicht, außer sich und zu Tode erschrocken.

»Du Idiot, was tust du hier, betatschst mich, wenn Onkel Adriano, dieser Teufel, uns alle umbringen wird, genau wie er seine Töchter umgebracht hat. Deine Hände ekeln mich an, auch deine Küsse! Die einzigen Küsse, die einzigen Hände, die mich nicht anekeln, sind die von Onkel Olegario! Laß mich los, du Idiot, wir haben kein Gitter, und ihr amüsiert euch auf meine Kosten! Seht ihr nicht, daß das alles eine gefährliche Verschwörung ist zwischen diesem Verbrecher der Familie und den Menschenfressern!«

Juvenal entging keins ihrer Worte: zwischen seinem Vater und Melania gab es etwas mehr, als er wußte, bestimmt viel mehr, als seine Mutter ihm anvertraute. Es machte ihm jedoch absolut nichts aus. Viel wichtiger war ihm, Melania benutzen zu können, wann und wie es ihm nützte, um das Knäuel, das ihn zum Herzen Celestes führen sollte, zu entwirren. In dem angestrengten Versuch, das wilde Durcheinander der Vettern auf der Südterrasse wieder unter Kontrolle zu bekommen, pries er den leidenschaftlichen Charme dieser Episode von *Die Marquise ging um fünf Uhr aus*, die sich dort auf dem Balkon anbahnte, vor allem diesen überraschenden Ausbruch von Gewalttätigkeit, ein echter Publikumserfolg. Alles, was dort geschah, schwor er, alles, was geschehen würde, was Mauro sagte, was er selbst sagte, und sogar das Unbehagen, das sich ausbreitete, alles sei ein Teil jener anderen Realität, die sie noch realer als alles andere gestalten sollten. Ja, ja, niemand darf das Gegenteil glauben, alles ist von der neidischen Stiefschwester ausgeheckt worden, die das Kloster, das ihr hartes Herz beherbergte, verlassen hat, um die Hochzeit zu vereiteln. Wer will die Stiefschwester sein? Du, Cordelia? Du, Colomba? Wo ist Casilda? Die wäre gut in der Rolle der Unsympathischen...

oder Rosamunda... wo ist Rosamunda? Warum fehlen so viele? Dieses sind die letzten Ereignisse vor der Hochzeit, der ich, die *Boshafte Marquise*, nun doch zugestimmt habe, weil mein Herz sich erweichte; ich gebe meiner heißgeliebten Tochter die Erlaubnis, die Ehe mit ihrem Vetter, dem *Jungen Grafen*, noch heute nacht einzugehen. Ja, heute nacht, predigte Juvenal hysterisch, um die Angst einzudämmen, die im nächsten Augenblick ausbrechen würde, wenn er sie nicht verführte oder faszinierte oder überredete oder begeisterte. Ja, heute nacht würden sie die Hochzeit mit einer Zeremonie begehen, bei der die *Marquise* das Geld mit vollen Händen zum Fenster hinauswerfen würde. Du warst der Kutscher, du die Äbtissin, also geh und besorge dir ein Habit aus schwerem Moiré und eine gestärkte Haube. Und du bist die Zofe, die damit beauftragt ist, die sehr lange Schleppe aus Straußenfedern zu bügeln, an die du irgendeinen winzigen Zauber nähen kannst, und du bist der alte Verehrer der *Marquise*, der tausend Pläne ausheckt, damit die *Unsterblich Geliebte* niemanden heiratet, weil er will, daß seine eigenen Kinder erben. Es macht nichts, daß du vergangene Woche jemand anderes warst. Ich weiß nicht mehr, wer du warst, Page oder Zofe. Es macht nichts, wenn wir etwas verändern, es ist ein Spiel. Heute kannst du eine andere Person sein, wenn sie nur in die Geschichte paßt, die wir gerade erfinden. Mann oder Frau, jung oder alt, gütig oder böse, wir sind frei, dem Kurs zu folgen, den wir entwickeln, wir können uns verwandeln, wir sind schließlich die Kinder der Venturas, die uns den Zugang zu ihren privaten Kleiderschränken verwehren, weil darin Dinge der Erwachsenen sind. Aber ihre Abwesenheit heute wird uns erlauben, Schränke und Kleiderkammern und Kommoden zu öffnen und alles herauszunehmen, was wir brauchen, um uns zu verkleiden, damit die schützende Phantasie, die uns zusammenhält, dadurch neuen Auftrieb bekommt...

Hier muß der Autor innehalten und seinen Lesern erklären, daß nun unter den Kindern, die von ihren Eltern im Landhaus allein gelassen worden waren, angestachelt von Juvenal und sich gegenseitig noch anfeuernd, eine nicht mehr zu bremsende Zügellosigkeit ausbrach. An dem Tag, von dem ich spreche, mußten die Kinder der Venturas die aufgestellten Normen brechen, um ihre Angst auszutreiben, mußten über Grenzen springen und Regeln niederreißen, um in der Freizügigkeit der Phantasie Erleichterung zu suchen. Auf Grund vieler Ereignisse, die während dieser letzten Episode von *Die Marquise ging um 5 Uhr aus* geschahen, sahen sich die Venturakinder in so grauenhafte Dinge verwickelt, die ihr ganzes Leben und das von Marulanda veränderten: meine Hand zittert, wenn ich beginne, die Ruchlosigkeit dieser letzten Version der Maskerade zu beschreiben.

Nun, um auf meine Geschichte zurückzukommen, möchte ich sagen, daß sowohl die Gewalt der Balkonszene, obwohl sie faszinierend war, als auch die beunruhigenden Enthüllungen von Wenceslao in der Ebene, aber vor allem die Aussicht, daß der verrückte Onkel in kurzer Zeit auf die Südterrasse herunterkommen würde, die unkontrollierten Kinder dazu antrieb, Besitz zu ergreifen, wovon sie wußten, daß es nicht ihnen gehörte. Und statt sich mit den gewohnten Verkleidungen zufriedenzugeben, brachen sie die Türen der elterlichen Schränke auf, um deren Festtagskleider anzulegen. Stolze Gehröcke aus Sedantuch und Beinkleider aus ganz leicht violett gefärbtem Gamsleder, das Parfum von Sandelholz in Schubladen voller Schals aus besticktem Schleierstoff und Gaze, ein Durcheinander von meergrünen, blauen und durchsichtigen Umhängen und seidenen Unterröcken, Radmänteln und Krinolinen, Röcken aus matter Seide und gestreiftem Taft, Westen aus golddurchwirktem Atlas, Schlapphüten, Melonen, Hauben für Novizinnen oder Ammen, mit Schminke verdunkelte Lider für den Schmerz, mit Belladonna glänzend gemachte Augen für die Leidenschaft, lange Samtschleppen aus Genua, aprikosenfarben, um damit die Freitreppe der Oper hinaufzulaufen, wo der in der Galerie verborgene Geliebte seinen tödlichen Schuß abfeuern kann; die gefiederten Dreispitze von Tante Eulalia, mit Reiherfedern aufgeputzte Umhänge, Capes, in denen man geheimnisvoll mit einer Botschaft an einer Mauer entlang schleichen kann. Barette und Umschlagtücher, Schnurrbärte und mit rußigem Korken gemalte Leberflecke; Essig nimmt man ein, um die Blässe eines aristokratischen

Leidens zu bekommen, Salzlake, damit man fiebrig wird; da sind Morgenmäntel von Tante Adelaida, einer untröstlichen Witwe; Brandenburger und Soutache, die Pracht von Juwelen, die einem Rang verleihen – jeder will einen höheren als die anderen, keiner will eine plebejische Figur darstellen, es sei denn, sie ist boshaft oder wunderschön. Ich will nicht der Kutscher sein, auch nicht mit den Kokarden und der Halskrause meiner Redingote. Ich will der Vetter der Braut sein oder wenigstens der Sohn des Vetters, der auf den Antillen lebt und Guayabera und Panama trug und mit den Piraten Rum trank und die Sklaven auspeitschte... und dann... und dann heiratete er die *Belle créole*, die Bontée oder vielleicht Felicitée hieß, die stumm litt, weil er Söhne von seiner mulattischen Konkubine hatte, und die Räucherzauber bereitete, um ihm einen Sohn schenken zu können. Wer wird die *Belle créole* sein, wenn wir auch nicht wissen, welche Beziehung sie zu der *Unsterblich Geliebten* hat, und ihren Rang oder ihre Bedeutung in dieser Geschichte nicht kennen. Vielleicht hat sie eine wichtige Rolle, vielleicht nur eine kleine, das hängt alles von deiner Verkleidung ab, von der Überzeugungskraft deines Spiels, deiner Fähigkeit, die Geschichte neu zu erfinden. Du bist für deine eigene Bedeutung verantwortlich und dafür, wenn sie ihr fehlt. Du hattest die Möglichkeit, den Gang dieser Geschichte zu verändern, aber nicht die Phantasie, deiner Rolle Kraft zu geben. Ja, ja, du hättest die ganze Geschichte in die Tropen verlegen können, wenn es dir gelungen wäre, uns davon zu überzeugen, daß es so sein muß, und in dem Fall hätten wir uns alle in *Belles créoles* verwandelt und in Kaffee- oder Zuckerrohrpflanzer, die in Hängematten liegen, während Mulattinnen uns mit Quenciablättern fächeln würden.

2

Die Gräser, bewegter als gewöhnlich, nutzten die zunehmende Dunkelheit, um die ehemalige Umzäunung des Gitters zu überschreiten, ihre geheimnisvolle Sanftheit zwischen die gleichgestimmten Ulmen und Weiden führend, in das Territorium des Parkes eindringend, drohend – empfand Juvenal –, sich seiner Form zu bemächtigen, um sie auszulöschen, sobald die Dunkelheit dem Traum gleich wäre. Das Schauspiel, das mußte er zugeben, war wunderschön. Zur Stunde des Sonnenunterganges sah man von dieser kleinen Höhe aus die geneigten Federn wie einen Rücken aus lebendigem Gold sich vor Lust unter dem Streicheln des Windes wiegen. Daß die Gräser herankamen, versicherte sich Juvenal, war allein Phantasie, durch die seine Einbildungskraft die ganze Ebene bis zu den blauen Bergen, die den Horizont säumten, und das gesamte Universum dem Spiel *Die Marquise ging um 5 Uhr aus* einzuverleiben suchte. Oder war es eine Halluzination? Hoffentlich. Die Tatsache, daß er phantasierte, war vielleicht angetan, dem Spiel das Ungestüm zu geben, um es in den Grenzen der unbestreitbaren, weil absolut falschen Geschichte zu halten. Sein Ziel hatte er auf jeden Fall erreicht, als er die Maskerade vorschlug. Es lösten sich nicht nur die Spannungen, sondern, da die Vettern auf der Suche nach Dingen, die ihre neuen Identitäten ausstaffieren könnten, über das ganze Haus verstreut waren, fehlte der Angst jetzt ein Zentrum, auf das irgendein Funke hätte überspringen können, um eine Explosion zu provozieren. Dies war ein Triumph für ihn, für die *Boshafte Marquise,* deren Rolle er in wenigen Augenblicken spielen würde – sobald Justiniano und Abelardo die Mohren aus dem Kabinett geholt und sie zu beiden Seiten der Glastüren auf die Terrasse gestellt hatten, wo man die Vermählung feiern wollte. Er würde sich ins Schlafzimmer seiner Mutter zurückziehen und sich mit ihren schönsten Bändern behängen und als Königin wieder erscheinen. Einige der Kinder kamen schon fertig herunter: Aglaée und Esmeralda als siamesische Zwillinge, schwierig in irgendeine Handlung als zweitrangige Figuren einzubauen; Alamiro als Bösewicht mit Monokel, Hipólito und Olimpia in zusammengestoppelten Kostümen, die noch verbessert werden müßten. Am besten änderte man sie sofort, und verhinderte dadurch, daß sie stehen blieben und die Vermessenheit der Gräser beobachteten, die überall wucherten, in den Beeten, selbst im Rosengarten, um den *laghetto* herum, der so angelegt war, daß man ihn von der Südterrasse wie eine dekorative Silberplatte sah. Jetzt war er halb verborgen von dem wilden, üppigen Wachstum der Federbüschel. Juvenal malte einen Stern auf Olimpias Stirn, schickte Morgana, Hipólito für seine Rolle als Cupido das Haar zu locken, rief die übrigen zusammen, um ihre Aufmerksamkeit auf sich selbst als Kraftzentrum der Geschichte zu lenken und so zu verhindern, daß irgend jemand bemerke, wie die Gräser einstimmig säuselnd herankamen.

Aber nein, das stimmte nicht. Ihr Murmeln war nicht einstimmig. Das erschrockene musikalische Gehör des ältesten der Vettern vernahm Modulationen oder glaubte sie zu vernehmen, als unterscheide sich das gewöhnliche Murmeln des pflanzlichen Raschelns in Rhythmen und Intervallen und vielleicht sogar in Bruchstücken von Melodien. Er befahl Cordelia und Theodora irgend etwas Hochzeitliches auf ihren Mandolinen zu üben, etwas Lautes, Festliches, was die, die wimmerten, anregte, lauter zu wimmern, als sie sahen, daß der *Engel der Güte* in Ohnmacht fiel, als er die Nachricht erhielt, daß die *Unsterblich Geliebte* in ihrem letzten lichten Augenblick, bevor sie sich in der Irrenanstalt einschloß, darum bat, sie möge sich mit dem *Jungen Grafen* vermählen: eine Auszeichnung, das muß ich meinen Lesern anvertrauen, die Colomba heimlich Juvenal abgekauft hatte, dafür daß sie ihm die Schlüssel für die Speisekammern des Hauses überließ. Die von Schminke und Schatten verzerrten Gesichter waren jetzt kaum noch zu unterscheiden. Niemand wußte, wer wer war. Bald würde es nötig sein, sich zu betasten, um sich zu erkennen. Währenddessen bewegten sich in der jetzt fast vollkommenen Dunkelheit die stählernen Gräser nicht, erhoben sich aber bedrohlich am Fuß der Balustrade und der Freitreppe, die jeder lieber übersah. Aber nein. Es waren nicht die Gräser, die sie umstellten. Es waren die Lanzen; wieder aufgerichtet, so schien es jedenfalls, verwandelten sie das wohltuende, gewohnte Gefängnis des Parkes, das so weit, so kultiviert gewesen war, in die bedrohliche Palisade eines anderen, geschrumpften, feindlichen Gefängnisses, das sie jetzt durch die wilde Vermehrung der die Lanzen simulierenden Gräser immer enger einschloß. Juvenal lwollte sie nicht erkennen. Erstickt in diesem bösartigen Raum, fehlte es ihm an Atem, um die Kleinen zu betrügen, die um mehr Essen, mehr Wärme bettelten, da die Nacht mit dem Unaussprechlichen auch Kälte brachte, die nach ihren Müttern riefen, eine wimmernde Schar kleiner Prinzen und Feen, Ehebrecherinnen und Kurtisanen, schlecht gekleideten und ungeschickt geschminkten Verführern und Potentaten, an den Kleidern des ältesten Vetters zerrend, ihn mit ihren Forderungen und Klagen betäubend: Wo ist Melania? Wo ist Fabio? Wir haben ihn den ganzen Tag nicht gesehen . . . und Malvina? Und Casilda? Higinio scheint die Erde verschluckt zu haben. Wir wollen, daß Wenceslao kommt, er soll uns alles erklären, auch wenn er lügt, und Mauro, der *Junge Graf*, ohne den es keine Hochzeit gibt, weil nur er das tragische Schicksal darstellen kann, das wir ihm bestimmt haben, und Arabella ist bestimmt in ihre Bibliothek zurückgegangen, und Amadeo, dieser Schatz, zum Fressen süß, vor allem jetzt, wo wir anfangen Hunger zu kriegen, ein reizender Fratz, wenn auch viel zu klein, um allein in der Dunkelheit herumgehen zu dürfen, besonders heute, wo wir kein Gitter haben und er sich in der Ebene verlaufen kann . . . Wir sollten ihn wenigstens suchen, den kleinen Amadeo suchen, aber wir sind nur so wenige, wie viele sind wir noch? Wer fehlt alles? Besser, man weiß es nicht, obwohl wir es gleich erfahren werden, denn man wird die Lichter anzünden, die Leuchter mit den hundert Kerzen, die von den Mohren in goldenen Uniformen hoch gehalten werden, aber dann werden wir sehen, warum der Park nicht mehr zur Ebene offen ist . . .

Ich muß meinen Lesern sagen, daß Wenceslao Juvenals Plan, seine Vettern mit als List benutzter Phantasie abzulenken, erkannt hatte. Als Troubadour verkleidet und dann als Buckliger, als Kammerherr und dann als Indianer, geschützt durch die Dunkelheit, die seine gewöhnlich auffallende Art auflöste und seine Identität atomisierte, damit sie ihm keine Fragen stellten, die zu beantworten er noch nicht in der Lage war, stieg er in den Turm, um mit seinem Vater zu sprechen – um den Amadeo und Mauro sich kümmerten –, und kam mit Arabela wieder herunter und stieg wieder hinauf mit den Neuigkeiten, damit Adriano Gomara, wenn er erwache, die Maschinerie seiner Gedanken anlaufen lassen könne.

Der Junge senkte den Kopf, als er seinen Vater – nach der allerherzlichsten Begrüßung – den Aktionsplan entwerfen hörte, den Wenceslao plump fand, nämlich, sich sofort ganz Marulandas zu bemächtigen und alles in radikalster Weise zu verändern, indem ohne Ansehen der Person, aber doch ungerechterweise jeder eliminiert würde, der es wage, *Die Marquise ging um 5 Uhr aus* zu spielen. Vor allem Melania und ihr Kreis. Er machte sie darauf aufmerksam, daß Juvenal von klein auf eine Grube von Hinterlist gewesen sei, und Melania besäße die Weisheit von Generationen von Frauen, für die Betrug die einzige Kunst sei, und die Schachspieler, unfähig irgend etwas anderes zu tun als zu spielen, proklamierten eine zersetzende Neutralität. Das heißt: allen diesen und den übrigen, die auf deren Seite stünden – verkündete Adriano Gomara von seinem Bett aufstehend und mit seiner in Laken gehüllten Heldengestalt den ganzen Raum der Dachkammer und die Herzen der Kinder, die ihm zuhörten, einnehmend, außer dem seines Sohnes, der es ihm für den Augenblick schmerzlich enthielt –, allen diesen mußte man nicht nur ihre Privilegien, sondern auch ihre Rechte nehmen, als Warnung und Exempel. Wie war es möglich, dachte Wenceslao, als er den keinen Widerspruch duldenden Ton solcher Empfehlungen hörte, daß sein Vater so naiv war, so übereilt, daß er sich nicht zuerst einmal den Problemen zuwandte, die den Weg ebnen würden, wie zum Beispiel dem Problem ihrer Isolierung oder ihrer Angst vor der Nacht, oder dieses Gestrüpps der Neigungen, aus denen sich Bündnisse bildeten, die man unmöglich bekämpfen konnte, da sie so unbestimmt waren, oder dem Problem, die Fähigkeiten eines jeden vernünftig zu nutzen. Wie konnte er mit ansehen, wie sein Vater diesen stümperhaften Angriff vorschlug, obwohl er wissen mußte – er selbst hatte ihn darüber informiert –, daß Juvenal jetzt im Besitz der Schlüssel zu den Speisekammern des Hauses war, aus denen sie sich ernähren mußten, bis sie das lobenswerte Projekt, selbst Nahrungsmittel zu produzieren, ausführen konnten. Und wozu, um Gottes willen, sich mit Colomba entzweien, dem *Engel der Güte*, der einzigen unter allen Kindern, die die Vorräte vernünftig verwalten und die Ernährung der Kinder tatsächlich sicherstellen konnte, da sie sich lange genug mit diesen Dingen beschäftigt hatte? Und dann die Zeit... dieses erdrückende Problem der Zeit, das in seiner Zweideutigkeit alles zersetzen, Personen und Programme zerstören, alles ins ungeheuerliche verwandeln konnte?

Als er die breite gewundene Treppe hinuntergehen wollte, die ins ovale Vestibül hinabführte, hielt Wenceslao an der Laterne, bei der die Rutschbahn des bronzenen Handlaufs begann, Mauro an, um mit ihm über seine Betroffenheit zu sprechen. Aber Mauro, völlig verwandelt durch die Begegnung mit Onkel Adriano, schwitzend und voller Begeisterung, denn er konnte es kaum fassen, daß sich ein Erwachsener um andere Dinge kümmerte, als sich die eigenen Nägel zu polieren, entgegnete ihm böse, er werde persönlich jeden gefangennehmen, der sich gegen Onkel Adriano stellen würde, und ihn in den stinkenden Gewölben einsperren, die der Bestrafung widerspenstiger Diener dienten. Arabela, die beiden aufmerksam zugehört hatte, versuchte, den Streit zu schlichten, und meinte, es sei ganz normal, daß zu Anfang extrem defensive Programme aufgestellt würden; später, wenn die Erfahrung die Gemüter beruhigt habe, würde man wieder zu einem ausgewogenen, zivilisierten Dialog kommen. Unauslöschlich wie eine Tätowierung blieb jedoch in Mauros Herz ein Argwohn gegenüber Wenceslao, denn er war fest davon überzeugt, daß alle Söhne Onkel Adrianos – und er hielt sich jetzt auch für einen seiner Söhne, zumal er nie eine Sohn-Vater-Beziehung zu Silvestre gehabt hatte – ihm absolute Treue schuldeten, absolute Hingabe, blindes Vertrauen und Gehorsam, was auch immer er befehlen mochte, denn Adrianos Programm erhob nicht nur seine und seiner Brüder Arbeit am Lanzengitter zu etwas Bedeutendem, es würde vielmehr tiefgreifende Veränderungen im Leben von Marulanda bewirken, wo dann sie, nicht die elterliche als Liebe verkleidete Autorität, die Hauptrolle spielen würden. Wer es wagte, ihn zu kritisieren, war ein Verräter. Und in Wenceslaos Haltung schlich sich bereits dieser Verrat: er und

Arabela wollten auf den bronzenen Handlauf klettern und hinunterrutschen, obwohl Onkel Adriano ihnen geraten hatte, im Augenblick keine der Regeln der Erwachsenen zu brechen. Aber Wenceslao, der immer genau das tat, was ihm gerade einfiel, denn er war ein verwöhnter Fratz, ohne jede Disziplin und gleichzeitig mit soviel Charme, den er schamlos ausspielte, kletterte auf die Rutschbahn und Arabela hinter ihm her.

3

Zwischen den Vettern auf der Südterrasse, ohne daß diese im Trubel der Maskerade ihre Anwesenheit bemerkten, standen Mauro und Wenceslao und Arabela und erkannten, daß keiner der anderen die Konflikte sah, die durch alles, was sich jetzt ereignete, entstanden. Entweder reichte ihr Verstand nicht aus, oder sie zogen es vor, nicht darüber nachzudenken, oder sie wußten einfach viel zu wenig. Aber gerade in diesem Augenblick, als Wenceslao von der Südterrasse in den Park schaute, bemerkte er – wie ich bereits im vorherigen Kapitel erzählte – eher als alle anderen die im Dickicht der Pflanzen und Büsche verborgenen prächtigen Gestalten, Gespenster vielleicht oder Götter oder Schatten von Priestern. Und wie in einer Erleuchtung begriff er die Wahrheit der Erklärung, die ihm sein Vater vor Jahren gegeben hatte, als sie an jenem unseligen Tag durch die Keller gegangen waren. Damals hatte er auf väterlichen Befehl die Schleusen seines Gedächtnisses geschlossen und die wundervollen Erscheinungen Träumen zugeschrieben. Jetzt öffneten sie sich und setzten, als er die gegenwärtige Pracht erkannte, Katarakte der Erinnerung frei.

In einem Zustand von Überempfindlichkeit bemerkte Wenceslao, der alles genau beobachtete, daß nach kurzer Zeit die Begeisterung seiner Vettern an dem Spiel verebbte. Er entdeckte Melania, die wahrscheinlich ·heruntergekommen war, um nicht allein in dem chinesischen Kabinett zu sein, wenn die feindliche Nacht hereinbrach. Sie tuschelte mit Juvenal in einem Winkel, wahrscheinlich wollte sie ihre Rolle als *Unsterblich*

Geliebte, als Braut, wiederhaben, denn ohne diese begriff sie gar nichts. Aber Juvenal hatte die Schlüssel. Und da er sie behalten wollte, war er nicht gewillt, Melanias Forderungen nachzugeben, und behauptete, sie sei nicht angemessen als Braut verkleidet, wie es die Handlung der Episode, die gerade beginnen sollte, erfordere. Juvenal war – das sah Wenceslao – gespannt, aufmerksam, fing andere Stimmen und andere Bilder auf als seine Vettern in ihrer lärmenden Maskerade. Bestimmt die gleichen, die er selbst bemerkt hatte, aber für ihn hatten sie eine entgegengesetzte Bedeutung. Juvenal befahl, die Leuchter mit den hundert Kerzen anzuzünden, die von den Mohren gehalten wurden. Als sie sah, wie Justiniano und Abelardo ihm gehorchten, kreischte Melania:

»Nein, nein, zündet sie nicht an! Es ist gar nicht dunkel! Das ist gelogen! Es ist nicht Nacht! Unsere Eltern haben versprochen, vor dem Dunkelwerden zurückzukommen, und da sie noch nicht hier sind, kann es auch noch nicht dunkel sein! Nein, zündet die Kerzen nicht an, das würde bedeuten, daß unsere Eltern ihr Versprechen nicht gehalten haben. Aber sie werden es halten, ja, ja, sie müssen es halten . . .!«

Aber man zündete die Kerzen an, und alles begann nun wie auf einem erleuchteten Proszenium abzulaufen. Die steifen Pfauen und die Schwermut der Glyzinie schienen in die nebensächliche Zweidimensionalität von Vorhängen und Soffitten einbezogen zu sein, während die plumpe Übertreibung der Aufmachung die Gesten und Bewegungen der Kinder hervorhob und die lärmenden Bemühungen, Melania zum Schweigen zu bringen, alles in einen Akt von *Die Marquise ging um 5 Uhr aus* verwandelte. Den Kleinen fiel es nicht schwer, ihr echtes Wimmern automatisch in gräfliches Wimmern zu verwandeln. Aber Juvenals feines und auf das Darüberhinausreichende gerichtetes Gehör vernahm, daß, lauter als die Stimmen, die ihn umgaben, bestimmte Noten erklangen, Kastagnetten, Schalmeien, Triangel. Ganz deutlich jetzt, obwohl es in dem vom Wind in der Vegetation hervorgerufenen betäubenden Murmeln gedämpft wurde. Weder er noch sonst jemand spürte diesen Wind auf der Haut, doch er trieb den aufgewühlten Ozean der Gräser zur Terrasse. Die flüchtige Individualität ihrer Masken vergessend, wandten die

Kinder ihre Gesichter dem dunklen Park zu, um ihn mit ihrem plötzlichen Verstummen zu befragen.

In diesem Augenblick begann tatsächlich die Invasion der Federbüsche, die Pflanzen bewegten sich wirklich. Nein, sie bewegten sich nicht nur, sie kamen heran, mehr noch, sie marschierten heran. Helmbüsche, Federn, Lanzen, Gräser, ein Urwald wälzte sich langsam aus der Dunkelheit auf sie zu, auf die in dem künstlichen Licht des Tableau vivant gefangene Besetzung von *Die Marquise ging um 5 Uhr aus*. Verschreckt zogen sich die Kinder vor dieser Invasion zu einem winzigen Knäuel zusammen, unfähig, ihre Angst in Geschrei aufzulösen, was diesen Wundern gegenüber auch eine völlig unpassende Reaktion gewesen wäre. Aber ein Schrei von Melania, deren Hysterie jedes Gefühl der Angst verdrängt hatte, riß sie aus ihrer Verzauberung: die *Unsterblich Geliebte* deutete auf eine blendende Gestalt, die in lange Gewänder gehüllt, mit weißem Bart und blondem Haar, wie eine Erscheinung zwischen den Mohren, als Zentrum des Lichts erstrahlte.

»Wer«, kreischte sie, »hat die Geschmacklosigkeit besessen, sich für dieses Spiel als *Gott der Allmächtige Vater* zu verkleiden!«

»Hybris«, murmelte Arabela, ohne daß jemand ihre gelehrte Bemerkung verstand. *Gott Vater* bedeutete mit einer leichten Geste zu Mauro und Arabela, die neben ihm standen, Melania gefangenzunehmen, denn ihre Hysterie hinderte ihn, die Zeremonie mit der gebührenden Feierlichkeit zu vollenden. Wenceslao versuchte zu verhindern, daß Mauro die *Unsterblich Geliebte* packe, als hätte es niemals etwas gegeben, das sie verband. Aber er mußte der ganz und gar lichten Gestalt gehorchen, die ihn rief, sich an seine Seite zu stellen. Mauro, während er versuchte, Melania zu bändigen, die sich immer noch wehrte, drohte seinen Vettern, sie sollten der Erscheinung applaudieren. Fast alle Kinder taten es, obwohl sie die Richtung dieses Teils des Spiels nicht richtig verstanden.

Sie mußten immer wieder die Gräser betrachten, die bereits aus der unerschöpflichen Menge ihresgleichen, die sich bis zum Horizont der Dunkelheit ausdehnten, die Freitreppe emporstiegen. Sie kamen langsam herauf, getragen von Figuren, die sich als Krieger entpuppten und als Priester. Die Gräser wiegten sich in den Büschen der goldenen Helme, an den Spitzen der Lanzen und krönten die Frauen und Musikanten. Die phantastischen Büschel, die sie im Verlauf des Abends umstellt hatten, rückten heran und überschwemmten jetzt die Terrasse, auf der eine Gruppe ungeschickt geschminkter und in Kleidern, die ihnen nicht gehörten, als Erwachsene maskierter Kinder stand. Den Eingeborenen gehörten jedoch die Kleider, mit denen sie bedeckt waren: die Gewänder aus reichen, gefleckten Fellen heute nicht mehr existierender Tiere, das an Ohren und Handgelenken schwingende Geschmeide, der Farbenreichtum der gewebten Decken, das Geklimper der Ketten und Amulette, die Halsbänder, die Mäntel, die Umhänge, die goldenen Masken.

Der Zug wurde angeführt von einem jungen Krieger von großartiger Statur mit einem Umhang, der weich aus einem granatfarbenen, gestickten Flügelkragen über seine Schultern fiel. Er trug einen Helm mit blaugefärbtem Gräserkamm. Ihm folgte eine Prozession seiner Männer. Aber er war so majestätisch, daß alle Blicke auf ihn gerichtet waren und auf den Raum, der ihn von der anderen, ihm entsprechenden, aber doch ganz andersartigen Figur trennte, die ihn im Licht erwartete. Das außerordentlichste an dem Herannahenden, der sich gab, als komme er zu einer seit vielen Jahren getroffenen Verabredung, war, daß sein Gesicht von einer Maske aus getriebenem Gold bedeckt war, die ein Lächeln zeigte. Sie ließ für die Augen nur Schlitze frei, in denen seine Erregung glänzte. Diese Gestalt mit ihrem Gefolge aus mit gleicher Pracht gekleideten Frauen und Kriegern drängte auf die Terrasse zwischen die als etwas, was sie nicht waren, verkleideten Kinder, zwischen die weißlackierten Korbstühle und Tische, wo man täglich seinen Tee trank oder Karten spielte. Als der Krieger zu dem Priester kam, der ihn im Licht erwartete, nahm ihm dieser, noch bevor er den Riesen begrüßte, in absoluter Stille, sogar die Gräser hatten sich abgesprochen, um der Zeremonie Transzendenz zu verleihen, sanft die goldene Maske ab. Er reichte sie Wenceslao, der sich dadurch in eine Dimension von so natürlicher Ordnung einbezogen fühlte, daß er, ohne es zu wollen, die Kritik an den Plänen seines Vaters vergaß. In diesem Augenblick der Hoffnung war sein Herz eins mit allen anderen Herzen, eins mit dem Herzen dieses autorisierten, aber nicht autoritären Riesen, in dem er den erkannte, der an jenem fernen und unseligen Todestag seiner Schwestern an den Tisch getreten war, auf dem das weiße Schwein lag, und ihm den Spieß in einer Weise in die Halsschlagader gestoßen hatte, daß das Tier nur wenig litt, so vorsichtig, daß das Blut genau in die von den Frauen gehaltenen, dampfenden Krüge floß.

Der Riese breitete die Arme aus und umfing die andere Figur in einer brüderlichen Umarmung, die ein fröhliches Geheul der unendlichen dunklen Legion, die ihn begleitete, hervorrief und einen zurückhaltenden, feierlichen Applaus der Mehrzahl der Kinder.

ZWEITER TEIL
Die Rückkehr

KAPITEL ACHT

Die Kavalkade

1

Sie hatten ausreichend Zeit und mußten sich nicht beeilen. Der langsame Trott der Pferde, das friedliche Rollen der Wagen waren wunderbar dazu angetan, den Sonnenuntergang in seiner ganzen Fülle zu genießen. Obwohl die Sonnenuntergänge in Marulanda an allen Tagen des Sommers gleich waren, rief gerade dieser Sonnenuntergang, von dem ich spreche, Ausrufe der Bewunderung hervor, als die Sonne in ihrem ausgedehnten Blutbad unterging und die weiße Halbkugel des Himmels dann über der Ebene zurückließ. Die Schlange der Wagen zog eine vergängliche Spur, die sofort von den Gräsern wieder gelöscht wurde, die sich mit der Natürlichkeit, mit der sich Wasser über einem hineingeworfenen Stein schließt, über dieser Spur schlossen.

Die Dienerschaft sang in den Wagen der Nachhut: die Küchenjungen, meinten die Herren, oder vielleicht die Gehilfen der Gärtner oder junge Pferdeknechte stimmten vulgäre Liedchen an, um sich die Zeit zu vertreiben, da es ihnen an Zartgefühl fehlte, sich an der Betrachtung des wunderschönen Abends zu ergötzen. Sie fuhren so weit hinten, daß der Wind nur hin und wieder einen Fetzen der Melodien bis zu den Hauptwagen trug. Da aber das Betragen des Personals den ganzen Tag über tadellos gewesen war, zog man es vor, sie nicht zum Schweigen zu bringen. Alle Venturas waren sich darin einig, daß der Majordomus wegen der Disziplin, mit der er die Arbeit seiner Truppe während des Ausflugs geleitet hatte, einen Bonus verdient habe, obwohl er ja eigentlich nichts als seine Pflicht getan hatte, wie es in seinem Vertrag auch für außergewöhnliche Ereignisse wie eben dieser Ausflug festgelegt worden war. Sollte das Singen doch ein schwaches Zeichen mangelnder Disziplin sein? Mochten sie ruhig singen! Sie zu tadeln hieße, den unvergleichlichen Abend, mit dem der Ausflug gekrönt wurde, verderben: besser zog man, wie bei so vielen anderen Gelegenheiten, einen dichten Schleier darüber . . .

Der Ausflug war ein wahrer Traum gewesen, bezaubernder noch als alle Erwartungen. Die Lakaien hatten ein Gobelinzelt neben dem See aufgeschlagen, genau dort, wo man der Melodie der Kaskade in ihrem feinsten Klang lauschen konnte. Dort tauschten die Damen ihre Reisekleidung mit bequemeren Tunikas, die sie wie auf Seidenkissen hingestreckte Huris aussehen ließen oder wie Sylphiden, die Schmetterlinge zwischen den blauschimmernden Gewächsen jagten. Ludmila, immer ein wenig verträumt, tanzte auf einem Seerosenblatt und versuchte den Regenbogen der Kaskade zu fassen und zeigte dann ihre Hand, die bunt zu schillern schien. Die stolzen Gatten führten ihre Jagdbeute vor: zarte Tiere mit erstaunlichen Geweihen, mit phantastischen Schwanzfedern ausgestattete Vögel und sogar einen großen Käfer mit so mächtigen Flügeln, daß sie, als er sie im Todeskampf schwang, die Luft erfrischten, die außerdem so kristallklar war, daß nicht einmal der Rauch der Feuerstellen sie verschmutzen konnte. In der Trägheit nach den Mahlzeiten und der süßen Erschöpfung nach ihren Vergnügungen schlummerten unsere Freunde, die Venturas, hin und wieder ein, so daß die Zeit, lang und kurz zugleich, angenehm verging, fast ohne daß sie es bemerkten. Um den Ausflug zu beschließen, fuhren die Herren in den Fluß hinein und beschossen von ihrem Floß aus die violettfarbenen Schalentiere, die zwischen den dicken aus der Strömung herausragenden Baumwurzeln herumwühlten. Bevor sie aufbrachen, probierten alle, selbst die zimperlichsten Damen, die Zangen jener Ungetüme, die man in in den Sand gegrabenen Löchern gebraten hatte, während eine Gruppe von Lakaien, die jüngsten in Frauenkleidern, einen ländlichen Kontertanz vorführte. Die langsame Rückfahrt durch die Unendlichkeit der Ebene war ein sanftes Ausruhen für die Empfindungen, und sie betrachteten den Sonnenuntergang, so großartig er war, wie eine hervorragende Zugabe.

»Ich habe das seltsame Gefühl, daß die Kinder...« stotterte Ludmila, als sie von einem Holpern des Wagens plötzlich erwachte, und schwieg sofort wieder, als sie begriff, was sie sagen wollte.

»Und Juvenal«, seufzte Celeste und öffnete die Augen.

»Was sagst du über Juvenal?« fragte Terencio, der auf seinem Fuchsschimmel neben dem Wagen ritt. »Hör auf, Dummheiten daherzureden, Ludmila, du hast gar kein seltsames Gefühl, was die Kinder angeht, also schlaf weiter.«

Und, um von diesem leidigen Thema nichts mehr hören zu müssen, ließ Terencio den ersten Wagen vorbeifahren. Doch in dem zweiten hörte er, daß man auch davon sprach:

»Ich habe so ein seltsames Gefühl... ein seltsames Gefühl... ein seltsames Gefühl...« wiederholte Adelaida zwischen Traumfetzen, denn nach den reichlichen Speisen hatte sie einen großen Teil der Rückfahrt verschlafen.

»Die Dunkelheit, die langsam hereinbricht, läßt uns an unnötig unangenehme Dinge denken!« rief Terencio und ließ sie vorbeifahren, während Eulalias Silhouette zu ihm herantrabte, die Feder an ihrem Dreispitz und der lange Schoß ihrer Amazonenrobe flatterten im Wind:

»Schwöre mir, daß du mich leidenschaftlich liebst«, bat sie ihn, denn sie hatte zum Zeitvertreib versucht, ihn auf dem Ausflug zu verführen. »Ich muß dir gestehen, ich habe ein sehr seltsames Gefühl...«

Ohne ihr auch nur zu antworten, da diese Wiederholungen anfingen, ihn zu verärgern, sowohl die von Ludmila wie die von Eulalia, blieb Terencio zurück und wartete auf den Landauer, in dem Hermógenes fuhr. Der hatte die Stirn gerunzelt.

»Ist irgend etwas?« fragte Terencio.

»Entschieden nichts«, antwortete Hermógenes. »Aber es ist eine Tatsache, daß wir alle ein seltsames Gefühl haben... die Kinder...«

»Gib nicht den Kindern, diesen Engelchen, die Schuld!« rief Lidia.

»Es ist die Schuld dieses Idioten, der unseren vollkommenen Frieden mit seinem geschmacklosen Liedchen stört«, entschied Terencio.

Er hörte aus dem Wagen Ludmila, die die ganze Fahrt über von ihrer Hand mit dem schillernden Glanz hypnotisiert war, mit immer schrillerer Stimme ein über das andere Mal wiederholen, sie habe so ein seltsames Gefühl... Wütend, da er die Ursache für die Unruhe der Familie in dem Gesang suchte, drehte Terencio sein Pferd, ließ die Mäander der Wagen, in denen die Dienerschaft nach ihrem Rang geordnet fuhr, vorbeiziehen und galoppierte bis ans Ende der Kavalkade. Der Gesang verstummte, bevor Terencio zu dem letzten Karren gekommen war, in dem junge Burschen saßen, die zwischen Körben, Flinten, zusammengerollten Sonnensegeln und Pflanzen lachten: zwei Küchenjungen, die beiden Wächter von Adriano – was machten die hier?, obwohl es jetzt, am Ende des Ausflugs unsinnig war und vielleicht gefährlich, danach zu fragen – und ein Gärtnergehilfe.

»Du!« schrie Terencio und richtete seinen Zorn auf die ganze Gruppe, um sich nicht dazu herabzulassen, irgendeinen Diener als Individuum anzusehen.

»Euer Gnaden?« antwortete der, der weder Küchenjunge noch Wächter war, indem er sich selbst als der Angesprochene ansah.

»Wer bist du?«

»Juan Pérez, zu Diensten, Euer Gnaden.«

»Dein Name interessiert mich nicht. Was machst du?«

»Ich halte den *laghetto* sauber, Euer Gnaden.«

»Ich wiederhole, es interessieren mich deine persönlichen Einzelheiten nicht. Ich sehe schon an deiner Uniform, daß du ein Gärtnergehilfe bist, und das genügt mir. Steig aus.«

Juan Pérez sprang von dem fahrenden Karren – und jetzt war es unmöglich, ihn nicht mehr mit diesem vulgären, aufdringlichen Namen zu identifizieren, obwohl es anders besser gewesen wäre –, und ohne zu fragen, warum und wozu, bieb er vor dem Roß, auf dem Terencio saß, stehen. Er verbeugte sich leicht, aber lange, wie es die Etikette der Familie vorschrieb, und zeigte damit seine Unterwürfigkeit. Nun, diesem unbedeutenden Wesen gegenüber konnte er dem Zorn, den alle Venturas verspürten, weil dieses Volkslied sie aus der traumhaften Verzauberung ihres Ausflugs gerissen hatte, freien Lauf lassen.

»Hast du gesungen?«

»Nein, Euer Gnaden.«

»Wer hat dann gesungen?«

»Das weiß ich nicht, Euer Gnaden.«

Terencio sah ihn einen Augenblick von seiner Höhe herab an. War dieser Juan Pérez wirklich so unbedeutend? Er lächelte respektvoll, aber hinterlistig, nahm alles mit einem Grinsen hin, das nicht zu seinen Augen mit dieser gelben Hornhaut paßte. Terencio, gewitzt darin, sofort zu erkennen, wer sich kaufen ließ und zu welchem Preis, sagte zu diesem unscheinbaren Wesen mit dem harten, krausen Haar:

»Ich gebe dir eine Krone, wenn du mir sagst, wer gesungen hat.«

Juan Pérez streckte die Hand aus und sagte:

»Ich habe gesungen.«

Terencio schlug ihm mit der Reitgerte auf die Handfläche. Juan Pérez schloß die Hand sofort wie jemand, der eine wertvolle Münze ergreift. Aber er zuckte nicht einmal mit den Wimpern und hörte auch nicht auf zu grinsen. Terencio begriff, daß dieses Grinsen eine List war, daß er log. Keine einzige Note hätte der mit seiner Froschstimme singen können. Aber um sich irgendwie hervorzutun, hatte er beschlossen, die Schuld auf sich zu nehmen, denn eine andere Möglichkeit hatte er nicht. Von der Gegenwart eines Individuums, dessen Identität eigentlich verschwommen hätte bleiben sollen, belästigt – und von zwei anderen Wesen, die man, da sich das Ende des Ausflugs näherte, besser vergaß –, nahm Terencio sich vor, diesen Juan Pérez aus seinem Gedächtnis zu streichen. Er wußte, die beste Form, etwas auszulöschen, war seine Bezahlung, und er warf ihm eine Münze hin, die der Elende auf allen vieren zwischen den Gräsern zu suchen begann, während Terencio, Halme und Ähren im Galopp niederreißend, davonritt, um sich wieder zu denen zu gesellen, die an der Spitze des Zuges reisten.

In der abnehmenden Helligkeit über der Ebene kamen die Wagen nur langsam vorwärts, sie erklommen die leichte Erhöhung des Geländes, hinter der sie die verfallene Kapelle entdeckten, wo sie auf ihren Fahrten nach Marulanda auszuruhen pflegten, bevor sie die letzte Etappe begannen. Als er die Höhe erreicht hatte, hielt der erste Wagen an, und hinter ihm hielt die Schlange der Fahrzeuge. Unten hob die dunkle Masse der Kapelle ihren Glockenturm, der von Vögeln, die wie Störche aussahen, gespickt war, gegen den weiten Himmel. Eine Feuerstelle dicht neben dem Portal warf ihren roten Schein darauf.

Adelaida, deren Wagen an der Spitze fuhr, berührte mit der Spitze ihres Sonnenschirmes den Rücken des Kutschers, damit er nicht weiterfahre.

»Da sind Leute«, sagte sie.

»Wer ist das?« fragte Terencio.

»Da haben keine Leute zu sein«, verkündete Hermógenes. »Das ganze Gebiet hier gehört uns, und sie brauchen unsere Erlaubnis...«

»Wir könnten in der Kapelle zu Abend essen oder besser davor, damit wir das Gotteshaus nicht mit unseren bescheidenen, menschlichen Funktionen entweihen«, meinte Lidia.

»Welch eine romantische Idee, absolut bezaubernd!« jubelte Celeste. »*Déjeuner sur l'herbe.* Selbstverständlich alle Formen und Konventionen wahrend, die bei jenem fragwürdigen Kunstwerk leider nicht beachtet werden.«

Terencio wählte zwei bewaffnete Lakaien, und zu dritt rasten sie im Galopp den Hügel hinunter. Von den Wagen aus sah man die riesigen Schatten der Rösser, die vor den Flammen, die über die Kirchenmauer flackerten, scheuten. Terencio trat in die Kapelle, die Lakaien suchten mit brennenden Fackeln die Umgebung ab. Da sie ihren Bruder nicht wieder aus der Kapelle herauskommen sah, schlug Adelaida nach wenigen Minuten noch einmal auf den Rücken des Kutschers, und der Landauer rollte, die Schlange der Wagen hinter sich herziehend, den Hügel hinunter.

»Terencio!« riefen sie ein über das andere Mal, als sie zu der

Kapelle gekommen waren, ohne jedoch aus den Wagen zu steigen und sich in gewisser Entfernung haltend, damit das Feuer die Tiere nicht wild mache.

»Ich habe das seltsame Gefühl...« wollte Balbina flüstern. Aber Hermógenes schnitt ihr das Wort ab:

»Hör du mit deinen Gefühlen auf, die kennen wir nur zu gut, und ihre Folgen werden wir eines Tages bezahlen müssen.«

Wie zwei höllische Statuen zu beiden Seiten des Portals stehend, hoben die Lahaien in ihren goldfunkelnden Livreen, ihren Spitzenjabots, ihren Nankinghosen, ihren schneeweißen Strümpfen die brennenden Fackeln, um den Einzug der Venturas in die Kapelle zu beleuchten. In der Dunkelheit des Kirchenschiffes hörten sie Terencios zornige Stimme so laut widerhallen, daß man seine Worte nicht verstehen konnte. Vorsichtig näherten sie sich, die Frauen hatten die Röcke gerafft, die Männer die Gerten und Stöcke bereit. Im Presbyterium trat Terencio auf ein lumpiges, auf den Fliesen zusammengerolltes Wesen ein, während ein anderes Wesen, eine Frau mit einem Kind im Arm, gegen die Ruine des Altars gelehnt stand und schluchzte. Lidia, die mit Adelaida an der Spitze der Gruppe ging, hielt ihre Schwägerin plötzlich zurück und forderte:

»Licht!« Und die beiden Lakaien liefen mit ihren Fackeln ins Presbyterium. Die an den Altar gelehnte, lumpige Gestalt drehte sich um und enthüllte den Betrachtern das ausgemergelte, magere, alt gewordene Gesicht Casildas, die aquamarinfarbenen Augen irre vor Hunger und Angst. Während Terencio den Bösewicht auf der Erde prügelte, trat Lidia, nach der ersten Überraschung wieder gefaßt lächelnd, zu ihrer Tochter.

»Wie ungepflegt du aussiehst!« sagte sie. »Was machst du hier? Wie ist es nur möglich, daß wir uns nicht einmal einen einzigen Tag aus dem Landhaus entfernen können, ohne daß ihr Unfug treibt? Was soll diese Verkleidung? Du bist auch schon viel zu alt, um noch mit Puppen zu spielen. Das schickt sich nicht. Gib sie mir.«

Casilda versuchte, sie in den Lumpen zu verbergen.

»Das ist keine Puppe. Das ist mein Kind.«

»Ja, ja«, sagte Lidia geduldig. »Wir wissen, das ist dein geliebter Sohn. Aber du mußt doch zugeben, daß du nicht mehr so
klein bist, um dich derart in die Geschichte von *Die Marquise
ging um 5 Uhr aus* hineinzusteigern, daß du glaubst, die Stoffpuppe sei ein richtiges Kind.«
Sie riß Casilda das Kind mit Gewalt aus dem Arm und reichte
es Hermógenes. Ohne daß einer der Anwesenden hinsah,
denn alle wußten, es wäre unnötig, Zeuge einer Episode zu
sein, die es gar nicht geben durfte und die deshalb auch
wirklich keinerlei Bedeutung hatte, verließ Hermógenes das
Atrium und ließ die schlafende Puppe in den Brunnen fallen,
der reich war an in ganz Marulanda als besonders rein bekann-
tem Wasser. Die Dienerschaft folgte dem Befehl, sich nicht von
den Plätzen in den Wagen zu rühren, so daß sie nichts sah; sie
wußte, daß man sie dafür bezahlte, nichts zu sehen, wenn
irgend etwas geschah. Nur die beiden Lakaien mit den Fackeln
wohnten der lächerlichen Szene bei, in der ein hysterisches
Mädchen die Phantasiegeschichte von *Die Marquise ging um
5 Uhr aus* vollkommen mit der Realität verwechselte. Als er
wieder in die Kapelle trat und jetzt mit leeren Händen auf
die erste Reihe der Familiengruppe zuging, sah Hermógenes
Casilda in den schützenden Armen ihrer Mutter weinen: eine
bewegende Szene, ganz wie es sich gehörte. Ludmila versuchte Fabio, der, von der Gerte seines Vaters mißhandelt, auf
den Stufen des Presbyteriums saß und weinte, zu trösten,
indem sie ihm ihre schillernde Hand zeigte. Die übrigen Venturas hielten sich ruhig und warteten im Schein der Fackeln ab,
wie sich die Dinge weiterentwickelten, um ihr eigenes Verhalten, was diesen seltsamen Vorfall anging, danach ausrichten
zu können. Als sie ihren Vater zurückkommen sah, schrie
Casilda:
»Was hast du mit meinem Kind gemacht?«
»Was für ein Kind?« fragte Hermógenes.
»Mein und Fabios Kind, das du mir fortgerissen hast, um es zu
töten!« Als sie das hörten, sahen alle zu Adelaida, um zu
sehen, was sie zu diesen Worten sagen und tun sollten, die,
obwohl Casilda ganz offensichtlich wahnsinnig geworden war,
doch ein wenig stark waren. Als Adelaida leicht auflachte,

taten es die anderen ihr gleich. Dann wandte Adelaida sich an Casilda:

»Woher willst du ein Kind haben? Weißt du nicht, daß man die Kinder nicht aus Paris bezieht, daß sie neun Monate brauchen, um geboren zu werden, und nicht nur einen einzigen Tag?«

»Seit einem Jahr sind Casilda und ich hier und sterben fast vor Hunger und vor Angst«, warf Fabio ein.

Die Erwachsenen lachten einstimmig, wie bei einem gut vorgetragenen Witz in einem Theaterstück. Es fehlte wenig, und sie hätten geklatscht. Dann, dem Beispiel Adelaidas folgend, nahmen sie in der ersten Reihe des Gestühls der Kapelle Platz, um die Szene, die sich in dem von gewundenen Säulen und vergoldetem Stuck wie für eine Operndekoration geschmückten Presbyterium abspielte, zu betrachten. Hermógenes sagte zu Fabio:

»Wenn du Hunger hast, soll man dir Speisen bringen. Niemand soll behaupten können, ein Ventura kenne den Hunger. Was möchtest du? Schinken mit Ananas? Der Chefkoch hat einen ausgezeichneten Schinken zubereitet, der kalt und mit einem trockenen Weißwein unübertrefflich ist. Iß, was du willst, aber komm mir nicht mit dieser Geschichte, du seiest seit einem Jahr hier. Wir haben das Landhaus heute morgen verlassen. Zwölf Stunden sind wir fort, nicht zwölf Monate.«

»Und wir haben bezaubernde Stunden verbracht!« fügte Celeste hinzu.

»Am liebsten wären wir dort geblieben, aber wir haben unseren Kindern gegenüber Pflichten, und unsere Gatten sind der Gesellschaft verpflichtet. Das sind Opfer, die uns unsere Klasse auferlegt. Aber wir bringen sie gern.«

»Es ist nämlich so«, erklärte Berenice den anderen, »ich weiß es genau, denn ich bin modern, und meine Kinder erzählen mir alles wie einer Freundin. In *Die Marquise ging um 5 Uhr aus* pflegen sie jede Stunde wie ein Jahr zu zählen, damit auf diese Weise die eingebildete, unterhaltsame Zeit schneller vergehe als die langweilige Wirklichkeit.«

»Das ist mit euch auf dem Ausflug geschehen!« kreischte

Casilda, die schmutzig, mit verhärmten Zügen, nackten Füßen, das Haar in Strähnen, auf die Balustrade des Presbyteriums gestützt dastand und dem im Gestühl sitzenden Publikum fluchte.

»Sprich nicht so unverschämt mit deinen Eltern!« warnte Hermógenes.

»Laß sie nur«, sagte Lidia. »Siehst du nicht, daß dies eine der Szenen aus dem stupiden Spiel ist, das sie immer spielen und das wir, meine ich, verbieten müssen, sobald wir nach Hause kommen. Unglücklicherweise ist Casilda davon überzeugt, daß diese Geschichte wahr ist. Du hast die Szene sehr gut gespielt, mein liebes Kind!« schloß Lidia. »Du verdienst unseren Beifall!«

Und Lidia und die übrigen Venturas applaudierten Casilda.

»Gut«, sagte Lidia, als der Beifall beendet war. »Jetzt kämme dich ein wenig. Da.« Und sie reichte ihr einen Einsteckkamm, den Casilda wegschlug, so daß er in einen Winkel der Kapelle flog. Sehr langsam sagte sie:

»Gebt mir mein Kind zurück.«

Fabio riß sich heftig los und stellte sich zu ihr und wiederholte:

»Gebt mir mein Kind zurück.«

»Aber von was für einem Kind sprechen sie?« fragten verschiedene Stimmen.

»Sie sind völlig durcheinander.«

»Lidia«, sagte Adelaida. »Glaubst du nicht, es war falsch, deinen Töchtern, die doch schon recht erwachsen sind, die Geheimnisse der Schwangerschaft zu verheimlichen und auch, wie lange Kinder brauchen, bis sie geboren werden, und alle die peinlichen Einzelheiten einer Niederkunft?«

»Du hast recht, liebe Schwägerin«, antwortete Lidia. »Mea culpa! Aber ich habe so schwierige Aufgaben mit der Haushaltsführung zu erfüllen, daß ich es wage, von euch allen Nachsicht zu erwarten. Sicher hat Casilda auf dem Glockenturm Störche gesehen und glaubt nun, daß sie ihr die Stoffpuppe, mit der sie gespielt hat, gebracht haben.«

»Nur, um uns diese Geschichte zu erzählen, an die wir nie geglaubt haben, besteht ihr darauf zu glauben, es gäbe in dieser Gegend Störche, Mutter«, flüsterte Casilda. »Außerdem spiele ich seit einem Jahr überhaupt nichts mehr, weil alles ganz anders geworden ist.«

Hermógenes' Stimme donnerte durch die Kapelle und verkündete:

»Nichts ist anders geworden. Jede Veränderung in Marulanda bedeutet eine verheerende Infiltration durch die Menschenfresser.«

»Es gibt keine Menschenfresser«, behauptete Casilda. »Ihr habt sie erfunden, um Erpressung und Gewalttätigkeit rechtfertigen zu können!«

Hermógenes packte sie, und Lidia hielt ihr mit der Hand den Mund zu. Fabio heulte auf dem Boden liegend unter dem Stiefel von Olegario, Terencio drehte ihm den Arm um, und Anselmo kniete betend neben ihm und flehte, er möge versichern, daß im Landhaus alles beim alten geblieben sei:

»Alles hat sich verändert, auch wenn ihr mich quält, damit ich das Gegenteil behaupte. Die Eingeborenen leben in dem Haus... Onkel Adriano ist Gott der Allmächtige... meine Cousinen leben mit Vettern und mit Eingeborenen zusammen... Cordelia hat mestizische Zwillinge... das Lanzengitter gibt es nicht mehr... die Eingeborenen haben sich der Lanzen bemächtigt, um sie wieder zu dem zu machen, was sie sind, zu Waffen, mit denen man kämpft und sich verteidigt... Mauro ist Onkel Adrianos Stellvertreter...« Das ungläubige Lächeln verstärkte sich auf den Lippen der Venturas. Sie waren kurz davor, in lautes Gelächter auszubrechen. Bis Casilda, die sehr gut wußte, was sie sagte und warum, erklärte: »Und wir haben das Gold aus den Kellern gestohlen.«

Die ganze Familie, die von der Hartnäckigkeit, mit der die Kinder immer noch *Die Marquise ging um 5 Uhr aus* spielten, gelangweilt in den Sitzen des wurmstichigen Gestühls gähnte, sprang auf und rief:

»Was sagst du, Unglückselige?«

Fabio lachte:

»Wenn es um das Gold geht, ist es plötzlich kein Spiel mehr, nicht wahr?« Terencio peitschte auf seinen Sohn ein. Olegario, Silvestre, Anselmo drängten sich um ihn, traten ihn, drehten ihm die Arme um, drückten ihm den Kopf auf den Boden. Fabio flehte:

»Laß mich, Vater... quält mich nicht mehr, ich gestehe auch alles.«

»Sprich!«

»Weh dir, wenn du lügst!«

»Vor einem Jahr...« begann er.

»Das soll heißen, vor zwölf Stunden«, übersetzte Celeste. »Ich kenne die Regeln des Spiels ganz genau. Sprich weiter, Fabio, ich werde dich verbessern.«

Fabio konnte nur sagen:

»...Malvina, Higinio, Casilda und ich, wir haben zusammen mit einer Gruppe von Eingeborenen, die den mit allen Goldballen beladenen Karren von Onkel Adriano gezogen...«

»Augenblicklich übergibst du mir das Gold!« befahl Hermógenes.

»Sie haben es mitgenommen. Als wir hier ankamen, sind Casilda und ich erschöpft eingeschlafen, und als wir wieder aufwachten, waren die Eingeborenen, der Karren mit dem Gold, Higinio und Malvina verschwunden.«

Die Frauen packten Casilda und zwickten sie, stachen sie mit ihren Hutnadeln und zwangen sie, alle Einzelheiten zu der Geschichte ihres Vetters preiszugeben. In der Kapelle mitten in der Ebene waren sie verlassen zurückgeblieben, überlebten nur mit Mühe im Herbst den Sturm der Samenfäden, der wie ein weißer Nebel alles blendete, bis die ersten Fröste des Winters ihn auflöste und nur die vom Reif verbrannten Halme der Gräser zurückblieben. Bald kamen die Eingeborenen auf ihrem Rückweg mit dem Karren von Onkel Adriano vorbei, den sie mit Waren beladen hatten, mit denen sie reich werden wollten, indem sie sie an andere ihrer Rasse verkauften. Sie waren mit karmesinfarbenen Krawatten, mit Gold in den Zähnen und Diamanten in den Ohren herausgeputzt und erzählten, daß Malvina und Higinio das große Leben in der Stadt führten. Aber sie weigerten sich, Fabio und Casilda zum Landhaus zurückzubringen, weil Malvina und Higinio, jetzt Chefs einer mächtigen Verbrecherbande mit Niederlassungen überall – sogar in den Minen der blauen Berge, die den Horizont säumten

– davon erfahren und sich an ihnen rächen könnten. Es kamen auch andere Eingeborene vorbei, die enttäuscht zur Küste abwanderten. Mit ihnen wollten Fabio und Casilda nicht gehen; nicht nur, weil sie sich fürchteten, in die Hauptstadt zu kommen, wo Malvina und Higinio sie finden würden, sondern weil sie jetzt nicht mehr daran zweifeln konnten, daß der Kampf, der im Landhaus ausgebrochen war, ihr Schicksal bestimmte. In der letzten Zeit kamen immer mehr Eingeborene hier vorbei, die ihnen Nachrichten vom Landhaus brachten: es herrschte dort Unordnung, Unzufriedenheit, Hunger, Faulheit. Die Vorräte aus den Speisekammern waren in der ersten Begeisterung sinnlos verteilt worden, ohne daß man daran gedacht hatte, sich auf eine lange Periode der Isolation vorzubereiten. Die Eingeborenen aus den blauen Bergen, wo man das handgehämmerte Blattgold herstellte, arbeiteten nicht mehr, weil es niemanden mehr gab, an den sie es verkaufen konnten. Und die, die sich vor dem Hunger und der Pest, die in ihren Hütten herrschten, gerettet hatten, waren zum Landhaus heruntergekommen und waren dort eingezogen. Das schlimmste war, daß Uneinigkeit und Angst ein Chaos hervorgebracht hatten, in dem die verschiedenen Gruppen von Kindern und Eingeborenen sich bekämpften oder versuchten, sich gegenseitig das Leben unmöglich zu machen. Trotzdem weigerten sich die Kinder, das Haus zu verlassen. Es war ihr Eigentum, das Unersetzbare, ihre Geschichte, ihre Treue und der Ort, wo sie hofften, nach dieser Periode des Durcheinanders und des Elends, ihre Vorstellungen verwirklichen zu können. Casilda und Fabio wollten jetzt nur noch dorthin zurück, um, so gut sie konnten, teilzuhaben an dem, woran sie teilhaben mußten. Während des Winters hatten sie geglaubt, mit ihrem Kind – nein, verbesserte Celeste, du meinst die Stoffpuppe – vor Kälte zu sterben oder von den Samenfäden erstickt zu werden. Aber es gelang ihnen zu überleben. Sie erbettelten bei denen, die an der Kapelle vorbeizogen, Nahrungsmittel oder jagten Hasen und Vögel mit der Lanze, die keiner von ihnen richtig handzuhaben wußte.

»Was für eine Lanze?« fragte Silvestre.

»Die aus dem Gitter des Landhauses; da ist sie«, sagte Fabio und zeigte hinüber, und Juan Pérez, in einer amarant- und goldfarbenen Livree, die er mit der Münze von Terencio bei einem Lakaien ausgeliehen hatte, beleuchtete mit seiner Fackel die Lanze, die an einer Säule der Kapelle lehnte. Alle erkannten sie: unverwechselbar schwarz mit leuchtender, goldener Spitze. Terencio schlug seinem Sohn mit der Gerte ins Gesicht: »Gestehe!«

»Was soll ich gestehen?«

»Das Wichtigste von allem«, erwiderte Hermógenes.

»Was wir alle dringend wissen wollen«, antworteten die Venturas im Chor.

»Sagt doch, was wir gestehen sollen... wir können nicht mehr«, flehte Casilda.

»Waren es die Menschenfresser?«

»Die gibt es gar nicht.«

»Wie kannst du eine Lästerung von diesem Ausmaß wagen.«

»Haben sie das Landhaus in Besitz genommen?«

»Haben sie euch zu ihren perversen Praktiken verführt?«

»Bereiten sie einen Angriff auf uns vor?«

Als sie endlich erreicht hatten, daß Fabio und Casilda zugaben, daß die Menschenfresser einen Angriff auf sie vorbereiteten, daß sie und alle Kinder des Hauses Menschenfleisch aßen, daß es sich um eine Revolte der brutalen Massen der Unwissenden handle, banden und knebelten sie Fabio und Casilda, die weinten, bettelten und flehten, sie könnten alles mit ihnen machen, wenn sie sie nur nicht voneinander trennten. Celeste sagte:

»Ich bin dafür, daß Casilda in die Stadt geschickt wird. Sie hat bewiesen, daß sie hysterisch ist, denn sie glaubt, eine einfache Stoffpuppe sei ein Kind, das sie in unerlaubter Verbindung mit ihrem Vetter geboren hat. Es ist notwendig, ihr die Klitoris herauszunehmen, eine orthodoxe Behandlung für Hysterikerinnen, soviel ich weiß. Und wenn sie sich erholt hat, soll sie in ein Kloster gesperrt werden, damit sie ihren Eifer auf Gott wende, statt ihn auf weltliche Dinge zu richten.«

Es blieb viel zu beraten, bevor man beschließen konnte, was man mit den beiden Kindern tun sollte, die schließlich nur ein Detail dessen waren, was möglicherweise eine viel größere Katastrophe sein konnte. Und die fünf Männer der Familie brachten die beiden jungen Venturas in eine Kutsche und schlossen die Vorhänge.

Es ist besser, wenn meine Leser gleich erfahren, daß niemand jemals wieder etwas von ihnen hörte.

Die Venturas setzten sich wieder in das Gestühl. Das Licht der Fackeln spiegelte sich in ihren Stiefeln, in ihren in den Höhlen dunklen Augen, in den Perlmutterknöpfen ihrer Sommerwesten, im Moiré ihrer Röcke, in ihren dezenten Uhrketten. Sie hatten die kühle Haltung von Richtern, die Brauen in falscher Bereitwilligkeit leicht gehoben, und zeigten die herablassende Aufmerksamkeit jener, die ihr Urteil bereits gefällt haben, die aber voller List so tun, als wäre alles noch offen.

Beginnen wir damit, die Kleinigkeiten zu erledigen, nämlich die Angelegenheit Fabio/Casilda, um uns dann auf den Kern konzentrieren zu können. Obwohl alle bei dem Geschrei dieser beiden, die sich nicht trennen lassen wollten, eine Art zornigen Mißbehagens empfanden, waren sie sich in zwei Minuten über deren Schicksal einig: Klitorisektomie und Kloster für Casilda; Reise ins Ausland für Fabio, und zwar sofort, sobald sie in die Stadt zurückkamen und unter strengster Geheimhaltung, so daß Neugierige nicht erst anfingen, nachzuforschen. Die Beziehung, die zwischen Cousin und Cousine entstanden zu sein schien, war zu obszön, von so verwerflicher Gefühlsduselei gefärbt, daß sie, die Venturas, sie nicht akzeptieren konnten, da sie die Negation des heiligen Realismus war, der ihr Leben regierte.

Jetzt blieb noch zu entscheiden, ob es stimmte, was Fabio und Casilda über Marulanda gesagt hatten. Die Unordnung bei den Kindern und die Rückkehr der Eingeborenen zur Menschenfresserei, obwohl offensichtlich eine Übertreibung, waren Dinge, mit denen man rechnen mußte. Es blieb freilich noch die Möglichkeit, daß es sich nur um Hirngespinste handelte. Dann wäre es gut, die Rückfahrt zum Landhaus wie geplant fortzusetzen, nachdem man eine Mahlzeit *all'aperto* neben der Kapelle eingenommen hatte, und das letzte Stück der Ebene nachts zu fahren, um im Morgengrauen zu Hause anzukommen. Sie würden in den Wagen schlafen. Sie liebten es, vom Schaukeln ihrer Kutschen gewiegt zu schlafen. Juan Pérez, der ihnen mit erhobener Fackel aufmerksam zuhörte, packte plötzlich die Lanze mit seiner freien Hand, stieg die Stufen des Presbyteriums hinunter und neigte sich vor den Venturas:

»Der Beweis...!« murmelte Olegario.

Der Lakai, der angetan mit der von goldenen Litzen geschmückten roten Livree, die Fackel und die Lanze trug, schien eine jener luxuriösen barocken Figuren zu sein, die die Altarbilder schmücken, er sah aus, als käme er direkt aus der Hölle. Auf ihren Plätzen sitzend, die Hände ganz ruhig, ihr Lächeln ungerührt, verfielen die Gesichter der Venturas, ohne daß sich ihre Masken veränderten. Die Lanze. Sie konnten es nicht leugnen. Nur eine der achtzehntausendundsoundsovielen, die den Park einfaßten, gewiß, aber sie reichte aus, um zu beweisen, daß das Undenkbare mehr als nur wahrscheinlich war. Die Menschenfresser hatten sie herausgenommen. Jetzt diente sie nicht mehr dazu, sie zu schützen, sondern dazu, sie zu töten. Für einen Augenblick, hypnotisiert vom Glanz der goldenen Spitze, riß das Grauen an der Epidermis der Konventionen, die besagen, sich überlegen machen besteht darin, in der Lage zu sein zu vergessen, was man vergessen will. Auch für sie, als sie klein waren, bedeuteten die nichtigen Vergehen die einzige Flucht vor den Repressionen der Erwachsenen, die die Gesetze bestimmten; die Vorstellung, ihre Eltern zu vernichten, war ihnen nicht fremd, wie ihnen auch der Wunsch, mit allem, was sie darstellten, ein Ende zu machen, nicht fremd war. Die uneingestehbaren Taten, von denen Fabio und Casilda gesprochen hatten, hatten auch sie im Dickicht des Parks oder in der Einsamkeit der Dachkammern begangen – oder davon geträumt, was auf das gleiche herauskommt –, aber bei ihnen hatten sie nicht diese verzweifelte Solidarität hervorgebracht. Für die Erwachsenen war der Abschied von Fabio und Casilda, als würde ihnen der Boden unter den Füßen fortgezogen. Sie kannten Gier, Rachsucht, Bosheit, verbotene Betten und Zärtlichkeit, die jetzt durch ein unausgesprochenes, zivilisiertes Abkommen vergessen waren. Sie hatten unter der Feigheit und dem mangelnden Interesse der Erwachsenen an ihnen gelitten, unter der Angst vor brutalen Majordomus, die schon immer nach dem Zapfenstreich die willkürliche Rechtsprechung der Nacht verwalteten, während die Gräser da draußen das unverständliche Vokabular der Menschenfresser flüsterten, um sie zu doch niemals begangenen Vergeltungstaten anzustacheln. Aber, was wären das für Zeiten, wenn die nur zu bekannten kindlichen Phantastereien durchgingen und in die Welt einbrächen, sie vielleicht zerstörten, die Welt, die immer so war, wie sie ist, und auch so bleiben mußte? Wie war es möglich, daß zwei Kinder, ja, zwei Kinder, Fabio und Casilda, die, weil sie Kinder waren, keinerlei Rechte hatten, es wagten, sich zu lieben, ja, sich zu lieben, wie die Erwachsenen gehört hatten, daß man sich lieben könnte, was sie aber niemals erlebt hatten, weil sie es für obszön hielten und außerdem zur Genüge wußten, daß so etwas im Unglück endete? Welcher Wind hatte die unheilvollen Einflüsse gebracht und woher, von denen sie sich, wenn sie sich ihnen stellten, gezwungen sahen zuzugeben, daß sie alles durcheinanderbrachten?

»Ich bin zu dem Schluß gekommen«, erklärte Hermógenes, »daß es nicht gut wäre, ins Landhaus zurückzufahren. Irgend etwas von größerer oder geringerer Bedeutung muß dort vorgefallen sein, und das regelt man besser auf Distanz, durch Mittler. Diese Lanze ist ein konkreter Beweis dafür, daß vielleicht nicht alles, was Fabio und Casilda gesagt haben, gelogen war, obwohl wir es mit einer gewissen Skepsis entgegennehmen müssen. Ich wiederhole: im Augenblick wäre es nicht ratsam zurückzufahren.«

»Wenn man in der Hauptstadt fragen wird, was man ganz sicher tun wird, können wir sagen, die Kinder litten an einer ansteckenden Krankheit, was ja nicht unbedingt eine Lüge ist, und im Augenblick sei es notwendig, sie isoliert zu halten«, schlug Anselmo vor.

»Ja. Außerdem wissen wir, was die Kinder selbst angeht, daß sie so egoistisch sind, so ohne Pflichtbewußtsein«, sagte Adelaida, »daß sie, da sie sich mit diesem dummen Zeitvertreib von *Die Marquise ging um 5 Uhr aus* vergnügen, nicht merken werden, daß die Zeit tatsächlich vergeht und wir nicht zurückkommen.«

»Wie war mein . . . meine Stoffpuppe?« fragte Ludmila. »War sie rosig, rund, blond?«

»Warum willst du das wissen?« donnerte Terencio.

»Ich hätte mein Stoffenkelchen gern gesehen, es einen Augenblick im Arm gehalten«, flüsterte Ludmila.

»Ludmila«, mahnte Terencio, »wenn du weiter solche Dummheiten daherredest, werde ich dich fesseln lassen, genau wie sie.«

»Du hast recht«, antwortete Ludmila wieder gefaßt. »Das beste ist, wir glauben, daß unsere Kinder nicht einmal unsere Abwesenheit bis zum nächsten Sommer bemerken.«

Hermógenes erklärte nun seiner Hörerschaft, daß, schlimmer als das ungebührliche Betragen der Kinder, das man leicht korrigieren könne, indem man ihnen ein paar ordentliche Schläge verpaßte, denn dafür seien sie ja Kinder, die reale Gefahr in erster Linie darin bestehe, daß die Goldminen verlassen seien und die Arbeiter die Technik vergäßen, weil sie Krieger wurden oder in die Stadt abwanderten; in zweiter Linie, und das war zweifellos das schlimmste von allem – eine Meinung, die durch die Gegenwart der Lanze in der Hand des Lakaien gestützt wurde –, darin, daß die kannibalischen Krieger Marulanda verwüsteten, die friedlichen Eingeborenen des Dorfes zu ihren wilden Sitten bekehrten und zu einem Angriff rekrutierten, um das ganze Gebiet zu erobern, das ihnen, den Venturas, schon seit so langer Zeit gehörte. Das wäre die endgültige Katastrophe, versicherte Hermógenes: für immer würde die Produktion von Blattgold aufhören, wenn sie nicht schon im Verlauf dieses einen Tages, der anfing, ihnen wie eine Ewigkeit vorzukommen, aufgehört hatte; die Geschäfte der Familie würden einen so gewaltigen Rückschlag erleiden, daß sie nicht mehr so leben könnten, wie sie zu leben gewohnt waren und wie es die einzig zivilisierte Art sei zu leben. Und noch schlimmer: wenn auf irgendeine Weise – und es war notwendig, dies, koste es was es wolle, sofort zu verhindern – die Nachricht in die Stadt gelangte, daß die ehemaligen Menschenfresser wieder in der Gegend aufgetaucht seien, würde der Preis für ihre Ländereien und ihre Minen so stark fallen, daß im Extremfall, wenn sie sich vor die Alternative gestellt sähen, sie zu verkaufen, nicht einmal ein Idiot sie kaufen würde. Hermógenes schloß:

»Unsere Pflicht ist es, sofort in die Hauptstadt zurückzukehren, um die Gerüchte zu unterdrücken. Wir werden die Diener schicken, damit sie sich um die Kinder kümmern und sie verteidigen. So können unsere Kinder, die dies nur zu gern tun, nicht mehr verbreiten, wir hätten sie verlassen. Außerdem ist es äußerst dringlich, Higinio und Malvina daran zu hindern, das gestohlene Gold weiterzuverkaufen. Nicht so sehr, weil wir die Produktion dieses Jahres verlieren, sondern vor allem, weil, wenn sie es auf den Markt bringen, die rothaarigen Ausländer glauben werden, daß es andere Produzenten gibt. Der Preis wird sinken und das Monopol wird uns aus den Händen gleiten.«

»Aber, wenn sie es doch schon vor einem Jahr gestohlen haben!« seufzte Balbina müde und gelangweilt. »Dann gibt es kaum noch ein Blatt, um den Lendenschurz eines Cherubs damit zu vergolden.«

»Ein Jahr?« tönte Lidia. »Dann hast du dich auch von den Phantastereien unserer Kinder täuschen lassen, die ganz verwirrt sind durch den Schmerz darüber, daß sie zwölf Stunden von ihren Eltern getrennt sind. Das ist eine Beleidigung, die ich persönlich nehme, denn, wenn du annimmst, daß wir ein Jahr fortgewesen sind, bedeutet das, es hat wirklich genug Zeit gegeben, daß ein Kind geboren werden konnte. Und das ist unmöglich, denn Casilda ist keusch und rein wie alle unsere Töchter und wie wir es in ihrem Alter gewesen sind.«

Die gesamte Familie intervenierte, um Lidias berechtigten Zorn zu beschwichtigen, indem sie sie flüsternd daran erinnerte, daß Balbinas Intelligenz immer schon etwas gestört gewesen sei: als Beweis genüge doch ihre unglückliche Verbindung mit Adriano Gomara. Es gäbe noch zu viele wichtige Entscheidungen zu treffen, als daß man sich jetzt mit nebensächlichen Empfindsamkeiten aufhalten könne. Zum Beispiel sei vordringlich, zu entscheiden, was mit dem Landhaus geschehen solle, während sie in die Stadt fuhren, um das Vermögen zu retten. Wie sollten sie verhindern, daß Gerüchte in Umlauf gerieten über das, was dort geschah, Gerüchte, die in jeder Hinsicht dem

Ruf der Familie schaden könnten? Wie könnten die von ihnen aufgestellten Gesetze verteidigt werden? Wie könnten sie sich als Vorkämpfer für die Ordnung darstellen? Es gab nur eine einzige Antwort: mit Gewalt. Die schreckliche Aggression – seitens der unschuldigen, wenn auch vielleicht nicht ganz so unschuldigen Kinder und der Eingeborenen – rechtfertige ihrerseits jede Art von Gewalt. Aber sie waren Venturas, zivilisierte Wesen, Verehrer der Ironie und der friedlichen Künste, Verfechter der Legalität und der Institutionen, die die Gewalt haßten und aus Überzeugung und aus Tradition nicht in der Lage waren, Gewalt auszuüben. Die Entscheidung, sich die Hände schmutzig zu machen, wurde ihnen sehr schwer.

Juan Pérez trat vor. Er reichte Hermógenes die Lanze und Olegario die Fackel und zeigte den überraschten Venturas die Innenflächen seiner beiden Hände.

»Meine sind schon schmutzig«, sagte er.

»Warum hast du sie dir nicht gewaschen!« fragte Lidia. »Habe ich dir nicht über den Majordomus befohlen, sie immer sauber zu halten?«

Die Hände von Juan Pérez waren klein mit schwächlichen Knochen, aber er hielt sie der Familie mit einer solchen Entschlossenheit hin, daß es ihnen unmöglich war, sie mit einem Ruf zur Ordnung abzuweisen: die Flächen dieser von Narben verformten Hände prägten sich ihnen ein als Symbol der Brutalität.

»Dieser Schmutz geht nie ab, Euer Gnaden«, erwiderte Juan Pérez. »Als ich klein war, hat mich mein Vater geschlagen, weil ich einem Freund, der in der Hütte nebenan wohnte, ein Feuerrad gestohlen hatte. Ich leugnete es und versteckte das Rad hinter meinem Rücken, hielt es ganz fest, obwohl ich wußte, daß es angezündet war: es ging los, brannte und drehte sich, doch ich ließ nicht los. Da mein Vater sehr betrunken war, konnte ich ihn davon überzeugen, daß der Lärm aus der Nachbarschaft käme, wo man ein Fest feierte. Ich verbiß mir den Schmerz und zeigte ihm meine Hände nicht, aber die Handflächen verbrannten mir. Und als sie vernarbten, wurden sie hart und behielten die Farbe des Pulvers, die ich nie habe abwaschen können.«

»Deine Geschichte interessiert uns nicht, sie bewegt uns auch nicht«, sagte Terencio.

»Das weiß ich«, sagte Juan Pérez. »Ich habe schmutzige, aber harte Hände. Ihren Stockschlag habe ich nicht gespürt.« Hermógenes trat auf ihn zu. Mit der Spitze der Lanze, die der falsche Lakai ihm übergeben hatte, stach er in die Fläche einer der ausgestreckten Hände. Juan Pérez rührte sich nicht.

»Grober Kerl!« rief Hermógenes aus. »Wie heißt du?«

»Juan Pérez, Euer Gnaden.«

»Jedes Jahr gibt es einen Juan Pérez«, sagte Lidia. »Das ist fast kein Name, er gibt keinerlei Identität.«

Hermógenes gab ihm die Lanze zurück. Die eine Hand in der Hosentasche, mit der anderen an seiner Uhrkette spielend, ging der Älteste der Venturas schweigend auf und ab und wandte sich dann wieder an Juan Pérez:

»Ich habe den Eindruck, du willst mir etwas vorschlagen.«

»Euer Gnaden müssen saubere Hände behalten, um als Beispiel gelten zu können, ohne welches es keine Ordnung gibt. Wir, die Diener, sind dazu da, uns die Hände schmutzig zu machen; wir sind eine tüchtige, disziplinierte Truppe, die die absolute Autorität des Majordomus anerkennt. Wir Diener sollten zum Landhaus zurückkehren, aber nicht nur, um uns um die Kinder zu kümmern, sondern um den Krieg gegen die Menschenfresser zu führen und ihren Einfluß zu unterbinden.«

»Was schlägst du dann vor?«

»Daß Sie uns alle Waffen übergeben.«

»Dir?«

»Nein, natürlich nicht. Ich besitze keine offizielle Autorität. Dem Majordomus, der als Anführer aller Diener für die Aktion verantwortlich sein würde.«

»Und du?«

Juan Pérez hob sich auf die Fußspitzen, um Hermógenes einige Worte ins Ohr zu flüstern, der sich auf die Lanze des Lakaien gestützt vorbeugte, um sie anzuhören. Dann, nachdem er einen Augenblick nachgedacht hatte, befahl er dem anderen Lakaien, die Damen mit seiner Fackel zu den Wagen zu geleiten, denn sie müßten erschöpft sein, und es wäre besser, sie würden sich auf die Rückreise in die Stadt vorbereiten, die sie in spätestens einer Stunde antreten wollten. Als nur noch die fünf Männer der Familie in der von Juan Pérez' Fackel beleuchteten Kapelle waren, sagte Hermógenes:

»Du hast vollkommen recht. Adriano ist die Ursache allen Unglücks in der Familie, und er ist der Anführer dieser Revolte der Menschenfresser, wie Casilda es gesagt hat. Die Kinder müssen aus den Klauen seines Wahnsinns gerettet werden. Aber sag mir, warum gerade du?«

Juan Pérez sagte, daß er, bei allem gebotenen Respekt, erklären müsse, daß Frau Lidia sich irre. Daß es nicht jedes Jahr einen anderen Juan Pérez gäbe. Daß er, verborgen hinter seinem unscheinbaren Äußeren und seinem Namen, sich Jahr für Jahr zur Zeit der Rekrutierung in der Hauptstadt gestellt habe, um Arbeit für den Sommer in Marulanda zu erbitten. Jahr für Jahr sei er eingestellt worden, ohne daß irgendwer bemerkt hätte, daß es sich um denselben Juan Pérez wie im Vorjahr handelte. Er sei Küchenjunge gewesen, Gehilfe der Gehilfen der Pferdeknechte, jetzt arbeite er in den Gärten, aber wegen seines mickerigen Körperbaus und seines wenig angenehmen Gesichts habe man ihm niemals die amarantfarbene Livree mit den goldenen Litzen zugedacht, die zu tragen er sich so sehr wünschte. Als er Pferdeknecht war, war er es, der den Hengst sattelte, auf dem Adriano Gomara morgens ausritt, um das Dorf der Eingeborenen zu besuchen. Aber Adriano Gomara habe trotz seiner gut gemeinten Trinkgelder doch niemals bemerkt, daß jedes Jahr derselbe Juan Pérez sein Pferd sattelte. Und wenn er darauf bestand, Sommer für Sommer nach Marulanda zurückzukehren, geschah dies hauptsächlich in der Absicht, Adriano zu zwingen, ihn als menschliches Wesen anzusehen, damit er auf irgendeine Weise die Identität wiedererlange, die ihm durch die Mißachtung des Arztes, mit der dieser ihm das Recht abzuerkennen schien, eine Person zu sein, gestohlen worden war. Er, Juan Pérez, sei trotz seines Namens unverwechselbar. Nicht alle Juan Pérez der Welt hatten seit ihrer Kindheit von Pulvernarben schmutzige und vom Groll über die Mißachtung harte Hände. Eingeschlossen in seinem Turm und bewacht von seinen Kerkermeistern, befand sich

Adriano außerhalb der Reichweite seiner Rache. Nur wenn er ihn vernichtete, würde er wieder er selbst sein können.

»Vor Jahren haben wir Adriano für tot erklärt. Die Frage seiner Beseitigung wäre daher rein akademischer Natur«, antwortete Hermógenes und wanderte durch das Presbyterium, während die anderen Männer der Familie ebenfalls auf und ab gingen, ihn unterstützten oder ihm widersprachen und Juan Pérez, an die erste Bank gelehnt, den Beginn des Melodramas beobachtete. »Das wichtigste ist, unsere Ordnung, die einzige wirkliche Ordnung in Marulanda wiederherzustellen; das ist eine Frage der Moral. Wir müssen die Menschenfresser ausrotten, um den Mythos lebendig zu halten, der unsere Familie von jeher geleitet hat. Wenn sie gewaltsam gegen uns vorgegangen sind, haben wir die, wenn auch schmerzliche Pflicht, unsere Ideen, unsere Institutionen und die Zukunft unserer Nachkommen und auch die unseres Besitzes ebenfalls mit Gewalt zu verteidigen. Es gefriert mir das Blut, wenn ich daran denke, daß vielleicht einer der Unseren in seiner Unschuld bereits in die blutrünstigen Praktiken dieser scheußlichen Sekte eingeführt worden sein mag. Die Dinge müssen mit der Wurzel ausgerissen werden, falle, wer fallen mag!«

Juan Pérez ließ sie diskutieren, sich erhitzen, sich rechtfertigen. Dort, in dem von der Fackel, die Olegario hoch hielt, beleuchteten Presbyterium, waren sie Figuren einer verächtlichen Irrealität: sie mußten sich selbst einreden, die Wortführer einer unbefleckten Ethik zu sein, um die Gewalt zu rechtfertigen, statt ihr direkt ins Gesicht zu sehen und zu begreifen, was sie war, nämlich die Folge von Haß, von Groll, von Angst, von Habgier, von angeborener Brutalität. Nein, sie wagten nicht, ihren Haß einzugestehen. Auch nicht ihre Habgier, ihre Überheblichkeit, ihre Feigheit. Um zu überleben, mußten sie ein stilisiertes Bild von sich selbst bewahren, statisch und ideal: sie waren es, nicht er, denen es an Identität fehlte. Aber das war nicht wichtig. Vielleicht war es besser so, daß für sie alles von der Perfektion ihrer weißen Piquéwesten abhing.

Jedenfalls wurde es spät. Man sollte zur Abfahrt rufen, damit die Aktion beginne. Juan Pérez stand auf und sagte, um die

Diskussionen und das Zögern seiner Herrschaft endlich zu beenden:

»Jetzt geht es vor allem darum, die Dienerschaft von allen Punkten des Familienmythos zu überzeugen.«

Die Venturas blieben in der Kulisse des Presbyteriums wie angewurzelt stehen, als wäre die Maschinerie, die sie bewegt hatte, zerbrochen.

»Sind sie denn davon nicht überzeugt?«

»Sie *sollten* es sein«, sagte Anselmo, »da die Indoktrination, der Lidia sie unterzieht, genau darin besteht, ihnen diesen Mythos einzuprägen, denn ohne Mythos ist es unmöglich, ein Leben zu leben, das Sinn haben soll, und wir haben das Privileg zu fordern, daß unser Leben einen Sinn habe, auch wenn er anderen fehlen mag.«

»Wenn sie nicht vollkommen davon überzeugt sind, wird alles schiefgehen«, fuhr Terencio fort. »Bei den allwöchentlichen Waffenübungen zeigten sie, daß sie es sind . . .«

»Nichts geht schief«, versicherte ihnen Juan Pérez von seinem Platz aus. »Nur jetzt, am Vorabend der Aktion, würde eine Ansprache von Euer Gnaden sie anfeuern, besonders den Majordomus: er ist ein einfacher Mann, der sich nichts sehnlicher wünscht, als daß man ihm erlaube, sich als Held zu fühlen. Die Dienerschaft wird damit zufrieden sein, sich der Reste im Landhaus zu bemächtigen. Sie sind so primitiv, daß sie glauben, der Besitz der vielen heißersehnten Dinge sei das, was Euer Gnaden überlegen macht . . .«

»Und deiner Meinung nach«, fragte Silvestre, vielleicht ein wenig pikiert, »worin besteht deiner Meinung nach unsere Überlegenheit?«

Juan Pérez zögerte nicht:

»Im Fehlen jeglichen Zweifels.«

Schweigen entstand bei dieser enttäuschenden Antwort, mit der der als Lakai verkleidete Winzling die Dinge kompliziert machte, die sie nicht weiter begreifen mußten, als sie sie immer schon begriffen hatten.

Dann protestierten sie einen Augenblick: sie wollten nicht alles, was sie in Marulanda besaßen, verlieren, einige Familienjuwelen, wertvolle Möbel, Tapisserien, Bilder, Hermelinmäntel... das Haus selbst, der Park mit seinen seltenen Pflanzen...

»Protestieren Sie nicht, Euer Gnaden«, rief Juan Pérez aus, dieser Knauserigkeit überdrüssig. »Irgend etwas muß geopfert werden, wenn es sich um einen heiligen Krieg handelt: ich bin zu lange bei Ihnen gewesen, um nicht zu wissen, daß alles, was Sie in Marulanda besitzen, ersetzbar ist, weil es nur einen winzigen Teil des Familienvermögens ausmacht. Warum bauen Sie nicht ein neues Landhaus an einem lieblicheren Platz... an dem Ort zum Beispiel, wo wir diesen Nachmittag verbracht haben?«

Sie beglückwünschten ihn zu dieser Idee. Die Frauen würden über die Aufgabe, gerade dort einen neuen Wohnsitz einzurichten, begeistert sein. Es kam ihnen sogar so vor, als erinnerten sie sich, daß jemand an diesem Nachmittag schon davon gesprochen habe. Ja: sobald die Gegend befriedet sei – nach einem kurzen Scharmützel, in dem die Dienerschaft über die Menschenfresser siegen würde, denn diese verfügten über Feuerwaffen, während die Eingeborenen nur Lanzen besaßen –, würden sie sich daranmachen, ein neues Haus zu bauen, einen wahren Traumpalast, neben der phantastischen Kaskade, wo sie diesen so glücklichen Nachmittag verbracht hatten. Wäre das nicht außerdem ein wirksames Mundpflaster für alle diejenigen, die es wagten, das Gerücht zu verbreiten, Marulanda sei gefährlich geworden und verlöre darum an Wert?

3

»Wo ich nur einen Menschenfresser sehe... zerquetsche ich ihn sofort«, schrie der Majordomus nach dem kurzen Schweigen, das dem zustimmenden Geheul der von der nicht enden wollenden Ansprache Hermógenes' angefeuerten Dienerschaft folgte. »Zerquetsche sie einfach...!« wiederholte er erbittert und stieß den Absatz seines Schnallenschuhs brutal in den Boden, und sofort füllte sich die Stille der nächtlichen Ebene wieder mit Geheul und Beifallsstürmen, denn die Stimme des

Majordomus, ihr Ausdruck und ihr Tonfall komprimierten eine einfache und wilde Ideologie und drängte sie, sich mit ihm zu identifizieren, um daran teilzuhaben.

Die Venturas, bereits in ihren für die Heimfahrt in die Hauptstadt gerüsteten Wagen, sahen den Majordomus, als wäre es das erste Mal, strahlend in der Mitte des Halbkreises, den ihm seine Legion öffnete. Bisher war es unnütz gewesen – außerdem schwierig, denn wie Neger und Chinesen sahen die Diener alle gleich aus, egal, welchen Rang sie auch innehatten –, sich die Mühe zu machen, die generische Identität einer Livree zu durchdringen, die von ihnen verliehen war und die allein die Funktion absoluter Herrschaft über die Dienerschaft und absoluten Gehorsams den Herren des Hauses gegenüber angab. Wie ich schon sagte, war diese Livree ein prachtvolles Stück, mit goldenen Verzierungen geschmückt und mit Rangzeichen und Emblemen beladen, hart und schwer und steif von Kordeln, Litzen, Sternen und Schnüren, die mythische Version der samtenen, amarantfarbenen Livreen der Lakaien, deren Komplexität mit der Bedeutung ihres Ranges abnahm. Es war daher anzunehmen, wenn es auch bis jetzt müßig gewesen war, dies zu bemerken, daß jeder Majordomus ein anderes Gesicht und eine andere Stimme mitbrachte. Aber jedes Jahr wurde der Majordomus nicht allein wegen seiner Tüchtigkeit und seiner übrigen Fähigkeiten, die ein Majordomus erster Klasse haben muß, eingestellt, sondern auch wegen seiner Größe, damit er in die Hauptlivree des Hauses hineinpaßte, deren Luxus ihn in ein barbarisches Idol verwandelte, unverletzbar gegenüber allem, außer dem gelegentlichen Stirnrunzeln eines der Herren. Die Livree zeigte an, daß derjenige, der sie trug, über jeden Zweifel erhaben, den höchsten Grad aller seinem Berufsstand innewohnenden Qualitäten besaß. Und da die Venturas nicht geneigt waren, die persönlichen Eigenheiten ihrer Diener in Rechnung zu setzen, sondern deren Tüchtigkeit beim Schutz ihrer eigenen Person, war es für sie unnötig, Jahr für Jahr den Übergang von einem Individuum zum anderen zu vollziehen, denn die Livree war sehr viel wichtiger als die Person von nur vorübergehender Nützlichkeit, die darin steckte.

Die Wagen waren zur Abfahrt bereit. Endlich erreichten sie, daß Ludmila einstieg, die abseits aller Betriebsamkeit über den Brunnenrand gebeugt gestanden hatte, als suche sie etwas, und als man sie fragte, was sie dort tue, antwortete sie weinerlich, wozu man sie frage, jeder wisse doch, daß sie sich die Hand wüsche, damit der Glanz des Regenbogens verschwände. Die anderen Mütter hörten auf, die Diener um Nachsicht mit ihren ungezogenen, aber doch so heiß geliebten Kindern zu bitten. Aber die Männer der Familie, auf den Kutschböcken sitzend, die Zügel fest in den Händen, da sie die Rückreise als Kutscher machen sollten, gaben das Zeichen zum Aufbruch noch nicht; hypnotisiert von jener von ihnen selbst geschaffenen, strahlenden Gestalt, die mitten in der offenen Nacht von Marulanda riesenhafter, mächtiger, brutaler aussah als alle vorherigen Majordomus und deren individuelle Züge zu vergessen ihnen jetzt nicht mehr möglich war. Wieso hatte man früher diesen brutalen quadratischen Unterkiefer und diese Knollennase nie bemerkt? Und diese schwitzende, grämliche, viel zu niedrige Stirn? Wieso hatte man den Glanz dieser seidigen Augen nicht beachtet, in deren Schmuckkasten die Kleinodien totaler Skrupellosigkeit, totaler Grausamkeit, totaler Stupidität nisteten, die zusammen absolute Tüchtigkeit ausmachten? Wieso hatten sie in diesem alterslosen Gesicht den hart geschlossenen Mund, aus dem sie kaum ein Ja, Euer Gnaden, erinnerten, früher nie wahrgenommen? Und warum war ihnen entgangen, daß sich der Mythos der Venturas von seinen strengen Lippen formuliert in eine Ideologie der reinen Grausamkeit verwandelte? Wie weit würde dieser Kerl mit den Affenarmen, den plumpen, aber weißbehandschuhten Händen eines Preisringers, der vom ewigen Befehleempfangen gebeugten, unedlen Figur, die sich jetzt allerdings steif aufgerichtet hatte, weil nun er es war, der die Befehle gab, wie weit würde dieser Mensch sie treiben? War dieser Majordomus wirklich ein Mensch und nicht vielleicht die Inkarnation gemeiner Kraft, die sie selbst, indem sie ihn mit der großen, prächtigen Livree bekleideten, geschaffen hatten? Jetzt war es jedoch müßig, über all das nachzudenken. Angestachelt vom Majordomus schien die Legion der Diener, die sich um die Kapelle drängte, von deren Glockenturm die Vögel geflohen waren, ihre Herren vergessen zu haben. Als sie sich der besten Wagen bemächtigten, forderten sie auch die besten Pferde, den besten Proviant, die besten Sättel und alle Waffen. Die Nacht war mit Flinten, Büchsen, Musketen, Pistolen gespickt; das Metall der Steigbügel und der Jagdhörner klirrte, und es stank nach Pulver, nach Schweiß und nach gierig verschlungenem Essen. Die Nacht wurde immer lauter vom Gewieher der Pferde, dem Geschrei und dem Gesang der Männer um die Feuerstellen herum, die sich auszudehnen, auf die Gräser überzuspringen und die ganze Gegend in Brand zu setzen drohten, ohne daß man sich darum kümmerte, daß man selbst, die Herrschaft und auch die Menschenfresser in einer gewaltigen Hekatombe aus allen Kräften des Bösen verschmoren würde.

Sie mußten sofort zur Küste fliehen, bevor die jetzt autonome, wilde Truppe die Apokalypse heraufbeschwor. Die Venturas sahen von ihren Böcken aus nicht mehr nur die funkelnde Livree, sondern Zug um Zug, unvergeßlich, das Gesicht des Individuums, zu dessen Opfer sie werden konnten, wenn sie es nicht schon auf irgendeine Weise, die sie nicht begriffen, waren. Abfahren, abfahren, was so viel hieß wie fliehen.

Nur Hermógenes fehlte noch; er hatte etwas Lächerliches getan, was ihm wenig ähnlich sah, nämlich die Familie gebeten, sich für einen Augenblick zurückziehen zu dürfen, um in der Kapelle für ein glückliches Ende beider Expeditionen zu beten; für die, die zur Hauptstadt aufbrach und für die, die zum Landhaus fuhr. Kurze Zeit später, als die Stimmung der Menge, die immer stärker anzuwachsen schien, kurz davor war zu explodieren, verließ Hermógenes sehr gefaßt die Kapelle, gefolgt von einem lahmen, schlecht gekleideten Gärtnergehilfen, der ihm auf den Bock seines Wagens half und sofort seine flüchtige Identität unter den anderen Dienern verlor, die aßen und sangen, um sich auf Angriff oder Verteidigung vorzubereiten: die Venturas wußten nicht mehr, was es sein würde, denn jetzt lag alles in den Händen des Majordomus.

Aber später, in derselben Nacht, in der Einsamkeit der Ebene, durch die die feige Kavalkade zog, die die Venturas zu den ersten Ortschaften lenkten, wo sie ausruhen und Hilfe finden konnten, begriffen Terencio, Olegario, Anselmo und Silvestre, die wach auf den Böcken saßen, auf denen früher die Kutscher hockten, daß das Gesicht des Mannes, der Hermógenes half, auf den Bock des Wagens zu steigen, der jetzt an der Spitze fuhr, keineswegs ohne Bedeutung gewesen war.

KAPITEL NEUN

Der Überfall

1

Als die Venturas den jungverheirateten Adriano Gomara zum ersten Mal ins Landhaus mitnahmen und ihn stolz durch den strahlenden Smaragd des Parkes führten, bemerkte der Arzt am Fuß einer der Freitreppen einen Lakaien in amarantfarbener Livree, der regungslos dastand, als halte er Wache. Er fiel ihm immer wieder auf, immer am gleichen Platz, ohne jede Bewegung, bis er schließlich seine neue Familie fragte, welche Funktion der arme Teufel, der immer auf dem gleichen Fleck aufgestellt war, erfülle.

»Findest du nicht«, antwortete Celeste, »daß gerade dort ein roter Tupfer fehlt, eine Komplementärfarbe, um die grüne Komposition zu festigen, wie auf einem Landschaftsbild von Corot?«

Adriano schwieg und wußte nicht, ob er diese Leute bewundern oder verachten sollte, die in der Lage waren, ein menschliches Wesen auf ein dekoratives Element zu reduzieren. Die Venturas bemerkten seine Überraschung, deren Bedeutung sie wohl begriffen, und verrechneten sie zu seinen Ungunsten.

Diese Frage Adrianos, die meine Leser für ein unbedeutendes Detail halten mögen, das man vergessen sollte, wurde jedoch innerhalb der Familie zur Parabel, tausendmal wiederholt als typisches Beispiel für den Fauxpas, den eine Person aus einer anderen Klasse begehen kann, die nicht begreift, daß es die Aufgabe der Dienerschaft ist, die Herrschaft bis in scheinbar so unwichtige Details wie dieses zu beschützen. Diese Reaktion war einer der ersten Punkte, die Adriano Gomara als ein gefährliches Wesen verrieten. Und jedes Jahr, wenn sie die Dienerschaft instruierte, wiederholte Lidia ihnen dieses Beispiel, das schließlich die Konturen einer Legende erhielt, um das Kontingent zu erbauen und ihren Schwager als Objekt besonderer Behandlung seitens der Dienerschaft herauszustellen, die, in keiner Weise erkennbar, ein besonderes Auge auf diese schwierige Person haben solle.

Der Augenblick des von Adriano Gomara heraufbeschworenen Konfliktes war endlich gekommen. Im rosigen Licht des Morgens zog die Schlange der mit schwarzen Gewehrläufen gespickten Wagen in gestrecktem Galopp durch die Ebene, walzte die Gräser nieder, störte die Stille mit Rufen und gelegentlichen Schüssen. Die Diener hatten Adriano Gomara stets mißtraut, weil er »nicht befehlen konnte«, da er natürlich nicht, wie die Venturas, dazu geboren war. Aber in der vergangenen Nacht, im Schutz der Kapelle, als die Herrschaft ihnen die Wagen und die Waffen übergab, wurde auch der Kern seiner Gefährlichkeit deutlich ausgesprochen: trotz seines Irrsinns – sagte man – und nicht auf Grund dieses Irrsinns, denn er war mit diesem Makel in die Familie gekommen, sei er ein Agent der Kannibalen, die die althergebrachte Macht stürzen wollten, mehr noch, er war ohne Zweifel ihr Anführer; auf jeden Fall war er es, der den Haß der Wilden mit dieser Kraft, die Fabio und Casilda beschrieben hatten, antrieb, das Bestehende niederzureißen, und er benutzte die unschuldigen Kinder, die er zu diesem Zweck verdorben hatte, als Instrument. Es sei unbedingt notwendig, ermahnten die Herren die Diener, alles auszumerzen, alles zu zermalmen, alles auszureißen, was an Neuem aufgebaut oder organisiert worden sei, und alle diejenigen zu retten, die noch nicht in die schändlichen Sitten eingeweiht worden seien.

Der Chefkoch, der Oberstallmeister und der Obergärtner saßen in dem Wagen, der an der Spitze der Kavalkade durch die Ebene brauste. Der Majordomus saß von Gold funkelnd auf dem Bock neben dem Kutscher. Er hielt das Gewehr fest in seiner behandschuhten Hand, beobachtete den Horizont mit seinen flinken, seidigen Augen und streckte dem Wind sein Kinn und seine harten Lippen entgegen. Wie sollte man das Verhalten der Kinder begreifen, wenn das, was Fabio und Casilda darüber berichtet hatten, tatsächlich nicht nur Phantasien hysterischer Kinder waren? Der Chefkoch in fleckenlosem

Weiß, mit seiner hohen, gestärkten Mütze, seinen geröteten Wangen und seinen fleischigen Lippen, über denen das winzige Accent circonflexe seines Bärtchens zitterte, schien die Gedanken des Anführers laut nachzuvollziehen:

»Wie sollen wir uns erklären, daß diese Wesen, die alles haben, die zu gegebener Zeit zu Herrschern des Imperiums des von Hand bearbeiteten Blattgoldes werden, Herren von Ländereien und Minen und ganzen Stämmen, anarchistisch handeln, um ihre eigenen Dinge zu zerstören, und schließlich die Möglichkeit, die Macht zu erben, aufs Spiel setzen?«

»Die Mädchen im Konkubinat mit den Eingeborenen...?« sann der Oberstallmeister.

»Wir können nicht glauben, daß die Eingeborenen es wagten, in das Landhaus einzuziehen, zu dem wir selbst nur selten Zugang haben«, fügte der Obergärtner hinzu.

»Das sind Halluzinationen eines armen, vom Hunger wahnsinnig gewordenen Mädchens«, entschied der Chefkoch und streichelte sich die Hände und den Hals, während er sich in seinem Sitz in der Kutsche bequem zurechtsetzte.

Der Fahrtwind riß die Worte mit sich, vermischte sie mit dem Knirschen der Gräser, wenn sie auseinanderfuhren, brachen, fielen. Aber die Stimme von Juan Pérez, der auf dem Bock neben dem Majordomus die Zügel in der Faust hielt und das Gespann mit einer Wildheit lenkte, die mit seiner mickerigen Gestalt nicht in Übereinstimmung zu bringen war, klang plötzlich ganz deutlich:

»Es sind keine Halluzinationen.«

Die Hauptleute sahen ihn an. Wer war dieses Wesen, das es wagte, die Dinge so selbstbewußt auszusprechen? Und Juan Pérez, um ihnen zu zeigen, daß er die Wahrheit sagte, erzählte ihnen, was keiner von ihnen gesehen hatte: Hermógenes Ventura ertränkte Casildas Kind in dem Brunnen – ja, ja, sie sollten sich nicht dumm stellen, sie wüßten, daß alle Töchter der Venturas Dirnen sind, Töchter und Enkelinnen von Dirnen – ja, Casildas Kind. Die Hauptleute überhörten die unangenehmen Beiworte des improvisierten Kutschers, denn es war durchaus möglich, daß sie ihn im Gepolter der Wagen und dem Ungestüm des Windes falsch verstanden hatten, und es war besser, die Angelegenheit nicht zu klären. Es stimmte also, versicherte Juan Pérez, daß ein Jahr, nicht nur ein Tag vergangen sei, obwohl es im Sinne ihrer Arbeit vorzuziehen war, von der zweiten Version der Zeit überzeugt zu sein – aus Gründen der Bezahlung; wenn der Moment gekommen war, würden sie ihre Herren an die Tatsache dieses Jahres, das einen Preis hatte, den sie sich nicht stehlen lassen würden, erinnern –, es stimmte auch, daß die Kinder bis auf die Knochen verdorben seien. Es stimmte, daß in Marulanda Anarchie und Zügellosigkeit herrschten, und es stimmte vor allem, daß, angestiftet von Adriano Gomara, die Menschenfresser sich des Hauses, des Gartens, der Minen, der Pflanzungen, der Einrichtungen bemächtigt hatten und dort eine wilde Art zu leben eingeführt hatten, in der Absicht, eine neue Ordnung einzuführen. Nein. Die Menschenfresser waren keine Erfindung: sie waren eine reale, gegenwärtige Gefahr, ein Schandfleck, der sich von Marulanda aus über die ganze Welt auszudehnen drohte. Dies war der Augenblick, da sie, die Diener – nachdem sie in dekorativen Positionen abgewartet, bestenfalls dazu gedient hatten, die Farbenpracht des Parkes zu unterstreichen, sich damit begnügt hatten, von jener Heldentat zu träumen, die ihre dienende Unbeweglichkeit rechtfertigen würde – nun mit den Waffen die einzige, wahrhaft wertvolle Sache verteidigen würden. Zu diesem Zweck hatte Lidia sie eingestellt. Zu diesem Zweck hatte Terencio sie ausgebildet.

Was Juan Pérez sagte, feuerte die Hauptleute an und nahm alle ihre Zweifel. Der Fahrtwind schlug ihnen ins Gesicht und ließ sie verstummen, während die Gräser, niedergebrochen von den Hufen der Pferde und von den Rädern der Kutschen, wie Stockschläge pfiffen. Hinten in der langen Schlange der Kavalkade jaulte das übrige Personal wild auf, als hätte man auch dort die Rede von Juan Pérez gehört. Über dem Donnern der Gefährte, die durch die Ebene zogen, hörte man Hochrufe auf den Majordomus, Schreie der Ergebenheit seiner Person gegenüber, Flüche auf die Menschenfresser und auf Adriano Gomara, den Anführer, ohne dessen Verlockungen die Menschenfresser niemals aus ihrem jahrhundertelangen Schlaf erwacht wären. Die Hauptleute standen in dem Landauer auf, schwenkten die Gewehre kriegerisch, leidenschaftlich, lärmend vor Tatendurst und schrien, sie würden mit dem Majordomus kämpfen bis in den Tod.

Juan Pérez schwieg und hielt die Zügel. Man mußte sich beeilen. Er peitschte gnadenlos auf die Pferde ein, schneller und immer schneller, und wenn ihnen die Beine brächen. Hinter ihnen bekamen die anderen Wagen die gleiche Fahrt: vorwärts, nur vorwärts, auf daß die naive, aber brutale Wut der Diener nicht verebbe, auf daß die Hast das Aufkommen klarer Gedanken verhindere.

Die Wagen rasten durch die unter dem unbewegten und wolkenlosen Himmel immer gleiche Ebene. Bis endlich, als der Morgen schon über dem Land bleich emporstieg, am Horizont wie eine Reihe von Körnchen aus der gleichen Materie wie die Ebene, die Hütten des Eingeborenendorfes auftauchten.

Die Wagen fuhren langsam heran. Als sie ganz nah waren, nah genug, aber doch so weit entfernt, daß man sie vom Dorf aus nicht sehen und den Lärm der Wagen nicht hören konnte, gab der Majordomus den Befehl zu halten. Alle raus aus den Wagen! Er befahl ihnen, das Dorf von allen Seiten zu umstellen, absolut leise, in die Gräser geduckt.

Aber, Vorsicht, mahnte er: kein einziger Schuß! Sie sollten das Pulver für das Landhaus aufsparen, wo die wichtigste Beute dieser Jagd zu kassieren sei. Dieser Überfall – da es sich um Hütten handele, die von Arbeitern ohne jede Bedeutung bewohnt wurden – sei nur ein Aufklärungsangriff. Wenn er einen Schuß abgäbe, sollte dies das Signal sein, über die Eingeborenen herzufallen, aber ohne ihrerseits zu schießen. Der Kreis der bewaffneten Diener schloß sich um die Hütten. Der Majordomus, begleitet von Juan Pérez, näherte sich, Pistolen in der Hand, durch das Gestrüpp schleichend, um zu beobachten, was in dem Ort geschah.

Stille. Offensichtlich schliefen alle. Niemand erwartete einen Überfall: der perfekte Augenblick, um anzugreifen und Gefangene zu machen. Aber als der Majordomus das Signal geben wollte, sah er einen Trupp Eingeborener durch eine Gasse zwischen den Hütten herankommen. Sie waren mit Lanzen bewaffnet und mit Kleidern behängt, die dem Majordomus vorkamen, als wären sie für eine Lumpenmaskerade. Auf den Köpfen trugen sie goldene Helme mit Büschen aus rotgefärbtem Gras. Es war jedoch nicht der Anblick dieser barbarischen Krieger, der den Majordomus überraschte und ihn hinderte, das Signal für den Angriff zu geben: es waren vielmehr ein nackter Junge und ein nacktes Mädchen, die, ebenfalls bewaffnet, den Trupp anführten, Kinder, die nicht als Eingeborene durchgehen konnten; es handelte sich um Sprößlinge der Venturas.

»Valerio und Teodora«, flüsterte Juan Pérez.

»Woran erkennst du sie?« fragte der Majordomus bewundernd. »Für mich sehen alle Kinder völlig gleich aus, wie Neger oder Chinesen. Außer dem einen oder anderen kann ich sie nicht auseinanderhalten.«

»Ich dagegen kenne jeden einzelnen ganz genau. Es gibt nichts, was sie getan haben, nichts, was sie denken, das meinen Nachforschungen entgangen ist.«

»Später erzählst du es mir.«

»All mein Wissen steht Ihnen zu Diensten, Herr Majordomus.«

Während dieses kurzen Wortwechsels, den ich gerade wiedergegeben habe, traten Valerio und Teodora, gefolgt von einem eingeborenen Krieger, der wie sie nackt ging und einen mit roten Gräsern geschmückten Helm auf dem Kopf trug, in die Haupthütte. Die anderen Krieger blieben draußen und hielten Wache, während die Gasse zu den gewöhnlichen Geschäftigkeiten eines Dorfes erwachte: Frauen Feuer anzündeten und Töpfe zum Wärmen darüber stellten; Männer Garben von trockenen Gräsern banden oder Körbe mit Gemüse trugen; Kinder im Staub spielten. Nach einer Weile hörte man in der Hütte Geschrei: der Majordomus und Juan Pérez sahen, wie einige Kinder von einer Lanzenspitze getrieben, wimmernd und in Lumpen gekleidet, mager, schmutzig und zerzaust herausgelaufen kamen: »Colomba... Melania... Cipriano... und Aglaée... Abelardo und Esmeralda... Olimpia, Ruperto und Zoé«, zählte Juan Pérez auf, so, wie sie auftauchten.

Sie wurden von Kriegern umstellt, obwohl das unnötig war, so mutlos war ihre Haltung, so pathetisch ihr Klagen. Aber das entsetzlichste Geheul hörte man noch in der Hütte. Dann trat

Valerio mit vier Kriegern noch einmal hinein, und kurz darauf zerrten sie Juvenal mit Gewalt heraus, der fast nackt unter einer prachtvollen Decke mit barbarischen, violetten und orangen Streifen zappelte, mit Ohrringen, mit Amuletten und Ketten behängt, er schlug mit den Füßen, stieß Schimpfworte aus und weinte. Melania schrie ihm zu:

»Was gewinnst du damit, wenn du dich wehrst? Siehst du nicht, daß sie in der Überzahl sind und wir darum in ihrer Gewalt!«

»Schweig!« drohte Teodora mit ihrer Lanze. »Du arbeitest genau wie alle anderen, auch wenn du nichts richtig zu machen verstehst.«

»Viehisch!« flüsterte der Majordomus. »Sieh dir ihren nackten Körper an . . . diese Teodora ist noch nicht einmal geschlechtsreif, und sieh dir die Brutalität an, mit der sie ihre älteste Cousine behandelt. Was für ein Unheil hat der Einfluß von Don Adriano und den Menschenfressern auf die Moral dieser armen Kinder angerichtet! Werden sie sie auffressen?«

»Das bezweifle ich«, antwortete Juan Pérez, der mit seinen zu nah beieinanderstehenden und zu kleinen Augen die Bewegungen unserer Personen verfolgte, ohne die Bewohner des Dorfes aus den Augen zu lassen, die in ihrer Arbeit fortfuhren, als wären sie an Szenen, wie ich sie gerade beschreibe, gewöhnt! Ein Mann stieg auf das Dach seiner Hütte, um es mit neuen Gräsern auszubessern . . . mehrere Frauen fütterten eine Reihe eingeborener Kinder, die auf dem Boden saßen . . . eine Gruppe alter Leute wendete Getreide.

»Ich werde nicht arbeiten«, antwortete Melania. »Ich bin eine Dame, und ich weiß nicht, wie man arbeitet, denn das hat mir natürlich niemand beigebracht. Ich bin auch nicht bereit zu arbeiten, nur weil der verrückte Onkel Adriano es will.«

Valerio hörte dieser Polemik ungeduldig zu; sein Gesicht, die Muskeln seines nackten und gebräunten Körpers wie ein Pfeil im Bogen gespannt, zerbarsten fast vor Wut.

»Onkel Adrianos größte Verrücktheit ist seine Schwäche!« schrie er seine Vettern und Cousinen an. »Seine Vorstellungen von Freiheit gehören der alten Ordnung an, die uns jetzt zu nichts mehr dient.«

»Hast du uns darum heute morgen gefangen, damit du das, was du seine Schwäche nennst, ausgleichen kannst, ohne daß Mauro oder euer Anführer, dem zu gehorchen ihr vorgebt, es wissen?« fragte Abelardo aus der Mitte des Kreises. Der nackte Krieger mit dem goldenen Helm, der Valerio begleitete, hatte langes, zerzaustes Haar, seine rauhen Züge kochten von ungebändigter Kühnheit, seine Amulette waren nicht mit den Friedenszeichen der anderen Eingeborenen geprägt, sondern mit Aggression und Tod gespickt. Brüllend trat er vor: »Es gibt keine Veränderung ohne Blutvergießen! Das ist es, was er nicht akzeptieren will! Und wenn es ganz schlimm kommt, ist es euer Blut, das fließen wird! Wir werden von außen bedroht. In einem Augenblick, wenn wir es am wenigsten erwarten, werden die Erwachsenen, von euren heimlichen Umtrieben unterstützt, zurückkehren. Ihr seid unsere Feinde, er will das nicht begreifen, und ihr verdient es, daß wir euch unbarmherzig niedermachen, wenn ihr euch weigert zu arbeiten wie alle andern, die immer auf einen Angriff vorbereitet sind.«

»Juan Bosco«, flüsterte Juan Pérez. »Gefährlich. Den müssen wir uns merken.«

Juan Bosco sprach mit so schneidender Stimme, daß viele der Arbeitenden näher kamen, um ihm zuzuhören. Er fuhr in seiner feurigen Strafpredigt fort:

»Wir, die wir im Dorf leben und die Bequemlichkeit des Landhauses verachten, wissen, daß Adriano Gomara in seinem geschwächten Zustand bereit wäre, nachzugeben und mit denen dort draußen, mit den Erwachsenen, zu paktieren. Wir müssen diesen Verrat unbedingt verhindern...«

Als er ›Adriano Gomara‹ sagen hörte, rief der Majordomus wütend:

»Adriano Gomara! Das ist die Höhe! Ein gemeiner Menschenfresser nimmt sich heraus, Don Adriano nicht mit Don anzureden! Und wieso sprechen sie unsere Sprache?«

»Alle Eingeborenen sprechen sie. Sie tun nur so, als verstünden sie sie nicht.«

»Das ist das allergefährlichste! Ich werde das Zeichen geben.«

»Es wäre besser, noch ein wenig zu warten«, beruhigte ihn

Juan Pérez, »und zu beobachten, wie sich die Dinge entwikkeln. Das könnte günstiger für uns sein.« Der Majordomus senkte den Revolver. Zwei Krieger zerrten Juvenal aus dem Kreis und warfen den Strampelnden und Kreischenden Juan Bosco vor die Füße. Der fragte ihn:

»Mit welchem Recht hast du dir unsere Gewänder genommen?«

»Recht?« kreischte Juvenal. »Du, ein Eingeborener, stellst mein Recht in Frage, mit allem, was es in Marulanda gibt, zu machen, was ich will? Und du nennst diese Fetzen, die gerade gut genug für einen Maskenball der Tochter der *Marquise* sind, Gewänder?«

»Gib mir den Schlüssel!«

»Schlüssel?« fragte Juvenal. »Ich? Was für ein Schlüssel?«

Valerio trat heran und drohte ihm mit der Lanze:

»Gib ihn her! Verstell dich nicht. Wir wissen, daß du ihn hast. Uns werden die Lebensmittel knapp, weil wir sie anfangs zu überstürzt verteilt haben. Aber du hast einen Schlüssel für einen anderen Keller, der noch voll ist, versteckt in irgendeinem geheimen Gang der unendlichen, unterirdischen Gewölbe. Wir haben sie abgesucht, ohne den Keller mit den Lebensmitteln zu finden, die ihr euch für den Ball heute abend reserviert habt.«

»Ich habe keinen Schlüssel«, erwiderte Juvenal und erhob sich vor Juan Bosco und richtete seine im Handgemenge zerzausten grünen Federbüsche. »Es gibt keine Lebensmittel außer denen, die ihr gestohlen habt.«

»Gib ihn doch!« schrie Melania. »Wozu nützt er uns noch, du Idiot, wir sind verloren. Wenn wir jetzt Widerstand leisten, geben wir nur zu, daß keine Hoffnung mehr besteht, daß unsere Eltern zurückkommen und uns am Ende dieses Alptraums eines ausgedehnten Nachmittags erretten.«

Da sie sah, daß Juvenal nicht gehorchte, brach Melania aus dem Kreis der Krieger aus und warf sich auf Juvenal, schüttelte ihn, flehte ihn an, den Schlüssel herauszugeben. Mauro sei vor fanatischer Hingabe an Onkel Adriano verrückt geworden, und allen ihren Verführungskünsten gelänge es nicht, ihn wieder zur Vernunft zu bringen ... Wenceslao, rätselhaft verstummt, weigere sich, ihnen zu helfen, wie er sich auch weigere, Mauro und vielleicht sogar seinem Vater zu helfen... sie gewännen überhaupt nichts, wenn sie kämpften, sie seien zu wenige, umstellt, mutterseelenallein. Die Verwirrung, die Melanias Hysterie hervorrief, nutzend, brachen Abelardo, Esmeralda und Zoé aus dem Kreis aus, um Juvenal den Schlüssel zu entreißen und auf diese Weise zu erreichen, daß ihnen dafür das Vorrecht eingeräumt würde, nicht wie die Eingeborenen arbeiten zu müssen, während die Vettern, die anderer Meinung waren, Juvenal anfeuerten, sich zu verteidigen. Juan Bosco, Teodora und Valerio beobachteten die Balgerei der Kinder, die sich ohrfeigten, weinten, stritten; die Dorfbewohner ließen ihre Arbeit ruhen und kamen heran, um dem Spektakel zuzusehen, bei dem die Vettern sich im Staub prügelten, als wüßten sie, daß sie ganz ungefährlich waren, weil sie sich bald gegenseitig beseitigen würden.

Das war der strategisch richtige Moment – als die gesamte Dorfbevölkerung sich zusammengefunden hatte, um diesen Ereignissen beizuwohnen –, den Juan Pérez, nicht der Majordomus, wählte, um einen Schuß abzugeben: aus den Gräsern tauchten goldschimmernde Lakaien, blaue Gärtner, weiße Köche, braune Stallknechte auf und warfen sich wie Erscheinungen aus der Hölle auf die Dorfbewohner. Schüsse knallten in die Luft, damit die Angegriffenen nicht die Überlegenheit der feindlichen Waffen vergäßen. Nachdem die überraschten Eingeborenen schnell überwältigt waren, befahl der Majordomus, sie in den Hütten einzusperren, damit niemand fliehen und die Leute im Landhaus warnen könnte. Kommandos der Dienerschaft, so befahl er, sollten Wache halten und dieses Mal gezielt schießen, wenn jemand versuchen sollte zu fliehen. Das galt auch für Valerio und Teodora: sie würden noch Zeit haben, sich um sie zu kümmern und sie abzustrafen, weil sie sich der Rotte der Menschenfresser angeschlossen hatten. Nur ihre Opfer, die heulenden und zitternden Vettern, die der Verderbtheit widerstanden hatten, blieben in Freiheit.

Zoé, die Kleinste, war die erste, die die Erstarrung brach. In vollem Lauf warf sie sich dem Majordomus in die Arme, der sie hochhob, und bedeckte sein scheußliches Gesicht mit Küssen der Dankbarkeit. Die anderen Kinder, außer Melania und Juvenal, die sich nicht von der plötzlichen Begeisterung hinreißen ließen, stürzten sich darauf in die Arme der Retter, küßten sie, umarmten sie voller Freude, denn der Chefkoch, die Küchenjungen, der Majordomus, die Lakaien und die Gärtner und die Stallknechte und sogar das Männchen mit den Mausaugen, das sie so oft und so still mit seinem Netz die Oberfläche des *laghetto* hatten reinigen sehen, waren Herolde der Rückkehr ihrer Eltern.

Juvenal und Melania hielten sich zurück und flüsterten miteinander. Welches Vorrecht versuchten die Diener sich mit ihrer Retterrolle anzumaßen? Würden sie vielleicht versuchen, ihnen Befehle zu erteilen, die sie, als Kinder der Herrschaft, natürlich nicht bereit waren zu befolgen. Würden sie versuchen, die essentiellen Konventionen zu brechen, die Herren und Diener streng voneinander trennten? Würden sie sich Freiheiten oder Vertraulichkeiten ihnen gegenüber herausnehmen, während – sehr bald, ja, ja, jetzt bestand kein Zweifel mehr: sehr bald – ihre geliebten Eltern nach ihrem wohlverdienten Tag der Entspannung von jenem fabelhaften Ort zurückkehrten, von dem sie zu gern Einzelheiten erfahren würden?

Der Majordomus stellte Zoé auf den Boden, befreite sich aus den Armen von Abelardo und Colomba und Aglaée. Dann trat er auf die beiden Ältesten zu, die sich abseits gehalten hatten, verneigte sich leicht, aber lange vor ihnen, wie es die Etikette der Familie vorschrieb und sprach folgende Worte:

»Euer Gnaden, wir sind hier, um Sie zu beschützen und Ihnen zu helfen. Unsere Mission ist nur vorübergehend: die Luft zu säubern und den Boden zu ebnen, damit die Herrschaft so schnell wie möglich in Ihre bezaubernden Arme zurückkehren kann. Wir müssen uns sofort zum Landhaus begeben, bevor man dort Nachricht von unserem Erscheinen in diesen gesegneten Ländereien erhält. Wenn wir hier nicht beginnen, Ordnung zu machen, wird es nirgends mehr Ordnung geben. Wir müssen uns beeilen. In die Wagen! Alle in die Wagen! Ich, der Chefkoch, und die Anführer der anderen Gruppen der Dienerschaft, wir werden in der ersten Kutsche fahren...«

Juvenal schritt mit nachschleppendem, schmutzigen Cape, die

zerbrochenen Federbüsche schüttelnd, auf den Majordomus zu, der strahlend in der Sonne stand, nicht ein einziges Fältchen seines Jabots zerdrückt, kein einziger Fleck auf seinen schneeweißen Strümpfen, und sagte:

»Hör zu, Majordomus. Wir sind sehr zufrieden über deine Arbeit und die deiner Männer, und bei der Rückkehr unserer geliebten Eltern werden wir ihnen davon berichten, und es ist durchaus möglich, daß du und alle deine Männer dafür eine Belohnung erhaltet. Aber ich muß dich darauf aufmerksam machen, Majordomus, daß es auf gar keinen Fall angeht, daß ein Diener, egal welchen Rang er innehat, die erste Kutsche belegt. Wir werden in der ersten Kutsche fahren.«

»Aber, Euer Gnaden, das ist unmöglich...«

»Da gibt es nichts mehr zu sagen«, unterstützte ihn Melania. »Du verstehst, Majordomus, daß die erste Kutsche für meine Mutter, die *Marquise* reserviert bleiben muß...«

Als er das hörte, tuschelte Juan Pérez etwas und mühte sich, das Ohr des Majordomus zu erreichen, der sich hinunterbeugte, um ihn anzuhören. Nach einer Weile besänftigten sich seine Brauen, und er neigte zustimmend den Kopf:

»Wie Euer Gnaden befehlen. Aber Sie müssen bewaffnet fahren.« Begeistert über diese Neuigkeit, ergriffen die anderen Kinder schon die Waffen. Melania wählte eine sehr hübsche kleine Pistole mit einem Perlmuttgriff. Juvenal eine lange, sehr lange Büchse, über die er sich halb totlachen mußte. Aber, bevor er in den Landauer stieg, sagte er:

»Ah, das habe ich vergessen. Der Schlüssel.« Und mit der Hand hinter seinen mit Fransen geschmückten Lendenschurz greifend, zog er einen Schlüssel heraus, den er dem Majordomus aushändigte:

»Für die Vorratskeller. Sie sind noch voller Lebensmittel. Aber nicht für jeden: nur für uns. Verstanden?«

»Verstanden, Euer Gnaden.«

Diener und Kinder stiegen jetzt in die Wagen. Der Majordomus reichte seine Hand zuerst der *Unsterblich Geliebten* und dann der *Boshaften Marquise,* um ihnen zu helfen, es sich in dem Landauer bequem zu machen. In den folgenden Wagen fuhren die anderen Vettern, wie die Dienerschaft bis an die Zähne bewaffnet. Und als der Majordomus schließlich den Befehl zur Abfahrt gab, fuhren die Kutschen in Richtung auf den Park los. Die Ereignisse, von denen ich eben berichtet habe, dauerten kaum eine halbe Stunde, auch wenn es wegen der Ausführlichkeit, mit der ich sie erzählte, so aussieht, als hätten sie viel länger gedauert. Ich kann meinen Lesern jedenfalls versichern, daß sie lediglich einen vorbereitenden Zwischenfall darstellten, ohne jede Bedeutung, kaum der Rede wert, verglichen mit der heldenhaften Epopöe der Einnahme von Marulanda durch die Dienerschaft, die zu beschreiben ich mir jetzt zur Erbauung aller, die diese Seiten lesen mögen, vorgenommen habe.

2

Meine Leser werden sich erinnern, daß in den »guten alten Zeiten«, wie Juvenal und Melania mit vor Wehmut belegter Stimme zu sagen pflegten, man innerhalb des Parkes niemals auch nur ein Fusselchen der Gräser zu sehen bekam, obwohl jener Ozean unmittelbar außerhalb des Gitters begann. Denn sofort nach der Ankunft, zu Beginn des Sommers, während die Venturas und ihre Sprößlinge im Haus blieben, Kisten und Kasten öffneten und sich auf die Sommerferien vorbereiteten, schwärmte die Dienerschaft in den Park zu einer breiten Offensive aus und riß das bösartige Kraut bis auf das letzte Hälmchen aus, das nach den Herbststürmen, die die luftigen Samen überall hinwehten, versuchte, seine zarten Büschel in den Rabatten und im Rosengarten, im Rasen, in den Fugen der Freitreppe und in den Vasen zu erheben. Am Ende dieses Tages gab es in dem ganzen Park keine einzige ungebetene Ähre mehr. Am folgenden Morgen trug das Personal seine verschiedenen Unterscheidungsmerkmale, öffnete die Türen, damit die Herrschaft in die nun von Gräsern gereinigten Gärten hinabsteigen konnte, ohne von ihrem Anblick gestört zu werden. Aber den ganzen Sommer über, in einer niemals enden wollenden, stillen Arbeit, wachten die aufmerksamen Augen der Gärtner – dazu waren sie unter anderem da – über den Park,

und wenn auch nur ein Hälmchen des plebejischen Krautes sich sehen ließ, merzten sie es aus, sobald es sprießte. Das Landhaus bot jetzt einen völlig anderen Anblick. Im Augenblick, da die vom Gitter gezogene Grenze verwischt war – nur das schmiedeeiserne, mit Kette und Riegel verschlossene Tor zwischen zwei steinernen Säulen war wie abgedriftet mitten in der Ebene geblieben –, war es den Gräsern gelungen, die weite Landschaft mit dem, was früher zivilisierter Park gewesen war, zu vereinigen. Sie wuchsen jetzt ununterdrückbar, phantastisch mitten auf Wegen und Wiesen und selbst in den Fugen der Vorsprünge und Dächer der jetzt verfallenden Architektur, so daß das früher so majestätische Gebäude aussah wie eine dieser pittoresken, mit Gestrüpp bewachsenen Ruinen, die auf den Bildern von Hubert Robert oder Salvatore Rosa zu sehen sind. Aber wer genauer hinsah, konnte erkennen, daß die Gärten sich bis zur Unkenntlichkeit verändert hatten, nicht nur durch diese Invasion, sondern dank einer Reihe von Gräben, die vom *laghetto* ausgingen, der kein dekorativer Teich mehr war, sondern die Quelle eines Bewässerungssystems für die Anpflanzungen, die die eleganten Beete aus früherer Zeit abgelöst hatten. Gruppen von Eingeborenen und Kindern arbeiteten gebückt unter der Sonne, hoben eine Schleusentür, um einen bestimmten Sektor, der Wasser brauchte, zu überfluten, oder ernteten Salat, Himbeeren und Mohrrüben. Die Arbeiter hielten plötzlich inne und hoben die Köpfe. Was war dieses Donnern, das sie vom Horizont herankommen hörten, Donner in der Luft, Vibrieren im Boden, ein Gefühl von Gefahr, das alle gespannt innehalten ließ, bevor sie ihr Arbeitsgerät fortwarfen und zur Südterrasse rannten, wo von allen Seiten die Leute zusammenliefen, wie es für den Notfall verabredet war. Francisco de Asis, der eindrucksvolle Riese, der in einem der vorherigen Kapitel Adriano Gomara umarmte, verteilte Lanzen an die, die in Gruppen herankamen, obwohl noch niemand den bedrohlichen Lärm identifizieren konnte. Sie erkannten ihn jedoch als Gefahr, was er auch immer sein mochte...
Während dieses Jahres gemeinsamer Arbeit hatte Adriano Gomara ihnen eingeprägt, daß trotz aller innerer Zwistigkeiten, trotz des Hungers, trotz des Hasses untereinander die echte

Gefahr von außen komme, daß sie irgendwann aufgerufen sein würden, das Landhaus mit ihrem Leben zu verteidigen gegen einen Angriff der Erwachsenen, die bemüht seien, das, was sie als ihr Eigentum betrachteten, zurückzugewinnen. Nach wenigen Minuten zweifelte niemand mehr daran, daß es ein Lärm von Hufschlägen, von Geschrei und von Schüssen war. In Gruppen auf der Terrasse zusammenstehend, sahen sich Kinder und Eingeborene an, sie wußten, daß sie in wenigen Augenblicken nicht mehr dieselben sein und auch die Dinge nicht mehr dieselben bleiben würden. Trotz der Dürftigkeit ihrer Bewaffnung waren die Bewohner des Hauses vorbereitet. Zwischen der Masse der aschgrauen Gesichter und hellen Augen der Venturas schwangen die roten Büschel der Helme der Krieger, die bis an den Rand der Terrasse vordrangen, bereit, sie mit ihren Lanzen und mit ihrem Leben zu verteidigen. Von dem gekachelten Turm dröhnte Adriano Gomaras Stimme herab. Von dort oben sah er die Kavalkade herankommen und erkannte in ihr sein unheilvolles Schicksal und das aller anderen.

»Jetzt kommen sie, die wir seit langem erwartet haben; sie kommen, um uns zu vernichten. Von hier aus sehe ich, wie sie über uns hereinbrechen mit ihren Pferden, ihren Wagen, ihrer Wut. Wir dürfen keine Angst haben. Wir sind stark, da wir den Glauben an unser unbestreitbares Recht und an unsere Vernunft besitzen. Sie greifen mit Pulver an, wir verteidigen uns mit Eisen: das spielt keine Rolle, am Ende, nachdem das Opfer vollbracht ist und der Alptraum zu Ende sein wird, in dem ich ganz gewiß und viele von euch dahinscheiden werden, wird die Geschichte uns Gerechtigkeit widerfahren und die Zeit das, was wir in ihr gesät haben, aufbrechen lassen.«

Das Gepolter der Wagen, die in voller Fahrt den *laghetto* erreichten, erstickte Adrianos letzte Worte. Die Räder und die Hufe der Pferde rissen die Wege auf, zerstampften Kohlköpfe und Melonen, verwüsteten, was noch von den Rhododendron- und Hortensienbeeten und den Säumen vom Amaryllis geblieben war, rissen Karren voller Artischocken um und pantschten durch die gerade bewässerte Erde, als sie im Galopp die leichte Erhöhung nahmen, die zum Rosengarten führte, in den sie

eindrangen, ihn zerstampften, ihn vernichteten. Es waren Hunderte, und es schienen Tausende zu sein in ihren ratternden Wagen, jeder Mann eins mit seiner Waffe und eins mit dem unbekannten Opfer, das mit jedem Schuß fallen würde. Die Scheiben des Hauses und Scherben der Mosaike an Dächern und Türmen zersplitterten, von Kugeln getroffen. Irgend etwas, vielleicht Gardinen, begann im Innern des Hauses zu brennen und machte mit seinem Rauch die auf der Südterrasse zusammengedrängte Menge blind. Mädchen weinten, ohne ihre Lanzen loszulassen. Cordelia, ihre mestizischen Zwillinge in einem Beutel auf dem Rücken, drang mit eingelegter Lanze nach vorn, um sich zu den Kriegern in die erste Reihe zu stellen, aber Francisco de Asis wies sie mit einem Kuß zurück. Mauro bahnte sich mit den zehn Männern, die Adrianos Leibwache bildeten, zwischen Haufen verschreckter Eingeborener und Kinder durch die Unordnung von aufgesprungenen und nicht numerierten Goldballen hindurch einen Weg ins Haus, schritt durch das Vestibül der Windrose, unter Wolldocken hindurch, die von den Schnüren, an denen die Spinnerinnen und Weberinnen sie aufgehängt hatten, Farbe tropften, scheuchte Hühner auf, sprang über Säuglinge, bis er an den Fuß der von Rauchschwaden umwölkten Treppe gelangte. Mit eingelegter Lanze kam Wenceslao den bronzenen Handlauf hinuntergerutscht. Mauro schrie ihm zu:
»Lauf weg, Wenceslao! Versteck dich!«
»Nein, auch wenn ich mit meinem Vater und auch mit dir nicht einverstanden bin, seid ihr es doch, mit denen ich es wagen muß«, antwortete er, ohne anzuhalten.
»Sie werden dich töten, sobald sie ihn getötet haben. Wenn sie dich aber nicht finden, wird es ein Symbol dafür sein, daß sie die Ideen deines Vaters, die du verkörperst, nicht töten können.«
»Du bist zu rational, trotz deiner Erregung. Aber du irrst dich. Ich verkörpere seine Ideen nicht. Ich verkörpere nur noch die Verzweiflung, keine Ideen zu haben, die ich verkörpern könnte«, antwortete Wenceslao, ohne stehenzubleiben. Dies war ein ganz ungeeigneter Augenblick für eine dieser leidenschaftlichen Diskussionen, in die er sich mit seinem Vetter und auch

mit seinem Vater zu verwickeln pflegte, nachdem dieser das Messer an seine Kehle gesetzt hatte, und vor allem mit Juvenal und Melania, die sich kaum dazu herabließen, das Wort an ihn zu richten, da sie ihn für den gefährlichsten Bewohner Marulandas hielten. Auf jeden Fall hatten die beiden Vettern, um diesen Wortwechsel, der sehr viel kürzer war, als meine unfähige Feder ihn gerade erscheinen ließ, ihre Geschwindigkeit nicht gebremst, nur ein wenig verlangsamt, als sie in entgegengesetzter Richtung aneinander vorbeisausten.

Die mit Lanzen bewaffneten Eingeborenen verteilten sich in Reihen hintereinander um die Balustrade der Südterrasse. Mitten in dem Rosenbeet der American Beauty, die Adelaidas ganzer Stolz gewesen war, befahl der Majordomus, in seinem Wagen stehend, zu schießen, und jetzt nicht mehr, um abzuschrecken, sondern um zu töten. Die Diener senkten ihre Gewehrläufe von den Dächern weg und schossen ihre Kugeln auf die Eingeborenen, die Reihe für Reihe durchsiebt zu Boden fielen, noch ehe sie mit ihren Lanzen angreifen konnten. Stallknechte, Gärtner sprangen heulend von ihren Wagen, traten über die Leichen, töteten die Verletzten, eine grölende Horde, die jene Eingeborenen niedermetzelte, die den Platz der Gefallenen einnahmen und versuchten, den Feind daran zu hindern, die Südterrasse zu nehmen. Aber mit ihren unzulänglichen Waffen war der Widerstand hoffnungslos. Die Verteidiger, die nicht mehr kämpfen konnten, wurden mit Pistolengriffen geprügelt, geschlagen, gefesselt, zur Ohnmacht gezwungen. Ruperto und Cirilo, Cosme, Clarisa, Casimiro und Amadeo, Justiniano, Alamiro, Clemente, Morgana, Hipólito und Avelino, Rosamunda, Cordelia und schließlich auch Wenceslao wurden in einer Ecke der Terrasse zusammengetrieben, während Trupps von Dienern Gruppen von Eingeborenen zur Exekution abführten und hinter qualmenden Möbeln und Leichenhaufen verschwanden. Juan Pérez entdeckte Wenceslao unter den Gefangenen:

»Sie, Herr Wenceslao . . .?«

»Was willst du?«

»Wieso sind Sie nicht bei Ihrem Vater?«

Wenceslao sah ihn an und antwortete nicht. Er kannte diesen

Juan Pérez nur zu gut, sein Vater wurde nicht müde, ihn vor ihm zu warnen. Adriano hatte es vorgezogen, keinerlei Kontakt zu ihm aufzunehmen, obwohl er sich ihm Jahr für Jahr in den Weg stellte, damit er ihn auf irgendeine Weise von den anderen unterscheide. Indem er ihn absichtlich übersah, zerstörte er dessen verräterische Bereitschaft. Wenceslao beschloß, dem Rat seines Vaters zu folgen und schwieg. Angesichts dieses Schweigens schrie Juan Pérez wütend:

»Agapito! Du bist ein Mann, dem ich vertrauen kann, du bist mein Bruder. Kümmere dich um Wenceslao, er ist der gefährlichste unter den Kindern, denn er kann denken, kann urteilen und kritisieren. Wenn der Kampf vorüber ist, werde ich selbst mich um ihn kümmern.«

Agapito Pérez, ein großer Junge, dessen Lächeln nicht einmal bei dem Pulvergestank, dem Wehgeschrei, dem Feuer, der Schießerei, dem Lärm verging, als sei das Leben selbst unter diesen Bedingungen nicht ganz und gar sinnlos, nahm Wenceslao gefangen. Juan Pérez befahl ihm:

»Nimm ihn mit, schließ ihn ein und paß auf ihn auf. Du bist mir für ihn verantwortlich.«

Als Agapito Pérez mit Wenceslao verschwand, stiegen die Kinder, die, wie wir gesehen haben, von den Dienern in dem Eingeborenendorf befreit worden waren, zur Südterrasse hinauf; der Majordomus begleitete sie und lauschte der Rede, die Juvenal über den abgebrochenen Maskenball hielt, es folgte der Chefkoch, der seine Aufmerksamkeit ganz dem zuwandte, was Melania über die letzte Episode von *Die Marquise ging um 5 Uhr aus* berichtete und sprach sie bereits mit *Unsterblich Geliebte* an; der Obergärtner nahm vom *Engel der Güte* Anweisungen entgegen, und der Oberstallmeister trug die dicke Zoé auf den Schultern, deren Augen, weil sie sich halb totlachte, nur noch winzige chinesische Schlitze waren und deren Lippen noch stärker sabberten als gewöhnlich. Es folgten ihnen die übrigen Kinder. Sie hörten nicht auf ihre Geschwister und Vettern, die aus dem Winkel, wo sie von den Dienern bewacht wurden, ihre Namen riefen: sie kehrten nach einem unbedeutenden Zwischenfall nach Hause zurück; im großen und ganzen war nichts geschehen. Die Dinge würden wieder in Ordnung kommen, und nach der Bestrafung der Ungehorsamen würde alles so weitergehen wie früher... ja, ja, die Diener würden das Lanzengitter wieder aufrichten, und sie alle würden in aller Ruhe die Rückkehr der Eltern nach ihrem eintägigen Ausflug abwarten. Einige der Eingeborenen haben bei dem Handgemenge gelitten, das ist richtig, aber schließlich sei das ihre eigene Schuld, ja, sie haben es selbst so gewollt. Außerdem war jeder Eingeborene durch einen anderen ersetzbar, so daß die Sache an sich jeder Bedeutung ermangelte. Und wenn man die Gefühlsduseleien beseite ließ, waren es auch bestimmt nicht so viele, wie die ewig Unzufriedenen bald behaupten würden, die gelitten hatten. Im Mohrenkabinett wollten die gerade aus den Klauen der Menschenfresser erretteten Kinder sich erschöpft in das, was noch an aufgerissenen und verschmutzten Sesseln dort stand, fallenlassen. Aber der Majordomus meinte, es sei besser, sie gingen in den *piano nobile* hinauf, wo es angenehmer sei, und nach all den Leiden und Entbehrungen der Gefangenschaft wollten sie sich sicher frischmachen und etwas entspannen. Der Chefkoch versprach, sich persönlich darum zu kümmern, daß mit der gewohnten Eleganz gespeist würde – er schickte eine Abordnung Köche in den Keller, damit sie sofort mit der Zubereitung der Speisen beginnen könnten –, und bis sich der normale Ablauf des Lebens in Marulanda wieder eingestellt habe, würden sie in dem Teil des *piano nobile*, der ihnen zugedacht sei, von einer ausreichenden Anzahl Lakaien bedient werden, damit sie nicht die geringste Unannehmlichkeit erleiden müßten. So verließen die Kinder, umringt von vierzig Lakaien in untadeligen Livreen, das Mohrenkabinett.

Aufmerksam hielt sich Juan Pérez bereit, um zu befolgen, was die Hauptleute befahlen, seinen eigenen Groll unter dem Zorn der Hauptleute getarnt, die sich darüber erbosten, daß Unordnung mit Unmoral und schamloser Korrumpierung der Sitten der unschuldigen Kinder einhergingen: Valerio und Teodora und der eine und andere, vollständig nackt... die Kinder der Familie badeten zusammen mit den Kindern der Eingeborenen im *laghetto*; Beziehungen, die sie zwar bis jetzt nur erraten konnten, die aber sicherlich verderblich waren und die sie,

Verteidiger der Familie, des Friedens und des Eigentums, mit der Wurzel ausrotten würden. Aber bevor man sich hinsetzte, um ein Programm des Wiederaufbaus zu entwerfen, war es, während Schüsse und Geschrei erschollen, notwendig, das Wichtigste zu erledigen:

»Juan Pérez...!« heulte der Majordomus.

»Zu Befehl, Herr...«

»Tu jetzt sofort deine Pflicht!«

Und Juan Pérez, gefolgt von dreißig mit Pistolen und Gewehren bewaffneten Helden, die Gurte voller Patronen über der über die hohe Mission stolz geblähten Brust gekreuzt, verließ das Mohrenkabinett, dessen Tür der Majordomus wie so viele Male mit seiner weißbehandschuhten Hand öffnete, um sie zu dem Turm zu entlassen, wo sie der Verführer dieser Unschuldigen, die bis zu seiner Intervention in Frieden gelebt hatten, die aber durch seine Schuld nun zu Menschenfressern geworden waren, erwartete.

Das Haus erzitterte von den Kellern bis zu den Türmen vom Gerenne der gejagten Eingeborenen. Schüsse und Geschrei brachen aus, Bilder und Statuen fielen zerbrochen um. Die Salons überfüllt von Gefangenen, die brüllten, wenn sie in den Park geführt wurden, von wo man die Schüsse der Hinrichtung hörte. Vom mystischen Eifer gegen die Menschenfresserei besessen, mähten die Diener jeden, den sie ohne Dieneruniform antrafen, in einem Kugelhagel nieder.

Rauch erfüllte die Räume, Pulverspuren und Blut befleckten die Teppiche, über die von Kugeln verwundete Ziegen flohen. Aber der Lärm überdeckte nicht die gewaltige Stimme des Majordomus, der auf die Südterrasse hinaustrat, wo sich die Kinder befanden, umstellt von einem Trupp Diener, der sie zugleich verteidigte und bedrohte, und seine Hände als Sprachrohr benutzend verkündete:

»Dieses Chaos kann so nicht weitergehen! Die Menschenfresser sind abgerichtet, um mit Gewalt ihre wilden Sitten auf dieser Erde auszubreiten! Ich fordere den Verantwortlichen für die Unordnung, Don Adriano Gomara, auf, sich uns, den Vertretern der Ordnung und der Familie, der diese Ländereien gehören, zu ergeben!«

Gefolgt von seinen Männern, die Finger am Abzug, das Bild des Schuldigen als einziges Ziel auf seine Retina geprägt, stieg Juan Pérez die Marmortreppe hinauf, die sich elegant über die Wand des ovalen Vestibüls entfaltete. In diesem Augenblick kümmerte es Juan Pérez nicht, ob sein Name als der des Retters in die Geschichte eingehen würde oder nicht: sein persönlicher Groll floß mit dem Haß seiner Vorgesetzten zusammen und verstärkte in ihm das Gift, verwechselte sich aber nicht mit ihm. Er wußte, daß es lediglich ein geschickter Schachzug der Venturas war, um das wiederzugewinnen, von dem sie fürchteten, man hätte es ihnen fortgenommen, wenn man die Dinge als eine ideologische Auseinandersetzung ansah. Diese Falschheit war unwichtig. Wichtig war allein das schlagende Herz der Figur mit dem weißen Bart, die er einmal durch das Schlüsselloch der Tür seiner Dachkammer hatte beobachten können, das schlagende Herz, das auf die Kugel wartete, die Juan Pérez klopfen spürte, weil sie aus dem Lauf seiner Pistole herausschießen und sich in dieses Herz bohren wollte, um sich und dieses Herz stillstehen zu lassen. Was bedeutete es schon, daß der mystische Krieg gegen die Menschenfresser eine Hinterlist war, wenn in diesem Augenblick eine solche Tat aus glühender Überzeugung alles rechtfertigte?

Juan Pérez sah von unten Adriano Gomara gefolgt von Mauro und seiner Leibwache auf der Höhe der Treppe erscheinen. Wie konnte man sich nur mit dieser unfähigen, apostolischen Figur mit dem weißen Bart, dem hellen, zerfetzten Hemd, dem unpassenden Helm eines eingeborenen Kriegers auf dem Kopf, der unnützen Lanze in der Hand, solidarisieren. Mit seinem Erschießungskommando stieg Juan Pérez sehr langsam die Treppe hinauf, er wartete, wartete noch einen Augenblick, um näher zu kommen, um ihn nicht zu verfehlen, denn es war seine Kugel, keine andere, die ihn niederschmettern sollte. Aber je weiter sie hinauf kamen, sich ihm näherten, und Adriano Gomara und die Seinen mit gesenkten Lanzen herankamen, erkannte Juan Pérez in den Zügen seines Feindes das grauenhafte Geheimnis dessen, für den das Menschliche einen Sinn hat und eine Ordnung fordern konnte. Adriano sah ihn, Juan Pérez, nicht. Also gab es ihn gar nicht. Indem er ihn übersah, war Adriano Gomara allein die Inkarnation des moralischen Gerichtes, das ihn aus dem Mittelpunkt irgendeiner Ideologie desavouierte, seine Gemeinheit verdammte und ablehnte, weil er die Lakaienlivree gekauft hatte, wie er bereit wäre, von jedem, der etwas verkaufen wollte, zu kaufen, was er wollte, oder sich selbst dafür zu verkaufen. Adriano Gomara sollte dann wenigstens seine Kugel als die seine erkennen, wenn er schreiend niederstürzte, oh, welch ein Triumph, wenn er riefe, was er, das wußte er wohl, niemals rufen würde: »Du, Juan Pérez...« Aber das war unmöglich. Juan Pérez richtete seine Pistole auf dieses Abbild großer Erhabenheit und schoß.

Draußen im Park und drinnen im ganzen Haus ging die Schießerei weiter. Vielleicht war Juan Pérez' Kugel doch nicht die erste der Auseinandersetzung und nicht einmal die, die Adriano Gomara niederwarf, denn das Erschießungskommando der Lakaien begann genau in dem Augenblick zu schießen, als er, der sie anführte, seine Pistole hob; in der gleichen Sekunde, in der sich in seinem Hirn die Gefühle stießen, die ich gerade beschrieben habe, als auf einen Befehl Mauros die Männer von Adriano Gomaras Leibwache ihre Lanzen auf sie warfen. Jedenfalls, als die von Kugeln durchsiebte Leiche von Adriano Gomara, das weiße Hemd, der weiße Bart und die schon vom Tod weißen Augen mit Blut bespritzt, zusammen mit den anderen die Treppe hinunterrollte, leerte Juan Pérez seine Pistole ein über das andere Mal in den Körper dessen, der nun niemals mehr seine Identität erkennen konnte, und ihn so für immer darum brachte, während seine Gefolgsleute Mauro und seine Krieger niedermachten. Sie blieben alle in einem blutigen Haufen am Fuß der großen Treppe aus Bronze und Marmor liegen und vermischten ihr Blut mit den Farben, die von den Docken über den Boden des Vestibüls der Windrose tropften.

Die Nachricht von Adriano Gomaras Tod lief wie ein Lauffeuer durchs ganze Haus. Das Geschrei der Kinder und der Eingeborenen wurde zu Wehgeheul. Trotzdem gaben sie ihren Widerstand nicht auf, der, da völlig sinnlos, selbstmörderische Formen annahm und die Schläge, die Fußtritte, Stockschläge immer grausamer machte, die Erschießungen all derer, die es wagten, sich zu bewegen oder ihre Stimme zu erheben, als spüre das Personal, daß Adriano Gomaras Tod, weit davon entfernt, dem Kampf ein Ende zu setzen, sie vielmehr zwang, das bereits Eroberte mit einem noch schrecklicheren Einsatz von Gewalt zu verteidigen. Der Trieb, mit eigenen Augen den Ausgang dieser Tragödie zu sehen, ließ die Diener, die die Kinder auf der Südterrasse bewachten, ihre Aufgabe vernachlässigen, so daß diese, sich unter die Diener und die Eingeborenen mischend, die von allen Seiten herbeikamen, ins Vestibül liefen, wo die vier Hauptleute den Haufen der Leichen in einer Pfütze von Blut und Farben betrachteten.

Man hörte keine Schüsse mehr. Nur noch den einen oder anderen draußen in der Ferne, an den Grenzen des Parks, vielleicht auf einen gejagten Eingeborenen, der in die blauen Berge, die den Horizont säumten, floh. Im Vestibül ließ die Erstarrung, die dem vollen Bewußtsein großen Unglücks vorangeht, das Wehgeschrei verstummen, und es herrschte Schweigen. Aber nur für einen Augenblick: ein Wimmern von Cordelia, die, ihre Zwillinge im Arm, direkt hinter den Hauptleuten stand, war so herzzerreißend, daß es sie zu entleeren schien. Sie ließ sich zu Boden sinken und streckte ihre Hand durch die gespreizten Beine des Majordomus hindurch, um den geröteten Bart von Onkel Adriano zu streicheln. Erst dann, durch Cordelias Stöhnen erregt, entfesselten sich Schluchzer und Wehgeschrei, das auf Befehl des Majordomus sofort wieder verstummte.

»Ruhe! Hier ist nichts geschehen!«

Wenn das, was ich erzähle, wahr wäre und nicht erfunden, könnte ich sagen, daß einige Zeugen später versicherten, daß dieser erste Augenblick der Erschütterung so feierlich und so unheimlich gewesen sei, daß nicht nur das Schluchzen der

Kinder und der Eingeborenen sich daraus erhob, sondern daß sich ihm das Weinen einiger Diener anschloß, vielleicht der unwissenden oder der jüngsten, die Adriano heimlich bewunderten, oder das jener, die keine klare Vorstellung von der Auseinandersetzung hatten, die in Marulanda stattfand.

Jedenfalls bückte sich der Chefkoch, sobald wieder Ruhe herrschte, mit einem breiten Grinsen über seinen zitternden Pausbäckchen, um Cordelia aufzuhelfen. Während er sie hochhob, streichelten seine rosigen kleinen Hände Cordelias blonden Zopf, und seine Knopfaugen suchten den tiefen, grünen Blick des Mädchens. Sie möge sich beruhigen, bat er und fuhr fort, sie zu streicheln, es sei nichts geschehen. Irgendwie würde alles wieder gut werden, und um dies zu unterstreichen, tätschelte er ihr die Hände.

»Laß mich los, du Ekel!« schrie Cordelia und spuckte ihm ins Gesicht.

Der Chefkoch wollte, als er Cordelias schwindsüchtigen Speichel von seinem Kinn wischte, ihr eine Ohrfeige geben, aber als er dazu ausholte, bemerkte er, daß ihre grünen Augen, die ganz plötzlich trocken geworden waren, nach oben sahen zu der bronzenen, oben an der Treppe in einer Laterne endenden Balustrade, und er sah, wie Wenceslao, nackt, eine Lanze tragend, sein Gesicht zu allem wild entschlossen, herunterkam. Mit einem Schrei hielt Cordelia ihn auf:

»Sie haben ihn umgebracht! Lauf weg und versteck dich, denn jetzt werden sie dich umbringen!«

Einige der Kinder und Eingeborenen, die nicht vollständig niedergeschlagen waren – und, ich wiederhole: vielleicht auch einige der Diener, damit meine Leser nicht glauben mögen, es sei mein Wunsch, sie alle zu verdammen –, schrien ebenfalls, er solle fliehen. Bevor das Personal reagieren konnte, verschwand Wenceslao, die Gefahr begreifend. Der Majordomus brüllte laut, um die Ordnung wiederherzustellen, schrie Befehle, sie sollten ihn verfolgen, sollten ihn finden und ihn herbringen, koste es, was es wolle, ohne Wenceslao bliebe seine Befriedungsmission unvollständig, unabgeschlossen, denn der Sohn sei der Träger der gleichen Keime der Auflehnung, die bis vor kurzem den Vater beseelten.

Cordelia hatte die momentane Verwirrung genutzt, um sich in die Arme von Francisco de Asis zu flüchten. Nachdem er Wenceslaos Verfolgung befohlen hatte – der bald in seiner Gewalt sein würde, weil er nur ein kleines Kind sei –, umstellten der Majordomus und die übrigen Diener hohen Ranges Cordelia. Dann wandte sich der Majordomus mit einer leichten, aber langen Verbeugung, wie es die Etikette der Familie vorschrieb, an sie:

»Ich sehe mich verpflichtet, Euer Gnaden zu bitten, ein gesetzteres Benehmen zu zeigen und den Arm dieses Menschenfressers zu verlassen. Schließlich ist Euer Gnaden die älteste Tochter von Don Anselmo, der ein Heiliger ist, und von Doña Eulalia, einer mit den besten Eigenschaften begabten Dame. Sie müssen begreifen, daß unser Ziel vor allem Ihre Befreiung ist, und wenn Sie manchmal die Hand unserer Autorität ein wenig hart finden, so geschieht dies doch nur zum allgemeinen Wohl. Um die Ordnung wiederherzustellen, rate ich Ihnen, mit uns zu kooperieren, was dasselbe ist wie mit den Erwachsenen zusammenzuarbeiten. Ich möchte Sie bei dieser feierlichen Gelegenheit bitten, uns Ihre wertvolle Hilfe zu leisten und uns anzugeben, welches wohl der wahrscheinlichste Ort wäre, wo der Herr Wenceslao versuchen wird, sich zu verstecken. Ich bin sicher, daß dieses, zweifellos von Don Adriano vorherbestimmte Versteck nicht nur Ihnen allein bekannt ist, sondern allen, die an diesem einen Tag unserer Abwesenheit im Landhaus geblieben sind. Und wenn Sie sich nicht dazu herablassen, ihn uns zu nennen, werde ich natürlich alle darum bitten, einen nach dem anderen, Kinder und Eingeborene, ohne irgendeine Ausnahme, es uns zu sagen, bis wir Herrn Wenceslao gefunden haben, dessen Ungezogenheiten wirklich unerträglich werden.«

Cordelia spuckte auch dem Majordomus ins Gesicht. Sein versteinerter, harter Gesichtsausdruck blieb ungerührt.

Er machte auch keine Anstalten, sich den Speichel abzuwischen. Er wartete nur auf Cordelias Antwort. Aber sie antwortete nicht. Nach einem Augenblick befahl der Majordomus seinen Leuten:

»Reißt sie aus den Armen dieses schmutzigen Menschenfres-

sers! Sie, Herr Chefkoch, kümmern sich um sie. Bringt den Menschenfresser zu mir . . .«
Eine Abordnung der Leute, die ihn kaum überwältigen konnten, zerrten den Krieger Francisco de Asis heran. Er wußte alles – der Majordomus sah es deutlich in der absoluten Durchsichtigkeit dieser schwarzen Augen, die ihn fest anblickten –, alles, absolut alles, denn dieser Mann, den er da vor sich hatte, so groß wie er oder vielleicht größer und stärker, war sich bewußt, alle diejenigen zu repräsentieren, die so waren wie er: er war eine gelassene, königliche Gestalt, eine emblematische Persönlichkeit, in der sich die abstrakte Geschichte verkörperte. Er war der Beweis für dieses ganze Jahr, der keineswegs versagt hatte, nur weil er und andere sterben mußten. Sein Opfer war in der Lage, Wenceslao zu schützen: wenn es dem gelänge zu fliehen, würde er dem, was dieser Krieger und sein Volk von Alters her als ihr Recht forderten, eine Form geben – unerwartet und vielleicht nicht wiederzuerkennen. Die Lakaien rissen ihm seinen Helm mit dem Busch aus roten Gräsern und die Ledergurte, die über seiner Brust gekreuzt seinen Umhang hielten, ab, so daß sich die unheimliche Muskulatur seines Brustkorbs zeigte. Der Majordomus verhörte ihn über den Aufenthaltsort von Wenceslao: in Cordelias Augen brannte eine schwache, verzweifelte, grüne Flamme, die der Majordomus wohl bemerkte. Dieses Mädchen mit völlig verderbtem Körper und Geist würde ihn nicht überlisten. Niemand würde ihn überlisten. Wußte er nicht aus dem Munde dessen, der es gesehen hatte, daß Hermógenes Ventura die reale Zeit geleugnet hatte, um einer willkürlich erfundenen Zeit Geltung zu verschaffen, und zwar durch eine einfache Tat, mit der er sich des Kindes, der Puppe von Casilda und Fabio, entledigte und auf diese Weise ihren Willen brach? Wenn die Herren das taten, warum nicht auch er, der sie in allem als sein Vorbild ansehen wollte? Er riß Cordelia die Zwillinge fort, die sie wie eine Eingeborene auf dem Rücken trug, und wiegte sie in seinen Armen.
»Was für bezaubernde Püppchen, Fräulein Cordelia! Aber sind Sie nicht schon ein wenig zu alt, um noch mit Puppen zu spielen? Nun, im Landhaus erzählt man sich, Sie glaubten, es wären Ihre und Francisco de Asis' Kinder. Das ist aus zwei

Gründen, die ich Ihnen erläutern will, unmöglich. Erstens, weil Sie begreifen müssen, daß Sie an einem einzigen Tag der Abwesenheit Ihrer Eltern nicht empfangen und geboren haben können ... und es ist notwendig, Fräulein Cordelia, daß Sie die Wahrheit, nämlich, daß wir nur einen einzigen Tag abwesend waren, akzeptieren. Warum antworten Sie nicht? Warum bleiben Sie stumm? Sind Sie krank? Bedenken Sie, daß Ihre Eltern Ihnen das verboten haben.« Bevor er fortfuhr, ließ er einen Augenblick verstreichen. Cordelia schwieg.

»So sei es. Und zweitens ist es unmöglich, weil es mir offensichtlich scheint, daß es Liebe, das höchste Ideal der Familie, auf dem sich die Struktur der ganzen Gesellschaft, der Moral und des Eigentums aufbaut, nicht zwischen einer vornehmen und wohlerzogenen jungen Dame wie Sie und einem ekelhaften Menschenfresser geben kann ...«

Da Cordelia nicht antwortete, sondern das grüne Flackern ihres Grolls immer weiter hinter ihren Lidern verbarg, hörte der Majordomus auf, die Kinder zu wiegen, und warf sie zwei Lakaien zu, die mit ihnen verschwanden. Dann schnaubte er: »Sag mir, wo Wenceslao, diese Kanaille, ist?«

Und Cordelia spuckte noch einmal.

Die Wut der Hauptleute und der Diener, die sie umstanden, entfesselte sich an Cordelia: Dirne nannten sie sie, Abartige, Schwindsüchtige, Hehlerin für einen Verbrecher wie Wenceslao, Menschenfresserin, die zugelassen hat, daß man ihr ihre Kinder wegnimmt, die jetzt in diesem Augenblick zusammen mit anderen Leichen tot im *laghetto* schwammen! Herzlose Mutter! Alle Mädchen wären durch den demoralisierenden Einfluß von Adriano zu Dirnen geworden, zu Abartigen, alle hätten wer weiß welche moralischen Gebresten, wer weiß welche schmutzigen physischen Verderbtheiten, und alle Jungen wären Mörder, Hurenböcke, Leichtgläubige, Idioten, Diebe ... Und von den Eingeborenen sprach man besser erst gar nicht ...

»Juan Pérez!« schrie endlich der Majordomus.

»Zu Befehl, Herr!« rief dieser und erschien, sich dem besonderen Gott der Bösewichter empfehlend, damit der sich auf Cordelia konzentrierende Zorn des Majordomus nicht über ihn herfiele und ihm die Schuld an der Flucht von Wenceslao gäbe, den er dummerweise unter die Aufsicht seines Bruders Agapito gestellt hatte, um seiner eigenen Familie zur Beförderung zu verhelfen, bevor die Situation dazu gegeben war.

»Bring eine Gitarre!« befahl der Majordomus.

Cordelia, durch die wabbelige Umklammerung des Chefkochs unbeweglich gehalten, zog sich noch weiter in sich zurück, verschloß sich noch mehr, während der Majordomus sagte: »Alle sich liebenden Paare zeigen einander viele Dinge, nicht wahr, Fräulein Cordelia? Sie sangen, wenn ich mich recht erinnere, einige sehr hübsche Lieder, die wir, die Diener, nicht das Recht hatten zu hören, es sei denn von weitem. Sicher haben Sie das eine oder andere Francisco de Asis beigebracht, nicht wahr? Reich dem Kannibalen die Gitarre, Juan Pérez...!«

Der riesige Mann nahm sie, umarmte sie zart um die Taille, als wäre sie ein Körper. Die Saiten summten und verstummten dann an seiner Brust. Niemand aus der Menge, die das Vestibül der Windrose und die Marmortreppe füllte, rührte sich. Niemand atmete. Man hörte hin und wieder einen roten, gelben, grünen Farbtropfen in die Pfützen fallen. Francisco de Asis hielt die Gitarre um die Taille gefaßt, ohne ein Wort zu sagen.

»Juan Pérez, ich befehle dir, ihn zum Singen zu bringen!«

Der entriß ihm die Gitarre und führte ihn zum Fuß der großen Treppe. Dort ließ er ihn seine Hände über der bronzenen Oberfläche der dekorativen Ananas öffnen, in der die Spirale der Balustrade endete.

»Wirst du singen?« fragte ihn Juan Pérez und imitierte mit seiner Froschstimme das Donnern des Majordomus.

Francisco de Asis blieb stumm, stolz, Ziel aller Blicke. Er konnte sich nicht dazu herablassen, zu antworten. Juan Pérez spürte die Erhabenheit seiner Verachtung. Darum ließ er den Kolben seiner Pistole ein über das andere Mal auf seine Finger fallen, ein über das andere Mal, bis er die Knochen krachen hörte, dabei schrie er auf ihn ein:

»Nimm das und das und das und das, Menschenfresser! Dieb! Abartiger! Verführer! Nimm das und das... und wenn ich dir alle Knochen im Leib brechen muß, du wirst für uns, die Sieger, Gitarre spielen... nimm das und das, dafür, daß du den Leib von Fräulein Cordelia gestreichelt hast...!«

Er sagte nicht: weil du jenen Körper gestreichelt hast, den meine unwürdigen Hände niemals streicheln werden, weil sie nicht streicheln können. Francisco de Asis, blaß mehr vor Grauen als vor Schmerz, hatte alle Muskeln seines Körpers gespannt, sie glänzten wie die eines polierten Panzers, wie eine königliche Bronzestatue, und so wehrte er sich, so gut er konnte, gegen den physischen Schmerz, der im Augenblick alle anderen Schmerzen auslöschte und ihn gegen sie schützte. Aber hinter diesem Schmerz hörte er die Stimme Cordelias: »Laß nicht zu, daß sie dich töten...«
Und die der Eingeborenen und vielleicht der Kinder:
»Sing, damit sie dich nicht töten...«
»Wir brauchen dich...«
Die Trümmer aller seiner Schmerzen bäumten sich nun auf, und mit den Fetzen, zu denen seine Hände geworden waren, nahm er, so gut es ging, die Gitarre. Seine leblosen Hände konnten kaum die eine oder die andere Saite zum Klingen bringen, aber seine Stimme erhob sich stark, klar, vollkommen sicher, wie eine Manifestation von etwas, was die Diener niemals begreifen würden, das aber, als sie es hörten, ihnen noch gewalttätiger, noch subversiver vorkam als alles, was sie jemals gehört hatten, das erste Zeichen eines unüberwindlichen Widerstandes, den vielleicht – dachten sie eine Sekunde lang, in der sie sich zögern spürten – weder sie noch die Erwachsenen noch irgendwer würde besiegen können:

>*»Plaisirs d'amour*
>*ne durent qu'un moment;*
>*chagrins d'amour*
>*durent toute la vie...«*

In diesem Augenblick öffnete sich eine der Türen, die auf den Flur des *piano nobile* führten. Alle glaubten, der Zauber des Liedes hätte Wenceslao herbeigerufen. Aber es war nur die liebenswürdige Gestalt Melanias im Déshabillé, ein wenig zerzaust, ein mit Kölnisch Wasser befeuchtetes Taschentüchlein an die Schläfen drückend. Sie beugte sich über das Geländer und sagte:

»Cordelia, meine Liebe, ich bitte dich, dein hübsches Lied ein wenig leiser zu singen, denn ich bin wortwörtlich blind vor Kopfschmerzen, seit die *Marquise* und ich auf unsere Besitzungen zurückgekehrt sind...«

Und als sie hörte, daß die Wachen, auf einen ganz leichten Wink des Majordomus, Francisco de Asis abführten, um ihn abzuurteilen, bestand Melania ein wenig hüstelnd, um zu zeigen, wie schlecht es ihr ging, darauf:

»Cordelia... warum antwortest du mir nicht?«

Bevor sie durch die Tür des chinesischen Kabinetts verschwand, zuckte sie gleichgültig die Schultern und fügte leise hinzu; um die *Marquise,* die ein so feines Gehör hatte, nicht zu wecken: »Nun ja, schlecht erzogen, mir nicht zu antworten! Es ist besser, einen dichten Schleier über das Benehmen einiger meiner Cousinen zu ziehen...«

Als sich die Tür hinter ihr schloß, donnerte die Stimme des Majordomus durch das Vestibül, als hätten sich alle Orkane endlich losgerissen:

»Jagt ihn wie ein wildes Tier, denn er ist ein wildes Tier, alle, jagt Wenceslao. Daß er dir nicht entkommt, Juan Pérez, du bezahlst mit deinem Kopf, wenn du ihn mir nicht tot oder lebendig bringst, tu, was du willst, um seinen Aufenthaltsort zu erfahren, verhöre, wen du willst und wie es dir für richtig erscheint, benutze alle Tricks deiner Gemeinheit, denn die Gemeinheit ist unsere einzige Stärke; kein einziger dieser Eingeborenen und der Kinder bleibt von der Möglichkeit ausgeschlossen, den Aufenthaltsort von Adriano Gomaras Sohn zu kennen.«

Mit vorgehaltenen Pistolen und Gewehren drängten die Diener die Kinder und Eingeborenen mit erhobenen Händen aus dem Vestibül der Windrose. Und die Hauptleute stiegen über die angehäuften und noch warmen Leichen die Treppe hinauf und besprachen die Ereignisse des Tages. Nachdem er vorsichtig, um die schlummernde *Marquise* oder Melania, die über Migräne klagte, nicht zu stören, an die Tür geklopft hatte, flüsterte der Majordomus:

»Erlauben Sie uns, einen Augenblick mit Euer Gnaden zu sprechen? Wir müssen uns über einige Punkte einig werden...«

KAPITEL ZEHN

Der Majordomus

1

Ich möchte meine Leser bitten, sich, wenn der Vorhang über diesem Kapitel aufgeht, eine Szene voller Verzweiflung und Tod vorzustellen: Schreie, Verfolgungsjagden und Schüsse im brennenden und verschlammten Park; Leichen unbekannter Eingeborener im *laghetto* schwimmend. Geschlagen, verletzt, die Kinder der Familie von Zimmer zu Zimmer fliehend, bis sie sich in der Bibliothek verkrochen, wo Arabela versuchte, sie zu beruhigen, indem sie ihnen versicherte, daß man nicht wagen würde, sie anzurühren, weil sie waren, wer sie waren, trotz allem, worauf die Gewalttätigkeiten, in der Spontaneität des ersten Augenblicks begangen, hinweisen könnten.

Es war nicht allein die Furcht um ihr Leben, Arabela wußte das wohl, auch nicht die Schmerzen der Prellungen und der gebrochenen Knochen, was sie verängstigte: mit ihren von Rauch und Tränen gereizten Augen sahen sie durch die großen Fenster der Bibliothek Reihen von Eingeborenen niederfallen, von Kugeln durchsiebt; während eine fieberbesessene Figur in amarantfarbener Livree hin und her lief, Befehle schrie, die Erschießungskommandos leitete und alle schlug, die Widerstand leisteten; ihre rauhe, dünne Froschstimme vibrierte in den Fensterscheiben; sie befahl, die gefährlichsten Eingeborenen zum Dorf abzutransportieren. Juan Pérez: Arabela erkannte ihn. Wie sollte sie seine Züge nicht von denen der anderen Lakaien niedrigen Rangs unterscheiden, wenn sie sich später, im Augenblick der Rache, ihrer erinnern wollte? Arabela erklärte den anderen:

»Unglückseligerweise wird mehr als einer von uns ihn aus der Nähe sehen müssen und niemals mehr seine Züge vergessen können, auch wenn alles anders wird und diese symbolische Figur des Bösen als Opfer der Zerstörungswut, die sie in sich trägt, fallen wird.«

Arabelas gemäßigte Worte konnten sich aus Angst vor Repressalien nicht laut erheben: im Augenblick sei es notwendig, nicht sie selbst zu sein, sondern einfach nur Rollen zu spielen. Ein Schweigen voller Grauen und Pulvergestank hüllte das fast zur Ruine zerfallene Gebäude ein, in dem es unmöglich schien, irgendein System könne wiedererstehen aus dem, was die Diener Don Adrianos Vermächtnis des Ruins nannten und was die Kinder flüsternd, denn das erste, was sich wiederherstellte, war die Überwachung, »die Barbarei des Majordomus« nannten. Nach dem ersten Gemetzel verkündete dieser mit Gebrüll:

»Hier ist nichts geschehen. Das Leben geht weiter wie immer.« Meine Leser werden die Absurdität dieser Vorschrift ermessen können, wenn sie mir glauben, daß sowohl die Ereignisse während des vergangenen Jahres mit ihren Triumphen und ihren unverzeihlichen Dummheiten wie auch die durch den Überfall bewirkte Verzweiflung und Demütigung in die Herzen aller, der Kinder wie der Eingeborenen gleichermaßen, ein Bewußtsein und einen Zorn gebrannt hatten, die es nicht erlaubten, daß jemals irgend etwas wieder so sein könnte, wie es gewesen war. So war Gehorsam das einzige, was die Sprößlinge der Venturas im Augenblick zu manifestieren wagten; und tatsächlich nahmen sie so, als wäre dieser Sommer genau wie alle vorangegangenen, in Gemächern und in Gärten ihre ins Gedächtnis zurückgerufenen Tätigkeiten wieder auf – aber nun sinnentleert; wie Schauspieler, im Augenblick bevor sich der Vorhang hebt, lasen sie ein Buch mit Versen oder banden Girlanden in der Jasminlaube. Aber ihre Augen lasen die Verse nicht, und ihre Nasen nahmen nicht den Duft des Jasmins wahr. Wie sollten sie auch, wenn über Wochen hin der Aasgeruch – wie von verbranntem Menschenfleisch – der vielfarbigen Blütenblätter des verbrannten Rosengartens anhielt? Wenn die zerbrochenen Scheiben des Hauses vom Rauch umwölkt blieben, von den Schüssen der Hinrichtungen erzitterten, die von den Grenzen des Parkes herüberschallten? Wenn die Sessel

Roßhaar und Sprungfedern erbrachen und die Balustraden mit ihren Amphoren einstürzten und die mit aufsässigen Graffiti einer anderen Zeit bedeckten Mauern abbröckelten und die Leichen der Pfauen auf den von der Sonne gewärmten Freitreppen verwesten? Den Kindern war es nicht erlaubt, das alles zu sehen – obwohl ich besser sagen sollte: niemand kümmerte es, daß sie es sahen; aber sie sollten nicht hinsehen und schon gar nicht darüber sprechen. Sie wußten, daß es gefährlich sein konnte, den über eine Stickerei gebeugten Kopf zu heben, wenn aus einem Haufen Eingeborener, die von einer Abordnung von Lakaien mit vorgehaltenen Gewehren abgeführt wurden, Luis Gonzaga oder Juana Arco zum Beispiel ihre Freundin Morgana um Hilfe anflehten, die gerade nur wagte, ihre Beine einzuziehen, damit die Unglückseligen, wenn sie zur Folter, zur Hinrichtung oder ins Exil geführt wurden, nicht darüber stolperten.

An diesem Punkt meiner Erzählung angekommen, muß ich haltmachen, um etwas zu berichtigen, was ich weiter oben gesagt habe: keineswegs alle Vettern waren durch den Überfall zu Bewußtsein gekommen oder auch nur darüber empört, auch identifizierten sich nicht alle mit den bleichen Gestalten des Zusammenbruchs. Eine andere, wenn auch kleinere Gruppe, verließ den *piano nobile* nicht, kam nicht in die Gärten hinunter, zog es vor, oben zu bleiben und die Pflege ihrer Arroganz zu genießen. Wie leicht zu erraten sein wird, spreche ich von der strahlenden Gruppe um Melania und Juvenal, denen es, da sie gewohnt waren, die Geschichte zu lenken, nicht schwerfiel, sich wieder in ihr einzufinden. Als im ersten Augenblick des Sieges die Hauptleute versuchten, wie wir im vorherigen Kapitel gesehen haben, freundschaftlichen Eintritt ins chinesische Kabinett zu erhalten, um mit den gerade im Eingeborenendorf befreiten Kinder zu verhandeln, wurden sie wie Herolde des Unglücks empfangen, die in das Gehege der Phantasie einbrachen. Juvenal, sich auf dem Divan, wo er von Migräne gequält ruhte, aufrichtend, deutete auf die Tür, den Arm und den Finger majestätisch ausgestreckt, und hielt sie im Türrahmen mit folgendem Vorwurf zurück:

»Habt nicht die Kühnheit, mit diesem vertraulichen Gebaren,

das nicht zu euch paßt, einzutreten. Raus! Tut eure Pflicht! Es ist wirklich die Höhe! Zwei Stunden nach unserer Ankunft habt ihr die von den Menschenfressern an dem einzigen Tag der Abwesenheit unserer Eltern begangene Verwüstung noch immer nicht beseitigt. Das ist reine Nachlässigkeit! Wenn ihr nicht eine große Strafe zahlen wollt, solltet ihr sofort mit dem Herrichten dieser Räume beginnen, so daß zivilisierte Menschen wie die *Marquise* und ihresgleichen, reine Herzen, sensible Seelen, die wir den Heldenmut besaßen, der Barbarei und ihren Versuchungen zu widerstehen, bequem darin wohnen können und alle Spuren der Eindringlinge in diesem Bereich verwischt werden, den zu bewohnen ausschließlich unser Recht ist, weil wir sind, wer wir sind.«

Die Hauptleute, niedergeschmettert durch die gewaltige Wahrheit von Juvenals Worten, zogen sich zurück und schlossen die Tür des chinesischen Kabinetts hinter sich, zu dem sie keinen Eintritt gefunden hatten. Sie brüllten ihre Befehle oben von der Treppe hinunter, organisierten die Truppe, die noch im Vestibül der Windrose tobte, verwandelten sie in einem Augenblick in Maler und Stuckateure, in Polsterer und Sticker, die eine schleunige Restaurierung des *piano nobile* vornahmen, die sich später weiter ausdehnen sollte, wie jemand der einen dichten Schleier über das ganze Haus zieht: so wurden die Spuren der Besetzung eines Raumes durch Hunderte von Familien, der für eine einzige Familie konzipiert worden war, verwischt und die Geschichte konnte sich wieder in einer Szenerie, die ihr angemessen war, einrichten.

Es stimmt, daß in der Eile nicht alles genauso wurde wie früher: die Ausbesserungen der Tapisserien stachen unbeholfen hervor; der Gips der Brüste, die von den Karyatiden, die die Mauerbögen hielten, mit soviel Kühnheit gezeigt wurden, blieb feucht, da ohne Sachkenntnis geformt; die glanzvollen Perlen der höfischen Porträts wurden nur rohe Flecken, denn wer würde schon darauf achten? Wer würde unter den gegenwärtigen Umständen die Dummheit begehen, darauf hinzuweisen? Das zu tun, darin war sich alle Welt einig – und alle Welt waren jetzt sehr viel weniger Personen als früher –, wäre gefährlich. Der Geruch von Leim, Terpentin, Öl und Wachs, obwohl durchdringend und unangenehm, hatte wenigstens den Vorteil, den Geruch des Pulvers zu verdrängen, der ständig zunahm, wegen der Schießereien, die durch die weiten Flure widerhallten. Dann, nach einigen Stunden heftiger Geschäftigkeit, war der *piano nobile* wieder bewacht von den Augen der kappenlosen Falken auf den Tapisserien, die die Einzelheiten einer Falkenjagd beschrieben, bereit, die guten Kinder zu empfangen, die genau wie ihre Eltern wußten, daß es ihrer unwürdig war, die Existenz ungewöhnlicher Personen und Situationen anzuerkennen und schon gar nicht, sie zu dulden.

Der Majordomus, da er von Juvenal aus dem *piano nobile* verwiesen worden war, wählte das kleine, auf diskrete Weise luxuriöse Büro von Terencio, das mit Reiterbildern auf Eichenpaneelen und einladenden Ledersesseln eingerichtet worden war, mit gutem Tabak parfümierte Herren darin aufzunehmen, um dort sein privates Hauptquartier aufzuschlagen.
»Es ist sehr englisch«, hatte der Majordomus einen Ventura sagen hören. Und, um seine Wahl zu rechtfertigen, wiederholte er zu Juan Pérez:
»Es ist sehr englisch.«
Er begehrte dieses Büro, weniger weil es, an einem äußeren Ende des Hauses gelegen, bei dem Überfall nicht beschädigt worden war, sondern weil der Majordomus, seit seinem Eintritt in den Dienst der Venturas, Terencio als perfektestes Exemplar seiner Rasse bewunderte; nicht so sehr wegen des Glanzes seiner Stiefel und der Bewegungen seines Handgelenkes, wenn er sein Zigarettenetui anbot – ähnliche Manirismen schmückten schließlich alle Venturas –, sondern weil, im Gegensatz zu den Venturas von höherem intellektuellen Kaliber, Terencios Umgangsformen aus einem Stück waren, nicht wie ein Beiwerk, in seiner wahnwitzigen Überzeugung, daß jedes Wesen, das anders war als er, ein Menschenfresser sei, der sich auf das letzte Gefecht vorbereite. Die Diener im Umgang mit den Waffen zu üben, bedeutete unter seiner Führung nichts anderes als die tägliche Durchnahme des Themas ›Tod‹, eine vom Majordomus wohlaufgenommene Lektion.

Juan Pérez dagegen brauchte von niemandem etwas aufzunehmen, denn sein Groll bestand bereits vor jeder Idee. Über das bronzene Balkongitter gebeugt, das er mit einem Ledertuch und einer stinkenden Flüssigkeit polierte, sah er gegen den Abendhimmel, der sich in den Scheiben der offenen Fenster spiegelte, den purpurnen Koloß des Majordomus in Terencios Büro; auf und ab gehend versuchte er die Silhouette seines Herrn nachzuahmen, die schlank war wie die eines Jünglings und leicht nach hinten geneigt wie ein Säbel. Das Ebenbild geriet ins Groteske, wie immer, wenn jemand sein will, was andere sind, und die kreativen Möglichkeiten seiner eigenen Dosis an Haß nicht kennt. Der wie aus Stein gehauene Klumpen seiner weißbehandschuhten Pranken schwang am äußersten Ende seiner Arme und konnte seinem von Waden, die nicht ganz seine Seidenstrümpfe ausfüllten, gestützten Körper nicht das rechte Gleichgewicht geben. Ohne den Kopf von seiner Arbeit zu heben, sah Juan Pérez auf den jetzt von trockenem Schlamm und Ungepflegtsein grauen Rasen: der Majordomus wollte sein ursprüngliches Grün wiederherstellen, auf daß es als klassischer Rahmen für weißgekleidete Croquet-Spieler diene. Dieses Projekt war jedoch beseelt von Nostalgie, einem Gefühl, das Juan Pérez verabscheute, weil es ausschließlich Wiederherstellung, Wiedergewinn, Nachäffung, Wiederholung hervorbringen konnte, niemals die stolze Schöpfung einer Autonomie. Ihm dagegen konnte sich nichts, weder im Haus noch im Park, als anregendes Ziel für seine Phantasie anbieten. Bestenfalls war dieser Luxus ein äußeres Symptom, dessen seine Leidenschaften bedurften, um mit voller Kraft zu funktionieren, damit er auf solche Weise ihnen endlich ins Gesicht sehen könne. Mit der Arroganz des Einzelgängers sagte er sich, daß das Haus, seine Freitreppen, seine Skulpturen nicht ausreichten, um seine Ambitionen umzukehren, noch konnten sie in ihm irgend etwas bestimmen, auch nicht der Park mit seiner nun nicht mehr existierenden Begrenzung. Dort unten erkannte er Gruppen von Dienern, die auf Befehl des Obergärtners nach Lanzenverstecken suchten und alle Lanzen aufsammelten, die die toten Krieger dort hatten liegen lassen. Sie gehorchten dem Befehl des Majordomus, das

Gitter wieder aufzurichten, das die Umgrenzung des Besitzes wieder markieren sollte. Aber Juan Pérez – als er mit dem Polieren des Gitters fertig war, hatte er das Fenster geschlossen; jetzt entstaubte er mit dem Flederwisch die Standuhr – wußte es besser, jetzt, da das Gitter noch nicht wieder stand, gab es keine Furcht, aber seine Restauration wäre ein untrügliches Zeichen! Die Idee des Majordomus verriet eine recht kurzsichtige Vorstellung von den gegenwärtigen Umständen, denn eine wieder aufgerichtete Ordnung ist niemals eine wirkliche Ordnung, sie ist nur ein Abklatsch, immer außerhalb ihrer Zeit und immer unpassend für die gegenwärtige Situation. Es war sinnlos, diesem aufgeputzten Dickhäuter zu erklären, daß die Grenze zwischen Gegenwart und Vergangenheit, zwischen Gut und Böse, Du und Ich oft von nur scheinbar kraftloserer Materie ist als das Eisen der Lanzen. Gewiß war jedoch, daß man, wenn das Gitter »genauso« – und ich zitiere hier die Worte des Majordomus –, »wie es vor der Abfahrt der Herrschaft gewesen war«, wieder aufgerichtet würde, ohne Waffen war, da in kurzer Zeit die vom Personal als wiederholte Rhetorik der Macht vergeudete Munition ausging. Juan Pérez hatte für diesen Fall mit einer Gruppe Verschworener den Plan ausgeheckt, heimlich die Lanzen zu sammeln, um mit ihnen einen kleineren Kreis abzustecken und die übrigen Lanzen als Waffen zu benutzen. Aber Waffen gegen wen? Gegen was? Das ist nicht wichtig, sagte sich Juan Pérez, wichtig ist vielmehr, alles in Form eines bewaffneten Kampfes zu planen. Er legte seinen Flederwisch fort, wusch die stinkenden Flecken von seinen Händen, während er dem Majordomus zusah, der, als er sich an den Schreibtisch von Terencio setzte, die Zierlichkeit dieses Möbels mit seinem Volumen und seine Eleganz mit der Übertriebenheit seiner Auszeichnungen erdrückte. Gegen *ihn*. Nein. Nicht gegen ihn, der, wie alle Welt, nur nicht er selbst, das wußte er, grundsätzlich austauschbar war, sondern gegen Aufstände bösartiger Kinder, gegen hypothetische Rebellionen des Personals, gegen die im Innern aller Dinge auf der Lauer liegenden Menschenfresser, gegen die Herrschaft, ja, ja, gegen jeden, der nicht er selbst war, denn da er nicht er selbst war, Juan Pérez, gebrechlich und rachsüchtig, weil er sich gebrech-

lich wußte, stellte jeder eine Bedrohung dar, sein Ich zu zerstören; jede Existenz außerhalb seiner eigenen war ein Teil der
Gefahr, die unmittelbar auf seiner Haut begann, in seinem
ärmlichen, warmen und verschwitzten Hemd. Darum war die
einzige Möglichkeit, sich das Universum vorzustellen, eine
Form von Gewalt. Er, im Gegensatz zum Majordomus mit
seinem traurigen Kapital an Selbstzufriedenheit, mußte bis an
die Wurzeln der Gefahr gehen oder noch darüber hinaus: sich
selbst in Gefahr verwandeln, um nicht Opfer zu werden. Und
die Gefahr befand sich natürlich nicht im Landhaus und auch
nicht im Park, beide hatte er von seinen Leuten Stück für Stück
absuchen lassen. Verschwunden in jenem Ozean aus Ähren,
die im Abendlicht verschwammen, das er durch die Fensterscheiben sah, die er schloß, nachdem er die Lampe auf dem
Schreibtisch seines Chefs angezündet hatte, flohen die beiden
von ihm zutiefst verschiedenen und deshalb bedrohlichsten
Wesen. Flohen sie tatsächlich zusammen, oder war das nur ein
Teil seines Deliriums? Oder waren sie schon tot, unbeachtete
Opfer des blinden Zufalls in den ersten Stunden des Überfalls?
Gab es wirklich ein Bündnis zwischen ihnen, die ihm unbekannte Lust der Loyalität? Teilten sie die Sache, das Anliegen,
die Ideen, deren Gift sie jetzt wie verfluchte Evangelisten über
die ganze Welt ausbreiten würden? Waren Herr und Knecht
sich in diesem Evangelium gleich geworden? Diese Möglichkeit
des Gleichwerdens war die Triebkraft des Terrors, der Juan
Pérez von Sonnenaufgang bis Sonnenuntergang auf seinem
Pferd vibrierend in vollem Galopp durch die Ebene trieb, zu
allem entschlossen, sogar dazu, die Gräser anzuzünden, damit
die Welt von einem Ende bis zum anderen brenne. Ihm folgten
seine Verschworenen, so zügellos wie er, die sich bis an die
Zähne bewaffnet in dieses Pflanzenmeer stürzten, das sich von
Horizont zu Horizont ausdehnte, ohne einen anderen Kompaß
als das Herz dieser Persönlichkeit – wenn meine Leser mir die
Freiheit erlauben, dieses Wort im Zusammenhang mit ihm zu
benutzen –, dessen Nadel früher oder später das Versteck des
Verbrecherpaares an irgendeinem Punkt dieser uferlosen Weite
anzeigen mußte.
Die Ebene hatte die Höhe ihrer Reife erreicht: die lockeren

Ähren waren bereit, ihre Samenfäden abzustoßen. Wäre es ein Sommer wie jeder andere, Terencio hielte in wenigen Tagen, vielleicht beim abendlichen Croquet-Spiel, inne und zöge von seiner schwarzen Krawatte den ersten Samenfaden, der sich mit unzähligen Tentakeln in der matten Seide festkrallte und riefe, indem er ihn mit seinen gepflegten Nägeln in die Luft schnippte:

»Ludmila, mein Weib, schau her, ein Samenfaden; er ist wie ein winziger Stern, ein äußerst luftiges System zerbrechlicher Häkchen, die sich überall festkrallen. Wie wunderbar ist unsere Mutter Natur, wenn wir bedenken, daß in einer Woche oder zwei diese Miniatur sich um Hunderte von Millionen multipliziert haben wird, die wie Wolken alles andere einhüllen werden! Aber unsere Mutter Natur, die unsere Mutter ist, jedoch nicht die aller Menschen, denn sie gehört zu unserem Stamm, behandelt uns wie ihre Lieblingskinder: mit diesem ersten Samenfaden besitzt sie die Liebenswürdigkeit, uns darauf vorzubereiten, daß der Moment gekommen ist, unsere Koffer zu packen und in die Hauptstadt zurückzukehren. Ich bitte dich, strahlendes Beispiel einer Gattin, denn du verstehst es, deine Pflichten mit einem Lächeln zu erfüllen, kümmere dich darum, denn das ist die wichtigste Aufgabe der Gattin, die Kleinigkeiten in der Familie zu regeln, damit der Gatte sich nicht um sie kümmern muß, sondern sich höheren Aufgaben zuwenden kann. Kurz und gut, wir müssen in spätestens zwei Wochen abreisen, wenn wir nicht von den Samenfädchen erstickt werden wollen. Also, an die Arbeit, es ist keine Zeit zu verlieren.«

In dem Augenblick, von dem ich spreche, hatte sich noch kein einziger Samenfaden gelöst. Jedoch, wenn Juan Pérez allein oder mit seinem Haufen im Galopp durch die Gräser stob, die Büschel peitschte und zerstampfte, wirbelte eine Wolke von Samenfäden auf, die wie eine versilberte Säule dem, der sie von ferne ausmachte, den von den düsteren Reitern zerstampften Pfad zeigte. Die Eingeborenen, die mit Waffengewalt im Dorf festgehalten wurden, damit sie, um das Landhaus zu versorgen, die Felder bearbeiteten, wußten, daß die sich nähernde Wolke Juan Pérez und seine Männer und seine Schüsse ankündigte. Und wenn der berittene Haufe die ersten Hütten erreichte, blieben wenige der Eingeborenen von deren wütenden Beschimpfungen und deren Schlägen verschont. Gedemütigt, da Tag auf Tag verging, und sie Agapito und Wenceslao nicht fanden, entluden sie ihre Wut über jeden, den sie zum Verhör in die wenige Schritte vom Dorf aufgerichteten Hütten getrieben hatten, die überfüllt waren mit namenlosen gefangenen Eingeborenen, manchmal ein Kind darunter oder ein verräterischer Diener. Vor allem waren es Eingeborene, denn diese wie in einem Netz verschworene Rasse der Menschenfresser half den beiden Übeltätern zu fliehen und sich zu retten. Juan Pérez, den Stock in der Hand, die Pistole im Gürtel, eingehüllt in einen gewaltigen, von einer Wolke von Samenfäden versilberten Umhang, galoppierte wie ein Besessener in weiten konzentrischen Kreisen von immer kürzerem Radius und fiel schließlich über einen Unglückseligen her, der, sobald er die schimmernde Wolke sich nähern sah, nichts weiter tun konnte als, hinter ein Grasbüschel gehockt, den Körper blutig, zerkratzt von den zur Form einer Fontäne aus Schwertern verwandelten Gräsern, sein Schicksal zu erwarten. Etwas gab es jedoch, was den Eingeborenen half: seit Generationen hatten sie, den Zug des Großwildes in seinem Kommen und Gehen durch die Ebene studierend, und weil ihnen Waffen von großer Reichweite fehlten, ein komplexes System von Fallen entwikkelt, auf die sie die Tiere lärmend zutrieben – Gräben, die mit einem Netzwerk aus Gräsern bedeckt waren, unter einer Schicht Erde versteckt, so daß der getäuschte Hirsch oder das Wildschwein, traten sie darauf, hineinfielen. Dieses allen, die nicht zu ihrer Rasse gehörten, unbekannte System, das sich weiträumig zwischen dem Landhaus und den blauen Bergen, die an klaren Tagen den Horizont säumten, hinzog, machte die Suche von Juan Pérez und seinen Spitzeln langsamer, da sie jene Bereiche nur zu Fuß zu durchqueren wagten. In den Löchern verbarg sich mancher Flüchtige, der abwartete, bis sich die Wolke entfernte, um, fast tot vor Hunger, seine Flucht von Grube zu Grube fortzusetzen. Da sie gewohnt waren, sich an der Stellung der Sterne zu orientieren, und die wenigen Wasserstellen kannten, gelang es einigen wenigen, die Berge zu erreichen. Wenn sie diese im Schutz der Nacht überquerten, um den bewaffneten Dienern auszuweichen, die die Produktion in den Minen wieder in Gang bringen sollten, erreichten sie die andere Seite, wo die Macht der Venturas und ihrer Diener null und nichtig, ja lächerlich war.

Jeden Abend, nachdem er Menschenfresser verhört hatte, die jede Zugehörigkeit zu der schauerlichen Sekte abstritten, wusch Juan Pérez sich die Hände und erfrischte sich das Gesicht. In der Hütte, in der er schlief, die Bequemlichkeiten des Landhauses verachtend, stieg er in seine Schnallenschuhe und seine Seidenstrümpfe und zog sich seine Nanking-Hose, sein Spitzenjabot und eine bescheidene, amarantfarbene, kaum mit goldenen Tressen bestickte Livree an, wie sie einem Lakaien von unterstem Rang zukam. Dann fuhr er in einem von einem Kutscher gelenkten Landauer, den Flederwisch eines Dieners in der Hand, die kurze Strecke, die das Dorf von dem Gebäude trennte. Wenn er sich unter die arbeitsamen Lakaien mischte, die die Komödie der Stabilität von Marulanda darstellten, spürte er die berechtigte Unsicherheit, die sie bedrückte. Ja, wenn der mystische Kreuzzug gegen die Menschenfresser an Begeisterung verlor, würde es gefährlich werden. So, als hätte der sie niemals ganz überzeugt, sah er sie manchmal unter den Anfechtungen eines einfachen, urigen Mißtrauens mutlos werden, das nichts weiter war als Furcht. Nachts spielten die lärmenden und streitsüchtigen Lakaien oder Küchenjungen oder Gärtner, die nicht Wache hatten, in dem von gespenstischen Flechten, die abgestellten Kulissen gleich die im Eingang von Höhlen aufgehängten Lappen nachahmten, zerfressenen Keller und fast ohne Licht, weil die Kerzen knapp zu werden begannen, Karten. Sie setzten dabei nicht den Traum von einem Dutzend silberner Tabletts, sondern jetzt, im Besitz eines Bruchteils jenes Traums, boten sie ein echtes, gerade gestohlenes Stück. Um seine Anonymität nicht zu verlieren, rügte Juan Pérez sie nie. Er verriet sie jedoch dem Majordomus, damit er und seine Männer offizielle Strafen aussetzten. Manchmal teilte er mit den Leuten die ekelhaften Mahlzeiten, die man ihnen servierte, um die Köstlichkeiten für jene im *piano nobile* zu sparen; deren Überzeugungen sollten nicht durch Entbehrungen erschüttert werden. Wenn er die Diener unzufrieden und böse sprechen hörte, fragte er sich, ob das anhaltende Gerücht stimme, daß die Venturas bald mit einem neuen Heer von Dienern und einem neuen Majordomus zurückkommen würden. Wenn das tatsächlich geschehen sollte, müßten sie gegen ihre Ablösung kämpfen, denn die Venturas würden ihnen, den Alten, den Lohn für nur einen einzigen Tag Abwesenheit zahlen wollen, und nicht für ein ganzes Jahr, wie sie es verdienten. Dieses tückische Gerücht wuchs von Tag zu Tag, gewann mehr und mehr Anhänger, machte es immer schwieriger, bestimmte Gruppen des Personals zu kontrollieren, die sich widerspenstig zu zeigen begannen. Die Übertreibung dieser hypothetischen Gefahr benutzend, war es Juan Pérez gelungen, den Obergärtner auf seine Seite zu ziehen: älter als die anderen Hauptleute und kurz davor, sich aus seinem anstrengenden Beruf zurückzuziehen, würde er bei Lidias Rückkehr vielleicht nicht nur um die Einkünfte eines Jahres betrogen, sondern sein ersehnter Ruhestand würde, wegen dieses gestohlenen Jahres, dessen Ablauf die Venturas leugneten, um ein Jahr hinausgezögert werden.

Während er das bronzene Balkongitter von Terencios Büro polierte, ohne die über seine Arbeit gebeugte Stirn zu heben, die Fragen, mit denen der Majordomus seinen Rat einholte, mit Ja oder Nein beantwortend, versah Juan Pérez seinen Chef mit kleinen Informationen, mit scheinbar unbedeutenden Vermutungen, so daß jener bald davon überzeugt war, er sei von sich aus darauf gekommen, daß diese gefährlichen Gerüchte von den Kindern verbreitet würden, denen das Privileg abgesprochen worden war, den *piano nobile* zu bewohnen, und deren Überwachung und Bestrafung unbedingt verstärkt werden müsse: er behalte dabei vollkommen freie Hand. Zu welchem Zweck werden sich meine Leser fragen? Das ist ganz leicht zu erraten: die Quelle all dieser Gerüchte war zweifellos Wenceslao, dessen kannibalisches Erbe das Haus noch immer bedrohte, ja, ja, er hörte seine Schritte in den mit Teppichen ausgelegten Fluren und sein schamloses Lachen im Garten, und er sah seinen Namen ein um das andere Mal auf den Lippen der Vettern, wenn auch lautlos, vielleicht sogar zusammen mit dem von Agapito. Und da das Geheimnis die Materie ist, aus der sich Zwangsvorstellungen entwickeln, sah und hörte er alles, was er sah und hörte, von seiner Gegenwart durchsetzt: über noch nicht von ihm entdeckte Wege ließen sie die subversiven Gerüchte ins Landhaus gelangen; er mußte sie abfangen, nicht nur, um die Übeltäter zu erwischen, sondern um Wenceslaos Bild seine eigene, schwarze Legende entgegenzustellen, die sein Gesicht und seine Biographie verbargen, denn niemand war in der Lage, in ihm etwas anderes als einen Lakaien unter vielen zu erkennen.

2

Dieses Auge, sagte sich Juan Pérez – und tauchte seinen Pinsel in hellgrünen Lack, um einen leuchtenden Punkt in die Pupillen des Windhundes zu malen, der mit seiner Pfote die Tür öffnete, um in den Salon zu gehen –, wird mein Auge sein. Es wird alles wahrnehmen: wenn ich nicht hier bin, wird es hier sein und sie bewachen. Nicht, daß die Augen der Figuren der Trompe-l'œil-Fresken Gelegenheit hätten, hier irgendein transzendentales Geheimnis auszuspionieren: verdammt zur Zweidimensionalität der Wand, Zeugen allein des offiziellen Trubels, mit dem die Administration des Hauses vor sich ging, blieb dem Lakaien kein anderer Protest als einen Strich des Gelangweiltseins zwischen die Brauen des Höflings zu ziehen und seinen Mund mit einer Falte des Überdrusses zu verhärten. Aber er wollte deutlich machen, daß er nicht jener Höfling war; er war dieser magere Windhund, dessen schwarze Rippen er mit Schatten hervorheben wollte. Was auch sein Pinsel des Restaurators berührte, alles schien sich in Halluzinationen zu verwandeln. Seine Spitzel, in verschiedenen Höhen über der Oberfläche der Fresken auf Gerüsten und Böcken turnend, mühten sich, die schelmischen Göttinnen unmerklich in Harpyen zu verwandeln und die rosigen Wölkchen in Gewitterwolken. Dieser Hund würde mit einer Genauigkeit, die seinem Hunger entsprach, all das sehen, was er, Juan Pérez nicht sehen konnte, weil er sich mit seiner Nase nur eine Handbreit vor der Mauer befand, von Farbtöpfen umstellt, seinen Rücken zum Saal gewandt. Zwischen den vier Bergeren aus karmesinfarbenem Brokat über dem Schachbrettmuster des Fußbodens mußte sich der Kriegsrat der Hauptleute vor den Augen dieses Windhundes entfalten. Der Oberstallmeister war mit gespreizten Beinen in seinem Sessel eingeschlafen: der Obergärtner war nicht anwesend, weil er, besessen von der Angst, man wolle ihm ein ganzes Jahr seines Lebens stehlen, mit dem Eifer eines Spürhundes Lanzen suchte. Anwesend waren jetzt nur der Majordomus und der Chefkoch: der fettleibige Koch – trotz seines Gebarens war er doch nichts anderes – verwechselte die schöne, substantivische Dürre der Macht mit der klebrigen und schmierigen Lust, die das einfache, das Adjektivische war, und diese Verwechslung könnte Probleme heraufbeschwören. Der Majordomus war zum Glück von so stumpfem Verstand, daß nicht einmal die Verlockungen der Lust ihn hinrissen. Er konnte seine ganze Kraft auf die Aufgabe richten, die Monumentalität seines Bildes zu vergrößern, das Juan Pérez monolithisch zu erhalten suchte. Sein Pinsel streichelte die Rücken der Windhunde, ruhig, ruhig, er streichelte sie, streichelte sie, bändigte sie, damit sie aufmerksam die Hauptleute beobachteten und ihnen nicht einfiele, aus ihrer Dimension herauszuspringen. Draußen beschien eine sehr hoch stehende, wie auf Befehl der Venturas polierte Sonne die blaue Oberfläche des Himmels, als wäre er eine Fortsetzung des Freskos: sie fiel durch die schmalen, hohen Fenster der einen Seite des Saales über das Schachbrettmuster, auf dem der Majordomus und sein Chefkoch Arm in Arm zum anderen Ende des Saales wanderten, das vom Stuck der Orchester-Tribüne bedeckt war, und dann zurück. »Keines der Kinder«, bestätigte der Majordomus, »ist verschwunden. Ich muß ihnen, lieber Freund, wiederholen, daß die Herrschaft sie alle vorfinden wird, wenn sie ihre Jungen zählt.«

»Natürlich«, unterstützte ihn der Chefkoch. »Die Abwesenheit von Fabio und Casilda, von Higinio und Malvina geht auf ihre Rechnung. Haben wir irgendeinen anderen Beweis als Gerüchte, daß Wenceslao verschwunden ist? Von Mauro weiß ich nichts.

»Aber, was sagen wir ihnen über diese beiden kleinen Zwischenfälle, wenn sie zurückkehren?«

Der Majordomus blieb inmitten des auf die Fliesen fallenden Lichts stehen. Er zog seinen samtbekleideten Arm aus dem tuchbekleideten Arm des Chefkochs und, seine Hände mit der plötzlichen Treuherzigkeit eines Flügelpaares öffnend, schlug ihm das Naheliegende vor:

»Aber, mein Freund, natürlich sagen wir ihnen die Wahrheit.«

Der Chefkoch wollte ihn fragen, welche der zahlreichen Wahrheiten, die der Macht zur Verfügung standen. Aber er schwieg, um den Majordomus sich in das Gestrüpp seiner Ausführungen begeben zu lassen:

»Warum nicht die Wahrheit bestätigen, die sie aus dem Mund von Fabio und Casilda in der Kapelle gehört haben? Natürlich: während ihres Ausfluges, der, darüber sind wir uns alle einig, nur einen einzigen Tag gedauert hat, fand der befürchtete Überfall der Menschenfresser statt, und Mauro und Wenceslao haben sie aufgefressen. Der Ältere für die Truppe, der Jüngere wegen seines zarten Fleisches für die Anführer, wie es sich gehört.«

In die Stille des Tanzsaales – das Gehör eines Schwindsüchtigen hätte das unaussprechliche Streicheln der Pinsel vernehmen können, das über die Haut eines jugendlichen Halses glitt, um ihn mit Pusteln zu beflecken, oder über die Silhouette einer von einem Korsett eingebundenen Taille, um ihr die Biegsamkeit zu nehmen – dröhnten die Verdauungsgeräusche des Chefkochs wie unanständige Erwiderungen auf die Pläne des Majordomus. Die Hände über seinem Wanst faltend errötete er wie ein Mädchen und murmelte nur:

»Ich bitte Sie inständig, mich zu entschuldigen, Herr Majordomus. Das sind die Beschwerden meines Berufes: ich gestehe, es ist nicht sehr elegant, was mir gerade passiert ist.«

»Lieber Freund«, sagte der Majordomus. »Ich bitte Sie, mir zu gestehen, welche Gelüste diese wilde Forderung Ihres Organismus entfesselt haben.«

Der Chefkoch stotterte wie ein Kind, das eine Unart von geringer Bedeutung lieber nicht eingesteht:

»Ich bitte Sie, es zu entschuldigen, wenn ich es nicht wage, mich über die Angelegenheit zu äußern...«

»Mein lieber Freund«, unterbrach ihn der Majordomus und klopfte ihm auf den Rücken. »Setzen wir uns einen Augenblick hin und unterhalten uns, Sie und ich, in größter Vertraulichkeit...«

»Selbstverständlich, Herr Majordomus«, erwiderte der Chefkoch und machte es sich in der für ihn bestimmten Bergere bequem. »Aber vorher möchte ich, daß sie Juan Pérez befehlen, sich zurückzuziehen. Ich bin ein wenig puritanisch und möchte nicht, daß jener Famulus in dem Handspiegel, den er gerade ausbessert und den die blonde Göttin mit so viel Grazie hält, mit ansieht, wie meine unschuldigen Geständnisse mich erröten lassen.«

»Niemals«, erwiderte sein Gesprächspartner und hob die Hand. »Ich bitte Sie, Verständnis mit mir zu haben, wenn Sie wollen, daß ich es mit Ihnen habe. Ich möchte ein für allemal feststellen, daß ich nicht bereit bin, einen Augenblick auf Juan Pérez zu verzichten: er ist meine Kloake, die dunkelste Senkgrube der Macht. Sie müssen ihn in mir akzeptieren, auch wenn Sie ihn in anderen bekämpfen müssen.«

Ohne im Malen innezuhalten, mit einer leichten Bewegung der Augenbraue, bedeutete Juan Pérez seinen Verschworenen, sich zurückzuziehen: diese, ihre Farbtöpfe und ihre Kittel liegenlassend, schwangen sich wie Bühnenarbeiter und Seiltänzer von den Gerüsten, und mit einer leichten, aber langen Verbeugung, wie es die Etikette der Familie vorschrieb, verließen sie in einer Reihe den Saal. Kloake, sagte sich Juan Pérez, den Blick fest auf den Spiegel der Göttin geheftet, und sein Pinsel arbeitete die Kanten aus, damit ihm nicht ein einziger Widerschein dessen entginge, was dort geschehen sollte: notwendige Kloake, wie alle Kloaken, über denen sich die strahlendsten Städte erheben. Ja, in mir, dem Diener der Diener, hat sich die Macht, Kloake zu sein, ohne Schwierigkeiten in ein selbständiges Element von zerstörerischer Mehrwertigkeit verwandelt, die weit über Individualismus und Ideologien hinausgeht. Juan Pérez, von außen her, von dem Terrain, das er sich in Übereinstimmung mit seinem Chef freihielt, freute sich, als er sah, daß der Majordomus, den er nur mit der Mechanik des Sehens begabt glaubte, sich, weder was ihn selbst noch was ihn anging, täuschte: er begriff, in etwas, das einer Erleuchtung ähnelte, daß seine eigene Komplexität nicht die einzige Form von Intelligenz war, daß direkte, einfache aber höchste Macht mit einer eigenen Klarheit ausgestattet war, weil ihr Entwurf sich auf totale Wirksamkeit reduziert, die totaler Überzeugung gleichkommt, die Wesen wie ihm, die in andern Dimensionen denken, verweigert ist.

»Nun gut, möge er hierbleiben, wenn es nicht anders geht«, flüsterte der Chef sehr leise, denn ihr Gang durch den Saal hatte sie in die Nähe des Oberstallmeisters gebracht, den er nicht wecken wollte, damit seine Erklärungen nicht noch mehr Zeugen hätten. »Es geht um folgendes: ich bin, wie Sie wissen, der Gastronom Nummer eins des Landes und ganz gewiß des Hauses, obwohl ich mich vor der natürlichen Überlegenheit der Herrschaft beuge. Wenige Personen werden mehr Gerichte kennen und probiert haben als ich, von Kurden und Buschmännern, von Kopten und Eskimos. So viele, daß ich dabei bin, eine Enzyklopädie, die alle möglichen gastronomischen Erfahrungen umfaßt, zu beenden. Es gibt jedoch etwas, das ich niemals probiert habe und natürlich hoffe, niemals zu essen, obwohl ich meine Neugier nicht verhehlen kann, nicht verhehlen soll und nicht verhehlen will, nämlich Menschenfleisch. Mein Wunsch, es zu probieren, ist sehr stark, daß, sobald davon gesprochen wird, meine Eingeweide sehnsüchtig knurren. Ich brauche Ihnen nicht zu versichern, Herr Majordomus, daß ich nie wagen würde, es zu essen.«

In die Stille seiner Gedanken donnerte sein Leib wieder so laut, daß er warten mußte, bis das Geräusch aufhörte, bevor er fortfahren konnte:

»Aber ich . . . ich möchte doch an einigen der von den Wilden zubereiteten Gerichten riechen. Glauben Sie denn, Herr Majordomus, daß das bereits als Kannibalismus ausgelegt werden könnte? Ich würde auch zu gern einige ihrer Rezepte kennenlernen und auf diese Weise meine gastronomische Kultur vervollständigen, die ohne sie vielleicht von der strengsten Kritik als zu akademisch angeprangert werden wird. Man sagt, daß in den Schlachten, die diese Wilden untereinander führen, die Anführer sich die Vaginen von noch nicht geschlechtsreifen

Jungfrauen reservieren, mit denen sie ein äußerst schmackhaftes Gericht zubereiten. Es muß... es muß...«
Und er seufzte im Einklang mit dem dritten Donnern seines Leibes:
»... es muß *bocato di cardinale* sein, wie man gewöhnlich zu sagen pflegt...«
Die abstoßende Sinnlichkeit des Chefkochs ging einfach zu weit, sagte sich der Majordomus. Äußerst leutselig, während er die beste Strategie entwarf, mit der er diesen potentiellen Menschenfresser vernichten wollte, täuschte er ihn jedoch mit einem künstlichen, leichten Gelächter und bedeutete ihm, sich zu erheben, um ihn mit der Ehrerbietung zu verabschieden, die seinem Rang zustand:
»Lieber Freund, Ihre Sehnsüchte sind bei einem so erlesenen Geist wie dem Ihren verständlich, sie haben mehr mit der Wissenschaft als mit dem zersetzenden Wohlleben der Sinne zu tun, und ich möchte diese Gelegenheit nutzen, Sie daran zu erinnern, daß uns, den Hauptleuten, bestimmte, dem Pöbel untersagte Freiheiten erlaubt sind. Sorgen Sie sich nicht, ich selbst werde mich darum kümmern, Juan Pérez zu instruieren, daß er sich mit den besten Köchen der Eingeborenen in Verbindung setzt, die Sie mit Rezepten oder mit was Sie wollen versorgen werden. Jetzt wollen wir einen dichten Schleier der Diskretion darüber ziehen, wie es uns unsere Herrschaft mit soviel Geschick und so häufig gezeigt hat.«
Die wülstigen, fleischigen Lippen des Chefkochs sabberten vor Erwartung, während er sich die zu kleinen, zu sauberen Hände rieb. Er fragte:
»Darf ich Ihnen, Herr Majordomus, zur Kenntnis geben, daß meine Arbeit als Enzyklopädist bereits abgeschlossen ist und nur noch das Kapitel über Kannibalismus erwartet, so daß eine gewisse Eile geboten ist, meine Erfahrungen auf diesem Gebiet abzuschließen: meine Verleger drängen mich. Wann werden Sie mich damit versorgen? In einem, in zwei Tagen, in einer Woche, in einem Monat...?«
Hier unterbrach ihn der Majordomus, richtete sich hoch auf wie ein Gebirge aus Samt und Gold, um den ganzen Horizont einzunehmen, und von seinen Gipfeln brach der Kataklysmus

seines Zorns hernieder, die seidigen Augen und die Schnüre seiner Autorität blitzten; untadelig die Geometrie seines Unterkiefers, herrschaftlich die Bewegung seines Armes, war er im Begriff, seine Kraft über der Figur des jetzt auf eine furchtsame Schwabbeligkeit geschrumpften Chefkochs zu entladen. Das Donnern der Stimme des Majordomus löste Gipsteilchen, als es vom pompejischen Basrelief widerhallte, das die Tribüne schmückte, in deren Nähe er stehengeblieben war, und weckte den Oberstallmeister, der aber, um den Sturm abzuwarten, in seinem Sessel sitzen blieb, als schliefe er fest.

»Blitz und Donner! Du wagst es, von einem Monat, einer Woche, einem Tag zu sprechen? Hast du denn nicht begriffen, du Hornochse, daß hier die Zeit nicht vergeht, nie vergangen ist und nicht vergehen wird, weil es unsere Herrschaft so befohlen hat? Die Zeit ist stehengeblieben, als sie zu ihrem Ausflug aufbrachen. Weh dem, der glaubt, daß sie vor ihrer Rückkehr weitergehen wird! Wenn du und alle anderen das nicht ein für allemal begreifen, wird es hier Knochenbrechen und Zähneknirschen geben!«

»Ja, Herr Majordomus«, antwortete Juan Pérez anstelle des Chefkochs, weil er sah, daß dieser viel zu eingeschüchtert war, um zu antworten.

»Weshalb antwortest du mir mit dieser Froschstimme, wenn du nicht verstehst, was ich sage? Ich stelle jetzt ausdrücklich fest, daß von einem Monat, einer Woche, einem oder mehreren Tagen zu sprechen oder gelegentlich oder zufällig eine Minute oder eine Sekunde zu erwähnen, Verrat ist.« Theatralische Pause. Dann schrie er:

»Juan Pérez!«

»Ja, Herr Majordomus ...«

»Konfisziere alle Uhren und Kalender des Hauses, alle Chronometer und Standuhren, Wasseruhren und Metronome, Sonnen- und Sanduhren, Jahrbücher, Notizbücher, Almanache, Mondphasenbücher, Stundenpläne, die ich für aufrührerische Objekte erkläre und deren Besitzer in das unter deiner schrecklichen Aufsicht stehende Dorf abtransportiert werden sollen!« Hingerissen von seiner eigenen Wortgewalt war der Majordomus die Stufen zur Tribüne hinaufgestiegen. Von dort gestiku-

lierte er mit seinen großen behandschuhten Händen und richtete seine Ausführungen nicht so sehr an seine Untergebenen als
an die Damen und Herren der Fresken, die wegen ihrer Aufge-
klärtheit besser in der Lage waren, die Feinheiten seines Stils
nachzuempfinden:

»Tag und Nacht, ich mache Schluß mit euch! Wer sich auf eure
zyklische Autorität bezieht, sei es auch nur in Umschreibungen,
begeht ein Verbrechen und wird bestraft werden! Weder Vergangenheit noch Zukunft, weder Entwicklung noch Prozeß, weder
Geschichte noch Wissenschaft, weder Licht noch Schatten: nur
Fabel und Dämmerung! Juan Pérez, mein gemeiner Gehilfe, du
wirst alle Türen verschließen und alle Fensterscheiben schwarz
anstreichen lassen, damit ein immer gleichbleibendes Licht in
allen Räumen herrscht und der Unterschied zwischen Tag und
Nacht ausgelöscht wird und alles im Stillstand dessen, was
außerhalb der Geschichte bleibt, abläuft, denn die Geschichte
wird bis zur Rückkehr unserer Herrschaft nicht wiederaufge-
nommen.«

Das Gesicht noch dicht an der Wand, den Pinsel in der Hand, von
bunten Farbtöpfen umgeben, hielt Juan Pérez in seiner Arbeit
inne und beobachtete den Majordomus einen Augenblick lang
im Spiegel seiner Göttin: mit einem leicht blauen Pinselstrich hier,
einem grünlichen dort konnte er diesen aufgeblähten Lakaien so
verändern, daß er mit dem notwendigen Scharfblick versehen
war, um ein für allemal zu begreifen, daß das Ziel nicht darin
bestand, die Kinder innerhalb jener Realität, die er gerade erfand,
zu fangen, sondern die Venturas selbst, wenn sie zurückkehrten.
Eine gewiß schwierige Aufgabe. Aber schließlich sind es die
Gesetze, die die Realität schaffen, und nicht umgekehrt, und wer
die Macht hat, schafft die Gesetze; es ging also nur darum, sie sich
zu erhalten. Der Majordomus sollte sie nur nicht vergeuden! Er
sollte vorsichtig sein, damit die Macht, die sich am Ende immer
erschöpft, sich nicht vor Ankunft der Hauptbeute erschöpfte!
Und darum war es notwendig, weiter Fresken zu malen, lügen-
haft, langsam zu restaurieren, Gesichter und Atmosphäre, Flair,
Zeit und Nicht-Zeit zu verändern. Der Majordomus hatte innegehalten, um Atem zu holen. Der Chefkoch nutzte dies,
um einen Hustenanfall vorzutäuschen, nach dem er das Wort

nahm, um wie ein Untertan seinen Vorgesetzten von dem karierten Fußboden aus anzusprechen:

»Ich möchte den Herrn Majordomus beglückwünschen für das Ausmaß seiner gerade dargelegten Pläne, die zweifellos der besten Augenblicke von *Die Marquise ging um 5 Uhr aus* würdig sind und sich weder in Substanz noch Inhalt von dem Spiel unterscheiden. Ich kann nur sagen, dies beweist, *les grand esprits se rencontrent,* wie die Franzosen sagen. Ich möchte Sie jedoch bitten, mir einen kleinen Einwand zu erlauben.«

»Nur zu, Herr Kollege . . .«

»Wie wollen Sie die Tatsache kontrollieren, daß die Kinder zu bestimmten Zeiten müde werden und vor allem daß sie zu bestimmten Zeiten hungrig sind, was schließlich das natürlichste auf der Welt ist, da selbst die Tiere (und sogar die Kannibalen, die, darin sind wir uns doch alle einig, auf noch niedrigerer Stufe stehen als die Tiere) so empfinden?«

Der Majordomus nahm sich Zeit, diese Frage zu überdenken, indem er langsam die Tribüne hinunterstieg. Den Chefkoch wieder beim Arm nehmend, schritt er mit ihm über das Schachbrettmuster des Fußbodens hin und her und her und hin und erklärte ihm geduldig:

»In dieser Hinsicht, mein lieber Chef, wird Ihre Arbeit von besonderer Bedeutung sein. Ich kann ohne Furcht vor Übertreibung sagen, daß es mir unmöglich wäre, meine Aufgabe ohne Ihren wertvollen Beitrag zu erfüllen, da in dieser Nicht-Zeit, die wir einführen werden, Sie mein Hauptmitarbeiter sein werden, um die Geschichte anzuhalten, wo wir sie anhalten wollen und anhalten müssen. Sie wissen sehr wohl, daß jede Organisation sich durch eine einfache Manipulation des Appetits verändert: darin besteht Ihre Rolle. Sie werden Tag und Nacht, die sich bald nicht mehr voneinander unterscheiden werden, den großen Speisesaal immer offen halten, und Sie und Ihre Leute werden die Tische, die von immer brennenden Kerzen beleuchtet werden, immer mit den exquisitesten Gerichten gedeckt halten, damit die Kinder, an ihre eigene Freiheit glaubend und an die totale Verfügbarkeit und Reichhaltigkeit des Essens, zu jeder Zeit und wann immer es ihnen gefällt zum Essen kommen. Wenn der Rhythmus eingewurzelter Sitten auf diese Weise gestört ist, werden sie sich jederzeit wie hungrige junge Hunde auf das Essen stürzen und unkontrolliert ihren Rhythmus und ihre Vorstellung von der Zeit auslöschen. Genau wie die Tiere werden sie auch zu jeder Zeit schlafen und ihre Bedürfnisse verrichten, ohne ein allgemeines Programm, jeder nach seinem eigenen Befinden, was sie dann wiederum mit Freiheit verwechseln werden und sich persönliche, chaotische Abläufe vornehmen, die nun die Gemeinschaft, die zu teilen ihnen bisher erlaubt worden war, auslöschen werden, da die nicht mit anderen geteilte Zeit keine Zeit ist...«

Mit einem Anflug von verächtlicher Ungeduld löste der Chefkoch seinen Arm aus dem des Majordomus, den er jetzt – da er das Opfer bringen wollte, Menschenfleisch zu essen, und der Majordomus nicht – schwerlich für einen absolut Überlegenen halten konnte:

»Meine Meinung, die ich als nicht vollkommen abwegig vorzubringen wage, ist, daß wir diese Angelegenheit etwas sorgfältiger untersuchen und vielleicht mit den Kindern des *piano nobile* absprechen sollten. Auf jeden Fall schlage ich vor, da es bisher keine klaren Fälle von Subversion gegeben hat, die Pläne meines Herrn Majordomus nicht sofort in Kraft zu setzen. Es gilt, so scheint mir, in vordringlicher Weise, meine kulinarischen Erfahrungen zu realisieren. Ich werde erklären, warum: man soll nicht glauben, mein Interesse sei rein egoistisches, akademisches Kalkül. Nein. In kurzer Zeit wird es an Fleisch im Landhaus mangeln, da die bösartigen Eingeborenen die Wasserstellen, an denen die Tiere trinken, vergiften; und wenn wir keine Vorsorge treffen, werden wir bald ohne Nahrung sein. Ich möchte nicht nur die Art und Weise, Menschenfleisch auf die verschiedenste und schmackhafteste Art zu kochen, untersuchen, sondern auch, wie man es einsalzen kann, um es für längere Zeit zu konservieren, wenn...«

Wie ein wildes Tier, das sich auf seine Beute stürzen will, wich der Majordomus, als er das hörte, aufheulend zurück, bis er gegen Juan Pérez stieß, der ungerührt weitermalte. Der Chefkoch, in seinem Höhenflug plötzlich gestoppt, wurde wieder ganz klein, als er begriff, daß er gegen den Zorn seines Herrn nichts würde ausrichten können, und floh aus dem Saal und hielt sich die Ohren zu, damit er die Beschimpfungen nicht höre:

»Kannibale! Ungeheuer!«

Als der Majordomus den Arm ausstreckte, um auszuholen und seine Faust auf sein Opfer niederfallen zu lassen, gab Juan Pérez ihm einen Farbtopf mit Zinnoberrot in die Hand, der gegen die sich gerade schließende Tür flog und sie mit einem blutigen Zeichen befleckte. Dann reichte er ihm einen Topf mit Preußischblau und einen mit Chromgelb und einen mit Enzian-violett, die der Majordomus brüllend, fuchtelnd, blindwütig, aufjaulend einen nach dem anderen gegen den Menschenfresser schleuderte, der gegen ihn aufbegehrt hatte, und die nicht nur die Tür, sondern auch die täuschenden Perspektiven, die Bögen, das Gelächter der eleganten Stubenmädchen und die Landschaften, die zum Tanz der Pavane einluden, beschmier-ten. Um sich vor dieser vielfarbigen Hekatombe zu retten, war der Oberstallmeister aufgestanden und an die Tür zurückgewi-chen, wo er mit Juan Pérez zusammenstieß, der, da sich der Zornestrieb des Majordomus jetzt selbst versorgte, floh, um ihn sich allein austoben zu lassen. In der Tür fragte ihn der Oberstallmeister:

»Welch unerwarteter Ausbruch...?«

Juan Pérez ließ ihn die Frage nicht zu Ende sprechen:

»Ein Attentat auf die Würde und vielleicht auf das Leben des Herrn Majordomus. Wie Sie sehen, unternimmt er diese völlig gerechtfertigten Maßnahmen, mit denen er das Fresko zerstö-ren wird, und seine Feinde werden bestimmt unserem Vorge-setzten die Schuld daran in die Schuhe schieben, während in Wirklichkeit sie für das Unglück verantwortlich sind...«

3

Es war, wie man in den Romanen von früher zu sagen pflegte, eine unselige Zeit. Das Haus war durch die schwarze Farbe, mit der die Diener die Fensterscheiben bestrichen hatten, durch verriegelte Türen und Fenster, durch vermauerte Flure versiegelt. Eingetaucht in das schwache Dämmerlicht der Leuchter schienen die Kinder wie sterbende Fische herumzuschwimmen, vertieft in die lautlose Aufgabe zu überleben, was unter den gegenwärtigen Umständen schon eine gefährliche Form von Auflehnung war. Bald – wie lange ist bald, werden sich meine Leser fragen, wenn es keine Möglichkeit gibt, die Zeit zu messen, wenn sie durch eine künstliche kleine Flamme in jedem Raum im Dämmerlicht gehalten wird? – gewöhnten sie sich an diese trügerische Realität, in der gedämpfte Stimmen und Schritte, von den Gefühlen ganz zu schweigen, sich zu keinerlei Form von Entwicklung entscheiden konnten. Die Lakaien lauerten überall in den unzähligen Schatten und Winkeln, belauschten jedes Gespräch, untersuchten jedes Stückchen Papier, das eine Botschaft enthalten konnte, mit der die Vettern nach dem, was geschehen war oder was noch geschehen würde, fragen könnten. Sie spionierten in den Schlafzimmern, damit Freundschaft oder Liebe, Kälte oder Furcht nicht ein Paar in einem Bett zusammendrängte, wo man Neuigkeiten und Sorgen austauschen konnte. Ihre Aufgabe war es – so befahlen ihre Vorgesetzten –, Kinder zu finden, die man beschuldigen konnte, Menschenfleisch gegessen zu haben oder es gern gegessen hätten oder sich mit der Absicht oder dem Wunsch getragen zu haben, dieses zu tun oder noch immer tun zu wollen in dieser undurchdringlichen Heimlichkeit, die die Diener trotz allem in der geballten Faust ihres Überwachungssystems pulsieren fühlten; oder solche Kinder zu finden, die heimliche Beziehungen zu den Menschenfressern aufrechterhielten, die immer noch um das Haus herumschlichen, ja, ja, herumschlichen, wiederholten die zu allem bereiten Diener, sie schlichen um das Haus, schlüpften auf geheimnisvolle Weise durch die Gräser und bewaffneten sich wahrscheinlich unter Wenceslaos und dieses anderen Befehl. Sie, die Diener, hatten dem Chaos der vorangegangenen Zeit hart und heldenhaft ihre Ordnung aufgedrückt. Es war ganz und gar ihre eigene Eroberung gewesen, nicht die irgendeiner Gruppe von Dienern, sie waren nicht austauschbar! Sie würden es nicht dulden, daß neue Diener ihren Platz einnähmen. Sie mußten den Kampf weiterführen, denn jedes Kind war ein Feind, ein potentieller Menschenfresser: Hatten denn ihre Herren ihnen nicht als wichtigste Aufgabe aufgetragen, vor ihnen auf der Hut zu sein? Die Wilden standen ganz sicher mit Valerio und Teodora in Verbindung, die jetzt beide ihre Scham mit den Fetzen von Kleidern bedeckten, die ihnen zu klein geworden waren, Kleidern aus einer anderen Zeit – die Kinder waren in dem Alter, in dem sie schnell wuchsen –, und warteten nur auf eine Gelegenheit, in die Wildheit zurückzufallen, aus der die Diener sie bei dem Überfall auf das Dorf gerettet hatten. Man isolierte diese beiden in weit auseinander liegenden luxuriösen Schlafzimmern, jeder von einem Trupp Lakaien bedient, die großzügig ihren Bedürfnissen nachkamen und sie von Zimmer zu Zimmer begleiteten und ohne jede Verstellung ihre Gespräche mit anderen Vettern abhörten, ihnen ein Glas Wasser brachten, wenn sie es wünschten, und ihnen halfen, die schmutzigen Lumpen anzuziehen, aber sie trugen dabei Pistolen und Messer in ihren Miedern und unter den Livreen aus Samt und Gold.

Den Kindern brauchte man nicht zu verbieten, die Eingeborenen zu erwähnen, denn sie ahnten von Anfang an, wie gefährlich das sein könnte. Man erwartete von ihnen, das wußten sie, die Eingeborenen aus eigenem Willen zu vergessen, da sie die unkontrollierbaren Elemente der offiziell annulierten Zeit darstellten. Gedanken an die in ihr elendes Schicksal verbannten Menschenfresser streiften – wie in den, wie Juvenal und Melania zu sagen pflegten, »guten alten Zeiten« – nicht einmal das Bewußtsein der Kinder; das galt nicht nur für diejenigen, deren behagliches Leben in den Salons des *piano nobile* ablief, sondern auch für die Kinder, die den verfallenden Rest des Gebäudes bewohnten, wo sich jeder in seinem Loch, um es einmal so zu sagen, um seine eigenen erbärmlichen Überlebenschancen kümmerte. Sicher, man hörte draußen hin und wieder Schüsse oder unerklärliches Stöhnen hinter irgendeiner Tür, auch drangen Bilder von Hunger und Verzweiflung über geheime Wege ins Haus. Aber diese Dinge durfte man nicht erwähnen, sie kamen auch immer seltener vor, so schien es jedenfalls in der endlosen Gegenwart, der die Kinder unterworfen waren und die sie aufsaugte, so daß viele von ihnen – von Geburt an mit einer beachtlichen Fähigkeit, vergessen zu können, begabt – bald die Eingeborenen aus ihrem Gedächtnis verbannt hatten.

Die *Boshafte Marquise*, die, wie alle meine Leser an dieser Stelle meiner Erzählung wissen werden, Witwe war, äußerte die Absicht, wieder zu heiraten. Zum vierten Mal oder zum fünften? Nun, die Vettern hatten die Zahl der vielen Verbindungen vergessen, die die Gatten der *Marquise* in den Tod oder in den Wahnsinn getrieben oder dazu gebracht hatten, sich bei dem Versuch, ihr verlorenes Vermögen wiederzugewinnen, für immer in den Urwäldern der Philippinen zu verlieren. Sie fühlte sich einsam, vertraute die *Boshafte Marquise* ihrer Tochter an, der *Unsterblich Geliebten*, ihrer Seelenfreundin, ihrer verständnisvollen Vertrauten. Sie brauche einen Mann, der nicht nur ihr Gefährte im geistigen und gesellschaftlichen Leben sei, sondern auch die notwendige Vitalität besäße, ihr Verlangen zu befriedigen, das in ihrem Alter, kurz bevor es ganz verlöschen würde, unerträglich brannte. Als sie sich im *piano nobile* umsah, war da nur Abelardo, der jedoch ausschied, da er, es muß nun einmal gesagt werden, nicht nur ihr Bruder war, sondern auch noch, obwohl niemand je über diesen Schönheitsfehler sprach, den ich hier erwähnen muß, recht bucklig. Einige Tage lang überlegte sie, ihre Beziehungen zu Justiniano wieder aufzunehmen, obwohl er zu der anderen Gruppe der Kinder gehörte. Ihr Köder, ihn für sich zu gewinnen, wäre, abgesehen von ihren jetzt, ach, recht herbstlichen Reizen, das Versprechen, ihn in den *piano nobile* übersiedeln zu lassen, der einzige, der große Wunsch all der Neidischen, die nicht dort wohnen durften. Aber Melania war dagegen. Justiniano sei ein Trunkenbold ohne Stil und wäre ein Schandfleck in einer Umgebung wie der, die sie pflegten. Sie hielt eine Reihe von Beratungen mit dem Chefkoch ab, der ein Habitué des Salons der *Marquise* geworden war, und während er die über das Visavis, wo sie sich gegenüber saßen, ausgestreckte Hand der edlen Dame streichelte, wies er sie darauf hin, daß es sich bei Justiniano um eine Mesalliance handeln würde. Die *Marquise* hielt dagegen: »Aber was ist dabei, mein lieber Freund, wenn die Jungfrau

Maria, die zur Crème de la crème von Jerusalem gehörte, den heiligen Joseph heiraten konnte, einen armen Zimmermann?« Dieses Argument überzeugte weder Melania noch den Chefkoch. Auf Anraten des Majordomus, der es vorzog, bei der gegenwärtigen Geschichte in den Kulissen zu bleiben, schlug der Chefkoch Cosme vor. Er sähe gut aus und sei kräftig. Er habe schöne Augen, von einem so hellen Grau, daß die Iris lediglich als Widerschein des Musters auf dem Schachbrett zu existieren schien, auf das sein Blick ständig konzentriert war. Sicher, er gehörte nicht zu denen im *piano nobile*. Aber er ließ sich auch nicht zu den hysterischen Dramatisierungen der anderen Gruppe hinreißen, deren Mitglieder boshaft darauf bestanden, in Lumpen gekleidet herumzugehen, um wer weiß welchen Schmerz zu demonstrieren. Am Rande beider Gruppen, abseits, ständig mit Avelino und Rosamunda über das Schachbrett gebeugt, schien nichts außer diesem Spiel sein Blut in Wallung bringen zu können. Im Verlauf dieses Berichtes haben meine Leser Cosme unzählige Male in dieser Haltung gesehen – auf den Stufen zur Südterrasse, wo er sich selbst auf dem Höhepunkt der Handlung, als Onkel Adriano zwischen den beiden Mohren erschien, nicht aufregte; oder als sich die Szene auf dem Balkon abspielte, in der Melania und der verunglückte Mauro sich mit Ruhm bedeckten; und bei vielen, vielen anderen Gelegenheiten, bei denen die Schachspieler, sollte ich sie auch nicht ausdrücklich erwähnt haben, selbstverständlich schweigend dabei waren, ohne an irgend etwas teilzunehmen – ohne daß seine Gegenwart die Zusammensetzung des allgemeinen Stimmungbildes verändert hätte. Melania meinte, es wäre heller Wahnsinn, einen der erklärtermaßen feindlichen Vettern in diesen Bereich aufzunehmen, den sich zu schaffen ihnen so viel Mühe bereitet hatte – den zerzausten Valerio, zum Beispiel, der wegen seiner Wildheit vielleicht der attraktivste von allen wäre –, das zeuge von einem Mangel an Realitätsbewußtsein, das ihnen ihre Eltern von der Wiege an unermüdlich in allen Schattierungen predigten. Dagegen wäre es für die *Boshafte Marquise* nicht schwierig, Cosme zu sich heranzuziehen, wenn sie ihm verspräche, das wieder in seiner Vitrine verschlossene chinesische Schachspiel, ein Museumsstück, benutzen zu dürfen. Zoé, die Kupplerin, plattnasig, dick und schampelnd, mit Affenhänden, die ihre Bonbons festhielten, übermittelte mit kehliger, aber deutlicher Stimme die Wünsche und Versprechungen der *Boshaften Marquise* an Cosme. Ohne den Blick vom Schachbrett zu heben, erwiderte der: »Sag der alten Hure, sie soll mich nicht belästigen, ich zöge es vor, mit Kieselsteinen oder Knöpfen statt mit dem chinesischen Schachspiel, einem Museumsstück, zu spielen, wenn dies bedeutete, mich ihren Launen unterwerfen zu müssen.«

Als sie die Wiederholung von Cosmes Worten *verbatim* vernahm, weinte die *Boshafte Marquise* bitterlich, denn sie hatte sich wirklich in Cosme verliebt, mit jener Liebe der ersten Jahre. Melancholisch fragte sie den Spiegel, den ihr Olimpia kniend hinhielt, damit sie ihr Gesicht betrachten könne, während Aglaée ihr das Haar mit Henna puderte:

»Spieglein, Spieglein an der Wand, wer ist die Schönste im ganzen Land?«

»Die Marquise von Belvedere und Aluvión, Comtesse de C'rear-en-Laye, Vicomtesse de...«

»Spieglein, teures Spieglein, sag mir, wie ich mich für die grausame Kränkung durch Cosme rächen kann?«

Ich muß meinen Lesern gestehen, daß die Stimme des Spiegels dem *Engel der Güte* gehörte, der hinter den Vorhängen verborgen war; wegen seines gesunden Menschenverstandes war er, von allen bewundert, dazu auserwählt, der *Boshaften Marquise* zu antworten und deren Reden, die so häufig in Halluzinationen abschweiften, auf diese Weise etwas auszugleichen. Als jedoch die Stimme des Spiegels jetzt der edlen Dame antwortete und ihr einen Vorschlag für ihre Rache unterbreitete, war dieser so ruchlos – aber auch von so charakteristisch kulinarischer Kenntnis –, daß ich es vorziehe, meine Leser »hängen zu lassen«, wie man jetzt zu sagen pflegt, ohne Antwort auf ihre Neugier, damit sie später, wenn ich die Dinge der Reihe nach erzähle, erfahren, was das für ein Vorschlag war. Inzwischen hielt der *Engel der Güte* eine geheime Besprechung mit dem Chefkoch ab, der, zwar mit unendlich vielen Einwänden, den Anweisungen dieses Mädchens folgte.

Die *Boshafte Marquise* ließ Cosme ein Billetdoux zukommen, in dem sie ihn einlud, in der Vertraulichkeit ihres Boudoir mit ihr zu speisen. Cosme wußte, daß, wenn er nicht zu diesem Rendezvous erschiene – das nichts anderes als ein versteckter Befehl war, da die *Boshafte Marquise* die Autorität auf ihrer Seite hatte –, sein Schicksal und das von Rosamunda und Avelino besiegelt wäre. Cosme setzte sich höflich an den Tisch. Aber, hungrig wegen der Austerity der Mahlzeiten derer, die nicht im *piano nobile* lebten, aß er reichlich und begierig, wie es ein Jüngling tut, während die *Boshafte Marquise* melancholisch, ätherisch, abwesend im Laufe der Mahlzeit lediglich an einem Granatapfel knabberte. Dabei schlug sie Cosme vor, sein Schicksal mit dem ihren zu vereinen. Cosme hob seine grauen Augen, die die *Boshafte Marquise* verführerischer denn je fand, und sagte:

»Nein.«

»Warum nicht?«

»Weil es Zwang wäre.«

»Was wagst du, mir zu unterstellen? Weshalb sollte ich mich dir aufzwingen, ich bin schön, besitze Millionen und Namen, und die Männer des ganzen Reiches sind verrückt nach meiner Hand.«

»Weil ich frei bin.«

Die *Boshafte Marquise* stand vom Tisch auf, stützte sich mit einer ihrer behandschuhten Hände auf die Spitzen des Tischtuches und ordnete mit der anderen die Perlen, die über ihre elfenbeinfarbenen Schultern glitten.

»Idiot!« schrie sie ihn an.

»Weil ich es vorziehe, frei zu sein.«

»Weil du es vorziehst, dies zu glauben! Mein Lieber, es gibt niemanden, der frei ist, da du erwachsen bist, solltest du es wissen ...« entgegnete sie und begleitete ihre Worte mit einem Ende-des-zweiten-Akts-Gelächter. Dann, plötzlich ernst, richtete sie ihre kohldumpfen Augen auf ihn und durchbohrte ihn mit ihrem Blick:

»Unglückseliger! Hast du nicht bemerkt, daß ich während unseres Mahles nur ein wenig Obst aß? Ich will dir sagen warum: ich habe dir Menschenfleisch vorsetzen lassen, ja, ja, Menschenfleisch, aus Rache, weil du meine Liebe zurückgewiesen hast, habe ich für dich Gerichte aus Menschenfleisch zubereiten lassen, um dich zum Menschenfresser zu machen, ja, ja, das bist du nun, ein Kannibale, der das Fleisch irgendeines ekelhaften, verräterischen, hingerichteten Eingeborenen verschlungen hat ... und noch etwas ... wenn du die Wahrheit wissen willst, sage ich dir, ihr alle werdet täglich mit Menschenfleisch ernährt, und darum kann man mit vollem Recht sagen, daß alle, die nicht im *piano nobile* wohnen, Kannibalen sind ...«

Und während die *Boshafte Marquise*, mit der einen in ihrem Ausschnitt verkrampften Hand ihre Perlen schüttelte, mit der anderen die Schleppe ihres Kleides raffend, den Raum verließ, bog sich Cosme in einem plötzlichen Krampf des Grauens, der ihm die Eingeweide zerriß, erbrach sich über die Spitzen des Tischtuches und schrie um Hilfe. Diener liefen herzu, überraschte Vettern, die fragten, was ihm geschehen sei, daß er so gräßlich stöhnen müsse. Aber die Lakaien antworteten einstimmig:

»Nichts.«

Sie trugen ihn zu seinem Bett. Einer der Lakaien verabreichte ihm Arzneien, aber sie waren nicht stark genug, um sein Bewußtsein überwinden und ihn betäuben zu können. Sein Stöhnen drang beunruhigend durch das Haus. Die durch jenen Flur gehenden Vettern blieben stehen und horchten. Später, noch immer von Krämpfen geschüttelt, wagte er, sein Zimmer zu verlassen: mit gesenktem Kopf, den Vettern wie den Dienern aus dem Weg gehend – wenn das möglich gewesen wäre in einem Haus, dessen Wände und Türen und Winkel Augen und Ohren haben –, an seiner Seele krank, ging er zitternd von einem Ende der Galerie der Malachittische, deren Fensterscheiben jetzt schwarz vermalt waren, zum anderen und versuchte, in der Dunkelheit nicht über das Durcheinander der sich in den Ecken auflösenden Bündel von Gold zu stolpern. Auf einem dieser Gänge sah ihn Arabela, die die Tür der Bibliothek einen Spalt öffnete und den Kopf herausstreckte. Cosme erkannte sie an dem fernen Flackern des einzigen Leuchters, das sich in den Gläsern ihrer Brille widerspiegelte. Er machte noch einen Gang zum anderen Ende der Galerie. Auf seinem Rückweg hielt er gerade lange genug, um ihr zuzuflüstern, daß sie, die Kinder, die nicht *Die Marquise ging um 5 Uhr aus* spielten, mit dem Fleisch der im immer noch anhaltenden Widerstand fallenden Krieger ernährt würden. Entsetzt lief Arabela, diese Nachricht den anderen Kindern zu bringen, die, da sie, wie auch immer, überleben mußten, kein anderes Zeichen von Aufregung erkennen ließen, als daß sie heimlich erbrachen und seitdem Krankheiten oder ganz einfach »Vergessen« vortäuschend sich darin übten, nach und nach zu lernen, nichts zu essen und nur so auszusehen, als äßen sie. Aber die unerbittlichen Lakaien zwangen sie, alles zu essen, zu jeder Tageszeit, und bereiteten ihnen dadurch wirkliche Übelkeit, Erbrechen, Schmerzen, die sie in der Tat krankmachten, denn sie waren sicher, daß selbst das Brot und der Rotwein, selbst die Milch vergiftet waren. Die Kinder magerten in gefährlicher Weise ab und wurden zu Hälmchen, zu Strichen, mit vom Hunger, der sie wahnsinnig machte, eingefallenen Gesichtern, bis sie sich kaum noch hinter den sich auflösenden Goldballen verstecken konnten, die die Galerien und Salons mit ihrem stinkenden roten Goldstaub füllten, der leicht auf den Gesichtern der Kinder haften blieb, eine seltsame, klebende Materie, die in der Luft hing und sie mit einer blutigen Maske versah. Die Vettern lebten abgemagert, fast unbeweglich in dem immerwährenden Halbdunkel der Gemächer. Bin ich ein Menschenfresser oder bin ich keiner? fragte sich jeder. Was ist die Höchststrafe für so ein unseliges Verbrechen? Und welchen meiner Eingeborenenfreunde habe ich aufgegessen? Sie spielten wie immer, oder doch fast wie immer, lasen oder taten so, als ob; unterhielten sich, ohne sich irgend etwas sagen zu können, unfähig zu reagieren, da sie nicht wußten, ob ihre Reaktionen, seien sie auch noch so schwach, Repressalien zur Folge haben könnten, nicht nur gegen sie, sondern auch gegen die Eingeborenen, die dort draußen die Windungen der Geschichte bewohnten, die für sie nicht eine Minute stillgestanden hatte.

Nach wenigen Tagen verschwand Cosme. Oder besser, die Vettern bemerkten, daß er verschwunden war. Unfähig, Schach zu spielen, hatte er neben dem Brett gesessen, um

Rosamunda und Avelino spielen zu sehen, die manchmal versuchten ihn aufzumuntern, ihm zuzwinkerten, wenn sie einen gelungenen Zug machten, ihm einfach den Arm streichelten oder ihm die schwarze Dame in die Hand gaben, damit er mit ihr einen siegreichen Zug mache: er ließ sie los, sie fiel auf den Boden. Aber jetzt fanden sie Cosme weder beim Schachbrett noch im Eßzimmer, weder in seinem Zimmer noch in der Galerie. Die Kinder waren besorgt, weil sie nicht sicher waren, ob sie Cosme gesehen hatten oder nicht, und auch nicht wann, in der Verworrenheit der uneinteilbaren Zeit. Nur manchmal wagten sie es, nach ihm zu fragen, eine Braue hochziehend oder mit einer heimlichen Geste der Hände oder mit Worten, die, weil sie nicht von ihren Lippen kamen, das Schweigen noch vertieften. Bis man plötzlich im ganzen Haus das heftige Türenknallen hörte, mit dem Arabela die Bibliothek verließ und entschlossen durch die Galerie der Malachittische schritt, durch die Salons, über die Goldballen kletterte, ins Mohrenkabinett, durch das von bestürzten Lakaien, die den bronzenen Handlauf der Balustrade polierten, bewachte Vestibül der Windrose, die Treppe hinauf, wobei sie mit unhörbarer Stimme, als diskutiere sie mit sich selbst, das Für und Wider der Unannehmbarkeit des Verschwindens von Cosme, nur weil er mit ihr gesprochen hatte, erwog: wie ein graues Mäuschen schlüpfte sie rasch dahin, bis sie schließlich die Tür des Tanzsaales öffnete. Als sie sie eintreten sahen, lumpig und verwahrlost, standen die Hauptleute auf, verbeugten sich leicht, aber lange, wie es die Etikette der Familie vorschrieb, damit niemand je sagen könne, einer der Diener habe sich nicht korrekt benommen. Arabela trat auf den Majordomus zu und stellte sich winzig, aber bestimmt vor seiner gewaltigen Höhe auf, während ein Kreis von Dienern sich um sie drängte.

»Bist du der Majordomus?« fragte sie ihn. »Ich nehme es an, denn du bist der größte, und das ist das einzig notwendige Merkmal, um Majordomus in unserem Haus zu werden. Ich frage dich, weil ich, wie du bemerken wirst, meine Brille mit dem Saum meines zerrissenen, geflickten und schmutzigen Kleides putze.«

»Das ist eine beklagenswerte Mode, Euer Gnaden, die sich zu meinem Bedauern unter den Kindern durchgesetzt hat...!«

»Cosme ist verschwunden«, unterbrach ihn Arabela.

Ein Ausdruck unschuldiger Überraschung badete das Gesicht des Majordomus:

»Verschwunden?« fragte er, »verschwunden, richtig verschwunden? Unmöglich, Euer Gnaden. Hier gibt es keine Zauberer, die ihn mit Hokuspokus-Fidibus in Luft aufgelöst haben könnten. Auch habe ich noch nie gehört, daß Euer Gnaden sich dazu herabgelassen hätten, an dem Spiel *Die Marquise ging um 5 Uhr aus* teilzunehmen, bei dem, das muß ich zugeben, gelegentlich recht unwahrscheinliche Dinge geschehen, die kein normaler Mensch glauben kann.«

»Wenn ich sage ›verschwunden‹«, betonte Arabela, setzte sich endlich die Brille auf und musterte den Majordomus in seiner ganzen Höhe, ohne etwas anderes als reine Masse vorzufinden, »will ich damit ausdrücklich sagen, daß ihr ihn gefangen und fortgebracht habt.«

Der Majordomus streichelte Arabelas mageres Köpfchen und lächelte mit beinahe weihnachtlicher Zärtlichkeit, derer Bösewichte fähig sind, und sagte sanft:

»Dem darf man keine Bedeutung beimessen; Rosamunda und Avelino werden schon einen anderen Spielgefährten finden. Und Sie werden sehen, der bezaubernde, ernsthafte und zurückhaltende Cosme wird bald wieder an den unschuldigen Spielen von Euer Gnaden teilnehmen. Wenn man auch die Theorie nicht ganz verwerfen kann, daß die Menschenfresser, die, wie Euer Gnaden wohl wissen, trotz unserer heldenhaften Anstrengungen überall eindringen, ihn geraubt haben könnten und vielleicht, ich erschauere bei dem Gedanken, aufgefressen haben. Obwohl, wenn dies der Grund für den Raub gewesen wäre, hätten sie sich bestimmt ein jüngeres, zarteres, dickeres Kind geholt, meinen Sie nicht auch, mein lieber Chef? Den guten Cipriano, zum Beispiel, der, ehrlich gesagt, zum Fressen süß ist. Laßt jedenfalls dieses bezaubernde Mädchen in Ruhe, Lakaien, das mit dem Vertrauen der Unschuldigen hierher kam, um seine Verwunderung auszudrücken. Ich lege euch dieses Mädchen ganz besonders ans Herz!«

In derselben Nacht banden vier Männer mit schwarzen Masken Arabela und knebelten sie in ihrem Bettchen hinter dem

Coromandelschirm in der Bibliothek und schleppten sie fort. Das war jedenfalls die Version, die unter den Vettern über die Umstände, die dem Verschwinden von Arabela vorausgingen, und über ihr Verschwinden selbst umging. Hören wir Arabelas Version in ihren eigenen Worten:

Aber nein. Es ist besser, nicht den Text zu bringen, den ich oben versprach, denn die Erfahrung von Schmerzen, die über eine bestimmte Grenze hinausgehen, kann von der Phantasie nicht nachvollzogen werden, da diese von Natur aus suggestiv ist und deshalb ungefähr und respektlos. In früheren Versionen dieses Romans, selbst noch in den Druckfahnen, kam an dieser Stelle ein langer Abschnitt, der ganz Arabelas innerem Monolog während ihrer Folterung durch die Schergen von Juan Pérez galt, die die ausgeklügelsten Methoden anwandten, um aus ihr nicht nur die Wahrheit über den Aufenthaltsort von Wenceslao und Agapito herauszuholen, sondern auch die Namen der Kinder, die zu Menschenfressern geworden sein könnten. Ob Arabela das wenige, was sie darüber wußte, gestanden hat, oder nichts, ist ohne Bedeutung, da Heldentum viele Formen annehmen kann, in extremen Fällen selbst die der Feigheit. Die Bescheidenheit rät mir jedoch, einen dichten Schleier über diese Einzelheiten zu ziehen, da es für den, der das nicht erlebt hat, unmöglich ist, das Grauen nachzuvollziehen, und außerdem sind das vielleicht alles nur Gerüchte: man weiß ja, wie verlogen die Kinder sein können. Soviel kann ich jedoch sagen, daß später dieses Häufchen Elend, zu dem unsere kleine Freundin geworden war, als es an einen Balken gebunden in einer Hütte des Eingeborenendorfes erwachte, sicher war, daß die einfache Tatsache, die Folter überlebt zu haben – und das Überleben war keineswegs die einzige und elendigste Aufgabe, zu der man sie und ihre Vettern im Landhaus verdammt hatte – in sich eine herausragende Form von Heldentum war, denn andere würden mit Sicherheit solche und noch schrecklichere Umstände als diese überleben, und demnach war ihr eigenes Leiden kein individuelles, sondern kollektives Leiden. Nach wer weiß wie langer Zeit erwacht, erkannte ihr Rücken mit einem Gefühl, das Erleichterung glich, die Unebenheiten des Balkens; sie erinnerte sich, es war derselbe, an den sie sie gefesselt hatten, nachdem sie sie in die Hütte gebracht hatten, bevor sie mit den Ritualen der Bestrafung begannen. Was hatten sie in der Zwischenzeit mit ihrem armen Körper gemacht? Ihr Gedächtnis weigerte sich, ihr die Einzelheiten zurückzugeben, als reiche es aus, sich daran zu erinnern, um sie wieder in eine Ohnmacht zu stürzen wie die, aus der sie gerade erwacht war. Die Ameisen auf dem Boden, auf dem sie saß, schwärmten auf der Suche nach einer Wunde, aus der sie trinken könnten, über ihren Körper aus und machten sie mit ihrem Kribbeln halb wahnsinnig – diese Qual hatte aber auch etwas Gutes, denn indem sie über ihre Haut liefen, gaben sie ihr die vom Schmerz atomisierte Form zurück und damit die Möglichkeit, auf etwas anderes als auf diesen Schmerz zu reagieren; sie gaben ihr die Umrisse ihres Körpers zurück, der auf so zerbrechliche Weise ein Bewußtsein umschloß, das nicht wagte, ganz und gar zu erwachen. Warten. Warten auf was? Dem Majordomus unterworfen funktionierte ihr Hirn noch in einer grenzenlosen, unberechenbaren Zeit, in der das Warten an sich schon ein Widersinn war. Aber plötzlich verhärtete sich etwas in Arabela, präzisierte sich, bekam Konturen, definierte sich wie eine Art endgültiger Schmerz: sie hatten ihr ein Glied ausgerissen, etwas Lebensnotwendiges fehlte ihr jetzt ... ja, sie hatten ihr ihre winzige Brille genommen, sie drückte sie nicht mehr auf ihrem Nasenrücken. In einem nicht mehr bestimmbaren Augenblick der Folter hatte eine wütende Hand sie ihr weggerissen, als sie sich weigerte, bestimmte Fragen zu beantworten, oder nicht antwortete, weil sie die Antwort nicht wußte, und ein roher Stiefel hatte sie zertreten. Arabela erinnerte sich daran wie an eine letzte Vision, denn es war, als hatte man nicht ihre Brille, sondern ihre Augen zerstört. Ach nein; obwohl die darauf folgende Quälerei noch ihre Sinne betäubte, erkannte sie jetzt, daß es außer ihrer von Ameisen, die ihr ihre Umrisse zurückgaben, gestreichelten Hand noch etwas Licht vor ihren Augen gab. Trotzdem begriff Arabela, daß sie nun wie unter Schatten durch die Welt gehen mußte, tastend und von anderen geführt, sollte sie jemals ihre Beine wieder gebrauchen können. Aber das traf sie nicht so sehr wie der Gedanke, der wie ein Blitz einschlug, daß sie, Arabela, nie wieder würde lesen können. Darüber schwoll ihr Zorn als einzige greifbare Realität, und dank dieses Hasses durchdrang sie eine wilde Gewißheit: sie würde überleben.

KAPITEL ELF

Die Ebene

1

Die Dämmerung hat von ihrer Definition her den relativen und vorübergehenden Charakter von Zwischenstadien, da sie vom Licht und vom Schatten kommt oder kommen wird oder sich in bezug auf beide definiert. Die Finsternis dagegen besitzt den unerbittlichen Charakter einer immerwährenden Sache ohne jede Schattierung, unabhängig von der Zeit, ist sie ein Teil der Ewigkeit, insbesondere der ewigen Verdammnis: darum haßten die Diener von geringem Rang, die in den untersten Kellern schliefen, diese düstere Hölle, zu der sie sich verurteilt fühlten. Und selbst der Leuchter, auf den sie hin und wieder ein Recht hatten, schien nicht zu verlöschen, sondern von der Dunkelheit fortgerissen zu werden, zu der er gehörte, genau wie der Schlaf, der nichts anderes war als eine Form der Dunkelheit, in gleichem Maße wie die Erschöpfung, die sich nach der täglichen Arbeit über sie stürzte, um sie mit einem Biß zu verschlingen. Darum war das Erwachen am nächsten Tag eine Überraschung, deren Glaubwürdigkeit sich ihnen nur nach und nach bestätigte, wenn sie durch die verschiedenen Ebenen der Keller hinaufstiegen, von Schattierung zu Schattierung der abnehmenden Dunkelheit, bis in die weniger dichten Schattierungen und schließlich in das feine, vom Majordomus manipulierte Dämmerlicht, das sie mit den Kindern teilten. Die Diener fanden sich so sehr in das Schicksal, das sie in die Keller verdammte, eingeschlossen, daß sie, da sie keine anderen Tätigkeiten kannten als die, die mit dem Überleben zu tun haben – und die dem Mythos innewohnenden, mit dem die Venturas ihnen den Hunger zu schärfen suchten –, sich nicht vorstellen konnten, daß diese Keller eine Geschichte hatten, die vor ihrem eigenen Elend hier begann, und daß sie zu einem anderen Zweck erbaut worden waren als sie zu beherbergen, wie sie sich auch nicht vorstellen konnten, daß sie sich jenseits der von ihrer Vorsicht erzwungenen Grenzen noch weiter ausdehnen könnten.

Aber die unterirdischen Gewölbe des Landhauses waren sehr viel weiträumiger und sehr viel älter als der Raum und die Zeit, die ihre Vorstellungskraft und die ihrer Herrschaft ihnen zuweisen konnten. Es ist nicht meine Absicht, obwohl ich als allwissender Erzähler das Recht dazu hätte, die Geschichte dieser Keller zu erzählen und vorzugeben, sie sei von meinem Gutdünken unabhängig oder existiere außerhalb dieser Seiten. Weder Topograph noch Speläologe, weder Bergmann noch Ingenieur werde ich keinen Plan dieser so weiten und so alten Salzmine wie die von Vieliczka entwerfen. Ich will nur das Proszenium für meinen Vortrag errichten, reich an Kulissen, Soffitten, Vorhängen und Maschinerie, gewiß, und voll ausgestattet mit Requisiten und Kostümen, aber abgestuft durch Zurückhaltung, so daß mein Monolog – täuschen wir uns nicht darüber: diese Erzählung gibt nicht vor, etwas anderes zu sein – Projektionen gewänne, die über meine eigenen Absichten hinausweisen.

Meine Leser werden wissen, daß seit uralten Zeiten und unter bestimmten, über die ganze Welt verbreiteten Völkern das Salz den angesehenen Charakter eines Symbols für die Instinkte der Loyalität, Güte, Gastfreundschaft, Großzügigkeit besaß und daß, wenn es hieß, »es gibt Salz unter uns«, dies der Ausdruck für diese Gefühle war, so daß es ausreichte, von jemandem zu sagen, er sei »das Salz der Erde«, um seine Vortrefflichkeit zu kennzeichnen. Aber es geschah sicherlich nicht in der Absicht, diese hervorragenden Begriffe zu veranschaulichen, als vor langer Zeit der Ururgroßvater unserer Venturas nach so viel Krieg und Ausrottung das erste Haus der Familie – eine Burg, oder besser, eine Festung, nicht jener Palast, den meine Leser kennen, der erst ein Nachkomme jener heldenhaften Bauten ist – auf der Salzmine errichten ließ, sondern aus zwei anderen Gründen: erstens, um den ebenfalls uralten Begriff zu bestätigen, daß »sich auf das Salz setzen« oder »sich auf dem Salz niederlassen« in verschiedenen Kulturen die Bedeutung von Erhabenheit oder von Vorherrschaft hat; und zweitens, bereits an die Geschäfte denkend, um den Handel mit dem Salz zu kontrollieren, das damals der einzige Tauschwert war, eine Art Geld, das den Eingeborenen erlaubte, ihren eigenen, rudimentären Handel zu entwickeln. Als sie ein Haus über der Mine errichteten und das zur Erholung der Familie bestimmte Gebäude durch ein Gitter aus Lanzen schützten, schlossen die Venturas alle Zugänge zur Mine, behielten jedoch die Hauptzugänge offen zu jenem Teil der Keller, wo sie jetzt die Speisekammern des Hauses einrichteten. So kam in nur einer Generation der Salzabbau abrupt zum Erliegen, man vergaß seine Bedeutung und führte dafür die Produktion von Gold in dünnen Blättern ein, deren Wert die Eingeborenen nicht erfassen konnten. Auf diese Weise blieben sie auf den Tauschhandel beschränkt und abhängig von dem, was die Venturas ihnen dafür zu geben bereit waren. So hörte das Salz auf, die Autonomie der Eingeborenen zu repräsentieren und somit auch ihre Gefahr. Die Venturas konnten die Mine endgültig versiegeln und vorsätzlich die Polypen aus Tunneln und Höhlen, auf denen sich das Gebäude erhob, vergessen, das in ihrer Erinnerung bald auf die bekannte Topographie des genutzten Teils schrumpfte und auf ein ungewisses »ein wenig weiter«, das ebenfalls leicht zu handhaben war. Etwas später, als man den Grund für die Errichtung des Hauses in einer so abgelegenen Gegend vollkommen vergessen hatte, fragten sich die Venturas, als wollten sie sich ihrer Unwissenheit brüsten, einen langweiligen Sommer nach dem anderen, wenn sie Croquet oder Karten spielten, was zum Teufel den Ururgroßvater bewogen haben mochte, das Haus hierhin zu bauen. Aber plötzlich, seit dem Überfall, schien der Keller in der Einbildungskraft der Diener, die in ihm wohnten, zu erglühen, sie mit einer gefährlichen Gegenwart zu berennen, die er niemals vorher besessen hatte. Einige Mutige, durchaus nicht alle, weigerten sich jetzt, in jenem unübersichtlichen Labyrinth der von tropfendem Wasser und vom Schimmelpilz feuchten Gänge zu schlafen, wo manchmal ein Maulwurf oder ein Erdwurm, so breit und schleimig wie eine Zunge, ihren Schlaf mit einem

Streicheln aufstören konnten; oder wo der verbrauchten Luft die ausreichende Dichte zu fehlen schien, um die Atmung der Diener zu nähren, die zusammengerollt auf ihren in den Winkeln verlorenen Strohsäcken schliefen. Warum, wenn das Haus so groß war und die Herrschaft abwesend und wer weiß wann zurückkommen würde, wenn sie überhaupt zurückkam, mußten sie dort schlafen? Gab es oben nicht Platz genug? Ihre Unzufriedenheit kam den Hauptleuten zu Ohren, drohend wie das Knirschen eines tragenden Balkens, bevor er bricht und das ganze Gebäude zusammenstürzen läßt. Um eine Ausbreitung dieser gemeinen Unruhe zu verhindern, beschlossen die Hauptleute, den Dienern die große Illusion der Hoffnung vorzusetzen, jawohl, die Diener sollten weiter in den Kellern hausen, aber durch besonderen Einsatz würden sie dort herauskommen können. Man brauche sich nur Verdienste zu erwerben. Und als Beweis dafür verschwanden zwei, drei, vier, ein Dutzend oder mehr Diener aus den Höhlen – wenige, versteht sich, wenn man die beachtliche Zahl des Personals damit verglich; aber schließlich fängt alles klein an –, die nicht mehr in den Kellern wohnten; sie ließen ihr Spielzeug, die unvollständige Rechenmaschine, die Mandoline, die zerbrochene Puppe, die Eule, das Tarot, das niemand zu werfen verstand, dort unten zurück und vergaßen ihre Gefährten aus den Fluren, den Zellen und dem Strohsack, in der Einsamkeit erstarrt, die sich durch das Lockmittel dieser neuen Hoffnung um sie herum vergrößerte. Die Verschwundenen trafen sie während der Arbeitsstunden – wenn sie mit ihren Flederwischs die Sammlung präparierter Fasane in ihren Vitrinen abstaubten –, sie waren fröhlich und von der Sonne in der Ebene gebräunt und erzählten, sie wären mit dem Vorrecht belohnt worden, in einer Hütte zu leben, die sie sich selbst gebaut hatten, mit einem winzigen Garten, aber immerhin einem eigenen winzigen Garten; der eine, weil er Arabela in der Bibliothek überwältigt hatte; der andere, weil er Cosme verriet oder weil er Justiniano, Valerio und Teodora belauerte, deren Tage bereits gezählt waren; andere, weil sie mit dem entzückenden Amadeo zusammenarbeiteten, einem unschuldigen Elfen, der mit den gleichen nachäffenden Spielen wie seine Vettern im *piano nobile* beschäftigt zu sein schien, der aber tatsächlich mit den Leuten des Majordomus zusammenarbeitete, um Wenceslaos Versteck zu finden. Jawohl, jeder Diener könnte, wenn er sich nur anstrengte, den Keller verlassen.

So sprach der Majordomus zu dem versammelten Personal. Und, um den Leuten zu demonstrieren, daß seine Fürsorge für sie nicht nur reine Rhetorik sei, wie es ihm seine Feinde unterstellten, ließ er sofort Gruppen von Maurern bilden, die mit Kalk und Steinen, mit Richtlot, Kellen, Binder, Spachtel und Wasserwaage bewaffnet im Handumdrehen alle Eingänge zu den Kellern zumauerten, die unmittelbar hinter den letzten Türen und Strohsäcken lagen. Die endgültige Dunkelheit, die uralte höllische Finsternis, blieb jetzt jenseits der noch von Kalk nassen Mauern verbannt: die unheimlichen, hohlen, zahnlosen Münder, die Stollen, die im Flackern eines Leuchters eine Unzahl von Katzenaugen im Salz der Gewölbe aufleuchten ließen, die Haufen ausgedienter Möbel, die in den Gängen in einer heute vergessenen Technik behauener Steine moderten, die vollkommen stillen Pfützen, die aussahen, als hätten sie niemals ein menschliches Gesicht widergespiegelt, alle diese unangenehmen Dinge blieben für immer hinter die neuen Wände verbannt, die der Majordomus zu diesem Zweck aufrichten ließ.

Eins der lästigsten Probleme, das gelöst werden mußte, bevor man einige der Tunnel zumauerte, war, zu entscheiden, ob es günstiger wäre, die verlassenen Gärten der Kryptogamen drinnen oder draußen, in Reichweite der Köche, zu belassen; da sie vernachlässigt worden waren, wucherten sie derart, daß einige Flure auf natürliche Weise von diesen Auswüchsen wie von einer Masse blinder Monster verschlossen worden waren. Ihre Größe und ihr Aussehen war so unterschiedlich und abartig, als hätte sich jede einzelne der Sporenpflanzen ihre Form selbst ausgedacht. Sie schienen im Zusehen zu wachsen, sich auf obszöne Weise aufzublähen, ihr halb tierisches, halb pflanzliches Fleisch zu vereinen und zu trennen; aber wenn man den Finger in sie hineindrückte, nahm dieses Fleisch nicht wieder seine Form an. Es fehlte ihm an Elastizität, als wäre es das Fleisch von Greisen. Die Mehrheit der Diener wollte die Kryptogamen in die endgültige Finsternis hinter die neuen Mauern verbannen. Aber der Chefkoch, dem es nicht gefiel, vom Majordomus eingeschränkt zu werden, versammelte inoffiziell das Personal, um ihm folgendes zu erklären:

»Die Kryptogamen sind trotz ihres scheußlichen Aussehens für unsere Zwecke sehr nützlich und meiner Meinung nach außerdem auch noch recht schmackhaft. Es stimmt nicht, daß die ungehorsamen Kinder mit Menschenfleisch ernährt werden, wie sie glauben, denn niemand von uns würde es wagen, ein so schreckliches Verbrechen zu begehen. Menschenfleisch zu essen gilt als eine für besondere Fälle vorbehaltene, erlesene Erfahrung für eine sich der Wissenschaft widmende Elite, die, auch wenn sie es probiert, keine Sünde begeht, und zwar aus dem einfachen Grund, weil sie die Elite ist. Was wir den Kindern vorsetzen, ist das Fleisch der Kryptogamen von der festeren Sorte, das dem Menschenfleisch sehr ähnlich ist. Wir haben diese Pilze ausgewählt, weil sie einen gewissen übelkeiterregenden Duft ausströmen, der den Kindern bisher unbekannt war; wir haben sie nun davon überzeugt, daß dies der besondere Geruch von gekochtem Menschenfleisch ist, und davon erbrechen sie. Wir müssen deshalb darauf achten, daß nicht alle Gärten der Kryptogamen zugemauert werden, weil sie uns die Substanz für unsere Bestrafung liefern, ohne die die Ordnung nicht existierte, die zu erhalten unsere wichtigste Aufgabe ist.«

»Wer behauptet, Finsternis sei ein absoluter Zustand? Ich bin anderer Meinung. Schwerlich gibt es eine Finsternis, die totaler ist als diese, und trotzdem sehe ich, rate ich, erfinde ich, erinnere ich den Schimmer der Goldtressen an den Manschetten von Agapitos Livree. Er schläft mit dem Kopf auf meinem Schoß, und ich unterscheide die helle Farbe seines Jabots, das ich zerrissen habe, um die Spitzen als Verbände zu benutzen. Meine Augen haben gelernt, verschiedene Formen von Dunkelheit zu unterscheiden, weil mir gar keine andere Wahl blieb. Vielleicht sind es schon Wochen, die Agapito und ich hier unten leben. Wenn man dieses Warten ohne Hoffnung Leben nennen kann; es ist so sinnlos, weil ich nicht weiß, worauf ich

hoffen sollte, damit es mich aus diesem Warten befreie, noch was ich täte, wenn plötzlich eine solche Hoffnung nicht mehr absurd wäre. Ich will Agapito nicht verlassen, nicht nur, weil er sich mit seiner Verwundung nicht rühren kann, sondern weil ich verwirrt bin über all das, was geschehen ist, und all das, was geschehen wird. Ich bin gerade aufgewacht. Jetzt sehe ich die Höhle nicht, aber ich weiß, daß sie sehr hoch ist, weiträumig wie ein Zirkuszelt, dessen Kuppel von Nischen und Waben durchsetzt ist. In der Mitte ist eine Lagune, in deren Wasser ich einmal das Spiegelbild von hundert bronzefarbenen Körpern mit erhobenen Fackeln gesehen habe. Nein, ich habe das nicht geträumt, aber ich bin auch noch nicht ganz wach. Wie immer, seit wir hier eingeschlossen sind, strecke ich beim Erwachen als erstes die Hand aus, um die Brust meines Freundes zu befühlen, ob die Verbände wieder feucht geworden sind. Ich muß bei ihm bleiben, für ihn sorgen, denn unser Schicksal ist eins, und alles würde die geringe Bedeutung, die ihm noch bleibt, verlieren, wenn wir uns trennten. In seinen Fieberträumen bittet Agapito mich, schreit er mich an, ich solle ihn verlassen, es wäre das vernünftigste, wenigstens mich selbst zu retten. Er wiederholt immer wieder, daß in vielen, vielen Jahren, wenn alles zu Ende und nur noch ein Alptraum der Geschichte ist und unsere Freundschaft nur noch ein Symbol der Niederlage unter vielen, irgendwer vielleicht seine von den Resten seiner Livree gekennzeichneten Knochen entdeckt; er wird dann sein Skelett untersuchen, sein geologisches Alter, seine Rasse, jedoch nicht seine Gefühle, die für ihn charakteristisch waren. Inzwischen werden alle unsere Geschichten, so sagt er, ihren Weg bis zu ihrem nahen oder fernen, in jedem Fall aber unvermeidlichen Ende gefunden haben, unberührt von der Trivialität seines Todes. Ich muß bis zum Ende bei ihm bleiben, vor allem, um ihm zu beweisen, daß kein Tod trivial ist.
Wie lange wird es noch dauern? Sechs Brötchen? Zwölf Brötchen?, wird Amadeo sagen, der so die Zeit mißt. Für mich bleibt die Relation seiner Zeit zur realen Zeit dunkel. Aber hier, ohne Maß, das die Dauer der Ereignisse festhält, müssen uns die Brötchen von Amadeo ausreichen, die nicht so ekelhaft sind wie unsere übrige Nahrung, die Kryptogamen: sie haben mir

Übelkeit und Erbrechen bereitet, nicht weil sie unangenehm schmecken, sondern weil jede Pilzdiät wie die, mit der wir uns ernährten, bevor der gute Amadeo mit seinem Brot und seiner Zeit zu uns kam und wir endlich damit aufhören konnten, jeden verrückt machen würden. Amadeo erzählte mir, daß sie alle Türen des Hauses verriegelt und alle Fensterscheiben schwarz angestrichen haben. Er hat aber ein Mittel gefunden, um nicht aus dem Ablauf der Zeit ausgeschlossen zu bleiben: im Mohrenkabinett hat eine der schwarzen Scheiben an einer Ecke einen Sprung, ein Haar von Licht, das den Tag aufnimmt und wiedergibt und Mittler zwischen Helligkeit und Dunkelheit, zwischen draußen und drinnen, zwischen Wahrheit und Täuschung ist. Sobald das Haar dunkelt, weiß Amadeo, daß es Nacht ist, und er zählt nicht den Ablauf eines Tages, sondern vier Brötchen, das heißt die kleinste Menge, mit der er den Hunger von zwei Personen, nämlich von Agapito und mir, stillen kann. Ich hatte ihm früher eingeschärft, daß er mich, wenn ich verschwinden sollte, durch den verborgenen Tunnel suchen soll, jenseits der Tür hinter der schwarzen Küche in dem Keller mit den dickstämmigen Säulen, in der Mignon Aida gebraten hat. Amadeo kriecht ein Stück in den Tunnel hinein, wirft ein im Eßzimmer gestohlenes Silbermesser, so daß sein Klirren in dem steinernen Stollen widerhallt und sein Echo, von Tunnel zu Tunnel weitergegeben, bis zu unserem stillen Versteck hier auf dem Grund des Kellers gelangt. Ich komme auf seinen Ruf: er reicht mir eine Brottüte – gezählte Brötchen, die, da sie uns dazu dienen, unserem Hunger ein gewisses Regelmaß aufzuzwingen, eine Möglichkeit bieten, eine erfundene Chronologie von Brötchen zu Brötchen aufzustellen, eine Fiktion, oder besser gesagt, eine Übereinkunft, die das Wesentliche jeder Fiktion ist, mit der wir uns verständigen können – er erzählt mir, was oben geschieht und bringt mir Chinin gegen Agapitos Fieber. Begierig frage ich ihn, wieviel Uhr es in diesem Augenblick ist, und er antwortet, zum Beispiel, daß der Sprung, kurz bevor er herunterkam, seine Farbe veränderte wie ein Haar, das sich im Sonnenuntergang vergoldet. So, über Amadeo, stellt das Haar meine Beziehung zu der Geschichte der bewohnten Außenwelt her, auf die ich schließlich ein Recht habe. Das letzte Mal, da ich ihn traf, teilte mir Amadeo mit, daß sie heute – ich schätze, es ist heute, denn er sagte: »nach acht Brötchen« – damit beginnen werden, die Zugänge zum Keller zuzumauern. Der Majordomus behauptet, die Dienerschaft, die im Keller schläft und nach ihrer heldenhaften Anstrengung bei der Restauration gewisse Annehmlichkeiten verdiene, habe ihn sehr respektvoll darum gebeten. Aber das stimmt nicht, erklärte mir Amadeo: es geschieht aus Angst, weil sie das Wiederauftauchen von Cosme erschreckt hat, ja, er ist wieder da, er lahmt, und die eine Hälfte seines Gesichts und ein Auge sind von Vitriol verätzt. Er sitzt über das Schachbrett gebeugt da, ist aber unfähig, den Zügen einer Partie zu folgen. Daß Cosme nicht mehr spielen kann, daß ich im Keller eingeschlossen bin bedeutet, daß die jeder Niederlage innewohnende Strafe nicht so sehr in der Demütigung liegt, das wäre noch zu ertragen, sondern darin, von all dem ausgeschlossen zu werden, was wichtig ist.

Dies aber bleibt mir: ich hebe Agapitos Kopf, lege ihn sanft auf den Boden, zünde ein Streichholz an, das das Salz an den Wänden und in der Kuppel aufblitzen läßt; ich sehe nicht hin – ich habe das alles schon einmal gesehen –, weil ich ihm ins Gesicht schaue. Er schläft ruhig. Er ist nicht wieder ohnmächtig geworden. Ja, ja, auf den Verbänden zeichnet sich wie ein Orden sein roter Stern auf der Brust ab. Wo, an welcher Stelle genau wäre mein Orden, wenn das Messer meines Vaters niedergefallen wäre? Ich gehe eins, zwei, drei, vier Schritte nach rechts, ich komme zum Wasser, das mein Opferblut hätte aufnehmen sollen, vermischt mit dem Widerschein der Fackeln der Eingeborenen, die das verbrecherische Opfer meines Vaters nicht annahmen. Von demselben Ufer, an das sie mich gelegt hatten – ich hörte auf, die Sekunden zu zählen, und konnte meinen Einzug in die Ewigkeit beginnen; ich nehme die Spitzen, die ich gestern als Verbände benutzt habe, auf, sie sind voll von vielleicht heilenden Mineralien, nachdem ich sie im Wasser der Lagune gewaschen habe. Jetzt sind sie trocken und sauber. Ich gehe die vier Schritte wieder zurück zu Agapito, betaste ihn. Ich tue das alles lieber, wenn er schläft. Nicht allein, um ihm Schmerzen zu ersparen, auch, damit er mich in seiner Verzweiflung nicht wieder bedrängt zu fliehen . . . Flieh, Wenceslao, flieh, damit sie dich nicht fangen, rette dich; wenn du dich rettest, retten wir uns alle. Warum belastest du mich mit dieser Verantwortung? Seit ich mich gegen meinen Vater auflehnte und ihn der Hybris bezichtigt habe, weise ich diese Last zurück, denn mit meinem in ihm zerbröckelnden Glauben habe ich keine andere als eine individuelle Antwort, den Instinkt der uralten gemeinsamen Gefühle, meinen Gemeinsinn, der kaum mehr Licht gibt als eine Kerze, aber, nun ja, er ist alles, was ich habe. Agapito schläft. Ich nehme ihm vorsichtig den Verband ab. Er regt sich, ich nehme Schicht für Schicht die Spitzenfetzen von der Wunde, säubere sie, ihre Ränder fühlen sich heute an wie die einer kleinen Münze, und daran erkenne ich, daß sie heilt. Wir müssen nur warten, wenn wir das können. Dann, wenn unsere Eltern zurückkommen – sie werden zurückkommen: das Gold wird in dieser Gegend produziert –, werden wir an die Oberfläche hinaufkriechen, und die Lakaien können nichts gegen uns ausrichten, aber wir können gegen sie ausrichten, was wir wollen. Ich werde wieder allmächtig sein, mich wieder als *poupée diabolique* verkleiden mit Löckchen, Röckchen, gestärkten Unterröcken, und ich werde meine Mutter davon überzeugen, daß ich Agapito als persönlichen Diener brauche, dann ist er in unserer Nähe in Sicherheit; wir werden das Verfaulte zerstören, alles wird anders werden; ich weiß noch nicht wie: das schlimmste ist, daß wir uns so sicher gewesen sind und jetzt wissen, daß etwas zu rekonstruieren bedeutet, alles zu rekonstruieren, nur nicht Gewißheit, denn die ist gefährlich.

Ich lege neue Verbände aus Spitzen, die ich mit einem der Silbermesser, die Amadeo mir zugeworfen hat, vom Jabot abgeschnitten habe, auf die Wunde. Ich setze mich zu Agapito, um das letzte Brötchen meines Stellvertreters aufzuessen: das bedeutet, daß der Augenblick gekommen ist, durch den Tunnel hinaufzugehen und in der Nähe der Tür zu warten. Ich lasse Agapito an seinem Platz liegen, lege die Brottüte neben seine Hand für den Fall, daß er aufwacht und mich nicht an seiner Seite findet. Ich weiß, wohin ich gehen muß. Acht Schritte nach links an der Wand entlang tastend, bis ich den Eingang des

Tunnels finde, in dessen Unregelmäßigkeit die Minerale selbst in dieser Finsternis funkeln: ich gehe vielleicht eine halbe Stunde, vielleicht länger, vielleicht kürzer, das ist unwichtig, ich gehe sehr rasch, denn ich komme zu den von Kryptogamen überwucherten Höhlen, die ich wie ein mutiger Forscher durchquere, mit meinem Silbermesser die Köpfe und Knollen abmähend und amputierend, die gewachsen sind, seit ich hier vor vierzehn Brötchen hindurchgegangen bin, um zu einem anderen Gang zu gelangen und durch ihn eine schwindelerregend steile Wendeltreppe zu erreichen. Ich steige hinauf. Sie endet in einem Vorraum, wo fünf ebenerdige Tunnel aus behauenem Fels zusammenlaufen. Ich taste: ich nehme den mittleren Tunnel. Ich gehe und gehe und gehe, die Arme nach vorn ausgestreckt wie ein Schlafwandler, bis ich an seinem Ende auf die hölzerne Tür stoße, aber ich finde sie nicht, ich komme nicht hin, ich bleibe weit, weit entfernt, weil... ja, weil... etwas Ungewöhnliches geschieht: Hacken graben, jemand singt, eine Stimme lacht. Ich werfe mich auf den Boden und krieche leise heran, um zu sehen und nicht gesehen zu werden. Eine Lampe in der Tiefe, ein Lichtpunkt, der wächst, je näher ich herankomme, ich will sehen, das Risiko kümmert mich nicht, der Schein in dem beleuchteten Gang wächst: eine Laterne, zwei Männer, die den Gang zumauern. Sie lachen, erzählen sich Witze, legen Reihe für Reihe die Steine übereinander. Ich sehe nur noch Licht bis zu ihren Knien. Wie lange arbeiten sie schon? Wie lange wird es dauern, bis sie fertig sind und Agapito und mich begraben haben? Noch eine Reihe Steine: jetzt sehe ich sie nur noch von der Taille aufwärts. Also werde ich nie wieder an die Oberfläche gelangen? Und wenn ich sie überrasche, sie im vollen Lauf angreife, mit dem Silbermesser, und wie eine Windhose hineinlaufe, zum *piano nobile* hinaufrenne und den Majordomus herausfordere? Sie würden mich umbringen. Es wäre leicht, meinen Tod zu erklären, indem man behauptete, mein Vater, der seine Kinder gehaßt und sie eins nach dem anderen umgebracht hat, habe mich als letzten nun auch getötet. Wie leicht ist es, meinen Vater zu verurteilen und zu verdammen! Und wie nahe käme man der Wahrheit, und wie sehr würde man sich doch irren. Ach nein,

Cordelia hat es gesagt: es ist nicht meine Rolle, daß sie mich umbringen. Vielleicht ist es meine Rolle, hier mit Agapito eingemauert zu sterben, denn es ist gleich, ob man in der Tiefe einer uralten Salzmine stirbt oder unter dem Messer meines Vaters, als die Eingeborenen dieses Opfer von ihm forderten, als Beweis dafür, daß er für sie alles tun würde. Wenn er es täte, würden sie ihm bis in den Tod folgen. Mein Vater war einverstanden, ihre Loyalität mit meinem kleinen Leben zu erkaufen, aber ohne mich zu fragen. Ich hätte es wahrscheinlich akzeptiert, aber er hat mich nicht darum gebeten. Obwohl das Messer nicht fiel, war alles zwischen mir und meinem Vater zerstört. Ich halte es jedoch für ein ermutigendes Zeichen, daß die Eingeborenen, geschmückt mit ihren prächtigen Steinen, ihren Federbüschen und ihren Lanzen, in der großen Höhle der Lagune meinen Vater in dem Augenblick, in dem er sein Messer in meinen Hals stoßen wollte, mit wildem Geheul daran hinderten. Nein, schrien sie, das ist Beweis genug, und warfen ihre Fackeln in das Wasser, so daß ich bei dem kurzen Aufzischen und der plötzlichen Finsternis und dem Rauch glaubte, tatsächlich gestorben zu sein. Ein Teil von mir starb auch wirklich. Es ist, als trüge ich die Narbe. Aber ich will diesen Teil von mir wiedergewinnen und neu formulieren, indem ich mein Schicksal mit Agapito riskiere, zu einem neuen und ganz anderen Leben.

Jetzt sehe ich nur noch zwei Köpfe und die umgekehrte Schüssel aus Licht in der kleinen Wölbung. Sie sprechen, pfeifen, arbeiten. Wie ist es möglich, an etwas anderes zu denken als daran, daß Agapito und ich in wenigen Minuten lebendig begraben sein werden? Die anderen Eingänge zum Keller werden auch zugemauert sein. In meiner Verzweiflung und dieser Dunkelheit würde ich sie sowieso nicht finden; wir müssen in diesem Labyrinth sterben. Ich sehe ihre Köpfe nicht mehr, nur noch eine helle Kurve der Kuppel, die mich daran erinnert, daß es die andere Seite gibt.

Aber plötzlich sagt ein Aufblitzen in mir, daß vielleicht doch nicht alles verloren ist, es erinnert mich daran, nicht nur nach vorn zu sehen, ins Innere des Hauses meiner Eltern, denn auch zur anderen Seite hin könnte es Rettung geben. Während das

Licht, das ich vor mir hatte, endgültig ausgelöscht wird und damit die Möglichkeit, dorthin zu gelangen, entzündet sich ein anderes, fernes, kleines Licht am anderen Ende meines Seins, wenn Sie so wollen, in dem Dorf. Meine Hoffnung, plötzlich erregt, erwacht, öffnet ihre Augen in Richtung auf den geträumten oder erinnerten Ort, von wo das andere Licht kam. Ja, mein Vater und meine Schwestern und meine Mutter und ich, wir gingen einmal in diesen Tunnel, durch diese gerade zugemauerte Tür. Und wir folgten dem Gang, den ich kenne, und wir stiegen die unendliche Treppe hinunter und folgten einem anderen Tunnel bis zur Lagune, wo mein Vater mich töten wollte und die versammelten Eingeborenen mich retteten. Warum nicht meine Erinnerung zwingen, jenseits des verbrecherischen Versuchs, der mich blockiert, weiterzugehen? Hier auf dem Bauch liegend kämpft meine Vorstellungskraft sich durch zu einem gewaltigen Satz, mit dem sie über das Verbot hinweg zurückspringt: die Kammer mit den Kleidern und den gefleckten Fellen und den Krügen aus schimmernder Keramik, ja, mein Vater beleuchtete sie, um mit diesen Dingen unsere Augen zu versuchen, und auf der anderen Seite sehe ich zwei nackte Eingeborene, die Fackeln tragen, und den langen Gang, der uns zum Dorf führt ... das Licht, die lebendige Luft – nicht diese ausgehauchte Luft –, die uns die Wangen streichelt, der weite Platz aus weißem Sand unter dem Felsen, die Hütten, der Blick in die Ebene, das Opfer des Schweins, eine menschlichere Zeremonie als die Vorbereitungen zu meiner Opferung. Ob er gerade in dem Augenblick, als er das Tier sterben sah und mich in Gedanken an seine Stelle setzte, die Vision hatte und mein kleines Leben in seinen Plan einbrachte? Ich krieche. Ich komme, die Arme ausgebreitet, vorwärts, den ganzen Gang fast bis zur gerade aufgerichteten Mauer ausfüllend. Ich halte inne, weil mein in dies Bild eingetauchter Geist mich zwingt zu entspannen, als würde ich ohnmächtig, meine Wange auf den Boden gelegt, die Arme und meine geöffneten Hände weit von mir gestreckt. Aber, was ist das? Was berühre ich da? Eine Tüte? Ja, eine Tüte mit der Zeit und mit Brot: deswegen war ich hierhergekommen. Amadeo hat sein Versprechen gehalten. Ich erwache. Ich kann meine Entspannung nicht genießen, weil meine Finger die Papiertüte berühren und sie packen. Vielleicht die letzte Brottüte. Das Brot, das ich vorhin aß, zeigte mir an, daß Amadeo kommen würde, nach meinem letzten Brötchen, dem vierzehnten, um mir diese Tüte zu bringen. Trotz der Gefahr ist er heute gekommen. Mein guter, mein hoffnungsloser Amadeo! In jähem Schreck über die Berührung mit dem Papier springe ich auf, die Tüte in der Hand. Ich weiß nicht mehr, in welche Richtung ich durch den Tunnel gehen muß, um ins Haus zu gelangen, auch nicht in welche Richtung ich zu Agapito gelange. Ich zünde ein Streichholz an: in die Richtung! Aber bevor es verlöscht, sehe ich, daß auf dem Papier eine Botschaft steht: NACH ZWÖLF BRÖTCHEN IM DORF. Keine Unterschrift. Er war es. Ich laufe rufend durch den Tunnel: Agapito! Agapito!«

2

Wie die Erwachsenen und die Eingeborenen wußten auch die Kinder – seit so vielen Generationen, daß es schon beinahe ein Instinkt war –, in welchem Augenblick die gutartige Landschaft von Marulanda begann, ihre Feindseligkeit vorzubereiten, und in welcher Geschwindigkeit sich die Reife der Gräser und die herbstlichen Nordost-Stürme näherten, bis sie jenes seltsame, in der Welt sicher einmalige, meteorologische Phänomen hervorbrachten, die Wirbelstürme von Samenfäden, die alljährlich die ganze Gegend verheerten. Wie wir sahen, fing alles damit an, daß sich das erste Samenfädchen in die Seide von Terencios Krawatte krallte. Und während der wenigen Tage der Muße zwischen dieser ersten Warnung und der Gewißheit, daß es Wahnsinn wäre, nicht sofort mit dem Packen der Koffer für die Rückreise zu beginnen, lehnten die Frauen der Familie, tiefausgeschnitten, um sich in der schwülen Luft zu erleichtern, unter grün gefütterten Sonnenschirmen an der Balustrade, und die Männer ruhten in den Schaukelstühlen auf den Balkonen, die Piquéwesten aufgeknöpft und die Strohhüte tief in die Stirn gezogen, und betrachteten – nicht ohne Stolz, da sie, die

Venturas, nicht nur die Eigner, sondern auch die Urheber eines so schönen Panoramas waren – die herrliche Ebene weiß und lüstern von Horizont zu Horizont aufgerichteter Büschel, die, noch für einige Tage gutartig, sich leicht, so leicht in der Brise wiegten, daß ganz Marulanda in einer Wolke von reinstem Weiß auf eine Region zuzuschwimmen schien, in der diese Glorie nicht nur vorübergehend, sondern immerwährend herrschte.

Die Dienerschaft war jedoch unfähig, die Schönheit zu erfassen oder gar die in ihr eingeschlossene Gefahr abzuschätzen: die Beziehung des Personals zu Marulanda war vorübergehend, da man die Leute Jahr für Jahr, Sommer für Sommer nur für eine Saison einstellte und sie bei der Rückkehr in die Stadt aus Gründen entließ, die zu rechtfertigen die Herrschaft sich nicht verpflichtet fühlte und die in Frage zu stellen die Diener sich nicht das Recht nahmen.

In dem Sommer, in dem dieser Teil meiner Fabel spielt, begannen die Diener sehr bald etwas, ich weiß nicht was, zu spüren, eine Art Atemnot, ein Bedürfnis nach frischer Luft, ein Unwohlsein, das sie nicht nur ungeschickt bei der Arbeit machte, sondern auch unausgeglichen, zur Unlust wie zum Übereifer reizbar, und die gewaltige Größe einer Katastrophe voraussahnen ließ, in der sie alle untergehen würden. Die Hitze war unerträglich. Die amarantfarbenen Samtlivreen, schwer von Schweiß, bedeckten sich mit winzigen weißen, den Lakaien unbekannten Samenfäden. Erstickt wie die Kinder lebten sie sehnsüchtig ohne Luft und ohne Licht im Innern des verschlossenen Hauses. Tag für Tag schwoll in der Ebene, fern oder nah, die versilberte Wolke immer dichter an, die Juan Pérez und seinen Spitzeln folgte, wenn sie auf ihren Erkundungsritten, ohne noch zu wissen, nach wem oder wozu sie suchten, die luftigen Büschel peitschten. Der Skrupel des Majordomus müde, ohne ihn auch nur zu fragen, da er wie kein anderer die Gefahr dieser Jahreszeit verspürte, die über sie hereinzubrechen drohte, gab Juan Pérez dem Obergärtner Befehl, in nicht mehr als zwei Tagen das Lanzengitter, wie auch immer mit den Lanzen, die er fände und mit dem Durchmesser, der sich daraus ergäbe wieder aufzurichten. Es blieb ein äußerst bescheidener

Raum, von einem Eisengürtel umschlossen, der mitten durch den Rosengarten, fast am Fuß der Freitreppe, wenige Schritte vom Haus entfernt verlief, ein Raum, beinahe wie ein Gefängnishof, schrie der Majordomus Juan Pérez wütend ins Gesicht:

»... und ich habe mich nicht dafür aufgeopfert, daß ich mich schließlich in einem Gefängnis wiederfinde!«

»So wird die Verteidigung sehr viel einfacher sein«, versuchte Juan Pérez ihn zu beruhigen.

Weder Juan Pérez noch sonst irgendwer hätte zu diesem Zeitpunkt zu sagen gewußt, gegen wen oder was diese Verteidigung gerichtet wäre, denn selbst der Majordomus begriff jetzt, daß sie gegen nichts und gegen alles gerichtet war. Es war absurd, vorgeben zu wollen, es handele sich um die Verteidigung gegen die Menschenfresser: verfolgt, gemordet, ihre Stämme aufgelöst und vertrieben oder im Gefängnis, stellten die wenigen noch lebenden keine Gefahr dar, allerdings einen Vorwand, um weiter Terror zu säen. Und ein Kind, ein einziges Kind, Wenceslao – sie hielten ihn immer noch für den Erben der verderblichen Lehren seines Vaters; sie wußten nicht, daß Niederlage und Enttäuschung zwingen, alles auf eine andere Weise neu zu planen, und darum ein neuer Angriff, nennen wir es so, nicht nur von der anderen Seite käme, sondern auch auf eine Weise, die vielleicht auf den ersten Blick nicht wie ein Angriff aussah –, ein einzelnes Kind konnte nicht alle Gemüter einer in Ungewißheit lebenden Bevölkerung in Atem halten. Wenn man es recht bedachte, war Wenceslao ohne seine Verbündeten, die Menschenfresser, völlig hilflos. Und die Herrschaft, fragten sich die Hauptleute? Ja. Die Herrschaft. Früher oder später würden sie zurückkehren: hier in Marulanda – und darin stimmten die Hauptleute mit den Überlegungen Wenceslaos überein – produzierte man das Gold. *Sie* waren die echte Gefahr. Sie würden eskortiert von einem neuen Kontingent von Dienern zurückkehren, das mit frischer Hoffnung und Begeisterung daherkam, neue Waffen wie Spielzeug tragend, die mit Munition wie mit Bonbons gefüllt waren – sie selbst hatten kaum noch Munition –, und deshalb würde es sinnlos sein, sich ihnen entgegenzustellen. Es wäre eleganter, um nicht zu sagen unvermeidlich, sich ihnen anzuschließen und zu ernten, was sich ernten ließ . . . eine entmutigende Form einer Beinahe-Niederlage innerhalb des Triumphes, den sie immer noch nicht voll auskosten konnten. Ja, ernten, wenn die Herrschaft damit einverstanden war, einen dichten Schleier über . . . so sehr viele Dinge zu ziehen. Aber natürlich, in diesem Sinne, das wußte die Dienerschaft, die mit ihrer Herrschaft den gleichen Moralkodex teilte, wenn auch auf andere Weise formuliert, liefen sie keine Gefahr: Die Schuld an den schlimmsten Ereignissen würde dem verstorbenen Adriano Gomara angelastet werden und dem Chaos zugerechnet, das sein Wahnsinn während jenes unglücklichen Tages heraufbeschwor, an dem, seines Alters und seiner Erfahrung wegen, er nicht nur die Kinder, sondern alle Angelegenheiten Marulandas hätte leiten sollen.

Die Kinder dagegen errieten sofort, gegen welche sich kaum in der Atmosphäre andeutende Bedrohung sich die unnütze Verteidigung der Dienerschaft vorbereitete. Obwohl natürlich ein Eisengitter kein großer Schutz in diesem Sinne sein konnte: genau ein Jahr vorher mußten auch sie sich dem Sturm der Samenfäden stellen. Aber damals hatten sie die Eingeborenen auf ihrer Seite, die die Gegend kannten. Mit den uralten Fähigkeiten, die aus der Notwendigkeit zu überleben geboren waren, zeigten sie ihnen nicht nur wie sie dem Erstickungstod entgingen, sondern warnten sie im voraus, damit sie sich nicht fürchteten, da sie zu Anfang kaum etwas bemerken würden. Später, so erklärten sie, wäre es, als würden sie langsam blind, alles sei verschwommen, die Umrisse aller Dinge wie verzeichnet, bis ein Schleier sich zwischen sie und die Welt hängte, und dann würde der bösartige Nordostwind strafend über die Ebene herfallen und die luftigen, reifen Ähren aufnehmen, ihnen auch den letzten Samenfaden entreißen und sie Woche um Woche peitschen, in denen die Luft eine dichte Textur annahm, wie von unatembarem, gefrorenem Sand. Aber man *könnte atmen*, das hatten die Eingeborenen ihnen erklärt. Die Augen konnten unverletzt, das Gesicht unverwundet bleiben . . . man mußte nur das Leben auf ein Minimum reduzieren, immer so dicht wie möglich am Boden bleiben, am besten flach auf dem Bauch, weil dort die Dichte der Samenfäden am geringsten sei ... kaum atmen, in kleinen, weder tiefen noch häufigen Zügen, ganz still liegen, sich nicht bewegen, fast dahinvegetieren, bis sich endlich die Winde beruhigten, sich der Himmel, bis dahin schwarz vom Sturm, öffnete und die erlösenden Fröste des Winters niederfielen und die Erde wieder verbrannten, damit der Zyklus von neuem beginnen könne.

Adriano Gomara hatte den eingeborenen Häuptlingen erlaubt, mit ihren Familien und ihrem Gefolge den Herbst im Landhaus zu verbringen. Aber warum sollten nur die Häuptlinge das Recht dazu haben und er das Recht, sie dazu einzuladen? forderte Valerio ihn heraus. Warum nicht von Anfang an, so wie man es geplant hatte, die Tore des Hauses dem öffnen, der hinein möchte? Um seine Unterstützung zu gewinnen, akzeptierte Adriano, daß Hunderte von Familien in die Gemächer und Speisekammern eindrangen, die in gleicher Weise von Samenfäden durchdrungen waren, da die Eingeborenen die Funktionen des Glases und der Fenster nicht begriffen und glaubten, es genüge, eine Tür zu schließen, um sich zu schützen. Wenceslao beobachtete, erklärte, bat vergeblich, und schließlich entschied er sich, in einer der Hütten im Dorf zu leben, die besser dazu eingerichtet waren, sich gegen die Samenfäden zu schützen als jenes Gemäuer mit den vielen Fensteröffnungen. Das rief er seinem Vater zu, der, gefolgt von dem treuen Mauro mit seiner Lanzeneskorte, ihn nicht einmal hörte, so eilig stieg er zu der Orchester-Tribüne im Tanzsaal hinauf, um einer Versammlung der zusammengerufenen Häuptlinge vorzusitzen und die dringendsten Überlebensprobleme unter so ungünstigen Bedingungen zu lösen. Aber es gab ziemlich wenig zu sagen. Oder jedenfalls zu hören, weil die Wolken von Samenfäden, die durch die zerbrochenen Scheiben hereindrangen und durch den Salon pfiffen, Adriano und seine Eskorte beinahe erstickten, ihre Stimmen dämpften und verzerrten, während die Häuptlinge der Eingeborenen aufrecht dasaßen, in ihre bunten Decken gehüllt, die Augen geschlossen, und beim Sprechen die Lippen kaum öffneten. Und die Renaissance-Figuren des Trompe-l'œil beeilten sich, ihre luxuriösen Kleider mit Burnussen zu bedecken und ihre hübschen Gesichter lachend mit Masken, Kapuzen und Hauben zu schützen, als handele es sich nur um einen Konfettiregen.

Jetzt begann also der Kreislauf aufs neue. Die Luft blieb zum Glück noch ruhig, war aber drückend vor Hitze: besser jedoch, als wenn die Brise die Samenbüschel schütteln würde, denn bei der geringsten Bewegung würden sie sich lösen. Da sie dies wußten, zogen Wenceslao, Agapito, Arabela und der kleine Amadeo sehr langsam zwischen den Pflanzen hindurch, bogen vorsichtig die Halme und die verletzenden Säbelkaskaden ihrer Blätter auseinander, nicht nur um sich daran keinen Schaden zuzufügen, denn sie waren verletzt genug, sondern damit ihr Marsch nicht den Zerfall dieses Wunderwerkes verursachte, das gegen das Blau des Himmels dort oben die Einheit eines Büschels vielleicht noch ein paar Tage zusammenhielt, die man unbedingt für die Flucht nutzen mußte.

Der Anblick unserer vier Flüchtlinge, als sie ihren Weg durch die Ebene antraten, könnte kaum mitleiderregender gewesen sein: blaß, schwach vom Leiden und langen Eingeschlossensein zogen sie in Etappen, so gut sie konnten, voran, als öffneten sie sich den Weg durch die unüberwindlichen Schwierigkeiten eines Alptraums, der, sich immer und immer wiederholend, unendlich zu sein schien. Wie schwer war es, den großen und stämmigen Agapito auf den Beinen zu halten! Noch immer fiebrig, vor Schmerzen über seine Wunde gekrümmt, konnte er sich kaum aufrecht halten; die weißen Strümpfe hingen ihm in Ringen um die Waden, das Jabot war zerfetzt, das Hemd blutverschmiert, so ging er taumelnd, auf Wenceslao gestützt, der ihnen den Weg bahnte und sie auf eine hypothetische Rettung mit vollkommen unbekanntem Ziel hinführte, wenn die Raubtiere der Ebene sie nicht vorher auffraßen. Arabela hielt Wenceslaos Gürtel gefaßt, ging hinter ihm und hatte ihre Augen weit aufgerissen, als wollte sie so, ohne ihre Brille sehen. Nachdem sie ihr die Reste des von ihren eigenen Wundausflüssen verklebten Kleides vom Körper gezerrt hatten, trug sie nun nur noch Agapitos Livree, ein Gewand, das unter den gegenwärtigen Umständen eher hinderlich war, da die goldbestickten Schwalbenschwänze ihr Fortkommen.erschwerten, wenn sie sie auch gleichzeitig gegen die Pflanzen schützten. Amadeo half ihr, als wäre er der Große und Starke und sie die Kleine, die er beschützen mußte, denn er hatte sie aus der Hütte befreit, ja, er Arabela, dieses Häufchen Elend, das nach der Folterung von ihr übriggeblieben war. Er, Amadeo, hatte in Wahrheit alle gerettet: er war nicht mehr »der große Schatz«, auch nicht der »zum Fressen Süße«, sondern der Held des Tages. In seinem Wunsch, diese Starrolle zu verlängern, fragte er sie ein über das andere Mal – Arabela und Agapito hatten nicht die Kraft, ihm zu antworten, und Wenceslao war zu sehr mit anderen Dingen beschäftigt – und bettelte, sie sollten wiederholen, wie sehr lieb sie ihn hätten, weil er alles so gut gemacht hatte, so sehr, sehr gut, und mit dieser kläglichen Wiederholung verband er die kaum heroische Statur, mit der er geboren worden war.

Aber man konnte tatsächlich nicht ableugnen, daß Amadeo sich mit höchster Geschicklichkeit aufgeführt hatte, ja, um die Wahrheit zu sagen, mit Scharfsinn, mit Kühnheit. Seine erste List war es gewesen, sich vom Augenblick des Überfalls an mit den Bewohnern des *piano nobile* identifizieren zu lassen, so sehr, daß die Vettern, die nicht in dieser erhöhten Region lebten, einen blinden Haß auf Amadeo empfanden, und sich auf ihn als auf den *malvagio traditore* bezogen – nicht auf den Majordomus des Jahres, wie es die Gewohnheit des Hauses zu anderer Zeit gewesen war. Er verbarg nur mühsam seine Angst, wenn Melania und Aglaée, deren Gehirne um ein paar risikolose Sätze gefroren schienen, ihn abküßten und wiederholten, er sei »zum Fressen süß«, um auf diese Weise alle Welt zu befriedigen, damit niemand ihn überwache oder verdächtige, obwohl man wußte, daß er der ehemalige Stellvertreter von Wenceslao gewesen war. Er wollte sich frei im Haus bewegen können, um seinen Vetter suchen zu können, den er bestimmt in dem Tunnel hinter der Küche finden würde und nicht die Ebene verwüstend, wie Juan Pérez es tat. Dieser glaubte, die Kellerangelegenheit abgeschlossen zu haben, ohne den Verdacht zu schöpfen, daß die Lakaien sich aus Angst vor der Ausdehnung dieses Labyrinths weigerten, weiterzusuchen, und ihn belogen hatten.

Amadeo kalkulierte seine Brötchen mit äußerster Genauigkeit

und auch die, die er Wenceslao brachte. Dann verabredete er einen Besuch im Dorf mit dem Argument, Arabela, die Rebellische, die Gefährliche, würde ihm alles gestehen, um dort zu sein, wenn Wenceslao und Agapito aus der Erde hervorkämen. Obwohl die Kinder niemals das Haus verlassen durften, holten die Männer des Majordomus ihn an dem festgesetzten Nachmittag ab, um ihn in die Hütte zu bringen: sie schaukelten ihn auf ihren Knien in der Kalesche, die sie ins Dorf brachte, und amüsierten sich über seine Sprechweise eines geistig Zurückgebliebenen. Und Amadeo ließ sie ruhig über sich lachen, denn daran erkannte er, daß sie zu ungehobelt waren, um eine andere als ihre eigene Sprache zu verstehen, nicht einmal sein Kauderwelsch.

Wie seltsam – meinten sie – war der Majordomus in der letzten Zeit geworden, so viele völlig sinnlose Verhöre anzuordnen, als wolle er Juan Pérez dieses Vorrecht nehmen! Bei der mangelnden Verständigkeit dieses körperlich und geistig kaum entwickelten Kindes und dem schlechten Zustand, in dem sich Arabela nach ihrem Verhör befand, könnte man kein großes Ergebnis von diesem Besuch erwarten. Als sie in die Hütte kamen, kümmerten sich die Männer nicht mehr um die Kinder, als sie sie in ihrer Idiotensprache plappern hörten: nun ja, was sollte man von Amadeo auch erwarten, und war es nicht möglich, daß Arabela nach der Tortur eine Regression in die Kindheit erlitten hatte, in der ihr diese unzusammenhängenden Laute als einziges Verständigungsmittel geblieben waren?

»Ichpich kompommepe, dichpich zupu hopolenpen ...« sagte Amadeo. Sie antwortete:

»Ichpich weipeiß nichpicht opob ichpich michpich bepewepegenpen kanpann.«

»Gepeht espes dirpir sepehr schlechpecht?«

»Japa ... sepehr ...«

»Wipir müpüßenpen diepiesepe Mispisgepeburpurtenpen langpangweipeilenpen, dapamipit siepie siphpich langpangweipeilenpen unpund abpabhaupauenpen ...«

»Japa ...«

Amadeo ließ eine Sekunde verstreichen, bevor er wagte, den Namen seines Vetters auszusprechen:

»Wenpencespeslaopao erperwarpartetpet unspuns...«

Arabela seufzte tief. Sie wälzte sich auf dem stinkenden Strohsack in der Hütte mit Wänden aus trockenen Gräsern. Amadeo rührte sich nicht vom Fleck, mit gekreuzten Beinen am Fuß des Lagers auf der Erde hockend, obwohl er seiner Cousine gern ein wenig von dem Brot, das noch in der Tüte war, gegeben und sie gestreichelt hätte, um mit ihr sein eigenes Restchen Vitalität zu teilen. Die Männer des Majordomus fragten gespannt, ungeduldig, als wollten sie sich wieder über ihn lustig machen, ob er irgend etwas Wichtiges herausbekommen habe: Amadeo antwortete ihnen jetzt hochmütig, daß er, wie sie wohl wüßten, für diese geheime Mission allein dem Majordomus verantwortlich sei, dessen volles Vertrauen er besäße, und nicht ihnen, die schließlich nur Lakaien niederen Ranges seien, so daß sie Sorge tragen sollten, sich nicht zu langweilen, da die Angelegenheit, die in seinen Händen läge, lange währen würde. Die Männer des Majordomus gingen, um Freunde zu besuchen oder um zu trinken, wie es Männer bekanntlich tun, und sie vergaßen Amadeo, wie die Menschen ihn so oft vergaßen oder ihn nicht zu bemerken schienen. Ich sage dies, das Vorrecht des Autors benutzend, der bestimmte Episoden als erzählt vorgeben möchte, um in seinem Bericht fortfahren zu können, weil ich möchte, daß meine Leser mir eine Folge kleiner Ereignisse glauben, ohne daß ich sie in weiterer Einzelheiten schildern müßte: daß Amadeo die Graswand der Hütte mit einem Silbermesser, das er in seinem Gürtel versteckt hatte, aufschlitzte, daß er durch das Loch hinauskroch und dann seiner Cousine hinaushalf, daß er sie versteckt zwischen den ersten Grasbüscheln der Ebene am Rand des Dorfes entlangführte, bis sie endlich zu dem schwarzen Felsen am Fluß und an den Strandplatz kamen. Dort fanden sie Agapito und Wenceslao, die im Schatten des Felsen verborgen auf sie warteten. Sie sprachen nicht. Sie hatten nichts zu sagen. Nur fortgehen... so schnell wie möglich fortgehen. In irgendeine Richtung. Langsam, weil sie gar nicht anders konnten: vielleicht hatten sie das ziemlich unwahrscheinliche Glück, bis zu den blauen Bergen zu kommen, die den Horizont säumten, bevor die ersten Winde kamen und sie in Schals von Samenfäden erstickten. Aber mit viel größerer Wahrscheinlichkeit würden sie hier sterben, ein paar Schritte vom Dorf entfernt, vor Hunger, vor Durst, nicht in der Lage, sich Nahrung zu beschaffen, oder einfach als Opfer zufälliger Schüsse eines Lakaien, der verängstigter war als die Kinder selbst. Aber der Plan hieß jetzt Überleben, nichts weiter. Wenn es möglich war, die Wunden heilen, die Schmerzen von Agapito und Arabela lindern, Wasser und Nahrung finden, sich mit anderen zusammentun, die wie sie ohne bestimmte Richtung auswanderten, in der Hoffnung, Zuflucht zu finden, bevor der Nordwind zu blasen begann; vielleicht einen flüchtigen Eingeborenen begleiten, der seit dem Überfall aus Angst in den Büschen verkrochen lebte, oder Menschen wie sie, die nicht mehr wußten, was sie mit ihrem Leben anfangen sollten, hilflos den Katastrophen und Enttäuschungen ausgesetzt, die so sehr viel größer waren, als sie sich jemals vorgestellt hatten; Menschen finden, die es wagten, zuzugeben, daß sie verwirrt und hoffnungslos waren, nichts wußten, nur Versuche von Antworten anzubieten hatten, keine Theorien formulierten, da nichts unter diesen Umständen, in denen jede Handlung, jeder Kodex sich selbst auslöschten, formulierbar war, weil sie in keinerlei Kontext gehörten, Menschen die sich durch die Flucht von allem ausschlossen.

Meine Leser mögen aber ganz ruhig bleiben, denn Wenceslao, der in gewisser Weise mein Held ist, kann nicht sterben, bevor mein Bericht zu Ende ist, wenn er überhaupt stirbt. Vielleicht haben die Leser, die bis hierher gekommen sind, an mehr als einer Stelle dieser Fabel, die schon zu lang geworden ist, um noch so benannt zu werden, gedacht, daß es Passagen gibt, in denen Wenceslao sich verzeichnet, daß er die Züge seiner Persönlichkeit verliert und kurz davor ist zu verlöschen. Aber das ist nicht wichtig. Dies ist im wesentlichen nicht Wenceslaos Geschichte, auch nicht die eines dieser unglaubwürdigen Kinder, die unglaubwürdige Dinge tun und sagen. Ich will auch keine Analyse oder Untersuchung der Beziehungen, die sie miteinander unterhalten, anbieten, nicht einmal in dem Augenblick, an dem wir in meiner Fabel angelangt sind, an dem wir uns die vier vorstellen müssen, wie sie einer dem anderen, so gut sie können, helfen, die Flucht durch die so oft beschriebene Weite der Landschaft von Marulanda aufzunehmen. Wenceslao ist wie die übrigen Kinder eine emblematische Figur. Einer, vielleicht der bemerkenswerteste, aus einer Gruppe von Jungen und Mädchen, die wie auf einem Bild von Poussin im Vordergrund spielen, mit keinem Modell vergleichbar, weil es keine Porträts sind, denn ihre Gesichter sind nicht von den Stigmata der Individualität und der Leidenschaften gezeichnet, es sei denn äußerst formaler Leidenschaften. Sie und ihre Spiele sind wenig mehr als ein Vorwand, damit das Bild einen Namen erhält, denn was es ausdrückt, ruht nicht so sehr in ihren klassischen Spielen, die nur als Brennpunkt dienen; den Vorrang innerhalb des Entwurfs des Künstlers besitzt die Beziehung zwischen diesen Figuren und der Landschaft aus Felsen und Tälern und Bäumen, die sich bis an den Horizont ausdehnt, von wo sie sich im goldenen Schnitt vom wunderschönen, bewegenden, unberührbaren Himmel löst, der jenen angenommenen irrealen Raum schafft, der die Hauptrolle in diesem Bild spielt, wie die reine Erzählung die Hauptrolle in einem Roman spielt, die Figuren, Zeit, Raum, Psychologie und Soziologie in einer einzigen sprachlichen Flut zermalmen kann.

Ich möchte die Unfähigkeit, sich selbst zu helfen, als eins der bemerkenswertesten Merkmale der Venturakinder hervorheben. Erzogen, mit der Macht umzugehen, blieben sie den Kleinigkeiten des täglichen Lebens gegenüber unwissend und hilflos, da ihre Eltern es als Zeichen angemessener Erziehung ansahen, daß sie der Welt der Dinge gegenüber, die zerbrachen und die man wieder zusammensetzen mußte, die in Unordnung gerieten und schmutzig wurden und die wieder geordnet und gereinigt werden mußten, hilflos waren; und die Vorstellung, daß ihre Speisen eine bescheidene Biographie besaßen, bevor sie auf Silbertellern angerichtet erschienen, und daß der Flaum des Samtes, die Appretur des Taftes, der Fall eines Rockes irgendeinem Zusammenspiel von Intelligenz und Händen gehorcht haben mochten, bevor sie in ihren konsumierbaren Formen zu ihnen gelangten, paßte nicht in ihre Köpfe, denn genau dazu, nämlich, um sich um das alles zu kümmern –

damit sie sich nicht um die schmutzigen Probleme der Welt zwischen den Kulissen kümmern mußten, die nichts mit der edlen Funktion zu leben zu tun hatten –, stellte man die Diener ein. Infolgedessen waren die Kinder unfähig, etwas zu organisieren, zu planen, vorauszusehen, sich auf etwas vorzubereiten.

So wird es meine Leser nicht verwundern, daß keiner unserer kleinen Freunde, die mühsam durch die Ebene voranschritten, auf die Idee gekommen war, sich mit einer Lanze zu versehen; sie wäre allerdings auch nutzlos, das gebe ich zu, müßte man sich Feuerwaffen entgegenstellen, wäre aber unentbehrlich für die Jagd: sie bemerkten diesen Mangel erst, als sie einen Hirsch um eine der Salzpfannen herumwandern sahen, welche in Abständen kahle Stellen im Gelände freiließen, ein Anblick, bei dem sie begriffen, daß ihre beinahe lähmende Müdigkeit genau so groß war wie ihr Hunger. Aber selbst Wenceslao, der vorsorglichste von allen, hatte die Silbermesser, die unter den gegenwärtigen Umständen so nützlich gewesen wären, auf dem Grund der Mine liegenlassen.

»Ich habe das hier mitgebracht, ich brauchte es, um die Bresche in die Wand der Hütte zu schneiden«, erklärte Amadeo. »Dieses kleine Messer gehört mir, und es wird uns alle retten.« Es war nicht der richtige Augenblick, ihnen Skepsis anzuraten: Arabela wurde ohnmächtig, und sie mußten unter einem größeren Strauch ausruhen. Sie hatten sich genügend weit vom Dorf entfernt, so daß sie keine Stimmen mehr hörten, allerdings gelegentlich ein Krähen oder Wiehern. Sie legten das Mädchen in den Schatten. Die Livree fiel auseinander wie eine Scheide und zeigte ihren mit Blutergüssen bedeckten und von winzigen, spitzigen, von ihrem Blut angelockten Insekten punktierten Körper. Arabelas Stimme, vage wie ein grausam ihrer Person entrissener Fetzen, murmelte, sie wolle etwas essen. Agapito fragte, was sie als Proviant für die Flucht mitgebracht hätten.

»Brot«, antwortete Amadeo.

»Zeig her«, sagte Agapito. »Du hast nur noch dieses Stück.« Und erschöpft vor Mutlosigkeit legte sich Agapito, während Arabela den letzten Brocken kaute, neben sie und dachte nach:

»Wenn wir nichts zu essen haben, können wir uns nicht von den Hütten entfernen...«

Aber sie sahen sich dazu gezwungen: in diesem Augenblick schien man im Dorf das Verschwinden von Amadeo und Arabela entdeckt zu haben, denn plötzlich breitete sich die Geschäftigkeit von Männern aus, die sich auf den Kriegspfad begeben. Lärmende Abteilungen begannen zu Pferde die ganze Umgebung des Dorfes niederzumähen, den Verlauf des Flusses Meter für Meter nach den Flüchtigen abzusuchen, denn zweifellos würden sie dorthin, flußaufwärts zu fliehen versuchen. Das Schnauben der Rosse, die Gefahr ihrer zügellosen Hufe, von Männern gelenkt, die die Kinder verzweifelt suchten, weil sie wußten, daß der Majordomus, sobald er von der Flucht erfuhr, sich rächen werde, kamen sehr nahe an den vieren vorbei. Auf den listigen Schutz des Zufalls vertrauend, zogen sie fast kriechend zwischen den Gräsern hindurch, ohne sich zu verstecken oder ihren Verfolgern auszuweichen, unfähig, irgendeine Initiative zu ergreifen außer der, die Richtung ihres Marsches zu ändern und weg vom verräterischen Fluß in die Ebene hinein zu gehen, die blauen Berge, die einen Teil des Horizontes säumten, als einzigen Fixpunkt. Zwischen den Blättern hindurchkriechend, die ihnen das Gesicht, die Hände, den Körper zerschnitten und das, was noch von ihren Kleidern übriggeblieben war, zerrissen, sahen sie über ihren Köpfen die Büschel sich wiegen, die sie daran erinnerten, welches Schicksal sie erwartete, wenn sie sich nicht beeilten. Sie ruhten einen Augenblick, nahmen schweigend den Weg wieder auf und glaubten manchmal, nicht weiterzukommen – so gleichförmig war alles, was sie sahen –, bis sie am Rand einer jener steinigen Ödstellen anhielten, von wo sie den Horizont sehen und so die Richtung ihrer Flucht zu den Bergen ausrichten konnten. Die vier waren so winzig im Vergleich zur Wut ihrer Verfolger, daß sie nach einer Weile merkten, wie sich zwischen ihrer eigenen Winzigkeit und der Weite der Landschaft eine Art Schutzbündnis bildete. Weder sahen noch hörten noch fürchteten sie nun ihre Verfolger und quälten sich auch nicht länger damit, über die Unmöglichkeit und Sinnlosigkeit ihres Unternehmens nachzudenken. Sie hatten nur noch zermürbenden

Hunger und Durst und die Gewißheit umzukommen. Sie versuchten, einen Halm zu kauen, der ihnen im Vorbeikriechen nicht vollkommen trocken zu sein schien, aßen Blätter, die sie zu Husten reizten und zu Erbrechen, zum Weinen und zu noch größerer Erschöpfung. Sie verfluchten diesen absoluten Sieg der Gräser über alle Vegetation. Die Ebene begann sich im Abendwerden in einer malvenfarbenen Wässerigkeit zu verfärben, der jedoch jeder Frieden fehlte. Sie hallte wider von wütenden Stimmen, war aufgewühlt vom Galopp der Pferde, als ob ihre Feinde den Kreis um sie enger schlössen. Sie hofften an den Rand einer Salzpfanne zu gelangen, um dort haltzumachen. Den freien Raum vor sich, nicht von der ständigen, quälenden Wiederholung der Grasbüschel eingeengt, hätten sie wenigstens eine geringe Aussicht, ihre Verfolger auszumachen, sobald sie ihnen zu nahe kämen. Die frische Luft der Abenddämmerung nach der Totenstille der unterirdischen Gewölbe bewirkte, daß Agapito sich wie ein Segel entfaltete, unruhig wurde, trotz seiner Verwundung etwas unternehmen wollte. Er richtete sich auf und suchte mit den Augen die Lichtung ab.

»Da ist eine Falle«, flüsterte er.

Wenceslao sah zu der von Agapito bezeichneten Stelle.

»Zerstört«, fuhr der Lakai fort. »Es kann ein Tier hineingefallen sein. Gib mir das Messer, Amadeo.«

»Es ist mein Messer«, protestierte Amadeo und versteckte es hinter seinem Rücken. »Wir leben nicht mehr in den Zeiten von Onkel Adriano, als jeder das Recht hatte, ohne jede Rücksicht jedem alles wegzunehmen. Ich bin nicht wie Melania und Juvenal, die glauben, daß der Majordomus die Ordnung wiederherstellen wird; aber du mußt um das Messer bitten, Agapito, und ich werde entscheiden, ob ich es dir leihe oder nicht.«

»Amadeo«, sagte Agapito ohne für den Augenblick dessen Eigentumverständnis diskutieren zu wollen. »Kannst du mir den Gefallen tun und mir dein Messer leihen, das ich zum Wohle aller brauche?«

»Versuche nicht, dich zu rechtfertigen, indem du sagst, es sei zum Wohle aller, das wissen wir. Ich leihe es dir gern. Aber du mußt es mir wiedergeben, denn es ist meins; ich war der einzige, der daran gedacht hat, ein Messer mitzunehmen.«

»Ja, ich werde es dir wiedergeben. Und auch sauber.«

»So muß es sein.«

Geduckt, das Silbermesser wie einen Dolch in der Faust, sprang Agapito aus den Gräsern in die Lichtung. Sein Ohr in den günstigen Wind richtend, vernahm er die Stimmen von Menschen ganz in der Nähe: plötzlich wünschte er, kein Tier in der Falle zu finden – der Hunger wich der Angst vor Gefahr –, denn sie mußten sich dort verstecken. Die Falle war leer. Vom Rand des Loches aus winkte er die anderen heran: sie begriffen sofort, was er meinte, denn auch sie hatten die Stimmen gehört und trugen Arabela heran und sprangen wortlos in das Loch. Von unten verdeckte Agapito die Falle, so gut er konnte, und hoffte, man würde in dem ungewissen Licht des Abends nichts bemerken.

Die Szene, die nun folgt, erlebten diejenigen, die sich in dem Loch verborgen hielten, nicht mit. Aber sie ist kurz, und in einem Absatz kann der Autor seinen Lesern das Schauspiel beschreiben. Unter den Wolkenfetzen, die zu dieser Tageszeit aussahen wie Glyzinien, die vom Dach einer Laube herunterhängen, wirkte die kahle Lichtung in der Ebene wie eine zur Vorstellung vorbereitete Bühne. Drei Lakaien in blanken Livreen und blütenweißen Jabots traten auf, zwei wollten offensichtlich den Jüngsten unter ihnen in eine Art Zeremonie einführen und hielten jeder ein Bündel Grasbüschel in der Hand. Ernst, langsam, wie Figuren, die ihre Positionen für einen Pas de trois einnehmen, kamen sie heran und führten den jungen Lakaien, der lächelnd und zutraulich nichts in seinen Händen hielt. Sehr nah bei dem Loch ließen die beiden, die die Grasbüschel trugen, den anderen stehen, der ihnen nun erschrocken zusah, wie sie sich einander gegenüber stellten, die Waffen präsentierten, ihre Phantasieflorette senkten und mit Schritten nach vorn und zur Seite, mit zögernden und heftigen Bewegungen ein immer blutrünstiger werdendes Duell begannen, dem der Zuschauer anfangs applaudierte. Als er aber sah, wie die Büschel immer dichtere Wolken von Samenfäden abstießen, je heftiger die Wut des eingebildeten Kampfes tobte, floh er zutiefst erschrocken vor der unerwarteten pflanzlichen Staubwolke. Die beiden anderen brachen mit einem letzten Ausfall in Gelächter aus, warfen die Überbleibsel ihrer Waffen fort, und ohne sich vom leichten Regen der Samenfäden, der über sie niederfiel, einschüchtern zu lassen, setzten sie sich auf den Boden, um zu schwatzen, ganz nah bei der Falle, wo sich unsere Freunde verbargen, die, obwohl sie sie nicht sehen konnten, doch ihre Worte hörten.

»Er hat uns nicht geglaubt!«

»Es ist das erste Mal, daß er in die Ebene hinauskommt, er bedient im *piano nobile*, und nur wenige dort leben nicht wie auf dem Mond.«

»Den Schrecken, den wir ihm mit unserer einfachen Demonstration eingejagt haben, den hat er verdient.«

Einer der Lakaien zog aus dem Innern des Schwalbenschwanzes seiner Livree eine Weinflasche, die sie bei ihrer Unterhaltung leerten. Trotz des luxuriösen Eindrucks ihrer Kleidung hätte ein Beobachter, der nahe genug an sie herangekommen wäre, in dem schwindenden Licht ihre schmutzigen Fingernägel, ihre Wochen alten Bärte erkennen können, die anzeigten, daß trotz der Forderung nach einer tadellosen Tenue, im Haus etwas fehllief, denn Kleinigkeiten, die »in den guten alten Zeiten«, wie Melania und Juvenal zu sagen pflegten, unmöglich gewesen wären, schienen sie heute mit der rauhen Luft der Zersetzung einzuhüllen. Der Lakai, der am meisten lachte und trank, schwieg plötzlich.

»Was ist los«, fragte ihn der andere.

»Ich halte diese Spannung nicht länger aus! Manche sagen, es dauert noch zwei oder drei Tage, und dann können wir nicht mehr atmen; andere meinen, es dauert noch zwei oder drei Wochen... in beiden Fällen ist es schrecklich, denn es gibt keine Hoffnung, daß wir irgendwo Schutz finden, da der Majordomus die Eingänge zu den Kellern hat verschließen lassen, verflucht noch eins, in die hätten wir fliehen können.«

»Wer sagt, zwei oder drei Tage?« fragte der andere.

»Die Kinder.«

»Nicht die vom *piano nobile*, wo ich arbeite, die sind sehr beunruhigt, weil die *Marquise* in ihrem Alter noch ein Kind erwartet und, wie sie sagen, von einem Stallknecht...«

»Einem Stallknecht! Ein Skandal! Nun ja, nein, die nicht, das sind die Kinder, die keine Probleme machen, weil sie sich um die Dinge kümmern, um die sie sich immer gekümmert haben. Es sind die anderen, die so reden, die perversen Anhänger der Menschenfresser, die uns das Leben unerträglich machen. Sobald wir in ihre Nähe kommen, um unsere Pflicht zu erfüllen und ihre Gespräche zu überwachen, fangen sie an, über die Stürme der Samenfäden im vergangenen Herbst zu sprechen, wie sie fast erstickten, wie sie anfangs litten und alle gestorben wären, wenn Don Adriano Gomara nicht erlaubt hätte, sich mit den Eingeborenen in die Keller zu flüchten. Sie sagen, die Keller sind unheimlich groß, wir Diener würden alle hineinpassen. Und alle Kinder. Und ganze Stämme von Eingeborenen. Sie sagen, daß es Stämme gibt, die das ganze Jahr dort unten in der Dunkelheit gelebt haben, ohne jemals an die Oberfläche heraufgekommen zu sein. Sie sind kaum noch von den Felsen zu unterscheiden, blaß und weich wie die Pilze... ich kenne mehr als einen unter den Lakaien, der glaubt, gesehen zu haben, wie sie dort herumhuschen, und der gehört hat, wie sie nachts in der Nähe seines Strohsacks, auf dem er schlief, miteinander sprachen. Man kann über nichts anderes mehr reden als über die schrecklichen Stürme der Samenfäden. Wir belauschen sie, damit wir noch mehr Einzelheiten aus den Gesprächen der Kinder erfahren, denn auch sie sprechen von nichts anderem; außerdem zeichnen sie Dinge, die man nicht erkennen kann. Wenn wir die Papierkörbe leeren, holen wir sie heraus und untersuchen sie, wie es unsere Aufgabe ist, und wir haben herausgefunden, daß die scheinbar unverständlichen, auf das Papier gezeichneten Figuren Wolken von Samenfäden sind, grausame Sturmstöße, die vor Angst entsetzlich verzerrte Gesichter ersticken... wir wünschten, wir hörten nicht, was die Kinder sagen, und müßten das, was sie zeichnen oder schreiben, nicht lesen, aber wir können es nicht verhindern, weil es unsere Pflicht ist. Und jetzt, da der Keller verschlossen ist, was werden wir tun? Wo sollen wir uns verkriechen? Wäre es nicht besser, uns in die Ebene hineinzubegeben, um sie zu überwinden, sie zu durchqueren, vor Juan Pérez zu fliehen, vor dem Majordomus, vor den phantasierenden Kindern und den Herren, die, wenn sie zurückkommen, uns nicht einmal belohnen werden, sondern bestrafen, weil Amadeo, dieser Schatz von einem Kind, und Arabela und Wenceslao und Mauro verlorengegangen sind; sollten wir nicht lieber zu den blauen Bergen fliehen, die den Horizont säumen?«

Laut schreien, aus dem Loch springen, sie rufen, sich ihnen sofort anschließen, denn es waren menschliche Wesen, auch wenn sie ihre Feinde waren, bedrückt von den gleichen Ängsten wie sie, wenn auch aus entgegengesetzter Sicht: das war der erste Impuls von Wenceslao und Agapito, die, als sie den Betrunkenen hörten, wie vom Blitz getroffen in der Falle aufsprangen. Aber sie kamen nicht dazu, sich zu erkennen zu geben, denn im gleichen Augenblick hörten sie Stimmen.

»Es lebe der Majordomus!«

»Es lebe die Familie Ventura!«

»Nieder mit den Menschenfressern!«

»Es lebe die Dienerschaft!«

Im nächsten Augenblick füllte sich die Lichtung mit Unruhe, mit Pferden, die sich gefährlich nahe dem Loch, das unsere vier Freunde verbarg, aufbäumten, mit Gesang, Schüssen, Fragen, Antworten, Gelächter, mit noch mehr Geschrei, und dann verschwanden alle mit den beiden, die dort getrunken hatten. In einem Augenblick war die Lichtung wieder völlig leer, und Schweigen schien auch den allerletzten Winkel auszufüllen. Arabela, ein Häufchen Elend auf dem Grund der Falle, stöhnte. Amadeo weinte und bat im Kauderwelsch um Brot, weil er die normale Sprache vergessen hatte. Wenceslao und Agapito suchten in der Dunkelheit gegenseitig ihren Blick und fragten sich, was sie tun könnten, um ihren Hunger zu stillen. Und den Durst. Als erstes müßten sie aus dem Loch heraus, damit sie nicht von dem Erdregen verschüttet würden, der sich von oben her löste, und nicht von einem hereinstürzenden Tier erdrückt. Dies ist die Stunde, erklärte Agapito den Kindern, die bleiche, geheimnisvolle und stille Stunde zwischen Tag und Nacht, in der die Tiere zu den Wasserstellen kommen, die hier und dort in der Ebene emporsprudeln, um zu trinken, die Fallen bauen die Eingeborenen in der Nähe der Wasserstellen, um den Tieren den Weg abzuschneiden. Agapito kroch nach draußen und mühte sich, dabei das schwache

Dach aus Gräsern, das die Erde festhielt, nicht zu zerstören. Von oben her zog er zuerst die hilflose Arabela heraus und dann, von Wenceslao unterstützt, Amadeo, der völlig apathisch war. Danach half er Wenceslao hinauf.

An einem Rand der Lichtung, als hätte sich die Haut der Erde aufgefaltet, um so etwas wie einen Huf freizulegen, der mehr mit einem unterirdischen Skelett als mit der Oberfläche verbunden schien, erhob sich ein Felsen wie ein Tisch, nicht höher als die Gräser. Sie schlichen zu ihm und versteckten sich in seinem Schatten. Nachdem er Agapito geholfen hatte, Arabela und Amadeo am Fuß des Felsens zu lagern, stieg Wenceslao hinauf und legte sich, auf Agapitos Rat, auf den Bauch, damit er sehen konnte, ohne gesehen zu werden: Dort waren die Lichter des Dorfes, und dort, fast am Horizont das Landhaus, oder was von ihm noch übriggeblieben war, umgeben von dem jetzt schwarzen Smaragd des Parks.

»Man kann die blauen Berge nicht mehr erkennen«, flüsterte Wenceslao.

»Wenn du sagst, das Haus ist dort und das Dorf dort, dann müssen die Berge in dieser Richtung sein«, antwortete Agapito vom Fuß des Felsens und gab die Richtung an. »Auf jeden Fall sollten wir nicht weitergehen, bevor wir sie nicht wieder sehen können, damit wir nicht den falschen Weg nehmen.«

Weg, wohin? fragte sich Wenceslao. Wenn er das nur wüßte! Sie waren auf so pathetische, so sinnlose Weise ausgezogen! Und jetzt hatten sie nicht einmal Kraft genug für das Minimum, nämlich das nackte Überleben. Über ihm funkelten einige Sterne, ohne die grausame Abstraktion der Kuppel des Himmels zu mildern, als wäre sie – genau wie diese unerträgliche Gegenwart – einer seiner Einfälle. Aber unten am Fuß des Felsens summte Agapito vor sich hin. Es geht ihm besser, dachte Wenceslao. Vielleicht war alles besser geworden, auch wenn er das nur dachte, weil sie in der freien Luft schlafen würden. Jetzt war es wenigstens möglich, mit Agapito zu sprechen, ganz anders als im Keller.

»Agapito?«

»Ja?«

»Schlafen sie?«

»Sie bewegen sich nicht, und sie leben.«

»Woher weißt du das?«

Beide übersprangen wie im Einverständnis eine Frage und eine Antwort.

»Und das mit den Fallen?«

»Meine Mutter, die trotz aller Widrigkeiten sanft und geduldig und freundlich war, ist die Tochter einer Frau aus dieser Gegend. Die hat ihr diese Dinge erzählt . . .«

Wenceslao schwieg einen Augenblick, bevor er es riskierte, so kindisch zu erscheinen wie Amadeo:

»Ich weiß auch etwas.«

»Magst du es mir erzählen?«

»Ja.«

Und auf dem Felsen liegend erzählte Wenceslao Agapito, der unten lag, daß alles, was die beiden Betrunkenen neben dem Loch erzählt hatten, nichts als Lügen seien, die seine Vettern verbreiteten, um die Lakaien zu erschrecken: weder sie noch die Eingeborenen hätten sich jemals in die Keller geflüchtet. Mehr noch, sein Vater habe, weil er es für vernünftig hielt, versucht, die Eingeborenen zu zwingen, während der vergangenen Herbststürme in der Salzmine Schutz zu suchen. Aber die Eingeborenen besaßen eine andere Form von Vernunft, der gegenüber sich die seines Vaters wie eine Aggression ausnahm, und sie versuchten, ihm zu erklären, daß die Keller ein geheiligter Bereich seien, zu dem sie, solange die Samenfäden flogen, keinen Zugang hätten, weil sie auf diese Weise ihre alte Niederlage gegen die Venturas sühnten. Sein Vater hatte angeführt, daß der gegenwärtige Notstand nicht dazu angetan sei, sich von dieser Art Aberglauben leiten zu lassen. Die Eingeborenen meinten dagegen, daß es sich nicht um einen Notstand handele, da sie von Generation zu Generation, Jahr um Jahr den Samenfäden auf ihre eigene, sehr erfolgreiche Weise widerstanden hätten. Wenn er nicht versuche, sich durchzusetzen, gäbe es keinerlei Notstand. Damals, während eines der ersten Wirbelstürme, als der pfeifende Nordwind ihnen die Samenfäden in die Kehle und in die Augen blies, hatte sein Vater, gefolgt von Mauro und einer Truppe mit Lanzen bewaffneter Getreuer, einen Eingeborenenstamm umstellt, um ihn mit Gewalt in den Keller zu bringen und so »zu retten«, wodurch unauslöschliche Feindschaft zwischen Rettern und Geretteten entstand. Die Häuptlinge verkündeten durch ihre Boten, daß sie einer solchen Beleidigung gegenüber keine andere Möglichkeit wüßten, als sich für immer mit ihren Stämmen zurückzuziehen, Adriano Gomara mit den Kindern allein zu lassen und ihn auf diese Weise als das zu entlarven, was er tatsächlich sei: ein Ventura, ein Feind. Beunruhigt über diese Aussicht, berief Adriano eine Versammlung der Häuptlinge im Tanzsaal ein, mitten in einem Samensturm. Sie forderten von ihm als Beweis seiner bedingungslosen Treue, daß er in dem heiligsten Bereich des Kellers *ihn*, seinen Sohn vor dem versammelten Volk opfere, und auf diese Weise – nicht auf irgendeine andere: dreißig Generationen, bevor die Venturas kamen, waren sie schon keine Menschenfresser mehr – würden sie sich als Kannibalen enthüllen, indem sie Wenceslao an dem unterirdischen See auffräßen.

Er schwieg einen Augenblick. Agapito flüsterte:

»Vielleicht . . .«

»Du denkst dasselbe wie ich.«

»Soll ich es sagen?«

»Nein. Noch nicht. Der Augenblick wird kommen. Jedenfalls fand damals der düstere, symbolische Mord meines Vaters nicht statt, der Wirklichkeit geworden wäre, wenn das nicht nur symbolische Verzeihen der Eingeborenen ihn nicht gehindert hätte, und dank dessen ich noch einmal geboren wurde.«

Und wir sind zusammen hier, hätte er hinzufügen können, du und ich, um eine im Augenblick noch unbekannte Mission zu erfüllen. Die Augen der beiden forschten in der Dunkelheit und suchten die blauen Berge, die sie nicht sehen konnten. Agapito stimmte leise ein Lied der warmen Länder des Südens an, die er eines Tages besuchen wollte, das hatte er sich versprochen, und keiner der beiden widerstand der Erschöpfung, sie schliefen ein, wie es Jungen, die Freunde sind, so gern tun, nah beieinander und unter den Sternen.

Das erste, was sie im Licht der Morgendämmerung sahen, war das helle Blatt des Silbermessers von Amadeo und den rätselhaft deutlich in edlen Mustern funkelnden Griff im Schlamm liegend, neben der Wasserstelle, einer Mulde im Boden, nicht größer als eine Umarmung, die eine gelbliche Flüssigkeit aufstaute, die sie ungläubig als Wasser erkannten. Als sie das Wasser sahen, ließen sie Arabela einfach auf dem Boden liegen. Obwohl sie sofort die Geschichte des Messers errieten, warfen sich Agapito und Wenceslao über das Wasser, und auf dem Bauch im Schlamm liegend tranken und tranken sie die brackige Flüssigkeit und befeuchteten sich das Gesicht und den Körper, die Arme und die schmutzige Kleidung. Dann erst kümmerten sie sich um Arabela: ohne sie von ihrem Platz zu bewegen, damit die Quetschungen, die sie zu einer gliederlosen Puppe gemacht hatten, sie nicht schmerzten, brachten sie ihr Wasser mit ihren hohlen Händen, damit sie vor allem erst einmal trinke, dann um sie zu erfrischen. Als sie wieder zu sich gekommen war, fragte Arabela mit kaum vernehmbarer Stimme:

»Und Amadeo?«

Erst dann – benommen von der seltsam lauen und leicht übelriechenden Luft, wie in einem geschlossenen Raum, in dem Menschen mit schmutzigen Körpern und in alten Kleidern geschlafen haben, die sich an Wasserstellen ausbreitet, die von viel Wild besucht werden –, im Schatten der Gräser ausruhend, wagten sie endlich ihren Blick auf das Messer zu richten, das dort auf der Erde blinkte: ja, es brachte eine Antwort auf die ängstlichen Fragen des Morgens, nachdem sie beim Erwachen bemerkt hatten, daß Amadeo von dem Platz, auf den sie ihn in der vergangenen Nacht zum Schlafen gelegt hatten, verschwunden war. Sie riefen seinen Namen laut in alle Himmelsrichtungen, wagten aber nicht, den Schutz des Felsens zu verlassen, sich irgendwelchen feindlichen Blicken mitten in der Lichtung auszusetzen und Arabela allein zu lassen. Sie müßten tiefer ins Dickicht hineingehen: Agapito meinte, Wenceslao, der ohnehin nichts anderes tun könne, da er so erschöpft sei

vor Hunger und Durst, solle bei Arabela bleiben und wachen.
Er werde die Gegend absuchen, ohne zu weit in das Gestrüpp
einzudringen, damit ihn der gewaltige Raum nicht in wenigen
Minuten verschlucke. Von seinem Platz unter dem Felsen,
neben seiner Cousine hockend, beobachtete Wenceslao, wie
Agapito das Terrain sondierte. Sie konnten sich nicht vorstellen, was Amadeo zugestoßen sein mochte, in welche Richtung
er sich verlaufen hatte oder wohin ihn mögliche Entführer
geschleppt hatten. Er war exquisit, sagte sich Wenceslao und
dachte an seinen Stellvertreter, eine delikate Beute für die
Menschenfresser, die in den repressiven und moralisierenden
Geschichten, die ihre Mütter ihnen von klein auf zu erzählen
pflegten, die ungehorsamen Kinder raubten. Agapitos Bewegungen waren flink und gut aufeinander abgestimmt, sie schienen zu zeigen, daß er wußte, wie und wo er suchen mußte; er
stand dazu, mütterlicherseits ein Nachkomme der Menschenfresser zu sein. Wie war es möglich, daß er wieder so viel Kraft
besaß, nachdem er so viel Blut verloren hatte? Kam das von
den Salzen des unterirdischen Sees, die jetzt seine Wunde
heilten, oder war es die morgendliche Luft in der Ebene, die
ihn vollkommen, wie ein Großsegel, zu entfalten schien, obwohl er immer noch leicht gebeugt ging? Wenceslao konnte
sich kaum rühren. Selbst an das brennende Loch des Hungers
in seinem Leib zu denken, war für ihn eine Anstrengung.
Agapito, als hätte er etwas in der Lichtung gefunden, hielt
plötzlich, kam zurück, hob Arabela auf und bedeutete Wenceslao, ihm zu folgen. Vielleicht sei es nichts, sagte er, als er vor
ihm herging, aber er wolle in der verwirrenden Gleichförmigkeit der Ebene der einen sich anbietenden Spur folgen, der
einzigen markierten Richtung, nämlich dem von den Tieren
zur Wasserstelle ausgetretenen Pfad, der die Lichtung von
einer zur anderen Seite durchzog. Als sie endlich auf der
anderen Seite ankamen, kurz bevor sie in der Hitze der aufstei-
genden Sonne fast erstickten, sahen sie, in die Gräser niederge-
sunken, nur das Silbermesser im Schlamm funkeln, keine Spur
von Amadeo. Sie rührten es nicht an, starrten nur hinüber. Sie
hatten nicht die Kraft zu rufen, obgleich sie wußten, daß
Amadeo in der Nähe sein mußte, ja, so nah, daß sie sich nicht

zu rühren brauchten, ihn nicht zu rufen brauchten, nur liegen bleiben mußten, denn im nächsten Augenblick würde Amadeo erscheinen und sein Messer aufheben, um sie damit zu retten, so wie er es versprochen hatte. Sie wußten nicht, ob sie eingeschlafen waren, wie viele Stunden, wie viele Minuten, aber aus dem Schlaf oder der Erschöpfung oder der Benommenheit oder der Halluzination oder dem Alptraum, aus der Tiefe dieses seltsamen Raumes, der unter freiem Himmel von Wildwechsel, von Gestank, Hitze, Blut, Kot, Brunstgeruch bestimmt wurde, drang ein Stöhnen zu ihnen. Ein Vogel, ein Hirsch, eine Katze? Nein: Amadeo. Die drei standen taumelnd auf und riefen: Amadeo! Amadeo! Amadeo!, so laut und so oft, daß ihre hysterischen Stimmen das wiederholte Stöhnen übertönten.

Es war Arabela, die ihn auf der anderen Seite des Busches liegen sah, unter dem sie selbst in der Lichtung um die Wasserstelle geruht hatten. Arabela rief nicht. Sie blieb stumm bei dem blutigen Körper stehen, und da sie nichts weiter tun konnte, streckte sie sich neben ihm aus, als wolle sie schlafen und versuchen, den Hauch von Leben, der noch um Amadeos Augen schwamm, aufzufangen. Als sie das seltsame Schweigen Arabelas bemerkten, während sie selbst noch riefen, liefen sie zu ihr. Sie knieten neben den beiden ausgestreckten Körpern nieder. Wenceslao fühlte Amadeos Herz: es schlug noch, und Amadeo lächelte, als er die Hand seines Vetters auf seinen Rippen spürte. Agapito holte Wasser, ein über das andere Mal, und erfrischte ihn, ließ ihn trinken. Amadeo öffnete die Augen halb: er sah in Arabelas Augen, die nur eine Handbreit von den seinen entfernt waren, und flüsterte:

»Arabela.«

»Ja.«

Unter großen Anstrengungen fragte er:

»Stimmt es, daß ich exquisit bin?«

»Ja, ja . . .«

»Verzeih, wenn ich darauf bestehe, vor allem in dieser Situation. Hört mir zu. Kommt dichter heran, denn ich habe nicht die Kraft, um laut zu sprechen, und ich habe euch etwas Ketzerisches vorzuschlagen.«

Die drei Köpfe näherten sich dem seinen, um ihm zu lauschen: »Ich werde sterben«, sagte er. »Den Wildsauen gefällt es nicht, wenn man ihnen ihre Jungen stiehlt, und ich wollte eins davon mit meinem Messer töten, damit wir es essen könnten. Ihr habt Hunger, nicht wahr?«

Die drei nickten. Er fuhr fort:

»Ich bin ein wahrer Schatz, stimmt das, zum Fressen süß, wie man es mir mein Leben lang versichert hat?«

»Ja.«

»Warum, wenn euch der Leib vor Hunger schmerzt und ihr nicht wißt, wie ihr überleben sollt, um zu den blauen Bergen zu gelangen, eßt ihr nicht mich? Nein, seid nicht dumm, fangt nicht an zu weinen, streitet nicht, ich phantasiere nicht und bin auch nicht verrückt. War dies – daß mich jemand auffrißt – nicht schon immer meine Bestimmung gewesen, wenn ich ein solcher Schatz bin? Wer sollte es denn, wenn nicht ihr? Ich wäre gern mit euch gegangen, und ich kann es nicht, aber dies wird eine andere Form sein, mit euch zu gehen. Und was von meinem Fleisch übrigbleibt, könnt ihr, damit es nicht verdirbt, in dem salzigen Wasser der Quelle salzen und mitnehmen, um es auf dem Weg zu essen; so werden wir noch eine Weile zusammenbleiben. Weint doch nicht . . . das ist nur der unbarmherzige Realismus derer, die im Begriff sind zu sterben, die wissen, daß sie alles verlieren werden, sogar ihren Körper, was mich so zu euch sprechen läßt . . .«

Und nachdem er sie eine Weile hatte weinen lassen, die Wirkung seiner Worte abschätzend, fragte er verächtlich:

»Oder habt ihr Angst, wie unsere Eltern, Menschenfresser zu sein?«

Beleidigt protestierten die drei.

»Jeder, der denken kann«, fuhr Amadeo fort, »wird immer, zwangsläufig, an den Tod denken, so wie ich, seit ich geboren bin, immer an ihn gedacht habe, weil mein Zwillingsbruder gestorben ist und weil ich gelebt habe, als wäre ein Teil von mir schon tot. Ich habe keine Angst. Ja, bitte, diesen letzten Gefallen tut mir, ich möchte mit euch gehen, hapabt keinepeinepe Angspangst, ichpich bipitepe euchpeuch, eßpeßt michpich bit-pitepe aufpauf . . .«

Es war nicht schwer für sie zu sehen, wann er starb: immer blaß, immer durchscheinend, mit zu hellen Haaren und Wimpern und Brauen und farblosen Lippen, nahmen seine Züge im pflanzlichen Licht neben der Wasserstelle plötzlich, als er eine bestimmte Linie überschritt, vollkommen reine Formen an, und seine Haut wurde bleich und wächsern wie bei einem Fötus. Ein wenig später, als die Kinder aufhörten zu weinen, aber nicht viel später, denn die Zeit drängte, fragte Agapito Wenceslao:

»Was wolltest du gestern, bevor wir am Felsen eingeschlafen sind, über die Menschenfresser sagen?«

»Du weißt es.«

»Sag es«, forderte Arabela, »ich will es wissen.«

»Also, daß die Eingeborenen, wenn sie entschlossen sind, wirklich, nicht nur symbolisch, Menschenfresser zu sein, ihr Sklavenjoch abwerfen werden.«

Agapito sagte:

»Unsere Tat soll darum nicht symbolisch sein. Essen wir jeder, was unser Körper fordert, von dem, was der uns anbietet, der ein Recht dazu hat, es zu geben.«

Geier begannen in der Luft zu kreisen. Wenceslao stellte sich vor, wie jeder dieser Vögel sich ein Stück aus dem Hals, aus den Eingeweiden, dem Gesicht seines Stellvertreters nehmen würde. Die Menschenfresser glaubten, den schrecklichen, von ihren Eltern verbreiteten Legenden nach, daß der, der jemanden auffrißt, sich des Mutes und der Weisheit des Gefressenen bemächtigt. Würden jene Vögel nachher, wenn nur noch die Knochen von Amadeo neben der Wasserstelle in der Ebene bleichten, in Kauderwelsch krächzen können? Er fragte Agapito, der bei diesem Einfall lachen mußte, und sagte, indem er Arabela das Messer reichte, das er in der Wasserstelle gewaschen hatte:

»Du zuerst. Laß dir so viel Zeit, wie du willst.«

Sie ließen sie allein. Die beiden setzten sich auf die andere Seite der kleinen Lichtung, jenseits der Wasserstelle, ganz still, weil etwas sehr Ernstes geschah, aber nicht bekümmert. Amadeo war edel und mutig gewesen, Qualitäten, die sie jetzt gewinnen würden. Agapito stimmte leise ein Lied der südlichen

Länder an, während sie sahen, wie Arabela sich zwischen den Büschen auf der anderen Seite der Wasserstelle bewegte, ihren Rücken ihnen zugewandt, sich niederbeugte, sich erhob, wenn sie etwas schnitt und etwas auf einen Stock spießte, ein Feuer anzündete und lange Zeit sehr still sitzen blieb, während der sie nur ihren gebeugten Rücken sahen, ihr Gesicht hinter dem Kragen der Livree verborgen, und sich in der Luft ein süßlicher, schrecklicher, Wenceslao nicht ganz unbekannter Geruch ausbreitete. Es war dieser Geruch, der Wenceslao das Herz brach, da er ihn an die armen Wesen erinnerte, deren Leben so kurz gewesen war, die kaum das Licht erblickt hatten und schon wieder in der Dunkelheit versanken: Aida und Mignon, Amadeo, die Eingeborenen, die kaum ein Gesicht hatten, Opfer des äußersten Wahnsinns und der äußersten, von keiner Vernunft gedämpften Grausamkeit. Er würde auch sterben, wenn er Amadeos Fleisch nicht aß, er würde einer von ihnen werden. Er wollte aber nicht sterben: weder Wahnsinn noch Grausamkeit, die er in diesem Augenblick auf seltsame Weise miteinander verstrickt sah – wie sie ihrerseits und vielleicht in letzter Instanz mit den verfälschten Gefühlen ihrer Eltern verstrickt waren –, würden ihn je wieder dazu hinreißen, eine konkretere Philosophie zu formulieren als seine eigenen Desillusionen.

Arabela erhob sich, trug das Silbermesser zu der Wasserstelle und wusch es, dann reichte sie es Agapito, der die Operation genau wie Arabela wiederholte. Dann wusch auch er das Messer und reichte es Wenceslao, während Arabela in einen tiefen Schlaf fiel.

Wenceslao war der letzte, und er brauchte länger als die anderen. Er sah, wie mehr und mehr Geier über ihm kreisten und den unausweichlichen Weg allen Fleisches ankündigten, bis er sich endlich entscheiden mußte. Ja, es war schwer: Amadeo war sein Stellvertreter, praktisch seit er ohne Zwillingsbruder war. Er, Wenceslao, hatte ihm alles beigebracht, außer dem Kauderwelsch, das Wenceslao nie richtig beherrscht hatte. Vielleicht würde er es jetzt endlich lernen.

In einer früheren Version dieses Romans verschwanden Wenceslao, Agapito und Arabela, nachdem sie Amadeo aufgegessen hatten, in der Ebene in Richtung auf die blauen Berge, die den Horizont säumten, und man sah sie nie wieder.

Offensichtlich ist dies, das merke ich jetzt, weder möglich noch befriedigend. Erstens, weil Wenceslao – oder seine Anwesenheit in den Gesprächen der anderen oder sein Einfluß – immer eine Hauptrolle im Ablauf dieser Erzählung gespielt hat, die Merkmale eines Helden trug. Manchmal, das ist richtig, blieb er abseits, aber doch nur für einen Augenblick, um den Mittelpunkt der Szene für andere Figuren, die notwendigen Nebenrollen und Komparsen eingeschlossen, freizugeben. Jedenfalls habe ich mich während der einander ablösenden Versionen dieses Romans wieder in diese Figur, Wenceslao, verliebt, für deren Entwicklung ich eine große Zukunft in den noch folgenden drei Kapiteln sehe, und ich kann mich deshalb nicht so früh und in einer so farblosen Weise, wie ich es mir vorgenommen hatte, von ihm losmachen. Zweitens trenne ich mich nicht von ihm, weil ich aufgrund von Ereignissen, die sich zutrugen, nachdem ich die ersten Versionen dieser Fabel geschrieben hatte – pardon, dieses Romans, ich kann mich nicht entschließen, diesen Begriff aufzugeben, den ich spontan benutze, und ihn durch jenes, der Form dieser Erzählung entsprechendere Wort zu ersetzen –, Ereignisse, die mit der Biographie dessen, der hier schreibt, zu tun haben, Wenceslao wiedergewinnen und ihn zwingen wollte, seine zentrale Rolle bis ans Ende zu spielen, um zu sagen und zu tun, was er nicht lassen kann, zu sagen und zu tun, nachdem er zum Menschenfresser geworden ist.

Damit dies nun geschieht, muß ich diesen Abschnitt beginnen – diese Koda an das Kapitel elf, die weder in meinen Notizheften noch in meinen früheren Versionen existiert – mit unseren drei gekräftigten Kindern, die gesättigt nach diesem düsteren Bankett und sauber, nachdem sie sich in der Wasserstelle gewaschen hatten, in die Ebene hineinwandern, auf die blauen Berge zu, die den Horizont säumen, und sich ausrechnen, wie viele Tage sie brauchen werden, um sie zu erreichen, bevor die Stürme der Samenfäden sie überfallen: bis hierher geht das Kapitel elf in meiner vorherigen Version.

Um es so zu verändern, wie ich es möchte, sehe ich mich gezwungen, an dieser Stelle etwas einzufügen, ein Ereignis, das wie ein Deus ex machina erscheinen kann, obwohl es im Grunde keiner ist – andererseits habe ich keine Skrupel, mich dieses Kunstgriffs zu bedienen, der ebenso geläufig zu sein scheint wie jeder andere literarische Kunstgriff, der nicht wie ein Kunstgriff aussehen mag – damit sich die Richtung der Wanderung unserer Freunde ändere. Da dies der Fall ist, wird es besser sein, dies Ereignis mit dem magischen Glanz, den ein Tropos dieser Kategorie erfordert, zu bekleiden.

Das erste, was die Kinder sahen, war eine versilberte Wolke in der Ferne.

»Die Reiter meines Bruders!« meinte Agapito.

Wenceslao blieb stehen und hieß auch die anderen stehenzubleiben: die Wolke wuchs an; sie war zu gewaltig, und ihr Umfang nahm zu schnell zu; die Hälfte des Himmels bedeckte sie schon und kam wie ein Zyklon daher.

»Der Sturm der Samenfäden beginnt«, flüsterte Arabela ohne Furcht. Aber Wenceslao bemerkte an der Form der Wolke, daß dies auch nicht die richtige Erklärung sein konnte. Gestern hatte er gesehen, wie sich ein Büschel in einem Fingerschnippen des Windes sofort löste, hatte aber beschlossen, nichts davon zu sagen, weil dies vielleicht eine Ausnahme gewesen war und der Beginn der Katastrophe sich noch um einige Wochen verzögern würde. Jetzt schwieg er zu Arabelas Bemerkung, da die Wolke, sich aufblähend, nicht nur wuchs, sondern sich auch auf sie zu bewegte, als ob der bösartige Cherub mit den dicken Pausbacken in der einen Ecke der Landkarte ganz genau wüßte, an welchem Punkt der Unendlichkeit sie sich befanden, und die Wolke direkt auf sie zu blies, um sie und das Dorf zu verschlingen, das hinter ihnen lag, und dann das Landhaus. Sie kam so rasch näher, daß Wenceslao es für völlig sinnlos hielt, weiterzugehen oder gar zu fliehen, sich überhaupt vom Fleck zu rühren. Statt dessen bat er Agapito, ihn auf seine Schultern steigen zu lassen; dabei bemühte er sich, nicht gegen die fast verheilten Wunden zu stoßen. Lange blieb er da oben stehen und wehrte sich gegen den schrecklichen Impuls, einfach wegzurennen, als er die Wolke unerbittlich immer näher kommen sah und das anschwellende Trommeln der Angst in seinem Herzen hörte, eine Pauke jetzt, tief, heftig, schnell, immer schneller, betäubend, seinen Kreislauf, seinen Körper, seinen Kopf und die ganze Landschaft erfassend wie der Rhythmus eines Donners, der aber gar kein Donner war, weil der Donner, wenn er näher kommt, nicht zu Hufschlag und Räderrollen, zu Trompeten- und Jagdhornstößen, zu Pferdegewieher und Hundegebell, zu Gelächter und Rufen und dem Knall von Gewehrschüssen wird.

Auf Agapitos Schultern stehend sah Wenceslao betroffen, wie sie, eingehüllt in eine Wolke von Samenfäden, die alles verschleierte, an ihnen vorbeizogen: Landauer und Viktorias, Kaleschen und lackierte und vergoldete Coupés; vom Bock schwangen die Kutscher unbarmherzig und ohne eine einzige Kokarde zu verlieren die Peitschen, die Damen lachten unter den Planen, den Hüten und Sonnenschirmen, die Männer rauchten zurückgelehnt oder ritten auf ihren Füchsen neben der Kavalkade an der Spitze der Meute der Hunde, die von in Scharlach gekleideten Pagen gehalten wurden, die ihre Hörner bliesen, Kutschen und Karren, Planwagen, eine unendliche Prozession von Wagen, deren Aussehen an Pracht abnahm, je weiter sich die Spitze der Kavalkade wie im Nebel eines Traums auf das Landhaus zu entfernte, gefüllt mit Lakaien, die tadellose amarantfarbene und goldene Livreen trugen, mit schneeweiß gekleideten Köchen, braunen Stallknechten, mit Gärtnern; ein langer, mit allem Gerät, das die Venturas für notwendig erachteten, um bestehen zu können, vollgestopfter Zug. Bevor die Kavalkade ganz vorüber war, bevor er sich irgendeine jener Fragen stellte, die eine Figur, die man gerade als Held entworfen hat, sich stellen sollte, sprang Wenceslao von Agapitos Schultern hinunter, und den blauen Bergen, die den Horizont säumten, den Rücken kehrend, lief er, gefolgt von Agapito und Arabela in Richtung auf das Landhaus und schrie:
»Mama! Mama!«

KAPITEL ZWÖLF

Die Ausländer

1

Nehmen wir an, das folgende Gespräch habe stattgefunden – oder hätte stattfinden können:

Eines morgens gehe ich sehr eilig durch eine Straße am Hafen in Richtung auf das Büro meines literarischen Agenten, die endgültige Fassung von *Das Landhaus* endlich unter dem Arm. Mich befallen, wie es in solchen Situationen zu geschehen pflegt, die Zweifel, die Unsicherheit oder, was noch viel schmerzlicher ist, die Hoffnung. Meine Seele ist gerade von letzterem Gefühl erleuchtet, als ich auf meinem Gehsteig die schwankende Figur eines Herrn mir entgegenkommen sehe, ich erkenne ihn: trotz seiner Fettleibigkeit – oder gerade ihretwegen – nähert sich Silvestre Ventura mit dem gefährlich unsicheren Gang dessen, der gerade aus dem Halbdunkel einer Bar herauskommt, wo er seine Zeit zu lange und zu angenehm verbracht hat – oder schmerzten ihn seine Füße, die zu zierlich sind, diese riesenhafte, schnaufende Menschenmasse zu stützen; und trotzdem, ich kann es nicht leugnen, hat er noch etwas von seinem Flair, seinem Stil, die sich in der ungezwungenen jugendlichen Farbe seiner Krawatte, in dem einen Zentimeter zuviel seines weißen Taschentuches, das seemännisch in seiner Brusttasche flattert, manifestieren. Ja, ich erkenne ihn sofort, als er um die Ecke biegt. Das – sagen wir – geschieht oder hätte genau in diesem Augenblick der Entwicklung dieses Romans geschehen können, so daß ich meine Leser bitte, obwohl es wie eine Interpolation aus einer anderen Welt aussieht, über einige Seiten hinweg Geduld zu haben und sie zu lesen.

»Hallo, alter Junge!« ruft Silvestre Ventura und klopft mir auf die Schulter: »Fein, dich endlich mal wiederzusehen. Wo hast du denn gesteckt?«

»...«

»Wie geht's? Und Madame...? Wen hast du noch geheiratet?... Ah, ja, die kenn ich, sind entfernte Verwandte von Berenice. Ist dir also gut gegangen? Schön, Mann! Los komm, leiste mir Gesellschaft, hast dich so rar gemacht; das muß gefeiert werden. Wollte gerade zu meinem Bruder Hermógenes, hat mich angerufen, weiß der Teufel, was der mir am frühen Morgen zu sagen hat, komm, Alter, laß dich nicht so bitten, wenn du nichts Besseres zu tun hast, stell dich nicht an, komm mit...«

»...«

»Wer wartet schon dringend auf ein Manuskript? Eilig, ach was! Mach dich nicht lächerlich mit deinen verdammten Manuskripten, los, komm schon, ich kenn hier 'ne Bar...«

Ich begreife nicht, warum Silvestre so darauf besteht, daß ich ihn begleite: bis jetzt waren unsere Beziehungen streng beruflich gewesen. Schöpfer zu Geschöpf, mit der bekannten Tyrannis des Letzteren dem Ersten gegenüber, so daß ich nicht die geringste Sympathie für ihn empfinde. Aber er packt mich am Arm – die Venturas sind in der Lage, die Richtung eines Überseedampfers auf hoher See zu ändern, wenn es ihnen paßt oder ihnen Spaß macht –, und siegesgewiß lachend zwingt er mich, ihn zu begleiten. Ich bemerke, daß Silvestre Ventura zu dieser Morgenstunde schon den vom Alkohol sauren Atem hat und eine übernächtigte, schwere und faulige Ausdünstung: und trotz seiner Eleganz – die ich jetzt, da ich ihn aus der Nähe betrachte, nicht mehr so bewundernswert finde – ist sein Hemd schmutzig und sein Jackett zerknautscht, als habe er in seinen Kleidern geschlafen. Als er merkt, daß ich es bemerke, erklärt er:

»Das war wieder eine Nacht...! Diese Gringos kriegen den Hals auch nie voll. Ich werde für solche Sachen langsam zu alt! Ich warte auf den Tag, an dem Mauro, mein Ältester, kennst du den eigentlich, alt genug ist, sich um meine Sachen zu kümmern. Aber, ich sag dir, der ist vielleicht komisch geraten, sagt, er will Ingenieur werden und rennt den ganzen Tag mit einer Leidensbittermiene rum, als wären wir, seine Eltern, gemeine

Schweine. Was hat er an uns auszusetzen, der Rotzbengel? In die Melania hat er sich verknallt, diese Gans, führt sich jetzt schon auf wie 'ne Nutte, sag nichts, mein Lieber, die Kleine ist ganz schön scharf.«

Wir treten in eine Bar, in der die Sägespäne auf dem Boden noch ganz frisch sind. Ein schmutziger weißer Kater mit einem Angora-Urgroßvater schläft in den Servietten auf dem Tresen, niemand ist im Raum, nicht einmal ein Kellner; die sind noch nicht zur Arbeit gekommen. Nur die vollbusige Wirtin ist da, sie wartet wütend hinter den Zapfhähnen, trägt ein geblümtes Seidenkleid und darüber eine großgeblümte Schürze, die nicht zum Kleid paßt. Ihren Zorn konzentriert sie auf ein merkwürdiges Strickzeug, das aussieht wie eine Jacke für einen Polypen, so viele Ärmel hat es. Wir bestellen zwei Bockbiere, die wir selbst an den gescheuerten Tisch tragen, an dem wir es uns bequem machen. Silvestre – um seinen Körper wieder ins Lot zu bringen, wie er versichert – nimmt einen langen Schluck Bier, mit dem er zugleich das Bild meiner Person mit dem schützend gegen die Brust gepreßten Manuskript verschlingen zu wollen scheint. Dann wischt er sich mit dem Handrücken den Mund ab,und als er bemerkt, daß die Hand feucht ist, trocknet er sie mit seinem Taschentuch. Wir sehen uns an. Silvestre Ventura und ich haben uns absolut nichts zu sagen. Ich begreife die zähe Hartnäckigkeit nicht, mit der er mich gezwungen hat, ihm Gesellschaft zu leisten. An der Unruhe seiner gelblichen Augen – wie platte Knöpfe in seinem fleckigen Gesicht, das so schlaff ist wie eine Herbergsmatratze – erkenne ich, daß auch er entdeckt, daß er mir nichts zu sagen weiß. Daß er darauf bestand, ich solle ihn begleiten, war nichts als ein gesellschaftlicher Reflex, der weder Freundschaft noch Interesse bedeutet, nur eine Art Horror vacui, der gefüllt werden mußte, und sei es mit langweiliger Gesellschaft und leeren Sätzen. Als habe er endlich ein Thema gefunden, über das er mit mir sprechen könne, fragte er:

»Hör mal, wie geht das so mit deinen Büchern?«

» . . .«

»Das freut mich, mein Alter, freut mich. Das haben sie davon! Und du verdienst gut damit?«

» . . .«

»Natürlich! Ihr schreibt so verdammt phantastisches Zeug, das hat für unsereinen doch weder Hand noch Fuß; wer sich seinen Lebensunterhalt verdienen muß, der hat kaum Zeit, die Zeitung zu lesen, höchstens mal was Unterhaltsames . . .«

Ich will gerade die Idee entwickeln, daß die Menschen sich nur unterhalten, womit sie sich unterhalten *können*, aber ich merke, daß Silvestre mir nicht zuhört. Er summt irgendeine Melodie, die ihm vom Fest letzter Nacht noch im Ohr sitzt und gießt den Rest seines Bieres hinunter. Ich sehe, daß er gehen will, und halte ihn zurück. Jetzt bin ich es, der nicht will, daß er geht. Schließlich habe ich mehr als vierhundert Seiten über die Venturas geschrieben, und das gibt mir ein gewisses Recht. Ich erzähle ihm, daß das Manuskript, das ich unter dem Arm trage, zufällig von Dingen handelt, mit denen seine Familie zu tun hat. Das scheint ihn zu interessieren, nein, eher zu amüsieren. Zweifelnd fragt er mich:

»Hast du dich etwa mit diesem genealogischen Kram beschäftigt, der kein Aas interessiert, außer, vielleicht, Snobs und Schwule!«

Ich versichere ihm, daß ich das nicht habe: alles, was ich getan habe, war, Themen in Romanform zu bringen, zu denen seine Familie mich angeregt hat. Silvestre lacht. Er sagt, ich sei verrückt, die Venturas seien völlig normale Menschen, die nichts Romanhaftes an sich hätten. Er zum Beispiel sei ein Mann, der gern einen trinke, wie viele andere Menschen auch, er sei ein gerissener Geschäftsmann, aber keineswegs ein Halsabschneider und er helfe seinem Bruder Hermógenes bei einigen wichtigen Geschäften . . . und Lidia, die sei eine geizige und boshafte alte Hexe, ja, das könnte man in meinem Buch schreiben, wenn ich es wollte, ja, von der könnte man was erzählen; Lidia sei wirklich die Höhe, ein wandelnder Roman, ja, ja, die sei wirklich zu gut, um wahr zu sein. Ich bremse ihn. Was soll das? Ich sage ihm, daß alles, was er mir erzählt, zwar die Wahrheit sein kann, trotzdem sei doch alles ganz anders. Ich schlage ihm als Demonstration vor, ihm ein paar Seiten vorzulesen. Er zuckt zusammen, entschuldigt sich, sieht auf die Uhr, murmelt, er sei müde, ein anderes Mal, er habe sehr viel zu tun, Hermógenes erwarte ihn, weil sie in einer Woche mit den Ausländern nach Marulanda fahren müßten, die wären interessiert, ihre Ländereien, ihre Häuser, ihre Minen zu kaufen und führten die Familie mit dem Gedanken in Versuchung, alles flüssig zu machen und im Ausland zu investieren. Nein: ich mache mich stark, mich interessiert nicht, was Silvestre Ventura über seine Zukunft sagen kann, denn die liegt in meinen Händen, aber ich möchte sehen, wie er auf das reagiert, was ich über die Seinen geschrieben habe. Er wird mir zuhören, auch wenn er keine Zeit hat oder mir schwört, es interessiere ihn nicht. Während ich meine Papiere aus der Mappe hole und auswähle, bestellt er noch ein Bockbier, damit es ihm helfe, sich darein zu schicken, er sagt:

»Aber beeil dich, weißt du, ich hab nämlich keine Zeit.«

Ich lese ihm vor. Eine, zwei, drei, vier Seiten. Ich bemerke, daß er bei den ersten Zeilen schläfrig wird und einschläft: ich lese weiter, er wacht auf, öffnet die Augen und schließt sie wieder, dann öffnet er sie wieder, sieht auf seine Uhr und unterbricht mich:

»Du, ich muß jetzt gehen, weißt du...«

Er will aufstehen. Ich frage ihn, ob es ihm gefallen hat. Er antwortet: »Hab kein Wort verstanden...«

Ich lache unbehaglich. Ich führe an, daß meine Seiten nichts Seltsames enthielten, keine Idee, keine Struktur, die eine große intellektuelle Anstrengung erforderten, nichts, das vom literarischen Gesichtspunkt aus schwierig sei oder was man nicht als reine Erzählung aufnehmen könne. Mit einem Seufzer der Ungeduld läßt Silvestre sein Gewicht gegen die Lehne seines Stuhles fallen und trinkt den Rest des dritten Bocks.

»Weißt du, ich glaube dir kein Wort, alter Freund«, sagt er. Ich frage ihn, warum er mir nichts glaubt.

»Und überhaupt ärgere ich mich, du kennst uns ziemlich gut«, antwortet er ohne Härte. »Weißt du, alles, was du mir vorgelesen hast... wie soll ich sagen? Ist Roman, hat nichts mit uns zu tun. Wir sind nie so reich gewesen, das weißt du ganz genau... und Marulanda ist auch nicht so groß, daß du von ganzen Provinzen reden kannst. Nicht im Traum haben wir so viele Diener gehabt... das Haus ist auch nichts weiter als ein gewöhnliches Landhaus. Deins setzt ein Raffinement, eine Üppigkeit voraus, die wir nie hatten, ich will aber nicht abstreiten, daß wir manchmal davon geträumt haben, so was zu haben oder wenigstens besessen zu haben, hauptsächlich um die Snobs damit zu ärgern und uns mit Recht über sie lustig zu machen. Wir sind auch nicht so ungerecht und bösartig ... auch nicht so dumm, das kannst du schon an dem erkennen, was ich jetzt sag...«

Er unterbricht sich, um Atem zu holen und mich zu fragen: »Was hast du davon, über uns was zu schreiben, in dem sich keiner wiedererkennen kann?«

Ich antwortete ihm, daß ich weder für seine Zustimmung noch für seinen Gebrauch schreibe. Und ob sich jemand in meinen Personen und Situationen erkennt oder nicht, habe nichts mit meiner Vorstellung von literarischer Vollkommenheit zu tun. Im Grunde schriebe ich so, damit sich Leute wie er nicht wiedererkennen – oder doch wenigstens leugnen, sich erkannt zu haben – und auch nicht verstehen, was ich über sie sage. Die auf die Spitze getriebene Häßlichkeit einiger meiner früheren Bücher konnte von Leuten wie den Venturas begriffen werden, weil jeder Versuch, »real« zu sein, auch wenn er unangenehm und störend wirkt, gebilligt wird, denn schließlich ist er nützlich, belehrend, hebt etwas hervor, verdammt etwas anderes. Ich habe der Versuchung nicht widerstehen können – erkläre ich Silvestre Ventura, der mir interessiert zuhört –, meine Register zu ändern und in der vorliegenden Geschichte eine Prezisiosität zu benutzen, die als Gegenstück zu jener Häßlichkeit ebenfalls auf die Spitze getrieben ist, um zu sehen, ob sie mir dabei hilft, ein ebenso prachtvolles Universum zu schaffen, das ebenso ankommt und berührt und die Aufmerksamkeit fesselt, wenngleich aus entgegengesetzter und mißbilligender Sicht, da die Preziosität Sünde ist, weil sie unnütz und darum unmoralisch ist, während seine Moral die Essenz des Realismus ist. Trotz der Aufmerksamkeit, mit der Silvestre meinen Worten zuhört, versteht er offensichtlich nichts von den Deformationen, die ich hier benutze. Als ich schweige, sagt er, denn die Venturas verstehen immer und haben auf alles eine Antwort:

»Karikatur. Natürlich. Das begreife ich. Das ist nichts Neues. Aber was du da machst, ist was anderes. Nimm zum Beispiel Celeste: die ist nicht blind, die ist ziemlich kurzsichtig, und ihre Brillengläser sind dick wie Flaschenböden. Sie hat diesen Tick, ewig wie 'ne Lehrerin daherzureden. Warum hast du nicht in die Richtung übertrieben, leicht begreifbar für alle; das Groteske kann sehr komisch sein; statt dessen lieferst du uns eine ernste, scheußliche Dame wie diese Celeste in deinem Roman. Und dann Eulalia, klar, die ist bei dem langweiligen Frömmler Anselmo ganz schön frivol geworden, aber jeder mag sie, sie ist sympathisch, genau wie Cesareón, der war schwul, aber so amüsant, daß das jedem egal war; und weil wir reich sind, wagt auch keiner über uns zu reden. Reich sein und sympathisch ist das einzige, was zählt, und vielleicht, hör gut zu, ist sympathisch sein noch wichtiger als reich sein; einfach sein, normal, anspruchslos, gern einen trinken ... alle Türen öffnen sich dir, und du wirst niemals Hungers sterben. Denk an den armen Cesareón. Warum erzählst du nicht die Geschichte von Cesareón, die ist doch wirklich komisch?«

Ein wenig pikiert, weil es mir nicht gelang, ihn zu beeindrukken, sage ich, daß ich diese Geschichte nicht kenne und daß es außerdem nicht darum gehe, Klatsch wiederzugeben. Aber Silvestre hört mir nicht zu, denn er lacht in Erinnerung an seinen Schwager:

»Zu komisch, der Cesareón! Weißt du, was der seiner leidigen Schwester geantwortet hat, als sie ihn gefragt hat, wie er eine so häßliche Frau wie Adelaida heiraten könnte, die Braut nämlich, die seine Freunde für ihn ausgesucht hatten, weil sie sich über seine Armut und seine Faulheit Sorgen machten? ›Hör zu‹, hat er ihr geantwortet. ›Als Bettler kann man nicht besonders wählerisch sein. Aber von jetzt an wird es dir nicht mehr an Bohnen im Topf fehlen, du hältst also besser den Mund.‹ ...«

Ich lache mit Silvestre und versuche, ihm zu erklären ... aber nein, ich sehe, daß er sich in einem Urwald von Familiengespenstern und -legenden verloren hat, von Geschichten und Figuren und Anspielungen, die für ihn nicht nur das ganze Universum bedeuten, sondern auch die ganze Literatur. Es ist hoffnungslos, ihn da herausholen zu wollen. Ich lasse ihn weiterreden, denn es amüsiert mich, seine Version der Venturageschichte zu hören, die so verschieden – und manchmal im Widerspruch – von meinem Roman ist.

»Meine Mutter, du erinnerst dich doch, wie starrsinnig sie war, hat geweint, weil sie nicht wollte, daß Adelaida heiratet«, sagt er. »Nicht nur weil's für sie bequemer war, 'ne häßliche, ledige Tochter zu haben, die ihr bis in ihre letzten Tage Gesellschaft leistet, nein, sie war wütend und hatte keine Lust mehr, ständig hören zu müssen, Cesareón de la Riva sei schwul. Sie weinte und sagte das verdammte Wort immer wieder, bis sie alle Welt damit verrückt gemacht hatte. Und eines Tages dämmerte es ihr, daß sie überhaupt keinen Grund hatte, so viel zu heulen, weil sie nämlich gar nicht wußte, was das Wort bedeutete. Also verlangte sie, daß man es ihr erklärt. Sie hörte dem Pfaffen dann aufmerksam zu, und als er fertig war, sagte sie: ›Bah, alles Unsinn, da ist doch nichts dabei. Er kann doch mit seinen Sachen machen, was er will.‹ . . .«

Als er diesen Satz seiner Mutter zitiert, lacht Silvestre so heftig, daß er seine zerknautschte Piquéweste mit Bierschaum bekleckert, den abzuwischen er sich nicht einmal die Mühe macht. Im Gegenteil, während er in seinem Bericht fortfährt, malt er mit seinen dicken Fingern in den Bierpfützen auf dem Holz des Tisches, als mache ihm diese Schweinerei Spaß.

»Noch am gleichen Abend hat sie ihn zum Essen eingeladen. Und dann war er ihr Lieblingsschwiegersohn, der ihr allen Klatsch erzählt hat. Er kannte alle Familien und deren Geld und Hurereien, und beim Kartenspiel haben er und meine Mutter getratscht und sich zusammen halb totgelacht. Cesareóns Tod war eine Tragödie, weil alle ihn mochten. Und als man beim Tod meiner Mutter das Testament mit dem berühmten Zusatz eröffnete, mit dem sie Malvina enterbt hat, wurde Eulalia furchtbar wütend und hat Adelaida angeschrien, das hätte sie nur Cesareón zu verdanken, dem größten Schandmaul und Schwulen der Stadt. Adelaida ist richtig blaß geworden, sie wüßte das ja, habe es aber nie richtig verstanden, was das Wort bedeuten sollte. Da hat Eulalia sie ausgelacht und, um sich zu rächen, hat sie es ihr mit allen Einzelheiten erklärt, und du kannst dir vorstellen, wie sie das genossen hat, du kennst ja Eulalia und weißt, wie schweinisch sie daherreden kann. Adelaida hat aber nur gelächelt und ist rot geworden wie 'ne Tomate, und vor der ganzen Familie hat sie gesagt: ›Nun, dann bin ich wohl sehr männlich, ich hatte nämlich nie Grund, mich über seine *performance* zu beklagen.‹ Wir haben uns totgelacht und haben sie in den Arm genommen, weil sie's so komisch aufgenommen hat und nicht den großen Streit vom Zaun gebrochen hat. Darum wollte ihr auch keiner sagen, wie dieser Hurenbock Cesareón wirklich gestorben ist – nicht überfahren von einem wildgewordenen Kutscher, wie man ihr erzählt hat und wie seine Freunde überall rumerzählt haben, um seinen Ruf zu wahren, sondern bei einer Schlägerei mit besoffenen Matrosen in einer dieser miesen Kneipen, die es hier am Hafen gibt.«

Mögen die obigen Seiten als Prahlerei gelten. Der realistische Ton, immer angenehm, auch wenn er sich mit Feindseligkeit zu bekleiden pflegt, kommt mir spontan. Ich habe ein gutes Beobachtungsvermögen, ein gutes Ohr für den Dialog, genügend literarischen Scharfsinn, um zu bemerken, daß die Form der Ironie nur innerhalb dieser stilistischen Koordinaten geduldet werden kann. Ein Silvestre Ventura, auf diese Weise gearbeitet, als Beispiel des Möglichen, als Anspielung auf das Bekannte, könnte exzellente Dividenden abwerfen, und meine Leser konnten gerade feststellen, als sie den Dialog lasen, den er mit mir in der Bar gehalten haben könnte, daß es genau der Stil ist, für den Silvestre einsteht und der ihn am besten bestimmt... Ich weiß jedoch, daß ich, wenn ich an dieser Stelle meines Romans der Versuchung des Glaubwürdigen nachgeben würde – die gelegentlich sehr groß ist –, die gesamte Tonart meines Buches ändern müßte. Wozu ich nicht bereit bin, da ich meine, daß gerade diese Tonart, in der es geschrieben ist, genau die richtige ist – mehr, als wenn ich meine Figuren als psychologisierbare Wesen darstelle –, um als *vehiculum* für meine Absichten zu dienen. Ich versuche nicht, an meine Leser zu appellieren, sie sollten an meine Figuren »glauben«: ich sähe es lieber, wenn man sie als Symbole aufnähme, als Figuren, ich sage es noch einmal, nicht als Personen – die als solche ganz und gar in einer Atmosphäre von Worten leben und meinen Lesern bestenfalls den einen oder anderen brauchbaren Einblick bieten, den dichtesten Teil ihrer Formen aber im Schatten halten.

Vielleicht folgt das Vorangegangene allein aus einer gewissen Sehnsucht nach den literarischen Materialien – besonders großzügig in Anhaltspunkten – dessen, was wir aus Gewohnheit Realität nennen, wenn man den Schwindel des Gegenteils gewählt hat, nennen wir es, wie wir es nennen wollen. Auf jeden Fall möchte ich mich hier von dieser Sehnsucht lossagen, um den in meiner Erzählung vorherrschenden Grundton wieder aufzunehmen. Dies zu tun bietet keine großen Schwierigkeiten: ich muß nur meine eigene Person aus diesem Buch unter meinem Arm herausnehmen, Silvestre Ventura wieder auf die Straße stellen, wo wir ihn trafen, ihn um ein paar Kilo – nicht sehr viele: ich ziehe es vor, ihn etwas rundlich zu halten – abmagern lassen, das Gelb von seiner Hornhaut wischen, seine von Fettflecken schmierige Weste mit einer sauberen vertauschen, auf der die kleinen Perlmuttknöpfe blitzen, und meine Leser bitten, das, was ich über seine Ausdünstung gesagt habe, zu vergessen. Aber täuschen wir uns nicht: die eine und die andere Geschichte, die mit Geruch und die ohne, sind weit davon entfernt, identisch zu sein, wenngleich die Handlung uns durch die gleichen Windungen zu führen scheint.

Silvestre Ventura schritt in der Mitte der Straße, um die unangenehmen Überraschungen zu vermeiden, die von den Balkonen dieser sehr engen Gasse, in die ihn die Familienangelegenheiten geführt hatten, auf ihn niederstürzen könnten.

Der Herbstwind, nachdem er die sommerlichen Dünste fortgefegt hatte, ließ das lärmende Hafenvolk in seiner vertikalen Geselligkeit verbleiben: man lehnte sich aus den Fenstern, die die kahlen Fassaden wie Vorhänge abteilten; Mädchen warfen sich von Balkon zu Balkon ein Wollknäuel zu; man kümmerte sich um Käfige mit Tukanen und Kolibris oder beugte sich über die wie Weichtiere fleischigen Begonien, die schon zu welken begannen, und fragte sich, wie lange sie noch halten würden, bevor die vertikale Bevölkerung auf im Wind flatternde gewaschene Hemden schrumpfen würde. Er bog in den zum Hafen offenen Platz ein, wo das Zelt der Wolken von den vier Palmensäulen gestützt, die hochaufgerichtet an jeder seiner Ecken standen, das Szenarium für das Gewühl und den Lärm der Straßenhändler absteckte, das Silvestre als Ortskundiger umging, indem er ein Stück nach links über die Palmenallee am Meer entlang abbog, und ohne auf die vor dem nahenden Sturm unruhig gewordenen Schiffe zu achten, stieg er zum Büro von Hermógenes hinauf, wo ihn sein Bruder und Lidia unisono begrüßten.

»Hast du ihn?«

»Nein.«

Enttäuscht ließ sich jeder in einen Sessel fallen. Silvestre wagte nicht, seine Schwägerin oder seinen ältesten Bruder direkt anzusehen, vor allem nicht seine strenge Schwägerin, Mutter von Zwillingspaaren und Lenkerin der Legion von Dienern, denn er war ihr in der Angelegenheit, die sie im Augenblick beunruhigte, verantwortlich. Andererseits brauchte er sie gar nicht anzusehen – er kannte die Gesten ihres Mißfallens seit zu langer Zeit –, um zu wissen, daß sie den Schleier ihres Kapotthutes heben und verächtlich geschürzte Lippen enthüllen würde, nur um ihn einzuschüchtern. Hermógenes sah seinen Bruder scharf an: er steckte sich eine Zigarre mit einer so überraschend hohen Flamme an, daß er sich beinahe seinen Schnurrbart und seine genauso dichten Augenbrauen verbrannt hätte. Silvestre stammelte Entschuldigungen und versuchte, Lidia mit dem Argument abzulenken, es sei ganz falsch, ihm die ganze Schuld anzulasten, da es zum Teil die der verrückten Berenice sei, die nichts außer ihren Vergnügungen ernst nähme und nicht einmal diesen auf den Grund gehe: letzte Nacht auf dem Maskenball im Teatro de la Opera habe sie, als indische Tänzerin verkleidet, einen Fehler gemacht, nämlich, statt den Domino im grauen Moiré zu verführen, wie es verabredet war, einen harmlosen Torero mit hübschen Waden, aber keinerlei Nutzen für die Familie verführt, denn nicht er, sondern der Domino beschäftigte den Kandidaten für die Stelle des Majordomus, den sie dringend brauchten für ihre Reise nach Marulanda übermorgen.

»Allumeuse...!« rief Lidia und senkte den Schleier über ihre zornigen Augen.

Er käme gerade – fuhr Silvestre erklärend fort – aus dem schmutzigen Zimmer, in dem dieses Individuum lebt: geruhsam mit seinen Kindern auf den Knien spielend habe der Kerl dagesessen und in unverschämter Weise abgelehnt, nach Marulanda zu gehen und mißtrauisch über diese außerplanmäßige Reise gesprochen. Warum wollten sie ihn jetzt anstellen, wollte er wissen, es sei doch gar nicht die übliche Zeit für die Aufgebote der Venturas. Was bedeutete diese Abweichung, diese Regelwidrigkeit? Wieso – habe er weiter gefragt – wollten sie übermorgen losfahren, wenn doch selbst diese unschuldigen Kinder, die da auf seinen Knien ritten, wüßten, daß innerhalb von zwei Wochen die traurigberühmten Wirbelstürme der Samenfäden der Gräser in der Ebene losbrächen, die das ganze Land verschlingen und alles Leben ersticken und die, so habe er gehört, wenn die Regierung sich nicht um die Angelegenheit kümmere und ein für allemal Feuer lege, sich über das gesamte nationale Territorium ausbreiten und es verbuschen und unfruchtbar machen würden.

Nein, er weigere sich hinzugehen, koste es ihn auch die Chance, die ein Mann seiner Statur habe, sich in Zukunft um den begehrtesten Majordomus-Posten zu bewerben. Wenn es zukünftige Sommer überhaupt geben würde – habe der Diener frech hinzugefügt –, die Gerüchte über die jüngsten Ereignisse in Marulanda seien recht beunruhigend.

»Hast du ihm das besprochene Angebot gemacht?« fragte Hermógenes.

»Eine Beteiligung von 0,005 Prozent an der Produktion der Minen, wenn die Ausländer sie kaufen und nur noch wir, ihr zwei und ich, als stille Teilhaber verbleiben.«

»Das ist mehr, als wir abgemacht haben. Nun ja. Nicht einmal das?«

»Nicht einmal das.«

Lidia stand brüsk auf, mit dem Hochmut, den kleine Frauen oft zeigen: ihre etwas venöse Haut straffte ihren kurzen Hals und ihre rötlichen, aufgeschwemmten Züge wie in einem Paket, das aussah, als würde es jeden Augenblick platzen. Ihre fahlblauen Augen waren wie die ihrer Töchter Casilda und Colomba: nur daß die ihren, leer von jeder Spannung, weil sie nur noch das Quantitative aufnahmen, ohne jede Veränderung, ohne Schatten blieben und wie von Kindern mit blauer Kreide gemalte Seen aussahen.

»Eine sehr schlechte Nachricht«, war ihr Urteil, als sie in dem eisigen, von Aktenbündeln überquellenden Zimmer auf und ab ging. »Wir müssen also ohne ihn abreisen. Ich wollte einen anderen Majordomus mitnehmen, um von vornherein die möglichen Heldenambitionen von dem abzubauen, der dort geblieben ist und die gefährlich sein könnten... aber nun ja: wir können nicht noch mehr Zeit darauf verschwenden, einen anderen Kandidaten zu suchen. Die Ausländer schicken ständig Boten, um zu fragen, wann wir endlich fahren. Celeste verbringt den Tag damit, ihren Gattinnen die Schönheit des Wasserfalls in der Nähe unseres Hauses und das ewige Spiel des Regenbogens zu beschreiben. Sie hilft ihnen auch, geeignete Kleider auszusuchen, ich muß zugeben, ohne großen Erfolg, so plump wie diese armen Dinger aussehen. Nachdem, was du mir erzählst, Silvestre, und was die Gerüchte in diesem Café de la Parroquia sagen, sind sie immer noch darauf aus, alles zu kaufen, das Haus, die Ebene, den Wasserfall, die Minen, und sie scharren schon mit den Hufen, um so schnell wie möglich abzufahren.«

»Dies ist genau der richtige Moment zum Verkauf«, bemerkte Hermógenes. »Obwohl sie wissen, daß die verhängnisvolle Zeit der Samenfäden naht, bestehen die Ausländer darauf, sofort abzufahren, ohne, wie es der gesunde Menschenverstand raten würde, bis nach den Wirbelstürmen zu warten. Das kann nur eins bedeuten, nämlich, daß sie darauf brennen, die Transaktion so bald wie möglich abzuschließen, weil sie glauben, daß die üblen Gerüchte, die von Schandmäulern in der Stadt über Marulanda verbreitet werden, uns zwingen werden, unseren Preis zu senken. Aber die Ausländer sind naiv und wir nicht. Ich glaube, ich liege nicht ganz so falsch, wenn ich euch versichere, meine Lieben, daß ich bestimmt einen beachtlichen Preis herausholen werde.«

»Einverstanden also«, erwiderte Silvestre voller Bewunderung für die Schlauheit seines Bruders. »Ich gehe zu Malvina, um sie bei einer Tasse türkischem Kaffee und einer Zigarette in dem kleinen Salon, den sie in ihrem neuen Haus für solche Gelegenheiten eingerichtet hat, über die letzten Ereignisse zu unterrichten. Morgen um die gleiche Zeit hier also?«

Sobald sie die Schritte von Silvestre sich die Treppe abwärts entfernen hörten, brach das Paar in Gelächter aus, und, die eheliche Vertraulichkeit wiederhergestellt, umarmten sich der gewaltige, dickbäuchige Mann mit den Brillengläsern auf der Stirn und seine kleine, rundliche Frau und küßten sich lange auf den Mund, was bei der Förmlichkeit des Büros und der konventionellen Aufmachung der beiden einem möglichen Beobachter seltsam obszön vorgekommen wäre. Hermógenes setzte sich auf das Sofa. Die Krinolinen und Unterröcke mit einer Geschicklichkeit richtend, die lange Erfahrung erkennen ließ, setzte er Lidia auf seinen Schoß, wiegte sie sanft, streichelte sie, sang ihr Lieder aus dem Krieg vor, aus seiner Husarenzeit, während sie sich den Hut abnahm – lachend, denn je schmutziger die Lieder ihres Mannes wurden, desto mehr erregten sie sie – und er ihr die Bluse und die Gamaschen aufknöpfte. Und Hermógenes Ventura und seine Gattin Lidia liebten sich auf dem Ledersofa, denn ihr sexueller Verkehr war häufig, befriedigend und normal, obwohl seit langem die äußeren Umstände sich nicht so geeignet für ein fleischliches Fest gezeigt hatten wie diese Aussicht auf den baldigen Verkauf von Marulanda an die Ausländer. Als sie die Zeremonie beendet hatten, half er ihr, ihre Kleider zu richten, und wiederholte dabei, Silvestre sei ein Narr, wenn er glaube, sie beide, die zusammen die Geschäfte der Venturas führten, würden ihn mehr als nur am Rande an dieser brillanten Operation teilhaben lassen.

Lidia verabschiedete sich zufrieden und mit noch geröteterem Gesicht als gewöhnlich von ihrem Noni. Er schloß hinter ihr die Tür. Zwischen dem goldenen Spucknapf neben dem Schreibtisch und dem goldenen Spucknapf unter dem Bild seines Vaters, der an einer römischen Ruine lehnte, auf und ab gehend, dachte er, daß Lidia an vielem, was er nun zu tun gedachte, keinen Teil haben werde. Er mußte nun, zum Beispiel, den Notar rufen, um einen gewissen Besitz auf den

Namen von Juan Pérez umschreiben zu lassen, den er ihm beim Verlassen der Kapelle in der Ebene versprochen hatte: der Lakai hatte ihn »als Bezahlung«, wie er sich ausdrückte, akzeptiert, und er, Hermógenes, gab ihn ihm gern, unter der Bedingung, daß er bei der Ankunft in Marulanda sein Versprechen eingehalten fände, was sehr leicht zu relativieren war, denn die Situation begünstigte das Feilschen. Aber, freue er sich nicht zu früh: bei der endgültigen Aufteilung, wenn der Kadaver des Vermögens der Familie, den Raben zum Fraß, in der Ebene liegt, werden weder Juan Pérez noch sonst jemand – nicht einmal Malvina – bei der Verteilung dabeisein. Auch nicht Lidia, obwohl die gerade vollzogene Zeremonie im Kalkül der Gattin keinem anderen Ziel gegolten hatte, als ihren eigenen Anteil an allem zu verbürgen, ihrem Manne den letzten Tropfen aussaugend, wie sie ihn immer aussaugte, und selbst in die geheimsten Falten seines persönlichen Lebens eindringend, um es zu beherrschen. Darum und nur darum mußte er, das arme, von der unersättlichen Lüsternheit seiner Frau gejagte Opfer – so pflegte Hermógenes es sich zurechtzulegen, um die Situation zu beschreiben –, sich verstellend, sich verbergend und betrügend sein hartes Leben führen.

2

Es war, als hätte eine selektive Katastrophe alle rothäutigen Körper, alle gesenkten Köpfe und alle Gesichter mit zusammengewachsenen Augenbrauen, nämlich die ehemaligen Eingeborenen dieser Gegend, von der Oberfläche dieser Erde getilgt. Sicher, noch immer wanderte gelegentlich ein elender Trupp – ein Rest der Eingeborenen, die zu anderen Zeiten dem Ruf gefolgt waren, alles gehöre allen, der sie einlud, sich in der fruchtbaren Umgebung des Herrenhauses niederzulassen – mit Waffengewalt getrieben in die Ebene hinein und ließ eine Spur von Leichen auf seinem Weg zu den blauen Bergen, die den Horizont säumten, zurück. Dort angekommen, wurden die Eingeborenen von Dienern bewacht, damit sie keine Minute in ihrer Arbeit innehielten: in den elenden Dörfern, wo man das Gold hämmerte, um es zu den von den Venturas begehrten Blättern zu verarbeiten, hatte das Personal den Befehl zu schießen, wenn die Eingeborenen miteinander sprächen. Da die Verständigung so gefährlich war, mußten diese sich auf die Zunge beißen und den Gebrauch der Sprache vergessen. Aber den Eingeborenen, die das Gold hämmerten, gelang es, ein aus Schlägen, Intervallen, Rhythmen, Wirbeln zusammengesetztes Rezitativ zu entwickeln, das ihre sehnsüchtigen Ohren schnell zu entziffern lernten.

Manchmal sah ein Kind im Landhaus eine Herde beklagenswerter Eingeborener, geführt von bewaffneten Männern, die Treppe hinuntergehen – und tat so, als sähe es sie nicht. Wo in diesem Haus sind sie die ganze Zeit gewesen? Was geschah immer noch in diesen Tiefen, die sie nicht kannten? Wo...? Die Kinder beobachteten sie, ohne sie anzusehen, denn sie wollten nicht mitansehen, wie sie hinausgingen, wohin sie selbst nicht gehen konnten; sie tauschten auch keine Zeichen des Erkennens mit ihnen aus; es waren zu viele Eingeborene und zu wenige Kinder, um sie alle persönlich kennen zu können, und außerdem war es hoffnungslos, sich einer Tragödie von diesen schrecklichen Ausmaßen zu stellen. Da dies aber sehr selten geschah, wurden die Gedanken daran, daß es trotz allem immer noch Eingeborene gab, immer seltener, auch bei den besser informierten Kindern, und schließlich glaubten sie, das Phänomen, das die ganze Gegend verheert hatte, habe sie endgültig und schmerzlos ausgerottet und nur sie selbst und die Diener als Erben des zweifelhaften Privilegs zu leben übriggelassen.

Das Haus stand da wie ein düsteres, verfallendes, in der Ebene vergessenes, luxuriöses Objekt, die Beete und die Rosenstöcke verheert, ein großer Teil des Parks verbrannt oder von der Axt der Eingeborenen, die Brennholz brauchten, gefällt. Vom Gemüsegarten war natürlich nichts übriggeblieben, auch nichts von dem primitiven Bewässerungsnetz, das man zu bauen versucht hatte und dann halb fertig liegen ließ, ohne es benutzt zu haben, denn damals war alles vorübergehend, versuchsweise gewesen, Irrtümer und Verschwendung waren gewöhnlich straffrei und ohne Korrektur geblieben. Das Haus selbst, die verfallenen Balustraden, die zerbrochenen Statuen, die zersprungenen Ziegel der Mosaike der Türme und Dächer luden die Gräser ein, sich seiner Architektur zu bemächtigen und ihre Wurzeln in jede Ritze, in jeden Spalt zu senken und zu wachsen, zu treiben und dort zu reifen und das Haus auf diese Weise mit merkwürdigen, sich im Winde wiegenden Schöpfungen auszustatten. Aber Juan Pérez, als erlebe das Haus seine besten Zeiten, polierte, den Flederwisch unter den Arm geklemmt, alle bronzenen Handläufe der Balkone der Vorderfront. Eine Arbeit, die nichts weiter war als eine schwächliche Entschuldigung, damit er das Haus nicht verlassen mußte und sich dort verschanzen konnte, von wo er ständig die Ebene ringsum überwachte. In den letzten Tagen erlaubte ihm seine Niedergeschlagenheit keine andere Tätigkeit als diese Handläufe immer und immer wieder zu polieren und alles, was auf der weiten Fläche der Ebene geschah, bevor sie in das endgültige Gähnen des Horizonts überging, zu beobachten, ohne daß jemand es bemerke. Das große Rad der am Himmel kreisenden Geier hatte irgendeinen Tod als Achse: den eines desertierten Eingeborenen zum Beispiel oder den eines Dieners; was kaum mehr bedeutete als einen von der Liste zu streichen. Oder Wenceslao! Aber die Raubvögel, die jenes Aas benagten, hackten bereits an seinen eigenen Knochen: gefangen in dem Haus, das zu verlassen er nicht mehr die Kraft hatte, geschwächt, seine Schergen ankreischend, sie sollten den Horizont nicht mit der jetzt unnützen Wolke von Samenfäden beschmutzen, erstickt von begierig auf sich genommener Schuld. Nein. Er konnte nicht hinaus. Und sein Elend von einem Zimmer ins andere tragend, den Blick gesenkt und doch fest am Horizont, polierte Juan Pérez die Bronze der Geländer immer und immer wieder, damit sie glänzte, so daß, wenn die Herrschaft zurückkäme, die niemals zurückkommen würde, sie wenigstens die Bronze strahlend vorfände, als Zeichen der aufrecht erhaltenen Zivilisation.

Die pompöse Fassade – die offizielle Fassade, wenn Sie so wollen – war jene, die sich der geraden, lotrecht auf das Zentrum zulaufenden Allee präsentierte, die von Büschen ge-

säumt war, die früher abwechselnd in Obelisk- und in Kugel-
form geschnitten waren, jetzt aber leider in beklagenswerter
Form verwachsen und fast vollkommen von dem verfluchten
Unkraut, dessen Juan Pérez' Augen überdrüssig waren, überwuchert wurden. Diese Allee führte direkt auf das schmiedeeiserne Tor, ich glaube, ich habe von ihm an anderer Stelle
schon gesprochen, das von zwei steinernen Pilastern gehalten
wurde, die mit von gleichem Material gehauenen, überquellenden Obstschalen geschmückt waren. Wenn auch das Gitter
aus seinem früheren Verlauf verschwunden war – jetzt stand
es zusammengeschrumpft nur einige Schritte vom Haus entfernt mit einer Bresche, in der zwei bewaffnete Lakaien Wache
hielten –, stand das Tor unnütz, theatralisch an seinem Platz,
schiffbrüchig im Ozean der Ebene, beschädigt von der Vegetation, aber fest verschlossen von der Kette und dem Riegel,
dessen Schlüssel Hermógenes in der Tasche seines Überrockes
verwahrt hatte, als er zu dem Ausflug aufbrach, mit dem ich
diesen Bericht begann. Wenn man es recht bedachte, bot das
verschlossene Tor jetzt seine rhetorische Vollkommenheit als
reines Symbol, denn wer ins Haus wollte, mußte durch die
dafür vorgesehene Bresche hinein, mußte den Wachen die
Losung sagen, damit sie die Schranke hoben, und konnte die
von dem Tor angebotene großsprecherische Formalität ignorieren. Vom Balkon aus beobachtete Juan Pérez unermüdlich das
Tor, weil es seine einzige Hoffnung darstellte. Er hatte mit
sich selbst, was das Tor anging, eine Wette abgeschlossen,
daß, wenn er gewann... nun ja, in dem Fall wäre es alle
seine Mühen wert gewesen. Aber es war eine geheime Wette,
die seinen Lesern zu entdecken der Autor noch nicht für
angebracht hält. Das Tor anstarrend seufzte Juan Pérez,
hob den Blick – ohne jedoch vom Glanz des Balkongitters,
das er mit seinem Flederwisch abstaubte, zu lassen – zu der
ganzen Weite des unerbittlichen Horizonts, der alles absteckte.
Als hätten dunkle, opportunistische Götter seinen Ruf gehört,
gab es dieses Mal endlich eine Antwort auf sein Flehen: auf der
Linie, die das Ende der Erde und den Beginn des Himmels
bezeichnete, erschien ein kleiner Fleck, genau über dem Tor,

wenn Sie wollen, und fast in der Mitte sogar, als wolle er seine eigene symmetrische Beziehung zu den beiden Pilastern ermessen. Der Fleck wuchs, bis er aussah wie eine wandernde Ameise, dann wie eine Kakerlake und dann wie eine Maus, und aus der Form einer Maus wuchs er zu der eines größeren und längeren Tieres. Begreifen flackerte in Juan Pérez' Gesicht auf, als er sah, daß diese herangleitende Schlange immer länger wurde; für ihn bedeutete sie die befreiende Niederlage, die strafende Macht für alle seine Ängste, denn seine Verpflichtungen würden in die Hände anderer übergehen, und er würde unter der Lupe der herrschaftlichen Untersuchungen in einem Augenblick wie ein Strohhalm verglühen, auf ein Häufchen Asche zusammenschrumpfen, da seine Unfähigkeit, Wenceslao zu finden und zu strafen und damit die Verbreitung der Menschenfresserei aufzuhalten, ihn verurteilte. Das Ende also: noch einmal der Anfang, die Wiederaufnahme der Zeit, die in die Hände anderer Verwalter überging, so daß er wieder seinen Groll in einem zurückgezogenen Winkel weiden könnte, ohne daß dies irgendeine positive oder negative Auswirkung auf irgendwen haben würde.

Noch keiner der Bewohner des Landhauses hatte die nahende Kavalkade bemerkt, und weder das Gebell noch der Hörnerschall waren vom Haus aus zu vernehmen. Aber es sei unnötig, irgend jemanden vorzubereiten, dachte Juan Pérez: sollte doch jeder bei seiner eigenen Beschäftigung überrascht werden. Nur er, auf dem Balkon, würde Zeit haben, sich darauf vorzubereiten, sich der Herrschaft zu stellen, die wie in einer großen Eidechse herankam, deren Kopf sich dem Haus näherte und deren übles Schwanzende sich am Horizont verlor. Juan Pérez' Herz hämmerte: jetzt war der Augenblick gekommen, da bei der Ankunft die Wette, mit der er alles riskierte, gewonnen oder verloren wurde. Und, die Hände auf das bronzene Gitter gestützt, beobachtete er die heranrasende Kavalkade wie jemand, der einen Urteilsspruch erwartet: Wagen, Reiter, Pferde, Hunde, Herrschaft und Diener, die ihre Hörner bliesen, während die Menschen im Haus langsam aufmerksam wurden und bemerkten, daß dies ein anderer Sonnenuntergang war als gewöhnlich.

Juan Pérez mußte ein Triumphgeheul unterdrücken, als er sah, daß er seine Wette gewonnen hatte: ja, statt in Richtung auf die Bresche in dem tatsächlich stehenden Gitter zu fahren, statt verwirrt vor so vielen Veränderungen anzuhalten, wandte sich die Kavalkade, als wäre es selbstverständlich, dem Tor zu. Die erste Kutsche hielt, hinter ihr hielt, mit einem ausgedehnten Todesröcheln durch den ganzen Körper der Eidechse bis hin zu ihrem unsichtbaren Schwanz, das Gefolge und teilte so die Welt, wie es sich gehört, in zwei symmetrische Hälften. Hermógenes stieg aus dem ersten Wagen und öffnete das Schloß des Tores. Er steckte den Schlüssel wieder ein, stieg in den Landauer zurück und gab Befehl, wieder anzufahren. Und während ein Trupp neuer Gärtner beide Flügel des Tores offen hielt, fuhren die Wagen der Venturas zwischen dem rechten und dem linken Pfeiler – oder dem linken und dem rechten, je nachdem, ob man es vom Haus oder von der Ebene aus betrachtete – hindurch, als führen sie in ihren Park hinein, tatsächlich kamen sie freilich nirgendwo hinein. Erst, nachdem sie diese großartige Formalität des Durch-das-Tor-Ziehens vollzogen hatten, wandten sie sich zur Bresche, wo die Diener, die hier Wache hielten, sie ohne Losung passieren ließen, da sie sie erkannten. Ja, sie waren es, obwohl die Wachen und auch Juan Pérez – und der Majordomus, der zu ihm auf den Hauptbalkon gelaufen war, um der Ankunft beizuwohnen – in den Hauptwagen zwischen der Herrschaft den einen oder anderen rötlichen Kopf nicht kannten und einen mit zu lächerlichen Blumen geschmückten Hut, als daß er die erlesene Haarpracht einer Familienangehörigen hätte bedecken können.

»Wer mag das sein?« sagte der Majordomus wie zu sich selbst.

»Wieso, wer soll das schon sein?« antwortete Juan Pérez verächtlich, er vergaß im Augenblick, daß der Majordomus die Versprechen, die er im letzten Augenblick in der Kapelle in der Ebene von Hermógenes erhalten hatte, nicht mit angehört hatte.

»Die Ausländer natürlich.«

»Woher weißt du das?«

»Man braucht doch nur diese rauhe Haut zu sehen, diese grobe Kleidung...«

»Es gibt Leute, die mit diesen schweren Fehlern behaftet sind, ohne Ausländer zu sein«, erklärte der Majordomus. »Aber, jetzt hilf mir, mich fertig zu machen.«

Und sich in der Scheibe des offenen Fensters betrachtend, in der in seinem Rücken sich die Ankunft der Kutschen im Abendlicht spiegelte, ordnete der Majordomus den Fall seiner Spitzen, während Juan Pérez, hinter ihm kniend, den Flederwisch zwischen den Zähnen, ihm den reichlich zerdrückten Samt seiner Livree bürstete. Der Einzug der Herrschaft durch das unnütze Tor, dachte er, stellte die Symmetrie der Welt wieder her und versicherte ihm, daß sie den vertraulichen Versprechen von Hermógenes gemäß, von den Ausländern unterstützt, weiter dafür kämpfen würden. Daß sie durch das Tor hereinfuhren, nachdem Hermógenes ausgestiegen war, um die unnütze, aber glorreich bedeutsame Verrichtung auszuführen, es eigenhändig mit seinem Schlüssel zu öffnen, bedeutete nicht mehr und nicht weniger, als daß die Venturas sich vorgenommen hatten, nichts zu sehen, sich wieder einmal auf den dichten familiären Schleier zu berufen und der vergangenen Zeit und dem in dieser Zeit Vorgefallenen keinerlei Bedeutung beimessen zu wollen und alles den klassischen Regeln entsprechend, deren Anhänger sie – genau wie Juan Pérez – waren, zurechtzubiegen.

»Bin ich in Ordnung?« fragte der Majordomus, bevor er ins Vestibül der Windrose ging, um die Herrschaft zu begrüßen.

»Hochelegant wie immer«, antwortete der Diener.

»Während ich sie empfange, umstelle du die Kinder, die vom *piano nobile* und die anderen, und schließe sie in der Küche mit den dicken, gedrungenen Säulen im Keller ein. Sie sollen nicht raus, bevor ich sie rufen lasse. Ich will an diesem ersten Abend keine indiskreten Fragen ihrer Eltern.«

»Wie ich meine Herde kenne«, antwortete Juan Pérez, »werden die Eltern weder heute noch jemals indiskrete Fragen stellen.«

»Nein?«

»Nein.«

»Schließe sie trotzdem ein, ich muß dem neuen Majordomus gegenübertreten, das macht mich nervös.«

»Wir sind es, die die Menschenfresser ausgerottet haben«, erklärte Juan Pérez. »Der andere Majordomus und die anderen

Diener sind die neuen Diener und der neue Majordomus, aber wir sind etwas Besseres, weil wir als Gläubiger Anspruch auf einen höheren Rang und eine bessere Behandlung haben.«

»Du hast recht, Juan Pérez. Aber lassen wir diese Überlegungen für einen anderen Tag und konzentrieren wir uns auf die Strategie des Augenblicks. Während ich die Herrschaft begrüße, schließt du die Kinder doch besser nicht ein. Es erscheint mir effektvoller zu sein, sie auf dem Hauptrasen loszulassen, damit sie dort herumspielen, aber auf keinen Fall auf die Terrasse heraufkommen, das wirst du ihnen strikt verbieten. Von weitem können sie ihren Eltern zuwinken, die von der Reise zu erschöpft sein werden, um etwas anderes als Häppchen, die ich auf der Südterrasse servieren lasse, zu genießen, und wenn sie ihre Aufmerksamkeit auf diese im schwindenden Licht des Abends bezaubernden Figuren lenken, werden weder die Ausländer noch die Herrschaft den Verfall des Parks und der Terrasse bemerken... und auch nicht Wenceslaos Abwesenheit.«

Lidia meinte, es sei ihre Pflicht, sofort in die Küche hinunterzusteigen, ohne sich auch nur den von der Reise staubigen Schleier abzunehmen, und sich um das Begrüßungsmahl für die Ausländer zu kümmern. Aber Hermógenes hielt sie mit einer Bewegung seiner Brauen zurück: unter allen Frauen der Familie sei sie die einzige, die in der Lage sei, die Gattin des wichtigsten Ausländers zu unterhalten, da Adelaida unbeugsam stolz sei, Balbina eine dumme Gans, Ludmila ohne jede Substanz, Celeste eine Pedantin, Eulalia eine Verlorene und Berenice alles daransetzte, so auszusehen, als wäre sie eine. Als sie diese Rolle übernahm, dachte Lidia mit Befriedigung, daß sie selbst nicht einmal eine weltläufige Frau sei: obwohl erfahren darin, die Dinge so einzurichten, daß sich den Menschen um sie herum der Genuß an den Dingen erhöhte, brüstete sie sich ihrer eigenen Unfähigkeit zu genießen wie einer Tugend. Wie einfach wäre die gegenwärtige Situation zu meistern gewesen, hätte man mit Hilfe von Silvestres guten Beziehungen einen neuen Majordomus bekommen, den sie so eingewiesen hätte, daß er sich bei der Ankunft um alles hätte kümmern können. Jetzt war Lidias Herz in der Küche; das Durcheinander der Ankunft, wie ein Wirrwarr recht ferner Silhouetten aufgenommen, blieb hinter der substantiellen Realität ihrer Sehnsucht nach dem Vergnügen, kulinarische Befehle auszugeben, zurück. Aber dies war nicht der passende Augenblick, um an Vergnügen zu denken, sondern an Pflicht, denn der Älteste der Ausländer hatte es sich einfallen lassen, seine Gattin zu dieser großen Gelegenheit mitzubringen: eine unbedeutende, aber entschiedene kleine Frau, schüchtern, aber unmenschlich schneidend in ihrem Urteil, so rothaarig wie sie alle, im ganzen unpassend in dieser Atmosphäre angedeuteten Gelächters und trotz der langen Reise in vollkommen sitzender Garderobe. Sie war verwirrt über Berenice' Geplänkel um ihren keineswegs begehrenswerten Mann, schien aber eine ordentliche Frau zu sein, mit der Lidia unter anderen Umständen gern darüber geplaudert hätte, wie untüchtig überall die Lakaien seien, und über die Kinder, diese lästigen, so verrücktermaßen anstrengenden Schätze, mit denen die Natur sie belastete ... nun ja ... über alle diese Dinge, die für Frauen mit dem Herzen am rechten Fleck die angenehmste Weise waren, die Zeit totzuschlagen, dieser selbstmörderische Drang, der ihnen den Verstand blendete.

Die Ausländer zählten drei Männer und eine Frau. Der Ausländer mit dem Gehabe eines Prinzipals, ein dickbäuchiger Mann von fünfzig Jahren, kahl, aber die Wangen von der gewaltigen Kraft seiner Favoris eines Nabobs überwuchert, hatte ein pickeliges Gesicht, eine Himmelfahrtsnase und wässerige, von strohblonden Wimpern umrandete Augen. Seine Kleider prahlten mit einer hergesuchten Verachtung gegenüber jeder Eleganz, so als stelle die Nichtbeachtung dieses einsamen Wertes in sich einen Gegenwert dar, der die von den Venturas gepflegten Werte herausfordere. Er benutzte ein kleines Hörrohr, verschiedene Brillen, die er oft wechselte und dabei mit den kleinen Kästchen klapperte, in denen er sie aufbewahrte, hatte eine Spange für die Geldscheine, eine Uhrkette mit einem Kompaß, zwei Uhren, die er ständig miteinander verglich, und eine Menge Dinge, die er vor der begeisterten Berenice ausbreitete und dann wieder in den unzähligen Taschen seiner praktischen Reisejacke verstaute; es war, als verliehen diese künstlichen Apparate, die wie Verlängerungen seiner eigenen Fähigkeiten fungierten, ihm eine gewisse übernatürliche und doch mechanische Omnipotenz. Hermógenes wich kaum von seiner Seite. Er zog Notizbücher und Papiere aus seiner Tasche, die er seiner mißmutigen Prüfung anbot, und versuchte, ihn in Erörterungen zu verwickeln, die sich rüde über die Anwesenheit der anderen, selbst der Damen, hinwegsetzten. Dieser Mann war der wichtigste, schloß der Majordomus ohne Mühe, als er ihm im Mohrenkabinett das Tablett mit den Erfrischungen reichte, bevor er auf die Terrasse ging: ja, von diesem Mann hing alles ab. Was, das wußte er noch nicht, aber auf jeden Fall waren die Venturas ihm gegenüber nicht frei. Es war – und der Majordomus schüttelte sich bei diesem schrecklichen Gedanken –, als ob die Venturas in dem Mohrenkabinett (das etwas schäbig war, vielleicht, aber wenn einer willens war, nicht auf Details zu achten, doch immer noch ein würdiger Raum für die Geschäfte der Herren), o Wunder, »arbeiteten«: Hermógenes suchte vor dem älteren Ausländer nach Worten, Berenice flirtete, Eulalia – so wettete der Majordomus – stand sehnsuchtsvoll in Bereitschaft, um die Saat der Brunst ihrer Schwägerin zu ernten, Lidia kümmerte sich um die Ausländerin, damit sie nichts bemerke, und Terencio, Anselmo und Olegario unterhielten wie diskrete Clowns den zweiten Ausländer, der nichts als ein kräftiger, durch das gattungsmäßige Blond gesichtsloser Jüngling war; jeder von ihnen führte plötzlich eine Nummer in seinem eigenen Zirkus vor. Der Majordomus sagte sich, er dürfe keine Einzelheit dieser Geschäftigkeiten übersehen, damit nichts von dem, was hier ausgeheckt wurde, seiner Aufmerksamkeit entgehe.

Aber die Augen von Juan Pérez – er schenkte in den Kristallkelchen eine blutrote Erfrischung aus, den Saft einer bestimmten, aus dem Süden stammenden Frucht, mit ein paar Tropfen Rum gewürzt – brauchten sich nicht zu bemühen, er wußte alles von dem Augenblick an, als Hermógenes ihm seinen Plan in der Kapelle erklärt hatte. In ihrer neuen Rolle als Bittsteller zeigten die Herren die gleiche ungeschickte Gier, die er den Venturas gegenüber verspürte, genau das Gefühl, das ihn in seine verhaßte Stellung als Diener drückte. Ja, selbst die unerbittliche Adelaida, die sich auf ihre Handarbeit konzentrierte und ihren Gästen den Rücken wandte, ja, selbst sie wollte von dieser verächtlichen Operation profitieren.

Oder nicht, denn die Angelegenheit, das sah Juan Pérez ganz klar, war noch nicht ausgefochten. Darum so viel Wirbel, so viel Gelächter, so viel Fächerwedeln, so viel auf die Schultern klopfen. Jedes Mitglied der Familie gackerte seine Spezialität: Sex, Politik, Religion, Kunst, Hausfraulichkeit, und sie bemerkten nicht ohne Beschämung, daß alles, was sie *waren*, für die Ausländer keinerlei Wert besaß – im Gegensatz zu dem, was sie besaßen, was, das begriffen sie, nicht dasselbe war –, und sie wünschten mit der gleichen Verzweiflung, mit der Juan Pérez wünschte, ein Ventura zu sein, diese groben, geröteten Menschen zu sein, mit der tastenden, apologetischen Sprechweise, so unfähig, die ironischen Neckereien der Familie zu schätzen, ein Ton, den mit intelligenteren Reden zu füllen im Augenblick niemand genug Energie besaß.

Sowohl die mit dem umpassenden, ganz aus Obst bestehenen Hut angetane Frau als auch der dritte Ausländer, ein Onkel des zweiten, wie es schien, tauchten aus ihrer Langweiligkeit nur mit Fragen auf, die in stümperhaften Versionen – der Schreiber verweigert sich der langweiligen Mühe, sie zu reproduzieren – der Sprache der Venturas ausgedrückt waren, um an der Geselligkeit teilzunehmen.

»Was sagen Sie, Herr Silvestre?«

»Können Sie mir das bitte erklären?«

»Aus welchem Grund versichern Sie, daß Ihre Stiefel ein Geschenk waren, wenn Sie gerade gesagt haben, Sie hätten sie in dem Laden des Italieners an der Palmenallee gekauft? Das ist ein Widerspruch, Herr Olegario, den ich Sie bitte, mir zu erklären...«, und Olegario erklärte geduldig.

»Sie, Frau Berenice, geben vor, eine alte Frau zu sein, und sind doch fünf Jahre jünger als ich?« fragte sie die Frau laut, als sie sah, wie Berenice ihrem Sohn, der keineswegs so unschuldig war, wie sie es gern gesehen hätte, und wie man seinem Aussehen nach hätte meinen können, etwas ins Ohr flüsterte.

»Das ist nur eine Redensart, liebe Freundin«, erwiderte Berenice verwirrt, weil sie merkte, daß ihre Manöver etwas zu offensichtlich waren.

»Arbeite, Hure, arbeite!« sagte Juan Pérez bei sich, als er die leeren Kelche abräumte.

»Wie viele Kinder haben Sie und wie alt sind sie?« fragte die Ausländerin Berenice in der Absicht, ihren Sieg vor ihrem Sohn zu festigen.

»Kinder? Wer? Ich? Vier, alles Söhne. Sie sind meine Schätze! Sich um sie zu kümmern, ist so anstrengend wie sonst nichts auf der Welt. Ich vergehe jedoch vor Sehnsucht, sie zu sehen, sie in meine Arme zu nehmen. Aber ich bin, wie wir alle, nach der langen Reise zu erschöpft, um mich noch heute mit ihnen zu beschäftigen. Zum Glück habe ich Diener, die sich um sie kümmern...«

»Wie bitte?« rief die Ausländerin entrüstet aus. »Sie opfern sich nicht auf, um sich selbst um Ihre Kleinen zu kümmern? Wo doch die harte, mütterliche Fürsorge die schönste Aufgabe der Welt ist!«

Olegario, dunkel, verführerisch, kam Berenice zu Hilfe und fragte, seinen lackierten Schnurrbart zwirbelnd, die Ausländerin:

»Würden Sie gern unsere Erben im Park spielen sehen?«

Und Terencio:

»Ja, gehen wir auf die Südterrasse hinaus...«

Und Anselmo:

»Um diese Zeit pflegt man von dort einen wunderschönen Blick zu haben...«

Auf ein Fingerschnippen von Olegario öffneten der Majordomus und Juan Pérez die hohen Glastüren zur Südterrasse, um die Herrschaft hinaus zu lassen, die sich in den Korbsesseln niederließ, die die Diener ihnen weit von der hinfälligen Balustrade entfernt anboten, damit die fehlerhaften Einzelheiten des Parks durch die Entfernung und die Dämmerung gemildert würden. Niemals waren Juan Pérez und der Majordomus so sehr »dienernd« wie in diesem Augenblick, denn ihre Interessen mit denen ihrer Herren identifizierend wünschten sie brennend, die Ausländer würden tatsächlich mit offenem

Mund den Park betrachten, obwohl er um diese Jahreszeit nicht seine schönste Pracht zeigte.

»Schmilzt nicht dieses Ocker des Sonnenunterganges«, deklamierte Celeste, »wie ein Goldregen über Danae...?«

»Ist diese Dame Schauspielerin?« flüsterte die Ausländerin Hermógenes ins Ohr, überrascht über Celestes unerklärlichen poetischen Erguß.

»Nein«, antwortete er leise, um den dichterischen Höhenflug seiner Schwester nicht zu unterbrechen, unterließ aber seinen üblichen Kommentar zu Lidia – sie ist einfach dumm. »Celeste ist eine besondere Frau, deren außerordentliche, beinahe krankhafte Sensibilität bewirkt, daß sie von der Schönheit in all ihren Manifestationen stark berührt wird. Aber ist der Park um diese Zeit nicht wunderschön von hier aus?«

»Nicht schlecht«, antwortete der mit den Favoris eines Nabobs, »für einen so entlegenen Platz. Schade, daß er so klein ist!«

»Klein!« kreischte Ludmila aufs äußerste beleidigt, denn die Besitzungen ihrer wohlhabenden angeheirateten Familie hörten nie auf, sie in Erstaunen zu versetzen.

»Es ist einer der ausgedehntesten künstlichen Parks in dieser Hemisphäre«, erklärte Silvestre, ohne sich zu bemühen, seinen beleidigten Stolz zu verbergen.

Der Nabob nahm seine Brille ab, steckte sie in ihr schwarzes Kästchen, setzte sich eine neue auf, zündete sich eine Pfeife an und lehnte sich in seinem Sessel zurück, um den Besitz zu betrachten: die Kinder auf dem Rasen oder besser auf dem, was von ihm geblieben war und was um diese Zeit als Rasen durchgehen konnte, formten mit ihren Spielen eine wechselhafte Girlande, die sich in sich verflocht, sich löste, sich wandt, wie ein wunderschönes dekoratives Element, und stimmten die glücklichen Lieder der Kindheit an. In ihrer Nähe, im Myrtengebüsch, indessen nicht darin verborgen, blitzten die Livreen der Lakaien – ohne ihre unter dem bestickten Samt im Anschlag gehaltenen Pistolen zu zeigen –, damit die Sprößlinge ihre verführerische Funktion auch erfüllten.

»Ich zweifle nicht daran«, erwiderte der Nabob. »Aber der Park meines Hauses, der enschieden nicht einer der größten *unserer* Hemisphäre ist, würde bis an den Horizont reichen...«

»Der Horizont hier gehört uns auch«, rief Ludmila.

»Ja, Frau Ludmila, ja«, beruhigte sie die Ausländerin. »Aber Sie brauchen sich nicht so aufzuregen. Möchten Sie eine Pille, um Ihre Nerven zu beruhigen? Zu Ihrem Trost möchte ich erklären, daß wir niemals diese so unbequeme Reise unternommen hätten, noch uns in diesem fast verfallenen kleinen Haus beherbergen würden, wenn wir nicht die genaue Ausdehnung der Besitzungen Ihrer angeheirateten Familie kennen würden.«

»Schade, daß die Ruinen dieses Hauses ziemlich alt und reichlich ramponiert sind«, erklärte der blonde Bursche, »nicht neu wie die Ruinen, die mein Vater in unserem Park aufstellen ließ: griechische Ruinen. Jonischer Stil. Fünftes Jahrhundert vor unserer Zeitrechnung. Eine exakte Kopie des Artemis-Tempels.«

Nur Berenice hörte ihm zu:

»Wie faszinierend! Wie wunderschön!« wiederholte sie, weil die Reden, die der junge Mann von sich gab, sie beunruhigten; sie wußte nicht, was sie mit einem solchen Unsinn anfangen sollte. »Wie wunderbar! Wie faszinierend!«

Die Ausländerin warf ihr einen stechenden Blick zu:

»Faszinierend? Was wollen Sie damit sagen, faszinierend? Schlangen faszinieren, Svengali fasziniert, aber ich sehe nicht, wie ein paar vollkommen normale Ruinen irgendwen faszinieren sollten. Um zu faszinieren, braucht man Augen, Frau Berenice, und Ruinen haben keine Augen...«

»In der Ebene, jenseits des kleinen Parkes«, sagte der dritte Ausländer, der dem Nabob ähnelte, aber in kleinerem Format und dem Aussehen von Überflüssigem wie jene Reproduktionen berühmter Denkmäler zum Hausgebrauch, den sie nur mitgebracht zu haben schienen, um die Zahl voll zu machen, »erkennt man eine Art Siedlung oder Dorf. Darf ich darum bitten, daß mir jemand sagt, was das genau ist?«

»Dort«, erklärte Terencio, »leben einige Eingeborene, die, wenn wir im Sommer drei Monate hier verbringen...«

»Drei Monate!« rief die Ausländerin erschrocken aus. »Sie sind wirklich eine mutige Rasse!«

»...drei Monate«, fuhr Olegario fort und versuchte zu verhindern, daß die Worte der Ausländerin ihn schmerzten, und schwor sich, eine Gelegenheit zu finden, sie zu vergewaltigen, ohne ihr dabei Lust zu bereiten, nur als Strafe, bis die Rothaarige ihn um Verzeihung bäte, »die stets wie im Traum vergehen, arbeiten sie für uns, sie bebauen den Boden und jagen und mästen Tiere für unsere Tafel...«

Der überflüssige Ausländer, der offenbar gar nicht so überflüssig war, denn er riß jetzt das Gespräch an sich, fragte – sich ebenfalls eine Pfeife anzündend:

»Kannibalen, nehme ich an?«

Die Frauen sprangen erschrocken auf und drückten ihre Taschentücher zwischen ihren Fingern oder an die Winkel ihrer Augen, sollten diese tränen:

»Wie *können* Sie so etwas fragen?«

»Es gibt Dinge, die man weiß und die man nicht vor Damen ausspricht, mein Herr...«

»Ah! Man weiß es also?«

»Meine Damen«, intervenierte der Nabob in offiziellem Ton. »Es war nicht unsere Absicht, Sie zu erschrecken, Sie sind zu bezaubernd, und bezaubernde Frauen sind unserer größten Aufmerksamkeit wert, wie ein tapferer Soldat oder ein treuer Diener. Was würde aus unserer Zivilisation ohne unsere süßen Tyranninnen.«

»Der Moment ist gekommen«, proklamierte der überflüssige Ausländer mit einer Autorität, die die anderen beiden schweigen hieß, »daß die Familie Ventura sich der bitteren Wahrheit stellt, daß es, da in jedem Eingeborenen ein potentieller Menschenfresser lebt, keine andere Alternative gibt, als sie ein für allemal zu eliminieren.«

Hermógenes räusperte sich um Erlaubnis bittend, ihn zu unterbrechen:

»Meiner Meinung nach sind sie ausreichend ›eliminiert‹, so wie wir sie halten, in Isolation und Abhängigkeit...«

»Es ist offenkundig, daß Ihre Meinung weder informiert noch durchgreifend ist. Beweis: was hier im Landhaus geschehen ist.«

»Aber hier ist absolut nichts geschehen, mein lieber ausländischer Freund«, flötete Celeste. »Die einzigartige Blütenpracht unserer Gärten schmückt wie immer unsere Amphoren, und die Pfauen wachen Tag und Nacht mit den unzähligen Augen ihres Gefieders.«

Der überflüssige Ausländer machte Celeste überflüssig. Er stand auf und, sich über die elementarste Regel guter Erziehung hinwegsetzend, die befiehlt, niemals eine von Damen geleitete Gesellschaft in eine geschäftliche Versammlung zu verwandeln, wandte sich auf folgende Weise an die Mitglieder der Familie, die um den Tisch saßen, wo Juan Pérez und der Majordomus ihnen sehr eilfertig Erfrischungen und Süßigkeiten anboten:

»Wenn die Goldminen, die wir morgen besichtigen werden, tatsächlich so ausgezeichnet sind, wie ich glaube, in unsere Hände übergehen, werden wir die Kannibalen tatsächlich ausrotten und nicht nur dem Namen nach wie Sie. Wir werden alles mechanisieren, um auf sie verzichten zu können. Mit dem Ziel, daß ihre grausigen Sitten hier nicht wieder aufleben, werden wir ihnen zu Anfang die Möglichkeit geben, in die großen Städte voller Fabriken und Rauch zu emigrieren, die mit ihnen fertig werden. Die, die hierbleiben, und immer gibt es einen Haufen Starrsinniger, die darauf bestehen zu bleiben . . .«

»Weiter, Onkel«, reizte ihn der Neffe, der, wenn es nicht zu offensichtlich wäre, hier ein Gelächter ausstoßen müßte, das der Autor als unheilvoll bezeichnen würde, »sag es ihnen . . .«

Aber der überflüssige Ausländer, von irgend etwas abgelenkt, hatte in seiner Predigt innegehalten; sein Blick streifte über die Ebene, was ihn zu erweichen schien, und mit verändertem Ton fuhr er fort:

»Wie lange dauert es noch«, fragte er mit einer Stimme, die jetzt nicht mehr nach Belehrung klang, »bis die Gräser anfangen, ihre berühmten Samenfäden zu lösen?«

Adelaida, die Autorität der Familie in Angelegenheiten der Landwirtschaft, ließ sich dazu herab, ihm mit vor Verachtung über so viel Unwissenheit steifen Lippen zu antworten:

»In zehn Tagen sind sie wie Zunder, und der Wirbelsturm beginnt.«

»So viel Zeit haben wir also noch«, meinte der Ausländer.

»Nachher, wenn wir zurückfahren, werden wir diese gepeinigte Region für immer von den Samenfäden befreien.«

»Wie?« fragten alle im Chor.

Mit einer zu eindeutigen Flamme, als daß seine Zuhörer die Anspielung hätten mißverstehen können, zündete er sich seine Pfeife an.

Einige standen auf, knabberten nervös an den Köstlichkeiten oder sahen auf ihre Uhren oder betrachteten die im Garten ausgestreckte Girlande der Kinder, die Frauen plaudernd, die Männer elegant gestärkt trotz der langen Reise. Aus den Augenwinkeln prüften sie den Ausländer, den sie anfangs, weil er der harmloseste schien, für überflüssig gehalten hatten: in seinem Korbsessel zurückgelehnt, den Kopf kahl, die Wangen herabhängend wie die einer Dogge, hielt er den Kopf seiner Pfeife in seiner Faust. Plötzlich entspannten sich seine Finger, und er stieß eine Rauchwolke aus: alle verspürten den Wunsch zu fliehen, den sie bezwangen, wenngleich Balbina, dumm wie sie war, mit einem kleinen Schrei aufsprang und zur Balustrade lief. Liebevoll forderte ihre Familie sie auf, an ihren Platz zurückzukehren. Sie bestanden jedoch nicht darauf, denn nichts, was Balbina tat, war von irgendeiner Bedeutung. Mit einer Bewegung des Kopfes befahl der Majordomus Juan Pérez, hinzugehen und Balbina zu bedienen, die ihren Kopf an eine der zerbrochenen Urnen lehnte. Er bot ihr eine verführerische Portion Pompadour-Torte an, damit sie nicht weiter so hysterisch in den Park starre und sich wieder in die Reihe ihrer friedfertigen Verwandten, die um die Besucher herum saßen, eingliedere.

»Wann fahren wir morgen los?« fragte der Blonde.

»So früh wie möglich«, entgegnete der Ausländer, der nun der einzige nicht überflüssige der drei war.

»Und auf dem Weg«, zwitscherte Celeste, »werden wir einen kleinen Umweg machen, um die Lagune und den Wasserfall mit den riesigen Seerosen zu besuchen, die für mich ein Meisterwerk der Natur sind...«

»Balbina, warum kommst du nicht?« rief Eulalia.

Balbina rührte sich nicht. Das Ballett der Kinder auf dem wie Samt gepolsterten Rasen erschien Balbina wie eine himmlische Vision, fern von den Zufälligkeiten ihrer eigenen Person oder ihrer Familie, ein Teil dieses Kontinuums von Täuschungen, die ihre ganze Erfahrung ausmachten. Bald vergaß Eulalia, eingefangen von anderen Überlegungen, die Abwesenheit Balbinas, die scheinbar ruhig blieb und die Silhouetten der Kinder dort unten betrachtete und ihren lieblichen Rufen lauschte. Sie waren so bezaubernd, daß sie sich plötzlich wünschte, von der Terrasse zu fliehen, wo es unmöglich war, sich nicht den Spannungen der Gesellschaft zu unterwerfen, und sich in ihre Spiele einzureihen. Aber Balbina, dick und in ein Korsett gezwängt, mit Juwelen behängt und Federn, hätte es Mühe bereitet, ihr Volumen zusammen mit dem ihrer Krinoline mit der Leichtigkeit der Kinder zu bewegen, die, außer daß sie sie selbst waren, nur Reinkarnationen von ihr, ihren Brüdern und ihren Vettern darstellten und auf unendliche Weise austauschbare Plätze der Vergangenheit und der Gegenwart besetzten, nun eingestimmt in ihre Träumereien. Irgend etwas fehlte jedoch, eine Stimme vom Himmel, ein Trost und Führer, die bei anderen Gelegenheiten mystische Verwünschungen ausstieß, die sie inspiriert hatten. Sie erinnerte sich nicht, was diese Stimme sagte, nur ihre Gegenwart, die nach ihr rief – Balbina, Balbina, meine Balbina –, die sie mit einer physischen Sanftheit umfing, die jetzt der Perfektion des Parkes und der Welt fehlte.

Fehlte?

Nein. Nicht von der Mansarde, sondern vom Rasen und unter die Stimmen der Kinder gemischt hörte sie die geliebte Stimme, die nicht *Balbina, Balbina* rief, aber aus einem Gewirr von Röcken und Fäusten und Livreen und Fußtritten, die plötzlich Kinder und Diener im Garten durcheinander wühlten, *Mama, Mama!* Innerhalb ihres Fassungsvermögens wurde Balbina aufmerksam, obwohl niemand der übrigen Familie das unbedeutende Phänomen bemerkt hatte, das sie als eine ungraziöse Anhäufung in der kindlichen Choreographie deuteten. Aber Juan Pérez lief zur Balustrade. Ohne jede Etikette reichte er Balbina die Kaffeetasse und das Tablett. Niemand maß dieser überraschenden Geste Bedeutung bei, noch wollte man die Bewegung der Hand des Lakaien erkennen, die unter dem bestickten Rock seiner Livree den Griff seiner Pistole packte.

»Mit ergebendstem Respekt, Euer Gnaden«, sagte Juan Pérez, »ich bitte Sie, vollkommen ruhig zu bleiben und nicht zu zeigen, daß Sie wissen, daß der Herr Wenceslao nach Hause zurückgekehrt ist.«

»Aber von woher soll mein hübsches Püppchen zurückgekehrt sein?« fragte Balbina. Und sofort schrie sie auf. »Wenceslao, Wenceslao, mein Schatz, komm in die Arme deiner Mutter!«

3

Wenceslao strampelte, biß, boxte, wehrte sich gegen die Lakaien, die versuchten, seine wild fuchtelnden Beine niederzudrükken, ihn am Haar und an den Ohren festzuhalten, um ihn auszuziehen und dann mit den Resten seiner Aufmachung als *poupée diabolique,* die ihm jetzt zu klein war, zu bekleiden. Seinen Kopf mit muskulösen Händen packend, gelang es ihnen, sein Haar mit einer Ludmila gestohlenen, blondgelockten Perücke zu bedecken, während er Juan Pérez zuschrie – dieser in seinem Sessel zurückgelehnt, den Flederwisch in der Hand, betrachtete grinsend die mühsame Verwandlung –, er würde ihm niemals verraten, wo Agapito sei, und warnte ihn, vor seinem Bruder auf der Hut zu sein, der wie er zum Menschenfresser geworden sei; mit tausend hungrigen Männern würde er das Haus überfallen, denn die Ausweglosigkeit ihres Hasses habe der alten Grausamkeit eine neue Bedeutung verliehen. Er sprach mit einer solchen Heftigkeit, daß die Lakaien, die dabei waren, ihm die Lippen zu schminken, ihm das Gesicht auf beklagenswerte Weise verschmierten.

»Das macht nichts«, beruhigte sie Juan Pérez. »Die Herren, das ist aus ihrem Verhalten am Tor zu schließen, sind bemüht, den dichten familiären Schleier über jedes unpassende Detail zu ziehen. Sie werden ihn auch über das mangelhafte Make-up von Herrn Wenceslao ziehen. Gehen wir.«

»Warte«, sagte Wenceslao, als er von den Lakaien aus dem Zimmer gestoßen wurde. »Ich warne dich! Denk an die Macht, die ich über meine arme, schwachsinnige Mutter habe! Unter den gegenwärtigen Umständen wird ein Wort von mir genügen, und sie wird einen Sturm auf euch entfesseln, in dem ihr alle aus eigener Schuld umkommen werdet.«

»Es ist bedauerlich«, meinte Juan Pérez zu den Lakaien, um

nicht direkt den zu tadeln, den die Etikette noch immer als Herrn auswies, »daß der eigene Sohn, Opfer aller möglicher bösartiger Einflüsse, es wagt, sich auf so ungebührliche Weise über seine Mutter zu äußern, die nicht nur eine Heilige ist, die viel gelitten hat, sondern ihn auch noch wahnsinnig liebt . . .« Sie marschierten durch den Flur, Juan Pérez an der Spitze, zwei Lakaien hinter ihm, dann Wenceslao, aus Gewohnheit die Volants seiner Unterröcke gerafft, und als Nachhut vier Lakaien mit Pistolen unter ihren Livreen. Nutzlose Waffen – dachte Wenceslao, entschlossen, im Augenblick zu schweigen und mitzugehen – denn sobald sie das Vestibül der Windrose durchquert hätten, die Treppe hinauf gestiegen wären und in den Ballsaal einträten, wo die Erwachsenen sich mit einem Konzert erfreuten, bevor sie sich zur Ruhe zurückzogen, würde niemand mehr seine Worte zurückhalten können. Aber Juan Pérez erteilte seine Befehle in so ruhigem Ton, daß ihn plötzlich die gewaltige Gewißheit überkam, daß er einem neuen Menschen gegenüber stand, der in der Lage war, auf Agapito, den Fröhlichen, den Hansdampf in allen Gassen, den mit der schönen Stimme, verzichten zu können, weil er jetzt über geheime, für Wenceslao unbekannte Verstärkung verfügte. Wenn der neue Juan Pérez, der an der Spitze der Abordnung ging, seinen Flederwisch wie einen Palmwedel schwingend, seine Abhängigkeit von Agapito ausschließen konnte, indem er seinen verletzlichsten Teil, nämlich seinen verzehrenden Neid ablegte, würde er über das Geheimnis, wo sein Bruder versteckt war, nur lachen – der Autor möchte seinen Lesern hier mitteilen, daß es Wenceslao gelungen war, natürlich ohne das Wissen der Figuren dieser Fabel, ihn und Arabela auf der Insel im *laghetto* zu verstecken –, und er, Wenceslao, sähe sich also gezwungen, zu noch ganz ungewissen Mitteln zu greifen, um den gemeinen Lakaien, der ihn jetzt in seiner Macht hatte, zu bekämpfen.

An der Harfe sitzend, spielte die Ausländerin *Biondina in Gondoletta,* eine Darbietung, der weder ihre stimmlichen Möglichkeiten noch ihre stilistischen Fähigkeiten gewachsen waren. In dem schwachen Schein der Kerzen – auf Befehl des

Majordomus waren es nur sehr wenige, was von Celeste mit einem »das hat so etwas Zauberisches . . .« bedacht wurde – saßen die Venturas und die Ausländer in dem goldenen Gestühl und bildeten einen höflichen, aber unaufmerksamen Kreis; der eine oder andere war nach dieser Reise von Müdigkeit übermannt eingeschlafen, die anderen waren wach, aber mit der eigenen Lüsternheit oder dem beunruhigenden Verdacht beschäftigt, daß die Figuren des Freskos sie heute umstellten und unter ihren kurzen Capes und ihren Spitzenmanschetten nicht die gewohnte Blume, nicht die Juwelen, auch nicht das Billetdoux, sondern Pistolen verbargen und daß sie nicht lachten sondern lauerten. Obwohl man die Stimme der Ausländerin als alles mögliche bezeichnen konnte, nur nicht als silberhell, war es außer den guten Manieren eine Art Unterwerfung, was die Gesellschaft fest an ihren Plätzen hielt, trotz ihrer Erschöpfung nach der sehr langen Reise.

Es war gerade diese Unterwerfung seiner Verwandten – Unterwerfung unter eine noch unbekannte Kraft –, was Wenceslao als erstes erfaßte, als er eintrat: jener leichte, beschämende Gestank, den die verstörten, im Dämmerlicht des prächtigen Saales verschwimmenden Körper ausströmten. Er erkannte Balbina, die, von den Schatten in ein monströses, rosafarbenes Bündel verwandelt, in einen mit goldenen Verzierungen funkelnden Thronsessel geworfen wie ein Tier schlummerte, und da er begriff, daß dies nicht die günstigste Gelegenheit für eine Analyse sei, wollte er sich ihr, »Mama . . .!« rufend, in die Arme werfen.

»Schschsch . . .«

Wer war jene harsche Frau, die dort sang, was waren das für fremde Gesichter zwischen all den anderen, ihm noch im Dunkeln bekannten Gesichtern? Er konnte nicht näher hinschauen, denn der Majordomus hatte den Saal durchquert und sich, wie es einem Diener zukommt, hinter ihn gestellt und respektvoll die Lautmalerei der Herrschaft wiederholt:

»Schschsch . . .«

Wenceslao spürte den Lauf einer Pistole in seinem Rücken. Um den Majordomus zu täuschen, hob er langsam seine Arme, als höbe er einen eingebildeten Korb mit Kirschen, setzte seine Füße in die fünfte Position, und graziös den Modulationen der

Stimme und der Harfe folgend beschrieb er mit seinem Körper eine Arabesque und tat dabei ein, zwei Schritte nach vorn, von der Arabesque ging er in eine Pirouette und in einen *pas de bourrée* über, die ihn bis in die Mitte des staunenden Kreises führten, befreit jetzt vom *malvagio traditore*, der an seiner Pistole fingerte, während er jene entflohene Lerche beobachtete, die, seiner spottend, durch die Perspektiven der offenen Logen in die unüberwindlichen Himmel der Kunst zu entfliehen drohte. Diejenigen, die nicht eingeschlummert waren, reagierten sofort auf den Zauber dieses außergewöhnlichen, graziösen Kindes, das seine Künste in der Mitte des Salons vorführte. Balbina sah sich stolz lächelnd um, bereit, jedem, der es nicht wußte, mitzuteilen, daß diese Sylphe ihr Kind sei, daß diese *poupée diabolique* ihr gehöre und allein dazu lebe, sie zu unterhalten. Celeste mit dem Ellenbogen anstoßend, die die Gegenwart Wenceslaos noch nicht bemerkt hatte, flüsterte sie ihr ins Ohr:

»Findest du es nicht entzückend, wie mein Kind tanzt?«

»Er ist wie eine Biskuitfigur!« bestätigte Celeste prompt.

Von der Mitte des schachbrettgemusterten Bodens, während er seinen Tanz zum Klang der Harfe ausdehnte und sich Zeit ließ, das, was er fühlte und dachte und sah, zu entziffern, erschien ihm das Panorama des Schreckens, das jeden einzelnen in seinen Wiederholungen und Imitationen seiner selbst gefangenhielt, von einer Übelkeit erregenden Falschheit. Mit welch gespielter Biederkeit blätterte Anselmo die Noten auf dem von zwei Kerzen beleuchteten Pult um! Welch bösartige Schlange verbarg sich unter der sehnsuchtsvollen Sensibilität von Celeste! Welch gewaltiges Tier im Sumpf ihrer Selbstzufriedenheit war seine Mutter! Wie falsch war das Schwarz der Schläfen von Oligario, wie heuchlerisch das seines gewaltigen Schnurrbartes! Wie abhängig von den Schatten ihres galanten Dreispitzes war das Feuer der Blicke, die Eulalia dem Jüngsten der Unbekannten zuwarf! Wußten sie vielleicht – und übertrieben ängstlich ihre Masken –, daß alle Lakaien, die sie bedienten, ohne daß der geringste Fehler in ihrer Tenue zu entdecken wäre, geladene und entsicherte Pistolen unter ihren seidenen Westen trugen?

Hermógenes schien, anders als die anderen, weder Pistolen noch Erscheinungen unerwarteter Neffen zu fürchten. Hinter dem Sessel des wichtigsten der Unbekannten stehend, erklärte er ihm, daß dieses Schauspiel, obwohl es wie einstudiert aussähe, die naive Eingebung eines Kindes seiner Familie darstelle, er war ganz Intrige, oder besser gesagt, ganz und gar Taktik. Überlegen und ganz anders als seine Familie, ließ er deren ganze Unterwürfigkeit in ihm zusammenfließen, nahm sie in der Absicht auf, sie entsprechend zu lenken und sie mit liebenswürdigem Geflüster in die Ohren der völlig gleich aussehenden Herren weiterzugeben, die die Ehrensessel des Tanzsalons innehatten. Für ihn – wie für sie, und Wenceslao begriff plötzlich, während er einen eher bescheidenen Entrechat ausführte, wie auch für Juan Pérez – war die Zukunft keineswegs ungewiß. Und Hermógenes, zufrieden mit diesem Vorspiel, zählte die Sekunden, bis man, sobald das letzte Trällern des Soprans und die letzte Pirouette des kleinen Tänzers sich durch die verlogenen Alleen der Fresken entfernt hätten, ihn und die Ausländer endlich in Ruhe ließe, damit sie sich erschöpft von der Spannung der Reise in den besten Betten des Hauses ausstrecken könnten.

Juan Pérez kannte keine andere Beziehung zur Macht als durch geheime Machenschaften, die ihn für jede Art Gefühl verletzbar machten. So wußte er nicht, daß sich die großen Bündnisse direkt und kaltblütig zu etablieren pflegen, von Macht zu Macht, ideologische und persönliche Überlegungen als zu zerbrechliche Grundlage meidend, da sie lediglich den Mangel an jener offiziellen, tauben und blinden Autorität verkörpern, die am Ende das einzige ist, was zählt.

Alles geschah hinter dem Rücken von Juan Pérez, um es einmal so zu sagen, in fünf Minuten. Während des Spektakels der Kinder, die verkleidet in den Tanzsaal einbrachen und *Die Marquise ging um 5 Uhr aus* spielten, reihte sich Cosme, das Gesicht vom Vitriol zerfressen, als Partner der *poupée diabolique* in einen Pas de deux ein, den Juvenal am Klavichord begleitete: da wurde selbst der strenge, von Sorgen vorzeitig gealterte Hermógenes zu glücklichen Gesten der Väterlichkeit über das Wiedersehen mit seinen Kindern hingerissen. Es war ein be-

wegender Moment, beinahe gemütlich, den der Nabob mit dem roten Backenbart in seiner Führungsrolle, die ihn berechtigte, im Namen der Seinen zu sprechen, wählte, um, ohne sich verstellen zu müssen, ein paar Worte zu dem Majordomus zu sagen. Dieser nickte als Antwort, mit der Hellsichtigkeit dessen, der den Wert von Geben und Nehmen genau kennt und nicht daran zweifelt, daß seine eigene Sicherheit die Zukunft bestimmt. Die Gesellschaft lachte – der Nabob reihte sich, nachdem er seine offizielle Aufgabe erfüllt hatte, dem Trubel wieder ein – über die *petite pièce*, die die *Marquise* spielte, die ihre arme Enkelin wiedergefunden hatte, die ihr aus der Wiege geraubt worden war und die das Leben, zur Schmach dieser hochmütigen Dame, zur Bühne verschlagen hatte. Der Majordomus, um seinen Teil des Programms zu erfüllen, hatte nichts weiter zu tun, als darauf zu achten, daß die Kinder dem Befehl gehorchten, an diesem Abend, aus Rücksicht auf deren Erschöpfung, nicht mit ihren Eltern zu sprechen – um nie mehr mit ihnen zu sprechen, wenn die Dinge wie vorgesehen abliefen –, sie nicht zu belästigen, sie höchstens nach den Pflichtküssen mit irgendeiner kleinen Erfindung zu amüsieren, da schließlich nur ein Tag der Abwesenheit verstrichen sei, und exzessive Beteuerungen von Zuneigung unbegründet wären; vor allem, daß sie ihnen nichts sagten oder erzählten, anderenfalls würden sie eine jener Bestrafungen erleiden, die keine Spuren hinterlassen. Am Ende der Sarabande, der sich auch andere Paare zugesellten – es muß unter ihnen das interessante Paar erwähnt werden, das Melania und der jüngste der Ausländer bildeten, was Entrüstung bei Adelaida hervorrief und Freude bei Hermógenes, der seine Nichte sofort als Köder in sein Programm einbezog –, blieb Wenceslao mitten im Tanzsaal stehen, um sich an seine Cousine zu wenden:
»Die Knospe verdorrte im tiefen Blau der Nacht, als der gehetzte Hase die geprügelte Unversöhnlichkeit ahnte, die die königliche Orographie meines Blutes zerstören wollte. Warum hast du, Herrin der Schönheit, deren Seufzer ich nur im Kerker meiner Umarmung pflückte...«
Melania war nicht sicher – wie sollte man sicher sein? –, die Anspielungen, mit denen Wenceslao sie anschwärzen wollte,

richtig zu interpretieren. Da sie fürchtete, die Erwachsenen könnten in der Lage sein, die gräfliche Sprache zu entschlüsseln, beeilte sie sich, ihm zu antworten, indem sie auf ihre sprichwörtliche Beredsamkeit zurückgriff:

»Banal wäre, o gequälter Sproß der Wüsten, der Versuch, am Kristall des Windes zu kratzen, um in seiner lieblichen Kadenz unser höfisches Geheimnis zu verscharren, wie ein Luftzug geschändeten Parfums...«

Nein, nein, sagte sich Wenceslao, nein, denn sein Herz war weder bei der Sarabande noch bei dieser Komödie unklaren Inhalts, an der zu diesem Zeitpunkt alle Vettern, auch die ramponiertesten, teilnahmen. Geschützt von der Beredsamkeit, die ihn mit der Zweidimensionalität des Trompe-l'œil gleichsetzte, betete er, Agapito möge den Tumult genutzt haben, den er selbst mit seinem Erscheinen auf dem Rasen hervorgerufen hatte, um mit Arabela aus dem Versteck auf der *rocaille*-Insel, wo er sie zurückgelassen hatte, zu entweichen und die Diener umgehend, wie verabredet, sich im Schlafzimmer Balbinas versteckt haben, wohin er in wenigen Minuten, sobald die letzte Verbeugung der Sarabande vorüber war, seine Mutter zerren würde, die ihnen als Schild dienen sollte. Wie fett war sie geworden, dachte Wenceslao, als er sah, wie sie in ihrem roten Thronsessel Baisers verschlang! Wie abscheulich war sie geworden! Wie abscheulich waren alle Erwachsenen während ihrer Abwesenheit geworden! Oder war Adelaida immer dieser gräßliche Richtervogel gewesen, der unkontrolliert eine Art Rosenkranz babbelte und den Kopf ständig wie in einem Verneinungstick schüttelte, der sie heute aussehen ließ wie ein Opfer des Veitstanzes? Und das Schwarz von Oligarios Haar, von seinem Schnurrbart und den Haaren auf seinen Händen, von seinen Stiefeln, war es nur Farbe, Pomade, gefestigt in der immerwährenden künstlichen Geste dieser Maske? Und die anderen... warum sah Eulalia im Schatten ihrer Federn aus wie ein pulsierendes Weichtier mit weißen, weichen Armen, bereit, jemanden zu erwürgen, mit fleischigem Hals, bereit, jemanden zu verschlingen? Und Silvestre, war er einer der Lakaien, schnaubend, eingezwängt von den Spiralen seiner eigenen Fettleibigkeit? Wie sie da um die in Lumpen gekleideten Kinder saßen, die gerade ein Menuett tanzten, erkannte er, daß dieser Kreis von Karikaturen unfähig sei, anders zu reagieren als mit Wiederholungen ihrer eigenen Bilder, die heute übertrieben und verschwommen waren wie die letzten Schwingungen eines Echos. Als er sich am Arm von Cosme dem Thronsessel Balbinas näherte, sah er jedoch, daß seine Mutter die Kinder mit dem Grauen dessen betrachtete, der groteske Wesen anschaut, und wenn er dieses Grauen recht bedachte, waren sie, nicht die Erwachsenen, die Karikaturen. Als wolle sie diesen scheußlichen Bildern entfliehen, lehnte Balbina sich in ihrem Sitz zurück. Und in der mit der letzten Note des Klavichords ausgeführten Figur breitete Wenceslao seine Arme aus und warf sich in die Arme seiner Mutter und bedeckte sie mit Küssen. Aber sie, steif aufgerichtet in ihrem Thronsessel, starrte etwas an, jemanden, der direkt hinter Wenceslao ihren Blick gefangenhielt. Wenceslao wandte sich um: es war Cosme, sein Lächeln war kaum zwischen den Wunden seiner eitrigen Maske erkennbar.

»Er soll diese Maske abnehmen, mein Kind. Dieses Spiel von *Die Marquise ging um 5 Uhr aus* macht mir schreckliche Angst. Und manchmal kommt es mir vor, als hätte ich es wirklich nie richtig verstanden«, sagte Balbina mit winziger Stimme, die die ganze Gesellschaft jedoch hörte.

»Das ist keine Maske, Mama...«

»Was ist es dann?«

Der Majordomus stellte sich mit einem Tablett mit Baisers zwischen Balbinas Augen und Cosmes Gesicht, aber sie stieß mit einer Bewegung die Süßigkeiten fort, die zerbrochen über das Schachbrettmuster des Bodens rollten.

»Nimm dir diese Maske ab!« kreischte Balbina.

Alle schwiegen. Hermógenes stellte sich schützend hinter seine Schwester, tätschelte ihr den Rücken, um sie zu beruhigen, aber in Wahrheit bereit, sie mit dem in Orangenblütenwasser getränkten Taschentuch zu knebeln, das Lidia ihm reichte, sollte Balbina irgend etwas schreien, was für die zarten Ohren der Ausländer, ihre hochgeschätzten Gäste, denen sie nur Wohlgefallen bereiten wollten, unpassend wäre.

Balbina stand auf und wandte sich drohend an Cosme:

»Wirst du mir wohl gehorchen?«

»Wie?« fragte er und hob hilflos die Schultern.

Balbina stürzte sich auf Cosme und versuchte, mit ihren weichen, unnützen kleinen Händen ihm die Maske seiner Folter abzureißen, kratzte ihm die Haut, schrie ihn an, er solle gehorchen, was bedeute das alles; diese in Lumpen gekleideten Kinder, ihre Magerkeit, ihre Verletzungen, ihr Zustand von Elend und Krankheit, das ganze Haus wie ein Schweinestall, eine Ruine, was bedeuteten diese ekelhaften Gipsbaisers ohne Zucker, die nur so aussahen wie Baisers, sie wolle richtige Baisers, was geschähe hier eigentlich, sie könne häßliche, zerstörte, alte Dinge nicht leiden, auch nicht die zerfetzten Kleider, sie machten ihr Angst, sie liebe die Puppen, die Rosen, die Libellen, sie wolle keine anderen Dinge sehen, sie akzeptiere sie nicht, man solle ihr endlich erklären, was hier geschähe, der Majordomus solle erklären, die Kinder sollen erklären, und wo, schließlich, sei Adriano...

»Adriano... Adriano...«

Und sie schrie den Namen ihres Mannes, während sie um sich schlug und sich gegen die, die sie packen wollten, wehrte, mit den Füßen stieß, genau wie Wenceslao, der strampelte und biß. Balbina hatte wirklich sehr viel gesagt – zu viel – in diesen wenigen Minuten. Die Erwachsenen erklärten den Ausländern, daß es sich lediglich um eine weitere Episode von *Die Marquise ging um 5 Uhr aus* handele, ein Spiel, das die Hirne dieser unschuldigen Kinder ganz gefangen habe – und auch Balbinas, die, das hätten sie ja wohl schon bemerkt, nicht mehr Verstand besäße als ein Kind –, und manchmal, wie zum Beispiel bei dieser Gelegenheit, entgleite ihnen die Übertreibung ihrer Phantasie. Sie würden schon die notwendigen Maßnahmen treffen, damit dies nicht wieder geschähe. Hermógenes befahl Zwangsjacken zu holen, die, so erklärte er den Ausländern – scheinbar bereit, jede Erklärung entgegenzunehmen –, ein Teil der Requisiten dieses Spiels seien, genau wie die Lumpen, und indem sie Balbina, die schluchzte, und Wenceslao, der darin noch strampelte, hineinsteckten, trugen sie sie ohne weiteres, es sei denn die Wiederherstellung des Lächelns in allen Gesichtern, in denselben Turm, wo sie so lange Jahre den armen Adriano eingeschlossen hatten. Als sie verschwunden waren, seufzten alle erleichtert auf, und die Herren baten die Damen um Erlaubnis, sich noch eine Zigarre anstecken zu dürfen. Die Kinder hatten sich unterdessen unter die schweigenden Figuren der Fresken gemischt, vergessen, als wären sie ein Teil der Wand, bis ein Hustenanfall von Cordelia die Aufmerksamkeit der Erwachsenen wieder auf ihre Existenz lenkte. Sie würden ihnen später noch einen Kuß geben, und mit einer Handbewegung wiesen die Eltern sie an, den Tanzsaal ohne Lärm zu verlassen, bald, vielleicht morgen, würden sie Zeit haben für Zärtlichkeiten und Gespräche.

»Spiel etwas, Juvenal...« sagte Celeste.

»Ja, ja...«

»Er soll etwas spielen...«

»Damit wir diese scheußliche Szene vergessen.«

»Welche scheußliche Szene?«

»Eine Episode des Spiels ist niemals eine scheußliche Szene.«

»Etwas Fröhliches jedenfalls.«

»Nein«, sagte Celeste. »Ich finde, die Melancholie besitzt Zartheiten, die jeder Manifestation der Freude fremd sind.«

»Haben unsere illustren Gäste irgendeine musikalische Vorliebe?«

KAPITEL DREIZEHN

Der Besuch

1

Die Ausländerin fiel vor Schreck in Ohnmacht, als sie den exotischen Klang des ersten Gongschlages durch das Haus hallen hörte. Aber schnell erholte sie sich mit dem von Lidia verabreichten Stärkungsmittel – der Majordomus befahl die folgenden Schläge auszulassen und ordnete gleichzeitig an, die Kinder sollten sich, ohne sie abzuwarten, in ihre Betten zurückziehen –, und sie konnte fragen, worum es sich handele. Nachdem sie hochmütig Terencios Erklärungen angehört hatte, meinte sie, daß es bei ihnen solchen Lärm nicht gäbe, weil gut erzogene Kinder ganz einfach keinerlei Gezeter veranstalten sollten, um einem Programm der Unterordnung zu gehorchen, wenn ein paar einfache Regeln Gesetz sind, die ein Zusammenleben in Frieden möglich machen. Nachdem die Erziehung von Kindern betreffenden Fragen geklärt waren, wie es sich unter Damen gehört, überdeckte die allgemeine Müdigkeit die unangenehmen Hinweise auf bestimmte Probleme, die noch gelöst werden mußten, und die Venturas und ihre Gäste gingen endlich mit Leuchtern in der Hand die große Treppe des Vestibüls der Windrose hinauf zu ihren Zimmern, wo die Lakaien alles vorbereitet hatten, damit sie ihren Schlaf genießen konnten.

Noch eine Weile hallte durch die Flure und Vorzimmer das ein wenig gezwungene Lachen, mit dem die Herren bis zum Schluß eine festliche Stimmung aufrechterhalten wollten. Aber als sich die Türen der Schlafzimmer hinter der ehelichen Vertraulichkeit schlossen, fiel über jedes Paar die bedrückende Last dieses großen Hauses, dieser vielen und ganz und gar unbewirtschaftbaren Ländereien, die Szenerie von Ereignissen, an denen ihre Kinder als Opfer oder als Henker teilgenommen hatten – dieser Unterschied spielte in der gegenwärtigen Notsituation eine geringe Rolle –, und wo düstere Pressionen sie zu Instrumenten verwandelt hatten, die das noch unerforschte Unglück der Vergangenheit heraufbeschwörten, das mit Sicherheit ein kommendes Unglück mit sich brächte, welches man aber um jeden Preis verhindern müßte. Es blieb ihnen wenig Zeit, nur diese Nacht, um die notwendigen Maßnahmen zu treffen, vor allem die sehr wichtige, ihre Gattinnen von der Dringlichkeit zu überzeugen – in bewegenden Szenen, in denen sie an die Selbstlosigkeit appellierten, die die edlen Gattinnen ihrer Klasse charakterisiere –, die süße Ruhe eines Tages zu opfern und sich um einen Teil der Rettungsaktion zu kümmern.

Sie, die Männer der Familie, hatten, bevor sie abfuhren, in der Hauptstadt eine Versammlung abgehalten, um einen Plan auszuarbeiten – sie nutzten die Gelegenheit dieses nächtlichen und ländlichen Friedens, um ihn ihren geliebten Gattinnen mitzuteilen –, der in großen Zügen folgendermaßen aussah: Ankunft in Marulanda gegen Abend; eine Nacht ausruhen; am nächsten Morgen Frühstück auf der Südterrasse; ihre Frauen, unterstützt von der Hälfte der Dienerschaft, damit beauftragt, die Wagen mit den wertvollsten Kunstwerken zu beladen und mit allem Gold, was sie finden könnten. Sie würden unterdessen gegen Mittag mit dem Rest der Dienerschaft und den Ausländern zu den Minen abfahren, nicht nur um in situ das Verkaufsangebot zu wiederholen, sondern um ihnen zu zeigen, wie gründlich der Majordomus und seine Leute die Gegend von jeder Gefahr einer Erhebung der Kannibalen gesäubert hatten, so daß ihre Besitzungen nicht als entwertet angesehen werden könnten. Noch am selben Abend Rückkehr ins Landhaus; Unterschreiben der Kaufverträge; eine Nacht ausruhen und am nächsten Morgen Antritt der Rückreise in die Hauptstadt mit Wagen, Waffen, Gold, Kunstwerken, Dienerschaft, Frauen, Kindern und den Ausländern, um dort die Dokumente beglaubigen zu lassen, bevor sich die größte aller Gefahren entfesselte: der Sturm der Samenfäden. Wenn die Ausländer diesen erleben sollten, würden sie zweifellos den Venturas den Kaufvertrag über ihre Besitzungen, die wegen der unglücklichen Umstände, die deren Ausbeutung außerordentlich gefährlich machten, rundheraus nichts wert waren, vor der Nase zerreißen und so den Stolz der Familie, die auf diesen Wert ihre Überlegenheit vor der Welt gründete (außer vor diesen rohen Ausländern, die vielleicht in der Lage waren, mit den Stürmen fertig zu werden, wenn sie es wollten) auf ein Nichts reduzieren.

Aber das Programm dieser Eheszenen, die des Sarkophags eines römischen Patriziers würdig waren, konnte nicht wie geplant ablaufen: natürlich, Adelaida hatte keinen Mann, der irgend etwas von ihr fordern könnte, und Balbina war, wie meine Leser gesehen haben, in einem Turm eingeschlossen. Andererseits waren Lidia wie auch Berenice von allem unterrichtet, für diese beiden hieß es also nur noch, die Einzelheiten des Plans zu verfeinern. Celeste war wegen ihrer Blindheit, im Familiengespräch war es ihre »krankhafte Sensibilität«, die ihr dies Vorrecht gab, von jeder Arbeit, außer der als Ratgeberin befreit. Eulalia, die an Skepsis litt, die dieses Jahr groß in Mode war, weigerte sich mitzuarbeiten: sie sagte Anselmo, er solle sie mit seinen Idiotien in Ruhe lassen, es möge geschehen, was wolle, sie wolle den Herbst mit Isabel de Tramontana und einer Gruppe Auserwählter die Italienischen Seen bereisen. Nur die arme Ludmila, gähnend und zersaust, glaubte jedes Wort des von Terencio dargestellten melodramatischen Konflikts und machte sich die seltene Gelegenheit, die ihr die Umstände boten, zunutze, sich ihrem Manne nähern zu können, und versprach, alles zu tun, was man von ihr verlange.

Wozu alle Damen bereit waren, da sie dies alle begriffen, war, sich zu bemühen, diese barbarischen Ausländer unbedingt auf ihren herrlichen Besitz begierig zu machen, den die Venturas vielleicht aus den Händen der Familie in ihre groben Hände übergehen lassen würden.

Vielleicht in der Absicht, ihren Aufenthalt in Marulanda zu verlängern, wahrscheinlicher allerdings, weil sie dem Kauf der Ländereien keine Priorität unter ihren Beschäftigungen beimaßen, standen die Ausländer am nächsten Morgen spät und verschlafen auf und zeigten keine Eile aufzubrechen. Bevor sie nach unten kamen, war das Familiengespräch um den Frühstückstisch, der zwischen den Gräsern gedeckt worden war, die aus der Südterrasse herauszuziehen die Gärtner keine Zeit gehabt hatten, von vorwurfsvollem Schweigen durchsetzt, als fürchtete man, sich gegenseitig darauf aufmerksam machen zu müssen, wie natürlich es wäre, jetzt ihre Sprößlinge um sich zu versammeln, sich wegen ihrer guten Gesundheit oder ihrer neuesten Späße zu beglückwünschen und die, die es am meisten verdienten, mit dem Geschenk eines Kusses zu belohnen. Die Abwesenheit der Eltern war nur kurz gewesen, doch lang genug, daß die Kinder an diesem einen Tag wie Unkraut gewachsen waren. Aber unglücklicherweise machte ein ausgeprägtes Pflichtbewußtsein es notwendig, diese so sehr ersehnte Befriedigung zu vertagen, da es unschicklich wäre, jetzt an etwas anderes zu denken als an all das, was das Schauspiel sie denken ließ, das sich außerhalb des zusammengeschrumpften Lanzengitters, das sich bereits ein paar Schritte vom Rosengarten entfernt erhob, entfaltete: die lange Reihe von Wagen, die seit dem frühen Morgen zur Abfahrt bereit standen, die unruhig schnaubenden Pferde, die Diener, die die bronzenen Beschläge polierten und Kutschdächer richteten, die ungeduldigen Kutscher, die von ihren Böcken aufreizend mit den Peitschen knallten, und die unendliche Schlange von Karren, Wagen, Planwagen, vollgestopft mit bis an die Zähne bewaffneten Dienern, die sich mit den autonomen Bewegungen eines gewaltigen Darms, der verdaut, bis zu den Ställen hinzog.

Das Erscheinen der vier Ausländer am späten Vormittag auf der Südterrasse, wo sie in Gesellschaft der Gastgeber das Frühstück einnehmen wollten, war für diese eine gütige Ablenkung von den größten Sorgen, die sie nun mit leichter zu handhabenden Sorgen vertauschen konnten. Die Gastgeber teilten ihren Gästen mit, daß sie nach der Morgenmahlzeit und vor der Abfahrt als Unterhaltung einen Rundgang durch das Haus vorgesehen hätten, unter der Führung von Terencio und Anselmo, besonderen Kennern seiner Schönheiten, die, da es sich um einen Besuch zu der ungünstigsten Jahreszeit handele, freilich etwas vernachlässigt seien. Die Ausländer zeigten keine große Begeisterung für diesen Plan. Eigentlich schien jeder Enthusiasmus in ihnen eingeschlafen zu sein, und zweifellos würde es große Mühe kosten, ihn zu irgendeinem Plan zu wecken. Celeste, neben dem Nabob mit dem roten Backenbart und einer auffallenden Weste sitzend, riet ihm:

»Sie sollten auf dem Weg zu den Minen haltmachen, um auszuruhen.«

»Nein«, antwortete ihr der Nabob mit einer Verächtlichkeit, die eine weniger unerschrockene Gesprächspartnerin eingeschüchtert hätte.

»Erlauben Sie mir zu versuchen, Sie zu überreden, mein Herr. Es gibt einen wegen einer singenden Kaskade erlesenen Platz, wo wir oft Nachmittage der Erholung verbringen, die unseren bekümmerten Gemütern die Heiterkeit zurückgeben. Alles hat dort die Zartheit einer auf einen Porzellanteller gemalten Landschaft. Menschen wie Dinge sind dort, verklärt von der stimmungsvollen Nähe der Kaskade, wie schwebend und doch kraftvoll, nachdenklich und doch heiter. Wann, ach, werde ich wieder die kabbalistischen Botschaften in den Spuren betrachten, die die magentafarbenen Krebse ziehen, wenn sie den silbernen Strand überqueren, und das Vibrieren des Farnkrautes, wenn zerbrechliche Wesen hindurchziehen und darin verschwinden, um ihre lieblichen Formen in seinem Schatten zu verbergen? Erinnerst du dich, liebste Eulalia, wie du über die geschwungene kleine Brücke gingst, die zwischen Riesenseerose und Riesenseerose wie zwischen einer Kette umgedrehter Krinolinen hängt, wie du dich auf das Geländer stütztest, eine Blume, ähnlich einem gewaltig großen Jasmin, als Sonnenschirm haltend? Ach, dieses melodiöse Plätschern des Wassers, die blauen Grotten, die herrlichen, süßen Blumen, wo winzige Vögel trinken, die für einen Augenblick in der Reihung eines außerordentlich zarten Alphabetes in der Luft stehen und dann auseinander fliegen...«

Melania, ganz Lächeln und Grübchen, war auf den Stufen erschienen und wagte nicht, näher zu kommen. Der jüngste der Ausländer grüßte sie von weitem mit der Hand, bemerkte aber, daß Melania nicht ihn, sondern Olegario begrüßen wollte, der den Blick abwandte und es vorzog, den üppigen Worten Celestes zu lauschen. Der blonde Ausländer verstand sie überhaupt nicht, er erhob sich vorsichtig, um den Redefluß nicht zu unterbrechen und ging zu Melania, die ihm die Hand reichte, um ihn die Treppe hinunter zu führen und mit ihm in dem, was noch von dem Garten übriggeblieben war, zu verschwinden: ein Zwischenfall, den Hermógenes sehr zugunsten seiner Nichte – und seiner eigenen Pläne – registrierte, und er beschloß, Melania auf diese Fahrt mitzunehmen, was auch immer die dumme Adelaida dagegen einzuwenden hätte. Zufrieden sah er auch, daß der Nabob, seine Gefährten und seine Frau – man wußte nicht, wessen Frau sie war, da sie die Nacht nicht mit dem verbracht hatte, den alle für ihren Mann hielten – den phantastischen Worten Celestes immer mehr Aufmerksamkeit schenkten:

»Es ist ein zurückgezogener, außerordentlich erlesener Platz«, fuhr die Blinde fort. »Ein Paradies, zu dem außer uns niemand Zugang hat . . . es schmerzt mich zuzugeben, nicht einmal unsere Kinder, weil Lärm seine Harmonie zerstören würde . . . Wir fürchten, daß unsensible Menschen, die anders sind als wir, Nachkommen der Eingeborenen, denen natürlich niemals erlaubt war, die Kaskade zu betrachten, obwohl sie ihre Legenden auswendig kennen, ihre ruhigen Strände entdecken, sich ihrer Wälder bemächtigen und aus Neid diesen Ort der Schönheit und Freude zerstören. Oh, Arkadien, Cythère, meine Hélade, mit welcher Erbitterung belauert dich der Haß derer, die unsere Vernichtung herbeiwünschen! Vielleicht hat unser vorausschauender Ururgroßvater die weite Ebene der Gräser ausgesät, wohl wissend, daß er damit alles Leben zerstörte, nur um diese wundervolle Schöpfung vor unserer Familie fremden und darum feindlichen Augen und Händen zu bewahren. Wir hoffen, daß Sie, wenn Sie sich für unsere Ländereien interessieren, die wir Ihnen nur mit Schmerz überlassen werden, dieses außergewöhnliche Juwel zu schätzen wissen, das Sie, eingehüllt in die nützlichen Hektare, dazu bekommen, diesen wunderschönen Ort, den wir Ihnen nur unter der Bedingung überlassen, daß wir es sind, die ihn bis zu unserem Tod gegen jeden Eindringling verteidigen. Ich möchte dorthin gehen, Olegario, heute mehr denn je möchte ich dorthin, da diese guten Herren unseren wunderschönen Strand besitzen wollen! Ja, ja, ich sehe die Begierde in ihren verwaschenen Augen glänzen, in ihrem mit

Goldplomben verzierten Lächeln strahlen! Und wenn sie uns auch freien Zugang zu ihm gewähren, wenn er ihnen gehört, wird das zarte Gefühl der absoluten Sicherheit, der unzugänglichen Überlegenheit nicht mehr dasselbe sein! Nimm mich mit, Olegario! Ich bitte dich, mich auf dem Weg zu den Minen dort abzusetzen, begleitet von einem Gefolge von Dienern, die ein Zelt aus Tapisserien auf dem Sand des Strandes aufbauen werden, und du wirst mich auf dem Rückweg am Abend abholen.«

»Welch göttliche Idee, Celeste!« rief Eulalia aus.

»Deiner wundervollen Vorstellungskraft würdig!« unterstützte sie Berenice.

»Ja!« fuhr Ludmila fort, ihre nächtlichen Versprechungen an Terencio über diese neue Aufwallung weiblicher Begeisterung vergessend. »Wir werden alle mitgehen, um für immer von dem Regenbogen verklärt zu werden...«

»Und die tiefe Lust der Vergangenheit wird in unserer Erinnerung an die herrliche Zeit, die wir dort genossen haben, wiedergeboren werden«, sagte Adelaida

»Wollen Sie nicht mit uns gehen?« fragte Lidia die Ausländerin, die mit größter Aufmerksamkeit allem zugehört hatte. »Wollen Sie nicht an unserer weiblichen Verschwörung gegen die Pflichten, die uns die Männer auferlegen wollen, teilnehmen?«

Lachend und ein wenig überlegen antwortete die Ausländerin: »Diese Schlacht habe ich vor Jahren auf andere Weise gewonnen.«

Sie sah die Schwestern und Schwägerinnen forschend an, die sich unter Rauschen von Röcken und Schals erhoben, um sich auf diesen unzeitgemäßen Ausflug vorzubereiten und Taschen und Handschuhe, Sonnenschirme und Hüte zu holen. Als sie sah, wie Celeste sich am Arm ihres Mannes in aller Eile zu ihrem Kleiderschrank entfernte, um Zeit zu haben, dort eine ihrer außerordentlich komplizierten Toiletten zusammenzustellen, hielt die Ausländerin mit einer Handbewegung die übrigen Frauen der Familie an und fragte sie:

»Würden Sie mir den Gefallen tun und mir erklären, wie ich glauben soll, daß das, was Frau Celeste beschreibt, auch wirklich stimmt... daß der Ort nicht reine Erfindung ist, denn sie ist doch offensichtlich blind.«

Das großzügige Lächeln der Venturas hatte die Wirkung, einen dichten Schleier über das Unverständnis der Fremden zu ziehen, die als Blindheit rügte, was bei Celeste nichts als krankhafte Sensibilität war. Sie richteten ihre Aufmerksamkeit statt dessen auf die Skepsis, was die Existenz dieses so wundersamen Erholungsortes anging, und bezeugten, daß es diesen Ort wirklich gebe. Aber die Ausländerin fuhr fort:

»Die Subjektivität, mit der Sie alles, was die Familie angeht, zu beurteilen pflegen, hat nichts mit der von außen und aus einem anderen Blickwinkel gesehenen Realität zu tun. Wie können Sie von mir erwarten, daß ich glaube, was eine Blinde sagt und was die ganze Familie unterstützt, ohne irgendeinen Beweis, der mich dazu bringen könnte, die relative Bequemlichkeit dieses Hauses zu verlassen, um mich an einen Ort zu begeben, der nicht nur gefährlich sein könnte, sondern mir auch die Zeit stiehlt, die mir noch bleibt, um mit den Damen eine Bestandsaufnahme dieses Hauses zu machen? Wenn alles, was man über diese Ländereien und diese Minen sagt, von so zweifelhafter Wahrscheinlichkeit ist wie das, was Frau Celeste beschrieb, frage ich mich, ob wir uns auf das Abenteuer einlassen sollen, sie zu kaufen ...«

Der letzte Teil dieser Rede war fast wie ein Appell an die beiden Ausländer, die Kuchenbrot in ihre Schokolade tunkten: eine wenig weibliche Haltung, wie die Damen des Hauses fanden, die es für schlechtes Benehmen hielten, sich in die männlichen Angelegenheiten einzumischen – ja, diese auch nur zu kennen. Jedenfalls hielt Hermógenes, im Augenblick wütend über die Zweifel der Ausländerin, seine davonstrebenden Verwandten zusammen, um ihnen klarzumachen, daß, wenn man das Wort eines Mitglieds der Familie anzweifle, auch wenn es eine Frau sei und obendrein von krankhafter Sensibilität, es sich um eine Ehrensache handle. Aber, als er es sorgfältiger überdachte, zog er es doch vor, nichts von diesen Banden des Blutes zu sagen, und klatschte vielmehr zweimal in die Hände, um den Majordomus herbeizurufen, der sich mit einer leichten, aber langen Verneigung näherte, wie es die Etikette der Familie vorschrieb, und sich zu dessen Ohr beugend, flüsterte Hermógenes ein paar heftige Worte, die den Diener in aller Eile fortgehen ließen. Hermógenes räusperte sich, um die Aufmerksamkeit der Versammelten auf sich zu lenken, und bat die, die sich erhoben hatten, sich wieder zu setzen, um zwei Worte, die er ihnen sagen wolle, anzuhören:

»Es gibt unter den Engeln, die Gott uns als Töchter geschenkt hat«, begann Hermógenes, »eine, die vor allen anderen mit den allerschönsten nicht nur physischen, sondern auch geistigen Gaben geschmückt ist. Der traditionelle Glanz, mit dem unsere Familie sich in der Öffentlichkeit, in der Politik, in der Geschichte, in der Wirtschaft, in allem, was das Gemeinwohl angeht, bemüht hat, ruht in allen unseren Sprößlingen, in embryonalem Stadium, gewiß, aber in ganz besonderer Form in diesem Engel der Weisheit, den unser Terencio im Leib unserer bewundernswerten Ludmila gezeugt hat, die, wie man wohl weiß, ein Vorbild als Mutter und selbstlose Gattin ist. Der gesegnete Engel, von dem ich spreche, weiß trotz seines zarten Alters nicht nur alles, was man über die Geschichte und Geographie dieser Gegend wissen kann, sondern hat, Stunden ungeduldigen Spiels der Kindheit sich stehlend, Dokumente zusammentragen können, Landkarten, Verträge, Briefe, die die Existenz und den Wert all dessen, was unsere erlauchten Freunde, die Ausländer, in Zweifel stellen, in Einzelheiten darstellen und beweisen. Es versteht sich von selbst, daß ich von unserer kleinen, unserer vielgeliebten Arabela spreche, die ich durch den Majordomus rufen ließ, der sich aus einem Grund, den ich nicht begreife, zu lange Zeit läßt.«

Seine Sätze wurden von einer Salve der Zustimmung aufgenommen. Die Mütter, um Ludmila geschart, ihr für das Glück, das sie in diesem Sprößling hatte, gratulierend, zeigten durch ihre unwillige Haltung, daß es ihrer unwürdig sei, sich über die Verzögerung zu sorgen: das Leben lachte ihnen allen in Form dieses Mädchens, aber das Glück zeigte, so sagten sie, auf ihre Mutter, Ludmila, als seine Favoritin. Das Gespräch schweifte bald zu anderen Themen ab, die die Zeit angenehm vergehen ließen, ohne daß sie spürten, wie sie verging, und die Annehmlichkeit war, natürlich, die beste Form, einen dichten Schleier über die Zweifel und Affronts zu ziehen, indem sie ihre Beschäftigungen, ihr dezentes Lachen, ihre Redeweise, die ich nicht anders als »kultiviert« bezeichnen kann, weil es die Redeweise der Mächtigen ist, in der unendlich ausgedehnten Zeit eines eleganten ländlichen Frühstücks mit den weißen, gütig von einem Himmel ohne Eile herablächelnden Wolken schweben ließ.

Als schließlich der Majordomus wieder erschien, begann die Zeit mit all ihren Unannehmlichkeiten wieder zu fließen. Eine dieser Unannehmlichkeiten schien das zu sein, was er an der Hand hinter sich her zerrte: ein blasses, winziges Wesen, eingehüllt in eine Lakaien-Livree, die wie ein zerfetzter luxuriöser Schwanz hinter ihm her schleifte und vorn abgemagerte Vogelbeine und nackte, winzige Füße frei ließ. Ihr grünliches Gesicht, ihre schwächlichen Knochen, ihre tief eingesunkenen Augen, ihr fiebriges Zittern, alles verriet, daß Arabela – die meine Leser schon erkannt haben werden – sich kaum auf den Füßen halten konnte. Es folgte diesem Paar ein Lakai von geringerem Rang, der einen Karren voller Papiere schob.

»Ich habe sie gefunden...!« rief der Majordomus keuchend aus: man sah ihm an, daß er hatte laufen müssen.

»Natürlich hast du sie gefunden, Majordomus! Du begreifst doch wohl, daß eins unserer Kinder schwerlich innerhalb dieses Besitzes, der uns gehört und wo es keinerlei Geheimnisse gibt, verlorengehen kann!« rief ihn Lidia zur Ordnung.

Von der anderen Seite des Tisches streckte Ludmila gerührt ihre Arme der Tochter entgegen und rief:

»Geliebtes Kind!«

Die Ausländerin war unterdessen aufgestanden, bevor irgend jemand reagieren konnte, und lief auf Arabela zu, um sie aufzufangen, bevor sie umfiel. Sie schob ihr einen Arm um die Taille und griff das schlaff herunterhängende Handgelenk, um ihr den Puls zu fühlen.

»Dieses Mädchen ist sehr krank«, erklärte sie. »Was ist der Ärmsten zugestoßen?«

»Das ist nichts, wenn Sie mir erlauben, dies zu bemerken, Euer Gnaden«, erklärte der Majordomus. »Sie spielt nur *Die Marquise ging um 5 Uhr aus.*«

Während die Ausländerin mit Arabela verschwand, um sich in einem der anschließenden Salons um sie zu kümmern (ich füge hier hinzu, um nicht mehr auf dieses Thema zurückkommen zu müssen: Arabela starb eine Stunde später in den Armen der Ausländerin), stand Ludmila, als sie begriff, daß ihre Tochter mit einem Realismus, der weit über *Die Marquise ging um 5 Uhr aus* hinausging, sich anschickte zu sterben, in der Absicht auf, auch zu ihr zu laufen, um sie zu retten. Sie blieb aber wie angewurzelt stehen, wie verhext hinter dem reich gedeckten Tisch, ihre Hände auf das Tischtuch gestützt, gefangen von einer Vision, die ihre Augen in der Unendlichkeit des Himmels oder in der jenseits der Formation der mit Menschen und Waffen gefüllten Wagen sich ausdehnenden Ebene sahen. Ohne zu bemerken, daß sie dabei fünfstöckige Obstständer und Dessertwagen umwarf, begann Ludmila langsam nach vorn zu streben, während ihre Verwandten, ihrem pittoresken Verhalten wenig Bedeutung beimessend, ihr lachend drohten, sie solle sich doch bitte benehmen, ein Glas Wasser trinken, was sollten die Ausländer von ihr denken, sie solle bitte erklären, was mit ihr los sei...

»Ich sehe«, murmelte Ludmila sehr langsam, »etwas wie eine große versilberte Wolke, die wächst und vom Horizont her näher kommt...«

»Die dumme Gans«, flüsterte Eulalia dem Nabob zu und nahm den Stuhl neben ihm ein, den Celeste verlassen hatte, »sieht immer seltsame Glorienscheine, silberne Wolken, die es gar nicht gibt...«

»Laßt sie«, lachte Berenice. »Soll sie zur Balustrade gehen und dort aufgestützt ihre silberne Wolke am Horizont suchen, dann sind wir ihr langweiliges Hausfrauengeschwätz los und können über vergnüglichere Dinge sprechen, meinen Sie nicht, Herr Ausländer?«

Aber die Wolke, die Ludmila von der Balustrade aus betrachtete, als erwarte sie, daß aus ihr eine übernatürliche Erscheinung herabsteige, näherte sich und wuchs und wuchs, und man begann Jagdhörner zu vernehmen und auf der Erde die Schwingungen von Hufschlägen zu spüren, bis die Gruppe, die noch am Tisch saß und sich in dem fröhlichen Geschwätz im von Berenice und Eulalia bevorzugten Stil unterhielt, ihre Aufmerksamkeit dem zuwenden mußte, was nicht mehr nur eine kleine Begebenheit am Horizont war. Sonnenschirmchen aufrichtend, sich Panama und Pincenez aufsetzend traten sie nun ebenfalls an die Balustrade und stellten sich zu Ludmila. Es handelte sich, wie meine Leser wohl erraten haben mögen, um eine Kavalkade. Aber wem mochte sie gehören? Die Venturas zermarterten ihre Gehirne auf der Suche nach einer Antwort. Natürlich war sie nicht so lang wie die ihre, aber ihre Qualität war an den außerordentlich modernen Wagen zu erkennen. Weder die Ausländer noch die Herren des Hauses sagten etwas, noch machten sie eine Bemerkung über die blassen kindlichen Gesichter, die man an die Fensterscheiben der oberen Stockwerke gepreßt erkannte. Wie sollten sie ein Ereignis auf sich beziehen, das nicht für diesen Morgen geplant war, an dem sie mit den Ausländern fortfahren wollten, um ihnen ihre Minen zu zeigen, und den diese Kavalkade mit der Einführung einer weiteren Serie von Koordinaten, die sie nicht kannten und nicht kontrollierten, unterbrach? Hinter der Reihe der Herren, sich scheinbar mit den anderen Lakaien um die Tische kümmernd, warf der Majordomus, größer als seine Herren, hin und wieder einen Blick mit etwas mehr als Neugierde auf die Kavalkade, die sich näherte. Diese, angeführt von zwei Reitern, die auf bronzenen Hörnern bliesen, fuhr nicht, wie die große Kavalkade der Venturas, durch das Tor, das sich immer noch im hohen Wollgras erhob, sondern wandte sich direkt auf die neue, von den Trupps der Gärtner bewachte Öffnung im Gitter. So wie die Tatsache, daß die Venturas ihren Einzug durch das Tor hielten, bedeutete, daß sie sich vorgenommen hatten, an der Politik festzuhalten, einen dichten Schleier über alles zu ziehen, was verdeckt werden mußte, bedeutete dieser kühne und direkte Einzug der neuen Kavalkade – dachten erschrocken die Venturas – eine der Familie diametral entgegengesetzte Haltung, die nichts Gutes zu bedeuten hatte.

Die unglaubliche, froschfarbene, geschlossene Chaise mit Fenstern fuhr bis zum Fuß der Freitreppe, an deren oberen Ende sich die Venturas mit offenen Mündern versammelt hatten. Ein Bursche, herausgeputzt mit den Farben der Familie, sprang vom Bock, öffnete die Wagentür und reichte einer außerordentlich eleganten Dame die Hand zum Aussteigen, während ein anderer Bursche ihr die Leinen von vier Hunden reichte, die an seiner behandschuhten Hand zerrten. Hinter ihr stieg aus der Chaise eine etwas schockierende Person, die auf skandalöse Weise gut gekleidet war, obwohl sie die Schultern etwas zu hoch trug, meinten die Herren der Familie, die Taille zu eng und die Schöße seines Rocks zu kurz, die die brutale Muskulatur seiner in malvenfarbenes Wildleder gekleideten Schenkel zeigten. Sein Gesicht, bemerkten sie mit Entsetzen, war das eines jungen Eingeborenen, gut aussehend, obwohl er Eingeborener war, der mit impertinentem Grinsen den Arm der Dame nahm, deren Gesicht von einem klassischen Reiseschleier verhüllt war und die, ihre Hunde beschwichtigend, auf ihn wartete, damit sie gemeinsam die Freitreppe hinaufstiegen zu den Venturas, die sie verblüfft zwischen den Ruinen ihrer Amphoren und Atlanten erwarteten. Oben angekommen, reichte die Frau mit dem Schleier die Leinen der Hunde ihrem Begleiter und schritt zuerst auf Eulalia zu, küßte sie und dann die anderen Damen der Familie. Darauf gab sie jedem der Herren die Hand, außer Anselmo, dem sie den Rücken zukehrte.

»Malvina!« rief er aus.

»Sind Sie der einzige, der mich erkennt?« fragte sie spöttisch, und auf die Ausländer zugehend fuhr sie fort: »Die Verachtung ist immer unverkennbar für den, dem sie gilt! Aber ich glaube nicht, daß Ihnen meine Identität verborgen geblieben ist, da Sie nicht nur scharfsinniger sind, sondern auch mit mir in meiner froschfarbenen Chaise auf der Palmenallee spazieren gefahren sind.«

Dann hob Malvina den Schleier ihres Hutes. Ihre Verwandten konnten einen Ausruf der Bewunderung nicht unterdrücken, nicht nur, weil sie kein Mädchen mehr war, sondern weil ihre Augen, die früher *veloutés* waren, sich durch wer weiß welchen modernen Trick in zwei durch so markante Kunstgriffe verbundene Seen verwandelt hatten, daß Malvina, mehr als große, schwarze Augen zu haben, eine Maske aus dunkler Seide über dem oberen Teil ihres Gesichtes zu tragen schien. Außerdem schien sie ganz und gar, der Umriß ihrer Lippen, die Form ihres

Halses und ihres Busens geschickt korrigiert, auf reinen Umriß, reine Struktur reduziert worden zu sein. Während sie ihre Eleganz betrachteten, begriffen die Frauen, die sie forschend ansahen, ohne zu wagen, sich ihr zu nähern, daß ihre eigenen Gewänder, soviel Sorgfalt sie auch darauf verwandt haben mochten, im Vergleich dazu billig und langweilig waren.

Malvina richtete das Wort nicht wieder an sie. Statt dessen begann sie sofort ein Gespräch mit den Ausländern in deren eigener Sprache, ein Gespräch, das nicht dem Plaudern entsprach, das Berenice gewohnt war, sondern, die anderen Frauen merkten dies sofort, etwas völlig anderes war, unzugänglich für sie, nicht weil es sich um eine Sprache von so verzwickter Grammatik handelte, sondern weil es um Leidenschaften ging, die sie nicht auszudrücken wußten. Silvestre, der, wie ich bereits gesagt habe, die Sprache der Ausländer sehr gut beherrschte und als Mann zu allem Zugang hatte, versuchte, sich der Gruppe zu nähern, um an dem Gespräch teilzunehmen. Aber Malvinas Freund – die Venturas hatten bereits einen dichten Schleier über ihn gezogen, um aus ihrem Bewußtsein eine so unerträgliche Figur zu streichen – wußte die Hunde so zu lenken, daß sie sich zwischen die Familie und diese neue Gruppe stellten. Malvinas Begleiter hätte die Venturas, wenn sie das zugelassen hätten, mit der Leichtigkeit verwirrt, mit der er die exotische Sprache beherrschte, er war in dem Gespräch tonangebend und wandte sich gegen den Nabob, der etwas zu verteidigen schien, mit dem der andere Ausländer nicht einverstanden war, eine Diskussion – natürlich liebenswürdig –, in die gelegentlich, und wie es schien zu recht, Malvina eingriff. Der Majordomus bediente sie, um sie herumflatternd, bot ihnen etwas an, verschwand mit Befehlen und erschien wieder, um die Mitglieder dieser *élite* zu bedienen, die die Existenz der übrigen Familie vergessen zu haben schien. Hermógenes, der um die Hunde herumwanderte, die ihn anknurrten, sobald er sich ihnen zu sehr näherte, um über ihre sabberigen Lefzen und ihre gebogenen Rücken hinweg den Ausländern etwas anzubieten oder vorzuschlagen, mußte mit Lidia, Berenice und Silvestre flüsternd außerhalb des von den Tieren beschützten Raumes bleiben und dem Majordomus Befehle erteilen. Dieser hatte jedoch keine Zeit, sie zu bedienen, weil er zu sehr mit den Gästen beschäftigt war, und delegierte seine Befehle an Lakaien geringeren Ranges, auf daß sie sie erfüllten. Die Venturas, die außerhalb der beiden Gruppen geblieben waren, fuhren in ihrem Geschwätz fort, das ihr natürliches Element war, und sahen neidisch, aber so, als sähen sie nicht hin, zu den Mitgliedern der beiden *élites*, die sie nicht aufnahmen. Als Melania am Arm des jungen blonden Ausländers aus dem Garten zurückkehrte, rief Malvina aus: »Melania, Liebste!«

Beide Cousinen liefen aufeinander zu, um sich zu umarmen, als wären sie immer unzertrennlich gewesen. Von diesem Augenblick an schien Melania alle übrigen zu vergessen, selbst Olegario und seine Abwesenheit, denn Malvina ließ ihren Arm nicht mehr los und hatte auch keinen Blick für die Augen, die sie hinter den Scheiben der oberen Stockwerke beobachteten.

2

Meine Leser werden sich erinnern, daß Malvina im ersten Teil dieses Romans eine flüchtige Hauptrolle spielte, als sie Casilda und Fabio zu dem verhalf, was sie zur Flucht brauchten. Eine Rolle, die durchaus nicht zufällig war, da ich mich ihrer nicht nur als Deus ex machina bediente, um die in jenem Augenblick erzählten Ereignisse zu beschleunigen, sondern sie in der Absicht einführte, sie später als eine Art Medium für das fungieren zu lassen, was ich jetzt erzählen will. Meine Leser werden sich auch erinnern, daß ich zu Beginn des zweiten Teils ihr zwielichtiges Leben in der Hauptstadt erwähnte und von ihren Agenten sprach, einigen Eingeborenen, die beladen mit Kinkerlitzchen und Plunder an der Kapelle in der Ebene vorbeizukommen pflegten. Ich rekapituliere jetzt, bevor ich fortfahre, damit ich mich über die einzigartige Karriere dieses Mädchens in der Stadt auslassen kann, und man begreife, was in Marulanda an dem Tag geschah, an dem die Männer der Familie die Fahrt zu den Minen planten und die Frauen den

Ausflug zum Strand, in dem sie ihre Träume von Exklusivität verkörpert sahen.

Nachdem Malvina Fabio und Casilda ihrem traurigen Schicksal in der Ebene überlassen hatte, fuhr sie weiter in die Hauptstadt, wo sie nach unglaublichen Abenteuern, deren Erzählung ich meinen Lesern ersparen werde, erschöpft und abgemagert mit Higinio, Pedro Crisólogo und sieben der zehn Eingeborenen, die den Karren von Onkel Adriano zogen (drei starben auf dem Weg oder zogen es vielleicht vor zu fliehen), aber ungebrochenen Mutes ankam. Die Strenge ihrer von Pedro Crisólogos Peitsche unterstützten Autorität hatte sehr bald den guten jungen Higinio gebrochen und ihn zu einem Häufchen Unverständnis vor dieser Welt schrumpfen lassen, in die er mit soviel Ungezwungenheit eingetreten war und deren Risiken nun nicht allein physischer Art – die zu ertragen wäre leicht gewesen –, sondern moralischer Art waren, worauf er in keiner Weise vorbereitet war. Was ihn am meisten bedrückte, war die Verwandlung, die während der Reise mit Malvina vor sich gegangen war. Sie war nicht mehr *veloutée*, sie war nicht mehr düster, sie war nicht mehr melancholisch oder gar geheimnisvoll. Als sie aus dieser interessanten Hülle heraustrat, war sie spitz, bitter, rauh geworden, als hätte sie sich, indem sie sie verriet, Casildas Härte bemächtigt, um damit das Abenteuer, an ein Ziel zu gelangen, bestehen zu können.

Als sie ankamen, gab sie, wie verabredet, jedem Eingeborenen, der den Karren gezogen hatte, einen Ballen Gold und riet ihnen, sich aus dem Staube zu machen und sich um die eigenen Angelegenheiten zu kümmern. Malvina wußte sehr gut, was sie tat: die armen Teufel würden ihr sehr bald das Gold enttäuscht zurückbringen, da sie keine Möglichkeit finden würden, es zu verkaufen, es sei denn zu einem sehr niedrigen Preis. Wenn die Ausländer auch bereit waren, dem Diebstahl einen anderen Namen zu geben, wenn es sich um eine Tochter der Venturas handelte, würden sie sich doch weigern, sich die Hände mit dem Diebesgut einer Handvoll Eingeborener schmutzig zu machen. Malvina verursachte einen großen Wirbel, als sie in jener Männerwelt, in der Bar des Café de la Parroquia, auftauchte, um den Ausländern ihr

Problem und auch ihre Pläne für die Zukunft darzulegen, da es ihr nicht allein darauf ankam, die gestohlenen Ballen zu verkaufen, sondern auf eine regelmäßige Lieferung, die sie im Hinblick auf eine gemeinsame Ausbeute im großen Stil im Auge hatte. Malvina konnte nur wenige Sätze sagen, als die Ausländer schon begriffen, daß es besser sei, was auch immer man hinsichtlich der Vorschläge dieses Mädchens tun wolle, streng geheim vorzugehen, so daß niemand auch nur vermuten könne, sie hätten ihre Hände im Spiel. Sie schoben Malvina unter dem Vorwand hinaus, sie müßten sie vor dem Trubel bewahren, den das Erscheinen einer jungen Dame unter den betrunkenen Kaufleuten hervorgerufen hatte. Nachdem sie die Details ihres Plans angehört hatten, kauften sie das Gold zu einem höheren Preis, als ihn Hermógenes hätte herausholen können, denn sie hielten es für angebracht, auf diese Weise eine Art Vereinbarung zu schließen: Malvina würde davon so begeistert sein, daß sie ihnen mehr und mehr Gold anbieten würde, der Preis würde fallen, und als Krönung der ganzen Geschichte würde ihnen am Ende der Besitz der Ländereien, die das Gold produzierten, in die Hände fallen. Die Ausländer zögerten nicht, Malvina in einer Villa wie in einer extravaganten, modernistischen Bonboniere unterzubringen. Sie änderte ihren Namen, ihre Persönlichkeit, ihren gesellschaftlichen Rang, ihren Stil und begann über die Eingeborenen und deren Freunde, die sie unter den Ex-Lakaien gewannen, die ohne Arbeit in den Cafés des Hafens herumlungerten, zu herrschen. Es war jedoch notwendig – nach Meinung der Ausländer –, ein sehr delikates Problem zu lösen, bevor man einen weiteren Schritt unternahm, nämlich sich Higinios zu entledigen. Eingeschüchtert, unzufrieden, ohne Stimme in den Geschäften, ohne Zugang zum violettseidenen Schlafzimmer, das Malvina mit Pedro Crisólogo teilte, wurde er dick und blaß, untätig und deprimiert, weil er nicht mehr wußte, wer er war, und nicht die Kraft hatte, eine Identität in irgendeiner Beschäftigung oder einem Vergnügen zu suchen. Die Ausländer – die in anderen Fällen nicht gezögert hätten, bis zum Mord zu gehen – taten dies nicht, obwohl man Gefahr lief, daß Higinio auf die Idee kam, sich an den ersten Besten zu verkaufen, der ihm Bedeutung bot, die ihn aufblasen würde, denn schließlich handelte es sich doch um einen Ventura, und sie waren im allgemeinen klug genug, die Sprößlinge der Mächtigen nicht anzurühren. Es war Malvina – die einen winzigen Grad Zuneigung, aber eben doch Zuneigung, für ihren Vetter empfand –, die auf die Idee mit der Reise kam. Sie selbst machte sie ihm mit Berichten über die Annehmlichkeiten im Land der Ausländer schmackhaft und überzeugte ihn davon, daß Pedro Crisólogo sich wünschte, selbst zu fahren, was ihm jedoch, da er Eingeborener sei, unmöglich war, während er, wenn er die Einladung annähme, seine Überlegenheit bestätigen würde. Vetter und Cousine verabschiedeten sich mit einem Kuß auf die Wange auf der Brücke des Schiffes, das Higinio in eine neue Welt brachte, und Malvina war nun das Feld überlassen, um, sagen wir es einmal so, endgültig die Haut wechseln zu können. Nur auf diese Weise war sie in der Lage, mit ihrem eigenen Leben und dem ihrer Familie zu tun, was ihr gefiel, denn kein Tropfen Blutes würde sie mehr daran erinnern, daß sie ihr Betragen zu rechtfertigen habe. Die Haut zu wechseln, war für Malvina angenehm, denn niemals hatte sie sich in der, die ihr die Familie zugewiesen hatte, vollkommen als sie selbst gefühlt. Frei von Higinios Gegenwart zögerte sie keinen Augenblick mehr, jede Spur ihrer Klasse, ihres Namens, sogar ihres Alters mit Hilfe von geschickten kosmetischen Manipulationen zu verwischen. Sie richtete sich in dem kleinen Palast ein, vor dem die Leute sich fragten, was wohl hinter seinen bunten Scheiben vorgehen mochte, und begann, sich mit Pedro Crisólogo auf der Palmenallee zu zeigen, wo dieser sich mit seinen zu eng anliegenden Hosen und dem schamlos unter seinen goldenen Ketten zur Schau gestellten Körper spreizte und wie ein Jahrmarktschreier eine Reitgerte mit edelsteinbesetztem Knauf schwang. Sowohl Männer wie Frauen wichen dem unverschämten Blick seiner schwarzen Augen aus, denn, obwohl darin eigentlich nichts Beschämendes lag, ließ sein Anblick in ihren Gesichtern Schamröte aufsteigen. Nein: er war gewiß nicht elegant – so, wie die Frau an seiner Seite es in übertriebener, mythologischer Weise war, so daß sie, weil alles übertrieben war, auch nicht mehr elegant war, sondern zu etwas ganz anderem wurde –, aber es war unmöglich zu

verhindern, daß ihre nach Befriedigung lechzende Neugier dem
Paar folgte, wenn sie es vorbeifahren sahen. Wer mochten sie
sein? Woher waren sie gekommen? Was beabsichtigten sie
damit, wenn sie sie beschämten? Wie konnten zwei Wesen sich
so in eine Aura von unaussprechlich Verbotenem einhüllen wie
diese beiden, daß niemand es wagte, die Ausländer, die als
einzige Zugang zu ihnen hatten, zu fragen, wer sie seien, aus
Furcht, man könnte seinem Ruf schaden, wenn man Interesse
für ein so auffälliges, so obszönes Paar zeigte. Unter dem
luxuriösen Panzer ihrer neuen Identität verborgen, begann
Malvina nun zu handeln. Über Pedro Crisólogo kaufte sie
Bordelle und Spielhöllen auf, die er mit seiner Peitsche in der
Hand leitete und mit denen sie keine andere Arbeit hatte, als die
Bücher zu führen und zu kassieren: über das Geld hinaus, das
sie von den Ausländern für das Gold erhalten hatte, liefen ihre
Truhen sehr bald über von sich vermehrenden Kronen. Sie
schickte den Karren von Onkel Adriano mit Stoffen und Glas-
perlen gefüllt mit zwei Eingeborenen nach Marulanda zurück.
Sie sollten ihr Nachrichten bringen über das, was sich im Haus
abspielte und in dem Dorf. Die Eingeborenen fuhren hin und
zurück, brachten Neuigkeiten her und trugen Versprechungen
und Drohungen dorthin, so daß die außerordentlich merkwür-
dige Situation entstand, von der ich jetzt erzählen will.

Eines Nachmittags, kurz nach der Abfahrt der Venturas, sah
Adriano sein eigenes bärtiges Bild von Lanzen durchbohrt auf
die *arancione*-farbene Mauer der Südterrasse gemalt. Sofort ließ
er Mauro rufen, weil er dessen Neigung zu solchen Ausschrei-
tungen kannte. Aber man teilte ihm mit, dieser sei am Nachmittag mit Valerio, Teodora, Morgana und Casimiro zusammen
ins Dorf gezogen, sie hätten geschworen, dort zu bleiben,
solange der gegenwärtige Zustand im Landhaus herrsche.
In jener Nacht hörte er, schlaflos in seinem Bett, das er mit
Wenceslao teilte, den Lärm der Krieger, die vom Dorf herankam-
men, und vom Fenster seines Schlafzimmers aus hatte er Feuer
brennen sehen. Er vertraute sich seinem Sohn an: er glaube,
der Auszug von Mauro und seinen Freunden sei die Reaktion
auf seine Weigerung, die Türen des Landhauses den Massen zu

öffnen, die, als sich die Nachricht von der Flucht der Venturas ausbreitete, von den blauen Bergen herunterkamen, um das Landhaus ohne jede Schranken oder Ordnung zu besetzen, so wie es ihnen – wie ihn Mauro jedesmal, wenn sie darüber diskutierten, erinnerte – in den ersten Reden versprochen worden war. Sein Bild auf der Mauer war eine Warnung, die man nicht übersehen durfte. Im Dorf konnte Mauro das Volk aufhetzen, das Landhaus zu überfallen. Es gibt keine Veränderung ohne Blutvergießen, pflegte Mauro zu wiederholen, und diese Katastrophe bräche nun über sie herein. Und wenn er sie doch hereinließe? Welche Haltung würden die vom *piano nobile*, die Gruppe um Colomba, einnehmen, die die Lebensmittelreserven kontrollierten, die die Keller füllten? Wenn die Menge ins Haus eindränge – Colomba hatte ihn gewarnt –, wäre sie in der Lage, jene Keller zu überschwemmen, so daß alle, sie eingeschlossen, Hungers sterben müßten. In dem gespannten Schweigen, in dem sein Vater neben ihm in der Dunkelheit atmete, wollte Wenceslao die Hand streicheln, die auf dem Laken lag, aber diese Regung welkte schon im Ansatz, denn er spürte, daß sein Vater nicht von vernünftigen Überlegungen oder von Leidenschaft gepeinigt war, sondern verwirrt, weil er sich unfähig fühlte, die Probleme zu lösen, die er selbst mit diesem absoluten Mangel an Bescheiden, welches der höchste Beweis für das Wissen um die Realitäten ist, geschaffen hatte. Mehr als der Schmerz über den Widerspruch zwischen dem Wunsch, das Gute zu tun, und den Mitteln, dieses zu erreichen, meinte Wenceslao, bedrückte seinen Vater sein eigenes, jetzt durch anklagende auf die Mauern des Hauses gekritzelte Zeichnungen beflecktes Bild. Nur als man ihn eingeschlossen hielt, als er verflucht war, ein Märtyrer, während er von der Zwangsjacke gefesselt war, schien er ein erleuchteter Prophet zu sein. Jetzt aber, in eine präzise Wirklichkeit gestellt, war er ganz Zögern, ganz Forderung nach Unterstützung und Sympathie, nach Bewunderung und Loyalität, ganz Hin und Her zwischen alarmierend extremen Lösungen von Autoritarismus und Schwäche.

»Du hast uns in diesen Schlamassel gebracht«, beschuldigte ihn Melania, als er mit denen aus dem *piano nobile* zu einer

Besprechung über den Bruch mit Mauro zusammenkam. »Du mußt jetzt auch Lösungen finden, wenn du unsere Unterstützung willst. Schließlich bist du der Führer, oder nicht?«

»Ich bin kein Führer. Ich wollte es auch niemals sein. Die Eingeborenen glauben an mich, weil ich, genau wie sie, ein Märtyrer der Familie Ventura war. Darum bin ich der einzige, der Ordnung fordern und Ausschweifungen verhindern kann. Gib mir die Schlüssel zu den Kellern, Colomba.«

»Warum bittest du darum, wenn du sie mir nehmen kannst?«

»Und wozu willst du die Schlüssel?« meinte Juvenal, »wenn du mit einer Handvoll Räubern die Türen aufbrechen kannst, um in die Vorratskammern zu gelangen? Darum zu bitten, ist eine Formalität. Jemand, der sich seiner Ziele und seiner Macht sicher ist, hält sich mit solchen Formalitäten wie Bitten nicht auf.«

»Warte«, sagte Melania zu Juvenal. »Beleidige ihn nicht: trotz seiner niederen Herkunft und seiner unbezweifelbar schäbigen Aufmachung ist er doch immer noch unser Onkel. Wärst du bereit, die Eingeborenen in Schach zu halten?«

Als er sich im Morgengrauen des nächsten Tages erhob, um zum Dorf zu fahren und mit Mauro zu verhandeln, sah Adriano an die Mauer des Vestibüls der Windrose geschrieben: WIR WERDEN DIR DIE SCHLÜSSEL NICHT GEBEN, DENN DU WIRST VERSUCHEN, UNS ZU BETRÜGEN. Zornig, diese öffentliche Beleidigung zum Anlaß nehmend, rekrutierte er eine Handvoll Eingeborener, mit denen er zuerst die Kinder, die im *piano nobile* lebten, dort einschloß und alle Ausgänge bewachen ließ und dann durch die Keller und Speisekammern zog und mit Machetenhieben die Türen, mit Axtschlägen die Ketten und Riegel aufbrach und die Lebensmittel – so wie es sein sollte – denen zur Verfügung stellte, die sie brauchten. Als er seine Aufgabe erfüllt hatte, schrieb er selbst an die Wand des Vestibüls der Windrose, der anderen Inschrift gegenüber: WIR BRAUCHEN DIE SCHLÜSSEL NICHT, DENN WIR HABEN DIE LEBENSMITTEL. Einen schrecklichen Tag lang blieben die Speisekammern offen; Eingeborene und Kinder drangen in Horden ein, rissen sich Decken und Tücher und überflüssige Leckereien heraus, stießen das kostbare Öl für die Lampen um und die Säcke mit Mehl, das mit dem ebenfalls ausgegossenen Wein eine rosafarbene

Masse bildete, die an den Füßen kleben blieb. Sie aßen, bis sie nicht mehr konnten, bis sie erbrachen, und sie betranken sich. Erst am Abend, als Adriano von dem Unglück erfuhr, das an einem einzigen Tag die Vorräte in einer Weise hatte schrumpfen lassen, daß es notwendig werden würde, sie zu rationieren, stellte er an die Tür jeder Speisekammer nackte Krieger mit Federbüschen und Lanzen, die nur diejenigen einlassen sollten, die dazu eine Erlaubnis hatten. Aber sie ließen doch immer ihre Angehörigen und ihre Freunde hinein, so daß der Mißbrauch zwar weitgehend unterbunden wurde, aber nicht vollends aufhörte. Das Haus wandelte sich auf diese Weise in eine Art Kaserne, in der Gruppen von bewaffneten Eingeborenen überall herummarschierten, als bereiteten sie sich auf einen Krieg vor. Aus Furcht, etwas Schlimmes könne geschehen, bat Colomba, mit Adriano sprechen zu dürfen, der sie in dem luxuriösen Gefängnis des *piano nobile* besuchte. Sie sagte zu ihm:

»Wir sind einverstanden, mit den Eingeborenen bis zu einem gewissen Grade zu teilen und zusammenzuleben, unter der Bedingung, daß du erlaubst, daß ich, die ich wirklich Erfahrung in diesen Dingen habe, die Lebensmittel vernünftig verwalte, so daß wir alle überleben können, bis wir in der Lage sind, selbst genügend Lebensmittel zu produzieren.«

Adriano akzeptierte anfangs Colombas Vorschlag; später, in der Nacht, vertraute er Wenceslao an, dies sei nur für den Anfang gedacht, die wahren Veränderungen würden folgen. Darauf begannen die Küchen unter Colombas Führung wieder zu funktionieren. Es wimmelte von Eingeborenen, die in riesigen Töpfen mit Gemüsen aus ihren Gärten rührten; andere warteten mit ihren Schüsseln in der Hand in einer Reihe auf der Erde im Markthof oder im Park sitzend, wo einige Familien Hütten errichtet hatten, bis Colomba, Zoé und Aglaée ihnen schwitzend, aber zufrieden, daß sie die Kelle schwingen durften, die Schüsseln füllten.

Die Nachricht, daß die Kinder vom *piano nobile* nicht nur in Freiheit waren, sondern auch die Lebensmittel verwalteten, gelangte auch zu Mauros Hütte im Dorf, wo er mit einem Eingeborenenmädchen lebte. Das war das Signal für seinen

Aufstand, und mit Horden, für den Augenblick nur zur Abschreckung bewaffneter Krieger, drang er, gefolgt von einer lärmenden Menge, in das Landhaus ein und besetzte Zimmer und Säle. Hunderte von Familien mit ihren Tieren und ihren wilden und begeisterten Kindern drängten sich nun dort und wußten nicht, wie sie sich der Annehmlichkeiten bedienen sollten. Sie kochten auf den Parkett- und Marmorböden, beschmutzten die Wände mit Rauch und Ecken und Winkel mit ihrem Kot, zerhackten Sandelholztüren zu Brennholz für ihre Feuer, weil dies einfacher war, als in den Park hinunterzugehen und Holz zu sammeln, und richteten ihre Gewerbe in den Sälen ein.

Die Mehrzahl der Vettern führte in dem Chaos, das durch die Invasion der Eingeborenen entstanden war, weiter ihr normales Leben. Die drei Schachspieler verbrachten den Tag wie in den besten Zeiten über ihrem Brett, niemand kümmerte sich jetzt um sie, und sie brachten einem Eingeborenenmädchen, das sich dafür interessierte, das Spiel bei und nahmen es in ihre Gruppe auf. Die kleineren Mädchen – außer Zoé, das widerborstige, mongoloide Monster – lernten mit seltsamen Eingeborenenspielen zu spielen, die sie niemals vorher gesehen hatten, und auf Flöten aus Knochen oder Rohr zu blasen, oder sie halfen den Arbeitern, die versuchten, den Park in einen Garten zu verwandeln, der sie alle ernähren sollte. Und während Mauro sich von der Anarchie hinwegreißen ließ, vernachlässigte Adriano, mit Plänen beschäftigt, über die nur Wenceslao und Francisco de Asis, der Riese, der mit Cordelia zusammenlebte, etwas wußten, die bescheidenen Probleme der Produktion, indem er sie von höheren Sphären aus zu lösen suchte.

Und hier trifft meine Geschichte mit der von Malvina, die ich vorher erzählt habe, zusammen, nämlich mit jenen mit karmesinfarbenen Kravatten, mit Gold in den Zähnen und Diamanten in den Ohren aufgetakelten Eingeborenen, die in dem mit Waren beladenen Karren nach Marulanda zurückkehrten. Eines Nachts, bevor sie im Dorf ankamen, ließen sich diese Hausierer von Francisco de Asis und seiner Gruppe tapferer Männer einfangen. Nachdem er die unnütze Ladung von Kinkerlitzchen beschlagnahmt hatte, wollte Adriano wissen, wer sie sind. Als sie ihm den Namen von Malvina ins Ohr flüsterten, brachten er, Francisco de Asis und Wenceslao sie unter strengster Geheimhaltung in den Markthof, um mit ihnen zu sprechen, ohne daß irgend jemand, weder die aus dem *piano nobile* noch die Fanatiker um Mauro, etwas davon erführe. Ja, bestätigte Adriano, die Verbindung zu Malvina sei ihm willkommen, er sei damit einverstanden, über Malvina einen neuen Handel zwischen ihm und dem Weltmarkt aufzurichten. Die Hausierer kehrten mit folgender Botschaft von Adriano an seine geliebte Nichte Malvina in die Hauptstadt zurück: In Marulanda begänne sich beinahe unerträgliches Elend auszubreiten; wenn man nicht irgend etwas täte, würde es noch schlimmer werden; die Minen seien verlassen, weil die Eingeborenen, nachdem sie begriffen, daß die Abwesenheit der Venturas den Goldmarkt schloß, sich natürlich weigerten zu arbeiten und statt dessen in die Ebene herunterkamen, um ihren Hunger in diese ausgedörrte Gegend zu verpflanzen; wenn er jedoch bestimmte Dinge, an denen es mangele, als Vorgabe bekäme, um sie später gegen Goldballen einzutauschen – Öl für die Lampen, Kerzen, Mehl, Zucker, Decken für den Winter, Stoffe –, wäre es einfach, die Minen wieder in Gang zu bringen und danach die Waren mit dem produzierten Gold zu bezahlen. Während man auf die Beantwortung seiner Bitte um Kredit wartete, würden die Eingeborenen wieder in die blauen Berge zurückgehen und das Gold zu Blattgold verarbeiten, dieses Metall, das dank Malvinas Intervention als Agent der Produzenten jetzt ihnen gehören würde.

Nach einiger Zeit kehrten die Eingeborenen nach Marulanda zurück, den Karren gefüllt mit den von Adriano bestellten Gütern, und fuhren ihr Gefährt mit Goldballen beladen in die Stadt, begleitet von den begeisterten Wünschen der ganzen Bevölkerung für eine gute Reise. Beflügelt von der Hoffnung, daß die Frucht ihrer Arbeit in der Hauptstadt zu gutem Preis verkauft würde, machten die Eingeborenen sich nicht die Mühe, danach zu fragen, zu welchen Bedingungen das Gold übergeben werde, noch herauszufinden, welche Veränderungen diese Bedingungen ins Wanken bringen könnten. Nur die aus dem *piano nobile*, die mit dem täglichen Spiel von *Die Mar-*

quise ging um 5 Uhr aus ihre natürliche Begabung fürs Intrigieren verfeinerten, witterten in der Atmosphäre etwas Unangenehmes, das freilich nur so lange unangenehm sein würde, wie sie es nicht kannten und nicht kontrollierten. Zoé war ihre Spionin. Mit ihren Plattfüßen, ihrem wabbeligen Körper, ihrem sabbrigen Mund reagierte dieses mongoloide Monster nur getrieben von ihrem Haß auf die Menschenfresser, das heißt auch ihrem Haß auf die Eingeborenen, auf Adriano und alle, die nicht aus dem *piano nobile* waren. Eines Nachts, während die Händler sich nach ihrer zweiten Reise vorbereiteten abzureisen, ohne das Gold aufzuladen, belauschte Zoé ein Gespräch zwischen Adriano, Wenceslao, Francisco de Asis und den beiden Eingeborenen mit den karmesinfarbenen Krawatten. Sie erfuhr, daß die Händler ohne die Ballen in die Stadt zurückfahren würden, weil Malvina, mit fast allen Punkten von Adrianos Botschaft einverstanden, sich weigere, den geforderten Preis zu zahlen, und anführte, daß jetzt mit moderneren Methoden in anderen Gegenden dasselbe zu geringerem Preis produziert würde. Zoé lief, um das Gehörte in einer Art spontanen Versammlung der führenden Persönlichkeiten ihrer Gruppe zu berichten. Es war klar, schlossen sie, daß Adriano sich stark machen würde, um einen besseren Preis auszuhandeln. Malvina würde sehr verstimmt sein, wenn sie das Gold nicht zu dem von ihr gebotenen Preis erhielt, und müßte wahrscheinlich nachgeben und Adriano einen Preis zahlen, der dem von ihm geforderten näher käme, und man würde dann seine verhaßten Pläne zur Gleichmacherei in Marulanda realisieren können. Das mußte unbedingt verhindert werden. Es war dringlich, von jetzt an jeden Kontakt zwischen Adriano und Malvina zu unterbinden. Juvenal erhob sich abrupt und sah Melania und Aglaée an:

»Die Lösung liegt in euren Händen, liebe Cousinen, ihr werdet die Heldinnen dieses tragischen Tages sein.«

»In unseren Händen, sagst du?«

»Ja«, fuhr Juvenal fort. »Diese unheilvolle Verbindung zwischen Onkel Adriano und Malvina muß, koste es, was es wolle, verhindert werden.«

»Aber warum wir?«

»Ja. Wie?«

»Ihr werdet euch den Händlern hingeben. Man weiß doch zur Genüge... nicht daß ich, die *Marquise*, dergleichen kennte, ...daß ein Charakteristikum dieser inferioren Rasse darin liegt, daß ihr Haß auf uns sich in der Begierde nach unseren Frauen zeigt. Sie würden alles für die erhebende Erfahrung geben, mit einer aus unserer Rasse zu schlafen...!«

»Schauderhaft!« rief Melania aus und ließ ihre alabasterfarbene Stirn auf ihre am Tisch verkrampfte Hand fallen.

»Welch ein Opfer forderst du von uns!« weinte Aglaée, warf sich auf den Teppich und verbarg ihr weinendes Gesicht im Schoß ihrer älteren Schwester.

Als Zoé das sah, schimpfte sie wütend! »Dumme Gänse! Feiglinge! Merkt ihr denn nicht, daß das alles nur eine Verabredung zwischen diesen niedergeborenen Dieben, dem Onkel und diesem schamlosen Bastard ist? Feiglinge, tausendmal Feiglinge! Wenn ich in eurem Alter wäre, statt erst siebenjährig und darum für niemanden, außer für einen Perversen, attraktiv bin, und ich bezweifele, daß diese Wilden pervers sind, ihnen fehlt das notwendige Raffinement, würde ich nicht zögern, mich nicht nur einmal, sondern tausendmal ihnen hinzugeben, um unseren Besitz zu verteidigen. Ach, wenn ich deinen Busen, deinen Hintern hätte, Melania, wenn ich deine schönen Arme und deine Augen einer Bisonhirschkuh hätte, Aglaée, was würde ich alles tun...!«

Es gab keine Zeit zu verlieren, denn, wie Zoé sagte, spannten die Händler die Pferde ein, als sie sie belauschte, und sie wollten, nachdem sie noch etwas gegessen hatten, abfahren.

Die Vettern führten Melania und Aglaée durch die dunklen Flure zu dem Büro von Onkel Hermógenes; sie hätten dabei gern jene Psalmen angestimmt, die die Alten gesungen haben, wenn sie die Jungfrauen zum Opferstein führten. Sie hörten Stimmen in dem Büro: Adriano, Wenceslao und Francisco de Asis beratschlagten. Während sie darauf warteten, daß sie hinausgingen, versteckte Juvenal seine Truppe in einem angrenzenden Raum und gab seinen Cousinen Anweisungen: Versprechen, viele Versprechen und sich nicht voneinander trennen; damit man sie nicht halten müßte; sie dazu bringen, daß sie mit ihnen nach oben in den Tanzsaal gingen, wo Aglaée sie mit Harfenspiel und Melania mit einer provokativen Mazurka becircen sollten; aber widerstehen, den Preis hinauszögern, schließlich seien die Frauen der Familie von Generation zu Generation darauf gedrillt worden, Melania mit ihren Grübchen, Aglaée mit ihren langen Wimpern, bis diejenigen, die unten ihre Arbeit machen würden, sobald sie fertig seien, zurückkämen, um sie zu befreien. Sie würden die Bösewichte überwältigen und in einer Dachkammer einschließen.

Die Stimmen im Nebenzimmer verstummten. Sie hörten Adriano, Wenceslao und Francisco de Asis hinausgehen und warteten, bis sich ihre Schritte entfernt hatten, um in das Büro zu treten; sie stießen die beiden Mädchen bis in die Mitte des dunklen Raumes und verbargen sich in einer Ecke, von wo aus sie durch die Balken des Fensterchens die beiden Eingeborenen von Malvina sahen, die an dem Karren im Markthof die letzten Vorbereitungen trafen.

Melania und Aglaée gingen an das Fensterchen, schoben die Balken fort, die sie unverriegelt fanden, umarmten und küßten sich und, nachdem sie sich versichert hatten, dies sei wohl das letzte Mal, daß sie sich so, wie sie geboren worden waren, umarmen könnten, sie seien aber zu allem bereit, um die düsteren Pläne von Malvina und Onkel Adriano zu vereiteln, rafften sie ihre Krinolinen, damit sie durch das Fenster paßten, und stiegen eine nach der anderen hinaus und näherten sich zitternd den Eingeborenen, die, als sie sie sahen, ihre Arbeit ruhen ließen.

Aus der Dunkelheit des Büros beobachteten die anderen Melania und Aglaée, die sich draußen neben den Pferden der Händler in den Hüften wiegten und lachten. Als sie die vier zum Fensterchen zurückkommen sahen, versteckten sie sich und ließen sie hinausgehen und die Treppe hinauf verschwinden, bevor sie ihren Teil der Arbeit begannen: als erstes banden sie die Pferde los und jagten sie in die Ebene hinaus, damit das Haus wieder von allem abgeschieden war, wie es sich gehörte, da es ihre Eltern bis zu ihrer Rückkehr so vorgesehen hatten. Sie zerrten den Karren zu den Pferdeställen, wohin niemand mehr ging, weil es keine Gefährte und Zugtiere gab, und verbargen ihn unter Strohhaufen, wo er schwerlich zu finden sein würde. Sie brauchten so viel Zeit für diese erschöpfende Operation, daß, als sie endlich im Morgengrauen zum Tanzsaal hinaufstiegen, um Melania und Aglaée zu befreien, die Mädchen so aussahen, als hätten sie nicht genug Kraft gehabt, dem Ansturm der als Händler verkleideten Menschenfresser zu widerstehen. Sie fielen über die beiden Männer her, fesselten und knebelten sie und schlossen sie, wie geplant, in der verstecktesten Dachkammer ein, wo niemand sie hören könnte; und ohne die Spur von Händlern und Karren war es, als wären jene mit der Botschaft abgereist, um mit Malvina über die Preise zu verhandeln, die die Produzenten des in Handarbeit hergestellten Blattgoldes forderten.

Während der vermeintlichen Abwesenheit der Händler begann eine Zeit großer Arbeit in Marulanda in Erwartung der Dinge, die sie bei der Rückkehr mitbringen würden. Die Eingeborenen, die in die Minen zurückkehrten, produzierten schnell und reichlich – es ist besser, sich nicht weiter über die Qualität auszulassen – unter dem Ansporn, daß der Markt sich wieder für sie öffnen würde. Die weite Ebene schien sich wieder mit Leben zu füllen und hallte von dem Geheul der nackten Eingeborenen wider, die mit immer mehr Goldballen zum Landhaus kamen. Auf der Waage von Onkel Hermógenes, die jetzt zwischen den heruntergekommenen weißen Korbmöbeln auf der Südterrasse stand, die zum Arbeitsplatz umgewandelt worden war, wog Adriano mit seinen Gehilfen die Ballen und markierte mit violetter Tinte auf ihrer Oberfläche nicht wie früher eine Nummer, sondern den Namen dessen, der ihn gebracht hatte, und nachdem er den Namen in einem dicken Buch notiert hatte, das dem von Casilda ähnlich war, nur daß man es gerade angefangen hatte, lagerte er sie nicht in geheimen Gewölben, sondern in der Galerie der Malachittischchen und in der Bibliothek, wo alle sich an dem Anblick der Frucht ihrer Arbeit erbauen konnten. Kinder und Eingeborene, Krieger und Köchinnen, Musikanten und Handwerker liefen geschäftig überall herum, als wäre das Haus eine Fabrik.

Zwischen ihnen wandelte die vertraute, aber einsame Gestalt von Adriano Gomara – Vater, Beichtvater, Anführer, Inspirator –, für alle erreichbar, nur weiser als sie. Die Arbeiter gruben im Park neue Bewässerungsgräben und pflanzten Obstbäume, die bei dem unvergleichlichen Klima von Marulanda in kurzer Zeit reifen würden. Niemand malte mehr Sprüche an die Wände. Sie brauchten dies nicht mehr zu tun, denn während dieser Zeit begann die ganze Bevölkerung – außer denen des *piano nobile*, die selten aus ihrer Höhle herauskamen, so daß die übrigen sie bald vergaßen – sich in der Hoffnung zu wiegen, daß nun doch noch alles gut werden würde.

Wenceslao, aufmerksam und ohne andere feste Aufgaben als die, zu beobachten, da die Desillusion ihn daran hinderte, Befehle seines Vaters entgegenzunehmen, die er nicht mit gutem Gewissen ausführen konnte, bemerkte, daß sein Vater, je länger die Händler auf sich warten ließen, den Mut zu verlieren begann, und sein beinahe hysterisches Warten auf diese Rückkehr verbrannte den Glauben seines Sohnes an ihn als den Vorkämpfer für Veränderungen mit Hilfe der Vernunft; denn so groß die Hilfe, die ihnen die Händler bringen konnten, auch sein mochte, es wäre doch nur Hilfe, eine Lösung für die augenblicklichen Probleme, die die Lösung des größten Problems, was man nämlich tun wollte, wenn die Venturas mit all ihrer Macht, ihren Wagen und ihrer Dienerschaft zurückkommen würden, überhaupt nicht berührte. Nein. Nein. Die Pläne, die Bemühungen, die Hoffnungen seines Vaters waren alle nur Flickwerk.

Nicht nur Wenceslao war beunruhigt. Für Mauro war die Sache mit den Händlern nur ein Kompromiß, dem zu folgen er und die Seinen sich weigerten. Und während man auf deren Rückkehr wartete, durchstreifte er mit seinen Männern den Park und das Haus, als wittere er irgend etwas; er forschte überall herum, war jeder Aktion gegenüber widerspenstig, deren Struktur nicht seinen eigenen Vorstellungen entsprach, und bereitete sich auf eine Aktion vor, von der er weder wußte, wann, noch genau gegen wen sie stattfinden würde. Eines Nachmittags, als er zu den Mansarden hinaufstieg, um den noch zur Verfügung stehenden Raum zu inspizieren, wo die neuankommenden Familien untergebracht werden könnten, entdeckte er die beiden gefesselten, geknebelten Händler, denen die aus dem *piano nobile*, so berichteten sie ihm, hin und wieder etwas zu essen gaben. Mauro brachte die Nachricht sofort zu Adriano, denn er hielt sie für eine triumphale Bestätigung seiner eigenen Haltung, da sie die üblen Methoden derer des *piano nobile* enthüllten. Lohnte es überhaupt, sich zu fragen oder sie zu fragen, wer dies getan hatte? Und wozu und warum? Vernichtete dies nicht alle seine Pläne? Bedeutete es nicht, daß man von diesen Händlern nie wirkliche Hilfe hatte erhoffen können, daß alles nur ein demütigendes Phantom gewesen war? Sie fanden auch den im Markthof versteckten Karren. Und er sagte, Adriano Gomara mit dem Käfig seines Wahnsinns konfrontierend, der gleichermaßen der Käfig seiner Hoffnung gewesen war, rund heraus, daß er, wenn er eine positive Aktion wolle, selbst in dem Karren mit den Händlern in die Hauptstadt fahren müsse, nicht nur um mit Malvina zu verhandeln, sondern um fähige Leute zu suchen, die ihm helfen könnten. Adriano antwortete:

»Ich würde gerne gehen, aber ich kann nicht. Ich stehe außerhalb des Gesetzes. Die Justiz hält mich für einen Kriminellen, und nur, weil die Familie Ventura mich als irre ausgegeben hat, um ihre Reputation zu wahren, bin ich ihr bis jetzt nicht in die Hände gefallen. Ich bin für sie so gefährlich wie einer der Menschenfresser, die ihre Phantasie peinigen. Ich muß meine Arbeit im verborgenen tun, hier, in Marulanda.«

Gegen die Befehle seines Onkels Adriano, gegen die Argumente von Wenceslao, gegen die Einwände von Francisco de Asis und die Bitten von Cordelia, die das Chaos gerade in dem Augenblick über sie alle hereinbrechen sah, als sie niederkam, nahm Mauro die Kinder aus dem *piano nobile* gefangen, schloß sie in einer der elendesten Hütten des Dorfes ein und zwang sie von morgens bis abends in den Gärten zu arbeiten, die alabasterweißen Stirnen jetzt so sonnenverbrannt wie die der Eingeborenen, die Hände rauh und aufgerissen, die Muskeln schmerzend, und am Abend schloß er sie wieder ein. Adriano wußte nicht mehr, wie er die Familien kontrollieren sollte, die Schutz suchend ins Landhaus kamen, wo sie sich bereits drängten. Wie sollte er ihre bescheidenen, aber vielzähligen Bitten erfüllen, wie die Lebensmittel herbeischaffen, die jeden

Tag knapper wurden? Wie sollte er den Einfluß von Mauro neutralisieren, der fanatisch und wirrköpfig unter ihnen herumging und predigte, sie sollten diese Situation nicht hinnehmen, sollten immer mehr fordern, jetzt sofort, denn sie hätten ein Recht darauf, dies zu tun, da sie und ihre Vorfahren die wahren Herren des Goldes seien, mit dem dieses Landhaus errichtet worden sei . . .

Malvina schickte keine Emissäre mehr: sie wußte alles, was sie über die Instabilität im Landhaus wissen mußte, die dem unvermeidlichen Verfallsprozeß folgend immer schlimmer werden würde. Und mit Ungeduld erwartete sie die Rückkehr der Venturas, um ihren Plan zu Ende führen zu können, der nicht nur sie und ihre Partner bereichern würde, sondern die Familie vernichten, ihr die Macht entreißen und in andere Hände legen würde, und damit wollte sie sich für die ihr von der Familie zugefügten Demütigungen rächen.

3

Es war einer der strahlendsten Morgen des Sommers, so als hätten die Feen, die immer so großzügig mit den Venturas umgegangen waren, ihn ausdrücklich dazu gemacht, ihnen Vergnügen zu bereiten. Er war klar, ruhig, nicht zu warm trotz der vorgerückten Jahreszeit, und die Ebene war nicht mehr silberweiß, sondern wie beschneit durch das sanfte Wogen der reifen Büschel, die sich bis zum Horizont ausdehnten, wie Hermógenes der Ausländerin mit ausgestrecktem Arm zeigte, die trotz des Schutzes ihrer Schleier und ihres grünbespannten Sonnenschirmes den weiten Raum mit zusammengekniffenen Augen durchforschte und darüber klagte, daß hier das Licht so sehr viel stechender sei als in ihrer Heimat.

Hinter ihnen kamen vergnügt die anderen Venturas zu ihren Freunden herunter und freuten sich mit ihnen über die Aussicht auf einen Ausflug, der vielleicht so bemerkenswert werden würde wie der erste. Es hatte sie nicht viel Mühe gekostet – wie es zivilisierten Personen ziemt –, sich zu einigen: sie würden ein Picknick an der Lagune mit dem perlmuttfarbenen Sand machen, den Celeste – die mit Olegario noch abwesend war und ihre Toilette vollendete; sie würde bald zu ihnen herunterkommen – mit so viel Recht Cythère nannte; und nach dem Essen, vielleicht nach einer kurzen Siesta, würden die Männer zu den Minen aufbrechen und ihre Gattinnen am Abend abholen, um gemeinsam ins Landhaus zurückzukehren.

Als sie zu den vor dem Gitter wartenden Wagen schritten, empfing sie nicht der unangenehme Geruch von Tieren, die seit dem frühen Morgen dort standen und warteten, sondern der exquisite, so englische Geruch des Leders von Sätteln und Zaumzeug, denn sobald ein Roß seinen organischen Funktionen freien Lauf gelassen hatte, beseitigten eigens dazu abgestellte Stallknechte den Schmutz sofort. Die Diener waren die ganze Nacht über auf den Beinen gewesen und hatten unter der Leitung des unermüdlichen Majordomus alles vorbereitet. Lidia hatte ihnen Instruktionen erteilt, damit sowohl das Picknick wie die Gerätschaft für den Ausflug schon am frühen Morgen in den Kutschen verstaut waren und die Diener ihre Plätze eingenommen hatten, wenn Anselmo und Terencio zu Pferde eine letzte Inspektion die lange Reihe der Wagen entlang, die sich bis hinter die Pferdeställe hinzog, gemacht hätten und ein Fingerschnippen von Hermógenes genügen würde, damit die Kavalkade sich in Marsch setzte und in die Ebene hineinzog. Die Pferde schnaubten unruhig und stampften den Boden, Gerten und Peitschen knallten, Wagenschläge knirschten. Die Gruppe von Damen und Herren plauderte vor dem Einsteigen munter bei den ersten Wagen, in denen niemand saß außer natürlich die Kutscher und die auf fast allen Böcken bereit sitzenden Pagen: zwei geräumige Landauer, die froschfarbene Chaise von Malvina, einige Victorias und eine schwere mit Fenstern und Plüschgardinen geschlossene Karosse, in der Adelaida reisen würde, weil sie die verräterische Sonne dieser Jahreszeit fürchtete. Dahinter aufgereiht die unendlich lange Schlange der Wagen voller Gepäck, Munition, Nahrungsmitteln, Dienern, in denen man in der ersten Reihe erwartungsvoll das zitternde Schnurrbärtchen des Chefkochs erkennen konnte, als wolle er mit seiner Gegenwart kundtun, daß, wenn seine Rolle auch im Augenblick von der des Majordomus und des Oberstallmeisters überschattet sei, er doch in Kürze, zur Essenszeit, unbestreitbar der Star sein werde.

Während er mit der Gruppe eleganter Reisender neben dem Landauer an der Spitze plauderte, befahl Hermógenes mit einem unbedeutenden, aber autoritären Fingerschnippen dem Majordomus, auf den Bock des ersten Wagens zu steigen. Der gehorchte und setzte sich dort mit über seiner prächtigen Brust gekreuzten Armen hin, den Blick geradeaus gerichtet. Als Hermógenes sich umdrehte, um die Ausländerin einzuladen, die der Etikette der Familie entsprechend in dem ersten Wagen fahren sollte, entschlüpfte ihm diese aus Ängstlichkeit oder vielleicht aus Unkenntnis bestimmter Regeln des Umgangs und richtete sich mit ihrem blonden Sohn und mit Melania in dem zweiten Wagen ein, einem prächtigen Victoria mit einem wie eine Muschel aufgestellten Verdeck. Obwohl dies keineswegs seinen Plänen entsprach, zog Hermógenes es vor, dies zu akzeptieren, statt sich in Erklärungen zu verwickeln und die Zeit mit dem Tauschen von Plätzen zu verlieren, und wandte sich um, damit die Plätze des ersten Wagens, die die Ausländerin nun frei gelassen hatte, anderweitig besetzt würden. Aber er sah, daß sie gar nicht mehr frei waren, sie wurden von den beiden älteren Ausländern und Malvina eingenommen, was nicht ganz ohne Sinn war, da sie die wichtigsten waren, zu denen er sich selbstverständlich, sobald er die Sitzordnung wieder geregelt hätte, begeben und vielleicht Berenice dazu einladen würde, damit sie mit ihrem albernen Geschwätz die Stimmung ein wenig auflockere. Aber als er sich umwandte, um seine Schwägerin zu suchen, stieß sein Blick auf die dritte Kutsche, die froschfarbene Chaise von Malvina, die bereits von ihrem obszönen, ihrem unbegreiflichen, ihrem unverzeihlichen Begleiter besetzt worden war – über den er im Augenblick nicht weiter nachdenken wollte –, der dort saß und schlief, als wäre absolut alles, was hier geschah, seit langem vorbereitet worden. Und ohne ein Zeichen von Hermógenes abzuwarten, mit der brutalen Spontaneität dessen, was lange, lange Zeit befohlen und geplant worden ist, sprang ein Kutscher auf den Bock neben den Majordomus, packte die Zügel, schlug auf die Füchse ein, und der Landauer fuhr in vollem Galopp davon, während die Venturas, nur leicht überrascht zu Anfang, ein wenig zurücktraten, um ihn vorbeizulassen, damit er ihre prächtige Reisekleidung nicht beschmutze.

Sie waren bestimmt nicht die einzigen, die überrascht waren; ich bin sicher, daß meine Leser sich außerordentlich erstaunt fragen werden, warum ich einen unbekannten Kutscher und nicht Juan Pérez, wie so oft in meiner Erzählung, auf den Bock neben den Majordomus springen ließ. Ich tat es nicht, weil unser Bösewicht in diesem Augenblick von Balbinas Schlafzimmerfenster aus, von den muskulösen Armen seines Bruders Agapito gepackt, strampelnd, beißend, verzweifelt und sich auf unedle Weise zu befreien versuchend, der Abfahrt des ersten Wagens zusah. Die Nacht war für Juan Pérez anstrengend gewesen. Er war durch Zimmer und Flure gewandert, ohne Plan und ohne Richtung. Er hatte Agapito gesucht, in der vagen Absicht, ihn zu töten. Im Morgengrauen, als das weiße Licht der Ebene draußen durch die Ritzen hereindrang und die Formen der Möbel und Türfüllungen in Breschen verwandelte, trafen die Brüder schließlich in Balbinas Zimmer aufeinander. Agapito hatte sich die ganze Zeit dort versteckt gehalten. Es kam nicht zu einem Kampf: Agapito, der Juan Pérez erwartet hatte – aber er hatte einen gewaltsamen, triumphalen Einzug mit einem Gefolge von Bösewichtern erwartet, nicht dieses einsame Häufchen Elend, das sich erbarmungslos selbst verzehrte –, sprang auf ihn zu, packte ihn und sagte, seine Rache würde darin bestehen, daß er ihn nicht mit den Mächtigen fortfahren lasse, sondern hier in der Hölle des Landhauses behalte, wo er mit den Besiegten und Niedergeschlagenen zurückbleiben müsse. Ihn fest gepackt, trat er mit ihm schließlich ans Fenster und hob, ihn mit dem einen Arm festhaltend, die Gardine, damit er sehen könne, was sich unten abspielte: als er die erste Kutsche anfahren sah und begriff, was dort geschah, stieß Juan Pérez einen so wilden Schrei aus, als zerbräche man ihm jenes Organ, das er an Stelle eines Herzens in sich trug. Agapito ließ ihn los, er brachte es nicht fertig, seine Rache zu vollenden, als er ihn so verzweifelt sah, und Juan Pérez lief die Treppen hinunter und heulte, sie sollten nicht abfahren, sie sollten auf ihn warten. Er rannte durch die Salons, bis er keuchend auf die Terrasse kam: sie sollten nicht ohne ihn losfahren! Er sprang über die Balustrade und die Pfauen, über verbrannte Buchsbaumhecken und Wassergräben, fiel hin, stand wieder auf und kam endlich ans Gitter, als bereits alle vornehmen Wagen, die fast alle leer an der Spitze fuhren, hindurchgefahren waren und sich unter Wolken von Staub und Samenfäden in die Ebene hinein entfernten. Die Herrschaft, die schon ein paar Minuten Zeit gehabt hatte, um zu begreifen, daß sie von einer unberechenbaren Kraft betrogen worden war, krallte sich kreischend an die Wagen, ihre Kleider zerrissen, sie verloren ihre Hüte, ihre Hände bluteten, ihre Gesichter wurden von den Stiefeln der Diener getreten, die sie von den schnellen Dienerkutschen abwehrten, die sie früher verachtet hatten; ihre Gelenke wurden von Gewehrkolben zerschmettert, damit sie die Wagen, an denen sie sich festhielten, losließen; und diese vergänglichen Puppen fielen nun mit blauen Flecken und mit Erde beschmutzten Gesichtern und zerzausten Locken herunter, diese Schaufensterpuppen, deren einschmeichelnde Stimmen jetzt rauh irgend etwas Unverständliches schrien. Eulalia rollte im Schmutz; Hermógenes' Gesicht war von Fußtritten blutig; Adelaida, auf den Pferdemist geworfen, versuchte die Reste ihrer Würde zu sammeln und aufzustehen, während die lärmenden Kutschen an ihnen vorbeifuhren, vollgestopft mit Dienern, die ihnen gemeine Antworten auf die Bitten ihrer vom Staub rauhen, vom Durst trockenen, von Samenfäden gereizten Kehlen zubrüllten. Sie waren nicht mehr in der Lage, Worte zu formen, sie konnten nur noch stöhnen, nur noch schluchzen, nur noch flehen, bis das letzte Gefährt – ein elender Karren voller sehr junger Küchenjungen, die, vielleicht, um sich über sie lustig zu machen, ein Lied grölten – vorbeigefahren war; und Silvestre keuchend, Hermógenes blutend, Terencio humpelnd und Berenice und Lidia hinter dem Karren herliefen und die jungen Burschen anbettelten, die ganz offensichtlich zu einer lange geplanten Verschwörung gehörten, aus der sie ausgeschlossen waren; sie versprachen ihnen Gold, Besitz, Freiheit, Macht und begriffen in diesem Augenblick, daß sie endgültig verloren hatten, bis die schäbigen Umrisse des letzten Karrens sich im sommerlichen Staub verloren, der sie erstickte und sie am Ende ganz sicher verschlingen würde.

Nach einer Weile kehrten die, die den Kutschen nachgerannt waren, niedergeschmettert zurück wie Gespenster und gingen zu denen, die zu Boden geworfen worden waren, die auf der Erde saßen, die nicht begriffen, wie früher, als sie sich im Recht wußten, alles zu begreifen und jede Situation sofort ihren eigenen Maßstäben entsprechend zu definieren. Aber bald nahmen sie wahr, daß vom Ufer dieses Staubmeeres, das so aussah, als wolle es sich niemals mehr legen, weil es nach eigenen Gesetzen in der Atmosphäre entstanden war, von der Staubwolke eingehüllte Figuren auf sie zu kamen: sie erkannten sie nicht sofort, obwohl sie langsam einen Kreis um die Venturas bildeten. Diese Schemen umstellten sie, als wären sie gefährliche Bestien, die man jagen und jetzt, da sie schwach und hilflos waren, erbarmungslos vernichten müßte, ohne daß sie diese Strafe begriffen, die die ihnen sonst immer wohlgesonnenen Feen jetzt über sie hereinbrechen ließen.

Bald merkten sie jedoch, daß die verschwommenen Figuren keine Galgenvögel waren und sich auch nicht in feindseliger Absicht näherten. Wenn sie auch nicht wußten, was genau es war, was ihnen diesen Eindruck vermittelte, so waren diese doch genauso hilflose oder noch hilflosere Gestalten als sie selbst: die Kinder von Marulanda wagten schließlich, sich schweigend ihren Eltern zu nähern, ohne von einem Ritual zusammengerufen worden zu sein. Dunst und Staub machten ihre Gestalten noch immer unscharf, aber ihre Züge waren von einer verwirrenden Starrheit ihrer Augen erhellt, die das erste war, was den Nebelschleier durchdrang. Sie kamen auf ihre Eltern zu, jeder suchte unter den auf der Erde liegenden Körpern die Seinen, so wie man nach einer Schlacht unter den vom Tode gleichgemachten Gesichtern irgendein Detail sucht, an dem man einen geliebten Menschen erkennt. Sich über sie beugend wagten sie kaum, eine Locke zu berühren, um ein Gesicht freizulegen, Staub fortzuwischen, um den Zug eines

Mundes zu erkennen, ein paar Tropfen Blut zu trocknen, um zu lindern, einen zerstörten Sonnenschirm aufzuheben, um damit seiner Besitzerin einen gewissen Grad von Vollständigkeit zurückzugeben, ein unnützes Täschchen, das vielleicht ein parfümiertes Taschentuch oder Riechsalz enthielt, einen von den Rädern einer Kutsche zerbrochenen Stock. Die Staubwolke verdunkelte immer noch das Licht der Sonne, ohne seine Brutalität zu mildern. Die Pupillen zogen sich so stark zusammen, daß die weite Ebene, der Schemen des großen Hauses und des Lanzengitters und die Überreste des Parkes und auch die humpelnden oder niedergeworfenen Figuren, die, von Verletzungen und vor Erschöpfung geblendet, über das in den letzten Minuten über sie hereingebrochene Unglück weinten, daß all dies in einen winzigen Rahmen ohne jede Tiefe eingepaßt zu sein schien. Schließlich halfen die Kinder denen auf, die es allein nicht schafften. Stumm, ihre Eltern stützend, halfen sie ihnen, aus dieser schrecklichen Staubwolke hinauszugehen und im Haus Zuflucht und Linderung zu suchen.

KAPITEL VIERZEHN

Die Samenfäden

1

Die Staubwolke, die die Kavalkade aufwirbelte, sollte sich nicht wieder legen. Der anhaltende Dunst, der nicht die Dinge, sondern die Tiefen verhüllte, verdeckte dem Auge des Beobachters nichts, ließ ihn vielmehr glauben, es sei zulässig, die anderen, das Haus, das Gitter und schließlich das ganze Universum wie Figuren zu erfassen, die in einen weißen Schleier und mit dem gleichen Material, aus dem dieser Schleier war, gestickt worden seien, aus dem man sie unmöglich herausreißen könne. Natürlich handelte es sich nicht um eine Staubwolke, die sich, wie jeder weiß, doch schließlich legt: es war vielmehr eine Emulsion, die nicht trübte, ein Dunst, der vor allem bemüht war, seine Eigenständigkeit der Schwerkraft gegenüber zu demonstrieren. Die kleinen Samenfäden, anfangs noch nicht als solche zu erkennen, weil ihre Menge sie wie Staub aussehen ließ, gaben in wenigen Minuten – oder war es vielleicht nur die Zeit, die man brauchte, um sie als solche zu erkennen – den Weg frei für größere Samenfäden, Sphären ohne Gewicht, die in der Luft tanzten. Die kleinen Kinder erkannten sie als erste, als sie dem Rückzug der Erwachsenen ins Haus folgten, und sich an den vergangenen Herbst erinnernd, rannten sie ihnen die Treppe hinauf nach und riefen: »Die Samenfäden!«

»Unsinn!« rief Adelaida, die Stufen hinaufsteigend. »Jedermann weiß doch ganz genau, daß das Geschwätz über die Stürme der Samenfäden in Marulanda eine perverse Erfindung der Menschenfresser ist, die damit nicht nur den Wert unserer großartigen Besitztümer herabsetzen, sondern uns auch erschrecken wollen, damit wir nur im Sommer hierherkommen und ihnen neun Monate des Jahres die Freiheit lassen, nach ihren eigenen, barbarischen Gesetzen zu leben...«

Wie eine heftige Ohrfeige fiel in diesem Augenblick – nur ein winziger Teil des gewaltigen Ausmaßes an überreifen Gräsern, die den Schlag ebenso spürten – der erste Stoß des Nordostwindes über die Venturas her. Er warf die Gestalten, die die Freitreppe hinaufstiegen, um sich und ihre Niederlage ins Haus zurückzuziehen, beinahe um: verletzt, mißhandelt, hatten sie noch gar nicht über das ganze Ausmaß der gerade empfangenen Demütigung nachgedacht. Der Wind, der für einen Augenblick der Luft ihre vollkommene Durchsichtigkeit wiedergab, schien Adelaida anzuschieben: ihren zerknüllten Sonnenschirm aufgestellt, die Schleppe ihres Kleides gerafft, stieg sie unbeirrt und hoheitsvoll gefolgt von einem Pfau zum Haus hinauf. Sie öffnete die Türen des Mohrenkabinetts weit und begann leise vor sich hinsummend auf dem grün bezogenen Tischchen die komplizierteste Patience auszulegen, die in ihren winzigen Schädel paßte. Nach einer Weile wurde die von Samenfäden erfüllte Luft des Kabinetts nur noch von Adelaidas Knopfaugen durchdrungen, die versuchten, die Karten auf dem Tisch zu erkennen, ohne daß Adelaida den Kopf nach vorn neigte, und von der Konstellation der Augen auf dem Schwanz des Pfaus, der auf der Lehne des höchsten Stuhles saß, um von dort aus den Verlauf des Spiels zu verfolgen.

Die anderen Venturas blieben draußen auf den Stufen versammelt, sie stützten sich gegenseitig, auf ihre Kinder, auf ihre Sonnenschirme und zerbrochenen Stöcke, um nicht wie Trümmer zusammenzufallen. Aber während sie noch darüber nachdachten – hinaufzusteigen wäre eine Marter für ihre Willenskraft und ihre besiegten Beine; man brauchte die Gefühlskälte von Adelaida, um so etwas zu unternehmen –, fiel der zweite Stoß des Nordwindes und ließ sie unter der dichten Wolke, die er mit sich brachte, erzittern, zwang sie sich niederzubeugen, nicht so sehr um dem Anstoß zu widerstehen, als um klein zu werden, nachzugeben; das war die einzig mögliche Bewegung für ihre geschwächten Kräfte. Als der Windstoß vorüber war und die Luft ihre Klarheit wiedergewann, war es Anselmo, der, die Stimme in Panik erhebend, schrie:

»Zu den Ställen! Wir dürfen uns nicht verloren geben! Zu den Wagen, zu den Pferden! Es wäre verbrecherisch, auch wenn wir dies mit unseren Kindern getan haben, wenn sie uns ohne jede Möglichkeit, fortzukommen, verlassen hätten! Wenn wir uns beeilen, können wir vielleicht, bevor der Sturm heftiger wird und der Wind nichts mehr aufklärt, vielmehr immer dichtere Wolken von Samenfäden zu uns trägt, unsere geliebte Lagune erreichen, um dort Zuflucht und Erholung zu finden...«

»Zu der Lagune! Zu der Lagune!«

»Zu den Wagen...«

Der Nordwind fegte die Luft noch einmal klar und gab ihnen mit seiner Frische noch einmal Hoffnung, obwohl sie zu diesem Zeitpunkt bereits wußten, daß dies nur ein kurzer Aufschub war. Sie rannten, als wollten sie die Klarheit nutzen, die Treppen wieder hinunter, liefen durch den verwüsteten Rosengarten, ihre Kinder hinterher, die versuchten, sie davon zu überzeugen, daß es besser sei zu bleiben, denn innerhalb des Landhauses würde ihnen nichts wirklich Böses geschehen können – sie kannten die Samenfäden; sie hatten sie im vergangenen Jahr überstanden, als man sie allein gelassen hatte, um den Ausflug zu unternehmen –, wenn sie täten, was sie ihnen zeigen würden. Aber die Erwachsenen hörten ihnen nicht zu, sie stießen sich gegenseitig in ihrer wilden Flucht zu den Ställen, die sie öd und leer vorfanden. Kein einziges Pferd, kein einziger Wagen, kein einziger Esel, nur die Kadaver kurz zuvor hingeschlachteter Tiere. Es war also von Malvina, den Ausländern und dem Majordomus genau geplant gewesen – die Verschwörung war jetzt offensichtlich –, sie von allem abgeschieden im Landhaus zurückzulassen, während diese selbst sich in den blauen Bergen vor den Samenfäden in Sicherheit brachten und vielleicht einen langsamen Abstieg auf der anderen Seite planten; sie würden sich auch in den Besitz ihrer Ländereien, ihrer Minen und der wunderschönen abgelegenen Lagune mit den Katarakten und den traumhaften Seerosen bringen.

Aber nein: sie hatten nicht alle Wagen mitgenommen. Wie bei anderer Gelegenheit, an die sich meine Leser zweifellos erinnern werden, ließen sie in den Ställen den unbeschreiblichen Karren von Onkel Adriano, dessen schäbige Umrisse sie zusammen mit denen eines Maultieres, das Juan Pérez einzuspannen versuchte, in dem Augenblick erkannten, in dem der Wind einen Teil des Vorhangs aus Samenfäden hob. Die Venturas rannten zu dem Karren, und ohne ein Wort zu Juan Pérez zu sagen, denn es war, als erfülle er eine Pflicht, die ihm schon vor langer Zeit aufgetragen worden war, öffneten sie die Balkentür des Gefährts und, sich wie Zirkustiere zusammenkauernd, um hineinzukriechen, mit Röcken und Krinolinen und der Steifheit von Gamaschen und Korsetts kämpfend, halfen sie sich gegenseitig hinein. Wenn sie so vernünftig gewesen wären, nur einen einzigen Augenblick darüber nachzudenken, hätten sie bemerkt, daß der Karren mit einer solchen Last niemals von einem einzigen Maultier gezogen werden konnte. Das schrie ihnen Juan Pérez ohne jedes Zeremoniell zu, während er weiterarbeitete: sie sollten sofort aussteigen, der Karren sei ausschließlich für ihn da, niemand sonst dürfe einsteigen. Sein ausgemergeltes, gelbliches Gesicht, seine fiebrigen Hände hielten ihn bei der Arbeit, die er zu seiner Rettung ausführte, oder mehr noch als zu seiner Rettung dazu, die Betrüger zu erreichen, da er seine plötzlich eindeutige Rolle des stets Betrogenen nicht mehr ertrug.

In dem Durcheinander am Morgen hatten die Erwachsenen Wenceslaos Anwesenheit unter den Kindern nicht bemerkt. Da sie gewohnt waren, ihn als *poupée diabolique* zu sehen und er jetzt männliche Kleidung trug – zusammen mit Balbina war er von Agapito aus dem Turm befreit worden, als dessen Bruder floh –, fiel es ihnen schwer, ihn ohne Perücke und ohne Röcke zu erkennen. Nicht einmal die Kinder hatten ihn erkannt. Aber als er nun sah, daß diese versuchten, zu ihren Eltern in den Karren zu steigen, rief er sie an:

»Begreift ihr Wahnsinnigen denn nicht, daß eine Rettung in der Lagune vollkommen unmöglich ist, nicht nur weil es sie gar nicht gibt, sondern weil es in wenigen Augenblicken gefährlich sein wird, das Haus zu verlassen... es wird schon gefährlich genug sein, im Haus zu bleiben... die Samenstürme werden immer dichter, und sie werden euch töten!«

»Kann Euer Gnaden eine bessere Lösung vorschlagen!« fragte
Juan Pérez vom Rücken des eingespannten Maultiers, alles
mißachtend, was nicht reiner Terror war.
»Ja.«
»Welche?«
»Daß wir in Marulanda bleiben und nach den traditionellen
Regeln leben, die uns diejenigen beibringen können, die das
Land besser kennen als wir.«
»Uns was zeigen? Menschen zu fressen?«
Wenceslao schwieg einen Augenblick, bevor er mit ruhiger
Sicherheit antwortete:
»Das, was du, was ihr alle Menschenfresserei nennen würdet,
ja. Bist du und ist der Majordomus nicht und, wie sich jetzt
zeigt, auch Malvina und die Ausländer, ganz zu schweigen von
unseren Eltern und den mächtigeren Figuren, die hinter ihnen
stehen, seid ihr nicht alle auf eine sehr viel realere Art und
Weise Menschenfresser? Ist es nicht für den Wilden charakteri-
stisch, daß er sich selbst für straffrei erklärt, nur weil er die
Macht hat? Wir haben das Recht, von dir, Juan Pérez, oder
besser von denjenigen, die du repräsentierst, nicht nur eine
Erklärung zu fordern, sondern auch, daß ihr eine entsprechend
schreckliche Strafe bekommt.«
»Ich bin ich: ich repräsentiere niemanden.«
»Das ist so unmöglich, daß es sich ziemlich naiv anhört.«
»Ich ziehe es vor, von den Samenfäden der Ebene erstickt zu
werden als ein Schatten anderer zu sein!«
Unabhängig von dem Gespräch, dem wir gerade gelauscht
haben, entspann sich unterdessen an der Pforte des Karrens
ein großes Durcheinander, so als würde sich alles in diesem
Gewirr von Abwehr, Drohung, Vorrang entscheiden. Hermógenes versuchte, eine Autorität einzusetzen, die nicht mehr
zählte in dem Gejammere derer, die vor- oder zurückdrängten,
zu verbissen in ihrer Hast; das Ende nahe sehend, hielt sich
niemand mehr mit Höflichkeiten auf. Die Eltern zwangen ihre
Kinder, die schon aufgestiegen waren, vom Wagen zu springen, und schrien, es sei nicht genug Platz in dem Käfig; nur
noch die Erwachsenen blieben oben und Zoé, die aus Wut
darüber, daß sie bei diesem Versuch, sich zu retten, übergan-

gen werden sollte, so wild zu toben begann, daß es unmöglich war, sie zu bändigen. Juvenal, der plötzlich begriff, daß die gemeinsame Angst ihn dazu getrieben hatte zu fliehen, ohne dabei gewahr zu werden, daß er Celeste und Olegario im Landhaus zurückgelassen hatte, wo sie überleben würden, um eine Rhetorik auf die Spitze zu treiben, die sie – Liebe oder nicht Liebe – festlegte, zog es vor, mit ihnen in der sicheren Hölle des Hauses eingeschlossen zu bleiben, als sich auf das Abenteuer in der Ebene einzulassen; er drängte sich durch die anderen an der Tür hindurch und sprang mit einem Satz hinunter. Unterdessen, bar jeden anderen Gefühls außer dem Trieb, sich an das zu krallen, worauf sie als Rettung setzte, schloß Eulalia mit einem Schlag die Pforte, um zu verhindern, daß Anselmo hineinsteige, und rief Juan Pérez zu, er solle abfahren, damit sie endlich von diesem Manne befreit würde: »Los!« schrie Hermógenes aus dem Innern des Käfigs.

»Menschenfresser!« brüllte Juan Pérez Wenceslao an, schlug ihm mit der Peitsche ins Gesicht und drosch dann auf das Maultier ein.

Wenceslao bedeckte sein Gesicht mit beiden Händen, als hätte der Schlag seinen Schädel zerschmettert. Aber die Finger über seinem Gesicht spreizend und sich zwingend, das Gesicht nicht zu verstecken und alles mit außerordentlicher Klarheit zu beobachten, zog er schließlich seine Hände zurück, und es war, als zöge er damit etwas ab, das Juan Pérez' Peitschenhieb zerstört und als Maske toten Fleisches zurückgelassen hatte, die nun, da er sie sich abnahm, sein wahres Gesicht enthüllte. Durch die Wolke der Samenfäden, durch seinen Schmerz hindurch konnte er sehen, wie der sich sehr langsam bewegende Karren einige weinende Kinder mit sich schleifte, die immer noch an seinen Stangen hingen: Mühsam humpelnd hatte das Maultier sich in Bewegung gesetzt, angetrieben von dem Verdammten, der sich gegen den Sturm zusammenkauerte, und schleppte das schäbige Gefährt, das ein neuer Samenstoß mit einemmal verschwinden ließ.

Wenige Augenblicke später kehrten die Kinder, die an die Stangen des Karrens geklammert sich nicht weiter hatten mitschleppen können, mit Anselmo zurück, dessen Bitten das Herz keines der Reisenden hatte erweichen können, und traten zu den anderen Kindern. Völlig verschreckt, aber gemeinsam unternahmen sie den Versuch, gegen den Sturm den Rückweg zum Haus zu finden. Am Fuß der Freitreppe zur Südterrasse trafen sie auf eine Art Prozession, die aus den wild gewordenen Gräsern auftauchte und sich so langsam bewegte, daß es so aussah, als bewege sie sich überhaupt nicht vorwärts; es war ein anderer Rhythmus, eine andere als die normale Zeit, in der sich dieses Defilee von Wesen bewegte, die mit gestreiften Decken und Goldhelmen angetan waren, aber dem Wirbel der Samenfäden eine solche Überzeugung entgegenstellten, daß die Kinder, die unüberlegt geflohen waren, sich ihnen unwillkürlich anschlossen und sich diesem unwirklichen Rhythmus anpaßten. Sie kamen kaum vorwärts. Auf jeder Stufe hielten sie an, als wollten sie ausruhen. Sie nahmen die nächste Stufe erst nach einer ganzen Weile, als müßten sie jede Bewegung erst vorbereiten oder über sie nachdenken, als gehorchten sie dem regelmäßigen Ton eines Triangels, den einer aus der Gruppe schlug. Sie hatten die Lippen fest geschlossen, die Hände über der Brust gefaltet, die Augen zusammengekniffen und nur einen winzigen Schlitz unter den Wimpern geöffnet, der zum Sehen ausreichen mußte. In Decken gehüllt, um ihre Gesichter zu schützen, schienen sie gegen die Anstürme der Samenfäden geschlossene, vollkommen gleiche Masken zu sein. Selbst Ludmilas Gesicht und das von Balbina, die auf Agapito gestützt mit ihnen gingen, sahen jetzt aus wie die Gesichter der Eingeborenen. Hin und wieder schlug der mit dem Triangel unter dem Pfeifen und Donnern der Wirbelwinde, die diese Figuren dem Gesetz der Schwerkraft zu entreißen schienen, eine einzelne Note an, die klar war in so viel Gedämpftheit, bestimmt in so viel Verschwommenheit, geordnet in einer von großen Intervallen unterbrochenen Melodie, die aber doch eine Melodie war und den Aufstieg der eng geschlossenen Gruppe markierte. Rosamunda, Cipriano und Olimpia nahmen Ludmilas Hand, Wenceslao die seiner Mutter, und ohne den Mund zu öffnen, fragte er Balbina, woher sie kämen. Sie antwortete, ebenfalls ohne den Mund zu öffnen, von Arabelas Beerdigung und umarmte ihren Sohn, der, das hatte Agapito ihr gesagt, noch nichts vom Tod seiner Cousine wußte.

Die Türen des Mohrenkabinetts waren noch offen, so wie die vermessene Adelaida sie bei ihrem Eintritt hatte offen stehen lassen. Vom Wind hin und her geschüttelt, waren ihre Scheiben zerbrochen, und Wolken von Samenfäden drängten hinein. Drinnen verloren diese den Kataklysmus-Charakter, den sie, wie wir gesehen haben, draußen in jenem wilden meteorologischen Ereignis hatten, das die Schwärme ansaugte, zurückgab, aufwirbelte. Im Kabinett bildeten die Samenfäden eher einen gleichbleibenden, schwerelosen Nebel, der sich wie eine Trennschicht zwischen Dinge und Personen schob und die Mohren und die anderen dekorativen Figuren des Raumes mit den Helden dieses Romans gleichsetzte, die einen wie die anderen verkleidete, indem sie sich wie eine seltsame Pelzigkeit oder Fedrigkeit an sie heftete, die ihre Formen verschwimmen ließ.

Auf dem Stuhl am Spieltisch, auf dem zuvor der Pfau gesessen hatte – vernünftigerweise war er geflohen, um Schutz zu suchen –, saß jetzt Celeste, die endlich heruntergekommen war, strahlend in zartester Lachsfarbe gekleidet und bereits von einer pflanzlichen Behaarung bedeckt, wie ein neugeborener Schwan, der unter seinem Pflaum seine rosige Haut sehen läßt, wenn er sich bewegt. Sie plauderte angeregt mit Adelaida: für beide war es immer noch möglich, die Glaubwürdigkeit auszudehnen, mit der sie taten, als wäre nichts geschehen, als würde auch nichts geschehen, zu denken, alles sei nur vorübergehend und ohne jede Bedeutung und alles würde sich zum Guten wenden, sobald Olegario herunterkäme, auf den Celeste ungeduldig wartete. Als die langsame Prozession aus Kindern und Eingeborenen in den Saal kam, unterbrachen die Schwestern ihr Geplauder, um sie mit derselben Gleichgültigkeit zu betrachten, mit der sie ein Naturereignis betrachteten, das, weil es ein Naturereignis war, unmöglich mit ihrer Willenskraft zu ändern sei, und dem gegenüber man sich darum am besten passiv verhielt. Nach einer Weile, als die Prozession ihren langsamen Marsch von der Tür der Südterrasse bis zur Tür des Vestibüls der Windrose zurückgelegt hatte, sagte Celeste, den Umstand nutzend, daß man, da sie alle verhüllt waren, sie möglicherweise gar nicht erkennen konnte, nichts über das befremdliche Detail, daß auch Ludmila und Balbina in dieser geschlossenen Gruppe waren. Statt dessen meinte sie zu Adelaida:

»Auch wenn es ein wenig windig ist, werde ich hinausgehen und sehen, wie die American Beauty steht, die zu dieser Jahreszeit im Rosenbeet rechts von der Freitreppe blüht. Wenn Olegario herunterkommt, sag ihm bitte, er möge zu mir hinauskommen, damit wir ein wenig zusammen spazieren gehen.«

»Willst du dir nicht etwas umhängen, vielleicht einen Schal . . .?«

»Nein. Es ist gut so. Warum kommst du nicht mit mir die Rosen anzusehen, die unser Vater so sehr liebte? Fürchtest du dich etwa vor dem frischen Herbstwind?«

»Ich, Angst vor frischem Wind? Unsinn!«

Die Schwestern standen auf. Adelaida zögerte und dachte darüber nach, ob es nicht besser wäre, einen Sonnenschirm mitzunehmen, vielleicht als Stütze, vielleicht als Schutz, doch dann beschloß sie, die Dinge, die sie nun einmal tat, auch richtig zu tun und ohne jede Hilfe hinauszugehen, damit niemand irgend etwas sagen könne. Sie nahm den Arm ihrer Schwester, und zusammen gingen sie auf die Terrasse hinaus, als handle es sich um den schönsten Spätsommertag.

Aber in diesem Augenblick füllte sich die Luft wie in einer wilden Diastole mit Samenfäden, und eine Art kochender Emulsion – dieses Mal war es nicht nur ein Windstoß – machte alles schwarz und erschreckte Adelaida so sehr, daß sie das nicht unbeachtet lassen konnte. Trotz ihrer Härte konnte sie dem Grauen nicht widerstehen und floh und ließ Celeste allein draußen warten.

Da ich mit der Niederschrift dieses letzten Teils meines Romans beginne, drängt es mich in einer Weise, die man als »beinahe unwiderstehlich« zu bezeichnen pflegt, meinen Lesern alles zu erzählen, was jedem einzelnen meiner Helden widerfährt, nachdem der Vorhang mit dem Ende meines Textes fällt. Es schmerzt mich so sehr, sie zu verlassen, daß tausend Fragen mit möglichen und unmöglichen Antworten sich in meiner Phantasie stoßen, ungeduldig vor Ehrgeiz, alles zu erfahren, alles zu erklären und in einem ungezügelten Akt von Allmacht die Zukunft bis zum letzten Zentimeter mit Information zu füllen, ohne zuzulassen, daß irgendwer, nicht einmal der Leser, dem ich doch diese Erzählung anbiete, es wagen dürfte, das hier Angeregte auf seine Weise zu vervollständigen. Wir wissen, daß Juan Pérez und die Venturas in der Ebene erstickten, aber wie waren ihre letzten Gesten, ihre verkrampften Hände, das Entsetzen in ihren Augen, ihre vergeblichen Anstrengungen, sich zu retten? Heiratete die entzückende Melania den jungen Ausländer, und baute sie sich einen komfortableren, moderneren Palast an der Lagune mit der Kaskade und den Seerosen, wenn diese doch etwas mehr als ein von Arabela in Celestes Phantasie angeregtes Hirngespinst war? Was wurde aus unserem Freund Wenceslao, als er erwachsen war? Ein Anarchist oder ein Lakai, oder erfüllte er weder das eine noch das andere Schicksal, sondern, im Gegenteil, das, was ich als seine große Chance angeregt zu haben hoffe? Was geschah mit Fabio, was mit Casilda in ihrer Klausur im Kloster, was mit Juvenals Kummer? Konnte der Majordomus seine dienende Laufbahn damit krönen, daß er sich in die Maschinerie der Ausländer einpaßte, die ihn zu einer so hohen – wenn auch nicht ganz so hohen – Position wie die ihre heben würde, um die die Verschworenen einen dichten Schleier ziehen würden, um die Tatsache zu verbergen, daß er früher einmal eine Livree getragen hat? Kauften die Ausländer mit den roten Backenbärten und den wäßrigen Augen das Landhaus, die Minen, die Wollgrasebene, die sich von Horizont zu Horizont ausbreitete? Und die Eingeborenen, was wurde aus den Eingeborenen, die, vielleicht von den neuen Herren zivilisiert, den ihnen nachgesagten uralten Kannibalismus verabscheuen würden, um exotische Gesetze anzuerkennen?

Obwohl ich selbst eine alles verzehrende Neugier verspüre, all dies und noch viel mehr zu erfahren – aber ich merke, daß ich, wenn ich es erfahren will, mindestens einen neuen Roman schreiben müßte; oder, wie in einigen Romanen des vorigen Jahrhunderts, einen unbefriedigenden, schematischen Epilog anfügen müßte, um jedes Schicksal abzurunden –, sehe ich mich in schmerzhafter Weise von den unendlichen erzählerischen Möglichkeiten ausgeschlossen, die mein Schweigen verbergen muß; und um die durch die Notwendigkeit, das Feld im richtigen Moment zu räumen – ohne die es keine Kunst gibt –, hervorgerufene widersprüchliche Pein zu besänftigen, sage ich mir selbst, daß das reale Leben tatsächlich aus halbfertigen Anekdoten besteht, aus unerklärlichen, zweideutigen, verzeichneten Figuren, aus Geschichten ohne Übergang oder Erklärung, ohne Anfang oder Ende und beinahe immer so sinnlos wie ein schlecht konstruierter Satz. Aber ich weiß, daß ich, wenn ich mich auf diese Weise rechtfertige, an ein mimetisches Kriterium des Kunstwerkes appelliere, das im Fall des vorliegenden Romans meiner Absicht vollkommen fern liegt, weil diese Geschichte ganz anders verlaufen wäre, wenn ich sie in jener Geisteshaltung geschrieben hätte. Sobald, gegen meinen Willen, die Bremse gelöst würde – die Bremse, das Literarische nicht mit dem Realen zu verwechseln –, entfesselte sich sofort der unermeßliche Appetit, nicht allein mein Text zu sein, sondern mehr, sehr viel mehr als mein Text, nämlich alle möglichen Texte zu sein.

Es ist jedoch seltsam – und genau dahin wollte ich kommen –, daß ich, obwohl ich meine Personen als unpsychologische, unwirkliche, künstliche Wesen geplant habe, nicht verhindern konnte, mich leidenschaftlich mit ihnen und der sie umgebenden Welt zu verbinden, aus der sie unmöglich herauszunehmen sind, wie es unmöglich ist, einen Jäger von Ucello von der Wiese zu trennen, über die er wandert. Mit anderen Worten: trotz meiner Entscheidung, die Realität nicht mit der Kunst durcheinanderzubringen, kostet mich dieser Abschied außerordentlich viel Kraft, ist er ein Konflikt, der die literarische Form annimmt, mich nicht von *ihnen* trennen zu wollen, bevor ich *ihre* Geschichte nicht zu Ende erzählt habe – wobei ich vergesse, daß sie nicht mehr Geschichte haben, als ich ihnen zu geben gewillt bin –, statt mich damit zufriedenzugeben, *diese* Geschichte zu beenden, auf eine Weise, die, das werde ich nie verstehen, zweifellos meine eigene ist.

Der Vorhang muß jetzt fallen und die Lichter müssen ausgehen: meine Figuren werden sich die Masken abnehmen, ich werde das Bühnenbild abbauen und die Requisiten verstauen. Bei dieser schrecklichen Aussicht auf den Abschied, bei dem ich nach so langer gemeinsam verlebter Zeit ohne sie und ihre Welt zurückbleibe, überkommt mich eine gewaltige Unsicherheit: ich zweifle an dem Wert des Ganzen und an seiner Schönheit, und das drängt mich, mich an die Fetzen meiner Phantasie zu klammern und ihnen das Leben zu verlängern, um sie ewig und frisch zu erhalten. Aber das kann nicht sein. Sie müssen hier enden, weil ich mich daran erinnern muß, daß Phantasiegebilde, wenn sie ein Leben haben, auch einen Tod haben, damit sie am Ende nicht wie Monster ihren Autor verschlingen, und mögen sie auch scheinen, was sie wollen, sie sind vor allem Geschöpfe des Verstandes und dem Maß verpflichtet. Was also in dem Augenblick bleibt, wenn der Vorhang fällt und die Lichter verlöschen, wird davon abhängen, was meine Leser fähig waren aufzunehmen, das heißt zu »glauben«, ohne auf Parallelen aus ihrer eigenen Erfahrung zurückgreifen zu müssen; vor allem, wenn sie in der Lage waren, eine emotionale Beziehung, ähnlich der meinen, zwischen sich und den Figuren dieses Raumes meiner Phantasie, von dem zu lösen mir so sehr schwerfällt, herzustellen.

Ich schließe noch nicht, liebe Leser. Sie müssen noch einige Seiten lesen, weil die versklavende Trägheit jenes Raumes, von dem ich spreche, mich – uns – noch ein wenig weiterführt, vor allem, damit ich, der ich hungrig auf sie bin, wenigstens einige von den vielen Schlußgesten, die in meinem Schweigen begraben bleiben, kennenlernen kann.

Der Eingeborene, der den Triangel schlagend an der Spitze des langsamen Zuges schritt, war der älteste von allen, bekleidet mit der Autorität dessen, der das Überleben der anderen lenkt, indem er sein eignes Überleben lenkt. Ihm folgend durchquerten sie langsam den Tanzsaal und ließen ihn, als wüßte er, daß dies der Platz der *musicanti* sei, auf die Orchestertribüne steigen, wo er sich niederließ. Der Rest des Zuges, außer einigen Eingeborenen, die sich entspannt auf den schachbrettgemusterten Boden legten, drängte sich, weltlich trotz allem, vor den Fensterscheiben und beobachtete von der relativen Durchsichtigkeit des Tanzsaales aus die tückischen Wolken da draußen, jene dichte, aufgewühlte Suppe, die den Schemen des schon verlorenen Lichtes aufrührte. Allem zum Trotz ging Celeste unten auf der Südterrasse mit zerzaustem Haar starrköpfig gegen den Wind an, weil dies selbst unter diesen schwindelerregenden Umständen bewies, was sie sich vorgenommen hatte zu beweisen, koste es auch ihr Leben. Obwohl der Wind ihr schon lange den Hut entrissen hatte, obwohl sie ihren Fächer und ihren Sonnenschirm verloren hatte, obwohl ihr rosaseidenes Kleid, das die daran haftenden Samenfäden in eine Art Flaum verwandelt hatten, zerzaust war, behielten ihre Gesten eines aufgeschreckten Vogels vor dem Sturm doch etwas von einer hartnäckigen, eigenwilligen Grazie, die das Unanzweifelbare wiederherstellten, nämlich daß hier nichts geschehe und daß sie im Augenblick keine andere Aufgabe zu bewältigen habe, als auf Olegario zu warten, um mit ihm zwischen den verwüsteten Rosenstöcken spazierenzugehen. Adelaida, die Handflächen und die Nase wie ein Kind gegen die Scheiben gepreßt, sah zu ihrer Schwester hinaus und benetzte das Glas mit Tränen der Wut und des Nichtverstehens.

> *Come li stornei ne portan l'ali*
> *nel freddo tempo . . .*

Juvenal, der in der Gruppe stand und seine Mutter durch das Fenster beobachtete, sagte zu sich selbst diesen Satz, als er spürte, daß Olegario neben ihm war, auch er das Gesicht gegen die Scheibe gepreßt und zu Celeste hinaussehend: Ja, ihr Sünder! Obwohl Mann und Frau, liebten sie sich doch ohne Liebe, also in Sünde, und bemäntelten dies mit einer Rhetorik, die ihn auf diese Ebene des Spiels hinunterzerrte. Ein Schlag des Triangels ertönte, aber anders als die Gruppe rührten

Juvenal und Olegario sich nicht vom Fenster. Die Eingeborenen und Wenceslao und Agapito gingen in die Mitte des Tanzsaales und ließen sich leicht, wie Sultane sich auf Kissen niederlassen, auf den Boden fallen, als wäre der schachbrettgemusterte Marmor ein Diwan. Sie legten ihre Köpfe in einer Art *bivouac* auf die Brust oder auf die Beine eines anderen. Sie hielten den Atem an, bis der nächste Schlag des Triangels ertönte und ihnen einen flachen Atem erlaubte, nicht tief, nicht lang, jedoch im vollen Bewußtsein vollzogen, so daß selbst das letzte Atom dieser kargen Ration eingeatmeten Sauerstoffs ausgenutzt werden mußte, nichts durfte vergeudet werden, auch durfte nicht zu viel genommen werden, nur was der Körper braucht, um, sagen wir, mit halber Kraft zu funktionieren. Die Dichte der Samenfäden im Tanzsaal, immer noch geringer als draußen, änderte sich plötzlich, als hinge sie von dem Druck der äußeren Dichte ab, die sich tückisch durch die Ritzen und Schlüssellöcher preßte. Eine Schüssel mit Wasser ging herum, zum Trinken, wenig, sehr wenig jedesmal, nur ein Schlückchen, um die Kehle freizuhalten. Eine andere Schüssel wanderte herum; wer sich von den zusammengekniffenen Augenlidern, von der Nase, den Lippen die Samenfäden fortwischen wollte, tauchte einen Finger hinein und gab die Schüssel beim nächsten Ton des Triangels weiter. Bei jedem Atemzug bildeten die ruhig in der Luft des Salons schwebenden Samenfäden um die vermummten Gesichter eine flüchtige Feder, die sich sofort wieder auflöste, und nach einer Weile entstand ein zarter Rand, wie Schaum, um die Lippen herum, an den Wimpern, um die Nase, der mit dem in der Schüssel befeuchteten Finger sofort wieder abgewischt wurde.

Die Kinder des Hauses und Ludmila, Balbina, Olegario, Anselmo und Adelaida lösten ihre blassen Gesichter jedoch nicht von den Scheiben, von wo aus sie den frenetischen Kampf Celestes mit den aggressiven Gespenstern, in die sich die Luft dort draußen verwandelt hatte, mitansahen. Sollten sie sie rufen? Wie konnte man das Fenster öffnen, ohne dabei zu riskieren, daß man erstickte? Konnte man denn wissen, ob man nicht vielleicht, wenn man das Risiko auf sich nähme, ihren Tod auf noch viel grausamere Weise beschleunigte? Sollten sie ans Fenster klopfen? Niemand hatte mehr die Kraft dazu. Balbina hörte Wenceslao rufen:

»Mutter...«

Da bemerkte sie erst, daß sie kaum noch atmen konnte. Sie drehte sich um und suchte mit dem Blick ihren Sohn unter den übereinanderliegenden und wie im Opiumrausch dahindämmernden Gestalten. Sie sah, wie er sich mit dem Finger die Lippen befeuchtete, und sprach, ohne den Mund zu öffnen: »Komm, leg dich hin. Langsam... langsam... du wirst nicht ersticken...« Und Balbina, gefolgt von einigen der Kinder, von Ludmila, Anselmo, Adelaida, löste sich von den umwölkten Scheiben, und als sie den Triangel hörten, legten sie sich entspannt, verstummt in einen menschlichen Haufen auf den Marmor, wo in dem von den Samenfäden verdunkelten Licht nur die Figuren des Trompe-l'œil-Fresko – unempfindlich für die natürlichen Phänomene, da sie überlegene Wesen waren, die nur von der Phantasie abhängig waren – herunterzukommen schienen, um sie zu bedienen, ihnen ein Kissen anzubieten, damit sie bequemer ruhten, und Teller mit Früchten, Karaffen mit Wein oder Wasser herumzureichen. Nur die blutleeren Gesichter von Juvenal und Olegario, die die jetzt hysterische Celeste beobachteten, blieben an den Fenstern. Ihn herausfordernd anlächelnd sagte Juvenal zu seinem Vater, dessen lackschwarzer Schnurrbart, die Augenbrauen und das Haar auf seinen Händen weiß von Samenfäden waren wie bei einem alten Mann:

»Sie wartet auf dich, Vater.«

Olegario antwortete nicht.

»Wenn du nicht hinuntergehst, werde ich gehen«, fuhr Juvenal fort. Als er durch den Ballsaal auf die Tür zugehen wollte, sprangen die Vettern auf und, trotz der Gefahr zu ersticken, liefen sie zu ihm, packten ihn, damit er sich nicht rühren, nicht hinausgehen sollte; er wehrte sich, weil er gehen wollte, und versuchte, etwas zu schreien, was er nicht schreien konnte, weil seine Kehle von Samenfäden pelzig war. Bis er schließlich seinem Vater mit vor Gewalttätigkeit weicher, von einem simplen meteorologischen Phänomen zurückgehaltener Stimme, die ihn nicht die ganze Fülle seiner Lungen entladen ließ, zuschreien konnte – oder glaubte, ihm zuzuschreien, doch niemand außer Olegario hörte es:

»Gemeiner Schuft!«

Olegario gab ihm eine Ohrfeige, die ihn beinahe umwarf, und durchquerte den Tanzsaal, um zu seiner Verabredung mit Celeste hinauszugehen, während die, die auf dem Boden lagen und kaum atmeten, ihn, fast erstickend, an den Hosenbeinen packten und an seinem Rock und versuchten, ihn zurückzuhalten, bis er sich schließlich befreien und hinausgehen konnte.

Einige standen auf, wateten durch die Wolken und traten ans Fenster: Adelaida, Anselmo, Wenceslao, Ludmila, wie Kinder ihre weinenden Gesichter an die Scheiben gepreßt. Die Atmosphäre ohne Tiefe hatte das Totale, das Nichts angeboten mit einer unendlichen Gegenwart, die weiter war als die Ebene, weiter als der Himmel, in dessen infernalischem Schoß der Sturm wütete wie ein kleines, wildes, rasendes Tier in seinem Käfig. Der Triangel drängte sie nun beschleunigt, denen zu gehorchen, die sich auskannten, und sich den lebensrettenden Überlieferungen anzupassen, die vorsahen, daß sie sich wieder auf den Boden legten. Obwohl sie beinahe erstickten, rührten sie sich nicht vom Fenster. Ein Windstoß klärte plötzlich die Atmosphäre und bot dem Blick Tiefe und Weite wie einen Teil der totalen Auslöschung; Celeste fiel auf den Boden, sie wehrte sich gegen eine Kraft, die es aus der Entfernung gesehen gar nicht zu geben schien, ein Wesen reiner Phantasie, denn es war der reine Wind. Der weiße Kadaver des Parks mit seinem Gitter schien ihr zuzulächeln, als könne sie ihn sehen. Oder sah sie ihn doch, fragte sich Juvenal, war doch alles, ihre Liebe, ihre Blindheit ein Betrug? Celeste hob ihre Hand an den Mund, an die Gurgel, in dem Augenblick, in dem Olegario sie erreichte und versuchte, ihr auf die Füße zu helfen und sie ins Haus zu bringen, denn sie konnte nicht mehr. Celeste erhob sich. Aber, statt hineinzugehen, nahm sie den Arm ihres Gatten und zeigte ihm zufrieden die plötzlich enthüllten Schönheiten des ganzen Parks und seine zerstörten Tiefen und zerrte ihn lächelnd ins Zentrum des Wirbelsturms. Juvenal sah oben am Fenster, wie er über sie herfiel, doch er stieß den Warnschrei, der sich in seiner Kehle bildete, nicht aus. Arm in Arm verloren sich Celeste und Olegario in der undurchdringlichen Luft wie ein Rätsel ohne jeden Sinn.

Sie aber mußten weiterleben. Sie hörten den strengen Triangel, geschlagen von der in eine gestreifte Decke gehüllten Gestalt, die von der Tribüne herab die geeigneten Rhythmen für das Überleben anbot. Sie gehorchten, weil sie keine andere Wahl hatten, und es erschien ihnen auch richtig so. Bald lagen im Tanzsaal die Gestalten der Erwachsenen und der Kinder und der Eingeborenen durcheinander, die einen auf die anderen gestützt, auf Kissen, in von Eingeborenenfrauen gewebte, gestreifte Decken gehüllt, kaum atmend, die Augen geschlossen, die Lippen zusammengepreßt, kaum lebendig. Und damit sie in der dichten Wolke der Samenfäden nicht erstickten, wurden sie elegant und geschickt von den Figuren aus dem Trompe-l'œil-Fresko bedient.

Calaceite-Sitges-Calaceite
18. September 1973 bis 19. Juni 1978